Markus Heitz
Die Quellen des Bösen

Zu diesem Buch

Das Finale der großen Fantasy-Saga »Ulldart – Die Dunkle Zeit«, vormals Teil des Bands »Die Stimme der Magie«, erstmals in der ungekürzten Originalfassung! Der gewaltsame Tod Lodriks versetzt die Untertanen in Trauer und Wut. Um den geliebten Herrscher zu rächen, greifen die Bürger allerorten zu den Waffen. Noch ahnt niemand, dass Lodriks Sohn Govan und seine Tochter Zvatochna den Herrscher in einen Hinterhalt gelockt haben, um selbst an die Macht zu gelangen. Nun scheint nichts mehr den jungen Govan aufhalten zu können. Indessen gerät die Suche nach der letzten aldoreelischen Klinge zu einem Wettlauf gegen die Zeit. Denn ihre magische Kraft vermag Govan zu Fall zu bringen und die Quellen des Bösen zu versiegeln. Da kommt das Gerücht auf, Lodrik sei noch am Leben ...

Markus Heitz, 1971 geboren, studierte Germanistik und Geschichte und lebt als freier Autor in Zweibrücken. Sein aufsehenerregender Debütroman »Schatten über Ulldart«, der Auftakt zum Epos »Ulldart – Die Dunkle Zeit«, wurde mit dem Deutschen Phantastik Preis ausgezeichnet. Seit dem sensationellen Bestseller »Die  Zwerge« gehört Markus Heitz zu den erfolgreichsten deutschen Fantasy-Autoren. Weiteres zum Autor: www.mahet.de und www.ulldart.de

Markus Heitz

Die Quellen des Bösen
ULLDART – DIE DUNKLE ZEIT 6

Piper München Zürich

Von Markus Heitz liegen in der Serie Piper vor:
Schatten über Ulldart. Ulldart – Die Dunkle Zeit 1 (8528)
Der Orden der Schwerter. Ulldart – Die Dunkle Zeit 2 (8529)
Das Zeichen des Dunklen Gottes. Ulldart – Die Dunkle Zeit 3 (8530)
Unter den Augen Tzulans. Ulldart – Die Dunkle Zeit 4 (8531)
Die Magie des Herrschers. Ulldart – Die Dunkle Zeit 5 (8532)
Die Quellen des Bösen. Ulldart – Die Dunkle Zeit 6 (8546)
(Band 5 und 6 ersetzen den ehemaligen Band 5
»Die Stimme der Magie«.)

Als Hardcover-Broschur bei Piper:
Die Zwerge
Der Krieg der Zwerge

Originalausgabe
März 2005
© 2005 Piper Verlag GmbH, München
Umschlagkonzept: Büro Hamburg
Umschlaggestaltung: Nele Schütz Design, München
Umschlagabbildung: Ciruelo Cabral, Barcelona
Autorenfoto: Steinmetz
Karten: Erhard Ringer
Satz: Schaber Satz- und Datentechnik, Wels
Druck und Bindung: Clausen & Bosse, Leck
Printed in Germany   ISBN 3-492-28546-5

www.piper.de

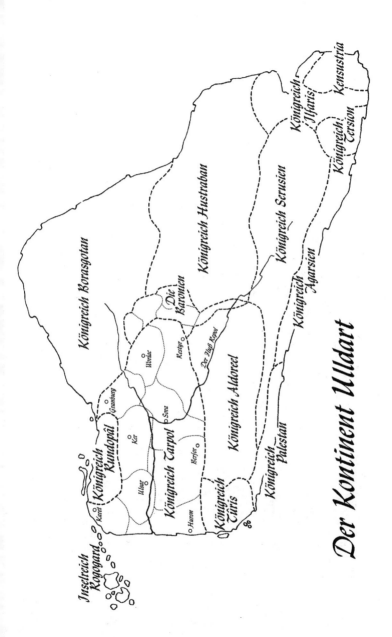

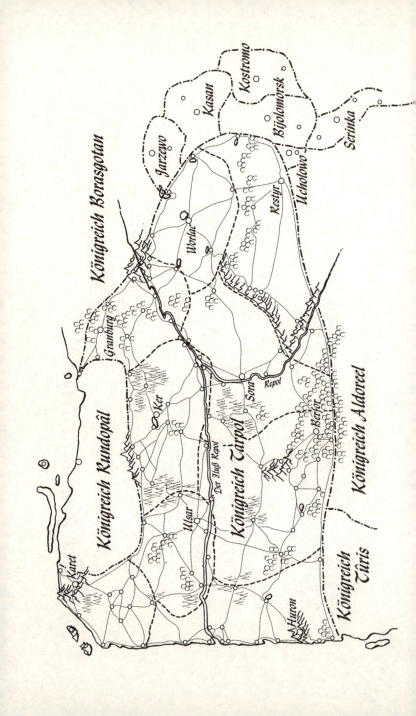

PROLOG

Nach einem schier unendlichen Strom unglaublicher Schmerzen ebbte die Qual langsam ab, verringerte sich mehr und mehr und verlief sich schließlich im Nichts. Eine nie gekannte Unschwere stellte sich ein, und Wärme und Behagen verjagten die letzten schrecklichen Erinnerungen an die Leiden, die zuvor zu erdulden waren.

Wo bin ich hier?

Vorsichtig erkundete er seine Umgebung, die in völliger Dunkelheit lag. Seine Finger tasteten sich voran, ohne auf Widerstand zu stoßen.

In völliger Blindheit taumelte er umher. Seine Füße erzeugten kein Geräusch, der Untergrund war fest, aber nicht allzu hart. Zu rufen wagte er nicht.

Endlich trafen die Hände auf ein Hindernis, fanden die Flügel eines zweitürigen Portals. Nach kurzem Zögern stemmte er sie auf.

Was soll's?! Schlimmer kann es kaum mehr kommen.

Goldenes Licht blendete ihn, zwang ihn, die Augen zu schließen und einen Arm schützend davor zu legen, während er nach vorn wankte und schließlich vor Schwäche in die Knie ging.

Nach einer Weile gewöhnte er sich an die Helligkeit.

Er kauerte auf einem polierten Marmorfußboden. Strahlender Sonnenschein fiel durch riesige bemalte Fenster in den üppig eingerichteten Saal. Vogelgezwitscher drang an sein Ohr, irgendwo sangen Menschen ein tarpolisches Volkslied, und das Klingen von Tempelgongs rief die Gläubigen zum Gebet. *Ich bin anscheinend im Palast.*

Direkt vor sich erkannte er ein Paar graue Militärhosen. Seine Blicke wanderten an der dünnen, gichtverkrümmten Gestalt in der vertrauten Uniform hinauf, die sich auf einen Säbel anstelle eines Gehstocks stützte. Grüngraue Augen schauten teilnahmslos auf ihn herab.

Neben dem betagten Mann stand ein etwas jüngerer mit einem stattlichen, bis auf die Brust reichenden schwarzen Vollbart und einem ordentlichen Bauch. Dessen braune Augen ruhten freundlich auf dem Gesicht des unangemeldeten Besuchers.

»So hat Er es tatsächlich geschafft, ein unrühmliches Ende zu nehmen«, bemerkte der Ältere schneidend. »Und das, nachdem es so gut mit ihm als Kabcar angefangen hat.« Die Spitze der Säbelscheide stieß hart auf den Boden und erzeugte ein knallendes Geräusch. »Er ist einfach zu weich. Das hat Er nun davon, Er mit seinen eigentümlichen Ideen und seiner Gutgläubigkeit.«

»Vater?« Lodrik erhob sich und starrte die Gestalt an. »Er ist tot. Ich habe ihn doch verbrannt.«

»Und meine Asche auf den Kaminsims gestellt«, ergänzte Grengor Bardriç, der ehemalige Kabcar von Tarpol, ungehalten. »Seine Ankunft hier und seinen Abgang sehe ich daher schon mit einer gewissen Genugtuung. Ich hatte wenigstens ein ordentliches Begräbnis.«

Lodrik schaute zu dem anderen. »Ihr seht aus wie Ijuscha Miklanowo«, sagte er zögerlich. »Auch Ihr seid tot. Ihr wurdet vor vielen Jahren das Opfer eines borasgotanischen Giftmischers.«

Der letzte Kabcar Tarpols entdeckte sich selbst in einem der vielen Spiegel, die an der Wand angebracht waren. Er registrierte die unbeschädigten Kleider, die er vor wenigen Lidschlägen noch im Steinbruch außerhalb der Stadt getragen hatte. Keine Wunden klafften, keine Spur von Blut zeigte sich. *Hat mein Verstand etwa unter den Ereignissen gelitten?*

Sein Lehrer aus der Provinz Granburg schenkte ihm ein beruhigendes Lächeln und legte ihm die Hände auf die Schulter. »Nein, Lodrik. Ich sehe nicht nur so aus, ich bin es. Ich bin hierher gekommen, um dich im Reich der Toten willkommen zu heißen.«

»Und ich ebenfalls«, meinte Grengor Bardriç genüsslich.

Der Herrscher machte entsetzt einen Schritt zurück und schüttelte die Arme des Brojaken ab. »Nein! Das kann nicht sein. Ich war eben noch im Steinbruch vor Ulsar und habe ...« Abrupt endete er. *Govan hat mich umgebracht?*

Miklanowo faltete die Arme vor dem Bauch. »Ich dachte mir schon, dass es dir nicht leicht fallen wird, den Tod anzunehmen. Er kam bei dir mindestens so überraschend wie bei uns beiden.« Der Großbauer deutete auf Grengor. »Uns alle verbindet eine Gemeinsamkeit: Wir wurden getötet.«

»Wenn das hier das Jenseits ist, warum sind wir dann nur so wenige?«, verlangte Lodrik zu wissen. »Und warum sieht es hier aus wie im Palast von Ulsar?«

»Oh, wir sind nicht wenige«, erklärte Miklanowo geduldig. »Die anderen sind draußen in der Stadt und gehen ihren Geschäften nach. Das heißt, sie genießen ihr Leben nach dem Tod. Sofern sie hierher gelangt sind. Kolskoi und Jukolenko sind beispielsweise nicht aufzufinden. Weiß Ulldrael der Gerechte, an welchem Ort ihre Seele gelandet ist.«

Das Ganze kann nur ein Albtraum sein. Ein Schwindel erfasste Lodrik, ein schmerzhaftes Ziehen jagte durch seinen Körper. »Und wo ist Norina?«

»Hoffentlich noch immer in der anderen Welt«, sagte der Granburger.

»Sie lebt?«, keuchte Lodrik voll freudiger Überraschung. »Wir dachten alle, das Schiff sei zusammen mit den anderen gesunken.«

Miklanowo schüttelte den Kopf und fasste den Kabcar am Arm. »Nein, sie leben alle. Komm, ich führe dich ein wenig herum.«

Lodrik blieb stehen. »Ich bin also wirklich tot?«

»Getötet von seinem eigenen Sohn«, meinte Grengor Bardri¢ ein wenig gehässig. »Mein Enkel hat Schneid, das muss man ihm lassen. Das hätte Er sich niemals getraut, um an die Macht zu gelangen, nicht wahr?!«

»Er starb zu früh, Vater. Sonst hätte Er gesehen, was ich alles unternommen hätte«, sagte Lodrik mit einem bösen Lächeln.

»Mein Tod geht übrigens nicht zu Lasten der Borasgotaner, auch wenn sie für viel Leid verantwortlich sind«, meinte der Brojake. »Dein Ratgeber, Mortva Nesreca, hat die Vergiftung arrangiert. Dieses Wesen hat so viele Schandtaten angezettelt, dass es Bücher füllen würde, müsste man sie aufnotieren.«

»Ist das gewiss?«, rutschte es Lodrik heraus.

Der Großbauer lächelte schwach. »Ich war zumindest bei dem Bankett dabei.«

Dann hatten Stoiko, Norina, Waljakov und alle anderen mahnenden Stimmen all die Zeit über Recht. Der Kabcar fasste sich an die Schläfen, als ihn ein neuerlicher Schub Benommenheit angriff. *Was habe ich nur getan?*

»Stelle Er sich nicht so an. Er ist tot, was muss Er da noch den Wehleidigen vortäuschen?«, wies ihn sein Vater zurecht. »Reiße Er sich zusammen. Er ist ein Bardri¢, wenn auch ein Missratener. Ich hätte mir von diesem silberhaarigen Schönredner niemals mein Reich abnehmen lassen.«

»Halte Er den Mund. Er ist nichts weiter als ein Häufchen Asche in einer Urne, die sein Enkel vermutlich schon lange ausgeleert hat«, knurrte Lodrik seinen Vater an. »Er hat mir schon lange nichts mehr zu sagen.«

»Er, werter Herr Sohn, kann sich bei den Tzulani bedanken, dass Er so früh auf den Thron kam«, keifte Grengor zurück, und wieder schabte das Ende der Säbelscheide auf dem Stein. »Sonst säße ich sicherlich immer noch als Kabcar in Amt und Würden, während Er der kleine ›Tras‹ geblieben wäre.« Die grüngrauen Augen blitzten, er richtete seine verkrümmte Gestalt auf, soweit es ging, und sein strenges Gesicht blickte wütend.

»Selbst als Toter ist Er unausstehlich.« Lodrik wandte sich von ihm ab. »Ijuscha, sagt mir, habe ich alle um mich herum verstoßen, die nur die Wahrheit sprachen?«

»Ja, so kann man es sagen.« Miklanowo räusperte sich. »Aber ich werde der Letzte sein, der dir deswegen Vorwürfe macht. Die Intrigen und Hinterhältigkeiten waren zu ausgeklügelt. In diesem Netz hast du dich verfangen und wurdest langsam, aber sicher an das Ufer gezogen, an dem falsche Freunde standen. Ich habe Nesreca ebenfalls nicht durchschaut.« Er breitete die Arme aus. »Das war der Preis dafür. Hier warten viele Bekannte auf dich, die er ins Verderben gestürzt hat. Wenn du mir nicht glaubst, warte ab, was sie dir erzählen. Dennoch, man fühlt sich rasch sehr wohl hier. Meine Frau ist ebenfalls hier, genau wie deine Mutter.«

Doch das bedeutete keinen wirklichen Trost für Lodrik, der noch immer nicht recht überzeugt war. Zu abstrus gestaltete sich die Szenerie. *Vielleicht ist es eine Art Delirium?*

Wie zum Beweis schlug eine Woge des Schmerzes über ihm zusammen und ließ ihn auf dem Fußboden zusammenbrechen.

»Was soll das werden, Schwächling?« Grengor Bardriç drückte ihm die Spitze der Säbelhülle in den Leib. »Stehe Er auf. Er kann nicht sterben, also stelle Er das Lamentieren und Simulieren augenblicklich ein, ehe ich mich vergesse.« Sein Vater schien zu alten Hochformen aufzulaufen, was Beschimpfungen anging.

Die folgende Tirade und die Schlichtungsversuche Miklanowos verstand der auf der Erde liegende Lodrik nur wie durch einen Schleier, der die Worte dämpfte und sie unverständlich werden ließ.

Kurze, türkisfarbene Blitze zuckten in schneller Reihenfolge vor seinem Auge auf und raubten ihm für Lidschläge die Sicht.

Groß erschien das besorgte Gesicht des Brojaken vor ihm. Dessen Mund öffnete und schloss sich, abgehackte Sätze drangen an sein Ohr, ohne dass der Kabcar ihren Sinn erfasste.

Der letzte blassblaue Blitz brachte ihm die Schmerzen zurück und riss ihn in die Dunkelheit, aus der er gekommen war. Schreiend vor Qualen und voller Angst musste er sich blind von den unbekannten Kräften leiten lassen.

Irgendwann befiel ihn das Gefühl, im Zentrum eines Unwetters zu schweben. Die Energiestrahlen entluden sich in ihn, folterten und marterten ihn.

Ist das die Strafe Ulldraels des Gerechten für meine Taten zu Lebzeiten? Komme ich an den Ort, wo Jukolenko und Kolskoi sind?

Sein Verstand drohte ihn angesichts der Schmerzen zu verlassen. Lodrik spürte deutlich, wie die Normalität aus seinen Gedanken wich.

Dann, ohne Vorwarnung, endeten die Blitze.

Die Schwärze blieb.

Kälte kroch in seinen Körper.

I.

**Kontinent Kalisstron, Bardhasdronda,
Frühjahr 459 n. S.**

Die Böe füllte das schlaffe Segel mit Wind, der Gleiter ruckte vorwärts und beschleunigte beinahe aus dem Stand heraus auf eine atemberaubende Geschwindigkeit.

Lorin, mehrere Decken als Schutz gegen die Kälte über seine Felljacke gelegt, musste mit den Händen und geistigen Kräften gleichzeitig arbeiten, um das Gefährt unter Kontrolle zu halten. Einen herkömmlichen Segler hätte es schon lange auf die Seite gelegt, doch mit ihm konnte sich keiner messen.

Die Kufen glitten mit einem knirschenden Geräusch über die Eisfläche, der Gleiter nahm weiter Fahrt auf. Lorin war diesmal als echter Milizionär unterwegs. Im Auftrag von Rantsila klapperte er alle Feuertürme ab, um die Protokollbücher der letzten Wochen einzusammeln.

Innerhalb einer neuen persönlichen Bestzeit hatte er die Wachtürme abgeklappert und befand sich bereits auf dem Weg zum letzten, der Bardhasdronda am nächsten lag. Auf diesen Turm freute er sich ganz besonders, und das nicht nur, weil er dort bei einem Glas Tee auftauen konnte. Jemand ganz Besonderes versah dort seinen Dienst.

Als die Stufen in Sicht kamen, die zum Feuerturm hinaufführten, reffte er das Segel und brachte den Gleiter am Fuß des Aufgangs zum Stehen. Vorsichtig erklomm er die behauenen Tritte. Unwillkürlich musste er dabei an sein Abenteuer denken, das er mit den Lijoki erlebt hatte. Bei diesem Türmler würde es ihnen nicht gelingen, das Gebäude in ihre Gewalt zu bringen.

Als Lorin das Plateau erreichte, sah er schon die breite Gestalt, die auf der Aussichtsplattform stand und zu dem Neuankömmling spähte. Er winkte und trabte durch den immer spärlicher werdenden Schnee.

Die Tür wurde geöffnet, und Waljakov begrüßte ihn mit einem breiten Grinsen. »Du bist ein wenig außer Atem, Knirps. Ich werde deine Unterrichtsstunden verschärfen müssen.«

»Lass mich erst mal auftauen« Vor Kälte klapperte Lorin mit den Zähnen. »Der Fahrtwind hätte mich um ein Haar zu einem lebenden Eiszapfen gemacht.«

»Es zwingt dich keiner, so schnell unterwegs zu sein.« Der glatzköpfige Hüne reichte ihm einen Becher Tee. »Gab's was Neues?«

Lorin schüttelte den Kopf, streifte sich mit der freien Hand die Mütze ab und stellte sich an den offenen Kamin. »Nichts. Seit wir den Lijoki unsere Schwerter und Pfeile aus der Nähe gezeigt haben, lassen sie sich nicht mehr blicken.« Er nahm einen Schluck, stellte den Becher ab und schlüpfte aus der Pelzjacke. »Obwohl... So ein bisschen Gesellschaft oder ein kleiner Kampf könnten dir nichts schaden. Du musst doch umkommen vor Langeweile.« Er beugte sich grinsend nach vorn. »Du bist bestimmt vor den Frauen abgehauen, stimmt's? Aus lauter Angst, eine könnte dir gefallen. Und das passt natürlich nicht zu dem harten Fremdländler. Manche nennen dich übrigens ›Eisblick‹.«

»Mir ist nicht langweilig.« Waljakov setzte sich und ölte sorgsam die Gelenke seiner mechanischen Hand. »Ich habe viel Zeit zum Nachdenken. Und ich wollte Rantsila eine weitere Niederlage ersparen. Einen verlorenen Aufnahmezweikampf gegen einen Greis, nachdem ihn ein Knabe besiegt hatte, würde vermutlich seinen Ruf als Soldat ins Wanken bringen.« Prüfend betrachtete er die Stahlglieder aus der Nähe; die künstlichen Finger bewegten sich wellenförmig auf und ab. »Außerdem kreuzen wir beide beinahe täglich die Klingen, das reicht einem alten Mann wie mir vollauf.«

»Ha, du und alt. Matuc ist alt.« Der Junge mit den leuchtend blauen Augen lachte. »Und er bekehrt die Menschen aus Bardhasdronda zu Ulldrael dem Gerechten, als erhielte er von seinem Gott höchstselbst eine Auszeichnung dafür.«

Waljakov senkte die Hand und betrachtete sein Gegenüber. »Seinen Gott? Ist es nicht auch dein Gott, Knirps?«

»Fang du nicht auch noch an zu predigen«, murrte Lorin. »Ich verehre Kalisstra und Ulldrael, wie es ihnen gebührt.« Er schaute sich um. »Aber bei dir kann ich kein einziges Heiligtum entdecken. Glaubst du an nichts?«

Der Leibwächter hob langsam die Achseln, ohne näher auf die Frage einzugehen. »Was machen denn die Hochzeitsvorbereitungen?«, wechselte er den Gesprächsgegenstand.

»Jarevrån ist schon ganz aus dem Häuschen«, erzählte er mit glänzenden Augen. »Ihr Vater hat der Vermählung zugestimmt und war ganz freundlich, als ich bei ihm vorsprach.«

»Na, sollte er nur versuchen, etwas anderes zu wollen, als dem Helden von Bardhasdronda die Hand seiner Tochter zu geben«, feixte Waljakov.

»In zwei Monaten findet die Feier statt, das weißt du ja. Arnarvaten und Fatja möchten zuerst noch ihre Geschichtenreise zu Ende bringen, bevor auch sie die Bindung eingehen.«

»Und habt ihr euch geeinigt, welcher Gott nun für den Segen des jungen Paares verantwortlich sein wird?«

»Ach, jetzt sind wir doch wieder bei den Religionen gelandet«, seufzte Lorin ein wenig verzweifelt. »Jarevrån ist eher traditionell eingestellt und möchte den Segen der Bleichen Göttin. Und Matuc verlangt, dass Ulldrael der Gerechte um Gnade gebeten wird.«

»Die beiden Gottheiten haben sich bei den Süßknollen geeinigt, da werden sie über euch beide schon nicht in Streit geraten«, gab der Hüne seine Einschätzung ab und langte nach dem Vorderteil des Brustharnischs, um ihn mit einem Öltuch abzureiben.

»Die Götter schon, die Städte nicht«, ergänzte der Junge und goss sich Tee nach.

Waljakov schaute ihn gespannt an. »Was, Knirps?«

»Hat es sich nicht zu dir herumgesprochen?« meinte Lorin verwundert. »Einige Vekhlathi müssen nachts auf eines der Felder auf Stápas Land geschlichen sein und Süßknollen gestohlen haben. Kalfaffel hat die Rückgabe der Setzlinge und die Auslieferung der Diebe gefordert. Vekhlathi hat das natürlich abgelehnt und angekündigt, ebenfalls groß in das Geschäft mit den Süßknollen einzusteigen. Kalfaffel hat ihnen ein Ultimatum gesetzt.«

»Hervorragende Aussichten«, grummelte der Hüne und setzte die Pflege des Harnischs fort. »Das passt zu Kalisstri, sich um ein paar Knollen zu streiten.«

»Es hat wohl was damit zu tun, dass sich die beiden Städte seit langem nicht wohl gesonnen sind. Da hätte es auch ausgereicht, wenn ein Vekhlathi in Bardhasdronda auf den Boden gespuckt hätte.« Lorin rutschte mehr in Richtung Feuerstelle. »Deshalb soll ich dir von Rantsila ausrichten, dass die Türmler mit besonderer Aufmerksamkeit ihre Aufgabe verrichten sollen. Jede noch so kleine Begebenheit ist aufzuzeichnen.«

Waljakov stellte das Harnischteil zur Seite und legte seinem Schützling einen dicken Stapel Blätter vor die Nase. »Bitte sehr. Keine Vorkommnisse, Knirps.«

Lorin packte die Seiten vorsichtig in Wachspapier ein und verstaute sie in seinem Tornister. Nach einem letzten, hastigen Schluck schlüpfte er wieder in seine Winterkleider.

Der Hüne drückte ihm die Mütze auf den schwarzen Schopf. »Sag der alten Gebetsmühle Matuc, dass er sich nicht übernehmen soll, wenn er Ulldrael noch lange preisen und loben will«, lachte er und warf sich selbst einen dicken Mantel über. Dann öffnete er die Tür.

Ein eisiger Wind scheuchte zarte Schneeflöckchen vor sich her und wirbelte die weißen Kristalle durcheinander.

»Holla!«, entfuhr es Lorin. »Ich dachte, der Winter sei vorüber.«

»Kiurikka wird den Schneeschauer eigens für dich herbeigebetet haben«, schätzte Waljakov.

Zusammen stapften sie bis an den Fuß der Treppe, der Junge verabschiedete sich und begann mit dem Abstieg.

Waljakov sah ihm nach, solange es ihm die Flocken erlaubten. *Er sieht seiner Mutter immer ähnlicher, je älter er wird.*

Die Erinnerungen an die Zeiten auf Ulldart kehrten zurück, wie sie es in den letzten Wochen und Tagen in der Einsamkeit so oft getan hatten.

Der K'Tar Tur fragte sich ständig, wann wohl der Augenblick der Rückkehr in die Heimat gekommen sei, um alles, was dort im Argen lag, einem guten Ende zuzuführen, wie es Fatja, die kleine Hexe, in ihren Visionen vorausgesehen hatte.

Wie gern würde ich diesem silberhaarigen Dämon Nesreca und seiner Brut den Kopf vom Hals reißen. Klackend schloss sich seine mechanische Hand. *Lodrik wäre der beste Kabcar in der Geschichte geworden, wenn diese Giftschleuder nicht erschienen wäre. Zu Tzulan mit Arrulskhán und seinen idiotischen Herrschaftsideen!*

Waljakov wandte sich um und kämpfte sich zurück in Richtung des Turmes, den er wegen des dichten Schneetreibens fast nicht mehr richtig erkannte. *Der vollkommene Zeitpunkt, um einen Angriff durchzuführen,* durchzuckte es ihn. Selbst die Klänge der Rufhörner würden kaum weiter als ein Pfeilflug zu hören sein.

Und so war seine Reaktion, als er eine Gestalt schemenhaft am Turm sah, kaum verwunderlich. *Wollen mal sehen, was du hier vorhast, Bursche.*

Beinahe lautlos pirschte er sich von hinten an den Unbekannten heran, die gepanzerte Hand zum Schlag bereit, in der anderen den Dolch.

Doch der Besucher trat in eben diesem Augenblick bis an den vordersten Rand der Klippe und umrundete den Fuß des Bauwerks. Zwischen Mauer und Abgrund blieb die Länge einer Männerhand, auf dem sich die Gestalt bewegen konnte. Ein Windstoß genügte, um den Kletterer das Gleichgewicht verlieren und ausrutschen zu lassen.

Den hat wohl der Verstand verlassen, dachte Waljakov und setzte sich in Bewegung, um den Besucher auf der anderen Seite abzufangen. Der Wind und der Schnee ließen an Heftigkeit nach.

Als der Hüne den Turm umrundete, kam ihm niemand entgegen. Fußspuren waren auch keine zu sehen.

Er muss die Steilwand hinabgestürzt sein, folgerte Waljakov. »He, Jolpo!«, rief er dem zweiten Türmler auf der Aussichtsplattform zu. »Hast du jemanden gesehen?«

»Nein, niemanden.«

»Vielleicht Fußspuren?« Waljakov ließ nicht locker.

Jolpo verschwand, um einen kurzen Rundgang zu machen und zwischen den Zinnen nach allen Seiten Ausschau zu halten. »Nein, nichts. Warum?«

Waljakov winkte ab und kehrte in das Gebäude zurück, schnallte sich seine Waffe um und begab sich selbst nach oben, um die Umgebung mit dem Fernrohr abzusuchen. Auch am Fuß der Klippen konnte er nichts entdecken, obwohl er fest damit gerechnet hatte, dort einen zerschmetterten Leichnam auszumachen.

Das gibt es doch nicht. Sollte mein Verstand mir in meiner Einsamkeit solche Scherze bereiten? Kurz erklärte er dem Kalisstronen, was er gesehen hatte.

Jolpo nickte nur. »In einem Schneesturm ist das nichts Ungewöhnliches. Das Auge lässt sich leicht einen Streich spielen.« Beruhigend klopfte er dem Hünen auf die Schulter. »Das ist die Einsamkeit. Du sollst dich mal ablösen lassen, wie wir anderen auch.«

»Meine Augen lassen sich keine Streiche spielen«, knurrte Waljakov, und seine Hand umschloss den Säbelgriff. Doch die fehlenden Spuren konnte auch er nicht erklären. Da sich keine Segel am aufgeklarten Horizont zeigten, unterließ er es, Alarm auszulösen.

Mit einem schlechten Gefühl begab er sich in seine Unterkunft. Ein ungelöstes Rätsel passte ihm nicht. *Immerhin scheint die Zeit der Langeweile vorüber zu sein.*

Lorin erreichte den Fuß der Klippen, drückte sich in eine Felsnische und wartete ab, bis sich die Heftigkeit des Windes legte. Ein zerfetztes Segel konnte er nicht gebrauchen.

Endlich stieg er in seinen Gleiter und glitt im Schein der untergehenden Sonnen auf Bardhasdronda zu. Ein anderes Gefährt kam ihm entgegen, dessen Farbe er nur allzu gut kannte. Byrgten und seine Kumpanen fuhren wie immer Rennen gegeneinander, wobei der Fischersohn der ungeschlagene Lenker unter ihnen war.

Der Gleiter schoss heran, umkreiste Lorin einmal und zog wieder von dannen. Grinsend setzte der Junge die Segel. *Es wird Zeit, dass du lernst, wer der Schnellste am Strand ist, Byrgten.*

Bald schon rauschten die Gefährte gleichauf über die verschneite Fläche, die Stadt kam näher und näher. Byrgten würdigte seinen Gegner mit keinem Blick, die Fahrt nahm ihn dafür zu sehr in Anspruch.

Lorin setzte sein ganzes Geschick ein, um sich einen Vorsprung herauszuarbeiten. Und wirklich gelang es ihm, Brygten und sein Gefährt wenige Schritte vor der Kaimauer zu überholen. Er hatte den Zweikampf gewonnen.

Lorin verzurrte das Segel, sprang aus dem Gleiter und sicherte ihn mit einer Kette. Den Fischersohn ignorierte er, so gut es ging, bis er Schritte hörte, die sich langsam von hinten näherten. In aller Ruhe beendete er seine Tätigkeit, bevor er sich umdrehte.

Auch an Byrgten war die Reifung zum Mann nicht spurlos vorübergegangen; er ließ sich schon seit geraumer Zeit einen Bart stehen, der allerdings noch nicht so kräftig wuchs, dass es gut ausgesehen hätte.

Der Fischersohn steckte mit einem entschlossenen Gesichtsausdruck die rechte Hand in seine Jacke.

Ein Messer? Lorins Augen wurden schmal. *So töricht kann er nicht sein.* Ein kurzer Augenblick der Konzentration, und seine Kräfte waren bereit. Seine Rechte wanderte auf den Rücken, wo er den eigenen Dolch aufbewahrte.

»Ich schulde dir noch was, Seskahin«, sagte Byrgten ein wenig grimmig und nahm die Hand aus der Tasche. Er hielt ihm einen kleinen Lederbeutel hin.

Unschlüssig betrachtete Lorin das Säckchen. »Was ist da drin? Giftige Meerschlangen?«

Der Fischersohn drückte die Seiten zusammen. »Nein, es ist nichts darin, was dir schaden könnte.« Er stellte seine Gabe auf die Bordwand des Gleiters, drehte sich um und schritt zu dem kleinen Tor, das ins Innere der Hafenanlage führte.

Lorin nutzte seine Fertigkeiten, um die Schlaufe zu öffnen und den Beutel umzustülpen. Münzen fielen klingend auf das Holz seines Gleiters. Zuerst verstand Lorin nicht, was Byrgten damit bezweckte. Doch als er die geprägten Metallscheiben zählte, kam er auf eine Summe, die ihm lange sehr gut im Gedächtnis geblieben war, bis die letzten aufregenden Ereignisse einen Mantel über seine Erinnerung geworfen hatten.

Das ist genau der Preis, den Akrar für das Beschlagen eines Pferdes verlangt! Vor etwa drei Jahren hatte ihm der Fischersohn zusammen mit seinen Freunden aufgelauert und ihm den Lohn abgeknöpft, den er dem Schmied hatte bringen wollen. Jetzt hatte er das Diebesgut freiwillig zurückgegeben.

Beinahe schämte Lorin sich dafür, von Byrgten einen Anschlag mit dem Messer erwartet zu haben. *Und er hat mich Seskahin genannt,* fiel es ihm ein. *Soll das heißen, dass er mich als Kalisstronen angenommen hat?* Gedankenverloren betrachtete er das Geld, dann lachte er auf und rannte los, um Akrar seinen verloren geglaubten Lohn zu bringen. *Es wendet sich wirklich alles zum Guten. Kalisstra und Ulldrael sei Dank.*

Der kräftige Schmied staunte nicht schlecht, als Lorin ihm die Münzen in die breite, schwielige Hand drückte. »Scheint, als wäre selbst dein ärgster Widersacher zur Vernunft gekommen, was?«

»Ja«, strahlte Lorin glücklich und stand schon wieder an der Tür. »Ich würde gern noch plaudern, aber ich werde erwartet.«

»Und das neue Messer, das du dir schmieden wolltest?«

Großzügig winkte Lorin ab. »Das hat Zeit. Ich habe da ein ganz anderes Eisen im Feuer.«

»Jarevrân?« feixte Akrar, während er mit dem Fußblasebalg die Esse anfachte und den Rohling eines Hufeisens in die glühenden Kohlen legte. »Ja, ja, man merkt, dass ihr beiden noch nicht verheiratet seid. Da macht das Lieben noch Spaß.« Wuchtig donnerte der Hammerkopf auf den rot leuchtenden Stahl. Funken stoben auf.

»Und das wird immer so bleiben«, lachte der junge Mann und verschwand. Wie immer lief er wie ein Wirbelwind durch die Gassen Bardhasdrondas, bis er das Stadttor erreichte, wo Jarevrân mit dem Hundeschlitten wartete.

Er gab ihr einen schnellen Kuss und deutete zur Erklärung auf die Dienstkammer Rantsilas. »Ich bin gleich bei dir.«

Nach kurzem Klopfen stürmte er in das Zimmer des Milizionärs und grüßte militärisch. Anschließend legte er ihm den Tornister mit den eingesammelten Berichten auf den Tisch.

»Ah, Seskahin«, meinte der Anführer der Bürgerwehr freudig. »Wie immer in Eile.« Er nickte in Richtung der Tür. »Der Mann, dem du eben die Tür an den Kopf geschlagen hast, heißt Hedevare, und der, den du ignoriert hast, ist Hørmar.«

Lorin wandte sich sogleich zu den beiden Gästen um und entschuldigte sich mit rotem Kopf für seinen forschen Auftritt.

»Sie sind aus der Stadt Kandamokk, nördlich von Vekhlathi, und berichteten mir, dass unsere diebischen Nachbarn sich mit anderen zusammentun. Sie gewähren den Lijoki offenbar Unterschlupf, während diese ihre Pläne weiter verfolgen.« Die Besucher nickten, leicht verwundert darüber, dass der Milizionär so offen vor einem halben Jungen über derart brisante Neuigkeiten sprach.

Kalfaffel, der cerêlische Bürgermeister, stieß zu der kleinen Versammlung hinzu, und Lorin fühlte, wie ihn eine gewisse Aufregung ergriff ... als gehörte er zu einem Kreis Auserwählter und Verschwörer hinzu. Er ließ sich von Hedevare und Hørmar ihre Beobachtungen schildern.

Kalfaffel stimmte Rantsilas Vermutungen zu. »Es scheint, als hätten wir uns zu früh gefreut, die Seeräuber los zu sein.« Er steckte sich eine Pfeife an und paffte hektisch, als wollte er die Kammer völlig einnebeln. »Unter diesen Umständen werden die Vekhlathi kaum bereit sein, unsere Frist anzuerkennen.«

»Ich ordne verstärkte Kampfübungen an«, meinte der Anführer der Bürgerwehr. »Damit alle jederzeit gewarnt und gewappnet sind. Sollten sich Spione der Nachbarstadt bei uns aufhalten, umso besser. Dann wissen sie, dass sie sich blutige Schädel holen werden.«

»Und natürlich sind wir für Verbündete mehr als dankbar«, wandte sich der Cerêler an die Männer aus Kandamokk. »Unsere Städte haben früher schon gut zusammengearbeitet.«

»Aus diesem Grund sind wir ja auch hier.« Hørmar legte ein gesiegeltes Schreiben seines Stadtobersten vor. »Wir haben die Erlaubnis, mit Euch ein Bündnis einzugehen, das im Fall eines Angriffs beiden Seiten das Recht auf Unterstützung zusichert.«

Kalfaffel las die Zeilen und reichte das Papier an Rantsila weiter, der es überflog und dann Lorin gab.

Vor Stolz über die Gleichberechtigung und das Vertrauen, musste der junge Mann mehrmals Anlauf nehmen, um den Sinn der Worte zu verstehen. »Es sieht gut aus«, beschied er mit bedeutsamer Miene und hielt Kalfaffel das Papier hin.

»Wenn unser Held das sagt«, lächelte der Cerêler und setzte seine Unterschrift sowie das Zeichen der Stadt Bardhasdronda darunter. Eine Abschrift behielt er für sich, die andere gab er Hørmar zurück. »Wir tauschen uns gegenseitig aus. Im Augenblick sollten wir nichts unternehmen, aber sobald die Vekhlathi und die Lijoki deutliche Vorbereitungen für einen Angriff treffen, schlagen wir zu.«

»Angriff ist die beste Verteidigung«, nickte Rantsila.

Die beiden Gäste wechselten einen raschen Blick. »Das sieht unser Bürgermeister genauso«, sagte Hedevare. »Zur Sicherheit werden wir Spione nach Vekhlathi senden.« Damit verabschiedeten sie sich und verließen das Zimmer.

»Ich höre schon Kiurikka«, meinte Kalfaffel ein wenig müde und ließ sich auf einen Stuhl in der Nähe des kleinen, bauchigen Ofens in der Mitte des Raumes sinken. »Sie wird den Süßknollen die Schuld geben, und somit ist einmal mehr Ulldrael der Gerechte der Übeltäter, vor dem sie unsere Stadt seit Jahren vergeblich warnt.«

»Ich weiß nicht, ob sie wirklich glücklich wäre, sollte es tatsächlich so kommen«, erwiderte Lorin.

In der Zwischenzeit hatte der Milizionär angefangen, die Protokollbücher durchzusehen. Schon stieß er einen Pfiff aus. »Da haben wir doch etwas. Feuerturm elf hat ein fremdes Segel gesichtet.«

»Elf?« Der Cerêler überlegte. »Das ist der nördlichste von allen. Es werden Palestaner gewesen sein«, meinte er, doch Rantsila schüttelte den Kopf.

»Es war ein Dreimaster mit geriffelten Segeln.«

»Was, bei allen Wundern der Bleichen Göttin, soll denn ein geriffeltes Segel sein?«, wollte der Bürgermeister wissen und zog schneller an der Pfeife. »Stehen da weitere Vermerke?«

»Nein. Nur: Dreimaster, morgens, drei Strich nach Aufgang der ersten Sonne, geriffeltes Segel, schnelle Fahrt nach Norden.«

»Könnte es sein, dass sich die Vekhlathi nicht nur die Lijoki als Verbündete genommen haben?«, warf der Jungmilizionär ein. »Sind das am Ende Rogogarder?«

»Sie haben für gewöhnlich andere, plumpere Schiffe. Und die Türmler kennen die rogogardischen Segler sehr gut, glaube mir.« Rantsila blätterte weiter. »Es hat keinen Zweck, ich muss mit größter Sorgfalt an die Sache heran. Jede Einzelheit ist wichtig, wenn wir herausfinden möchten, welche Gemeinheiten unsere Nachbarn planen.«

»Dann gehe ich wohl besser«, verabschiedete sich Lorin.

»Kein Wort über das, was du hier gehört hast, Seskahin«, mahnte ihn Kalfaffel. »Auch nicht zu Jarevrån, hast du verstanden? Die Aufregung wird noch groß genug werden.«

»Und morgen möchte ich dich hier sehen«, fügte Rantsila hinzu, ohne die Nase aus den Aufzeichnungen der Türmler zu heben. »Sobald die Sonnen aufgehen. Du wirst kleinen Gruppen Kampfunterricht geben.«

Wie angewurzelt blieb Lorin stehen. »Ich?«

Rantsila feuchtete einen Finger an und blätterte um. »Du hast mich im Zweikampf geschlagen. Wer also wäre besser geeignet, die Männer einzuweisen und tüchtig auf Vordermann zu bringen? Niemand kann es mit deiner Kondition aufnehmen, Stellvertreter.«

Nun war die Überraschung vollkommen. »Stellvertreter?«

»Wieso wiederholst du alles, was dir Rantsila sagt?«, lächelte der Cerêler. »Glaubst du ihm nicht?«

»Oh, danke!« Lorin grüßte, riss die Tür auf und rannte hinaus. Gleich darauf öffnete sich die Tür wieder, und sein glückliches Gesicht erschien. »Darf ich das denn jemandem erzählen?«

Rantsila und Kalfaffel nickten gleichzeitig.

Schon war der junge Mann mit den blauen Augen wieder weg, man hörte ausgelassenes Hundegebell und das Lachen von Jarevrån.

»Dafür, dass er über enorme Fähigkeiten verfügt und ein echter Held ist, bleibt er erfreulich gewöhnlich«, meinte der Cerêler.

»Er ist eben noch ein halbes Kind. Und ich würde sagen, er ist von Grund auf gut.«

Der Bürgermeister schwieg und paffte lautstark. *Hoffen wir es einmal.*

Bis heute war es ihm nicht aus dem Kopf gegangen, was sich zugetragen hatte, als er Lorin zum ersten Mal begegnet war. Die Art, wie die grüne Magie seiner Gattin Tjalpali an dem Säugling zerstoben war und wie es sie ein halbes Jahr danach beinahe das Leben gekostet hätte, als sie versucht hatte, das kranke Kind mit Hilfe der Gabe Kalisstras zu heilen, räumten seine Zweifel an

Lorins ausschließlicher Güte nie ganz aus. Etwas musste an dem Jungen sein, was ganz und gar anders war und seinem eigentlichen Wesen zuwiderlief.

Doch das Feld der Magie, um die es sich dabei zweifelsohne handelte, war zu unbestellt, zu unbekannt. So blieb Kalfaffel weiter nichts übrig, als ein wachsames Auge auf den Jungen zu haben, um die kleinste Veränderung in seinem Verhalten sofort zu bemerken. *Eine Begabung, die eine Kraft zerstört, die Menschen heilt und niemandem schadet, kann nichts Gutartiges sein. Und Gnade uns Kalisstra, wenn sie sich gegen uns wenden sollte.*

»Vier Augen sehen mehr als zwei«, sagte er und griff nach einem der Bücher. »Wir wollen heute ja noch fertig werden.«

**Kontinent Ulldart,
Königreich Barkis (ehemals Tûris),
Ammtára (ehemals die Verbotene Stadt),
Frühjahr 459 n. S.**

Pashtak blinzelte nach oben und schaute hinauf zum Ende der riesigen Säule, die wie ein einzelner mahnender Finger in den blauen Himmel zeigte. Ansonsten befand sich an dieser Stelle nichts mehr, außer den abgelaufenen Bodenplatten und den kargen Resten von Grundmauern, die an abgebrochene Zahnstummel gemahnten.

Ich wusste, dass es nicht einfach wird, seufzte er und ließ den alten Plan sinken, den er sich aus den Beständen der Bücherei mitgenommen hatte. Genau an dieser

Stelle sollte sich der allererste Palast Sinureds befunden haben. Und genau hier sollte, jedenfalls nach den Aufzeichnungen des unbekannten Schreibers, eine der beiden mächtigsten Klingen des Kontinents in einem Steinsarkophag verborgen worden sein.

Doch der Palast existierte nicht mehr; die Erbauer der Verbotenen Stadt mussten ihn im Zeitraum von mehr als vierhundert Jahren Stück für Stück abgetragen haben.

Aber einen Sarkophag bewahrt man im Allgemeinen ja in Katakomben auf, dachte Pashtak.

Schnell sah er sich um, ob er in diesem abgelegenen Teil der Stadt allein war. Dann machte er sich daran, zwischen den Resten des prächtigen Gebäudes nach einem Zugang zum Keller zu forschen. Er schnüffelte an jeder Ritze im Boden, ob sein Geruchsinn ihm vielleicht die abgestandene Luft einer Krypta oder Ähnliches zeigen würde. Aber es roch einfach nur nach gewöhnlicher Erde, gelegentlich – und sehr zu seiner Unfreude – auch nach dem Urin eines einfacheren Verwandten, der auf diese archaische Weise sein Gebietsrecht geltend machte.

Nach mehr als zwei Stunden, die er vor lauter Jagdfieber so nicht empfand, wurde seine Mühe belohnt. Nahe den letzten Ausläufern des einstigen Sumpfgebietes roch es etwas anders als nach üblicher Erde. Eilig suchte er sich ein Werkzeug in Form eines alten, abgebrochenen Schwertes, und kratzte die Fugen frei. Der Geruch verstärkte sich.

Wer sagt es denn?! Pashtak setzte die Waffe als Hebel zwischen die in Frage kommenden Platten und stemmte sich mit aller Gewalt gegen den Knauf. Die alte Klinge bog sich gefährlich und barst, als Pashtak seine letzten Kraftreserven einsetzte.

Fluchend geriet er neben der abgebrochenen Waffe ins Straucheln, das Heft in der Hand haltend. Seine Robe riss seitlich ein. *Verdammt!*

Ein Knirschen ertönte.

Der letzte Rest Erde zwischen den Fugen rutschte plötzlich ab, die Platten bogen sich unter dem Inquisitor plötzlich durch und verkeilten sich ineinander, ehe sie in die unbekannte Tiefe rutschten.

Pashtak wagte nicht zu atmen. Aber der stinkende Dunst, der von unten heraufströmte, kitzelte in seiner Nase. Alles Naserümpfen nutzte nichts; in einem gewaltigen Niesen entlud sich der Reiz. Fast augenblicklich tat sich die Erde auf, und er rauschte knurrend in die Schwärze.

Hart schlug er auf dem Boden auf; die nachfolgenden Platten knallten rechts und links neben ihm herab und verfehlten ihn um Haaresbreite. Keuchend rollte sich Pashtak herum und stemmte sich in die Höhe. Seine gelben Augen mit den roten Pupillen gewöhnten sich rasch an das trübe Zwielicht. Staub wirbelte umher und flirrte im Schein des einfallenden Tageslichts.

Soll das vielleicht so etwas wie eine alte Kanalisation sein?

Der halbrunde Gang war jeweils nach mehreren Schritten eingestürzt, Schuttmassen machten ein Weiterkommen unmöglich.

Der Geruch nach Moder stammte von dem kleinen, beinahe ausgetrockneten Rinnsaal stinkender Flüssigkeit, das Pashtaks überreizte Sinne als Exkremente identifizierten. *Shui wird mich umbringen, wenn sie meine Robe sieht und riecht.* Angeekelt lehnte sich Pashtak gegen die Backsteinwand.

Das Geräusch nachgebender Steine kannte er mittlerweile recht gut, und es verwunderte ihn an diesem Unglückstag nicht weiter, es schon wieder zu hören. Polternd fiel er zusammen mit dem Teil der Trennwand rücklings in einen weiteren Raum.

Tzulan scheint mich aus irgendeinem Grund nicht mehr zu mögen, dachte er, während er die quadratischen Steine betont langsam von sich schob und den Staub grob von seinem untersetzten Körper wischte.

Ächzend stand er auf und blickte sich um.

Dieses Mal leitete ihn die Vorsehung scheinbar richtig. Sein Durchbruch hatte ihn in ein Gewölbe geführt, das riesig zu sein schien und wahrscheinlich einen Vorratsraum des ersten Palastes darstellte.

Witternd machte er sich daran, den Raum zu durchsuchen, aus dem eine Treppe nach oben geführt hatte, die jedoch eingestürzt war. Die einst eingelagerten Kostbarkeiten und Proviantrationen bestanden nur aus Staub, und nichts, was Pashtak in irgendeiner Weise hätte hilfreich sein können, ließ sich entdecken.

Etwas enttäuscht, weil er sich schon mit dem besonderen Schwert in Händen gesehen hatte, verließ er den Raum, zwängte sich durch das Loch in der Backsteinwand und hob den Kopf.

Das sind mindestens fünf Schritt, schätzte er die Entfernung zur Oberfläche. Er würde einiges an Steinen benötigen, um sich eine so hohe Rampe zu bauen, dass er den letzten Rest mit einem beherzten Sprung überwinden könnte.

Der Inquisitor bückte sich, um mit seiner Arbeit zu beginnen, als das Sonnenlicht kurz durch einen huschenden Schatten verdunkelt wurde.

Rasch fuhr er herum und spähte zur Öffnung, wobei ihm die Helligkeit schwer zu schaffen machte. »He, hier unten ist jemand! Könntest du mich herausholen?«

»Einen Augenblick«, beruhigte ihn eine Männerstimme von oben. »Wir sind schon dabei, für Abhilfe zu sorgen.« Vielstimmiges Lachen ertönte.

Aus einem Instinkt heraus sprang Pashtak durch das Loch in der Backsteinwand.

Rumpelnd brach die Decke des kurzen Stückes vom Abwasserkanal ein, die letzte Säule folgte hinterher.

Die Gesteinsmassen und Segmente des Pfeilers verschlossen den Durchgang, eine graue Wolke aus Staub und Dreck stob auf und bedeckte Pashtak, der die Klauen schützend über den flachen, knochigen Schädel gelegt hatte und nun wartete, bis das Rumoren endete.

Schon wieder Tzulani. Hustend stemmte er sich in die Höhe. *Jetzt nehme ich die Sache wirklich mehr als persönlich, ihr Nackthäute.* Andererseits zeigte ihm der Anschlag, wie nah er an der Wahrheit war. Und dass Ammtára auf keinen Fall in die Fänge dieser Verrückten fallen durfte. Aber zuerst musste er einen Ausgang finden, und zwar einen Ausgang, vor dem keine Tzulani lauerten. Er durfte wohl kaum damit rechnen, dass sie sich damit begnügten, Schutt auf ihn zu werfen und dann anzunehmen, er sei tot. Er würde sehr, sehr vorsichtig sein. *Wo steckt nur Lakastre, wenn man sie wirklich braucht?*

In einem Anfall von Galgenhumor lehnte er sich probehalber an einer anderen Stelle des Gewölbes gegen die Wand. Doch die Mauer hielt. *Das wäre auch zu schön gewesen.*

Bei seinem ersten Schritt vorwärts brach der Boden unter ihm ein.

Und zum dritten Mal an diesem Tag musste Pashtak es zulassen, dass das Schicksal seinen Weg in die Richtung lenkte, die es für richtig hielt.

Benommen richtete er sich auf und tastete sich sorgfältig ab. Außer einer kleinen Wunde über dem rechten Auge und dem schmerzenden rechten Handgelenk schien er den Sturz einigermaßen heil überstanden zu haben.

Knurrend stand er auf. *Ich werde nie mehr allein irgendwo hingehen und mich nie mehr irgendwo anlehnen,* schwor er sich.

Schwach erkannte er das eingebrochene Stück Decke über sich. Um ihn herum aber befanden sich zehn große, quadratische Steinbehälter.

Sarkophage! Pashtak stieß einen girrenden Laut aus, die Aufregung war zu groß. *Da haben sich die vielen Stürze also doch gelohnt.*

Aber bevor er nach der Klinge forschen wollte, suchte er nach einem Ausgang aus der Krypta. Zwar war die Treppe ins Stockwerk darüber auch hier eingestürzt, aber mit Hilfe eines Sarkophagdeckels würde er sich eine Rampe bauen können. Dieses Mal prüfte er vor jedem Schritt, den er tat, den Untergrund.

Voller Erwartungen gelangte er zum ersten der imposanten Steinsärge. Die Feinheiten der Reliefs konnte er nicht richtig erkennen, aber seine Finger fühlten, dass sich der Bildhauer sehr viel Mühe mit der Gestaltung gegeben haben musste. Er würde zu einer späteren Gelegenheit mit einer Fackel und den anderen zurückkehren, um sich die Pracht in aller Ruhe anzusehen.

Stück für Stück schob er den schweren Deckel zur Seite. Im Sarg lag ein mumifizierter Toter in einer Rüstung, die skelettierten Finger um den Griff eines Schwertes geschlossen. *Eine Nackthaut,* schätzte Pashtak anhand der Knochen, die gewiss nicht mehr schmecken würden.

Er schnupperte ins Innere der Ruhestätte, um verdächtige Gerüche zu entdecken. Aber nach so langer

Zeit roch es nur nach Staub und altem Metall, das leicht korrodiert war. *Ob es das ist? Würde eine besondere Klinge rosten?* Er nahm das Schwert an sich und benutzte es als Hebel zur Öffnung der weiteren Sarkophage.

In allen ruhten Krieger in schweren, unbekannten Rüstungen. Doch ihre Waffen wiesen, jedenfalls nach der Einschätzung des Inquisitors, keinerlei Eigentümlichkeiten auf. Er ahnte, dass seine Suche noch lange nicht abgeschlossen war. Und vorher würde er seinen Fund niemandem zeigen.

Unzufrieden grollend, wuchtete er einen Sarkophagdeckel herum und lehnte ihn so an die Wand, dass er darauf zum Ausgang der Krypta klettern konnte. Das Schwert nahm er mit. Rostig oder nicht, es taugte, sich gegen die Tzulani zur Wehr zu setzen. Bald darauf stand er vor der schiefen Steintür, die er unter Aufbietung all seiner Kräfte aufdrückte.

In völliger Dunkelheit tappte er den steilen Gang nach oben, bis er an eine verschüttete Stelle gelangte. Hier endete sein Weg.

Pashtak zwang sich zur Ruhe, denn die aufkeimende Angst, in diesem Gang langsam, aber sicher zu verhungern und zu verdursten, drohte seinen Verstand zu lähmen.

Aufgeregt schnupperte er, achtete auf jede Feinheit in der abgestandenen Luft. Wenn ihn nicht alles täuschte, nahm er einen schwachen Hauch von Gras wahr.

Er tastete die Wände ab und stieß auf ein kleines Loch, durch das kaum merklich Luft von außen eindrang. Vermutlich hatte sich eine Maus oder ein anderes Tier bis hierher gegraben.

Mit dem Schwert aus dem Gewölbe verbreiterte er die winzige Röhre. »Wenn ich gewusst hätte, was mir alles bevorsteht, hätte ich das Amt niemals angenommen«, fluchte er und bohrte die Klinge ins Erdreich.

»Schau mal, Vater sieht aus wie ein Dreckschwein!«, johlte Pashtaks Zweitjüngster begeistert und schaffte es damit, die Aufmerksamkeit des restlichen Nachwuchses auf ihn zu lenken. Lachend umringten sie ihn und deuteten auf die zerschlissene Robe, die als solche nicht mehr erkennbar war.

»Er sieht nicht nur so aus«, tönte Shuis eiskalte Stimme aus der Küche, »er riecht auch so.«

Verdammt, ärgerte sich Pashtak, der sich in aller Heimlichkeit hatte umziehen wollen. Doch er hatte nicht mit der Wachsamkeit seiner Sprösslinge gerechnet. »Ich habe Nachforschungen angestellt«, versuchte er sich zu rechtfertigen und ließ einen Brummton erklingen, der beruhigend wirken sollte.

»Ach, du bist Kanalinquisitor geworden?«, meinte seine Gefährtin spitz und erschien in der Tür. Als sie Pashtak sah, musste sie zu allem Überfluss lachen. Seine Kleider waren voller Erde, auf dem Kopf thronten kleine Grashalme, und die Robe erinnerte mehr an zusammengenähte Fetzen als alles andere.

Shuis Blick wurde besorgt, als sie die Wunde entdeckte. »Was ist passiert?« Sie stellte das jüngste Familienmitglied auf den Boden und widmete sich seiner Verletzung. »Wir werden dich in ein Kräuterbad stecken.«

»Es ist nichts«, schwächte der Inquisitor ab, dem die ungeteilte Aufmerksamkeit unangenehm war.

»Du siehst aus, als hätten die Gefräßigen dich als Spielgerät benutzt und dich danach durch einen frisch gedüngten Acker geschleift.« Shui blieb eisern und schob ihn hinter das Haus, wo der große Holzzuber stand.

Während sich Pashtak, umringt von seinen kichernden Töchtern und Söhnen, verlegen girrend auszog, bereitete seine Gefährtin das Bad vor und goss heißes Wasser in den Zuber. Dann gab sie kaltes dazu und traf dabei den Inquisitor, sodass ihm die Luft wegblieb.

Doch sogleich lotsten ihn Shuis Hände in die Wanne und begannen eine entspannende Massage. Augenblicklich fing Pashtak an zu schnurren und gab sich mit geschlossenen Augen den wohltuenden Gefühlen hin. Die Kräuter taten ihr Übriges.

»Ich bin den Rätseln weiter auf die Spur gekommen«, sagte er leicht guttural.

»Den Rätseln?«, wiederholte Shui alarmiert. »Reichen dir die Morde nicht aus, die zu klären hast?«

»Oh, die sind so gut wie abgehakt«, meinte er leicht schläfrig. »Aber ich gehe Dingen nach, die wesentlich größer sind als nur ein paar tote Nackthäute.«

»Sprich vor den Kindern nicht so herablassend über die Menschen«, ermahnte Shui ihn, und ihre Fingernägel bohrten sich warnend in seinen Nacken.

»So habe ich das nicht gemeint. Ich wollte damit nur sagen, dass ich ...« Er öffnete die Lider und blickte auf die Schar seiner Kinder, die sich mit aufmerksamen Gesichtern um den Zuber verteilt hatten und eine spannende Geschichte erwarteten. *Ich erzähle hier geheime Dinge, und morgen weiß es ganz Ammtára, wenn ich nicht aufpasse.* »Los, geht spielen, ihr kleinen Plappermäuler!«, verscheuchte er sie gespielt ernst und spritzte mit Wasser.

Genau das war das Signal, auf das die Mehrzahl seiner Kleinen sehnsüchtig gehofft hatte. Bevor Pashtak sie ein weiteres Mal attackieren konnte, enterten drei seiner Sprösslinge quietschend vor Freude den Bottich, andere füllten die Eimer und gingen in den Angriff auf ihren Vater über.

Shui nahm die Robe mit dem kleinen Finger auf und betrachtete sie angewidert von allen Seiten. Sie beschloss kurzerhand, sie den Flammen des Herdfeuers zu übergeben.

Hinter ihr versank ihr Gefährte blubbernd in den Fluten. Die Kinder wurden nicht müde, ihren Vater mit kaltem Wasser zu übergießen, bis er schließlich die Flucht ergriff und den Zuber seinem Nachwuchs überließ.

Nachdem er sich in aller Eile frische Kleider angezogen hatte, vollendete er mit großer Sorgfalt seine Arbeit an der gefälschten Botschaft, die an den Vorsitzenden der Versammlung der Wahren gerichtet war. Auch die geheime Botschaft änderte er ab, packte den Brief in die Lederhülle und machte sich auf den Weg zu Leconuc.

»Ich bin zum Abendessen wieder zurück!« rief er und eilte hinaus.

Wie immer genoss er seinen Weg durch die Stadt, die von pulsierendem Leben erfüllt war.

Die Menschen aus der Umgebung wagten sich nun immer häufiger nach Ammtára, und schon allein wegen der sich verbessernden Beziehungen zu den Nackthäuten und dem aufkeimenden Vertrauen in ein nachbarschaftliches Nebeneinander beider Bevölkerungsgruppen würde er es nicht zulassen, dass von allen Geistern verlassene Tzulani die Dinge ins Gegenteil verkehrten. Die von ihm selbst abgeänderte Botschaft an Leconuc würde ihm einen Aufschluss darüber geben, wie groß die Loyalität der Verblendeten angesichts der Neuigkeiten war, die er ihnen zuspielte – und die Ergebenheit gegenüber dem Gebrannten Gott, für den die Tzulani diese rücksichtslosen Morde begingen.

Ein grelles Blinken stach ihm in die lichtempfindlichen Pupillen. Knurrend hielt er die Hand vor die Augen. Die polierte Granitkugel, die oben auf der achteckigen Säulenkonstruktion zu Ehren des Gebrannten Gottes errichtet worden war, reflektierte den Schein der Sonnen gleißender, als es Spiegel imstande waren. Höchstens Diamanten oder geschliffene Kristalle konnten damit konkurrieren.

Wir werden alle erblinden, wenn der Sommer kommt, schätzte der Inquisitor und schritt weiter voran, das Versammlungsgebäude fest im Blick. Er trat ein und durchschritt rasch die untersten Räumlichkeiten, um zügig zum Vorsitzenden zu gelangen.

Leconuc schaute neugierig auf, als der unerwartete Gast in sein Arbeitszimmer stürmte.

Pashtak achtete auf die kleinste Regung im Gesicht des Tzulani, der sich jedoch über die Anwesenheit des Inquisitors zu freuen schien. »Sag nichts ... Du willst mir die Ergebnisse deiner lang währenden Ermittlungen mitteilen?« Der Mann lehnte sich zurück und deutete auf den Sessel. »Es wird nämlich allmählich Zeit. Spätestens seit den Ereignissen in der Bibliothek dürfte es klar sein, in welche Gefahr dich deine Tätigkeit als Inquisitor gebracht hat.« Er nahm ein zweites Glas aus dem Schreibtisch und füllte es mit Wasser, das er seinem Besucher reichte. »Und wenn sie – wer auch immer ›sie‹ sein mögen – dich eines Tages erwischen, weiß sonst niemand, was eigentlich in Ammtára vorgeht.« Leconuc legte den Kopf ein wenig schief. »Ein neuer Inquisitor, neue Ermittlungen, neue Tote und vermutlich bald wieder ein toter Inquisitor.«

Pashtak witterte, so unauffällig es ihm möglich war, in Richtung des Vorsitzenden. Aber Aufregung und Nervosität suchte er vergebens, Leconuc machte einen entspannten Eindruck. Es schien ihn auch nicht zu überraschen, dass er, Pashtak, nach dem Anschlag einiger unbekannter Tzulani im Kanal noch lebte.

»Sagen wir, es dauert nicht mehr lange«, zog er sich diplomatisch aus der Schlinge. Um den Vorsitzenden abzulenken, streckte er ihm die Hand mit der Lederrolle hin. »Das ist mir bei meinen Ermittlungen in die Hände gefallen. Ich entdeckte einen toten Botenreiter am Wegesrand, den wohl einige meiner Artgenossen tranchiert haben.« Als er den entsetzten Blick des Mannes sah, musste er grinsen, und die spitzen Zahnreihen in seinem kräftigen Kiefer wurden sichtbar. »Nein, nein, Leconuc. Meinen Untersuchungen nach sind Ross und Reiter gestürzt. Genickbruch. Meine Verwandten haben die Gelegenheit genutzt, mehr nicht.«

»Solange sie sich mit Aas begnügen«, meinte der Tzulani etwas erleichtert und stutzte, als er das erbrochene Siegel am Behälter bemerkte.

»Der Sturz«, erklärte der Inquisitor und musste sich zusammennehmen, dass er keine verräterischen Laute ausstieß, die ihn seiner Lüge überführten. »Er muss sich aus vollem Galopp überschlagen haben.«

Leconuc nahm den Brief heraus, las die Zeilen und legte das Papier auf einen Stapel weiterer Blätter. »Nichts Wichtiges«, sagte er, nachdem er den Blick des Inquisitors bemerkte. »Nur der Ausdruck der Freude eines Glaubensfreundes aus Ulsar. Die Kathedrale muss immense Fortschritte machen.«

»Aber nichts im Vergleich zu dem, was wir geleistet haben.« Pashtak erhob sich und gab sich geschäftig. »Entschuldige mich, Leconuc, aber die Pflicht ruft. Wenn alles so verläuft, erstatte ich der Versammlung schon bald Bericht.«

»Oder du bist bald tot«, meinte der Vorsitzende besorgt. »Teile dich uns mit, schon für deinen eigenen Schutz, Pashtak. Tot nutzt du den Bewohnern von Ammtára gar nichts.« Er erhob sich ebenfalls und trat zu einer zweiten Tür. »Bis bald.«

Der Inquisitor tat so, als würde er den Saal ebenfalls verlassen, verzögerte aber das Hinausgehen so lange, bis Leconuc verschwunden war.

Flugs hastete er zu einem der großen Schränke und drückte seine gedrungene Gestalt hinein. Durch einen schmalen Spalt lugte er hinaus und wartete ab, was sich ereignen würde. Unschöne Erinnerungen an den Keller in Braunfeld stiegen auf.

Eine Weile darauf kehrte der Tzulani zurück und entzündete am helllichten Tag eine Kerze.

Ha!, dachte Pashtak triumphierend und fühlte seinen vagen Verdacht bestätigt. Dennoch hätte er den seiner Ansicht nach eher gemäßigten Anhänger des Gebrannten Gottes lieber auf seiner Seite gewusst.

Der Vorsitzende nahm den Stapel mit Briefen, Aufzeichnungen und Unterlagen zur Hand und ordnete ihn säuberlich. Gelegentlich behielt er ein Papier länger in der Hand, blieb an dem Geschriebenen hängen, murmelte etwas oder grinste manchmal. Schließlich suchte er sich die Nachricht heraus, die ihm Pashtak überbracht hatte.

Doch anstelle das Blatt über die Kerze zu halten, legte er es vor sich und kramte in einer Schublade herum. Er pellte einen winzigen quadratischen Gegenstand aus einem Wachstuch, nahm ein hauchdünnes Messer und legte den Gegenstand mit einer feierlichen Geste auf die Klinge, die er über die Flamme hielt. Nach wenigen Lidschlägen stieg ein Rauchfaden von der Substanz auf, harziger Geruch verbreitete sich.

Leconuc beugte sich schnell nach vorne und inhalierte die Dämpfe ausgiebig, bis der letzte Rest der köchelnden Masse zu einem unansehnlichen schwarzen Fleck austrocknete.

Der Vorsitzende lächelte verklärt, lehnte sich mit einem zufriedenen Seufzen zurück und genoss die einsetzende Wirkung des berauschenden Mittels.

Das darf ja wohl nicht wahr sein! Pashtak fühlte Fassungslosigkeit in sich aufsteigen. *Er verleiht seinem Verstand schon am Nachmittag Schwingen. Diese Nackthäute.*

Die Tür schwang auf, und ein unscheinbarer Sekretär, beladen mit einer Schreibunterlage, Büchern und Folianten, trat ein, um seine Last auf Leconucs Tisch abzuladen.

Der Vorsitzende deutete müde auf die ausgebreiteten Papiere. »Einsortieren, wie immer«, befahl er. »Und danach geh nach Hause.«

Der Mann verbeugte sich und kam der Aufforderung nach. So schnell, wie er gekommen war, verschwand er wieder. Pashtak meinte aus seinem Versteck heraus gesehen zu haben, wie beim Anblick der Nachricht aus Ulsar ein erleichtertes Lächeln über das Gesicht des Sekretärs gegangen war.

Daraus ergab sich eine abgeänderte Variante seiner Verschwörungstheorie. Um sie zu bestätigen, musste er sich allerdings an die Verfolgung des Sekretärs machen.

Dem Vorsitzenden fielen die Augen zu, ein seliges Lächeln stand in seinem Antlitz, leise summte er ein Lied und raunte Frauennamen.

Pashtak atmete tief ein. So leise wie es ihm möglich war, öffnete er den Schrank, kroch über den Boden, um sich im Schutz des Tisches in Richtung des Ausgangs vorzuarbeiten, durch den der andere Tzulani verschwunden war. Beinahe hatte er sein Ziel erreicht.

»Pashtak? Wohin willst du?«

»Oh! Wer? Ich?!« Wie angewurzelt blieb der Inquisitor stehen. »Ich bin gar nicht hier. Ich bin nur eine Einbildung, Leconuc«, sagte er in beschwörendem Tonfall und schob die Klinke nach unten. »Die Ausgeburt deines Rausches.« Schnell glitt er hinaus und drückte die Tür ins Schloss, ehe Leconuc nachhakte.

»Ach so«, murmelte der Vorsitzende träge. *Das ist mir schon öfter passiert. Ich sollte damit aufhören …*

Der Inquisitor aber folgte der Geruchsspur des Mannes, sein Jagdinstinkt trieb ihn vorwärts. Er gelangte in das nächsthöhere Stockwerk, wo er das Gewand des Sekretärs in einem Durchgang verschwinden sah, der ins Archiv der Versammlung führte. Leise schlich er sich an. Hinter einem Regal hervor beobachtete er den Mann, der gewissenhaft den Schriftverkehr zu den Akten legte.

Nur die neueste Nachricht behielt er in der Hand. Er setzte sich an einen Tisch und fertigte eine Abschrift an, die er nach einer halben Stunde Arbeit ebenfalls in einen dicken Ordner legte, bevor er sich anschickte zu gehen.

Nun begann eine Verfolgungsjagd quer durch Ammtára, bei der Pashtak schnell begriff, dass der Tzulani keineswegs nach Hause ging. Der Inquisitor nutzte jede Gebäudeecke und jedes bisschen Schatten, um sich vor einer zufälligen Entdeckung zu schützen. Schließlich betrat der Sekretär ein kleines Häuschen.

Das wird dir auch nichts bringen. Pashtak erklomm die Außenwand, die erfreulicherweise aus groben Steinen bestand und seinen kräftigen Krallenhänden genügend Halt boten.

Vorsichtig robbte er auf dem Reetdach entlang zu dem Schornstein und presste sein Ohr an die Öffnung.

Mehrere Stimmen drangen zu ihm hinauf, eine davon gehörte Leconucs Sekretär.

»Es wurde allmählich Zeit, dass sie sich melden«, ertönte eine ungehaltene Stimme. »Ich dachte schon, sie vergessen uns, nachdem die Kathedrale neu errichtet wird.«

»Dabei würde sich das Zentrum von Tzulans Gläubigen in Ammtára viel besser machen als in Ulsar, das außer der Kathedrale wenig mit dem Gebrannten Gott zu tun hat«, fügte eine Frau säuerlich hinzu. »Wir sollten endlich die Macht übernehmen und diese lächerliche Versammlung absetzen. Unsere gemäßigten Mitgläubigen rauben mir mit ihrer Anbiederung an die Ungeheuer und ihrer Kompromissbereitschaft noch den letzten Nerv.«

»Am besten gleich opfern«, verbesserte ein Dritter lachend, und die anderen stimmten mit ein.

»Ich hab's«, verkündete der Sekretär. »Aber es wird euch nicht gefallen.«

»Lies vor«, drängte eine männliche Stimme.

»'Tzulan, der sich immer mehr am Himmel zeigt, hat uns ein Zeichen gesandt. Der Gebrannte Gott deutete uns, dass beim Gleichstand der Monde alle Niederen in unserem engeren Kreis vom Höchsten in einer nächtlichen Tempelzeremonie Tzulan selbst geopfert werden sollen. Ihr erweist dem Gebrannten damit die höchste Ehre, indem ihr euer Leben für ihn gebt. Handelt, denn davon hängt der Erfolg unserer Sache ab. Wir sind bereit.«

Es herrschte betretenes Schweigen.

Ja, da staunt ihr, was?, freute sich Pashtak auf dem Dach und lachte lautlos. *Menschen umzubringen mag einfach sein, aber das eigene Leben für Tzulan zu geben, da wird es eng, ihr feigen Mörder.*

»Tja«, meinte einer der Männer nachdenklich. »Ich weiß nicht ... aber der Wortlaut der Nachricht klingt nicht so, wie ich ihn von anderen Botschaften her kenne.«

»Du hast Angst, dein Leben für Tzulan zu geben«, fuhr ihn die Frau hart an. »Ich jedenfalls werde ihm freudig meine Energie geben, damit er seinen Fuß in wahrhaftiger Gestalt auf Ulldart setzt und von hier aus seine Regentschaft beginnt.« Sie erntete gemurmelte Zustimmung.

Der Inquisitor bleckte die Zähne. *So ist es richtig.*

»Um ehrlich zu sein, nichts täte ich lieber, als mich für den Gebrannten Gott in den Tod zu stürzen«, sagte der Sekretär, »aber ich teile die Bedenken von Wulfrimm. Und wir sollten nicht vergessen, dass dieser Inquisitor viele Tage beim Schmökern alter Bücher verbracht hat. Er selbst übergab die Botschaft an Leconuc.«

»Es dauert wahrscheinlich zu lange, eine Bestätigung aus Ulsar einzuholen. Der Gleichstand ist in knapp zwei Wochen«, meinte die Frau wieder. »Können wir es uns leisten, Tzulan unsere Leben vorzuenthalten?«

»So warte ...«, sagte einer der Männer überrascht. »Der Inquisitor lebt? Ich dachte, wir hätten ihn in einer Ruine begraben.«

»Das wird ja immer besser«, rief die Frau erbost. »Nun begibst du dich schon auf eigene Faust auf Unternehmungen, ohne es mit uns abzusprechen.«

»Die Gelegenheit war günstig«, hielt der Gemaßregelte dagegen. »Er muss mit Ulldrael im Bunde stehen, dass er unseren Anschlägen entkommen kann.«

»Und das bestätigt ihn nur in seinen Nachforschungen, du Narr!«, beschimpfte die Frau ihn. »Wir werden dich nicht opfern, dein Tod wäre eine Beleidigung.«

Die Runde schwieg und brütete über der Lösung des Problems.

»Wir nehmen uns diesen Pashtak einfach vor«, äußerte der Sekretär.

»Als ob wir das nicht schon versucht hätten«, lachte ein anderer freudlos. »Er muss eine Bestie im Kampf sein. Wenn ich an unsere Leute in der Bibliothek denke, kann ich nur davor warnen, ihn anzugreifen.«

Ich auch, dachte Pashtak.

»Nein, nicht so«, wehrte der Sekretär ab. »Er ist ein Familienwesen. Wenn wir ein oder zwei seiner Gören in unsere Gewalt bringen, ihn befragen und damit unter Druck setzen, bis wir die Macht in Ammtára übernommen haben, werden wir mehr erreichen als durch all unsere Mordanschläge.«

Zu spät hatte sich der Inquisitor wieder unter Kontrolle. Ein gefährliches Grollen entstieg seiner Kehle und schallte durch den Schornstein hinab.

Sofort schwiegen und lauschten die Verschwörer.

»Nur der Wind«, gab die Frau nach einer Weile Entwarnung. »Ich schlage vor, wir gehen dem Plan unseres Freundes nach. Morgen greifen wir uns eines seiner Bälger und hinterlassen eine Nachricht. Alles Weitere planen wir, nachdem wir die Antwort erhalten haben.«

»Gibt es einen Grund, warum du am Kamin lauschst?«, fragte eine sanfte Stimme in Pashtaks Rücken. »Bist du den Mördern auf der Spur?«

Erschrocken wirbelte er herum und riss dabei einen Stein aus dem Rand. Kleine Teile der Verfugung rieselten den Schlot hinab. Nun gerieten die Tzulani in helle Aufregung.

Lakastre hockte eine Armlänge hinter ihm und schaute ihn lächelnd an. »Ich wollte dich nicht erschrecken, Inquisitor.«

Pashtak fluchte leise. Unten wurde die Tür aufgerissen, die Tzulani rannten in verschiedene Richtungen davon. »Ich brauche deine Hilfe«, sagte er bittend zu der Frau. »Sie wollen meiner Familie etwas antun.«

Die Pupillen der Frau glommen grellgelb auf. »Es sind sieben. Ich nehme die fünf, die durch den Vorderausgang entkommen sind, du übernimmst die anderen.« Feucht glitzerten ihre Fangzähne. »Allmählich wird eine Profession daraus, dich zu unterstützen. Aber es ist sehr einträglich. Und du schuldest mir etwas.« Mit einem gewaltigen Satz sprang sie auf den Boden und nahm die Verfolgung der Verschwörer auf.

Gewissensbisse, den Tzulani den leibhaftigen Tod auf den Hals gehetzt zu haben, verspürte Pashtak nicht. Nun musste er sich selbst sputen, bevor die Witterung der anderen verblasste.

Pashtak erwischte sowohl den Sekretär als auch die Frau, die sich sofort ergaben, als sie bemerkten, wer ihnen an den Fersen hing. Sein Ruf als Kämpfer musste legendär sein.

Er verschnürte sie und alarmierte eine der Patrouillen aus »Nimmersatten«, die die beiden Nackthäute unter den Arm klemmten und wie Puppen zum Gefängnis transportierten. Den Brief nahm er vorsichtshalber wieder an sich und deponierte ihn im Haus der Verschwörer, damit ihn andere Tzulani auflesen sollten. Wenn ich meine beiden Gefangenen richtig verhöre, werde ich noch weitere Namen herausfinden.

Doch seine Hoffnung wurde nicht erfüllt.

Der Sekretär und die unbekannte Frau lagen am nächsten Morgen tot in ihren Zellen. Sie hatten sich die Adern an den Kanten hervorspringender Steine aufgeschlitzt und waren verblutet.

Von den anderen fünf Verschwörern hörte Pashtak ebenfalls nichts mehr. Es wunderte ihn nicht einmal.

Tief in seinem Herzen empfand er Erleichterung. Und als er nach dem Aufstehen seine Töchter und Söhne an sich drückte und eine Träne aus seinem Augenwinkel sickerte, wusste niemand so recht, wie sein merkwürdiges Verhalten zu deuten war.

Den Wärtern des Gefängnisses rang er ein Schweigegelübde ab. Auch den »Nimmersatten«, die seine Gefangenen transportierten, hielt er eine kurze Predigt über die Folgen, wenn sie seine Mission durch Plauderei in Gefahr bringen sollten.

Dann machte er sich auf den schweren Weg zu Leconuc, dem er außer Shui und, so abstrus es klang, Lakastre als Einziger in Ammtára vertraute.

II.

**Kontinent Ulldart, Großreich Tarpol,
Provinz Granburg, Hauptstadt Granburg,
Frühsommer 459 n. S.**

Aljascha Radka Bardriç sprang von ihrem Stuhl auf, so schnell es ihr Zustand erlaubte, und las mit zitternden Händen die Nachricht ein weiteres Mal, die ihr soeben ein Bote aus der Hauptstadt überbracht hatte.

Er ist also tatsächlich tot. Dieser verdammte Bastard ist hinüber. Nun ist die Zeit für die Rückkehr nach Ulsar gekommen.

Sie setzte sich ans Fenster ihres Arbeitszimmers; ihre hellgrünen Augen schweiften über die Dächer und blickten in die Ferne, als könnten sie die Silhouette der Hauptstadt erkennen. *Es wird ein Triumphzug sein. Und ich werde alle meine so genannten Freunde, die mich in diesem furchtbaren Ort verkommen lassen wollten, das Fürchten lehren. Zusammen mit Zvatochna und Govan werde ich das Reich regieren.*

Sie zerknüllte das Blatt mit einem bösartigen Lachen und warf es ins Feuer.

An die Möglichkeit, dass die Kensustrianer einen Hinterhalt gelegt hätten, glaubte sie nicht. Aljascha ahnte sehr wohl, wem ihr Mann seinen jähen Tod zu verdanken hatte. *Nur dass Mortva zu diesem Zeitpunkt das so lange Versprochene in die Tat umgesetzt hat, verwundert mich ein wenig.*

Gedankenverloren strich sie sich über ihren Unterleib, der unter dem weißen, raffiniert geschnittenen Samtkleid eine kaum merkliche Wölbung aufwies.

Das neue Leben in ihr reifte allmählich heran. Diesem Umstand allein verdankte sie, dass sie überhaupt noch ihren Kopf zwischen den Schultern trug. *Wie schade, dass ich dich später nicht mehr gegen deinen Vater einsetzen kann. Aber mir fällt schon noch ein, für was du mir nützen wirst.*

Aljascha erhob sich und ging hinüber zu dem Sekretär, um verschiedene Briefe an die Adligen in Ulsar aufzusetzen. Sie wollte die Familien der Reichen und Mächtigen von ihrer Rückkehr in Kenntnis setzen.

Da entdeckte sie den zweiten, kleineren Umschlag, den sie in ihrer Aufregung und Freude über den Inhalt der ersten Nachricht vergessen hatte.

Sie öffnete ihn und erkannte schon bei der ersten Zeile die Handschrift und die Anrede ihrer Tochter.

»Liebste Mutter,

wie Ihr sicherlich erfahren habt, ist Euer Gatte durch einen heimtückischen Anschlag der Kensustrianer zu Tode gekommen. Möge Ulldrael der Gerechte seiner Seele gnädig sein.

Das Volk und auch wir, seine und Eure Kinder, sind voller Trauer.

Wir wissen, dass Ihr den Schmerz wahrscheinlich nicht in der gleichen Weise empfindet und auch nicht zeigen werdet.

Daher hat Govan entschieden, dass Ihr zunächst an Ort und Stelle verbleiben werdet, bis das Volk den Tod des Kabcar verwunden hat.

Euer Sohn meinte, es könne unklug sein, Euch, die nachgewiesenermaßen den Kabcar töten wollte, bald nach dem Ableben des populären Herrschers in die Hauptstadt zu holen. Das aufgebrachte Volk könnte diese Geste falsch verstehen.

Bitte habt Verständnis für diese Verfahrensweise, liebste Mutter, auch mit Blick auf Eure eigene Sicherheit. Der Pöbel könnte seinen Zorn entladen und Euch schaden wollen.

Ich zumindest kann es kaum erwarten, Euch zu besuchen, was ich in den nächsten Monaten sicherlich tun werde.

Govan hat die Auflagen des Kabcar für Euren Hausarrest gelockert. So dürft Ihr nun Briefe schreiben und Besucher empfangen, wenn Ihr möchtet. Euer monatliches Budget wurde auf 600 Waslec angehoben, die Dienerschaft dürft Ihr frei wählen. Der Hof wird die Kosten übernehmen. Der Gouverneur von Granburg wurde dahingehend instruiert.

Ich selbst werde meinen Bruder weiterhin zu überzeugen versuchen, Euch schneller als von ihm vorgesehen zurückzuholen, damit wir zusammen Ulldart und alles, was noch kommen möge, regieren können.

Haltet aus, liebste Mutter. Es wird nicht ewig dauern.

Euere Euch liebende und verehrende
Zvatochna«

Mit gemischten Gefühlen starrte Aljascha auf die Linien.

Auf der einen Seite konnte sie die Einwände nachvollziehen; auf der anderen aber hatte sie fest damit gerechnet, nun an den Hof zurückkehren zu können.

Enttäuscht sank sie in dem Stuhl zurück und schaute ins Nirgendwo, während ihr Geist nach einer anderen Lösungsmöglichkeit suchte.

Ich werde ihnen anbieten, in aller Heimlichkeit anzureisen und hier eine Doppelgängerin einzusetzen, beschloss sie. *Dann wäre ich wenigstens in der Nähe der beiden und könnte mich besser einbringen.*

Voller Elan schrieb sie ein paar hastige Zeilen, in denen sie ihren Kindern den Vorschlag unterbreitete. Mit einer energischen Geste siegelte sie den Brief mit dem Wappen Kostromos, obwohl ihr Gatte ihr den Titel »Vasruca« aberkannt hatte.

Es klopfte an der Tür, und ihre stumme, taube Haushälterin Natalja trat ein, um ihr den nachmittäglichen Tee zu servieren.

Die Konversation mit ihr gestaltete sich als äußerst schwierig. Mittels knapper Zeichen gelang es der einstigen Kabcara, ihre Wünsche verständlich zu machen. Mehr als Waschen, Kochen und Servieren war dem Mädchen nicht möglich, und Aljascha zeigte sich niemals mit dem Geleisteten zufrieden.

Aber das hat nun ein Ende. Sie beobachtete das ihr verhasste Mädchen, wie es den heißen Tee eingoss, die Schale mit dem leichten Gebäck auf den Tisch stellte und sich nach einer knappen Verbeugung wieder zurückziehen wollte.

Die einst mächtigste Frau Ulldarts aber drückte den Tisch mit ihrem Fuß ein wenig zur Seite, sodass die Tasse auf den Teppich fiel und zerschellte.

Natalja sah die Bewegung aus den Augenwinkeln und kehrte zurück, um die Scherben einzusammeln und den Tee mit ihrer Schürze aufzusaugen.

»Ich konnte dich noch nie leiden«, sagte Aljascha zu ihr und stand auf, umrundete sie und stellte sich in ihren Rücken. »Du bist mir zu hübsch, zu makellos für ein Bauernweib. Und du starrst unentwegt auf meine Narbe, du freches Gör. Bestimmt freust du dich darüber. Hast du eine Vorstellung, was ich hier erdulden muss? Während meine Kinder am Hof ins Saus und Braus leben, sitze ich vor aller Welt erniedrigt und auf immer entstellt in dieser Einöde, umgeben von einfachen Wänden und Einsamkeit.« Kalte Wut stieg bei den gedanklichen Bildern von den großzügigen Sälen, Theatern und anderen prachtvollen Orten Ulsars in ihr auf. »Und mein großzügiger Sohn gewährt mir in seiner überragenden Gnade stolze einhundert Waslec mehr als sein Vater.« Sie verlor die Beherrschung und trat nach der Dienstmagd.

Mit einem Schmerzenslaut fuhr Natalja zusammen und wandte sich erschrocken zu der ehemaligen Kabcara um, da sie sich keines Fehlers bewusst war.

Aljascha beugte sich mit funkelnden Augen herab. »Mir verdankt der Junge, dass er überhaupt auf die Welt gekommen ist und sich in der Macht aalen kann, die mir gebührt. Mir, verstehst du?! Ich werde wie ein Sturmwind über Ulsar hereinbrechen!«

Die junge Frau raffte die Scherben an sich, sprang auf und wollte zur Tür laufen, um dem jähzornigen Anfall zu entkommen.

Aljascha fauchte wie eine Furie, schlug dem vorbeihastenden Mädchen kraftvoll ins Gesicht, packte es an den Haaren und schleuderte es mit Schwung nach draußen.

Natalja stolperte, verlor das Gleichgewicht und fiel kopfüber die Stufen hinunter. Das zersprungene Porzellan klirrte auf dem Steinboden.

»Verschwinde! Du bist entlassen!«, rief Aljascha vom oberen Treppenabsatz aus der leblosen Gestalt zu.

Die Magd rührte sich nicht.

»Tu nicht so, als wärest du verletzt.« Vorsichtig ging sie die Stufen hinab und drehte das Mädchen mit dem Fuß auf den Rücken. Die halboffenen Augen wirkten gläsern.

Ohne sichtbare Regung machte Aljascha einen Schritt über die Tote hinweg und öffnete die Haustür. Sogleich wandte sich die Wache um.

»Sage dem Gouverneur, ich benötige ein neues Dienstmädchen. Das hier ist verunglückt. Aber dieses

Mal möchte ich eines, das sprechen, lesen und schreiben kann.«

**Kontinent Ulldart, Großreich Tarpol,
vier Warst nördlich der Hauptstadt Ulsar,
Frühsommer 459 n. S.**

Govan beobachtete die Schmiede vom Fenster des Rathauses aus, wie sie in den Gerüsten herumkletterten und die Einzelstücke der Statue zu Ehren seines Vaters zusammensetzten.

Acht Schritt würde sie hoch sein und den Verstorbenen mit einem Lächeln abbilden; die Linke sollte das Schwert umfassen, und der rechte Arm würde in die Ferne deuten als Zeichen, dass der Kabcar ursprünglich noch mehr hatte erobern wollen als nur Kensustria. Jedenfalls gedachte Govan, es so auszulegen.

Es hatte keines Erlasses bedurft, um Freiwillige zu finden, die den Männern zur Hand gingen. Kaum hatte sich in der Hauptstadt herumgesprochen, was dort auf dem Platz vor der Kathedrale entstehen sollte, strömten die Bewohner in Scharen herbei, um an Stricken zu ziehen und Taue zu halten, während die Handwerker ein Teil nach dem anderen aneinander fügten und Bolzen in die rechten Stellen trieben. Govan erkannte zwischen den Untertanen auch die enorme Statur seines Bruders Krutor, der ein Seil hielt, an dem sonst zehn Mann zerrten.

Selbst nach seinem Tod mobilisiert er die Menschen wie keiner jemals vor ihm. Der Tadc stützte eine Hand an den Fensterrahmen und lehnte seinen Kopf an. *Ich glaube,*

Mortvas Einschätzung, dass man meinen Vater vergessen wird, ist ein Trugschluss. Also muss ich alles unternehmen, um größer als Lodrik Bardriç zu sein, ganz gleich wie. Ich werde ihn durch meine Taten aus dem Bewusstsein der Menschen drängen.

Er warf einen Blick über die Schulter nach hinten und musterte den leeren Saal mit den vielen Stühlen, in dem sich einst die Brojaken und Adligen des Landes getroffen hatten, um dem Kabcar Vorschriften zu machen und die Geschicke nach eigenem Gutdünken zu lenken.

Die Brojaken waren eine durchaus praktische Gruppe von Menschen, die Govan für seine Zwecke einzuspannen gedachte. Seine Mutter hatte mit der Neugründung der Adelsstände die Vorarbeit geleistet, seine Schwester würde sie vollenden. Die Rückkehr zum alten System und die restlose Aufhebung aller Reformen seines Vaters hatte er schon beschlossen, als er noch ein kleiner Junge gewesen war und die Geschichten über das »alte« Tarpol gelesen hatte.

Alle, die Macht haben, sollten sie entsprechend einsetzen. Furcht regiert besser als alles andere. Furcht und Gold. Beides kann ich in Maßen verbreiten, wenn mir danach ist.

Sein Blick wandte sich wieder dem Geschehen auf dem Platz zu, wanderte über die geschäftige Menge hinweg und fixierte die Fassade der Kathedrale, die, obwohl schon fertig gestellt, wieder mit Stützwerken, Gestellen und Verstrebungen umgeben war. Er hatte nämlich angeordnet, ein paar stilistische Neuerungen anbringen zu lassen.

Von diesen Veränderungen hatte er eines Nachts geträumt.

Er war in dieser Illusion um das Gebäude geflogen, das so ganz anders, noch düsterer und finsterer aussah, wie es sich bisher präsentierte. Und genauso wollte er die Kathedrale haben, mit der er noch Großes beabsichtigte.

Damit nicht genug.

Die Pläne zur Umänderung der Hauptstadt lagen schon in den Schubladen bereit, seine Architekten mussten ohne Unterlass an den Reißbrettern sitzen, bis der Thronfolger nach zwei Wochen zufrieden nickte. Sobald er auf dem Thron saß, würde sich innerhalb eines Jahres das Gesicht Ulsars gehörig wandeln.

Govan verschwendete keine Zeit.

Er wollte sich und seine Macht wie Wasser nach allen Seiten ausbreiten, und das mindestens genauso unaufhaltsam, notfalls auch so zerstörerisch wie das Naturelement. *Ulldart wird der Mittelpunkt meines Imperiums.*

Natürlich wollte er eine Frau an seiner Seite, die ihn ohnehin schon unterstützte. Doch ihr Herz wahrhaftig zu entflammen war ein Kunststück, das ihm trotz aller Magie noch nicht gelang.

Dafür musste er zusehen, wie sich andere wie die Bienen um seine Schwester sammelten, in der Hoffnung, von ihrem Nektar zu kosten und sich mehr als nur über ihren betörenden Anblick zu erfreuen.

Auch er wünschte sich genau das.

Govans Atem ging schwer, die Gedanken wühlten sein jähzorniges Temperament auf. Seine Kräfte wisperten ihm lockend zu, dass er ihnen freien Lauf lassen möge. Gelegentlich tat er das auch, gönnte sich gewaltige Eruptionen und fing die vernichtenden Energien in spektakulären Effekten ab.

Doch im Augenblick war er nicht in Stimmung für derlei Spielereien. Es verlangte ihn danach, etwas restlos auszulöschen, jedoch nicht mitten in der Hauptstadt.

»Hoher Herr, hier seid Ihr.« Mortva Nesreca trat an ihn heran. »Ich wollte die Vorbereitungen für die Krönungsfeierlichkeiten in einer Woche mit Euch besprechen.« Das dämonische Wesen in menschlicher Gestalt blickte ebenfalls auf den großen Marktplatz. »Wie erfreulich das Volk doch teilnimmt, nicht wahr?«

»Es leidet mehr, als ich es tue. Sie werden ihn schwer vergessen«, prophezeite der Tadc mit düsterer Stimme.

»Sie werden ihn vergessen, sobald Ihr die ersten Erfolge erzielt«, widersprach Nesreca sanft und legte einen Arm auf den Rücken. Jede Bewegung, jede Betonung, der Sitz der tarpolischen Uniform, ja, der gesamte Eindruck gestaltete sich vollendet.

Die Vergänglichkeit, das bemerkte Govan einmal mehr, berührte seinen Konsultanten erfolglos. Wie in all den Jahren zuvor präsentierte sich der Vertraute als gut aussehender, bartloser Mann um die Dreißig, von durchschnittlicher Statur und mit glatten, grausilbernen Haaren, die offen bis auf den Rücken hinabhingen.

Wie gern würde ich seine wahre Gestalt sehen. Der junge Herrscherssohn fuhr sich durchs Haar. »Schaffen es die Steinmetzen und Kunstschmiede?«

Bedächtig nickte Nesreca. »Pünktlich zur Krönung ist die Kathedrale für Euch bereit, Hoher Herr.« Er wandte sich zu dem jungen Mann, den er beinahe wie einen Sohn großgezogen hatte. Im aufwändig bestickten Soldatenrock glich er im Halbdunkel fast Lodrik, nur die Bescheidenheit seines leiblichen Vaters hatte er nicht geerbt. Der Uniformstoff strotzte vor Gold- und Silberfäden, Ornamenten und Wappensymbolen. »Und was ist mit den Gaben fürs Volk?«

»Was soll damit sein?«, meinte der Tadc gelangweilt. »Sie sollten mir etwas bringen. Schließlich übernehme ich ihren Schutz in einer Zeit der größten Not.«

»Die Hohe Herrin hat bereits Ochsen, Brot, Wein und Bier für eine Feier geordert«, erklärte sein Konsultant. »Ich wollte das nur von Euch bestätigt wissen.«

Govan drehte sein Gesicht zu Nesreca. »Wenn meine Schwester Euch etwas befiehlt, dann habt Ihr das gefälligst auch zu tun, Mortva. Ich vertraue ihr voll und ganz.«

Der Berater verneigte sich leicht. »Ansonsten sind die Einladungen an die Adligen des Landes ergangen. Die Abgesandten der Vizekönigtümer werden es dagegen nicht schaffen, in so kurzer Zeit nach Ulsar zu kommen.«

»Mein Vater fing ähnlich stürmisch an«, kommentierte Govan knapp. »Und er wurde der mächtigste Mann. Gäbe es ein besseres Vorbild? Ich will einfach nur schnell den Titel des Kabcar tragen.« Der Konsultant lachte leise und samten. »Was ist daran so unterhaltsam, geschätzer Mentor?«, erkundigte Govan sich verdutzt.

»Es ist für Euch doch nichts weiter als eine Zwischenstation. Selbst der Titel des ¢arije ist nur ein Trittstein auf Eurem Weg zum Gipfel der Macht.«

»Ihr müsst es wissen, Mortva. Ihr habt mich gelehrt, dass Macht etwas sehr Nützliches und Schönes ist.«

Nesreca schien belustigt. »Ich habe es Euch gelehrt, ja, gewiss. Die Umsetzung in die Wirklichkeit liegt dagegen ganz in Euren jungen Händen. Und wie mir scheint, werden diese Hände formend und gestaltend wirken.« Er öffnete die Fensterflügel. Das Hämmern und Schmieden, die Rufe der Arbeiter, das Rauschen des Windes und die Gerüche der Stadt wehten in das riesige Zimmer. Seine langen silbernen Haare bewegten sich sanft. »Hört, Hoher Herr ... Welche Laute und Düfte wird der Wind uns morgen bringen? Vielleicht das Aroma eines neuen Landes?«

Govan grinste und atmete tief ein. »Nein, lieber Mortva. Morgen riechen wir noch nicht das Odeur anderer Küsten. Aber es wird nicht lange dauern. Zvatochna besiegt die Grünhaare im Handumdrehen, Ihr werdet sehen. Mein nächstes Ziel habe ich bereits herausgesucht. Irgendwann wird der Wind, egal von woher er weht, aus meinem Reich kommen.« Er stockte, überlegte und lachte unvermittelt los. »Mir ist eben eingefallen, dass ich dann einen eigenen Titel erfinden müsste; ¢arije oder Kaiser ist das Höchste, was man auf Ulldart werden kann.« Er schritt hinaus auf den schmalen Balkon, von dem üblicherweise die Flaggen gezeigt wurden. »Aber wie soll ich mich nennen, wenn ich mehr als einen Kontinent beherrsche?« Sein Gesicht nahm einen entrückten Ausdruck an. »Wie nennt sich ein solcher Gebieter, Mortva?« *Ein Mann, der noch dazu die Kraft eines zweiten Gottes in sich trägt?*

Der Konsultant kreuzte schmunzelnd die Unterarme auf Bauchhöhe. »Es gibt vermutlich unangenehmere Beschäftigungen, als sich eine Bezeichnung für einen nie da gewesenen Regenten zu suchen, Hoher Herr.«

Einer der Schmiede hatte die beiden auf dem Vorbau des Ratsgebäudes entdeckt. Er rief den Menschen auf dem Platz etwas zu, und alle schauten zu Nesreca und dem Tadc auf. Die Menge fiel auf die Knie und wünschte Govan ein langes Leben.

»Seht sie Euch an, Mortva. Sie preisen meinen Namen, als stünde mein Vater auf dem Balkon. Und sie werden schon bald zu Tausenden für mich sterben.« Mit einer äußerst herablassenden Bewegung forderte der Thronfolger seine Untertanen auf, sich zu erheben. »Was wäre ein Herrscher ohne Volk? Man braucht es, um mit ihm ans Ziel seiner Wünsche zu gelangen.« Er winkte den Leuten kurz zu und verschwand dann schnell im Saal.

»Ist das die richtige Einstellung?«, merkte der Konsultant provozierend an und schloss die Fenster. »Euer Vater hatte die Maßgabe, für das Volk da zu sein.« Gespannt wartete er auf die Erwiderung.

Der Tadc blieb grüblerisch vor dem in Öl gebannten Konterfei seines Erzeugers stehen. »Der Pöbel ist für mich da«, antwortete er nach einer Weile. »Es wäre das erste Land, in dem die Rollen zwischen Herrschenden und Beherrschten umgedreht wären. Wenn sie tun, was ich von ihnen verlange, wird es ihr Schaden nicht sein, und beide Seiten sind glücklich.« Er tippte gegen die Leinwand. »Es muss aber nicht zwingend sein. Im Gegensatz zu diesem Bardri¢ reicht es mir aus, mich notfalls allein glücklich zu fühlen.« Govan schritt tatkräftig zum Ausgang, wo die Leibwachen warteten. »Vorwärts, Mortva. Ich will sehen, wie die Arbeiten im Steinbruch vorangehen. Je eher wir die Leiche meines Vaters finden und nach allen Regeln der religiösen Kunst verbrennen, desto besser.«

Der Konsultant warf einen letzten Blick auf die wachsende Statue Lodriks und zuckte bedauernd mit den Achseln, ehe er seinem Herrn hinaus zur Kutsche folgte.

Zu Hunderten schufteten Menschen in den Trümmern des eingestürzten Steinbruchs und suchten nach dem toten Körper des Herrschers, der ihnen Wohlstand und Sicherheit gebracht hatte.

Schon seit zwei Wochen zerklopften sie riesige Felsbrocken zu Geröll, um die Leiche von Lodrik zu bergen und sie einer Beerdigung zuzuführen, wie es der bisher größte Bardri¢ der Geschichte verdiente.

Doch noch suchten sie vergebens, nicht der kleinste Hinweis war zu finden.

Govan stieg auf einer Erhebung aus der Kutsche und schritt an die Bruchkante, um einen Blick auf die Menschen zu werfen, die von hier oben wie geschäftige Insekten wirkten. Mehr bedeuteten sie dem Tadc auch nicht.

»Wurden die Steine nach Ulsar transportiert, um die Verschönerungen an der Kathedrale voranzubringen?«, erkundigte er sich bei dem herbeieilenden Vorarbeiter, der die Grabungen organisierte.

»Wie Ihr befohlen hattet, hoheitlicher Tadc.« Der Mann verneigte sich tief. Der junge Mann verscheuchte den Untergebenen mit einer Geste.

»So hatte der Tod meines Vaters mehr als nur einen Vorteil«, sagte er süffisant zu Nesreca. »Ich komme schneller an das Baumaterial für meine neue Stadt.«

Plötzlich entstand helle Aufregung; die Menschen strömten zusammen, um nach dem Rechten zu sehen.

Govan und sein Konsultant machten sich neugierig auf den Weg und kamen rechtzeitig genug an, um zu sehen, wie Teile des großen Prunkzeltes sowie der zersplitterte Helm eines Soldaten unter einem der Brocken hervorgeholt wurden. Es roch durchdringend nach Verwesung. Anscheinend kamen die Ulsarer der Unglücksstätte näher.

Die Menschen fielen vor dem Thronfolger auf die Knie, murmelten Segenswünsche und Beileidsbekundungen.

»Meinen Dank, Volk«, meinte Govan recht oberflächlich und presste sich ein parfümiertes Taschentuch vor Mund und Nase, um den Fäulnisgestank nicht ertragen zu müssen. »Bald haben wir diejenigen, die meinen Vater feige und hinterrücks ermordeten, am Boden und werden sie zertreten. Ich und alle Untertanen verlangen nach Rache für diese Tat«, versprach er ihnen. »Sucht meinen Vater, und danach tragen wir seinen Namen auf unseren Klingen bis ins Herz von Kensustria, um den Mördern zu zeigen, was die Feindschaft von Tarpol bedeutet.«

Er wandte sich ab und kehrte zur Kutsche zurück, während die Menschen Hacke, Pickel und Schaufel um so inbrünstiger einsetzten.

Govan ließ sich in die Polster sinken und hieß einen Diener, ihm etwas zu trinken zu bringen. Genüsslich nahm er einen Schluck und betrachtete den mitgenommenen Steinbruch.

Unfassbar, welche Kräfte hier gewütet haben. Mit denselben Fingern, die eben den wertvollen Kristallbecher hielten, ohne ihn zu zerstören, konnte er Sturmfluten auslösen und Berge zum Einsturz bringen. *Meine Kräfte.* Er nahm einen weiteren Schluck. »Wir sollten schleunigst etwas gegen die Aufständischen in Karet unternehmen. Aber nicht so ineffektiv, wie das mein Vorgänger tat.« Govan hielt Nesreca die Handfläche hin. »Ich werde die Modrak auf sie hetzen. Alle Modrak. Der Himmel wird sich über Karet verdunkeln, und innerhalb von wenigen Nächten werden die Nichtsnutze und Störenfriede ausradiert sein.«

Der Mann mit den silbernen Haaren runzelte die Stirn.

»Was ist, Mortva?«, verlangte der Tadc ungeduldig und bewegte die Finger. »Her damit.«

»Das Amulett war nicht im Palast. Ich habe bereits alles abgesucht und fürchte, Euer Vater trug es bei seinem Ableben, Hoher Herr«, antwortete er. »Ich glaube mich im Nachhinein zu erinnern, dass ich die Kette um den Nacken gesehen habe.«

»Dann rufe ich sie einfach so.«

Der Mann schüttelte bedauernd den Kopf. »So einfach ist es leider nicht. Noch sehen sie den toten Herrscher als Hohen Herrn an. Und solange Ihr den Talisman nicht an Euch gebracht, die Modrak gerufen und sie von Eurer Nachfolgerschaft überzeugt habt, müsst Ihr auf sie verzichten.«

»Bei Tzulan!«, fluchte der Thronfolger, formte eine Faust und schlug zornig gegen die Kutschentür. »So eine Schlamperei, Mortva. Das hätte Euch nicht passieren dürfen.«

»Mir, Hoher Herr?«, erwiderte sein Vertrauter ungläubig. »Nachdem Ihr vor Magie zu explodieren drohtet, war es niemandem mehr möglich, in Eure oder seine Nähe zu kommen. Außerdem hatte ich in der Situation andere Sorgen.«

Verstimmt schleuderte der Tadc den Becher hinaus und klopfte gegen die Decke. Die Kutschte wendete, rollte über die Kristallsplitter und kehrte nach Ulsar zurück.

»Haben sich die Hohen Schwerter wenigstens gemeldet?«, wollte er mürrisch wissen.

»Nerestro von Kuraschka sagte sein Erscheinen und das seiner Ritter in zwei Wochen zu, jedoch würden sie es bis zu Eurer Krönung nicht mehr schaffen«, gab sein Berater Auskunft. »Alle anderen Vorbereitungen laufen, ich habe eine Anklageschrift verfasst und mehrere Zeugen beschafft. Meine Spione haben zudem weitere Arbeit geleistet. Mit ein wenig Glück gelingt es uns, sogar einen ihrer Ritter gegen den Orden aussagen zu lassen.«

»Wie das?« Govan hob neugierig das Haupt.

Nesreca lächelte. »Wartet es ab, Hoher Herr. Mir wurde von Unstimmigkeiten und Unzufriedenheiten berichtet, die ich zu nutzen gedenke. Es würde die Vernichtung der Angorgläubigen vollkommen machen, wenn sich einer ihrer Brüder gegen sie wendete. Und es ist nicht irgendein niederer Stallbursche, den ich im Auge habe.«

»Sehr gut«, lobte der Tadc einigermaßen versöhnt. »Aber wenn Ihr Euch sicher seid, will ich den Namen unseres Trumpfs wissen. Keine Geheimnisse, Mortva, bedenkt das. Und veranlasst, dass der Pöbel im Steinbruch schneller arbeitet. Werft meinetwegen Gold in die Felsspalten oder stellt ihnen Einpeitscher zur Seite.« Er legte eine Hand an die Stirn und blickte hinaus. »Ich brauche das Amulett.«

Zvatochna lächelte den Mann an, der sich sofort ein Messer in die Brust gerammt hätte, wenn sie es von ihm verlangt hätte. »Ich sehe schon, Vasruc Tchanusuvo, meine Mutter traf damals die rechte Wahl, Euch in den Kreis der Adligen zu nehmen.« Der Tarpoler fing einen Blick aus ihren braunen Augen auf, der alles aus seinem Verstand drängte, was einen klaren Gedanken zu fassen vermochte. »Ich werde Euch nicht vergessen, wenn mein Bruder den Rat ins Leben rufen möchte. Ihr könntet einen festen Sitz dort erhalten, wenn ...«

Absichtlich ließ sie den Satz unvollendet und beugte sich ein wenig nach vorn, um ihr Dekolleté besser zur Geltung zu bringen.

Tchanusuvo klebte mit seinen Blicken an ihrer Haut und starrte auf die Ansätze der weiblichen Erhebungen. »Wenn?«, fragte er heiser. »Sprecht, hoheitliche Tadca. Alles, was Ihr wünscht, soll in Erfüllung gehen.«

Glockenhell ertönte ihr Gelächter, der kleine Fächer schnappte auf, hinter dem sie ihr überirdisch schönes

Antlitz verbarg. »Bringt mich nicht auf falsche Ideen, Vasruc. Aber es würde mir durchaus reichen, wenn Ihr mir Treue schwörtet.« Sie legte eine Hand auf seinen Unterarm. »Nur Euer Wort als Mann und Adliger«, raunte sie. »Ihr hättet die Dankbarkeit einer leidenschaftlichen Frau.«

Der Fächer sank, Tchanusuvos Lippen näherten sich dem Mund der Schwester des Thronfolgers, ohne dass er es spürte. »Ich schwöre Treue bei meiner Seele«, flüsterte er, trunken von der Schönheit und der Faszination ihres Wesens.

Im letzten Augenblick fuhr der Fächer dazwischen, und der Vasruc zuckte erschrocken zurück.

»Ich danke Euch, Tchanusuvo.« Die Tadca erhob sich und präsentierte ihm den Anblick ihrer tadellosen Figur in dem aufwändig geschneiderten, engen Kleid.

Ganz langsam und provozierend dicht schritt sie an ihm vorüber, sodass er ihr Parüm riechen musste.

Der Wunsch seiner nächtlichen Träume huschte zum Greifen nah an ihm vorbei und war dennoch unerreichbar für ihn. Aber die Hoffnung, vielleicht doch einmal ihre Haut oder die schwarzen Haare berühren zu dürfen und noch ganz andere Dinge mit ihr zu tun, würde zuletzt sterben.

Zvatochna fasste seinen Arm und geleitete ihn zur Tür. Folgsam wie ein Lamm trottete er hinterher. »Und nun entschuldigt mich, mein lieber Vasruc. Ich habe noch andere Dinge zu erledigen. Zum Wohle unseres Reiches.«

»Natürlich«, hauchte er und rannte beinahe gegen die Tür. Mit Mühe fand er die Klinke, drückte sie umständlich nach unten und verließ den Saal rückwärts gehend.

Kaum schloss sich der Eingang, lachte die Tadca leise auf.

Sie war mehr als zufrieden, als sie an den Tisch zurückkehrte und die Liste durchging. Auf ihr fanden sich alle Namen der »neuen« Adligen und Brojaken, die ihre Mutter gegen Zahlung erheblicher Mittel berufen hatte. Und genau diese schwor die junge Frau einen nach dem anderen auf sich ein. Bisher gestaltete sich das als einfaches Unterfangen.

Weniger leicht würde es werden, die Schnitzer und Unachtsamkeiten ihres Bruders auszubügeln. Zvatochna beobachtete Govan sehr genau und fand, dass er eine gewisse Herzlichkeit im Umgang mit Menschen quer durch alle Schichten vermissen ließ. Noch kreidete es ihm niemand an.

Vermutlich schieben sie sein Verhalten auf den Verlust des Vaters, überlegte die Tadca, während sie die Liste in die Schublade legte. *Aber er muss sich auf Dauer ändern, wenn er die Gunst der Menschen nicht verlieren will.* Spätestens mit der offenen Rückkehr zum alten System müsste er zum Schauspieler werden, und zwar in der gleichen Perfektion, die sie an den Tag legte.

Niemandem war es möglich zu unterscheiden, ob sie sich tatsächlich in der nach außen gezeigten Stimmung befand oder diese nur spielte. Govan würde bei aller Macht, die er besaß und auf die er sich ihrer Meinung nach viel zu sehr verließ, lernen müssen, Freundlichkeit, Verständnis und Anteilnahme vorzutäuschen. Diese hervorstechenden Eigenschaften ihres Vaters würde das tarpolische Volk nicht vergessen und einen neuen Herrscher immer daran messen.

Taktik ist eben nicht seine Stärke, grinste sie und holte aus dem mit drei Schlössern sowie einer magischen Sperre versehenen Schrank hinter sich eine Mappe mit

Karten und Aufzeichnungen. Es waren die detaillierten Pläne für den Angriff auf den einzigen noch gefährlichen Gegner: Kensustria.

Sie klatschte in die Hände, als sie die riesigen Zahlen der Freiwilligen las, die sich in den verschiedenen Garnisonen und Werberstuben zum Kampf gegen die Grünhaare gemeldet hatten. Sie würden nützlich sein, den Feind zu ermüden, bevor die eigentlichen Truppen zum Angriff übergingen, um die ausgelaugten Kensustrianer dann spielend zu besiegen.

Zvatochna nickte in Gedanken und bestätigte innerlich die Auswahl der zehn Stellen, an denen die Freiwilligen beinahe gleichzeitig in Kensustria einfallen sollten, um die Streitmacht der Verteidiger zu teilen und in Atem zu halten. Erst am zweiten Tag würden die erfahrenen und gedrillten Truppen aus Tarpolern und Tzulandriern an einer ganz anderen Stelle zum Einsatz kommen. Ihre Aufgabe würde es sein, mit schneller Kavallerie und leichten Bombardenbatterien die kensustrianischen Einheiten von hinten auszulöschen.

Die Tadca öffnete ihre Haarspangen und zog Nadeln aus dem Schopf, um die schwarzen langen Haare auf ihre nackten Schultern fallen zu lassen. Danach öffnete sie die ersten Haken ihres Mieders, um mehr Luft zu bekommen. Die engen Schuhe landeten polternd auf dem Teppich. *So denkt es sich gleich viel besser.*

Sie stützte das Kinn auf eine Hand und ließ den Blick über die Karte schweifen, die, was das Gebiet des Feindes anging, erschreckend leer war. Es existierte lediglich das Wissen um die Küstenlinie und die Topographie vor dem Jahre 66 n.S., denn mit dem Einzug der Kensustrianer und der Abschottung des Landes war der Informationsfluss versiegt. Doch aus den Mooren und Sümpfen mussten Städte in den Himmel gewachsen sein. Keiner konnte sagen, wo Siedlungen lagen und was die Angreifer alles erwartete.

Diesen Umstand hatte Zvatochna mehr als einmal verflucht.

Den Einmarsch nach Überschreiten der Landesgrenze weiter zu planen machte keinen Sinn. Die Truppen würden improvisieren müssen. Sie als Befehlshaberin würde improvisieren müssen. Allerdings würden die vorgesehenen Erkundungsflüge der Modrak, die sie von Govan verlangte, das Risiko verringern. Um die Aufständischen in Karet konnte man sich immer noch kümmern! Sie dagegen benötigte Korridore, durch die ihre Kavallerie schnell zu den Feinden gelangen konnte. Hatte man erst die Hauptstreitmacht der Grünhaare ausgeschaltet, würde man in aller Ruhe zur restlichen Eroberung schreiten.

Theoretisch.

Nichts, absolut nichts ist bei diesem Feldzug zwingend und vorhersehbar. Zvatochna schnaubte unzufrieden. Sie war sich sicher, dass umgekehrt die Spione Perdórs, der irgendwo in Kensustria abgeblieben war, eifrig notierten und meldeten, mit welchen Zahlen die Verteidiger rechnen mussten.

Wer nichts wagt ..., dachte sie. *Unsere Technik und die Masse an Menschen werden die vielen unbekannten Komponenten in diesem Überfall wettmachen.*

Die Tadca siegelte die Befehle an die Garnisonsobristen und Werberoffiziere, schrieb die letzten Marschrouten und stellte Zeitpläne auf, wann die einzelnen Kontingente sich wo zu melden hatten, um eine Kontrolle des Ablaufs zu ermöglichen. Dabei waren die Wege der Einheiten, die sie absichtlich klein gehalten hatte, so gewählt, dass die Ziele nicht sofort sichtbar wurden, um die Spitzel des dicklichen Königs lange im Unklaren zu lassen.

Eine Überraschung wird unser Einfall sicherlich. Hoffen wir auf einen raschen Erfolg.

Widerstrebend nahm sie ihren zweiten strategischen Entwurf in die Hand, den ihr Vater als »zu hart« bezeichnet hatte.

Einerlei, sie würde ihn zur Anwendung bringen, wenn ihr erster Plan fehlschlagen würde. Dennoch sah auch sie ihn als hart an. Ihr behagte nicht, dass große Teile des Landes verwüstet würden. Wenn sie Glück hatten und Tzulan auf ihrer Seite stand, würde dieser Plan in der Dunkelheit des Schrankes verharren.

Eine andere Sache schmeckte ihr ebenfalls nicht. Wegen der Unberechenbarkeit der Lage in Kensustria musste sie mit den Truppen reisen. In drei Wochen wollte sie aufbrechen, um zu ihnen zu stoßen. Sie machte sich dabei weniger Sorgen um sich, sondern vielmehr um ihren soeben gekrönten Bruder.

Hoffentlich macht er in meiner Abwesenheit bei den Adligen nicht alles zunichte, was ich mühevoll und trotz der Trauerzeit erreicht habe. Sein Temperament ist zu unstet.

Dennoch führte an ihrer Reise kein Weg vorbei.

Sorgsam packte sie die Unterlagen zurück in den Schrank, als es gegen die Tür pochte. »Nein!« rief sie herrisch zum Eingang. In ihrem gelockerten Zustand wollte sie niemanden empfangen.

»Ich bin's«, kam Krutors Stimme gedämpft durch das Holz. »Darf ich hereinkommen, Schwester?«

Schnell überprüfte Zvatochna ihr leidendes Antlitz in einem der allgegenwärtigen Spiegel, in denen sie sich zu bewundern pflegte, schuf mit ein wenig Konzentration Tränen in ihren Augenwinkeln und schluchzte leise. *Vollkommen.* »Natürlich«, rief sie mit erstickter Stimme.

Die Tür schwang auf. Der helle Durchgang verdunkelte sich schlagartig, als sich die gewaltige Gestalt ihres verkrüppelten Bruders durch den Rahmen schob.

Als hätte der Architekt des Palastes vor vielen Jahrzehnten geahnt, dass sich einmal ein übergroßer Mensch durch die Korridore und Türen bewegen müsste, schien alles auf den Maßstab des Tadc ausgelegt. Der Jüngste des Geschwistertrios passte bei seinen fast schon monströsen Ausmaßen gerade eben durch die Öffnung. Mit der Kraft der hoheitlichen Missgeburt konnte sich schon lange niemand mehr messen.

Krutor übte das richtige Gehen. Aus den grotesken Hüpfern war ein schnelles Humpeln geworden, das ihn etwas menschlicher erscheinen ließ. Ein Blick auf sein missgestaltetes Gesicht hingegen erschreckte nach wie vor die unvorbereiteten Besucher des Palastes.

Meistens trieb sich Krutor bei den Dienstboten herum und half, wo er nur konnte, vom Stallausmisten bis zum Fegen der Küche. Er bestand darauf, den anderen zur Hand zu gehen.

In letzter Zeit pendelte er zwischen dem Steinbruch und der zu errichtenden Statue hin und her. Zvatochna wusste, dass es ihn innerlich beinahe zerriss, weil er sich nicht entscheiden konnte, was ihm wichtiger war.

»Fahren wir bald?«, fragte er ungeduldig. »Ich habe genug geübt. Ich will Grünhaare töten.« Sein schiefes Gesicht nahm einen bedrohlich düsteren Ausdruck an, die reine Mordlust und unversöhnlicher Hass waren in die Linien eingegraben. »Alle Grünhaare.«

Beruhigend fuhr ihm Zvatochna über die intakte Gesichtshälfte. »Gedulde dich noch ein wenig, Bruder. Du wirst deine Rache früh genug bekommen, das verspreche ich dir.« Sie seufzte und täuschte ein Weinen vor.

Wie ein tapsiger Bär nahm Krutor sie in die starken Arme und drückte sie vorsichtig an sich, wie er es immer tat, um sie zu trösten. »Ich vermisse Vater auch sehr«, sagte er traurig. »Warum haben die Grünhaare das getan? Vater wollte doch nichts Böses. Er wollte doch alle Bewohner auf Ulldart zu Freunden machen.« Gequält blickte er in die braunen Augen seiner Schwester. »Ist das so schlimm?«

Die Tadca lächelte schwach. »Nein, das ist nicht schlimm.«

»Wenn wir die Grünhaare getötet haben, machen wir dann alle zu Freunden?«, wollte er von Zvatochna wissen. »Wie Vater es wollte?«

»Wir werden es versuchen«, sagte sie ausweichend, zog seinen Schädel nach unten und gab ihm einen langen Kuss auf die Stirn. »Zuerst krönen wir Govan zum Kabcar, dann sehen wir uns das Turnier an, und anschließend reisen wir sofort zu unseren Soldaten. Und nun geh ins Bett, Krutor.«

Der Krüppel nickte zögernd. »Gut, Schwester.« Er strich ihr liebevoll über den Schopf. »Du musst keine Angst haben, wenn wir unterwegs sind. Ich beschütze dich. Niemand wird dir etwas zu Leide tun.«

Krutor winkte ihr und ging hinaus; dafür eilte sein Bruder ins Zimmer. Sofort richtete sich sein Blick begehrlich auf die geöffneten Haken des Mieders.

»Du möchtest dich wohl bald zurückziehen?«, schätzte er.

»Ich habe eben die Karten durchgeschaut«, gab sie gähnend zurück und reckte sich. »Eigentlich bin ich nicht mehr hier.« Die Tadca legte den Kopf in den Nacken. »Diese ständige Sitzerei sorgt nur für einen steifen

Nacken. Ach ja, denkst du daran, dass die Modrak umgehend mit ihren Aufklärungsflügen beginnen? Je eher ich mir die Korridore einzeichnen kann, desto besser für die Planung.«

Mit einem Laut des Missfallens setzte sich Govan in den Sessel. »Es wird keine Modrak geben.« Er faltete die Hände zusammen und biss sich leicht auf den Knöcheln herum. »Mein Vorgänger hatte das Amulett bei sich, mit dem man die Kreaturen herbeirufen kann.«

»Das heißt, meine Kavallerie muss blind in unbekanntes Gelände reiten?«, fragte Zvatochna bestürzt.

»Unsere Kavallerie. Es ist nicht unbekannt«, knurrte der Thronfolger gereizt. »Wir haben Karten.«

»Die beinahe vierhundert Jahre alt sind, geschätzter Bruder«, entgegnete sie etwas härter als beabsichtigt. »Weißt du, was man auf dieses Material geben kann? Weißt du, was sich in dieser Zeit alles ändern kann?«

»Sie können auch keine Berge versetzen!«, rief Govan wütend. »Wenn meine Leute Feiglinge sind, gehe ich eben allein nach Kensustria.«

Zvatochna wollte ihn nicht weiter reizen, sie fürchtete einen unkontrollierten Ausbruch seiner Kräfte. Sie zwang sich zu einem Lächeln und stellte sich hinter ihren Bruder, um ihn durch eine Massage zu entspannen. Sanft drückten ihre schlanken Finger die stahlharten, verkrampften Muskeln und lockerten sie.

»Natürlich haben wir genügend Freiwillige, aber wir müssen sie so einsetzen, dass wir etwas davon haben. Die berittenen Einheiten und die Bombarden sind kostbar, sie zu opfern wäre töricht. Deshalb muss ich wissen, wie es dort aussieht.«

»Ich kann die Modrak nicht beihexen«, grummelte Govan. »Wir müssen warten, bis sie die Leiche unseres Vaters gefunden haben.«

So ungern sie es tat, aber sie musste dem Tadc Recht geben. »Ich lasse den Aufmarsch wie geplant weiterlaufen«, erklärte sie. »Aber ich werde mir etwas einfallen lassen, falls die Leute den Toten nicht finden.«

»Nicht auszudenken«, stöhnte der Thronfolger auf. »Die Leute würden ihn gewiss zum Heiligen machen, der nach seinem Tode von Ulldrael dem Gerechten geholt wurde oder so etwas in der Art. Notfalls schlagen wir einen Bettler tot und stecken seinen Kadaver in eine Uniform, damit die Einfaltspinsel etwas zum Beerdigen haben.«

Ein Leuchten entstand auf ihrem Gesicht. »Mir kommt da eine Idee.« Rasch ging sie um den Stuhl herum und kniete sich vor ihren Bruder. »Du hattest mir doch etwas von diesen seltsamen Holztrümmern erzählt, die einer deiner Spähtrupps bei der Festung Windtrutz gefunden hat? Diese Überreste kensustrianischer Gleiter?«

Govan starrte auf ihr Dekolleté. »Ja«, sagte er langsam. Es dauerte eine Weile, bis er die Tragweite ihres Einfalls erkannte. »Aber sie waren beinahe vollständig zerstört.«

Zvatochna fasste seine Hände. »Wir haben Ingenieure, die das Fehlende schnell ergänzen können. Ich lasse die Überreste suchen und instand setzen.« Sie lachte aufgekratzt, überwältigt von dem Gefühl, einen Ausweg gefunden zu haben. »Wer braucht schon die Modrak?« Sie warf sich jauchzend in seine Arme.

Ihr Bruder erwiderte die Zärtlichkeit hastig, seine Hände tasteten an ihrem Kleid entlang und fühlten die Form ihres warmen Körpers. In seiner Vorstellung umarmte er eine nackte Schwester, und die Umarmung ging über in ein Liebesspiel, die Erfüllung seiner Träume.

Doch der Moment der intensiven Nähe endete viel zu bald, Zvatochna drückte sich von ihm ab und sprang auf. »Noch heute wird der Bote losreiten.« Sie raffte die Schuhe an sich, drückte ihm einen schmatzenden Kuss auf die Wange und lief hinaus. »Gute Nacht, mein Kabcar.« Die Tür knallte ins Schloss.

Mit diesem unromantischen Geräusch lösten sich die letzten Phantasien Govans in Luft auf. Das Gefühl der Ruhe wich von einer Sekunde auf die andere, sein Puls beschleunigte sich, die Erregung steigerte sich weiter und schlug um in Wut darüber, wieder nicht ans Ziel gelangt zu sein.

Noch immer roch er ihr Duftwasser, was Öl ins Feuer seiner Leidenschaft goss. *Sie muss sich eines Tages beugen.* Er benötigte göttlichen Beistand, da er ahnte, dass seine Magie in diesem Fall nichts ausrichten würde. Und was lag näher, als den anzurufen, der ihm bisher gnädig gewesen war?

Tzulan muss mir helfen. Er soll bewirken, dass Zvatochna mein wird. Und wenn ich ihm dafür ganz Ulsar opfern muss. Der Tadc schnellte aus dem Stuhl hoch, befahl seinen Wachen, sie sollten sich zur Ruhe begeben und verschwand in seinen Gemächern.

Kurz darauf hetzte eine dunkel gekleidete Gestalt ihr Pferd zu einer der kleinen Pforten hinaus und ritt durch die Gassen der nächtlichen Hauptstadt in Richtung der Kathedrale.

An diesem Abend erwartete Zvatochna eigentlich, dass ihr Bruder in ihrem Schlafgemach erschien, um ihr die Haare zu bürsten. Doch die Tadca musste diese Aufgabe selbst erledigen. *Ich hoffe, er macht keine Dummheiten. Das Fehlen des Amuletts scheint ihn sehr aufgeregt zu haben. Ich hätte ihn nicht provozieren dürfen. Ach,*

Mutter, wir beide würden das Land viel unproblematischer regieren.

In Gedanken versunken, bürstete sie die Strähnen und schlüpfte anschließend in einem leicht durchsichtigen Gewand zwischen die Laken des geräumigen Betts, in dem sie Nacht für Nacht allein schlief. Mit den Männern und ihren Gelüsten zu spielen bedeutete für schöne junge Frau nicht, sich von ihnen berühren zu lassen.

Dadurch, dass sie ihnen mit Worten, Gesten, Blicken alles versprach, schürte sie Hoffnungen. Weil eben noch niemand von sich behaupten konnte, die Gunst der Tadca gespürt zu haben, lieferten sich die Adligen und Einflussreichen ein Rennen, der erste Glückliche zu sein. Ihre Jungfräulichkeit schien ein zusätzlicher Ansporn zu sein.

Ihr Anspruch an die Bewerber hatte allerdings einen entscheidenden Nachteil: eine leere Schlafstätte.

Noch kannte sie die Freuden der körperlichen Liebe nur aus Erzählungen ihrer Mutter und aus Büchern und konnte sich so gar nichts darunter vorstellen, wenn andere in blumenreichen Sätzen, mal derb, mal sehr vornehm, von Gefühlen und Empfindungen beim Akt sprachen. Es war nicht so, dass sie keine Lust verspürt hätte. Zvatochna zügelte im Gegensatz zu ihrer Mutter die Neugier und wartete auf den Mann, dem sie erlauben würde, »die Rose der Weiblichkeit zum Erblühen und Beben zu bringen«, wie es in einer der Schriften umschrieben wurde. Die ganzen Tchanusuvos und auch ihr Bruder Govan kamen als »Gärtner« allerdings nicht in Frage. Eher blieb die »Rose« eine Knospe.

Ein einziges Mal, und dann auch noch zum unpassendsten Zeitpunkt überhaupt, hatte sie ein heißer

Schauder durchlaufen, als sie in die Augen eines Mannes blickte.

Es waren die blauen Augen des forschen Räubers gewesen, der sie damals in ihrer Kutsche so dreist überfallen und ihr dazu den Anhänger gestohlen hatte.

Es wird seine Tollkühnheit gewesen sein, die mir imponierte, versuchte Zvatochna ihre Empfindungen als Schwärmerei abzutun. Zumal gemunkelt worden war, dass der junge Gesetzeslose der ehemalige Rennreiter Tokaro Balasy gewesen und durch einen Hieb des Großmeisters der Hohen Schwerter getötet worden sei. Der Rennreiter, der erst durch ihr Zutun zum Gesetzeslosen geworden war. Auch wenn sie es niemals zugegeben hätte, sie bedauerte ihre Tat von damals.

Zumindest gelegentlich.

Und jetzt, nachdem sie eine gewisse Anziehung nicht verleugnen konnte, reute es sie umso mehr.

Ich wollte damals nur ausprobieren, ob ich ihn ebenfalls um den Finger wickeln kann wie alle anderen. Ihn hätte sie nicht von der Bettkante gestoßen, wenn, ja wenn er nur ein Mann von ihrem Stand gewesen wäre.

Aber die Kompromittierung vor aller Augen, ihre Gunst einem ehemaligen Stallburschen gewährt zu haben, durfte sie sich als Tochter des Kabcar nicht erlauben.

Mein Favorit, erinnerte sie sich noch sehr gut an die Bezeichnung. Und an das entgeisterte Gesicht, als Nesreca und die Wachen ihn abgeführt hatten. Sie drehte sich zur Seite und seufzte tief. *Nun bist du tot, Tokaro. Wie schade.* Die Tadca schloss die Augen. *Sehr schade.*

III.

**Kontinent Ulldart, Kensustria, Meddohâr,
Frühsommer 459 n. S.**

Fiorell – nach Art der Einwohner in weite weiße Gewänder gehüllt, mit leichten Strohschuhen an den Füßen und einem Hut gegen die kräftigen Strahlen der Sonne auf dem braunen Schopf – lehnte an der zitronengelben Hauswand und betrachtete die Prozession von seltsam anmutenden Tieren, die sich Richtung Stadttor bewegte.

Dabei fischte er sich immer wieder eine der gegrillten »Pekchars« aus der Tüte, die er zuvor auf dem Markt erstanden hatte, und schob sie sich in den Mund. Die fingerlangen Köstlichkeiten waren raffiniert gewürzte Speisemaden, die entfernt an Kroketten erinnerten, nur fester in ihrer Konsistenz und von pikanterem Geschmack. Da sie eben nicht süß schmeckten, blieb die Art vor der Ausrottung durch Perdórs Hunger auf alles, was Zucker beinhaltete, verschont. Und man konnte sie in aller Ruhe in der Anwesenheit des exilierten Herrschers verspeisen, ohne dass man ein wachsames Auge auf dessen dicke, aber flinke Finger haben musste.

Die Kreaturen, die in zehn Fuß Abstand vorüberzogen, waren ungefähr so lang wie zwei ausgewachsene Frauen, verfügten über sechs Beine, hatten einen schlanken, äußerst muskulösen Leib und kurzes, dichtes Fell in gemischten Brauntönen. Die nach vorn ausgerichteten Augen in dem kräftigen, stromlinienförmigen Schädel, der sich in Schulterhöhe eines Menschen befand, verrieten dem Hofnarren, dass es sich wohl um Raubtiere handelte.

Er fand es schon ein wenig erstaunlich, dass man die Geschöpfe einfach so, ohne größere Aufsicht, am helllichten Tag durch die belebten Straßen Meddohârs führte. Lediglich vier Kensustrianer liefen versetzt neben den Biestern her, riefen gelegentlich Befehle und lenkten den Zug von etwas mehr als dreißig Exemplaren in aller Ruhe zum Ausgang der Stadt.

Von der Art her, wie sie auf die Anweisungen ihrer nicht einmal bewaffneten Begleiter reagierten, erinnerten sie Fiorell an Hunde. Die zuckenden, peitschenden Schwänze sprachen wiederum eher für eine Verwandtschaft mit Katzen.

Wenn ihn sein Verstand nicht zu sehr täuschte, schnüffelten fast alle der Kreaturen aufgeregt, wenn nicht sogar gierig in seine Richtung.

Ausschließlich in seine Richtung.

Die vorbeilaufenden Kensustrianer ignorierten sie mit milder Herablassung. Ich hoffe nur, dass die Wärter die Biester im Griff haben. *Wenn die meine Tüte leerfressen wollen, zeige ich ihnen, dass mit einem Spaßmacher nicht unbedingt zu spaßen ist*, dachte er und steckte sich, als wieder eines der Tiere zu ihm äugte und lautstark die Luft einsog, betont genüsslich eine Pekchar zwischen die Zähne und biss auf die krosse Kruste, dass man das Knirschen weithin vernahm.

Eine der Kreaturen grollte tief und schaute zu ihm, das Schweifende wippte. Grinsend kaute Fiorell das

Stückchen Speisemade und streckte dem Tier die Zunge heraus. »Dir gebe ich nichts ab, mein Freund. Soll dir dein Herrchen doch ...«

Das Wesen zischte auf, zog die Leftzen zurück und duckte sich zum Sprung.

Fiorell erstarrte zur Salzsäule.

»Braves ... Dings«, versuchte er es mit beschwichtigender Stimme zu beruhigen. »Sitz! Platz!« Vorsichtig bewegte er sich rückwärts und rempelte dabei mehrere leere Körbe an.

Das Tier folgte ihm. Geräuschlos setzten die pelzigen Tatzen auf dem Boden auf.

»Hallo!«, rief er und reckte den Kopf. »Werte kensustrianische Verbündete! Wäre einer so freundlich und nähme dieses Exemplar an die Kette?« Nur noch zwei Armlängen trennten ihn von der Kreatur. Vorsichtig warf er ihr die Tüte mit den Pekchars hin. »Na, schön. Da, nimm es und lass mich in Ruhe!«

Doch das Wesen machte sich offenkundig nichts aus der Gabe.

Vielleicht ein wenig beherzter? »Ksch!«, fuchtelte Fiorell mit den Armen. »Geh weg!«

Sofort drückte sich das Raubtier vom Boden ab und wollte sich mit geöffneten Kiefern gegen den Mann werfen. Der Anblick der entblößten Reißzähne wirkte lähmend auf den Hofnarren, dann griff er instinktiv nach einem der hüfthohen Körbe und rammte dessen Öffnung über die Schnauze der Kreatur, während er gleichzeitig auswich.

Entsetzt musste er mit ansehen, wie der Angreifer die geflochtenen Zweige durchbiss. Das Geräusch würde er nicht mehr so schnell vergessen.

Als die Kreatur erneut zuschnappte, hechtete Fiorell zwischen die anderen Körbe und tauchte ab. Das kensustrianische Raubtier folgte ihm und pflügte sich mit brachialer Gewalt durch die Hindernisse.

Fiorell begann zu schwitzen, rappelte sich auf und hetzte eine Gasse entlang. Voller Grauen erkannte er eine Gruppe spielender Kinder vor sich. *Ulldrael, beschütze sie.* »Lauft!«, warnte er sie. »Oder die toll gewordene Bestie wird euch zerfleischen!«

Die Kleinen verstanden offensichtlich kein Ulldart, machten dem Fremden aber artig Platz und drückten sich in die schmalen Hauseingänge, als er auf sie zulief.

»Ja, gut so, verbergt euch«, hechelte er im Vorbeirennen und risikierte einen Blick über die Schulter. Das Wesen, dem die Jagd offensichtlich Spaß bereitete, folgte ihm dichtauf. *Danke, Gerechter, dass es die Kinder nicht angefallen hat.*

Doch der Schrecken endete nicht, ganz im Gegenteil. Die Gasse mündete auf einen großen Platz mit belebtem Marktbetrieb.

Um Himmels willen! Es wird Dutzende von Toten und Verletzten geben, weil ich das Vieh hierher geführt habe. Ich muss es schnell von hier weglotsen. Er wedelte ihm zu. »Los, du Ding. Fang mich, wenn du kannst!«

Die Aufmerksamkeit der Bestie war ihm gewiss, nach wie vor heftete sie sich ausschließlich an seine Fersen.

Fiorell blieb genügend Luft, seinen Verfolger aufs Übelste zu beschimpfen, während er nun alle Hindernisse nutzte, die er finden konnte. Dabei stützte er sich auf die Hoffnung, die sechs Beine seines Gegners brächten diesen schneller zum Straucheln. Allerdings vergebens.

Der Hofnarr setzte all sein akrobatisches Geschick ein, um Haken zu schlagen und Flugrollen und Überschläge zu fabrizieren. Er schreckte auch nicht davor zurück, aufgesammeltes Obst nach der Kreatur zu werfen. *Wo ist denn nur ein Gewürzstand, wenn man einen benötigt? Pfeffer wäre genau das Richtige.*

Mittlerweile sorgte die wilde Hatz über den Marktplatz, vorbei an den Ständen und Läden, für einigen Tumult.

Fiorell ging die Puste aus. *Versuchen wir es mit einem Trick.*

Zielstrebig steuerte er auf einen breiten, eingefassten Brunnen zu, flankte auf die Mauer und schwang sich an dem Seil, an dem der Eimer hing, auf die andere Seite.

Das Tier folgte ihm und machte Anstalten, über die Öffnung zu springen.

Genau das wollte ich. Fiorell schleuderte dem im Flug befindlichen Gegner den Holzeimer entgegen und traf ihn voll auf die empfindliche Schnauze.

Irritiert und von den Schmerzen abgelenkt, misslang die Landung gründlich. Nur die beiden Vorderpfoten erreichten die andere Seite der Einfassung.

Lange Krallen fuhren aus den Tatzen, machten Kratzer im gemauerten Brunnenrand und konnten den Absturz in den Brunnen doch nicht verhindern. Fauchend verschwand die Kreatur im Schacht, kurz darauf plumpste es gewaltig.

»Ha!« Schon hing der nach Atem ringende Hofnarr mit dem Kopf über der Öffnung. »Du hättest die Pekchar fressen sollen, damit wärst du um das Bad herumgekommen.« Strahlend blickte er sich um und winkte den umstehenden Kensustrianern zu, deren Gesichtsausdruck irgendwo zwischen pikiert, fassungslos und amüsiert lag. »Danke, danke. Keine Bange, liebe Verbündete. Ich habe mein Bestes getan, um euch und eure Sprösslinge vor den Klauen und Zähnen der Bestie zu bewahren.« Er führte einen kleinen Freudentanz auf.

Die Menge unterhielt sich murmelnd, betrachtete den verschwitzten Fremden, der kauderwelschend vor der Wasserstelle stand und sichtlich zufrieden aussah, obwohl er eben ein sehr dreckiges Tier in das wertvolle Nass geworfen und damit für eine Verschmutzung der Zisterne gesorgt hatte.

Fiorell war enttäuscht. »Keinen Applaus? Ich bitte euch, nur ein kleines Zeichen der Dankbarkeit, damit ich vor Perdór angeben kann.«

Ein Schatten fiel von hinten über ihn, es plätscherte leise, Wasser tropfte in seinen Kragen, und der warme, streng riechende Hauch, der seinen Nacken umwehte, verhieß dem Spaßmacher nichts Gutes.

Die können klettern? »Sitzt da etwas auf der Mauer?«, fragte er heiser und deutete ganz langsam mit dem Daumen nach hinten. Die Geste verstanden die Kensustrianer, und sie nickten eifrig. »Nun denn, meine Zeit scheint gekommen. Ich werde mich für euch opfern«, versprach der Ilfarit tapfer. »Sagt Perdór, er soll nicht so viele Pralinen essen.« Er wedelte mit den Armen. »Und nun lauft! Lauft und holt die Wachen, damit sie die rasende Bestie zur Strecke bringen, ehe weitere Unschuldige sterben. Mein Tod soll nicht umsonst gewesen sein.«

Die Einwohner Meddohârs schauten ihn fragend an.

Bevor er sich weitere Zeichen ausdenken konnte, um das Problem der Völkerverständigung besser anzugehen, erscholl ein lauter Ruf.

Der Schatten flog über Fiorell hinweg, als die Kreatur vor ihm auf dem Boden landete. Sie schüttelte sich das Wasser aus dem Fell und benässte den Hofnarren von oben bis unten.

Einer der Begleiter des Konvois erschien, packte das Tier rechts und links an den Kiefern und starrte ihm in die Augen, während er harte Worte von sich gab. Dann drehte er sich um und ging. Wie ein Lamm trottete die zuvor so tödlich wirkende Bestie hinter dem Kensustrianer her. Die Umstehenden widmeten sich wieder ihren Geschäften.

»Wir werden sie verbessern müssen«, hörte Fiorell die vertraute Stimme Moolpárs, dann tauchte der Unterhändler der Kensustrianer auf und betrachtete den Ilfariten eingehend. »Normalerweise wäret Ihr tot. Aber sie ist noch jung; der Spieltrieb kann in den Anfangsjahren noch ein Problem darstellen.«

»Spieltrieb? Heißt das, dieses ... Ding wollte nur mit mir herumtollen?«

»Wir nennen die Tiere Worrpa.« Moolpár, seine Rüstung und Schwerter tragend, schüttelte den Kopf, dass sich die dunkelgrünen Haarzöpfe leicht bewegten. Die bernsteinfarbenen Augen blickten ohne Schalk. »Und: Nein, dieses Weibchen hätte Euch getötet, wenn sie Eurer überdrüssig geworden wäre.«

»Das sind ja herzallerliebste Geschöpfe. Wohl kaum Anwärter für ein Streichelbestiarium«, schnaubte Fiorell und wischte sich das Wasser aus den Haaren. »Zuerst wollen sie einem die Pekchar klauen und dann so etwas. Wir könnt Ihr sie nur frei herumlaufen lassen?«

Der kensustrianische Krieger und Diplomat legte die Stirn in Falten. »Ach ja, Ihr wusstet es nicht. Die Worrpa sind einzig und allein auf Menschen abgerichtet. Wir setzen sie ein, um feindliche Späher und versteckte Truppen aufzuspüren oder sie bei größeren Kämpfen zwischen Eure Linien zu hetzen.« Moolpár hielt inne. »Verzeiht, ich meinte, zwischen die Linien der anderen.«

»Dann war niemand ernsthaft in Gefahr?«

»Außer Euch«, vollendete der Kensustrianer trocken. »Die kleinste Verletzung genügt. Sie sondern beim Biss und aus den Krallen ein Sekret ab, das dem Opfer das Blut in den Adern stocken lässt.« Er schaute auf eine Stelle an Fiorells Gewand. »Oh, ist das ein Kratzer an Eurem Unterarm?«

Der Herz des Spaßmachers setzte vor Schreck aus, oder zumindest dachte er es. Entdecken konnte er jedoch nichts.

»Ich entwickle auch eine Art von Humor«, meinte der Kensustrianer mit einem boshaften Grinsen und zeigte die respektablen Eckzähne. »Kommt, ich habe eine Botschaft von Tobáar an Euren König.« Ohne eine weitere Erklärung wandte sich Moolpár um und schritt aus. Die Bewohner wichen vor ihm zurück und bildeten eine Gasse.

Na, warte, sagte sich der Hofnarr grummelnd. *Wenn du einen Wettstreit der Scherze haben willst, bitte sehr.* Er folgte ihm triefend, eine breite Spur hinter sich herziehend.

Einmal mehr würden die Bewohner Meddohârs einen der legendären Auftritte der Fremden in ihrer Stadt in Erinnerung behalten.

Perdór kraulte sich in den grauen Bartlocken. Auf der einen Seite beruhigte es ihn, dass sein Vertrauter den Fängen des Worrpas entkommen war, auf der andere Seite konnte er sein Amüsement bei der Vorstellung, wie Fiorell über den Platz sprang und die keineswegs gefährdeten Kensustrianer retten wollte, nicht unterdrücken.

Der Hofnarr sah ihm die Zwiegespaltenheit an.

»Ja, ja, lacht nur, Eure Pralinigkeit«, maulte er vorwurfsvoll. »Euch hätte diese Ausgeburt an Zähnen,

Krallen und Boshaftigkeit innerhalb zweier Schritte eingeholt und verspeist.« Er rückte die frischen Kleider zurecht, die er sich angezogen hatte. »Aber nein, ich vergaß. Es hätte sich an Euch einen Bruch gehoben, und Ihr wäret mit dem Leben davongekommen.«

Der ilfaritische Herrscher äugte zu den kleinen Schalen. »Schau doch dorthin.« Auf einer befanden sich Obstspalten, auf der anderen in Schokolade gehüllte Leckereien. »Du täuschst dich sehr. Ich lebe gesünder als vorher. Ich strafe die Schokolade mit Missachtung und esse den ganzen Tag schon Obst.«

»Obst?« Fiorell angelte sich eine Schnitze, biss etwas davon ab. »Ja, tatsächlich, eine Rulana-Frucht.« Anklagend deutete er auf das Weiße im Inneren. »Aber sie besteht aus reinem Marzipan! Ihr wolltet mich hereinlegen, Majestät.«

»Um den Streit beizulegen, werde ich die Gegenstände an mich nehmen«, verkündete Moolpár feierlich und zog die zweite Schale mit schokoladenüberzogenen Köstlichkeiten zu sich heran.

»Da!«, rief der Hofnarr, an seinen König gewandt. »Ihr habt ihn angesteckt mit Eurer Abhängigkeit von Süßigkeiten. Er wird bald nicht mehr in seine Rüstung passen.« Kritisch schweifte sein Blick an dem Kensustrianer entlang. »Ich sehe es ganz deutlich, er hat schon ein Pfund zugenommen.« Fiorell blies die Backen auf. »Majestät, Ihr solltet ihm schnell einen Posten anbieten, denn als Krieger wird er in Bälde nicht mehr taugen.«

Verunsichert blickte Moolpár auf das Konfekt und fuhr sich am Hals entlang, um nach Anzeichen eines Doppelkinns zu fahnden. Zu spät begriff er, dass er dem Ilfariten auf den Leim gegangen war.

Der Spaßmacher nutzte die Gelegenheit und eroberte blitzartig die Schale zurück. »Genauso hat das Worrpa-

Weibchen auch geschaut, als es in den Brunnen gefallen ist«, grinste er keck.

»Und so blickt ein Worrpa-Männchen, wenn es seine Beute zerreißt«, erklärte der Krieger, und seine Miene verfinsterte sich bedrohlich.

»Bitte, bitte«, meldete sich Perdór schlichtend. »Ihr wolltet uns doch etwas von Tobáar ausrichten, verehrter Moolpár, nicht wahr?«

Völlig beherrscht richtete sich der Kensustrianer auf. »Der Führer der Kriegerkaste hat beschlossen, Euch ein weiteres Zeichen von Vertrauen zu geben, und bittet Euch, Majestät, dass Ihr die Koordination der eingehenden Mitteilungen, Nachrichten und Erkenntnisse übernehmt. Nicht nur die Eurer Spione, sondern auch die unserer Kundschafter.«

Der dickliche Ilfarit deutete eine Verbeugung an, um angemessen auf das Angebot zu reagieren. »Ich fühle mich mehr als geehrt, dass Tobáar ail S'Diapán mich mit dieser Aufgabe betraut.«

»Sapperlott, er muss schon ziemlich verzweifelt sein, wenn er Euch da ranlässt«, meinte Fiorell schnippisch. »Wenn ich daran denke, wie viele Akten und Berichte Ihr schon verschlampt habt. Ganz zu schweigen von den Flecken der Leckereien auf den Unterlagen.« In verschwörerischem Tonfall wandte er sich an den Gast. »Einmal konnte er wegen der Rückstände einer Rumrosine die wichtigste Stelle eines Textes nicht mehr lesen und hat dann tatsächlich …«

»Hört nicht auf ihn«, fiel ihm der König aufstöhnend ins Wort.

»Ich gebe nichts auf die Worte eines Mannes, der enge, rautenverzierte Trikots trägt und gelegentlich Frauenkleider anzieht«, zertreute der Kensustrianer etwaige Bedenken.

Fiorell blinzelte verdutzt. »Wer behauptet denn so etwas?«

»Niemand, Hulalia«, gab Moolpár lakonisch zurück.

»Aha, ich verstehe. Majestät, Ihr habt unseren Verbündeten von meinem kleinen Kabinettstückchen erzählt?«

»Aber natürlich«, feixte Perdór. »Du bist doch ein Held.«

»Ein Held wäre er gewesen, wenn er die Festung allein eingenommen hätte«, widersprach der kensustrianische Diplomat. »So bleibt er eben ein Possenreißer mit gelegentlichen Anfällen von Wagemut.«

»Vielen Dank«, verbeugte sich der Hofnarr. »Übrigens, wenn wir schon bei der Garderobe sind: Euer schickes Gewand, das sich unter Eurer Rüstung befindet, kennt man bei uns auch.« Er zupfte an einem Stück des weißen Stoffes. »Die Damen nennen es Unterrock.« Fiorell grinste Moolpár ins Gesicht. »Ihr seht, die Verwandtschaft zum weiblichen Geschlecht ist bei uns beiden gegeben. Sollen wir zusammen einen Stickkursus besuchen? Oder Weben lernen? Ich mache Euch ein nettes Rautentrikot. Mit Monogramm.«

Als der Kensustrianer den Mund zu einer Erwiderung öffnete, schob ihm der Ilfarit eine Leckerei zwischen die Lippen und machte den Krieger sprachlos.

»Ihr wisst schon, nur ein kleiner Anfall von Wagemut, Moolpár«, erklärte er lachend seine Tat und brachte sich mit einem Salto rückwärts außerhalb der Reichweite des Kensustrianers.

Der überrumpelte Diplomat schluckte geräuschvoll, riss seine Waffe aus der Scheide und wollte sich an die Verfolgung machen. Sein Sinn für Humor war trotz aller Erfahrung und Abhärtung im Umgang mit dem

Hofnarren gestorben. »Beweist, dass Euer Wagemut von Dauer sein kann, Spaßaffe!«

Fiorell beobachtete die Bewegungen des Kämpfers sehr genau, um nicht Opfer der Klinge zu werden, und zog wie stets ein entschuldigendes Gesicht. »Nein, schon vorüber. Tut mir leid, diese Anfälle vergehen wie im Flug. Aber wenn sich wieder einer anbahnen sollte, seid Ihr der Erste, den ich benachrichtigen werde.«

Perdór stellte sich Arme schwenkend zwischen die beiden Streithähne. Die Korkenzieherlöckchen auf dem Kopf und im Bart schaukelten wild auf und nieder, das Bäuchlein wippte unter dem Brokatkaftan. »Haltet doch ein, ich bitte die Herrschaften um ein wenig mehr Ernst in dieser Angelegenheit.«

»Er hat angefangen«, beschwerte sich Fiorell gespielt beleidigt. »Er hat mich provoziert. Und Ihr habt ja gesehen, wozu ich dann alles fähig bin«, griente er und tippte sich an den Mundwinkel. »Ihr habt da noch etwas Schokolade, großer Krieger. Ihr seid wohl nicht mit dem Kauen nachgekommen?!«

Dieses Mal besann sich der Moolpár, nahm Platz und ignorierte fortan die Kommentare des Possenreißers sowie dessen Anwesenheit. Daher blieb der dunkelbraune Klecks an der Stelle haften und zierte dazu noch einen kleinen Teil der Wange.

Perdór sah die Schokolade, wagte es aber nicht, einen Hinweis zu geben, weil er fürchtete, der Kensustrianer könnte sich auch von ihm auf den Arm genommen fühlen.

Für Moolpár schien die Angelegenheit erledigt. Stattdessen ließ er von einem der Bediensteten riesige Stapel mit Dokumenten bringen; ein etwas kleinerer Kensustrianer in einer einfachen Robe und mit kurzen Haaren folgte.

Als er den Raum betrat, warf er sich demütig zu Boden und presste die Stirn auf die Holzdielen.

»Das ist ein Schriftgelehrter, der Euch die Nachrichten ins Ulldart übersetzen wird«, erklärte der Krieger. »Wenn er seine Aufgabe nicht erfüllt, wie es sein sollte, gebt mir einen Hinweis, und Ihr erhaltet Ersatz.«

Perdór eilte zu ihm und half ihm auf. »Steh doch auf. Ich bin zwar ein König, aber diese Förmlichkeit ist nicht notwendig. Wir sind doch nur in aller Güte aufgenommene Vertriebene in diesem schönen, wunderbaren Land.«

Doch der Gelehrte machte keine Anstalten, sich zu bewegen, und verharrte in der unterwürfigen Position.

»Auf die Beine«, befahl Moolpár. »Du wirst ihren Anweisungen folgen, als wären sie Krieger.«

Der Mann erhob sich und stellte sich an die Wand, um auf weitere Anordnungen zu warten.

Perdór erinnerte sich an die Einteilung der Kensustrianer nach einem Kastenwesen und daran, dass er noch nie mit zwei Angehörigen verschiedener Klassen in einem Raum gewesen war. *Die Trennung scheint sehr rigide.*

Moolpár stand auf, und sein Blick drückte Verwunderung über das irritierte Verhalten des Königs aus. »Ich sehe Euch erstaunt?«

»Ja«, gestand Perdór. »Ich war nicht darauf gefasst, dass die Unterschiede und Verhältnisse so deutlich zu Tage treten.«

»Als ich durch das restliche Ulldart reiste, sah ich viel härtere Umgangsweisen. Wir erteilen den anderen Kastenangehörigen Befehle, aber wir achten sie im Großen und Ganzen. Was im übrigen Ulldart nicht unbedingt der Fall ist. Die Fürsten und all die anderen benehmen sich oft schlechter gegenüber ihren Untergebenen«, beschied der Krieger und begab sich zur Tür.

»Da habt Ihr Recht«, stimmte ihm der exilierte König nach kurzem Nachdenken zu. »Wenn es auch nicht auf mein Reich zutrifft.« *Ich muss es ihm sagen.* Der rundliche Ilfarit sammelte all seinen Mut. »Moolpár, Ihr habt im Mundwinkel in der Tat noch etwas Schokolade. Ihr solltet sie entfernen.«

Die Hand des hochgewachsenen Kämpfers bewegte sich langsam nach oben, verharrte aber, als er das grinsende Antlitz des Hofnarren sah. Daraufhin bleckte Moolpár die Reißzähne. »Oh, nein, Majestät. Ihr werdet mich nicht reinlegen. Es reicht für heute.« Ohne einen Gruß verließ er den Raum.

Fiorell prustete los. »Majestät, wollen wir wetten, wie lange er mit dem Fleck durch die Gegend läuft?« Er imitierte die strengen Züge und den gebieterischen Tonfall des Kriegers. »Soll ich dir deinen Schädel spalten? Da ist keine Schokolade.« Schelmisch lächelte er seinen Herrn an. »Vermutlich denkt er auch, wir hätten die Spiegel präpariert, an denen er entlangläuft.«

»Irgendwann bröckelt es ab«, schätzte Perdór seufzend. »Was man auch tut, bei den Kriegern scheint wirklich so gut wie alles falsch zu sein.« Sein Blick fiel auf den Gelehrten, der sie mit offenem Mund anstarrte. »Ja?«

»Nicht, nichts. Mich hätte Moolpár vermutlich schon längst getötet, wenn ich mir diese Umgangsweisen erlaubt hätte«, staunte der Kensustrianer beinahe schon ehrfürchtig.

»Wenn Ihr wüsstet, wie oft er es bei mir schon versucht hat«, lachte der Hofnarr und klopfte dem Neuzugang auf die Schulter. »Ihr seid uns also für das geheime Unternehmen zugeteilt worden? Wie lautet Euer Name?«

»Ich bin Mêrkos, Magister in Sprache und Schrift, Angehöriger der Gelehrtenkaste, wie Ihr an meiner Statur und meinen Kleidern sehen könnt.« Gehorsam verneigte er sich. »Und nun Euch zugeteilt.«

Der kleine König hielt ihm mit Gönnermiene die falschen Rulana-Früchte hin. »Willkommen bei den Spionen, Mêrkos. Auch wenn wir uns bewusst sind, dass Euer Volk im Kastenwesen lebt, betrachten wir uns eher als gleichberechtigt, wenn wir zusammensitzen, einverstanden?«

Der Kensustrianer schien zu zögern, die drohenden Worte Moolpárs klangen ihm noch in den Ohren.

»Es hat ja auch praktische Gründe«, meinte Fiorell gedehnt. »Nehmt einmal an, Ihr würdet einen Stapel Bücher tragen«, dabei drückte er Mêrkos mehrere schwere Folianten in die Hände, »obenauf Feder, Tinte und Schreibpapier«, auch diese Utensilien wanderten auf den kleinen Berg, über den der Gelehrte kaum mehr hinweg sah, »und dazu hättet Ihr drei dieser Schokoladenbomben im Mund«, schon kaute der grünhaarige Mann auf dem Konfekt herum, »und ausgerechnet jetzt kämen das hochwohlgeborene Pummelchen und ich ins Zimmer.« Der Spaßmacher stemmte die Arme in die Seiten und schaute den Kensustrianer abwartend an. »Na, was ist? Los, auf die Knie, wie vorhin! Und zwar ein bisschen zackig. Oder auch ›Hopp, hopp‹, wie der Pralinge zu sagen pflegt!«

Mêrkos gab einen unglücklichen Laut von sich, den keiner der beiden Ilfariten verstand, denn das Marzipan verklebte dem Gelehrten den Gaumen. Seine Arme zitterten gefährlich, der schwere Bücherturm drohte einzustürzen.

»Seht Ihr?«, bemerkte Fiorell. »Das geht einfach nicht.«

Mit einem Ächzen knickte der Kensustrianer ein. Der Hofnarr fing Tintenfass und Federkiel blitzschnell auf, während Mêrkos unter der Last der bedruckten und gebundenen Seiten zusammenbrach. »Ja, Ihr habt Recht«, meinte er hilflos.

Der Spaßmacher befreite ihn zusammen mit dem König von den Büchern und stellte ihn auf die Beine. »Er hat es verstanden, Majestät«, sagte er zu Perdór. »Er lernt schneller als Ihr.«

Ansatzlos ließ sein Herr den schweren Wälzer fallen, der mit bösartiger Genauigkeit den kleinen Zeh des Possenreißers traf. Fluchend und wehklagend hopste Fiorell durch den Raum.

»Das war der Ausgleich für die Gemeinheit an dem armen Mêrkos. Und nenn mich nie wieder Pummelchen«, warnte ihn der Herrscher mit eiskaltem Blick, »sonst ist es das nächste Mal etwas Schwereres, das auf dir landet, mein leichtzüngiger Freund. Oder ein Worrpa wird dich in deinem Gemach erwarten.« Mit einem herzlichen Lächeln widmete er sich dem erschrockenen Gelehrten. »Und wir machen uns nun an die Arbeit, Mêrkos. Es wäre doch gelacht, wenn wir aus den Meldungen der wenigen Tapferen, die für uns die Augen und Ohren offen halten, nichts von Bedeutung ausmachen könnten.«

»Es ist mir ein Vergnügen.« Schon befand sich Mêrkos' Oberkörper auf dem Weg nach unten in eine Verbeugung, doch mitten in der Bewegung bremste er ab und richtete sich wieder auf. »Und seid versichert, Majestät, ich meine es so.«

Während Perdór und Fiorell sich schweigend daran begaben, die eigenen Nachrichten durchzusehen, übersetzte Mêrkos ihnen die Meldungen kensustrianischer Grenzposten und Patrouillen.

Bis spät in die Nacht saßen und lasen die drei Männer, bis ihnen die Augen brannten und sämtliche Notizzettel mit Vermerken verkritzelt waren.

Zwischendurch verschwand Fiorell, um mit Stoiko zurückzukehren, der ihnen zur Hand ging. Schließlich wollte der einstige Vertraute des Kabcar wissen, was sein Schützling tat. Und wie es der Zufall wollte, bekam er die Nachricht in die Finger, die keine zwei Wochen alt war.

Nein! Seine braunen Augen füllten sich mit Tränen. Er legte die Hand auf den Zettel, wieder und wieder flog sein Blick über die Zeilen. »Der Kabcar ist tot, lange lebe der Kabcar«, flüsterte er blass. »Diese Worte habe ich zu ihm gesagt. In Granburg.«

»Das muss schon lange her sein«, schätzte der Hofnarr abwesend und kratzte sich am Hintern, während er über einem Text brütete.

»Sehr lange«, entgegnete Stoiko traurig. »Zu diesem Zeitpunkt befand er sich auf dem besten Weg, das Land später so gut zu regieren, wie noch kein Kabcar vor ihm.«

Verstohlen wischte er sich den feuchten Schimmer aus den Augen und fuhr sich über den breiten Schnauzbart, in dem graue Haare sprossen. Sein in den Jahren gereiftes und vom Aufenthalt im Gefängnis mit Furchen gezeichnetes Gesicht blickte gerührt, er stand auf und schritt zum Balkon.

Still ging er hinaus, um nach den Sternen zu schauen, deren Schönheit von den sich abzeichnenden Umrissen Tzulans gestört wurde.

Im Geiste kehrten die Erinnerungen an viele schöne und mitunter komische Augenblicke zurück, die er mit Lodrik geteilt hatte, von den ersten Gehversuchen über die ersten Sätze zu gemeinsamen Ausflügen. Sie standen vor seinem inneren Auge, als wären sie kaum Stunden her.

Er erinnerte sich auch an die furchtbaren Momente, wenn der Vater seinen Schützling ausgeschimpft und verhöhnt hatte und die Gäste der Bankette und Feierlichkeiten hinter vorgehaltener Hand Witze über den dicken Jungen gemacht hatten.

Keiner von den Großmäulern wagte es nach der Thronbesteigung, sich über ihn lustig zu machen, dachte Stoiko, und seine Hände ballten sich zu Fäusten. *Dass ich ihn überleben würde, hätte ich allerdings nicht gedacht.* Die Trauer brach mit aller Macht über ihn herein, Tränen liefen seine Wangen hinab.

»Verzeiht, dass ich vorhin nicht gleich reagiert habe.« Fiorell trat an ihn heran, seine übliche Komik hatte er abgelegt. »Ich war schon feinfühliger.«

»Dass sein Tod mir so nahe geht«, wundert sich Stoiko mit belegter Stimme. »Er war ein großartiger Mensch. Hätte man ihn doch nur nicht in die Arme des Bösen getrieben und verdorben! Norina und er …« Ein Schluchzen unterbrach ihn, er schloss die Augen, um sich zu beherrschen. »Norina und er waren ein so schönes Paar. Verfluchtes Testament, verfluchter Arrulskhán und verfluchter Nesreca!«

»Es hat ihn niemand so gut gekannt wie Ihr. Und wenn Ihr sagt, dass er im Grunde ein guter Mensch war, werde ich es nicht bestreiten«, meinte der Hofnarr. »Gebt Euch Eurem Schmerz hin. Danach habt Ihr wie wir die Pflicht, uns gegen seine Hinterlassenschaft zur Wehr zu setzen.«

»Seine Hinterlassenschaft? Damit meint Ihr seine Kinder, denke ich.« Stoiko räusperte sich und versuchte, die Fassung zurückzugewinnen.

»Es wird sich bald zeigen, welche Variante der Prophezeiung die richtige war«, schaltete sich Perdór ein, der sich zu den beiden Männern gesellt hatte. »Stoiko, Ihr habt mein tiefes Mitgefühl. Ich teile Eure Meinung über Lodrik.« Nachdenklich zeigte er hinauf zu den flirrenden Umrissen Tzulans, geformt aus unzähligen Sternen, die ihre angestammte Bahn verlassen hatten. »Es stellt sich die Frage: Endet die Dunkle Zeit nun, oder beginnt sie erst recht?«

Erstaunt schaute ihn der Tarpoler an. »Und das fragt Ihr Euch allen Ernstes, Majestät? Govan wird ihm auf den Thron nachfolgen, und wir beide wissen, wer den Jungen erzogen hat, der beinahe im gleichen Alter wie sein Vater die Macht erhält.«

»Es waren weder ein weiser Stoiko Gijuschka noch ein aufrechter, wenn auch bärbeißiger Waljakov«, nickte der ilfaritische König, »ich weiß es sehr genau. Wenn Nesreca bei dem Tadc und kommenden Kabcar noch bessere Arbeit geleistet hat als bei dem bedauernswerten Lodrik Bardri¢, ist alles, was wir bisher erlebt haben, nur ein Spaziergang gewesen.«

»Ohne Pessimist sein zu wollen, stimme ich dem zu.« Stoiko erschauderte. »Wenn ich daran denke, wie menschenverachtend Nesreca vorzugehen pflegte und er selbst den Thronfolger mit in die Verlorene Hoffnung nahm, um ihm die Folterungen zu zeigen!«

Die Augen Tzulans, die Sterne Arkas und Tulm, glommen auf, als würden sie sich an den Zweifeln, Ängsten und Sorgen sowie der Trauer der drei Männer hoch über den Dächern von Meddohâr weiden und erfreuen.

»Du wirst unterliegen!«, brach es zornig aus dem einstigen Vertrauten des Kabcar hervor. Wütend reckte er den beiden Himmelskörpern die Faust entgegen. »Das Gute wird siegen.« *Das Gute muss einfach siegen, Ulldrael.*

Perdór legte ihm kurz die Hand auf die Schulter und kehrte dann in den Raum zurück; Fiorell folgte ihm.

Was nun, Gerechter?, fragte Stoiko gedanklich ins Leere. *Nimm den Jungen in aller Gnade bei dir auf oder gewähre sei-*

ner Seele wenigstens einen Platz dort, wo sie Frieden finden kann und nicht als Geist durch die Welt ziehen muss. Du kennst sein wahres Wesen. Und ich werde alles tun, um dem Bösen, dem nun alle Schleusen geöffnet sind, Einhalt zu gebieten.

Der Tarpoler suchte sich einen Liegestuhl und drehte ihn so, dass er Arkas und Tulm nicht sehen konnte. Er richtete den Blick auf einen Teil des nächtlichen Himmels, der schon beinahe unheimlich leer und finster erschien. Müde und von Kummer erfüllt, deckte er sich mit Überwurf zu.

Wenn du uns doch nur auch ein Hoffnungszeichen senden würdest, Gerechter. Nur ein einziges, das würde all den rechtschaffenen Menschen Mut machen, sich gegen das Kommende zu stellen.

Aufmerksam betrachtete er das Firmament, bis seine Lider schwer und schwerer wurden.

Bitte, Ulldrael, dachte er müde. *Ein Lichtschimmer oder irgendetwas Ähnliches.*

Doch der Himmel blieb schwarz.

Enttäuscht schloss Stoiko die Augen und döste ein.

Eine einsame Sternschnuppe zog ihre Bahn und hinterließ einen schwach glühenden Schweif in der Finsternis, aus dem sich die vagen, kaum zu erkennenden Umrisse einer Ähre formten.

Auch wenn der Tarpoler tief und fest schlummerte, das Zeichen wurde von anderen gesehen.

Perdór schien selbst am frühen Morgen unerschütterlich wach und rührig zu sein. Noch im Morgenrock, der sich gefährlich um das Ränzlein spannte, lief er um den improvisierten Kartentisch herum und schaute und betrachtete ihre Aufzeichnungen von allen Seiten.

Das einzig sichere Wissen hatten sie über die Standorte der kensustrianischen Truppen, und das weniger, um taktisch aktiv zu werden, sondern um die Bewegungen des Gegners besser einschätzen zu können. Was dies anging, behalf man sich derzeit mit Vermutungen und Wahrscheinlichkeiten. Das sollte sich aus dem Zusammenschluss des kensustrianischen und ilfaritischen Wissens ändern.

Gelegentlich hielt Perdór inne und langte nach dem Tablett mit kleinen Schnittchen, die appetitliche Konfitüren und andere, bisher ungekannte Köstlichkeiten zierten. Stück für Stück verschwanden sie in dem schier unendlich füllbaren Inneren des Herrschers. Eine große Karaffe verflüssigter Schokolade, die mit einer anregenden Substanz versehen war, stand die ganze Zeit über parat.

Stoiko hingegen lehnte ermüdet an der Wand. Die Nacht im Freien und in einer völlig schiefen Haltung hatten seinem Kreuz und seinem Nacken nicht gut getan. Die verspannten Muskeln brachten eine seltsame Idee hervor.

»Was ist, wenn er gar nicht tot ist?«, fragte er mehr sich als den König.

»Ich vermute, Ihr meint den Kabcar?«, erkundigte sich Perdór, stellte die Tasse auf den Unterteller und atmete tief ein. »Nein, ich bin leider ziemlich sicher, das Lodrik Bardri¢ nicht mehr unter den Lebenden weilt. Mehrere Quellen haben mir die Nachricht zugespielt. Spannend wird es dagegen zu erfahren, wer den Anschlag inszeniert hat.«

›Ja, wer nur?‹ Stoiko ging langsam zum Fenster und schaute hinaus. Vor dem Haus bezogen zwei Krieger Position, die zum formalen Schutz des Gebäudes eingesetzt wurden. Die Gesichter zeigten keinerlei Regung.

Wäre es ihnen zuzutrauen? Er wandte sich wieder zu dem ilfaritischen Herrscher, der ihn beobachtet hatte, als könnte er die Gedankengänge mithören. »Und was ist, wenn sie es doch waren? Wenn die Kensustrianer ein Kommando auf den Kabcar gehetzt hätten, wie sie es seinerzeit bei Alana von Tersion taten?«

»Seid Ihr etwa im Begriff, den Lügen von Nesreca auf den Leim zu gehen, Gijuschka?«, meinte Perdór leicht tadelnd. »Was hätten unsere Gastgeber vom Tod des Kabcar?«

»Wer außer uns ist sich im Klaren darüber, dass der silberhaarige Dämon, dieser Miniatur-Tzulan, der Schuldige ist? Habt Ihr jemals mit Tobáar darüber gesprochen, wo die Schwierigkeit in Tarpol und der Ausgangspunkt des unvorstellbaren Krieges liegen? Hat sich der kensustrianische Anführer jemals darum gekümmert und Kenntnis darüber erhalten?« Erregt wies Stoiko auf die Landkarte. »Ich bin mir sicher, dass die kensustrianischen Feldherren es als eine gute Taktik ansähen, wenn man vor dem Beginn eines Angriffes den Menschen tötet, mit dem alles begann. Wenn ich beim Schachspiel nach wenigen Zügen den gegnerischen König schlage, ist es das Beste, was mir passieren kann.«

»Das setzt voraus, dass die Partie begonnen hat«, hakte der Ilfarit bedächtig ein. »Und außerdem, Tobáar verkennt die Lage keineswegs. Schließlich ist nach Lodriks Ableben genau das eingetreten, was die Lage für uns im Süden verschlimmert. Die Tarpoler rennen in Scharen zu den Garnisonen, um sich als Freiwillige zu melden, und das Volk schreit unversöhnlich nach dem Blut der Kensustrianer, was dem Thronfolger zur Erreichung seines Zieles praktisch alles erlaubt. Durch Lodriks Tod haben die Kensustrianer gar nichts erreicht. Sie wussten, wer dem geliebten Kabcar nachfolgt. Und dass man ihn nicht mit herkömmlichen Mitteln schlagen kann, ist ihnen ebenso einleuchtend.«

Stoikos Miene war ein offenes Buch, im Inneren mussten Hoffnung und Verzweiflung miteinander ringen. »Im Grunde weiß ich, dass Ihr Recht habt«, gestand er ein und sackte zusammen. »Dass Nesreca ihn getötet hat, steht außer Zweifel. Mit Govans Unterstützung kommt er seinen Plänen weit näher. Verzeiht meinen Ausbruch.«

»Dass Euer einstiger Herr eine Entscheidung traf, die in den Widerstand gegen Nesreca und Tzulan mündete, war sein Todesurteil.« Perdór nippte an der Schokolade. »Apropos Entscheidung. Unser Entschluss, in Kensustria Unterschlupf zu suchen, macht uns beim restlichen Volk auf Ulldart, oder zumindest in Tarpol und Tûris, nicht eben beliebt. Kollaborateure. Verräter an dem Mann, der so viele Besserungen brachte. Blumen wird es dafür kaum geben.«

Stoiko lächelte schwach. »Hättet Ihr wirklich nein gesagt, als Euch das Angebot Tobáars erreichte?«

»Ich habe die Sache sehr genau überlegt und bin zu der Ansicht gekommen, dass wir dem Schrecken ein schnelles Ende setzen müssen. Schachbildlich gesprochen: Und zwar ein Ende, bei dem nur der König und die stärksten Figuren fallen. Die Bauern sollten dieses Mal größtenteils ungeschoren davonkommen.« Entschlossen wandte er sich den Zeichnungen zu. »Kommt, Gijuschka, wir stellen die Markierungen des Gegners nach den neuesten Berichten um.«

Skeptisch begab sich Stoiko an die Seite des Königs. Auch wenn sie keine Detailansicht über die Art der kensustrianischen Einheiten besaßen, so wirkten die Vielzahl an unterschiedlichen Truppen und Verbänden für ihn als militärischen Laien Schwindel erregend. »Ehrlich gesagt, ich habe sehr große Angst um die Bauern«, sagte er nach einer Weile. »Habt Ihr gesehen, welche seltsamen Tiere und Maschinen die Kensustrianer besitzen? Die Epsiode, die Fiorell beinahe das Leben kostete, gibt uns einen ungefähren Vorgeschmack auf das, was den Tzulandriern und unseren Leuten bevorsteht.«

»Es ist mit nichts von dem zu vergleichen, was den Soldaten bisher im Weg stand«, bestätigte der ilfaritische König. Er kramte in den Aufzeichnungen, bis er endlich ein Bündel Konstruktionszeichnungen in die Luft hielt. »Hier, das sind Gerätschaften, mit denen sie unlöschbares Feuer in einem gebündelten Strahl verschießen können. Ganz zu schweigen von ihren Repetierkatapulten und Bombardengattungen, deren Namen ich vergessen habe. Grätschen und Mörsche oder so ähnlich. Sie verwenden keine Steinkugeln mehr, sie haben die Produktion auf Eisen umgestellt. Und sie schießen mit ihren Feuerwaffen weiter als jede Bombarde des Kabcar.«

»Woher habt Ihr das?«, staunte Stoiko und besah sich die Pläne. Die Erfinder lieferten sogar Tabellen über Kernschussweiten und die zu erwartenden Auswirkungen eines direkten Einschlages. Die furchtbaren Zahlen fraßen sich in Stoikos Geist fest. *Bei Ulldrael, die Ingenieure haben ganze Arbeit geleistet.*

»Mêrkos brachte sie mit. Ich bat ihn ihn darum.« Mit Schwung landeten die Blätter auf dem Tisch. »Jeder Treffer wird Dutzende Menschenleben kosten und mindestens ebenso viele Verstümmelte hinterlassen. Die Kensustrianer haben noch ganz andere, schreckliche Vorrichtungen, wie ich erfahren habe. Die Aussicht auf die massenweise Vernichtung von Menschen unseres Kontinents ist der Grund, weshalb ich ihnen zu einem schnellen Sieg und zum Einstellen der Kämpfe verhelfen möchte. Das ist das Ende der Vorherrschaft des Bösen auf Ulldart.«

»Ich werde verrückt. Der kleine Koloss von Meddohâr ist ja schon wach!«, tönte Fiorells Stimme durch das große Zimmer. Ein vorwurfsvoller Blick traf den exilierten Herrscher. »Und natürlich hat er schon die ganzen Brote gefuttert.« Er strich an seinen Hüften entlang. »So wird niemals etwas Fleisch an mich dünnen Haken kommen«, jammerte er und sicherte sich die restlichen Schnittchen. Neugierig beäugte er die stilisierte Landschaft. »Allmählich bekomme ich eine seelische Erschütterung. Ich bin doch eigentlich Hofnarr und kein Kartenleser. Und dennoch mache ich nichts anderes als das.« Er seufzte, schob sich sein Frühstück in den Mund und kaute unglücklich auf beiden Backen. »Das waren noch Zeiten, als man meine Jonglier- und Akrobatikkünste forderte.«

»Und als wir dir eine Katze zuwarfen, kam prompt die Beschwerde«, erinnerte ihn Perdór und bedeutete dem Diener mit einem Nicken, dass er Nachschub an Essbarem wünschte.

Derweil leerte sein Possenreißer die Karaffe Schokolade, indem er aus der Tülle trank. Dann balancierte er die Tülle auf seiner Nasenspitze aus und lief damit umher, ohne dass der Behälter ins Wanken kam. »Ich kann es immer noch, Majestät.« Ohne die Karaffe aus den Augen zu lassen, fischte er nach Zuckerstücken und jonglierte damit. Eines seiner Beine spreizte er vorsichtig im rechten Winkel ab. »Na?«

»Eine Katze müsste man haben«, grinste der König. »Oder einen Worrpa. Den würde selbst der Beste der Spaßmacher nicht in der Luft halten. Aber du wirst alt. Du klingst ein wenig angestrengt.« Perdór tat so, als wäre ihm etwas aus der Hand gefallen, bückte sich und band in aller Heimlichkeit und mit enormer Flinkheit den Schnürsenkel des Hofnarren am Kartentisch fest.

Stoiko beobachtete ihn und schickte einen Blick zur Decke. *Kindsköpfe, alle beide.* Er fuhr sich über den breiten Schnauzer und wartete ab.

»Ich wette, dass du es nicht schaffst zu hüpfen, ohne dass die Sachen herunterfallen.«

»Um was?«, kam es von Fiorell wie aus der Büchse geschossen.

»Du wirst einen Tag lang als Hulalia durch die Gegend laufen.« Perdór lächelte. »Und wenn ich verliere, darfst du mich ein Leben lang mit ›hoheitliches Pummelchen‹ ansprechen.«

Ha!«, rief Fiorell. »Dann bereitet Euch schon mal darauf vor. Und nun seht her! Das könnte ich mit verbundenen Augen.«

Das Unglück nahm seinen Lauf.

Der Spaßmacher konzentrierte sich und wollte tatsächlich ein wenig springen, doch der Hopser wurde jäh durch den dünnen Riemen beendet. Am überraschten Antlitz Fiorells erkannte Stoiko, dass er die hinterlistige Tat seines Herrn nicht bemerkt hatte.

Das ruckartige Abbremsen brachte den Hofnarren aus dem Gleichgewicht und dem Takt, schon griff er an dem Zuckerstückchen vorbei, die Karaffe begann zu pendeln und stürzte zu Boden. So ziemlich alles, was der akrobatische Ilfarit eben noch unter Aufbietung größter Geschicklichkeit zum Fliegen gebracht hatte, landete auf dem harten Boden.

Perdór brach in schallendes Gelächter aus und hielt sich den Bauch. »Das wird besonders Moolpár freuen, wenn er Hulalia einmal sehen darf«, prustete er und wollte sich nicht mehr beruhigen, bis ein Livrierter den Nachschub an mundgerechten Leckerbissen brachte.

Kichernd nagte der Herrscher an einer mit Vanille aromatisierten Zuckerstange. »Ich sage dir, wann ich die hinreißende Hulalia sehen möchte.«

Fiorells Augen sprühten Tod und Verderben. »Das war unlauter!« Schmollend löste er den Schnürsenkel vom Tischbein. »Das zahle ich Euch heim, Majestät.«

»Aber natürlich«, winkte Perdór großzügig ab. »Nun wollen wir uns aber an die Arbeit machen, nicht wahr, Stoiko?«

Der einstige Vertraute des Kabcar strich sich die schulterlangen Haare aus dem Gesicht, die Belustigung stand auch ihm ins Gesicht geschrieben. »Diese kleine Einlage hat ihre Spuren hinterlassen«, wies er auf die Karte, auf der alle Markierungen verschoben waren. »Jetzt dürfen wir alles neu ordnen.«

Zufrieden feixte der Hofnarr in die Runde. »Das hat der Pralinige nun davon.« Er streckte dem verdrießlich schauenden König die Zunge heraus und ging. »Ich werde nach Soscha sehen. Meinetwegen können sich Majestät die Finger wund schieben.« Wie eine Diva, das Kinn in die Höhe gereckt, rauschte er davon.

»Er scheint bereits für seine Rolle zu üben«, bemerkte Perdór und kraulte seinen Bart aus langen, grauen Locken. Dann kramte er die Nachrichten, die er bereits auf einen Ablagestapel verbannt hatte, wieder hervor und stellte die Marker an ihre richtige Position. Stoiko ging ihm dabei zur Hand.

Dabei wurde ihnen rasch deutlich, dass sich größere Ansammlungen von tzulandrischen und ulldartischen Einheiten an bisher fünf verschiedenen Punkten entlang der Grenze bildeten.

Die Voraussetzungen für einen Überfall, betrachtete man die Topographie der Landschaft, schätzten beide Männer als durchaus gut ein. Die Meldungen der Kensustrianer deckten sich mit denen von Perdórs Spionen.

»Wer leitet diese Aufmärsche? Wissen wir das?«, erkundigte sich Stoiko. »Nach dem Tod von Varèsz dachte ich, dass sich die Tzulandrier um die Nachfolge des zugegebenermaßen brillanten, wenn auch rücksichtslosen Feldherrn schlagen würden. Doch die Soldaten marschieren, als gäbe es keinerlei Unterbrechung.«

»Ein guter Hinweis. Da alles so reibungslos weiterläuft, wird jemand den Marschallstab übernommen haben, der entweder in der Rangfolge weit oben steht oder sich aufgrund seiner Fähigkeiten Respekt bei den Tzulandriern und Tarpolern verschafft hat.« Der ilfaritische König machte keinen Hehl daraus, dass auch er nichts wusste, sondern nur vermutete. »Nesreca ist schon lange zurück in Ulsar, Govan wird es nicht sein, er hat alle Hände voll mit den Vorbereitungen für die Inthronisation zu tun. Außerdem denke ich nicht, dass er über die notwendige Beherrschtheit und den taktischen Blick verfügt. Es käme nur Sinured in Frage.«

»Ich spreche diesem Ungeheuer jegliches feinfühliges Planen ab.« Stoiko schüttelte den Kopf. »Es muss ein Geist sein, der rücksichtslos und zugleich gewitzt ist. Wenn Zvatochna etwas von ihrer Mutter geerbt hat, könnte ich mir vorstellen, dass sie in der Lage wäre, die Heerscharen zu kommandieren.«

Perdór grübelte; hektisch knabberte er an dem mit Zuckerkristallen umgebenen Holzstöckchen. »Zuzutrauen wäre es ihr. Wenn sie tatsächlich an der Führung des Schlages gegen Kensustria maßgeblich beteiligt ist, wird sie bald in Richtung Front abreisen. Sonst dauert das Übermitteln der Nachrichten zu lange.« Seine Augen wurden schmal. »Und dann wäre es an der Zeit, ein kensustrianisches Sonderkommando auf den Weg zu schicken.«

»Bedenkt, auch sie ist magisch begabt.«

Perdór lächelte verschmitzt. »Und wir haben eine Geheimwaffe. Eine junge Frau, die im Gegensatz zu den anderen die Magie von ihrem Wesen her zu verstehen scheint und mit ihr kommuniziert. Soscha wird, wenn sich unsere Theorie über die Befehlsgewalt der gegnerischen Einheiten bewahrheitet, bald ihre Feuertaufe erhalten.« Er zählte die Aufmarschzonen an seinen Fingern ab. »Bislang fünf mögliche Orte, an denen die Einfälle stattfinden könnten. Vom Scheinangriff und der Konzentration auf einen Punkt bis zur gleichzeitigen Invasion ist im Augenblick alles möglich.« Vorsichtig ging er die Hocke, stützte das Kinn auf die Tischplatte und betrachtete die Karte. *Das wird mehr ein Lotteriespiel als strategisches Handeln.*

Nach kurzem Klopfen öffnete sich die Tür, und ein Bediensteter brachte neben neuen Zuckerstangen zwei weitere Botschaften. Hastig öffnete Perdór sie und verzog dann das Gesicht.

»Es geht um Rogogard. Rudgass schreibt, eine Angriffsflotte sammele sich unter dem Befehl von Sinured, die sich wohl die Hauptinsel vornehmen soll.« Er senkte das Papier. »Fünfzig Schiffe, darunter wahrscheinlich fünfzehn Bombardenträger und andere Boote, hinter deren Bordwänden es von Geschützen nur so wimmelt. Das wird die Piraten ganz schön durchschütteln. Aber bei der Menge an Bombarden, die sie sich zusammengeentert haben, wird es den Kabcar einiges an Schiffen und Leuten kosten. Ich hoffe, die Rogogarder halten lange durch.«

»Mindestens so lange wie wir, das wäre wünschenswert. Wenn der Kabcar seine Kräfte aufteilen muss, kann es uns nur Recht sein.« Stoiko zuckte zusammen. »Was ist mit Norina?«

Der dickliche Herrscher suchte im Text herum. »Rudgass meinte, er werde sie von Rogogard wegbringen, sollte sich die Lage verschlimmern. Er ist sich sicher, dass sie und ihr Sohn eine wichtige Rolle im Kampf um Ulldart einnehmen werden.« Wortgetreu gab er die knappe Schilderung des Piraten von der kurzzeitigen Verbesserung ihres geistigen Zustandes und ihre Bemerkungen wieder. »Ich schätze, er macht sich stehenden Fußes ... oder sagt man fliegenden Rumpfes ... auf nach Kalisstron, um nach der Bande zu suchen.«

Sie leben! Stoiko befiel ein Schwindel erregendes Glücksgefühl. Die Nachricht, die der König mit solcher Gelassenheit verlas, bedeutete ihm viel mehr, als dieser ahnte. *Waljakov und all die anderen leben! Das Kind auch!* Er klammerte sich am Tisch fest. *Bei Ulldrael, das wäre ein Wunder, das wir dringend brauchten!* Eine Träne der Rührung rann seine Wange herab. *Ist der bärbeißige Waljakov doch kein Fischfutter geworden.*

Perdór bemerkte seine Rührung. »Das nenne ich doch endlich einmal eine aufbauende Neuigkeit. Wenn Rudgass mit Norinas Sohn zurückkehrt, wird spätestens dann die Geschichte ihre entscheidende Wendung erhalten. Ulldrael der Gerechte hat zwar etwas länger gebraucht, aber er kümmert sich doch um das Land, das er erschaffen hat, nicht wahr? Herrlich, ganz herrlich ist das. Da muss ich sofort etwas essen.«

Gefangen von der kleinen Hochstimmung, nahm er sich die frisch gebrachte Zuckerstange, die mit einer honigartigen Substanz überzogen war, und steckte sie sich in den Mund.

Augenblicklich veränderte sich sein Gesichtsausdruck. Das Naschwerk schien fest mit seinen Lippen verbunden zu sein.

»Wasch bedeutet dasch?«, wunderte er sich, durch die Zuckerstange nur undeutlich zu verstehen.

Stoiko, der einen Anschlag fürchtete, betrachtete das Naschwerk näher. Vorsichtig zerrieb er ein wenig von der Substanz zwischen den Fingerkuppen. Die Klebekraft war enorm.

»Ihr seid wohl jemandem im wahrsten Sinne des Wortes auf den Leim gegangen«, stellte er fest und musste sich beherrschen, um das drohende Lachen zu unterdrücken. »Die Zuckerstange wurde mit irgendeinem Harz behandelt.«

»Isch werde den verfuchten Spaffmacher eigenhängig in Honig kunken und den Bienen schum Frasch vorwerfen!« Zuerst versuchte der Herrscher noch, die Stange mit Gewalt von den Lippen zu lösen, aber die Haut schien eins mit der klebrigen Substanz geworden zu sein. »Wie geht dasch wieder ab? Musch isch mein Leben lang scho durch die Gegend laufen?«

»Ihr solltet in Zukunft Wetten ehrlich austragen, dann wird Euch so etwas nicht mehr geschehen«, empfahl Stoiko. »Geht nur und lasst Euch behandeln, ich stelle die Pappsoldaten weiter auf.« Perdór nickte und verließ das Zimmer.

Zu spät fiel dem Tarpoler ein, dass eine Nachricht nicht gelesen war. Er faltete das Papier auseinander und überflog die Zeilen. *Nanu, die Modrak ziehen sich aus Karet zurück? Welchen Sinn macht denn diese Anweisung? Die fliegenden Ungeheuer stellen doch eine hervorragende Waffe für unzugängliches Gelände dar.* Er las den zweiten Abschnitt. *Und die Leiche Lodriks wurde noch immer nicht gefunden, obwohl sie fast den gesamten Steinbruch auf den Kopf gestellt haben?*

Der Schluss, den er daraus ableitete, kam ihm selbst abwegig vor. *Wenn der Befehl an die Modrak nicht von Go-*

van stammt, sondern von einem anderen? Bei aller Magie, die Lodrik besaß – könnte er einstürzende Berge überstehen?

Tief in Gedanken versunken blickte Stoiko auf die Karte. Seine Augen wanderten unbewusst zu der Stelle, über der »Ulsar« zu lesen stand.

Fiorell fand Soscha in ihrem Ruheraum auf dem Bett, die Augen geschlossen, den Körper völlig entspannt.

Nichts deutete nach außen darauf hin, dass die junge Ulsarin mit einer der rätselhaftesten Kräfte des Kontinents Zwiesprache hielt, eine Fähigkeit, die sie, abgesehen von den Mächtigsten der kensustrianischen Kriegerkaste, zu einem privilegierten Lebewesen auf Ulldart werden ließ.

Der Hofnarr betrachtete die Frau und ließ sich geduldig auf einem Stuhl nieder. Erstens war er hier vor Perdórs Rache sicher, zweitens wollte er sie nicht unnötig aus ihrer Konzentration reißen oder was immer man benötigte, um mit den Energien in Kontakt zu treten.

Niemand hätte geahnt, dass Magie so etwas wie einen eigenen Willen besaß. Als Soscha ihre Ansicht zum ersten Mal äußerte, herrschte allgemeine Ungläubigkeit. Letztlich blieb ihnen aber nichts anderes übrig, als es zu akzeptieren, da ihnen diese besondere Gabe nicht gegeben war.

Nach den Vorgängen um Sabin und die Ulsarin zu schließen, verband sich mit der Weitervermittlung der magischen Fähigkeit eine immense Gefahr für Spender und Empfänger. Da die Risiken nicht erschlossen waren, wurden weitere Übertragungsversuche nicht in Betracht gezogen.

»Oh, hallo, Fiorell«, grüßte Soscha den Hofnarren ein wenig desorientiert. Sie stemmte sich hoch und setzte sich auf die Bettkante. »Ihr seid schon etwas länger hier.«

»Ja«, nickte Fiorell und machte eine tiefe Verbeugung. Sein Gesicht verzerrte sich etwas; bei dem missglückten Sprung musste er sich am rechten Knöchel verletzt haben. »Ich wollte nur nach Euch sehen. Diese Magie ist mir einfach nicht geheuer.«

»Pst«, machte die junge Frau. »Sagt so etwas doch nicht. Sie kann Euch hören.« Fiorell blickte erschrocken drein, und Soscha musste lächeln. »Nein, sie kann Euch natürlich nicht hören. Dennoch, sie nimmt Eure Anwesenheit sehr wohl wahr. Sie hat mir gleich mitgeteilt, dass ich nicht mehr allein im Raum bin.«

»Dann gibt sie einen ganz hervorragenden Wachhund für Euch ab«, grinste der Spaßmacher. »Ihr seid zu Scherzen aufgelegt? Heißt das, Eure gute Laune stammt von neuen Erkenntnissen?«

Soscha streckte sich ein wenig. »Ich lerne bei jeder Unterhaltung mit dieser Kraft hinzu. Aber sie ist nach wie vor sehr misstrauisch, ähnlich wie ein scheues Tier, das eine Zeit benötigt, um sich an Menschen zu gewöhnen.«

»Dass Euch die Magie mal nicht in die Hand beißt.« Fiorell erhob sich vorsichtig, um seinen lädierten Fuß nicht zu sehr zu belasten.

»Hat Euch denn etwas gebissen?«, erkundigte sie sich fürsorglich, stand auf und kam zu ihm.

»Oh, nein. Nur Seine Pralinigkeit geruhten, mit mir ein abgekartetes Spiel zu treiben. Dabei habe ich mir wohl etwas am Gelenk zugezogen. Ich bin auch nicht mehr der jüngste Hofnarr.«

Als Soscha das Hosenbein des Spaßmachers nach oben zog, zeigte sich darunter ein geschwollener Knöchel. »Das sieht nicht gut aus.« Sie schaute ihn prüfend an. »Dürfte ich ein Experiment mit Euch durchführen?«

Fiorell verstand sofort und hob die Arme. »Nein, nein, verehrte Soscha. Eher lasse ich mir von Seiner Dralligkeit auf die Zehen treten, als dass ich der Magie als Versuchskaninchen diene.« Soscha drückte leicht auf die dicke Stelle, der Possenreißer zuckte zusammen. »Autsch!« Er seufzte und ergab sich in sein Schicksal. »Na, was soll's. Versucht, was Ihr wollt.«

Soscha gab ihm einen schnellen Kuss auf die Wange und beugte sich zu der verletzten Stelle, legte die Hände darauf und schloss die Augen. Der Ilfarit ratterte in Gedanken ein Gebet nach dem anderen herunter.

Das Gelenk kribbelte, wurde warm, dann endete das Gefühl.

Die junge Frau öffnete die Lider, atmete tief durch. »Und?«

Probehalber trat er auf, innerlich auf den Schmerz gefasst. Aber es tat sich nichts. »Scheint geholfen zu haben.« Aus dem Stand absolvierte er einen Salto vorwärts. »Ihr seid besser als mancher Cerêler!«, rief er erstaunt aus. »Aber es hat nicht grün geschimmert. Wieso das?«

Soscha erhob sich und grinste zufrieden. »Das bleibt mir leider noch verborgen. Ich weiß nur, dass ich mit blauer Magie arbeite. Starker, potenter Magie. Und dass sie wohl auch in der Lage ist, Verletzungen anderer zu heilen. Ihr habt es selbst gesehen.«

»Ganz erstaunlich«, wunderte sich Fiorell immer noch. »Aber ich werde mich darüber gewiss nicht beschweren.«

Soscha schritt an ihr Schreibpult und notierte sich, was sie soeben mit Hilfe des Spaßmachers und der Magie geleistet hatte. Ihre Aufzeichnungen füllten mittlerweile zwei Hefte, Forschungsergebnisse, die in dieser Art und Weise in keiner Bibliothek standen.

»So, ich würde sagen, es reicht für heute.« Sie klappte den Einband zu und legte die Feder zur Seite. »Ich werde noch ein wenig durch die Stadt streifen.« Die junge Frau zog sich die Schuhe an und ging zusammen mit Fiorell hinaus. »Ich bin schon so oft unterwegs gewesen und entdecke jedes Mal wieder etwas Neues in den Gassen. Die Kensustrianer sind schon ein ganz erstaunlicher Schlag.«

»Haltet Euch von den Worrpa fern«, wies sie Fiorell auf die Gefahr hin und beschrieb die Tiere knapp. »Sie sind auf Menschen abgerichtet und würden ein so zartes Wesen wie Euch so schnell verschnabulieren, wie das Pummelchen Kekse verdrückt.«

Soscha lachte auf. »Wo ist denn eigentlich Seine Hoheit?«

»Och, dem verklebt bestimmt etwas gehörig den Gaumen«, freute sich der Hofnarr schelmisch und rieb sich die Hände. »Ihr hättet keine Freude an ihm.«

»Dass Ihr beide immer im Wettstreit liegen müsst, wer nun das letzte Wort beim Schabernack hat«, schüttelte die Ulsarin gespielt vorwurfsvoll den Kopf.

»Es ist eine gute Tradition«, verteidigte sich Fiorell. »Man braucht in Zeiten wie diesen gelegentlich etwas zum Lachen, sonst würde man schlicht verzweifeln.« Soscha trat hinaus. »Vergesst nicht, Seiner Majestät von Euren Fortschritten zu erzählen, wenn Ihr zurück seid«, rief er ihr von der Tür nach.« Sie winkte und bog in die nächste Gasse ab.

»Fortschritte?«, sagte eine Grabesstimme in seinem Rücken.

Der Possenreißer drehte sich zu Perdór um, dessen Lippen zwar von der Leimrute erlöst, aber dafür mit einer dicken Schicht Heilsalbe bedeckt waren. »Nanu, Majestät?! Habt Ihr Eure wählerische Schnute an heißem Kakao verbrüht?«, erkundigte er sich unschuldig. »Oder war es ein garstiges Wort, dass die Hautlappen rund um Eure Futterluke zum Explodieren brachte?«

»Das war dein Werk, Spitzbube.« Der exilierte König hatte die Arme auf den Rücken gelegt und bebte, dass die Löckchen hüpften. »Die Haut haben sie mir abgerissen, diese Diener mit einem Feingefühl eines fingerlosen Sumpfungeheuers. Nur wegen deines hinterhältigen Anschlags.«

»Ich? Was soll ich getan haben?«, fragte Fiorell gedehnt und legte die Fingerspitzen auf die Brust. »Wer verknotet denn anderen heimlich die Schnürsenkel unter dem Tisch?«

»Ich bin der König. Das ist mein gutes Recht«, brummte Perdór missgelaunt. Offenbar nahm er seinem Spaßmacher den letzten Streich ernsthaft übel. »Und welche Fortschritte posaunst du hier herum?«

»Soscha hat meinen Knöchel, der unter Euch zu Schaden kam, mit ihrer Magie geheilt«, erklärte der Hofnarr und machte eine demonstrative Bewegung mit dem Fuß. »Sie wird sicherlich auch etwas gegen Eure Schwelllippen tun können.«

»Sicherlich.« Ansatzlos schnellten Perdórs Arme nach vorn und stülpten Fiorell die Narrenmütze über. Ein Geräusch ertönte, als träte man in Schlamm. »Nur ob sie deine Haare wieder wachsen lassen kann, darauf bin ich gespannt.«

»Das habt Ihr nicht ehrlich getan, Majestät?!« Der Possenreißer wollte sich den schellenbesetzten Hut vom Schopf ziehen, doch der Filz, der Leim und seine Haarpracht hatten sich bereits miteinander verbunden. »Dafür werdet Ihr büßen!«

»Verklag mich doch«, riet Perdór ihm mit einem bösartigen Grinsen, das Tzulan alle Ehre gemacht hätte.

Kontinent Ulldart, Großreich Tarpol, Hauptstadt Ulsar, Frühsommer 459 n. S.

Govan, bekleidet mit einer besonders auffälligen Paradeuniform, ergötzte sich an dem Erstaunen der Ulsarer, die mit offenen Mündern ins Innere der Kathedrale strömten. Der Tadc stand an der Stelle, an der einst das Abbild des Gerechten seinen Platz gehabt hatte.

Statuen jeglicher Art suchte man in dem riesigen, von hohen Säulen getragenen Bauwerk vergebens. Schlicht und schmucklos präsentierte sich der Innenraum. Von den Pfeilern hingen die Standarten der Bardri¢-Dynastie. In riesigen Eisenschalen flackerten unzählige Feuer und beleuchteten das Gotteshaus mit dunkelrotem Schein.

Nicht die neue Schlichtheit zog die Menschen in ihren Bann.

Es war die architektonische Veränderung, welche die Düsternis der Kathedrale dermaßen verstärkte, dass man unwillkürlich die Stimme senkte und mehr eingeschüchtert als ehrfurchtsvoll in das Bauwerk eintrat. Zumal die nicht minder finstere Fassade ihren Teil dazu beitrug, die Besucher einzustimmen. Nachträglich angesetzte schwarze Eisenspitzen, -dächer, -türmchen und Steinfiguren erweckten den Eindruck einer wehrhaften Festung, in der ein Furcht einflößender Herrscher hausen musste.

Jeder, der sich überwand, durch das maulähnliche Portal zu schreiten und seinen Fuß auf die Steinplatten zu setzen, verstand augenblicklich, dass die Kathedrale in dieser Art wenig mit Ulldrael zu tun hatte.

Anstelle der bunten Fensterbilder saß in erster Linie dunkles Glas in den Aussparungen. Übereinander angeordnete Rosetten schirmten mehr Strahlen ab, als sie hereinließen und filterten die Helligkeit auf ein eigenartiges Zwielicht herunter.

Zwischen den Verstrebungen der Stützpfeiler befanden sich düstere, schmiedeeiserne Gebilde, die das Licht zusätzlich brachen und bizarre Schatten an die Wände und auf den Boden des Gebäudes warfen.

Dennoch ließen sich die Ulsarer nicht abschrecken, denn sie alle wollten miterleben, wie der junge Tadc die Nachfolge seines Vaters offiziell antrat.

Mehr als fünftausend Menschen füllten die Kathedrale, andere drängten sich wie seinerzeit auf dem Platz vor dem Gotteshaus zwischen den Ständen rund um die Statue von Lodrik.

Doch der Tod des beliebten Kabcar schlug den Ulsarern sowie dem restlichen Reich aufs Gemüt, die Stimmung wollte nicht wirklich ausgelassen und fröhlich werden, da konnten sich die Musikanten noch so sehr Mühe geben. Dumpf hallten ihre Töne ins Gebäude, wurden leiser und leiser, als die Wachen die massiven, beschlagenen Portaltüren schlossen.

Grabesstille breitete sich im Innenraum aus.

Govan begab sich an den Platz neben seiner Schwester.

Ein Blick aus den Augenwinkeln genügte ihr, um seine Aufregung zu erkennen. Kurz drückte sie seine Hand. Er lächelte angespannt zurück. Bis jetzt hatte er sie im Unklaren darüber gelassen, was er zusammen mit Nesreca plante. *Ich vertraue auf die Umsicht Mortvas, dass Govan keinen Schaden anrichtet.*

Hoch über den Köpfen der Menschen schlugen Helfer die Klangscheiben an, deren Töne tiefer als gewöhnlich dröhnten.

Als der letzte Schall verebbte, ertönte der Bardri¢-Militärmarsch, zu dessen Melodie sich der Tadc getragenen Schrittes nach vorn begab.

Ein überraschtes Murmeln lief durch die Kathedrale. Die Ulsarer warteten auf das Erscheinen der Ulldrael-Mönche. Doch von den Geistlichen fehlte jede Spur.

Als der junge Mann seinen Platz erreichte, endete die Musik.

Die Uniformstickereien aus purem Gold, die Edelsteine und Orden glänzten und reflektierten jeden noch so geringen Lichtschimmer und verliehen seiner Gestalt eine beinahe überirdische Aura.

Zufrieden musterte Nesreca den Tadc und wartete darauf, zum Einsatz zu kommen. *Es wird nicht mehr lange dauern, und er möchte etwas Besseres, Mächtigeres als ein Mensch sein,* schätzte er die Machtgelüste seines ältesten Schützlings ein.

»Tarpoler und Ulsarer! Untertanen!«, rief Govan in das Schweigen. »Heute werde ich dem Mann nachfolgen, dessen Bestimmung es war, für unser Land mehr als alle anderen vor ihm zu erreichen.« Er machte Pause, damit die Anwesenden ihren Erinnerungen nachhängen konnten. »Es war nicht rechtens, dass er durch einen feigen Hinterhalt sterben sollte. Trotz aller Magie gelang es ihm nicht, dem Anschlag der Kensustrianer zu entkommen. Und das hat auch einen Grund.« Theatralisch hob er die Arme. »Seht euch um. Nirgends werdet ihr das Abbild Ulldraels finden. Ich habe ihn für immer aus diesen Hallen verbannt.«

Aus dem Flüstern wurde ein Raunen.

»Ja, wundert euch nur. Aber vernehmt die Wahrheit: Einzig der sogenannte Gerechte trägt die Schuld daran, dass mein Vater und euer geliebter Herrscher dem Untergang geweiht war. Er nahm ihm in größter Not seine Kräfte, um ihn in die Hand der Feinde zu geben.« Klar und deutlich kam die Lüge über die Lippen des angehenden Herrschers, gerade so als berichtete er Tatsachen.

Es ist noch zu früh, dachte Zvatochna, die der Rede mit Spannung lauschte. *Sie werden ihm nicht glauben*. Ärgerlich schaute sie zu dem Mann mit den silbernen Haaren, der entspannt auf seinem Sessel ruhte und sehr zufrieden aussah. *Mortva hätte ihn davon abbringen müssen.*

»Ich habe gehört, wie er den Gerechten verzweifelt anflehte und es nicht verstand, warum er im Stich gelassen wurde«, fuhr Govan beschwörend fort. »Aber Ulldrael erklärte sich nicht. Für ihn war mein Vater nur ein Spielzeug.« Die Rechte fuhr anklagend nach oben. »Aus dem Himmel schoss der Strahl hinab, der gleiche Strahl, der ihn einst in Granburg traf und ihm die Magie schenkte. Weil der Gerechte mit dieser Tat sein wahres Antlitz zeigte, entsage ich fortan diesem Gott, der meinen Vater ein Opfer der Kensustrianer werden ließ.« Sein Arm senkte sich. »Ich fürchte den Zorn eines verschmähten Gottes nicht. Ich habe mich einem anderen zugewandt. Einem Wesen, auf das bereits mein Vater vertraute und auf das Ulldrael eifersüchtig war. Deshalb musste mein Vater sterben. Doch Tzulan ist mit mir. Und ihr werdet sehen: Mit ihm vollenden wir das, was Lodrik Bardriç begonnen hat. Ulldrael der Gerechte wacht nicht länger über uns! Fortan hält Tzulan seine schützende Hand über uns. Er zeigt sein Angesicht am Himmel, formt sich mehr und mehr aus den

Sternen, um seine Macht zu verdeutlichen und unseren Gegnern zur Warnung zu sagen: Seht her!« Der Tadc breitete die Arme aus. »Seht her! Tzulan der Gebrannte wird all die vernichten, die nicht an ihn glauben.« Er machte eine umarmende Geste. »Und wir, das Volk von Tarpol, wir stehen auf seiner Seite.«

Nesreca stand auf und brachte Govan die Krone. Das unermesslich kostbare Werk aus Iurdum, geflochtenem Gold und Silber, gespickt mit Edelsteinen und Karfunkeln, machte neben der Uniform des Tadc beinahe einen armseligen Eindruck.

Govan nahm sie entgegen und hielt sie vorsichtig in den Händen. Dann hob er sie empor.

Das Licht der Sonnen tauchte den jungen Mann in blutrotes Licht.

Die Schatten der einzelnen Rosetten und schmiedeeisernen Gebilde verbanden sich zu einem Bild. Ohne dass die Menschen es richtig sehen konnten, entstand die schwarze Silhouette des Gebrannten Gottes in gewaltigen Ausmaßen auf dem Boden der Kathedrale. Ein heißer Wind strich durch den Raum.

»Ich schwöre, das Beste für mein Land und meine Untertanen zu tun, meine Gesetze zu achten und andere Menschen zurück zu meinen Gesetzen zu führen. Ich schwöre, dass mit mir eine neue Zeit in Tarpol anbrechen wird, wie sie damals auch bei meinem Vater Einzug hielt. Dazu erhalte ich den Beistand Tzulans.«

Der uralte Amtseid der Bardri¢ war in den Worten des Tadc, der sich selbst krönte, nicht mehr wieder zu erkennen. Auf den Kniefall verzichtete er ganz.

»Ich erkläre vom heutigen Tag an, dass der Kult des Gebrannten Gottes wieder ausgeführt werden darf, sofern seine Anhänger niemandem meiner Untertanen damit ein Leid zufügen.« Er wandte sich den anwesenden Ulsarern zu. »Den Orden Ulldraels mit all seinen Privilegien hebe ich hiermit auf. Mögen die Brüder und Geistlichen in den Klöstern weiterhin seinen Namen preisen, aber mir wird er nicht mehr über die Lippen kommen. Mögen sie seine Rituale fortführen, hier werden sie nicht mehr stattfinden. Wer sich von uns abwendet, von dem wenden auch wir uns ab.« Feierlich senkte er die Krone auf sein Haupt. »Nicht, weil ich es will, sondern weil ich muss, besteige ich den Thron. Ich trete das Amt für dich an, Vater.« Ruckartig löste er die Finger von dem juwelenbesetzten Zeichen seiner Macht, schloss die Augen und genoss die Hochstimmung ... die Stunde seines ersten Triumphes.

»Lang lebe der Kabcar von Tarpol«, rief Nesreca und ging auf die Knie. *Lang lebe der wahre Hohe Herr.*

Die Untertanen folgten dem Beispiel des Konsultanten. Ergriffen von den Worten eines treuen Sohnes und in Erinnerung an die Taten seines Vaters, zögerten die Ulsarer keinen Lidschlag lang und verneigten sich vor dem neuen Kabcar, der sich selbstbewusst seinen Leuten zeigte.

Ein magisches Leuchten umspielte seinen Körper und vollendete den Eindruck, ein Gott sei herabgestiegen, um sein auserwähltes Volk zu führen und zu schützen.

Als er Tzulan pries, sprachen sie ihm alle ohne Ausnahme nach.

Dumpf hallte der lange nicht mehr von so vielen Menschen auf einen Schlag ausgesprochene Name zwischen den Säulen hin und her.

Die Klangscheiben dröhnten erneut und verkündeten die Einsetzung des neuen Herrschers, der seine Herrschaft mit mehr Neuerungen begann, als es sein Vater einst gewagt hatte.

Zvatochna, die wie Krutor nur den Kopf gebeugt hielt, musste ihrem Bruder Anerkennung zollen. Sie hatte damit gerechnet, dass der Mob Govan auf der Stelle zerriss. Doch er hatte die richtigen Worte gefunden und die Besucher im wahrsten Sinne des Wortes verzaubert. *Er hat den Bann gebrochen. Dafür schuldet ihm der Gebrannte etwas.* Selbst wenn sie in ein paar Stunden über die Verehrung des Gebrannten Gottes nachgrübeln würden, so würden sie doch feststellen, dass nichts Schlimmes passiert war. Tzulan schien ein Gott wie jeder andere auch.

Die junge Frau erkannte, dass ihr Bruder sich in einem tranceartigen Zustand befand, gefangen von der Stimmung und den eigenen Gedanken an Zukünftiges. Aber die Ulsarer erwarteten weitere Worte.

Zvatochna wandte sich anmutig an das Volk. »Nun geht hinaus und feiert, Tarpoler! Feiert zu Ehren meines Vaters, rühmt seinen Namen und wünscht dem neuen Kabcar die gleiche glückliche Hand in all seinen Unternehmungen.«

Benommen, schier trunken von dem Erlebten und den starken Eindrücken, verließen die Menschen die Kathedrale und warfen einen letzten, schüchternen Blick auf den unbewegten, beinahe selbst zur Statue gewordenen Herrscher. Als sich die Portale öffneten, schien den ein oder anderen die Wirklichkeit zurückzuholen, die in der rätselhaften Atmosphäre des Gotteshauses zuvor fast verloren gegangen war.

»Habt Ihr ihm diesen Ratschlag erteilt, Mortva?«, verlangte die Tadca zu wissen. »Ihr gebt mir Bücher über Strategie und Taktik und macht dabei auf mich plötzlich den Eindruck eines Glücksspielers.« Sie hob ihre Stimme nicht, und trotzdem klang die Maßregelung drohender als jedes laute Wort. »Krutor, bitte geh hinaus und sorge dafür, dass die Fässer angeschlagen werden. Wir kommen gleich nach.«

Der riesenhafte Krüppel nickte eifrig. »Govan hat toll geredet«, sagte er ehrfürchtig in Richtung des Kabcar, der allmählich wieder zu sich fand; die Magiekorona reduzierte sich mehr und mehr. »Ulldrael ist ein blöder Gott.« Er humpelte hinaus.

»Es hatte nichts mit Glück zu tun, Hohe Herrin«, gab Nesreca lächelnd zurück, als der missgestaltete Tadc außer Hörweite war, und neigte demütig den Kopf. »Wir mussten die Lage nutzen. Unter solchen Bedingungen ist die Hinwendung zu Tzulan die leichteste Übung.«

»Und welchen Sinn macht diese religiöse Umorientierung meines Bruders?« Zvatochna zog die Handschuhe fest, ihre braunen Augen ruhten ungehalten auf dem Wesen, das sie im Umgang mit den geheimnisvollen Kräften schulte. »Brauchen wir ihn denn, den Gebrannten Gott?«

Die Freundlichkeit um Nesrecas Lippen wurde eine Spur süffisanter. Von unten herauf blickte er sie an. »O ja, Hohe Herrin. Ich denke, dass Ihr seine Unterstützung benötigt.« Mit einem Blick über die Schulter vergewisserte er sich, dass Govan noch zu abgelenkt war, um das Gespräch zu verfolgen. Er machte einen Schritt auf die Tadca zu.

»Was Ihr erreicht habt und was Ihr seid«, er hob die Hand und fuhr mit dem Handrücken zärtlich an ihrer Wange entlang, »ja selbst Eure makellose Schönheit verdankt Ihr einzig und allein dem Gebrannten«, schnarrte er mit schmeichelnder Stimme. Die junge Frau fühlte sich durch den direkten Affront des Mannes überrumpelt. »Wenn Ihr noch mehr haben wollt, noch mehr Macht, immer während Schönheit und Jugend, dann solltet Ihr an Tzulan festhalten und ihm geben, was ihm gebührt. Euer Bruder weiß das.«

Zvatochnas Gesicht verfinsterte sich, ihr Arm hob sich zum Schlag gegen den Berater. Doch sie hielt in der Bewegung inne. Etwas an dem Ausdruck in den unterschiedlich farbigen Augen Nesrecas warnte sie. Möglich, dass es auch nur die unbeirrbare Ruhe war, die er verströmte.

»Dieses eine Mal werde ich Euch die Impertinenz verzeihen, die Tadca von Tarpol berührt zu haben«, sagte sie mit bebender Stimme. »Weil Ihr mich viel gelehrt habt. Aber solltet Ihr es noch einmal wagen, das schwöre ich meinetwegen auch bei Tzulan, werde ich herausfinden, wie Ihr auf die aldoreelische Klinge reagiert, einerlei, was für ein Geschöpf Ihr seid.«

»Ihr gleicht Eurer Mutter, wenn Ihr Euch erregt«, meinte Nesreca galant. »Nur solltet Ihr mit dem Ärger etwas sparsamer umgehen, er gräbt hässliche Furchen in Euer Antlitz, Hohe Herrin.« *Es wird nicht die letzte Lektion gewesen sein, die du von mir erhältst.*

Govan stöhnte behaglich auf und kam die Stufen herab. »Ich muss wohl von dem ganzen Geschehnis eingenommen worden sein«, meinte er verzückt. »Als ich in diesem roten Licht stand ... mir war, als hörte ich die Stimme Tzulans sprechen.« Er erschauderte, wirkte unvermittelt enttäuscht. »Aber ich verstand ihn nicht.«

»Noch nicht«, beruhigte ihn Nesreca. »Aber ich denke, mit Zunahme der Gaben wird sich der Gebrannte Euch immer geneigter zeigen. Geneigter als Eurem Vater.« Der Berater nahm die Blicke der Tadca wahr. »Aber das hat Zeit. Nun sollten wir dem Volk seinen Kabcar zeigen.« Er deutete eine Verbeugung an.

»Mein Kompliment übrigens, Hoher Herr. Eure Rede war brillant.«

»Wir haben sie zusammen geschrieben, Mortva«, gab Govan das Lob zurück und schritt mit Raum greifenden Schritten zum Portal. »Zvatochna, komm! Du sollst an meiner Seite stehen.« Der Kabcar fasste ihre Hand und drückte sie freudig. »Das ist ein ganz hervorragender Tag!«

Da bin ich mir nicht mehr so sicher. Die Andeutungen des Konsultanten machten sie misstrauisch. Als ihre Mutter einmal davon gesprochen hatte, dass sich hinter dem stets freundlichen, zuvorkommenden Mortva mehr verberge, hatte sie ihr nicht glauben wollen. Nun erkannte sie deutlich, dass das Wesen, das sich unter der menschlichen Hülle verbarg, sich selbst nicht nur als bloßen Erfüllungsgehilfen betrachtete, wie ihr Bruder annahm.

Als Govan zusammen mit seiner Schwester am Ausgang der Kathedrale erschien, jubelten die Massen den beiden zu. Nesreca hielt sich vornehm im Hintergrund und überließ die beiden jungen Leute der Begeisterung der Ulsarer sowie der angereisten Gäste.

Danach entlud der Kabcar ein magisches Feuerwerk, wie es Ulsar noch niemals gesehen hatte.

Die tödlichen Energien schossen gut sichtbar in den Himmel, kreiselten und verwirbelten miteinander, die Farben mischten sich. Wind kam auf, der sogar die Wolken anzutreiben schien, so groß war die Macht des neuen Herrschers, von dem Hitzewellen ausgingen wie von einer Schmiedeesse.

Bevor die Kleider Feuer fingen, beendete er die Demonstration seiner Macht, riss die Hände nach oben und pries Tzulan.

Und die Menschen stimmten ekstatisch, leidenschaftlich und aus vollem Herzen mit ein.

Stunden später stand der Kabcar auf einem der vorderen Türme der Kathedrale zwischen schrecklich anzuschauenden Steinchimären und schaute auf die feiernden Menschen zu seinen Füßen. Die Luft zerrte und riss an seinen Kleidern, als wollte sie ihn in die Tiefe stürzen.

Überall auf dem Marktplatz loderten kleine Feuer, die für Licht sorgten, die Stände und Buden schenkten noch immer Alkohol in Strömen aus, und der Geruch von Gebratenem und Gesottenem hing über der Stadt.

Der Wind trug ihm das vielfache Gemurmel und gelegentliches Lachen der Untertanen zu, das Klacken und Klirren der aneinander stoßenden Krüge, die unterschiedlichsten Gesänge, das fidele Lied einer Geige oder mehrerer Flöten, das Wummern der Pauken und das Prasseln der Feuer.

Ihr armseligen, kleinen Lichter. Langsam hob sich sein Blick und schweifte über die Dächerlandschaft der Hauptstadt. Sanft beschienen die Monde die Flächen. *Nicht mehr lange, und es sieht so aus, wie es mir gefällt. Ich werde ein Gesetz zur Gestaltung der Fassaden erlassen.* Die Augen Tzulans überstrahlten den Glanz der restlichen Sterne, klar streckte der Gebrannte Gott seine Hand aus. *Er reicht sie mir zum Bündnis. Und er soll es bekommen,* dachte er, *solange er mir Macht verleiht.*

Sein Blick kehrte zur lärmenden Menge zurück. *Es wird Zeit für ein paar Gaben.*

Eilig lief er die Stufen hinab, rannte die Balustrade innerhalb des Gebäudes entlang und erreichte über eine weitere Treppe den Seitenausgang. Rasch tauschte er sein prunkvolles Gewand gegen einfache, dunkle Kleider, zog sich einen Hut tief ins Gesicht und ging hinaus.

Er mischte sich unter die Feiernden und drückte sich durch stille Gassen, um betrunkene Bettler zu finden.

Schließlich wurde er fündig.

Allem Anschein nach verhandelte eine Hure – ihrer schweren Zunge nach zu urteilen musste sie etliche Biere genossen haben – mit einem besoffenen Freier. Govan tat das Einfachste. Er kaufte sich bei dem Duo ein und gab vor, ein Liebesspiel zu dritt unternehmen zu wollen.

Auf Umwegen lotste er die kichernde Frau und den blöde lachenden Mann zurück zur Kathedrale, ließ sie hinein und bugsierte sie in den vorderen Bereich, wo die beiden sich umständlich entkleideten und erste, schmatzende Küsse tauschten.

Es sei euch gegönnt. Der Kabcar öffnete eine verborgene Klappe an einer der Säulen und betätigte mehrere Hebel. Mortva hatte einmal von ihnen gesprochen, und nach ein wenig Suche hatte sich Govan das Geheimnis der Kathedrale offenbart.

Malmend schoben sich die Bodenplatten auseinander, wo zuvor Ulldraels Statue gestanden hatte.

Das Pärchen bemerkte in seinem Liebestaumel nicht, dass sich die Erde unter ihnen auftat. Erst als sie von der sich immer weiter einfahrenden Platte zu stürzen drohten, beendeten sie das derbe Vorspiel. Die Frau sprang erschrocken auf, raffte ihr Gewand und erreichte festen Untergrund.

Ihr Freier dagegen verhedderte sich in seinem Beinkleid und stürzte schreiend in den unergründlichen Schlund. Leiser und leiser wurden seine verzweifelten Rufe, bis ein Zischen ertönte und seine Stimme abrupt verstummte.

Wimmernd rutschte die Frau rückwärts, weg von dem drohenden Abgrund.

»Wohin, Hure?« Govan trat hinter sie und zog den Hut ab. »Stirb für deinen Kabcar.«

»Nein«, bat sie jammernd. »Hoheitlicher Kabcar, verschont mein Leben.« Sie stemmte sich in die Höhe und bedeckte ängstlich ihre Blöße. »Was ist das für ein Loch? Ich bitte Euch, lasst mich.«

»Du wirst Tzulan dienen. Du bist es doch gewohnt, dich anderen hinzugeben«, lautete die verächtliche Antwort. Er drückte ihr lachend einen Waslec zwischen die Falten ihres Gewands. »Da, deine Bezahlung.« Er nickte zum Schlund. »Also, los.«

»Nein!« Mit einem verzweifelten Schrei riss sie ein abgewetztes Messer aus ihrem Gürtel, rammte es dem jungen Mann in den Bauch und rannte weinend zu der Pforte, die ihr einen Ausweg versprach.

Voller Überraschung starrte Govan auf den Griff, der etwa in Höhe des Darmes aus ihm herausragte. Die Schmerzen schossen heiß durch seine Nerven und ließen ihn aufbrüllen.

Eine knappe Geste genügte, Energiestrahlen lösten sich aus seinen Fingerspitzen und erfassten die Fliehende.

Die Magie beförderte die Frau bis hoch an die Decke der Kathedrale, ehe sie erlosch und die Frau kreischend in die Tiefe stürzte.

Mit einem leisen Rauschen schoss sie durch die Öffnung. Ihre losen Kleider knatterten wie eine Fahne im Wind. Auch ihr in Todesangst ausgestoßenes Brüllen verklang und endete in dem bekannten Zischen.

Govan brach in die Knie. »Nimm meine bescheidenen Opfer gnädig an, Gebrannter Gott. Nimm sie, wie ich dir die anderen darbrachte, und steigere meine Kraft.«

Der Schein der drei Monde, die beinahe vollständig übereinander standen, fiel durch die Rosette und flutete den vorderen Teil mit dunkelrotem Schimmer.

Der Kabcar verstand es als Zeichen der Akzeptanz. *Danke, Tzulan.*

»Da haben wir also den Grund, warum einige Bewohner Ulsars beunruhigt von einem schwarz gekleideten Mörder sprechen, der in der Stadt umgehen soll«, hörte er die erheiterte Stimme seines Konsultanten von irgendwo aus dem Gotteshaus. »Hoher Herr, habt Ihr etwa in letzter Zeit wahllos Menschen in dieses Loch gestoßen?«

Govan stemmte sich in die Höhe und drehte sich um. So sehr er sich anstrengte, er sah den Mann mit den silbernen Haaren nicht. »Ja, Mortva. Ich wollte meinem Gott zeigen, wie sehr ich ihn schätze.«

Die Umrisse des Konsultanten schoben sich hinter einer Säule in unmittelbarer Nähe hervor. »Ich denke, Tzulan weiß es zu schätzen. Wenn er es auch mehr als, sagen wir, Appetithappen ansieht.« Er bemerkte die Waffe, die im Bauch des Herrschers steckte. »Ihr seid verletzt? Soll ich einen Cerêler holen lassen?«

»Nicht nötig.« Mit zitternder Hand langte Govan nach dem Griff des Messers und zog die Schneide vorsichtig heraus. Zwar haftete sein Blut an der Klinge, aber die Wunde schloss sich augenblicklich. Schnaubend warf er die Waffe in den Abgrund. »Seht Ihr, Mortva, ich gebe dem Gebrannten sogar von meinem eigenen Blut«, meinte er rau.

»Ihr beherrscht die Kunst der Selbstheilung«, stellte der Berater fest.

»Seit ich die Macht von Paktaï übernahm«, erklärte Govan knapp. »Nur die Schmerzen muss ich noch ertragen. Ich hoffe, es gibt sich mit der Zeit.« Sein Gesicht hellte sich auf, als wäre ihm ein Gedanke gekommen. Doch er sagte nichts. Leicht angewidert wischte er sich sein Blut an der Kleidung ab. »Und mein eigener Mentor schleicht mir nach?«

»Ich habe keine Geheimnisse vor Euch, Ihr solltet auch keine vor mir haben.« Nesreca lachte leise. »Nein, ohne Flachs, ich war vorher schon hier, Hoher Herr. Aber Ihr wart so mit den Vorbereitungen beschäftigt, dass Ihr mich nicht saht.«

»Ich sollte besser Acht geben.« Prüfend betastete er die Stelle, an der sich das Messer in ihn gebohrt hatte. Die Haut präsentierte sich, als wäre die Klinge niemals eingedrungen. »Und was wolltet Ihr hier?«

Der Mann deutete auf die Sessel, die noch von der Zeremonie an Ort und Stelle standen. »Setzen wir uns, und ich mache Euch einen Vorschlag, dem Ihr kaum widerstehen könnt.« Gespannt folgte ihm der Kabcar. »Hoher Herr, ich tue alles, um Euch zu dienen und Eure Macht, Euer Reich, Eure Kräfte voranzubringen«, begann der Konsultant und heftete seinen Blick auf den jungen Herrscher. »Auch Tzulan möchte das. Und er unterstützt Euch, wenn Ihr ihm gebt, was er verlangt.«

»Reichen ihm denn meine Opfer nicht aus?«

»Der Ansatz ist recht ... viel versprechend«, drückte sich Nesreca vorsichtig aus. »Aber damit Euch der Gebrannte mehr geben kann, als Ihr ohnehin schon besitzt, muss auch seine Macht anwachsen.«

»Bis er eines Tages vom Himmel herabsteigt und über die Kontinente herrscht?«, führte Govan den Gedanken argwöhnisch fort. *Dann kann er von mir aus am Firmament bleiben.*

»Nein, Eure Regentschaft wäre niemals in Frage gestellt. Lasst es mich so ausdrücken: Er würde Euch den Kontinent, die ganze Welt mit all ihren Reichen überlassen. Tzulan möchte anderes. Durch die Opfergaben, die er erhält, wächst seine Kraft, bis er die letzten Fesseln, die ihn noch immer bändigen, endlich abstreifen kann, um seine Geschwister und seine Mutter Taralea für ihren Verrat an ihm zu bestrafen.« Der Berater redete ruhig, aber eindringlich. »Doch dazu benötigt er mehr, viel mehr Menschenleben. Sicher, irgendwann wird er sie sich selbst nehmen.« Seine Hand legte sich auf die von Govan. »Aber bis es soweit ist, bis er Gestalt annehmen und umherwandeln kann, braucht er Eure Hilfe.«

»Was nützen mir alle Länder auf Erden, wenn der Gebrannte sie entvölkert hat?« Der Kabcar blieb misstrauisch. »Nein, mir schwebt anderes vor. Ich würde es ihm gerne selbst sagen.«

»Ihr werdet ihn schon bald verstehen können, Hoher Herr«, beeilte sich Nesreca zu versichern. »Euer Vater war noch nie so weit.« Er faltete die Hände zusammen und lehnte sich im Sessel zurück. »Aber ich bin noch nicht fertig. Wir beide sind nicht die Einzigen, die sich dem Ziel verschworen haben, den Gebrannten zum mächtigsten der Götter zu machen.«

»Ich weiß, wen Ihr meint. Die Tzulani haben aber nur Einfluss in Ammtára«, gab der junge Mann zurück.

Wieder lachte der Konsultant. »Sie waren gezwungen, lange Zeit im Untergrund zu leben und sich von dort auszubreiten. Sie sind in allen Schichten der Gesellschaft vertreten und warteten einzig auf den Tag, an dem sie ein Herrscher zu sich ruft und mit ihnen zusammen die Rückkehr Tzulans vorbereitet.«

Govan überlegte nicht lange. »Gut. Ich lasse sie ausfindig machen und bestelle sie zu mir. Wenn wir uns an den Tempel in Ammtára wenden ...«

Nesreca hob die Hände. »Gemach, Hoher Herr, gemach. Wozu habt Ihr mich, Euren Freund?« Er klatschte in die Hände. Zwei Dutzend Männer und Frauen tauchten aus den Schatten der Kathedrale auf. »Wie ich bereits sagte, ich war vor Euch hier. Sie opfern, wie mir berichtet wurde, schon lange. Und etwas mehr, jedoch wesentlich unauffälliger. Dass die Umstände unserer Zusammenkunft heute Abend so glücklich sein würden, das muss Tzulan selbst eingefädelt haben.«

Verwirrt sah Govan über die Menschenansammlung, die bis vor die Stufen kam und vor ihm niederkniete. »Und wie soll das angehen?«

»Das Unauffällige?« Zufrieden räusperte sich das unheimliche Wesen in menschlicher Hülle. »Habt Ihr bemerkt, dass es kaum mehr Kranke in dem ehemaligen Ulldrael-Tempel gibt? Oder die Bettler immer weniger werden? Sie suchen sich die aus, die ohnehin nicht vermisst werden, wenn sie fehlen. Das habt Ihr mit Euren Opferungen falsch gemacht.«

»Ja, ich verstehe«, meinte der Kabcar. In Gedanken ging er die durch, auf die er verzichten konnte. *Totendörfer, Bettler, Räuber und Abschaum. Die Gefängnisse sind doch voller Gaben für Tzulan. Und wenn ich erst Kensustria und Rogogard erobert habe, werden die Opferstellen nicht ausreichen.* »Ich verstehe sehr gut. Diejenigen, die das Sagen innerhalb der Sekte haben, sollen sich nach dem Turnier mit mir treffen, damit wir die weitere Vorgehensweise absprechen.«

»Die Tzulani werden Euch treue Diener sein«, versprach der Konsultant. »Sie haben verstanden, dass Ihr der seid, den sie viel früher erwartet haben. Ihr wisst, dass Euer Vater eine andere Einstellung besaß.«

»Ich bin in allem anders als mein Vater.« Govan erhob sich. »Ach, ja. Seit wann unterhaltet Ihr Kontakte zu den Tzulani?« Samtweich schaute der Kabcar seinen Berater an, die Rechte legte sich an den umgearbeiteten Griff der aldoreelischen Klinge. »Und wann gedachtet Ihr mir davon zu berichten?« Der Tonfall wurde schärfer.

»Hatte ich Euch nicht verboten, Geheimnisse vor mir zu hüten, Mortva?«

»Es war keine echte Heimlichkeit, Hoher Herr«, beeilte sich Nesreca zu versichern und nahm eine demütigere Haltung ein, um den Kabcar und damit seinen eigenen Tod nicht herauszufordern. »Heute fand unser erstes Treffen statt, und ich hätte Euch umgehend in Kenntnis davon gesetzt.«

Skeptisch musterte der Kabcar sein Gegenüber. »Nun denn. Weil heute mein erster Tag als Herrscher dieses wachsenden Reiches ist, zeige ich Gnade und gewähre Euch Verzeihung«, sagte er huldvoll und herablassend. Innerlich musste er gegen den Drang ankämpfen, den Konsultanten mit einem Hieb der Wunderwaffe zu vernichten und ihm seine magischen Kräfte zu rauben, wie er es bei Paktaï getan hatte. *Dieses Gefühl von überschwänglicher Macht würde ich gern ein weiteres Mal erfahren.*

Doch ehe er sich an dem Wesen vergreifen wollte, das ihn hatte aufwachsen sehen, wollte er die Alternative versuchen, die ihm vorhin in den Sinn gekommen war.

»Niemand wird vorerst von unserem Abkommen mit den Tzulani erfahren«, befahl er. »Niemand, auch Zvatochna nicht. Ich gedenke, das zu einem späteren Zeitpunkt nachzuholen.«

»Wie Ihr befehlt, Hoher Herr.« Nesreca richtete sich auf. »Weil wir den Tag Eurer Inthronisation würdigen möchten, zeige ich Euch den Anlass, weshalb die Menschen hier sind.«

Einer der Sektierer sagte etwas in der Dunklen Sprache, einige verschwanden daraufhin im finsteren Teil der Kathedrale und trieben drei Dutzend gebundene und geknebelte Gestalten nach vorn. Die Tzulani mussten sie mit Rauschmitteln beruhigt haben, keiner machte Anstalten zu fliehen.

Govans Gesicht leuchtete auf. »Lasst mich es tun«, befahl er und zerrte das erste der verschreckten Opfer bis an den Rand des Schlundes. »Für dich, Gebrannter Gott! Mögest du stark und stärker werden!« Eigenhändig stieß er den Mann über die Kante.

Er verfolgte den Sturz, solange es die unergründliche Schwärze des Loches zuließ. *Und möge meine Macht bald so groß wie die eines Gottes werden.* Der Kabcar packte den Nächsten an den Haaren und kehrte zum Abgrund zurück.

Nesreca aber meinte, kurz ein irres Flackern in den Augen des Herrschers gesehen zu haben.

IV.

**Kontinent Ulldart, Großreich Tarpol,
zehn Warst vor der Hauptstadt Ulsar,
Frühsommer 459 n. S.**

In Gedanken versunken schritt Nerestro von Kuraschka in der Abenddämmerung den Weg zwischen den bunten, prachtvollen Zelten entlang, in denen achtundvierzig Ritter der Hohen Schwerter, der Orden zu Ehren des Gottes Angor, mitsamt ihrem Gefolge nächtigten. Die restlichen Angehörigen des Ordens würden im Lauf des morgigen Tages zu ihnen stoßen und den Tross vervollständigen.

Die Wachen befanden sich auf ihren Posten. Ausreichend viele Kämpfer verfügten über einen leichten Schlaf, um bei einer Bedrohung sofort nach den Waffen greifen und den Orden verteidigen zu können. Und dennoch vermochte der Großmeister das ungute Gefühl nicht abzuschütteln, das er seit der Einladung zu diesem Wettstreit in der Hauptstadt in sich trug.

Was nutzen scharfe Schwerter und das Beherrschen von Kriegsmanövern, wenn der Feind sich nicht an die Regeln hält?, grübelte er schwermütig.

Auch sein Seneschall, Herodin von Batastoia, sowie Rodmor von Pandroc teilten seine Ahnung. Aber dagegen angehen konnten sie nicht. Der Wortlaut der Einladung gewährte nicht den leisesten Spielraum, um eine

Ausrede zu ersinnen, unter der man die Abhaltung des Turniers verweigerte. »Zum Ruhm des hoheitlichen Kabcar, Lodrik Bardriç, heldenhafter Retter und Bewahrer des Reiches Tarpol, großmütiger Befreier von Unterdrückung und unbotmäßiger Herrschaft«, lautete der an sich harmlos wirkende Satz. Die Reihung der Titel und der Verweis auf das Geleistete machten eine Absage unmöglich. Genauso gut hätte man dem Leichnam ins Gesicht spucken können.

Alle wussten, dass Bardriç es gewesen war, der die Neugründung der Hohen Schwerter erlaubte und ihre endgültige Auflösung vereitelte. Und das Volk Tarpols würde die Weigerung des Ordens nicht verstehen, geschweige denn hinnehmen.

Wenn es eine Falle sein sollte, um an die letzten aldoreelischen Klingen zu gelangen, ist sie sehr abscheulich ausgelegt. Nerestro spielte mit einer goldgelben Bartsträhne, die sanft gegen die Brustpanzerung schlug. *Nur Nesreca ist zu so etwas fähig. Aber wenn er unsere Waffen haben will, wird er bluten. Es könnte die Gelegenheit sein, das Scheusal für immer von Ulldart zu tilgen.*

Ein stechender Schmerz im Rücken brachte ihn dazu, die Zähne zusammenzubeißen. Die verschlissenen Wirbel revoltierten gegen das Gewicht der Metallpanzerung. *Verdammte Zipperlein. Ich sollte schon lange unter der Erde sein. Aber Angor gönnt mir den Tod im Wettstreit nicht.* Ein grimmiges Lächeln legte sich auf sein Antlitz. *Vielleicht dieses Mal. Herodin wäre ein guter Nachfolger.*

Brummelnd legte er eine Hand an den Fahnenmast, an dem die prunkvolle Standarte der Hohen Schwerter weithin sichtbar hing, und dehnte sich vorsichtig, um die Knochen dazu zu bringen, wieder in die alte Position zu springen oder wenigstens eine zu finden, die ihm weniger Schmerzen bereitete. Sein Blick fiel zufällig auf eine weniger prächtige Zeltwand einer Knechtsunterkunft, auf der man die Schatten eines Mannes und einer Frau beim Liebesspiel erkannte, bis der Mann die Hand auf den Docht presste und das Innere der Unterkunft verdunkelte. Wuchtig hämmerte die geballte, gepanzerte Faust des Großmeisters gegen das runde Holz des Mastes. Der flüchtige Anblick hatte ihm die qualvollen Erinnerungen an Belkala zurückgebracht, die einzige Frau, die sein stolzes Herz jemals erobert hatte. Und die nach ihrer Verstoßung durch ihn nichts als eine blutende Ruine an dieser Stelle hinterlassen hatte.

Er presste die Stirn an das raue Holz. *Ich büße schon so lange dafür, dass ich sie verjagt habe. Wann hat es ein Ende?*

Eine Hand legte sich sanft von hinten auf seine Schulter.

»Belkala?«, raunte er hoffnungsvoll und wandte sich um, nur um in die blauen Augen seines Adoptivsohnes zu blicken. Ein wattierter Waffenrock umgab seinen Körper, ein Schwert baumelte an seiner Seite.

»Nein, Vater«, antwortete er mitleidig und drückte ihm sanft den Oberarm. Er wusste um das Leid Nerestros. »Ich sah dich hier stehen und dachte, du brauchst vielleicht …«

Der Großmeister schüttelte sachte das rasierte Haupt, auf dem nur obenauf fingerkuppenlange, braune Haarstummel standen, die übliche Haartracht der Ritter. »Nein, Tokaro von Kuraschka.« Sein Gesicht wurde freundlich. »Aber ich sehe einmal mehr, ich habe mich in deinem guten Wesen nicht getäuscht, als ich dich damals auf der Straße verschonte. Danke mir nicht für meine Milde.« Er bemerkte den etwas bangen Ausdruck des angehenden Ritters. »Du hast Angst davor, in die Mauern zurückzukehren, aus denen man dich mit Schimpf und Schande warf, habe ich Recht?«

Tokaros Wangenmuskeln arbeiteten. »Nein, nicht direkt Angst«, entgegnete er stockend. »Doch was, wenn man mich erkennt?«

»Den Sohn Nerestros von Kuraschka?«

»Ich meine Tokaro Balasy, den Stallburschen. Den Rennreiter des Kabcar. Den Dieb und Gebrandmarkten«, verbesserte der junge Mann den Ordenskrieger.

»Ihn gibt es nicht mehr«, fiel ihm Nerestro hart ins Wort. »Ich habe ihn damals auf eigenen Wunsch getötet und seine Leiche im Straßengraben verfaulen lassen. Balasy wurde von den Füchsen und Raben gefressen. Und jeder, der etwas anderes behauptet, wird sich im Zweikampf mit mir messen müssen.« Stolz reckte er sich auf. »Du hast dich während der Ausbildung sehr verändert, Tokaro. Du bist männlicher geworden.« Spielerisch fasste er seinem Adoptivsohn ans Kinn. »Und viel kantiger als vorher, ein echtes Rittergesicht. Ein Heldenantlitz, in dem keiner in Ulsar deine Vergangenheit ablesen wird.«

Tokaro grinste. »Ich glaube, ich wollte das nur noch einmal hören. Du verstehst meine Vorbehalte? Ich will nicht der Grund sein, weshalb ein schlechtes Licht auf den Orden der Hohen Schwerter fällt.«

»Gibt es denn noch Licht in Tarpol?«, meinte Nerestro und wies nach oben. »Dieses Licht jedenfalls ist so schlecht, dass dein Makel wie reines Weiß wirkt.« Er schlug ihm auf die breiter gewordene Schulter. »Los, bring deinen alten Vater in sein Zelt.«

Zusammen kehrten sie zur Unterkunft des Großmeisters zurück. »Fühlst du dich bereit, einen weiteren Schritt zu tun?«, fragte der Ritter seinen Sohn vieldeutig.

»Wie meinst du das?« Verwundert schaute Tokaro ihn an.

»Wie wäre es, wenn du nach Abschluss des Turniers die Schwertleite erhältst? Albugast und du, ihr seid die fähigsten Anwärter, die ich seit der Zeit des Neuaufbaus gesehen habe.« Etwas vorwurfsvoll pochte er Tokaro gegen die Brust. »Auch wenn er dir im Zweikampf in Stil und Technik am Boden überlegen ist, einen besseren Reiter als dich gab es, soweit ich mich zu erinnern im Stande bin, niemals in unserem Orden.«

»Ich verdiene die Ehre nicht. Noch nicht. Aber es wäre mehr als rechtens, an Albugast die Erhebung in den Ritterstand zu vollziehen«, unterbreitete Tokaro seinen Gegenvorschlag. »Er fühlt sich vom Großmeister zurückgesetzt und falsch behandelt, wenn ich seine Blicke, die er mir und dir zuwirft, richtig einordne.«

»Herodin berichtete Ähnliches«, bestätigte Nerestro, während sie ins Innere des Zeltes traten, wo die Knappen sofort herbeieilten, um ihm die Rüstung abzunehmen. Diesen Luxus gönnte sich der Großmeister gern, auch wenn er dank der Konstruktionsweise selbst aus dem Metallpanzer gekommen wäre.

»Und deshalb bin ich mir bei ihm nicht sicher. Vielleicht benötigt er noch eine Weile, bis er erstens zur Vernunft und zweitens zur Einsicht kommt, dass zu viel Ehrgeiz schädlich ist.« Ein wohliges Seufzen entfuhr ihm, als die schweren Stiefel von seinen Füßen entfernt wurden. »Du wirst als Erster Ordensritter«, verkündete er seinen Entschluss. »Deine Haltung ist die bessere.«

»Aber ...«, versuchte Tokaro zu protestieren, auch wenn sein Innerstes laut jubelte. *Wenn mir einer vor einem Jahr gesagt hätte, dass ich freiwillig den Ritterschlag entgegennehmen würde, hätte ich ihm eine Büchsenkugel zwischen die Lichter gesetzt.*

Der Großmeister hob die Hand, die Unterredung war für ihn beendet. »Ich bin müde, und übermorgen steht der Einzug in Ulsar an. Wir werden alle unsere Sinne benötigen, um die Schlingen zu erkennen, die Nesreca für uns auslegt. Die aldoreelischen Klingen sollen nicht ihm gehören.« Er schenkte Tokaro ein Lächeln. »Und nun freue dich auf das Turnier und deine Schwertleite, mein Sohn.«

Der Junge verneigte sich und verließ das Zelt.

Ordensritter, wiederholte er still, fassungslos vor Glück. Auch wenn es ihm ein bisschen albern erschien, er lief zu den Stallzelten und berichtete Treskor von den aufregenden Ereignissen, die ihn in Ulsar erwarten sollten.

Der Hengst spielte mit den Ohren, schnaubte und spürte die Erregung seines Herrn. Nach einem Kuss auf die Nüstern machte sich Tokaro auf in sein eigenes, kleines Zelt.

Die leichte Panzerung und die Kleider flogen auf den vorgesehenen Ständer, in Gedanken war er bei einer Frau.

»Was könnte ich Zvatochna wohl sagen?«, sinnierte er halblaut vor sich hin. »Wie geht es dir, Lügenluder? Willst du deinen Anhänger zurück?« Grinsend malte er sich die abenteuerlichsten Szenerien aus, in denen er bei Wortduellen mit der mächtigsten Frau Ulldarts als Sieger hervorging. *Oder ignoriere ich sie besser vollständig, damit ich jeden Ärger vermeide?*

Während er in Phantasien schwelgte, streifte er sich das dünne Leinenunterhemd über den Kopf und stand mit nacktem Oberkörper im Zelt. Er hörte nicht, wie die Stoffbahnen des Eingangs bewegt wurden. Erst als ihn der hereinströmende Nachtwind zum Frösteln brachte, verstand er, dass er nicht allein war. *Mein Brandzeichen!*

Als er sich umwandte, fehlte vom Eindringling jede Spur.

Hastig legte er sich seinen Umhang über die Schultern und warf fluchend einen Blick nach draußen. Aber er entdeckte niemanden, der sich in irgendeiner Weise auffällig verhielt. Keiner schrie Zeter und Mordio ob der unglaublichen Entdeckung, die er auf dem Rücken des angehenden Ritters erspäht hatte.

Langsam zog er den Kopf zurück, plumpste auf sein Bett und trat wütend gegen die Stiefel. *Wer war das? Und was hat er gesehen?* Seufzend legte er sich auf die Seite und deckte sich zu.

Die Ungewissheit ließ ihn nicht einschlafen. Jedes Mal, wenn eine Wache seinen Eingang passierte, rechnete er damit, dass eine Abordnung aufmarschierte und ihn vor den Großmeister zerrte, um diesem das Zeichen der Ausgestoßenen zu weisen. Eine Zeit lang dachte er ernsthaft an Flucht.

Irgendwann übermannte ihn doch die Müdigkeit, und Tokaro glitt in einen unruhigen Schlummer, der ihm beim Erwachen am nächsten Morgen keine Erholung gebracht hatte.

So beschloss der junge Mann mit den tiefblauen Augen, die etwas mysteriöse Angelegenheit auf sich beruhen zu lassen.

Eine Woche darauf erschienen die Hohen Schwerter in Ulsar.

Die rund dreihundert Mann starke Truppe hatte sich vor den Mauern der Stadt niedergelassen und die Zelte errichtet.

Danach ritten die sechzig Ordenskrieger in voller Rüstung durch das Haupttor, begleitet von wehenden Standarten, Wimpeln, den eigenen Musikanten und Knappen, die sie wie ein geordneter Bienenschwarm umgaben.

Doch die Instrumente schwiegen. Das Hauptbanner, das seit der Neugründung des Ordens das Wappen der Bardri¢ in sich trug, wurde auf Halbmast vorneweg getragen.

Als der herrlich anzuschauende, blinkende und blitzende Tross durch die Straßen ritt, drängten sich die Menschen an den Rändern der Wege und an den Fenstern, um einen Blick auf die merkwürdig anzuschauenden Kämpfer zu erhaschen, deren martialische Pracht so seltsam antiquiert wirkte.

Die Route des Trupps, an dessen Spitze unmittelbar nach der Fahne der imposante Nerestro von Kuraschka und ein wenig versetzt neben ihm Herodin von Batastoia ritten, wich plötzlich von der erwarteten ab. Die Ulsarer standen entlang der Straße zum Palast, weil sie annahmen, der Großmeister wolle den neuen Kabcar beglückwünschen. Aber die Ordenskämpfer bewegten sich zielstrebig in Richtung des Marktplatzes, ohne ein Anzeichen darauf, dass es sich um einen Irrtum ihres Anführers in der Wahl der Strecke handelte. Als die Bewohner verstanden, was die Ritter beabsichtigten, entstand ein Murmeln in ihren Reihen.

Schweigend erreichten sie den Ort, an dem die Statue von Lodrik stand.

Nerestro rief ein paar Befehle, die Doppelreihe der Gerüsteten fächerte auseinander und bildete eine Linie. Langsam trabten die fünf Dutzend Mann auf das Ehrenmal zu und formierten sich zu einem Dreieck, dessen Spitze auf den Sockel des in Bronze gegossenen, überlebensgroßen Toten wies. Ein weiterer Befehl, und die Abteilung hielt an, die Lanzen senkten sich nacheinander vor der Statue, und die Ordensangehörigen beugten die Köpfe zum Gedenken an den Kabcar.

»Ehret die Toten!«, schallte die Stimme des Großmeisters deutlich über den grabesstillen Platz. »Ehret Lodrik Bardri¢! Sein Andenken soll für immer bewahrt werden.«

Lange verharrten die Ritter in dieser Position und boten den überwältigten Ulsarern ein eindrucksvolles Schauspiel.

»Der Kabcar ist tot, es lebe der Kabcar«, gab Nerestro das Zeichen zum Aufbruch. Die Standarte wurde bis ans Ende der Fahnenstange gezogen, und der Rest des Gefolges schloss zu den eigentlichen Gotteskriegern auf.

Erst als der Zug den Marktplatz vollständig verlassen hatte, setzten die Fanfaren und Pauken ein. Die beschlagenen Hufe klapperten über das Kopfsteinpflaster; wie ein Echo warfen die hohen Häuserfronten den Hall zurück, wenn die Musiker eine Pause einlegten.

Der Seneschall lenkte sein Pferd an die Seite des Großmeisters. »Ihr habt dem Kabcar die Stirn geboten, bevor Ihr ihn zum ersten Mal saht«, meinte Herodin.

Nerestros Gesicht wirkte wie aus Stein gemeißelt. »Ich verdanke seinem Vater mehr als ihm. Wenn er sich ebenso für uns einsetzt, wird ihm der Orden im Fall seines Ablebens ebenfalls diese Ehre erweisen, bevor er seinen Nachfolger aufsucht«, lautete seine kühle Erklärung. »Außerdem soll Nesreca ruhig wissen, was ich von ihm und dem Thronfolger halte, der sich von Ulldrael dem Gerechten losgesagt hat. Ich bin gewiss kein Freund des Ährensammlers, aber habt Ihr die Kathedrale gesehen?«

Der Seneschall nickte knapp. »Es sieht so aus, als bräche die Dunkle Zeit mit dem neuen Herrscher an.«

Der Kampfhandschuh des Großmeisters legte sich an den Griff der aldoreelischen Klinge. »Nun ja, wir haben dem Hause Bardriç Treue geschworen, daher werden wir uns nicht gegen es wenden. Aber warnen kann man den jungen Mann vor den Machenschaften Nesrecas trotzdem.« *Wenn es nicht zu spät ist. Oder er ihn nicht von Grund auf verdorben hat.*

»Manchmal frage ich mich, wie weit Treue gehen darf und welchen Sinn Schwüre machen«, wagte Herodin einzuwerfen.

»Es ist kaum der Zeitpunkt, sich über einen Gelöbnisbruch zu beraten«, beendete Nerestro streng die Unterhaltung. Dass er sich diese Frage insgeheim selbst schon stellte, traute er sich nicht zu sagen. »Lasst uns abwarten, welchen Eindruck Govan Bardriç auf uns macht.«

Sie ritten in den Palasthof ein und entdeckten die riesigen Gerüste, die sich um den protzigen Regierungssitz erhoben; vereinzelt waren erste Steinmetzen bei der Arbeit, die sich an der Fassade zu schaffen machten. An anderen Stellen wurden Steinchimären mit Lastrollen nach oben gezogen.

Großmeister und Seneschall wechselten bedeutungsvolle Blicke.

Während die Ritter Angors draußen in den Sätteln ihrer Pferde blieben, saßen die beiden Höchsten des Ordens ab und marschierten durch die vielen Korridore, Gänge und über Treppen, bis sie ins Audienzzimmer gelangten, wo sie von Govan, Zvatochna, Krutor und Nesreca empfangen wurden.

Die Augen des missgestalteten Tadc glänzten auf, als die Gerüsteten eintraten. Die Begeisterung für die Glaubenskrieger sprang ihm aus dem Gesicht.

Der Kabcar, gekleidet in eine üppig bestickte Uniformvariation, schaute beinahe gelangweilt auf die Besucher, seine Schwester dagegen schenkte ihnen ein gewinnendes Lächeln, sodass den beiden Männern beinahe das Herz stehen blieb. Der Konsultant, der mit gefalteten Händen schräg neben dem Thron stand, nickte knapp.

Nerestro und Herodin ließen sich auf das Knie herab und beugten ihr Haupt vor dem jungen Herrscher. Dass dem Großmeister diese Geste Schwierigkeiten bereitete, war offensichtlich. Als ihn sein Seneschall stützen wollte, untersagte er es ihm mit einer knappen Geste. »Der Kabcar ist tot, lange lebe der Kabcar.«

»Ist das Eure ehrliche Ansicht, oder wiederholt Ihr der Einfachheit halber die Floskeln?«, entgegnete Govan blasiert.

»Die aufrichtigen Worte des Großmeisters vom Ordens der Hohen Schwerter sind keine Phrasen, hoheitlicher Kabcar«, erwiderte Nerestro mit gerunzelter Stirn. »Ich fühle mit Euch, denn der Verlust muss sehr leidvoll für Euch sein. Ich kannte Euren Vater sehr gut und verdanke ihm sehr viel. Wir werden sein Andenken immer bewahren. Ihm zu Ehren wollen wir sehr gern ein Turnier abhalten, wie Ihr es wünschtet.«

»Nicht meinem Vater habt Ihr viel zu verdanken, sondern dem Hause Bardri¢. Ich wünschte dieses Turnier mir auch nicht, ich verlangte es in Anbetracht der Geschichte des Ordens«, präzisierte der Kabcar nüchtern. »Ich rechne mit der gleichen Treue. Seid Ihr bereit, Euren Eid von damals nun auch vor mir zu wiederholen?«

Nerestro musste sich beherrschen, um keine allzu unbotmäßige Erwiderung anzusetzen.

Govan ist ein sturer, undiplomatischer Trampel. Die Tadca versuchte, den Ritter mit beschwichtigenden Blicken zu besänftigen. »Verzeiht meinem Bruder, wenn er etwas hart erscheint. Der Tod unseres geliebten Vaters«, ihre Stimme wurde brüchig, »und die Gewissenlosigkeit der

Tat, mit der die Kensustrianer gegen uns vorgingen, macht uns alle zu anderen Menschen.« Die junge, wunderschön anzusehende Frau zückte ein Taschentuch und tupfte sich ein paar Tränen aus dem Augenwinkel. Die Schultern des Tadc bebten ein wenig, ein dumpfes Schluchzen drang aus der breiten Brust.

»Ich weiß, wie es ist, sich derart verloren zu fühlen«, sagte der Großmeister erweicht.

»Ich danke Euch für Euer Entgegenkommen und Eure Rücksichtnahme«, meinte der Kabcar mit einem verächtlichen Zug um die Lippen. »So schwört denn, dass Ihr mir und dem Hause Bardri¢ die Treue halten werdet, jetzt und was immer die Zukunft bringen möge.« Sein Gesicht nahm einen lauernden Ausdruck an. »Und schwört, dass jede noch so kleinste Verfehlung das Ende von Euch und dem Orden sein wird.«

Nerestro erhob sich, richtete sich zu seiner vollen Größe auf und erwiderte den Blick des Throninhabers. »Ich leiste gern den Eid auf das Haus Bardri¢. Doch das Schicksal des Ordens von dem Verhalten und möglichen Verfehlungen Einzelner abhängig zu machen – die Angor verhüten möge –, das kann ich beim besten Willen nicht tun, hoheitlicher Kabcar.«

Govan sog lautstark die Luft ein. »Ich gebe Euch etwas Bedenkzeit, wenn Ihr wollt.«

»Und ich frage Euch, was Ihr damit bezweckt?«, polterte der Großmeister los. »Hat Euch Euer Berater zu diesem Wortlaut geraten?« Er streckte den Finger aus und deutete auf den verwirrt blickenden Nesreca. »Hütet Euch vor den Einflüsterungen dieses Mannes, hoheitlicher Kabcar. Ihr tätet Euch selbst einen Gefallen, wenn Ihr Euch auf Euer eigenes Urteilsvermögen verlasst, ehe Ihr dem folgt, was Euch Nesreca empfiehlt.« Sein Arm sank, die Augen hefteten sich auf den jungen

Herrscher.«Und ich habe den Eindruck, dass er schon wieder etwas beabsichtigt.«

Govan sprang zornig auf. »Großmeister, hütet Eure Zunge!«

»Dann fragt ihn, was er mit ...« Seine Aufmerksamkeit fiel durch Zufall auf das Schwert an der Seite des Herrschers von Tarpol. Die Entdeckung verschlug ihm die Sprache.

»Wonach soll ich ihn fragen?«, verlangte der Kabcar schneidend zu wissen.

Nerestro deutete eine Verbeugung an. »Verzeiht, hoheitlicher Kabcar, dass ich meiner Leidenschaftlichkeit erlaubte, mein Benehmen hinfort zu reißen. Aber es ist ähnlich wie bei Euch. Der Schmerz über den Verlust des großen Staatsmannes und Feldherrn trübt das Urteils- und Denkvermögen«, leistete er untertänig Abbitte. »Man sagt Dinge, die man danach nicht mehr versteht.« Herodin betrachtete ihn von der Seite, als hätte der Großmeister den Verstand verloren. »Ich entschuldige mich bei Euch, Nesreca«, wandte er sich an den Berater, lächelte ihn an und legte dabei eine Hand absichtlich an den Griff seiner aldoreelischen Klinge. »Aber Ihr dürft mich gern zu einem Duell um Eure Ehre herausfordern, wenn Ihr darauf besteht.«

Abwehrend hob der Mann mit den silbernen Haaren die Hand. »Nein, vielen Dank, werter Großmeister. Daraus entstand schon einmal Ungemach. Ich bin nach wie vor kein Freund des Schwertes und überlasse das Kämpfen denen, die etwas davon verstehen. Und meine Ehre wird damit sehr gut leben können, von einer Persönlichkeit wie Euch ein wenig angekratzt worden zu sein.« Er machte einen nachsichtigen Eindruck. »Ich weiß, dass Ihr mir nicht sonderlich gewogen seid, aber Ihr seid wenigstens ehrlich. Das schätze ich.«

»Ja, diese Eigenschaft besitzt heutzutage beinahe keiner mehr auf Ulldart«, stimmte Nerestro zu. »Hoheitlicher Kabcar, ich erkläre vor allen Mitgliedern der hoheitlichen Familie, dass die Hohen Schwerter dem Hause Bardri¢ stets ergeben sein werden. Alles andere kann und werde ich nicht belobigen.«

»Nun denn«, meinte Govan sichtlich missgestimmt. »Ich akzeptiere diesen Eid. Führt das Turnier durch und zollt meinem Vater den Respekt, den er verdient hat, und danach kehrt zu Eurem ritterlichen Tagesgeschäft zurück.« Der junge Mann erhob sich und verbarg seinen Ärger über das Verhalten des Großmeisters nicht. »Ihr könnt gehen, Nerestro von Kuraschka. Und vergesst nicht, beim Standbild meines Vaters vorbeizusehen.«

Die beiden Ordenskrieger schritten rückwärts in Richtung des Ausgangs. »Dort waren wir bereits, hoheitlicher Kabcar«, sagte Nerestro ernst. »Es ist eine gelungene Statue, ein würdiges Abbild des Mannes, dem das Land und die Menschen treu zu Füßen lagen.«

»Und so wird es bei mir weitergehen«, verabschiedete Govan die Gäste.

»Großmeister«, schallte Krutors Stimme aufgeregt durch den Saal. Die ganze Zeit über hatte er sich im Zaum halten können, doch nun musste er sich eine drängende Frage von der Seele reden. »Großmeister, darf ich auch ein Ritter werden?« Bewundernd hingen seine Augen an den schimmernden Rüstungen. »Ich würde ein aufrechter Krieger zu Ehren Angors sein.«

Nerestro lächelte den verunstalteten Tadc an, der ihn um mehr als die Hälfte überragte. »Daran zweifele ich nicht, hoheitlicher Tadc. Seht Euch in aller Ruhe das Turnier an und überdenkt Eure Bitte. Es wäre uns zwar eine sehr große Ehre, ein Mitglied der Bardri¢-Familie in unseren Reihen zu haben, doch es sprechen gewisse Maßgaben eher dagegen.«

»Ist es, weil ich ein Krüppel bin?« Die breiten Schultern des riesigen Jungen sanken enttäuscht herab.

Herodin eilte seinem Freund und Vorgesetzten zur Hilfe. »Hoheitlicher Tadc, wir sind ein Orden, der ganz auf die Kraft der Pferde setzt. Wenn Ihr ein Reittier besitzt, das Euch trägt ...«

Krutor seufzte und kniff die Mundwinkel zusammen. »Nein«, räumte er traurig ein. »Nein, Ihr habt Recht. Ich bin dumm.«

Weil Großmeister und Seneschall nicht wussten, was sie erwidern sollten, verneigten sie sich hastig und verließen das Audienzzimmer, um sich nach draußen zu begeben.

»Der Junge dauert mich«, meinte Herodin unterwegs. »Wäre es nicht möglich, eine Ausnahme zu machen?«

»Und ihn damit erst recht zur Zielscheibe von Spott und Hohn zu machen?« Er legte seinem Untergebenen eine Hand auf die Schulter. »Glaubt mir, es tat mir Leid, ihn enttäuschen zu müssen. Aber er in unseren Reihen? Als was? Als unstandesgemäßer Fußsoldat? Oder soll er zwischen unseren Pferden mit nach vorn stürmen? Soll er sich beim Lanzengang zu Fuß in die Schranken begeben und gegen uns anrennen? Wir haben dem Tadc einen Gefallen getan, indem wir ihn abwiesen.«

Im Hof angekommen, halfen die Bediensteten dem Großmeister per Winde in den Sattel. Der Tross setzte sich in Bewegung, um in der Zeltstadt weitere Vorbereitungen für den Wettstreit zu treffen.

»Ist Euch aufgefallen, welche Waffe der Kabcar an seiner Hüfte trägt?«, fragte Nerestro den Seneschall, als sie sich vom Palast entfernt hatten.

Herodin überlegte. »Es war ein ungewöhnliches schmuckloses Schwert, wenn ich mich richtig erinnere«, gab er seine Beobachtung wieder. Nach kurzem Grübeln schaute er bestürzt zum Großmeister hinüber. »Bei Angor! Der Griff hatte Ähnlichkeit mit dem einer aldoreelischen Klinge.«

»Ich bin mir sicher, dass es eine solche Waffe war«, sagte Nerestro grimmig. »Die Art des Jungen gefiel mir schon bei seinen ersten Worten nicht. Da er eine aldoreelische Klinge führt, deren Besitz er sogar noch vor anderen verheimlicht, fühle ich mich in meiner Ansicht bestätigt, dass Nesreca ihn im eigenen Sinn erzogen hat. Es klebt das Blut unserer ermordeten Brüder an den Händen des neuen Kabcar.«

»Aber was machen wir nun?« Der Seneschall schien ratlos.

»Zuerst führen wir das Turnier durch, vielleicht ergibt sich etwas, aus dem wir Vorteil ziehen können«, sagte der Großmeister entschlossen. »Anschließend ziehen wir uns so schnell wie möglich in unsere Hauptfeste zurück und harren aus. Die Debatte über den Sinn von Treueschwüren werde ich nun mit Freuden führen.«

»Wenn es uns die vergangenen Taten der Kensustrianer nicht unmöglich machten, mit ihnen zu paktieren, hätte ich vorgeschlagen, dass wir uns zu den Grünhaaren begeben und vereint gegen die Tzulandrier kämpfen«, äußerte Herodin seine Gedanken laut. »Diese Brut von Tzulans Kontinent zu tilgen kann nur im Sinne von Angor sein. Und wir hätten nicht gegen den Schwur gehandelt.«

»Wir werden sehen«, meinte Nerestro finster, während er sich im Sattel zur Seite drehte, um einen Blick auf den Palast und danach auf die Kathedrale zu werfen. *Die Vorzeichen zur Rückkehr der Dunklen Zeit standen noch niemals so günstig.*

Unter dem Beifall der Ulsarer ritten sie durch die Stadt, über der sich in der Vorstellung der beiden Obersten Ordensritter schwarze Schatten ausbreiteten, die von den beiden auffälligsten Gebäuden auszugehen schienen.

»Ich finde nicht, dass er so aussieht, als hätte ihn ein Steinschlag zermalmt«, gab Nesreca seine Meinung zweiflerisch kund und beugte sich ein wenig vor, um den Leichnam besser betrachten zu können. Dabei achtete er darauf, dass sein silbernes Haar nicht nach vorn rutschte und mit dem Blut in Berührung kam. »Vielmehr erinnert mich der Tote an jemanden, der von einer Kutsche überrollt wurde.« Der Konsultant richtete sich auf. »Du musst dir etwas mehr Mühe geben, Hemeròc. Mach aus ihm einen Lodrik, der von einem gewaltigen Felsen und nicht von einem Kiesel getroffen wurde.«

Mit einem Schnauben legte das Wesen die Marmorplatte auf den erkalteten Körper und presste sie nieder. Krachend barst der Brustkorb unter dem übermenschlichen Druck, gab dem Gewicht des Steines und der Gewalt des Zweiten Gottes nach.

Abseits von allen neugierigen Augen und Ohren, tief im abgelegen Winkel der Verlorenen Hoffnung, beschäftigten sich die beiden damit, aus einem unbekannten toten Verbrecher, den sie in Kleider des verstorbenen Kabcar gesteckt hatten, einen Ersatz für den noch immer nicht gefundenen Lodrik zu machen.

Nesreca hatte darauf bestanden, so schnell wie möglich eine Leiche vorzuweisen, die nach allen notwendigen Riten bestattet werden konnte, um dem Volk zu zeigen, dass ihr alter Herrscher ein für alle Mal gegangen war. Die Menschen des Reiches sollten sich voll und ganz auf seinen Sohn konzentrieren und nicht einem Gespenst oder der wirren Idee nachjagen, Lodrik Bardri¢ könnte womöglich das Attentat überstanden haben.

Es ist kein Bedarf für solche Spinnereien, dachte Nesreca, während er das Gesicht des toten Gefangenen betrachtete, das so gar keine Ähnlichkeit mit dem beliebten Herrscher aufwies. »Vergiss nicht, dass du später den Kopf im Steinbruch zerschmetterst«, sagte er zu Hemeròc. »Er muss absolut unkenntlich sein und darf nur anhand der Haare und der Kleider identifiziert werden.«

Hemeròc quetschte den ohnehin geschundenen Kadaver ein letztes Mal und brach mit spielerischer Leichtigkeit die Beine des Opfers, ohne auf die Anweisungen einzugehen. Doch Nesreca wusste, dass ihn sein Handlanger sehr genau verstanden hatte.

»Leg ihn anschließend an einem Ort ab, an dem sie noch nicht gesucht haben, und deponiere einen passenden Brocken auf ihm«, sagte er, während er zur Tür ging. »Und sieh zu, dass dich niemand beobachtet. Wenn du alles so erledigst, wie ich es verlange, wirst du dich bald an jemand ganz Besonderem austoben dürfen.«

Gut gelaunt machte er sich auf den Weg, um in den riesigen Gefängniskatakomben die nächsten Todeskandidaten für die Opferung in der Kathedrale auszusuchen. Die Zusammenarbeit mit den Tzulani verlief reibungslos.

Im Wachhaus unterzeichnete er im Namen des Kabcar die Verlegung von vierzig Gefangenen, die durch einen Trupp abgeholt werden sollten. Dass diese Abordnung aus Anhängern des Gebrannten Gottes bestand, wussten nur er und Govan.

Auf dem Heimweg zum Palast las er sich in aller Ruhe die Notizen für die Anklageschrift gegen den Orden der Hohen Schwerter durch, die er nach der Unterredung mit Nerestro von Kuraschka um weitere Punkte ergänzte – wie das Verweigern eines Eides durch den Großmeister, die Missachtung eines Wunsches der hoheitlichen Familie in Gestalt von Krutor sowie die Missachtung des Kabcar durch mangelnden Respekt und Nichteinhaltung des Protokolls.

Bereits notiert hatte er die vernachlässigte Treuepflicht gegenüber dem Hause Bardri¢, weil sich die Glaubenskrieger nicht an dem Kampf gegen die Feinde im Süden beteiligten, sowie eine Verschwörung gegen den Thron, was ihm allerdings selbst ein wenig zu konstruiert erschien.

Leider gab es keine Zeugen aus den Reihen der Ritterschaft.

Noch nicht.

Aber nach allem, was ihm einige aufmerksame Augen berichtet hatten, existierte in den unteren Rängen ein gewisser Unmut, was die bevorzugte Behandlung eines Anwärters gegenüber anderen anging. *Das ist doch genau der richtige Boden für mein Verhandlungsgeschick,* grinste er vor sich hin. *Ein paar Versprechungen zur rechten Zeit, und ich nehme den Hohen Schwertern die Schärfe. Ich schleife sie zurecht, bis nichts mehr außer den Heften der Waffen vorhanden ist.*

Während des Turniers würde er seine Spione überall haben. Jeder noch so kleine Disput, ja selbst der geringste missgünstige Blick würde ihm gemeldet werde, sodass er seinen Nutzen daraus ziehen konnte. *Dann haben wir die letzten der aldoreelischen Klingen und somit eine Sorge weniger,* freute er sich und warf einen unbeabsichtigten Blick aus dem Fenster der Kutsche. *Was, bei Tzu-*

lan, hat denn das zu bedeuten? »Anhalten!«, befahl er dem Kutscher augenblicklich, als er die sich stetig vergrößernde Menschensammlung am Westtor sah. »Los, wir fahren sofort dorthin.«

Die Ulsarer machten dem Fahrzeug mit dem Wappen des Kabcar Platz. Nesreca schwang sich hinaus und verlangte von dem Hauptmann der Wachmannschaft zu wissen, was der Grund des Auflaufs sei. Neben dem Gerüsteten stand ein einfacher Mann mittleren Alters, dessen Gesicht eine Gemütserregtheit sondergleichen widerspiegelte.

»Lasst es Euch von dem hier erklären«, gab der Soldat das Wort weiter. Ungeduldig funkelte der Berater den Ulsarer an, der seinen Rucksack abnahm und ein Bündel blutiger Wäsche hervorzeigte.

Hemeròc war schnell, dachte Nesreca zufrieden, als er Lodriks zerfetztes Wams erkannte.

»Seht, Herr!«, haspelte der Handwerker. »Seht, was wir entdeckt haben.« Eilig holte er die vergessene Verbeugung vor dem bekannten Konsultanten nach. »Ich bin Mogulew, Herr. Wir haben die Kleider des Kabcar … die Kleider des Vaters des Kabcar gefunden«, verbesserte er sich und reckte die Sachen gut sichtbar für alle in die Höhe.

»Dann können wir dem Toten endlich eine würdige Bestattung …«, begann Nesreca und spielte den Erschütterten. Doch Mogulew unterbrach ihn.

»Nein, Herr, eben nicht! Das ist seine Gewandung.« Er kramte in dem riesigen Sack und legte der Reihe nach zwei Pistolen und die Scheide des Exekutionssäbels auf die Bank, auf der gewöhnlich die Wachen ruhten.

Ehrfürchtig bestaunten die Anwesenden die Funde.

Eiskalt überlief es den Berater, als er die Gegenstände betrachtete und verstand. *Wir haben der Leiche keine Pis-*

tolen mitgegeben. Sie müssen den echten Lodrik gefunden haben. »Wo ist der Kabcar?« herrschte er den Mann gereizt an und packte ihn mit einer Hand am Rockaufschlag. »Seid Ihr verrückt geworden, den Herrscher zu entkleiden?«

»Aber nein!«, rief Mogulew entsetzt. »Wir fanden die Sachen in einem Teil des Steinbruchs, den wir noch nicht abgesucht haben. Sie lagen in einer Art Hohlraum und klebten in einem See aus getrocknetem Blut.«

Nesreca stieß den Mann unsanft zurück und fuhr sich mit der Rechten über den Mund. *Verdammt. Ich habe es beinahe schon geahnt, als die Modrak sich plötzlich von überall zurückzogen.* Er nahm eine der zerkratzten, unbrauchbar gewordenen Pistolen auf. »Ist das alles, was ihr dort entdeckt habt?«, wollte er wissen. »Rede!«

»Sicher, Herr«, stammelte Mogulew unsicher. »Wir haben jeden Stein umgedreht, ohne dass wir einen weiteren Hinweis auf den Verbleib des Kabcar finden konnten.«

»Die Kensustrianer haben seine Leiche mitgenommen, um sie zu schänden«, flüsterte jemand aus der Menge.

»Unsinn. Tzulan hat ihm das Leben gerettet, und nun irrt er durch die Gegend«, schlug ein anderer vor.

Die Ulsarer wurden mutiger, sie drängten sich heran, jeder schien Nesreca nun seine eigene Erklärungsvariante für die merkwürdige Begebenheit anbieten zu wollen.

Der aber ahnte die unwahrscheinliche, ungeheuerliche Wahrheit.

Wir konnte er das überstehen? Das ist unmöglich. Wütend stopfte er die Sachen in den Rucksack, nahm den Behälter an sich und kehrte in die Kutsche zurück. *Es wird ihm doch nicht wirklich der Gerechte zur Hilfe gekommen sein?*

»Was sollen wir nun tun, Herr?« rief ihm Mogulew nach.

»Brecht die Arbeiten im Steinbruch ab«, befahl er. »Ich schicke einen Suchtrupp aus, der den alten Kabcar finden wird, wenn ihn die Kensustrianer nicht schon lange verschleppt haben.« Das Gefährt klapperte davon, zurück zum Regierungssitz.

Auf alle Fälle musste das Gerede der Leute so schnell wie möglich beendet werden, bevor sich jemand berufen fühlte, größeren Unsinn zu verbreiten. Die Idee mit den Kensustrianern gefiel ihm, es würde die Menschen noch mehr aufstacheln.

Wir können keinen geisterhaften Lodrik gebrauchen, auf dessen Rückkehr das Volk voller Sehnsucht wartet, während es seinen Sohn nur als Übergangslösung betrachtet. Die Zeit des alten Kabcar ist abgelaufen, und dabei wird es bleiben. Nesrecas Verstand brütete neue Variationen aus. *Du wirst mir meine Pläne nicht vermiesen, Lodrik.*

Zwei Tage später, zu Beginn des Turniers, musste der Konsultant sich allerdings eingestehen, dass sich die Meldung verselbstständigt hatte und die Gerüchteküche um den Verbleib Lodriks nur so brodelte.

Ein Teil der Menschen glaubte an die kensustrianische Version der nachträglichen Schändung des Leichnams, ein anderer Teil bevorzugte die Möglichkeit, der geliebte Herrscher taumele nach dem Attentat und dem Verlust seiner Magie hilflos durch die Wälder. Wieder andere sprachen hinter vorgehaltener Hand davon, der Herrscher habe sich in Luft aufgelöst, um in Zeiten der Bedrängnis in einem Lichtschein zum tarpolischen Volk zurückzukehren.

So sehr Nesreca den Gegner im Süden verantwortlich machen wollte, die Ulsarer vergaßen die anderen Möglichkeiten nicht, sehr zum Ärgernis von Govan und Zvatochna. Krutor dagegen gehörte zu denen, die lieber annahmen, Lodrik irre umher und warte auf Beistand.

Und nicht zuletzt trug der Berater indirekt zur allgemeinen Verwirrung und dem Aufkommen von neuem Gerede bei.

Als ihm einfiel, Hemeròcs Auftrag zurückzuziehen, hatte der Zweite Gott seine Arbeit bereits verrichtet und den Leichnam dort abgelegt, wo er von den letzten, bereits im Abzug befindlichen Helfern entdeckt wurde. Der zweite »Lodrik« machte die Verwirrung perfekt.

Umso schlimmer, die beigebrachten Verstümmelungen reichten nicht aus. Ein Ulsarer mit zwielichtiger Vergangenheit, der zu diesen Hilfsarbeitern gehörte, behauptete gar, dass der Tote ein Bekannter von ihm gewesen sei, und verwies auf eine Narbe am Rücken des Leichnams, die man unter dem zerschlissenen Hemd sehen konnte.

Bevor der Mann weiter Unruhe verstreute, verschwand er auf Nimmerwiedersehen. Sein Verschwinden goss noch mehr Öl ins Gerüchtefeuer.

Govan schäumte vor unbändiger Wut, magische Eruptionen erhellten den nächtlichen Himmel über Ulsar, die man den Bewohnern mit Hass auf die schändlichen Kensustrianer und immense Trauer erklärte. Nichtsdestotrotz, das Turnier der Hohen Schwerter zum Andenken an den Kabcar, der sie zu neuem Glanz erblühen ließ, sollte stattfinden, ungeachtet der neuen, nach wie vor unbestätigten Nachrichten über den Verbleib Lodriks.

Den gefundenen Leichnam bestattete Govan unter Einhaltung der notwendigen Rituale. Die Ulsarer nahmen regen Anteil an der Zeremonie, wenngleich die Unsicherheit deutlich in der Luft lag.

Niemand wagte es, seine Zweifel laut auszusprechen, als der Holzstapel Feuer fing und den Toten in Brand setzte. Genügend Gesichter drückten die Vorbehalte ohne Worte aus. Vorerst wollte Nesreca daran festhalten, dass es sich um den echten Lodrik handelte, den man im Steinbruch gefunden habe. Bei Bedarf würde er die kensustrianische Variante neu aufleben lassen, um den Volkszorn zu schüren.

Hoch erhoben sich die imposanten Holztribünen rechts und links des Turnierplatzes, auf denen Platz für viertausend Menschen geschaffen worden war. In der Ehrenloge befanden sich die Sitze für die hoheitliche Familie und den neu gegründeten Stand der Adligen und Großbauern.

Schon am frühen Morgen füllten sich die Bänke mit Schaulustigen; man brachte sich Proviant mit, um das Spektakel beobachten zu können, ohne Hunger und Durst leiden zu müssen.

Nachdem sich der Kabcar samt seinen Geschwistern und den Reichen des Landes in den Sesseln niedergelassen hatten, begannen die Hohen Schwerter ihren Einritt in strenger Formation. Wimpel, Banner und Fahnen wehten stolz im seichten Wind, die militärische Musik von Pauken und Trompeten unterstrich den Gesamteindruck. In Höhe der Loge der hoheitlichen Familie grüßten die Ritter mit gesenkten Köpfen.

Einer der Gerüsteten an der Seite des Großmeisters hielt den Kopf etwas länger in Richtung der hochgestellten Geschwister gerichtet, die Augen hinter dem Visier schienen auf die Tadca fixiert. Zvatochna lächelte dem Ritter zu, doch der Neuadlige Tchanusuvo empörte sich halblaut über den unstandesgemäßen Blickkontakt zur Schwester des Kabcar.

Die Tjosten begannen. Die Ordenskrieger schonten dabei weder sich noch das Material und fochten zur Ehre des verstorbenen tarpolischen Herrschers, als säße ihnen ein Kensustrianer im Sattel gegenüber.

Der Reihe nach gingen Ritter scheppernd zu Boden, gelegentlich schlugen sie gegen die Bande oder auf die Mittelschranke, glücklicherweise ohne größere Verwundungen zu erleiden. Brüche, Verstauchungen und Ausrenkungen waren bis zu einem gewissen Maß üblich.

Auch der Großmeister und der Seneschall traten gegeneinander an. Nerestro von Kuraschka beförderte seinen Stellvertreter erst im fünften Umlauf aus dem Reitsitz und hatte große Schwierigkeiten, sich nach einem gut platzierten Treffer gerade auf dem Rücken des Pferdes zu halten. Dennoch setzte er sich bis zum Abend gegen die restlichen Streiter durch. Am folgenden Tag sollten die Knappen zeigen, wie es um ihr Können stand.

Die hoheitliche Familie ließ es sich im Anschluss nicht nehmen, zu den Rittern zu gehen und ihnen persönlich zu danken.

Während sich Govan mit dem Großmeister unterhielt und sich offensichtlich Mühe gab, den schlechten Eindruck zu tilgen, den er bei seinem ersten Treffen hinterlassen hatte, beobachtete Nesreca sehr aufmerksam die Gesichter der Knappen, die ihre tagtäglichen Übungen durchführten.

Zwei Gruppen schienen sich gebildet zu haben Die kleinere scharte sich um einen stattlichen jungen Mann von gutem Wuchs. Dessen Augen sprühten Tod und Verderben, als der Großmeister von der vorgesehenen

Schwertleite seines Ziehsohnes sprach, die im kleineren Kreis vor der Abreise aus Ulsar stattfinden sollte.

Der Konsultant grinste zufrieden. *Wenn mich mein Gefühl nicht zu sehr täuscht, werde ich meinen Zeugen aus den Reihen des Ordens bekommen. Die Hohen Schwerter sind bald nur noch in den Büchern der Chronisten zu finden.* Ein schnell befragter Diener berichtete ihm, dass es sich um Albugast handelte, den ehemaligen Knappen des Großmeisters, der zugunsten des Ziehsohnes ausgetauscht worden war. *Der Heißsporn ist sehr, sehr nachtragend, wie mir scheint. Keine ritterliche, aber eine für mich durchaus praktische Tugend.*

Zvatochna hörte dem Gespräch ihres Bruders nur mit halbem Ohr zu. Ihre braunen Augen suchten die Umgebung ab, ob sie den Angorgläubigen entdeckte, der ihrem Blick so frech standgehalten hatte.

So schlenderte sie langsam durch das Lager, spähte verstohlen in Zelteingänge, schaute sich in allen Ecken und Winkeln so unauffällig wie möglich um, ohne jedoch fündig zu werden.

Krutor befand sich dort, wo es ihn immer hinzog: mitten unterm einfachen Volk.

Er half den verdutzten Ritterknechten beim Säubern der Pferde, wobei es ihm bei seinen ungeschlachten Ausmaßen keinerlei Mühe bereitete, Sattel und Panzerung der Reittiere abzunehmen.

Als handelte es sich bei den schweren Metallplatten um leichte Bleche, nahm er sie behutsam herunter und reichte sie dem Gesinde. Danach bürstete er das Fell mit einer Akribie, dass es die Bediensteten in helles Staunen versetzte. Die Pferde der Ritter, geschult durch jahrelange Übungen, ertrugen die Anwesenheit des fremden, einschüchternd großen Menschen kaltblütig. Andere Artgenossen hätten schon lange die Flucht ergriffen.

»Ich habe dich gleich erkannt«, raunte er einem besonders schönen Schimmel ins Ohr. »Weißt du, wer ich bin?« Liebevoll strich er dem Hengst über die Nüstern und kraulte ihn unterm Kinn. »Ich verrate dich nicht. Du sollst bei den Rittern bleiben.«

»Verzeiht, hoheitlicher Tadc«, näherte sich Tokaro dem riesenhaften Krüppel, immer noch Rüstung und Helm tragend. »Er kann unberechenbar gegenüber Fremden sein.« Er wollte die Gefahr einer Entdeckung so gering wie möglich halten, und das geschlitzte Visier bot ihm einen recht guten Schutz vor neugierigen Blicken. Sein Schicksal wollte er keinesfalls herausfordern.

Krutor wirbelte herum. »Oh, nein, keine Angst, Herr Ritter. Ich mache das Pferd nicht kaputt.«

»Ganz im Gegenteil«, beruhigte ihn Tokaro und klopfte seinem Schimmel auf den muskulösen Hals, dass der Vierbeiner schnaubte. »Ihr macht das sehr gut. Es gefällt ihm. Sonst lässt er niemanden an sich heran.«

»Treskor ist ein schönes Pferd«, sagte der missgestaltete junge Mann freundlich. Sein entstelltes Gesicht verzog sich, als er zu lächeln versuchte. Dann beugte er sich nach vorn. »Das ist das Pferd des Rennreiters meines Vaters«, raunte er mit Verschwörermiene. »Eigentlich müsstet Ihr es uns zurückgeben, weil der Dieb getötet wurde. Aber wir haben keine so guten Reiter wie der Orden.« Mit ausladenden Bewegungen striegelte er weiter. »Daher schenke ich es Euch.«

Tokaro versuchte, sich nichts anmerken zu lassen. »Ihr scheint ein gutes Gedächtnis zu haben, hoheitlicher Tadc.«

Krutor feixte. »Der Reiter war ein ganz Netter, nicht so wie die anderen. Ich hätte ihn gern zum Freund gehabt.«

»Er Euch auch«, kam es ein wenig zu schnell über Tokaros Lippen. »Ich meine, so, wie ich Euch einschätze, seid Ihr auch ein Netter.« Er nickte zu seinem weißen Reittier. »Schaut, Treskor ist der gleichen Meinung. Er hätte sich sonst sicherlich gegen Euch zur Wehr gesetzt. Ihm sind Rang und Namen herzlich gleichgültig. Und wer kein gutes Herz hat, dem verpasst er einen Tritt.«

Überglücklich jauchzte Krutor auf und legte die Mähne des Streitrosses zurecht, als müsste es einen Schönheitswettbewerb und keinen Lanzengang bestehen. »Ihr seid mindestens genauso nett wie Tokaro.« Er wandte sich dem Gerüsteten zu, der in seinem metallenen Schutz gehörig ins Schwitzen kam. »Wollt Ihr mich einmal im Palast besuchen, zusammen mit Treskor? Ich würde mich freuen.«

Na, wunderbar. Ausgerechnet ins Nest der Schlange Zvatochna werde ich eingeladen. Artig verbeugte er sich vor dem Tadc. »Wenn ich Gelegenheit bekomme, mache ich Euch gern meine Aufwartung.«

Schon fiel die Hand des Krüppels auf seine Schulter. »Wunderbar! Zeigt mir noch Euer Gesicht, Herr Ritter. Ich will wissen, wer hinter dem Blech steckt.«

»Oha, hoheitlicher Tadc, das geht nicht.« Tokaro zog sich langsam zurück. »Mein Visier klemmt, es muss sich verhakt haben. Ich bin auf dem Weg zum Schmied.«

»Soll ich mal kräftig ziehen?«, bot Krutor sofort an. »Ich bin sehr stark.«

»Nein, nein«, wehrte der angehende Ordenskrieger eilig ab und sprang zum Ausgang des Pferdezeltes. »Aber Ihr werdet mich an meinem Pferd erkennen.«

Nur weg hier. Tokaro hob die Hand zum Gruß und drehte sich um.

Dass jemand vor ihm stand, registrierte er zu spät.

Mit einem dumpfen Poltern prallte er gegen das unvermutete Hindernis, das er durch die einengende Maske nur undeutlich wahrnahm. An dem überraschten, hellen Aufkeuchen seines Opfers erkannte er, dass er wohl eine Frau gerammt hatte, die soeben zu Boden ging.

Umständlich schob er das Visier hoch und schaute nach der Verunglückten. »Zvatochna!« Sofort schlug er den improvisierten Sichtschutz wieder nach unten. »Ich meine, hoheitliche Zvatochna ... ich ... Tadca.«

Wutschnaubend wischte die junge Frau einige schwarze Haarsträhnen aus ihrem Gesicht. Ihre Augen funkelten erbost. *Warum haben meine magischen Kräfte vorhin versagt? Sie hätten mich vor dem Fall bewahren müssen.* »Wenn das nicht der Ritter ist, der mich vorhin so aufdringlich angeschaut hat«, begrüßte sie ihn von unten. Dann hielt sie ihm den rechten Arm entgegen. »Worauf wartest du? Sind das die Manieren, die man von einem halben Ritter erwarten darf?«

Einerseits verlangten seine Beine, dass er losrannte, andererseits sagte ihm sein Verstand, dass Flucht das Dümmste war, was er in dieser Lage tun konnte.

Zaudernd packte er ihre Hand und zog sie in die Höhe. »Ich habe Euch nicht gesehen, hoheitliche Tadca«, entschuldigte er sich und hoffte, dass das Zittern in seiner Stimme nicht zu hören war. »Das Visier«, klopfte er zur Erklärung gegen die Klappe.

»Und warum öffnest du es dann nicht?«, fauchte sie patzig. »Es sieht nicht so aus, als würden Reiterhorden oder Pfeilschauer über uns hereinbrechen, gegen die du dein Augenlicht schützen müsstest.«

»Nun, vielleicht muss ich mich gegen Eure Schönheit abschirmen?!«, schlug er vor und absolvierte endlich die längst überfällige Verbeugung.

Zvatochnas Augenbrauen wanderten in die Höhe. »Nanu? Steckt in diesem Berg aus Metall ein Poet mit schmeichelnder Zunge?« Neugierig warf sie einen Blick durch die dünnen Gitter des Visiers, ohne die Gesichtszüge zu erkennen. Sie machte lediglich ein paar dunkelblaue Augen aus.

Angor, dieser Helm ist mit Gold nicht zu bezahlen, richtete Tokaro ein Stoßgebet an seinen Gott. »Die Scharniere sitzen fest, hoheitliche Tadca«, erklärte er seine Unhöflichkeit erneut.

»Weshalb hast du mich vorhin so angesehen?«, verlangte sie zu wissen.

»Ist das ein Wunder, bei der Schönheit, die Ihr Euer Eigen nennen dürft?«, lachte er hohl unter seinem Helm hervor. »Sollte ich denn wegschauen und mich an anderen ergötzen?«

Zvatochnas Lippen spitzten sich. *Auf alle Fälle hat er keine Angst vor mir.* »Nun, ich stelle dir mein Antlitz gern zur Verfügung, damit du dich satt sehen kannst. Aber tue es weniger auffällig, wie andere auch. Du hast Unmut in den Reihen der Brojaken und Adligen erregt.«

»Das lasst meine Sorge sein, hoheitliche Tadca. Die meisten von ihnen sind Maulhelden, die sich hinter ihren Wachen verstecken, wenn es darauf ankommt. Zudem gibt es kein Gesetz, das es mir verbietet, Menschen anzuschauen, solange ich will. Daher nehme ich mir die kleine Freude heraus, Euch weiterhin zu betrachten.« Er stapfte an ihr vorbei. »Wenn Ihr einen Adligen findet, der sich deshalb mit mir schlagen möchte, schickt ihn nur herbei. Und nun entschuldigt mich, der Schmied muss dieses Visier lösen.«

Mit offenem Mund starrte Zvatochna dem Ritter nach, der schon zwischen den Zelten abbog und für sie unsichtbar wurde.

Er hat mich einfach stehen lassen, huschte es ihr fassungslos durch den Sinn. *Er hat es gewagt, die Schwester des Kabcar einfach wie irgendeine unliebsame Person stehen zu lassen.*

Krutor trat aus dem Zelt der Pferde. Vereinzelt hingen ihm Strohhalme an der kostspieligen Kleidung. Betreten klaubte er die Überbleibsel seiner Stallarbeit zusammen und übergab sie dem Wind. Danach entfernte er das Stroh vom aufwändig geschneiderten Kleid seiner Schwester.

»Warst du auch im Stall?«, erkundigte er sich vorsichtig.

»Nein«, sagte sie, immer noch konsterniert von dem Verhalten des Ritters. »Mich hat eben einer der Angorgläubigen umgerannt, weil sein Visier klemmte.«

Ihr Bruder lachte dröhnend. »Das war der Ziehsohn des Großmeisters, glaube ich. Auf alle Fälle haben sie die gleichen Wappen auf der Rüstung.«

»Ah so«, meinte sie nur vieldeutig. *Diese Augen kamen mir seltsam bekannt vor. Es müssten jedoch die Augen eines Toten sein.* Ihr Herz pochte aufgeregt. »Wie heißt er?«

Krutor zuckte mit den Achseln. »Er hat mir seinen Namen nicht gesagt. Aber er will zum Tee kommen.«

»Wie schön.« Zvatochna nahm die Hand ihres jüngeren Bruders und ging zurück in Richtung des Turnierplatzes. »Komm, es wird dunkel, und Govan wartet bestimmt schon auf uns.«

Albugast schoss herum, die Hand mit dem fließend gezogenen Dolch zuckte nach vorn und hielt kaum einen

Fingerbreit vor dem Hals des Unbekannten inne. »Wer bist du, dass du dich wie ein Dieb ins Zelt schleichst?«

»Für einen Menschen, der scheppernde Rüstungen trägt, habt Ihr ein sehr gutes Gehör«, sagte eine freundliche, warme Stimme, und der Unbekannte trat nach vorn in den Lichtschein der Petroleumlampe. Sein Haar schimmerte auf, es wirkte wie feinste Fäden aus hochwertigem Silber. »Ich komme zu Euch als Freund.«

Der Knappe zog die Schneide zurück, als er den hochgestellten Gast und die Uniform erkannte. »Verzeiht meinen Empfang, Herr. Ich wusste nicht, dass der Konsultant des Kabcar auch die niederen Ränge des Ordens besucht.« Albugast steckte die Waffe zurück und schaute den Mann, der nie zu altern schien, wie sich das Volk erzählte, abwartend an. »Habt Ihr Fragen an mich?«

»Nein, nicht wirklich«, meinte Nesreca leichthin und nahm auf einem der Feldhocker Platz. »Nicht eben luxuriös«, kommentierte er und rutschte ein wenig hin und her. »Aber Ihr werdet bald besser sitzen, schätze ich. Ich habe Euch beobachtet, wie Ihr Euch heute in den Exerzitien am Rande des Turniers geschlagen habt. Ihr seid meiner Meinung nach der beste der Knappen, und wie ich hörte, steht Eurem Ritterschlag nichts mehr im Wege.«

»Nein, da seid Ihr beim Falschen, um Glückwünsche auszusprechen«, knurrte Albugast und fuhr sich aufgewühlt durch die kurzen, blonden Stoppeln. »Nicht ich, sondern Tokaro von Kuraschka wird die Schwertleite erhalten.«

»Tokaro? Tokaro von Kuraschka?« Alle Sinne der Niedertracht erwachten in dem Berater. »Aha, ich verstehe, der Sohn des Großmeisters wird vorgezogen«, sagte er provokant. »Nun ja, Blut ist dicker als Wasser.«

»Er ist nur ein angenommener Sohn«, verbesserte ihn der Knappe. »Warum seid Ihr hier, Herr? Ich habe den Eindruck, Euer Besuch beruht nicht auf simpler Neugier.«

Nesreca legte die Arme auf den kleinen Tisch und faltete die Hände zusammen. »Ihr habt Recht. Ist Euch etwas an diesem ... Sohn aufgefallen?« An der Reaktion erkannte der Berater sofort, dass er mit seiner Annahme ins Schwarze getroffen hatte. »Weist er ungefähr hier«, er tippte sich aufs Schulterblatt, »ein Brandzeichen auf?« Mit dem Fingernagel ritzte er ein geschwungenes »I« ins Holz. »Das müsste im Wappen der Bardri¢ zu sehen sein. Es ist die Strafe für einen Dieb.«

Albugast starrte in die Flamme der Lampe. »Ich weiß es nicht«, log er unsicher.

»Wenn Ihr Euch erinnert, lasst es mich wissen. Ich hätte Euch ein interessantes Angebot zu unterbreiten, dem Ihr schwerlich widerstehen könntet.« Nesreca erhob sich, schlenderte zum Ausgang. »Es käme allerdings nur in Frage, wenn Ihr mir weitere Informationen zu diesem Adoptivsohn geben würdet. Unter Umständen handelt es sich dabei um einen sehr gefährlichen Gesetzeslosen, dem es vor Jahren gelang, sich der Rechtsprechung des Kabcar zu entziehen.«

»Und was würde mit ihm geschehen, wenn man ihn fasste?«, erklang die halblaute Frage des Knappen in seinem Rücken.

Wer sagt es denn, Tzulan? Nesreca stand still und gönnte sich ein abgründiges Lächeln, bevor er sich mit einem wohlgefälligen Gesichtsausdruck Albugast zuwandte. »Dann würden wir Anklage gegen ihn erheben und ihn verhaften. Er wäre für immer ein Insasse der Verlorenen Hoffnung.« Bedauernd hob er die Achseln. »Aber wo es keinen gibt, der ihn anzeigt, können wir natürlich nichts tun. Die Belohnung, die einem solchen Mann zusteht, ist äußerst hoch.« Er nickte dem angehenden Ritter zu und schritt zum Ausgang. »Erinnert Euch, Albugast«, riet er ihm abschließend. »Dann erwartet Euch noch viel mehr als nur der Ritterschlag, das verspreche ich Euch. Es könnte der Anfang von etwas völlig Neuem werden.« Nesreca verschwand in die Nacht.

Der junge Mann sank seufzend auf sein hartes Feldbett und überdachte das Gehörte.

In den frühen Morgenstunden begannen die Knappen mit ihrem Wettstreit, bei dem es in erster Linie darum ging, sich zu behaupten und weitere Erfahrung mit Pferd und Lanze zu sammeln.

Govan verfolgte die Mühen mit offensichtlicher Langeweile. Dafür saßen ein begeisterter Krutor und eine gespannte Zvatochna in der Ehrenloge, die jeden Tjost aufmerksam verfolgten. Natürlich fand sich auch der Konsultant ein.

»Ich habe eine kleine Attraktion arrangiert«, erklärte er dem Kabcar, »die dem Volk und dem Feind zeigen wird, dass unsere Waffenerfinder keineswegs schlafen. Dabei habe ich mir die Freiheit herausgenommen, auch Euch damit zu überraschen.« Er setzte sich neben seinen Schützling. »Und bevor Ihr mich zurechtweist, Hoher Herr, es ist kein wirkliches Geheimnis, ich wusste nur früher darüber Bescheid.«

»Nun seid Ihr im Irrtum, Mortva«, gab Govan zurück. »Ich weiß, was meine Tüftler ersonnen haben, und dass Ihr dieses … diese Erfindung vorführen möchtet, finde ich sehr gut.« Er wies nach unten auf den Turnierplatz, wo ein weiterer Knappe in den Staub fiel und der Sieger seinen verdienten Applaus erhielt. »Es wird ihnen zeigen, dass man sie auf dem Schlachtfeld nicht länger benötigt. Niemand wird ihnen nachweinen.« Seine braunen Augen wanderten ziellos über das Geschehen. »Nun, ich werde ihnen eine letzte Freude gönnen, bevor ich sie ihrer Vernichtung zuführe.«

Der Kabcar stand auf und ließ die Signalhörner schmettern. »Höret, ihr Knappen. Ich habe beschlossen, dass ihr nicht allein um eure Ehre kämpfen sollt.« Govan deutete auf die Ehrenloge mit den Adligen und deren Familien. »Ein jeder suche sich seine Favoritin aus, für die er in die Schranken reitet. Da ich weiß, dass das Rittertum eine teure Angelegenheit ist, erhält der Sieger des Wettstreites das Gewicht seiner Dame von mir in Gold aufgewogen.«

Die Ulsarer klatschten, die Knappen schlugen gegen die Schilde, um ihre Zustimmung zu zeigen. Nacheinander ritten die angehenden Ordensritter heran, um die Lanzenspitze vor dem Mädchen zu senken, das sie sich auserkoren. Auch den jungen Frauen bereitete es sichtliches Vergnügen, dass nun jemand mit ihren Farben stritt und ihren Namen wenigstens am heutigen Tag berühmt machte.

Zvatochna schaute über die Menge der Knappen, ob sie nicht den Jungen entdeckte, der Nerestros Wappen auf der Brust trug. Tatsächlich bewegte sich der Ziehsohn des Großmeisters als Vorletzter gemächlich auf die Loge zu.

Nesrecas Augen verengten sich zu Schlitzen, als er das Pferd betrachtete. *Wenn dieser Schimmel nicht einst im Stall des hoheitlichen Reiterhofes stand, trete ich augenblicklich zu den Ulldraelgläubigen über.* Er griff sich ein Fernrohr und spähte nach dem Brandzeichen, das er auf der linken Hinterbacke des Streitrosses vermutete. Doch anstelle des Wappens des Kabcar prangte auf der anderen Seite das Symbol der Hohen Schwerter. *Ob Tzulan mir die Konvertierung übel nehmen wird?*, dachte er bei sich.

Die geschliffene Linse ruckte zurück, auf dass er das Gesicht genauer betrachten konnte. Doch das Visier behinderte die Sicht, und der Konsultant erlangte bezüglich seines Verdachts noch immer keine Gewissheit. Ärgerlich schob er das Fernrohr zusammen und lehnte sich zurück, um nach einem Pokal mit Wein zu greifen.

Die Tadca legte sich bereits verstohlen ihr Taschentuch zurecht, was ihr älterer Bruder sehr genau zur Kenntnis nahm.

Es scheint so, als hätte sie den Recken in ihr Herz geschlossen. »Kennst du ihn, Zvatochna?«, erkundigte er sich neugierig und legte eine Hand auf die ihre. »Du zückst so schnell das Tuch, obwohl er nicht einmal vor unserer Loge steht und es nicht mal sicher ist, dass er dich zu wählen wagt.«

Die schwarzhaarige junge Frau lächelte ihren Bruder gewinnend an. »Govan, was denkst du von mir? Ich will nur nicht stundenlang suchen müssen, wenn es ein Knappe endlich wagt, die Scheu zu überwinden und die Tadca als Dame zu benennen.«

Aus den Reihen der Wartenden preschte unvermittelt ein anderer Anwärter vor, überholte den Ziehsohn Nerestros und brachte sein Pferd vor der Loge zum Stehen.

»Ich, Albugast von Butillana, möchte zu Ehren der hoheitlichen Tadca fechten«, verkündete der Bursche keck.

Zvatochna beherrschte sich vollendet und schenkte dem Bewerber einen tiefen Blick, verfluchte innerlich jedoch seine Familie bis ins letzte Glied, während sie ihr Taschentuch an der stumpfen Spitze seiner Lanze befestigte. »Reitet und siegt für mich, Albugast.«

Der Knappe riss die Lanze nach oben, grüßte mit einem Nicken und passierte Tokaro, der angehalten hatte, mit verächtlicher Miene.

Nun waren alle Töchter der Reichen und Mächtigen an die Knappen vergeben. Tokaro stand vor der Wahl, entweder ohne Favoritin ins Feld zu ziehen oder ein unstandesgemäßes Mädchen zu wählen, was zugleich eine Kränkung für alle anderen darstellte.

Andererseits, diesen Spaß könnte ich mir erlauben. Zvatochna wird toben, wenn ich ihren Streiter aus dem Sattel fege. Tokaros blaue Augen suchten die Reihen der Tribünen ab, ob ihm jemand ins Auge fiel. *Da haben wir doch eine würdige Vertretung.* Er lenkte Treskor nach rechts.

Eine Marketenderin, die mit dem Verkauf von Bier beschäftigt war, spürte, dass sich unvermittelt alle Blicke auf sie richteten. »Was ist? Will noch jemand einen Krug?«, fragte sie vorsichtig und fuhr herum, als sie das Schnauben eines Pferdes hinter sich hörte.

Tokaro senkte die Lanze. »Würdet Ihr mir die Ehre erweisen, holde Jungfrau?«

»Jungfrau?«, wunderte sie sich dreckig grinsend, und die Besucher lagen vor Heiterkeit in ihren Sitzen. »Wenn Ihr ein paar Jahre früher erschienen wärt, dürftet Ihr mich noch so nennen.« Dann aber begriff sie, dass es dem Knappen der Hohen Schwerter ernst war.

Geschmeichelt und etwas verlegen fummelte sie an ihrem verschwitzten Halstuch herum, das halb zwischen ihren Brüsten klemmte, und band es an der Lanze fest. Anschließend gab sie dem Ende der langen Waffe einen frivolen Kuss.

»Er war zu lange mit dem Räubergesindel zusammen«, meinte Herodin knapp.

Nerestro begutachtete amüsiert die entsetzten Gesichter der Adligen. »Ich finde, er bringt ein wenig Auflockerung in die Angelegenheit. Vergesst nicht, Seneschall, sein Einsatz für die einfachen Tarpoler liegt ihm unauslöschbar im Blut. Schließlich haben wir in ihm einen selbsternannten Beschützer eines Totendorfes vor uns, erinnert Euch.«

»Aber eine Marketenderin?«, seufzte Herodin leicht verzweifelt. »Warum hat er nicht gleich eine Dirne genommen?«

»Als gäbe es einen wirklichen Unterschied.«

Zvatochnas Innerstes schäumte vor Wut, als sie das Zeichen der anderen Frau im Wind flattern sah. Absichtlich schaute der Recke mit den dunkelblauen Augen in ihre Richtung.

»Nun ist es genug!«, erboste sich Tchanusuvo künstlich. »Er hat es schon wieder getan und die hoheitliche Tadca angestarrt.« Er erhob sich von seinem Sitz und verbeugte sich vor der schönen Frau. »Ich werde anschließend von ihm Genugtuung fordern, hoheitliche Tadca.«

»Tut, was Ihr nicht lassen könnt, Tchanusuvo«, lächelte sie ihm zu. »Aber bleibt bitte in einem Stück. Es wäre schade.«

Stolz setzte sich der Adlige an seinen Platz, die neidischen Blicke der anderen trafen ihn.

»So ein impertinenter Kerl«, meinte Govan und stützte sein Kinn auf die Hand. »Aber seine Respektlosigkeit imponiert mir ehrlich gesagt. Endlich mal jemand, der unterhaltsam ist. Ich will später unbedingt mit ihm sprechen.«

Nach einer kurzen Veränderung des Turnierplatzes sollte ein so genannter Buhurt ausgetragen werden. Die Anwärter auf den Rittertitel teilten sich in zwei Gruppen auf und führten Massenlanzengänge durch. Wer in den Staub fiel, schied aus.

Schließlich standen sich auf jeder Seite drei Knappen gegenüber. Nerestro verkündete den freien Kampf im Sattel ohne die Zuhilfenahme der langen Spieße.

Nun droschen die sechs mit ihren Holzknüppeln und Schilden aufeinander ein, bis nur noch Albugast und Tokaro standen und sich die anderen mit schmerzenden Knochen oder dröhnenden Schädeln vom Platz entfernten.

Die Marketenderin feuerte den Adoptivsohn des Großmeisters mit derben Rufen und Sprüchen an, dass die ein oder andere edle Dame in der Ehrenloge errötete oder ganz zart Besaitete in vorgetäuschte Ohnmacht fielen. Die Ulsarer legten sich ebenfalls für den frechen Knappen ins Zeug, sie verstanden ihn als Streiter der Einfachen und Niederen.

Wie schwer die letzten beiden Kontrahenten atmeten, erkannte man deutlich an dem schnellen Auf und Ab der Rüstungen.

Albugast verschaffte sich Kühlung, indem er sein Visier öffnete, der Ziehsohn des Großmeisters dagegen zeigte sein Gesicht immer noch nicht und schwitzte in der stickigen Luft unter dem Helm.

Die anderen Knappen reichten den Widersachern Lanzen, der Tjost mit anschließendem Zweikampf sollte über den Gewinner entscheiden.

Mit einem Anfeuerungsruf schmetterte der blonde Anwärter die Klappe seines Kopfschutzes nach unten und jagte dem Pferd die Sporen in die Seite. Wiehernd jagte das Tier los.

Tokaro aber war der Besinnungslosigkeit nahe. Die Hitze machte ihm zu schaffen, aber das Visier zu öffnen wagte er nicht. Er klemmte die Lanze unter den Arm, heftete seine Augen auf die Gabe der Marketenderin und benutzte den auffälligen Stoff am

Ende des stumpfen Spießes als Ziel- und Orientierungshilfe.

Reiß dich zusammen, machte er sich selbst Mut. Er hörte die frenetischen Rufe der Ulsarer und Tarpoler um sich herum, die leiser und leiser wurden. Die Anspannung lähmte ihre Stimmen.

Der Schild Albugasts wuchs, raste heran, bis endlich auch Tokaro seinem Schimmel mit einem Schenkeldruck bedeutete loszustürmen.

Kurz darauf ereignete sich bereits der Zusammenprall. Tokaro verdankte es allein seinem Reitergeschick, dass er nicht aus dem Sattel flog. Dagegen bereitete es seinem Gegner keine Mühe, den leichten Treffer der Lanze gekonnt abgleiten zu lassen.

Tokaros Kreuz fühlte sich an, als wäre es geborsten. Da er aber seine Arme und Beine sehr wohl spürte, musste es noch intakt sein. *Lange halte ich es nicht durch. Jetzt muss die Entscheidung fallen.*

Beim nächsten Anreiten täuschte er einen hohen Stoß an, riss den stumpfen Spieß im letzten Moment nach unten, direkt auf die Seitenkante des Schildes. Albugast fiel auf das Manöver herein, das Ende der Lanze glitt ab und traf ihn in die Seite. Die Hebelwirkung beförderte ihn aus dem Reitsitz.

Die Ulsarer schrieen begeistert auf, selbst Krutor klatschte, hörte aber sofort auf, als ihn ein vorwurfsvoller Blick seiner Schwester traf.

»Ganz hervorragend, nicht wahr?«, meinte Govan. »Es scheint, als zögest du gegen eine Marketenderin die Kürzere, geliebte Schwester«, stichelte er. »Ich wette, das ist ein einmaliges Ereignis auf dem ganzen Kontinent.«

Während sich der blonde Knappe umständlich aus dem Dreck stemmte, hielt Tokaro an und stieg ab, fasste den Griff seines Schutzes fester und nahm die Keule aus dem Gürtel.

Da beide jungen Männer gleichermaßen angeschlagen waren, erinnerte der Zweikampf mehr an das Getorkel von verfeindeten Betrunkenen.

Schließlich fielen beide vor Erschöpfung um. Das Duell wurde unterbrochen, um den Finalisten eine einstündige Ruhepause zu gönnen.

Doch die Untertanen Govans feierten Tokaro, während er in Richtung des Zeltes hinkte und sich mehr schleppte als er ging, als wäre er bereits der Sieger.

Die Marketenderin rannte herbei und gab ihm einen Kuss auf den verbeulten Helm. Groß erschien ihre halb entblößte Oberweite vor seinem Visier.

»Macht ihn fertig, Herr Ritter, und ich lasse Euch die ganze Nacht mit mir verbringen, ohne dass Ihr etwas zahlen müsst«, flüsterte sie ihm zu und kehrte an ihren Bierstand zurück.

»Das sind Aussichten«, stöhnte Tokaro und nahm die eiserne Maske ab, sobald der Eingang seiner Unterkunft geschlossen war. *Als ob mir der Sinn heute noch nach Zärtlichkeiten stünde.* »Bei Angor, Albugast ist einfach der Bessere von uns beiden.« Ächzend legte er sich auf das Feldbett, breitete ein Tuch über sein Gesicht und schloss die Augen, um zu entspannen. *Er lässt all seine Wut an mir aus.*

Einer der anderen Knappen streckte den Kopf herein. »Das musst du dir ansehen, Tokaro. Sie bereiten eine Büchsenmaschine vor. Eine neue Erfindung des Kabcar.«

Die Qualen verflogen von selbst, als der einstige Rennreiter mit einem Schlag an die Waffe erinnert wurde, die ihm so sehr lag. Mehr als Schwert und Lanze.

Mit der Hilfe seines Freundes hastete er mehr schlecht als recht nach draußen, vergaß vor lauter Aufregung sogar, den Helm anzulegen.

An einem Ende der Kampfbahn stellten Helfer soeben mehrere lebensgroße Puppen auf. In zweihundert Schritt Entfernung stand eine Vorrichtung zwischen den Zelten, die drei Dutzend Büchsenläufe in sechs Reihen übereinander auf einer Radlafette angeordnet trug. Die Mündungen wurden mit Hilfe einer Ladevorrichtung gestopft, die es ermöglichte, jeweils eine Linie auf einen Schlag zu laden.

»Was Ihr hier seht, Untertanen«, verkündete der Kabcar selbstgefällig von der Loge herab, »ist eine Büchsenmaschine. Sie verbindet die Feuerkraft einzelner Waffen wahlweise zu einer vernichtenden Salve oder kann Reihe für Reihe gezündet werden.« Er wandte sich an die Helfer an der Vorrichtung. »Eine Salve!«

Der Bediener fasste sechs Schnüre mit einer Hand, zwei Knechte griffen in die Speichen, um ein Verreißen zu verhindern. Kurz darauf ertönte mehrfaches Knattern, und eine große Rauchwolke formte sich aus dem Qualm, der aus den Mündungen der Büchsen stieg. Beinahe gleichzeitig zerfetzte es die Puppen.

Die Zuschauer stießen Laute des Erschreckens aus, zahlreiche Pferde wieherten wegen der unerwarteten Knallerei. Schließlich begannen die Ulsarer zu applaudieren und zu johlen.

Herodin rümpfte die Nase und spie aus. »Angor sollte den Erfinder in Stücke schlagen. Was sind das für Zeiten, in denen jeder Narr mit einer kleinen Bewegung die besten Krieger töten kann?«

»Wir müssen uns ja nicht vor die Mündung stellen«, meinte der Großmeister wenig glücklich. »Aber ich sehe es genauso wie Ihr.«

Die Nachladeprozedur der Büchsenmaschine hatte begonnen, und schnell wurde deutlich, dass die neue Wunderwaffe einen entscheidenden Nachteil besaß. Nach dem Abfeuern sämtlicher Läufe benötigte die Mannschaft kostbare Zeit, um die Waffe wieder schussbereit zu machen.

»Pah! Stünden wir auf dem Schlachtfeld, wären sie schon lange tot«, kommentierte der Seneschall nun wesentlich zufriedener. »Ein schneller Vorstoß unserer Reiterei, und sie würden samt dieser Tzulanmaschine niedergetrampelt.«

Nesreca entdeckte Tokaro durch die dichten Schwaden des Pulverdampfes, ein Grinsen stahl sich auf sein Gesicht. Ohne den Hinweis von Albugast hätte er ihn zwar nicht wieder erkannt, aber so sah er deutlich den Dieb vor sich, den er damals gebrandmarkt hatte. Daraus würde er eine Anklage gegen den Orden zimmern, die wasserdichter nicht mehr sein könnte. *Jetzt sorge ich noch dafür, dass er gegen den Knappen Heißsporn siegt, und Albugast wird meinen Vorschlag mit Freuden annehmen.*

Auch wenn ihn die Faszination für die krachenden, lärmenden und stinkenden Büchsen in Beschlag nahm, bemerkte Tokaro, dass sein Gesicht nun für jedermann sichtbar war. Schnell kehrte er ins Zelt zurück, wo er von der Fortsetzung des Zweikampfes unterrichtet wurde. Nun sollten sie auf die schweren Rüstungen verzichten und nur in Kettenhemden antreten.

Ungestüm zurrte er das Halstuch der Marketenderin an seinem Oberarm fest. *Aber eine Nacht werde ich dennoch nicht mit ihr verbringen*, grinste er. *Selbst wenn ich gleich mit Angors Hilfe siege.*

Die beiden Knappen standen sich kurz darauf gegenüber und setzten ihr Duell fort. Albugast spielte seine überlegene Technik gegen Tokaro aus und brachte ihn rasch in Schwierigkeiten. Sein Schild verbog sich unter der Wucht der mit eiskaltem Zorn geführten Attacken, und sein Arm wurde taub, während er die Keule kaum mehr packen konnte.

»Ich habe immer gesagt, dass Albugast der bessere Bodenkämpfer ist«, sagte der Seneschall kaum erfreut. »Tokaro hätte ihn beim ersten Durchgang noch einmal mit der Lanze angreifen sollen.«

Nerestro verkrampfte sich zusehends, er fühlte jeden einzelnen Hieb, den sein Adoptivsohn einstecken musste. »Wenn er aus diesem Kampf als Sieger hervorgeht, hat er sich die Schwertleite mehr als verdient.«

»Wenn«, wiederholte Herodin viel sagend.

Urplötzlich wendete sich das Kampfglück.

Tokaro befand sich bereits mit einem Knie am Boden und verteidigte sich mit letzter Kraft, als Albugast bei einem weiteren Hieb das Gleichgewicht verlor und ins Trudeln geriet.

Natürlich nutzte der Ziehsohn des Großmeisters diese Einladung zu einer Angriffsserie, die ihn zwar ins Keuchen brachte, seinen Kontrahenten aber nach hinten drängte.

Albugasts Schläge schienen an Wirksamkeit zu verlieren, dafür machte es den Eindruck, als wäre Angor persönlich in Tokaro gefahren und hätte ihm frischen Mut, größere Stärke und überragende Schnelligkeit verliehen. Als seine Keule ein weiteres Mal auf seinen Widersacher traf, schmetterte die Waffe derart heftig auf den Schild, dass der Arm dahinter brach. Albugast biss die Zähne zusammen und focht weiter.

Der nächste Schlag landete auf dem Verschluss der Rüstung, die sich sofort lockerte und ihren Träger mehr behinderte als schützte.

Tokaro rammte mit einer kreiselnden Bewegung die Schildkante in den zum Schlag erhobenen Arm des Gegners hinein und schlug mit der Waffe zu.

Das Ende der Keule steuerte zunächst wie gewollt auf die Körpermitte, schien aber unvermittelt ein Eigenleben zu entwickeln. Gegen den Willen des einstigen Rennreiters schepperte die Waffe gegen Albugasts Kopf. Der Knappe fiel wie vom Blitz getroffen zu Boden.

Tokaro war bestürzt. *Habe ich ihn umgebracht? Bei Angor, lass es ihn überstanden haben.*

Die eigenen Feldscher rannten herbei und versorgten den Unterlegenen, während die Ulsarer ihrem Helden zujubelten, der das Volk gegen die Adligen und Reichen vertreten hatte.

Aber wirklich zufrieden war Tokaro nicht, der keine Erklärung für den am Schluss so eigentümlich verlaufenen Zweikampf fand. *Wollte Angor, dass ich siege?*

Er folgte mit Blicken der Bahre, auf der der Ohnmächtige vom Turnierplatz getragen wurde. Dabei entdeckte er mehrere Gestalten, die sich an der Büchsenmaschine zu schaffen machten.

Die Männer in den Uniformen des Kabcar drehten in diesem Augenblick die Lafette in Richtung der Ehrenloge, wo die hoheitliche Familie Platz genommen hatte. In der allgemeinen Ablenkung gelang es ihnen, ohne weitere Aufmerksamkeit zu erregen. Doch die Ausrichtung der Läufe machte den jungen Knappen stutzig.

Soll ich eine Warnung rufen? Im tosenden Geschrei der Menschen würde sein Hinweis untergehen, im schlimmsten Fall die Attentäter dazu bringen, die Büchsenmaschine abzufeuern und ein Blutbad anzurichten.

Er pfiff gellend nach Treskor, der sofort angetrabt kam. Mit viel Kraft schwang er sich in den Sattel und tat so, als wollte er eine Ehrenrunde drehen. Rasch nahm er sich einen Wurfspeer, verknotete das Pfand der Marketenderin als Fahne an der Spitze und ließ es flattern.

Seine Herzensdame hüpfte und sprang, dass ihre Oberweite das Mieder zu verlassen drohte.

Zvatochna lächelte und schuf eine Fassade der Herzlichkeit, während sie versuchte, die Niederlage ihres Kämpfers mit Fassung zu tragen. Aber die Schmach, gegen eine halbe Dirne ausgestochen worden zu sein, machte ihr zu schaffen.

Tokaro beobachtete die Gestalten sehr genau und ritt immer weiter auf sie zu, während er nach allen Richtungen winkte und wedelte. Wie beiläufig packte er den langen Spieß wurfbereit, bis er den Augenblick für gekommen hielt, sein Streitross angaloppieren zu lassen.

Treskor preschte los, die Spitze pendelte sich auf den Mann hinter der Lafette ein, der soeben nach den Reißleinen fischte. Die Läufe zeigten nun haargenau auf die Loge des Kabcar. Die Hand des Attentäters wollte sich gerade um die Schnüre schließen, als der Speer heranflog und sich seitlich in den Oberkörper des Mannes bohrte. Er fiel durch die Wucht des Aufpralls in ein Zelt und riss es in sich zusammen.

Mit einem gewagten Sprung setzte der Hengst über die Maschine und trat auf ein Kommando seines Reiters mit den Hinterläufen aus. Die Lafette tat einen Hüpfer.

»Ulldrael der Gerechte und die Mächte des Guten werden dich vernichten, Govan Bardri¢!«, schrie ein anderer der Mörderbande. Er schaffte es, die Leinen zu ziehen, die Mündungen deuteten allerdings schon lange in die falsche Richtung.

Knatternd entluden sich die Büchsen und jagten ihre achtundvierzig Kugeln wirkungslos in den hölzernen

Unterbau der Ehrentribüne, wo sie jeweils Löcher vom Durchmesser eines Kruges schlugen.

»Du kannst stolz auf dich sein, demjenigen das Leben gerettet zu haben, der Ulldart ins Verderben führt«, spie der Schütze Tokaro voller Abscheu entgegen, bevor er sich zur Flucht wandte.

»Aber ich ...«, stotterte der angehende Ritter verblüfft.

Nun eilten die Wachen des Kabcar herbei und stürzten sich auf die sich fanatisch wehrenden Attentäter. Eine Gefangennahme sollte ihnen nicht gelingen. Die vier Männer richteten ihre Dolche gegen sich, als sie die Ausweglosigkeit ihrer Lage erfassten.

Alle Besucher waren aufgesprungen und schauten zu der Stelle, an der die Attentäter in ihrem eigenen Blut lagen.

Verwünscht! Dieses Bravourstück bringt ihm natürlich Ansehen bei der Bevölkerung, ärgerte sich Nesreca, ohne seinen Groll durch eine verräterische Geste nach außen dringen zu lassen. Er lehnte sich zum Kabcar hinüber und raunte ihm etwas ins Ohr. Die Augen des Herrschers weiteten sich bei den Worten seines Konsultanten.

»Wir haben einen jungen Helden unter uns«, schallte Govans Stimme kurz darauf in die angespannte Stille hinein. »Nicht nur, dass er den Zweikampf gegen seinen Konkurrenten gewonnen hat, er bemerkte als Einziger die Gefahr, die der hoheitlichen Familie drohte.« Er wies auf die Stelle vor der Ehrenloge. »Komm her und lass uns sehen, welch mutiger Streiter sich hinter dem Visier verbirgt, damit dein Kabcar dir angemessen danken kann, Knappe.«

Wenn ich das gewusst hätte, wäre ich den Mördern noch zur Hand gegangen. Mit einem unguten Gefühl lenkte

Tokaro seinen Schimmel vor das Angesicht des Kabcar. Zvatochna blickte ihm freundlich entgegen, Krutor zappelte unruhig hinter den beiden hin und her; die Begeisterung über die Tat des netten Ritters, dessen Pferd er so gut kannte, drohte ihn zu überwältigen.

»Mein Name ist Tokaro von Kuraschka«, klang es dumpf unter seiner eisernen Maske hervor, »und mein Helm hat sich leider verklemmt, hoheitlicher Kabcar, sodass ich Euch in dieser Art begegnen muss.«

»Euer Orden scheint schlechte Schmiede zu haben«, entgegnete Govan bissig. »Ich habe gehört, das passiert dir ständig, Tokaro von Kuraschka. Nun denn, weil du zweifach erfolgreich warst, gewähre ich dir eine höhere Siegprämie. Ich werde deine Herzensdame, dich und dein Pferd in voller Rüstung in Gold aufwiegen lassen.« Ein Raunen lief durch die Reihen der Ulsarer. »Auch wenn meine Magie mich vor den Kugeln bewahrt hätte, ich fürchte, dass etliche der Brojaken und Adligen den Attentätern zum Opfer gefallen wären.«

Eine Wache reichte dem Konsultanten einen kleinen Gegenstand. Nesreca zeigte ihn dem Kabcar kurz und steckte ihn dann in die Tasche seines Uniformrockes.

»Du wirst mir heute Abend Gesellschaft leisten, Tokaro von Kuraschka, wenn ich zu deinen Ehren einen Maskenball veranstalte. Bis dahin sollten eure Schmiede den Helmverschluss besiegt haben. Diese Verkleidung werde ich nicht gelten lassen. Auch alle anderen Ritter und Knappen sollen meine Gäste sein, und für die Untertanen fließt der Wein in Strömen vor der Kathedrale!«, verkündete er und nahm Platz.

Bis heute Abend muss mir etwas eingefallen sein, dachte Tokaro verzweifelt. Unter dem frenetischen Jubel der Bevölkerung ritt er zurück zu seinem Vater und Herodin, die ihn zu seiner Tat beglückwünschten.

Doch ehe er sich weiter auf die müden Schultern klopfen ließ, suchte er das Zelt auf, in dem Albugast lag.

Ein Verband zierte dessen Schädel, das Blut der Platzwunde, die durch den Treffer entstanden war, wurde soeben von einem der Feldscher vorsichtig von der Schläfe gewischt. Albugast hatte die Augen geschlossen.

»Wie geht es ihm?«, wagte Tokaro den Helfer zu fragen und trat zögerlich näher.

»Er hat einen harten Kopf und wird es überleben«, meinte der Medicus. »Meiner Einschätzung nach benötigt er nicht einmal die Dienste eines Cerêlers, um heute Abend auf den Beinen zu sein. Aber es wird schon noch eine Weile dauern, bis er zu Bewusstsein gelangt.«

Tokaro kniff die Lippen zusammen und verschwand so leise, wie er gekommen war. Bedrückt schlich er sich in seine Unterkunft, befreite sich vom Kettenhemd, dem wattierten Waffenrock darunter und den Stiefeln, um sich auf sein Lager sinken zu lassen. Grübelnd verschränkte er die Arme hinter dem Kopf.

Lasse ich es beim Ball einfach darauf ankommen? Immerhin bin ich der Sohn des Großmeisters der Hohen Schwerter, was soll mir schon geschehen? Der Anblick Zvatochnas wirkte wie ein Funke, der das erloschene Feuer seiner Gefühle zum Lodern brachte. *Oder bilde ich es mir nur ein?*

Seine Hand wanderte unter das Untergewand und nahm das Amulett heraus, das er ihr bei der Begegnung im Wald geraubt hatte. *Ach, was soll's. Angor hat mir auf wundersame Weise zum Sieg verholfen, da werde ich auch dem Pferdeschinder Govan und seiner Schwester unbeschadet gegenübertreten können. Ich werde ihr einen gehörigen Schrecken einjagen.*

Der Junge glitt in einen erholsamen Schlummer.

Der große Ballsaal schimmerte in düsterem Glanz.

Nerestro von Kuraschka musste schon zweimal hinschauen, bis er die Örtlichkeit wieder erkannte, in der er Lodrik damals seine Aufwartung gemacht hatte.

Zwar prangten immer noch Blattgold und Stuck an Wänden und Decke. Aber die Handwerker hatten die Verzierungen aus Gips nachträglich derart verändert, dass die Leichtigkeit verloren gegangen und einer bedrückenden Schwere gewichen war.

Schwarze und rote Wandmuster schluckten viel Licht der blinkenden Kronleuchter und schufen eine finstere Stimmung in dem Raum, in dem früher ausgelassene und fröhliche Feste stattgefunden hatten.

Die Ritterschaft hatte sich beim Maskieren aufs Notwendigste beschränkt und sich in aller Eile phantasiereiche Augenmasken besorgt, ansonsten marschierten sie in polierten, leichteren Rüstungen auf.

Umso mehr legten sich die anderen Gäste ins Zeug. Nahezu alles an Kostümierung, von unterschiedlichen Tierarten über Gegenstände bis hin zu ausgefallenen Kleidungsstücken fand sich in dem Saal. Musik spielte leise im Hintergrund, Diener liefen umher, um Getränke und Appetithäppchen zu servieren. Getanzt wurde noch nicht, der Kabcar musste die Marmorfläche erst freigeben.

Als die Ordenskrieger eintrafen, bildete Zvatochna in einem beeindruckenden, alle männlichen Sinne betörenden weißen Kleid den Mittelpunkt. Um sie herum scharte sich eine Traube von Männern. In ihren schwarzen, kunstvoll frisierten Haaren funkelten und glänzten Diamanten und andere Edelsteine, und die Maske über ihrer Augenpartie in Form eines Schmetterlings, gearbeitet aus verschiedenfarbigen Seidenstoffen, raubte der Tadca keineswegs die Faszination.

»Sie hätte als Berg erscheinen müssen«, meinte Herodin hintergründig und erntete einen fragenden Blick des Großmeisters. »Es scheint so, als wollten alle Männer sie besteigen«, erklärte er und sorgte für schallendes Gelächter bei denen, die den Witz hörten.

Krutor steckte in einem Kostüm, das ihn wie ein Turm aussehen ließ, was sich angesichts seiner Monstrosität geradezu anbot. Dämlich fand Tokaro nur, dass das Gesicht des Tadc aus einem Fenster des aus Pappmache gefertigten Miniaturgebäudes schaute und seine Entstellung unvorteilhaft hervorhob.

»Die Besitzer der aldoreelischen Klingen bleiben zusammen«, befahl der Großmeister leise, »die anderen halten Augen und Ohren offen, um jede Tücke sofort zu bemerken. Ansonsten wünsche ich allen viel Vergnügen.«

Die Ritter verteilten sich.

»Wohin willst du?«, hörte Tokaro die Stimme seines Ziehvaters hinter sich, als er sich auf die Tadca zu bewegte. »Gehörst du auch zu den Gipfelstürmern?« Er nickte in Richtung der schönen jungen Frau. »Ich kannte ihre Mutter, und ich sage dir, sie wurde von ihrem Gemahl nicht umsonst verstoßen. An deiner Geschichte sehe ich, dass die Tadca dieses unglückselige Talent und die Veranlagung geerbt hat.«

»Ich weiß, danke für die Warnung«, beruhigte er den Großmeister im Gehen. »Keine Bange, ich kenne ihre Art sehr gut.« Zielstrebig steuerte er auf Zvatochna zu und arbeitete sich rasch nach vorne durch, wobei ihn die missgünstigen Blicke der Werber trafen.

»Ich grüße Euch, hoheitliche Tadca«, verneigte sich Tokaro ein wenig vor ihr.

Zvatochna täuschte Ratlosigkeit vor. »Wer könnte das nur sein? Wie hat sich der Fremde bloß hereingeschlichen?« Dann lachte sie hell auf und klappte ihren Fächer auseinander. »Ohne deinen Helm erkenne ich dich schwerlich wieder.« Die Kante des Wedels pochte gegen seine Maske. »Und selbst jetzt verbirgst du dein Gesicht.«

»Es ist ein Maskenball, hoheitliche Tadca«, grinste er sie frech an. »Ihr müsst schon bis Mitternacht warten, bevor ein jeder hier sein wahres Antlitz zeigt. Da wird Euch auch die Verwandtschaft zum Kabcar nichts bringen.«

»Unverschämter Bengel«, empörte sich Tchanusuvo, der als Einhorn erschien, künstlich und überlaut. »Man sollte den Knappen Respekt lehren, auch wenn er dem Herrscher von Tarpol das Leben gerettet hat«, sagte er zu seinem Nachbarn, der heftigst seine Zustimmung bekundete.

Tokaro überhörte das Angebot für ein Duell großzügig, dafür spürte er seine Knochen noch zu sehr. »Euer Recke hat sich wacker geschlagen, wenn er auch der Unterlegene war«, erinnerte er die stolze Frau an ihre Niederlage. »Da sieht man, dass auch dem niederen Volk mitunter das Glück und die Götter wohl gesonnen sind.« Er nahm das Tuch der Marketenderin heraus und schwenkte es vor ihrer Nase.

»Angor hatte seinen guten Tag«, gab die Tadca amüsiert zurück. »Aber ich bin mir sicher, dass dir dieses Kunststück kein zweites Mal gelingen würde.«

»Was habt Ihr denn Albugast im Falle eines Sieges versprochen?«, wollte Tokaro wissen.

»Was gewährte denn deine Jungfer dir?«, hielt sie dagegen. »Gegen das, was ich zu bieten hätte, dürfte es allemal verblassen.«

Tokaros Grinsen wurde anzüglich. »Ich habe keine Vorstellung, wie Ihr nackt ausseht, hoheitliche Tadca, auch wenn die Gedanken der anderen Männer um Euch herum nur um diesen einen Traum kreisen.«

Tchanusuvo stemmte die Arme in die Seiten. »Nun verlange ich Genugtuung, Bursche.« Er zog sich einen Handschuh aus, um damit zuzuschlagen.

»Damit es sich lohnt, sage ich zu Euch, dass Ihr das Horn nicht auf dem Kopf, sondern im Schritt tragen solltet«, provozierte ihn der angehende Ritter. »Lasst Euren Handschuh stecken und zieht lieber gleich Euren Säbel, um Euch zu verteidigen.«

»Bis zum ersten Blut«, meinte die Tadca nur lächelnd. »Aber haltet ein wenig Abstand, damit kein Tropfen auf mein Kleid kommt. Und keine Toten oder Schwerstverletzten.«

Ein Adliger reichte Tchanusuvo seine Waffe, Tokaro nahm sein Schwert zur Hand und wartete geduldig, bis sein Gegner im Kostüm des Einhorns seine Bereitschaft signalisierte. »Ich warne Euch, ich habe einen anstrengenden Tag hinter mir und bin nicht sonderlich auf lange Gefechte aus«, verkündete er. »Und gegen Euch wird es sehr schnell gehen.«

Der Mann stürmte los, die Spitze des Säbels nach vorn gereckt.

Mit Leichtigkeit parierte Tokaro den Angriff, packte den Mann am aufgesetzte Horn und wackelte daran. »Es scheint Euch direkt aus der Stirn gewachsen zu sein, Tchanusuvo. Der Leim ist gut.«

Grunzend hieb der Adlige zu. Tokaro blockte erneut, ohne das Horn loszulassen. »Ich habe gehört, Einhörner seien sehr elegant.« Er lief los und zerrte den fluchenden Mann hinter sich her. »Oh, das ist ein lahmes Einhorn. Vielleicht will es mit dem Kopf durch die Wand?«

Tokaro rannte auf eine der Türen zu, die Gäste sprangen lachend zur Seite.

Aus vollem Lauf bugsierte er den Adligen mit dem Horn gegen das Holz, die Spitze durchstieß die Tür und hakte sich fest. So sehr Tchanusuvo zerrte und tobte, er blieb gefangen.

»Erstes Blut, Knappe«, erinnerte ihn Zvatochna, die in die allgemeine Heiterkeit einstimmte. *Er hat eine Tollkühnheit, wie ich sie bei keinem anderen gesehen habe.* Irritiert bemerkte sie, dass sie den jungen Ordenskrieger anziehend fand. Und dass er ihr irgendwie bekannt vorkam.

»Ihr habt gehört, was die Tadca forderte«, meinte Tokaro, der die Aufmerksamkeit der anderen genoss.

»Gnade!«, heulte sein lächerlich gemachter Widersacher.

Tokaro ging zu einer der Hofdamen, verbeugte sich und stahl sich eine Haarnadel aus ihrem Kopfschmuck. Mit einer ausladenden Geste holte er Schwung und stieß dem Adligen die Nadel ins Gesäß, dass dieser vor Schreck und Schmerz einen Hüpfer nach vorn machte und sich noch tiefer in die Tür verrannte.

Triumphierend hob Tokaro das schmale Eisenstück in die Höhe, an dessen Ende es rot und feucht schimmerte. »Erstes Blut«, stellte er trocken fest. Die Besucher applaudierten, während Tchanusuvo für den Spott über das besiegte Einhorn nicht mehr zu sorgen brauchte.

»Ihr habt einfach kein Glück mit Euren Kavalieren. Ihr habt schon wieder verloren.«

»Kein Wunder, wer kann schon gegen einen Helden bestehen?« Sie verscheuchte die sie umlagernden Adligen mit einem Zucken ihres Fächers. Dann hielt sie Tokaro ihren Arm hin. »Es ist wohl besser, ich suche mir jemanden, der immer gewinnt. Willst du mein Gesellschafter des Abends sein?«

»Es sieht so aus, als wäre Euer Ziehsohn als Erster am Gipfel«, bemerkte Herodin, der die Posse verfolgt hatte.

Der Seneschall entdeckte in der Menge das bittere Gesicht Albugasts. Von hinten schob sich der Konsultant an ihn heran und machte auf sich aufmerksam. Der blonde Jüngling nickte unschlüssig und folgte dem Mann mit den silbernen Haaren.

»Das gibt Ärger«, machte Herodin den Großmeister auf das Gespann aufmerksam, das in diesem Augenblick hinter einer Säule verschwand.

»Suchen wir sie. Wo dieser Mensch auftaucht, ist selten Gutes im Gange«, knurrte Nerestro, und seine Hand schloss sich um den Griff der aldoreelischen Klinge.

Als sie an der Säule ankamen, fanden sie nur kichernde Frauen, die den großspurigen Ausführungen einer Hofschranze lauschten.

»Ich weiß, wer du bist«, sagte eine leise Stimme über dem Kopf von Tokaro, und ein gigantischer Schatten fiel über ihn. »Du bist Vaters Rennreiter.«

Ein Gefühl, als überliefe ihn kochende Säure von oben bis unten, schoss durch Tokaros Körper. Hinter ihm stand der Turm auf zwei Beinen, aus dessen Fenster Krutors Gesicht schaute. Völlig auf dem linken Fuß erwischt, wusste er nicht, was er dem Tadc entgegnen sollte. Schweigend starrte er in die Höhe, sein Mund klappte auf und zu.

Der entstellte Junge zwinkerte ihm zu. »Ich verrate dich nicht. Ich kann dich viel zu gut leiden. Du warst damals schon nett zu mir, und du bist es immer noch.« Stolz legte sich auf die Züge des Jüngsten der drei Geschwister. »Daran habe ich dich erkannt.

An deiner Freundlichkeit und deinem Pferd.« Eine riesige Hand legte sich vertrauensvoll auf seine Schulter. »Freunde?«

Erleichtert atmete Tokaro auf. »Ja, sehr gern, hoheitlicher Tadc«, nahm er das Angebot an. »Freunde.«

»Aber nur, wenn du nicht mehr stiehlst«, verlangte Krutor mit ernstem Gesicht.

»Ich verspreche es.«

»Haust du Govan noch mal auf die Nase? Es hat sich seitdem keiner mehr getraut.«

»Ich glaube nicht, dass es ein guter Einfall wäre.«

Zvatochna, die sich eben leise mit einigen Dienern besprochen hatte, kehrte zurück. Wie von ihrer Schönheit gelähmt, schauten die beiden Männer zu ihr, die herannahte und zuerst ihrem Bruder und danach dem Ritter ein hinreißendes Lächeln schenkte, das Stahl zum Schmelzen brachte.

»Entschuldige die Unterbrechung, aber ich musste noch ein paar Anweisungen geben. Wenn man sich auf andere verlässt, ist man verlassen.« Sie blickte den Adoptivsohn Nerestros an und war fasziniert von den dunkelblauen Augen hinter der Maske.

Urplötzlich setzte das Erkennen ein.

»Natürlich, du bist es!«, raunte sie. »Wie kannst … Pah, ich rede doch nicht mit dir.« Die Tadca hielt inne, schaute zu ihrem Bruder. »Krutor, sage dieser Person, dass sie von allen guten Geistern verlassen ist, sich hierher zu wagen. Und sage ihr, dass ich mein Amulett wiederhaben möchte.«

Der verkrüppelte Riese wollte die Lippen bewegen, als sich Tokaros Starre löste. »Aha, die hoheitliche Tadca erinnert sich wieder an den kleinen dummen Stallburschen, den sie damals dem Berater zum Fraß vorwarf?«, brach es aus ihm hervor.

»Sage ihm, dass ich den verurteilten Verbrecher nicht anhöre«, meinte sie schnippisch und wandte sich demonstrativ ab; der Fächer schnellte vor ihr Gesicht und wippte hin und her.

»Ich soll dir sagen ...«, begann Krutor ein wenig unglücklich, der am liebsten die Läden vor seinem Turmfenster geschlossen hätte.

Der einstige Rennreiter hob die Hand. »Schon gut. Richtet Ihro Hochnäsigkeit aus, dass sie sich auf ihre Schönheit nichts einbilden muss. Aber auf ihre Falschheit darf sie aus ganzem schwarzem Herzen stolz sein.« Zvatochna sog hörbar die Luft ein. »Sagt ihr auch, dass der dumme Junge damals wirklich sein Herz an sie hängte und alles getan hätte, um einmal an ihrer Seite sein zu dürfen.« Er näherte sich unstandesgemäß dicht ihrem Ohr. »Und vergesst nicht, ihr zu sagen, dass er ihr diesen Verrat niemals vergeben würde, weil sie mit ein paar Worten all seine Vorstellungen und Illusionen, die für ihn keine waren, zerschmettert hat.«

Mit einem Fauchen wandte sie sich um, das Braun und das Blau ihrer Augen trafen sich aus nächster Nähe und versanken tief ineinander.

Die Tadca schluckte, ihr Puls raste, ihr Gemüt befand sich in hellem Aufruhr. Anstatt einer bissigen Erwiderung fühlte sie das Verlangen, den jungen Mann zu küssen und zu spüren.

»Sorge dafür, dass niemand in unsere Nähe gelangt, Krutor«, bat sie in freundlichstem Tonfall, bevor sie ihren Gesellschafter heimlich in einen Seitensaal schob, der bei Tokaro schlechte Erinnerungen wach rief.

»Oh, nein. Nicht schon wieder.« Seine Hand lag bereits auf der Klinke. »Ich gehe besser, bevor du mich wieder aufforderst, genügend Gold für dich aus den

Jackentaschen zu stehlen.« Dass er sie duzte, fiel ihm in seiner Aufgeregtheit nicht weiter auf.

»Ich habe niemals verlangt, dass du für mich stiehlst«, erwiderte sie und nahm ihre Maske ab.

Seine Finger verharrten. »Ich stahl, weil ich schnell an Münzen kommen wollte, ehe ein anderer, ein Vermögender dir seine Aufwartung machte und dich mir wegschnappte. Du wolltest nur einen reichen Mann, einen standesgemäßen. Und als die Wahrheit ans Licht zu kommen drohte, hast du mich schnell verleumdet.«

Zvatochna senkte ihren Kopf, wie aus dem Nichts entstand Kummer. »Die Götter mögen wissen, wie oft ich mir Vorwürfe gemacht habe, dass ich so handelte«, gestand sie leise. »Aber ich hatte nicht den Mut, vor all den Reichen und Mächtigen zuzugeben, dass ich mich dir versprochen hatte.«

»Ja, ich weiß«, sagte er hart. »Ich war nur ein Experiment. Du wolltest sehen, was du mit deiner Schönheit bei einfachen Menschen erreichst.«

Die Tadca plumpste auf einen niedrigen Hocker, ungeachtet ihres Kleides. »Anfangs mag es sich so verhalten haben, aber …«

»Aber?«, drängte Tokaro hoffnungsvoll. *Sollte sie sich wirklich in mich verliebt haben?*

»Aber dann habe ich festgestellt, dass du mir fehlst«, beichtete sie. Groß blickten ihre braunen Augen den Ritteranwärter an. »Als du mich damals im Wald überfielst, erkannte ich deine Augen wieder und spürte Freude, auch wenn unser Zusammentreffen unter schlechten Sternen stattfand.« Zvatochna blickte auf ihre Füße. »Ich habe deinen Tod beweint, und als ich beim Turnier die ersehnten blauen Augen hinter dem Visier sah, wollte ich es nicht wahr haben.« Sie erhob sich und trat dicht an ihn heran. »Umso glücklicher bin ich jetzt.«

Ihr Kopf rückte nach vorn, ihr Mund öffnete sich leicht.

Seine Hände bewegten sich ohne sein Zutun und legten sich an ihre Taille. Bevor sich ihre Lippen trafen, zog er den Kopf zurück.

»Ich bin allerdings immer noch der Gleiche, Zvatochna. Der Standesunterschied steht allem im Weg, ich bin ein Gebrandmarkter, dem innerhalb der Mauern Ulsars der Tod droht. Und dennoch würdest du mich nehmen?« Fassungslos betrachtete er ihr hübsches Gesicht. Das Licht der Monde brach sich in den Diamanten in den schwarzen Haaren.

»Nein«, sagte sie, und ihre Stimme klang plötzlich kühl. »Ich wollte sehen, ob du auf die gleiche List zweimal hereinfällst.« Gerade wollte er sie entsetzt von sich stoßen, als sie ihn lachend beruhigte und seine Hände auf ihre Hüften legte. »Nein, es war nur ein Scherz, Tokaro.«

»Ein schlechter«, stotterte er, noch immer erschüttert von ihrer ersten Antwort. *Sie ist eine so gute Schauspielerin, ich könnte niemals erkennen, wann sie es ernst meint und wann nicht.*

»Hast du vergessen, wen ich meinen Bruder nennen darf?« Sie strahlte ihn an, machte einen Schritt nach hinten und löste die Haken ihres Kostüms. »Er kann alles für null und nichtig erklären, was mein Vater über dich verhängte.«

»Obwohl ich dem Tadc die Nase gebrochen habe?«, feixte der junge Mann und beobachtete die Tadca bei ihrem Tun. »Was wird das?«

Die Handschuhe fielen zu Boden, ihr Kleid glitt von ihren Schultern. Zvatochna zeigte sich in ihrer unverhüllten Schönheit und wirkte im Schimmer der Gestirne wie eine vom Himmel herabgefahrene Göttin.

»Das hat vor dir noch nie ein Mann gesehen, Tokaro«, sagte sie beinahe schüchtern und ärgerte sich selbst über die nicht gekannte Schwäche, die er bei ihr auslöste. »Und du sollst auch ansonsten der Erste sein.«

Der Adoptivsohn des Großmeisters schluckte hektisch, ein trockenes Gefühl breitete sich in seiner Kehle aus. Selbst wenn die kleinste Berührung seinen Tod bedeutet hätte, so hätte er sich nicht zurückhalten können. Dafür waren die alten, vergessen geglaubten Empfindungen zu stark und die Sinneseindrücke zu überwältigend. Er kam auf sie zu. »Ich fühle mich geehrt«, wisperte er.

Hastig entledigte er sich seiner dünnen Lederfingerlinge und gab dem Drang nach, ihre Haut berühren zu wollen.

Als er kurz davor stand, ihre nackte Schulter zu berühren, empfand er ein leichtes Kribbeln in den Kuppen, das er auf seine Erregung zurückführte.

Kaum berührte seine Hand die warme, seidige Haut, erhielt er einen schmerzhaften Schlag, und die junge Frau stöhnte überrascht auf. »Was …?«

Das ist bereits damals in der Kutsche geschehen, glaubte sich Tokaro zu erinnern. »Vielleicht habe ich mich durch irgendetwas aufgeladen«, meinte er und versuchte, sie zu küssen.

Die Lippen trafen sich, und gleichzeitig dachte der angehende Ordenskrieger, Albugast würde ihm nun einen Hieb mit der Keule auf den Mund verpassen. Ächzend sank Zvatochna in sich zusammen und lag gebettet auf ihrem Kleid am Boden.

Ich darf sie nicht anfassen, verstand er. *Unsere Körper dürfen einander nicht berühren. Aber wieso?* Fluchend zog er sich seine Handschuhe über und deckte die verführerische Frau zu, bis sie die Besinnung wieder erlangte und ihn benommen anschaute.

»Was machst du mit mir?«, fragte sie stockend. »Ich fühle mich ... geschwächt.« Vorsichtig tastete sie nach ihm, doch Tokaro zuckte zurück.

»Nicht«, warnte er. »Unsere Haut darf anscheinend nicht direkt in Kontakt kommen.«

Die Tadca schaute enttäuscht. »Aber wie sollen wir dann ...«

Er zuckte mit den Schultern. »Wir werden das Geheimnis zu einem anderen Zeitpunkt lösen. Aber wir sollten zurück zum Ball, bevor unsere Abwesenheit zu sehr auffällt.«

Zvatochna erhob sich und schlüpfte mit der Hilfe ihres Gesellschafters in ihr Kleid. »Und wenn schon. Ich bin die Tadca.« Sie gab ihm einen Kuss auf den Arm, nichts geschah. Sanft streichelte sie ihn. »Wir müssen den Grund für diese Reaktion schnell herausfinden. Ich habe endlich jemanden gefunden, dem ich das erlauben will, wonach sich andere sehnen.«

Und sie kehrten nacheinander und an verschiedenen Stellen des Ballsaals zu den Gästen zurück.

Nerestro entdeckte Albugast an einem der Büffets, an dem er unschlüssig vor Köstlichkeiten stand, die man selbst als Ritter selten zu Gesicht bekam, so ausgefallen und exquisit waren sie.

Die vier Träger der aldoreelischen Klingen kreisten den Knappen ein.

»Was wollte Nesreca von dir?«, eröffnete der Großmeister ohne Umschweife das Verhör.

Der junge Mann tat überrascht. »Er fragte mich, ob ich demnächst derjenige sei, der die Schwertleite empfängt. Und ich sagte ihm, dass er Eurem Sohn seine besten Wünsche übermitteln solle, Großmeister.« Seine Augen trotzten denen des hoch gewachsenen Ritters. Ohne sich abzuwenden, schaufelte er sich irgendetwas von der Servierplatte auf den Teller.

Der Junge belügt mich. »Das war alles? Sprich, Albugast«, hakte Nerestro misstrauisch nach. »Dieser Mann ist heimtückischer als die Gemüter aller Sumpfbestien Ulldarts zusammen. Lass dich nicht mit ihm ein.«

»Redet man über mich?«, machte Nesreca auf sich aufmerksam, der wie aus dem Boden geschossen neben dem beladenen Tisch stand und sich wählerisch nur die besten Sachen nahm. »Ich hoffe, es ist nur Gutes?«

»Bei Euch? Schwerlich«, schnaubte der Großmeister und entließ den Knappen mit einem Nicken. »Ich denke, es ist Zeit für ein offenes Wort, Nesreca.«

»Schon wieder, Großmeister?« Genüsslich biss der Konsultant ein Stück Obst an. »Deliziös«, kommentierte er.

»Es möge Euch im falschen Hals stecken bleiben«, wünschte Herodin freundlich.

Verwundert stellte Nesreca den Teller ab und bemerkte, dass ihn die Ritter so umgaben, dass niemand ihn sehen konnte, dafür waren die Umrisse der Krieger zu breit. »Wohlan, dann sprecht ein offenes Wort, Großmeister.«

»Ihr habt Jagd auf meine Ordensmitstreiter machen lassen, um an die aldoreelischen Klingen zu gelangen«, sagte ihm der Oberste der Glaubenskrieger auf den Kopf zu. »Und Ihr habt durch Euren Schoßhund Varèsz den ehrwürdigen Gregur Arba von Malinkur feige im Kerker ermordet, damit ich an seine Stelle trete. Ich war anfangs wirklich blind genug, die Lügenmärchen von Euch und Lodrik zu glauben. Ich schwor sogar Treue.« Seine Hand legte sich an den Griff seines Schwertes. »Sammelt Ihr die Klingen immer noch, Nesreca? Wollt Ihr sie haben?« Nerestros Augen wurden zu Schlitzen.

»Ihr dürftet sogar das Körperteil aussuchen, in das die Schneide fahren soll. Euer Helfer Hemeròc ist machtlos gegen die von Angor gesegneten Waffen.« Er beugte sich zu dem Konsultanten. »Auch Ihr seid machtlos gegen sie, und deshalb wird es Euch niemals gelingen, sie uns zu rauben. Aber gebt mir eine Gelegenheit, nur eine einzige, und ich werde Euch den Kopf von den Schultern schlagen. Lasst Eure Finger von meinen Rittern und Knappen, das ist die letzte Warnung. Dankt mir nicht für meine Milde, Euch vorher zumindest gewarnt zu haben. Das Maß ist voll. Da wird Euch kein Schwur der Welt mehr vor uns schützen.«

»Sehr imposant, Großmeister.« Tatsächlich wirkte der Berater beeindruckt von der Ansprache des Ritters. »Aber Ihr werdet den Eid doch nicht brechen wollen, den Ihr dem toten Lodrik Bardri¢ und vor wenigen Tagen seinem Sohn gegeben habt? Das wäre mehr als anmaßend.«

»Es waren falsche Voraussetzungen. Ich wurde getäuscht«, knurrte der Großmeister. »Und Angor gab mir die Einsicht, dass dieser Weg der ehrlichere, bessere ist.«

»Sicher wurdet Ihr getäuscht«, nickte Nesreca gut gelaunt. »Aber wer weiß das schon in Tarpol? Ihr und ich. Und ich sage Euch voraus, dass das Volk eher mir als Euch Glauben schenken wird.«

»Wir sind zum einen hier, um den Mann zu ehren, dem wir die neuerliche Existenz unseres Ordens verdanken. Andererseits gedenke ich die Gelegenheit zu nutzen und zu verkünden, dass sich die Hohen Schwerter nicht länger an meinen Eid auf das Hause Bardri¢ gebunden fühlen«, eröffnete Nerestro mit gewisser Schärfe in der Stimme. »Noch ein einziger Toter, der auf Eure Kosten geht, noch eine einzige verschwundene

Klinge, und ich befördere Euch persönlich in den Abgrund, aus dem Ihr und Euer Helfer aufgestiegen seid. Das wiederum war ein Eid.«

»Wenn Ihr aber nun der wärt, der als Nächster stirbt?«, erkundigte sich der Konsultant verschlagen.

»Sind noch genügend von uns da, um Euch zu erlegen«, grollte der Seneschall.

»Ich verstehe.« Nesreca verschränkte die Arme auf dem Rücken. »Der Kabcar wird nicht sehr erfreut sein, wenn er Eure Entscheidung und die Lossagung vom Herrscherhaus vernimmt. Ich bin gespannt, wie er diesen Schritt auslegt.«

»Mit Eurer Hilfe gewiss nur falsch«, meinte Nerestro. »Aber ich bleibe bei meinem Entschluss. Ich habe sehr genau gesehen, was für ein Schwert der Kabcar an seiner Seite trägt. Ich vermute, dass es ein Geschenk von Euch ist? Er ist zu feige, es offen zu tragen.«

»Es hat andere Gründe«, wich der Berater aus. »Nun ja, Euer Orden scheint ohnehin im Niedergang begriffen zu sein«, fügte er nach einer kleinen Pause hinzu. Er stellte sich ein wenig auf die Zehenspitzen, um Nerestro etwas ins Ohr zu sagen. »Ich habe da jemanden in Euren Reihen gesehen, den ich einst auf Geheiß des Kabcar mit glühendem Eisen als Dieb kennzeichnete. Und nun, oh Wunder, erscheint er wieder am Hof, als wäre nichts gewesen.«

Der Großmeister packte den Mann am Arm und bugsierte ihn in den Schutz einer Säule; seine drei Begleiter blieben etwas zurück. »Diese Person, die Ihr meint, ist tot. Und dabei wird es bleiben.« Mit Blicken machte er deutlich, wie ernst es ihm war. »Tokaro ist mein Adoptivsohn und bald ein vollwertiges Mitglied der Ritterschaft. Tut Euch den Gefallen und behaltet Euer Wissen für Euch. Ich kann zwar nicht durch

Wände gehen, wie Eure Helfer, aber Mauern werden mich nicht aufhalten, Nesreca.«

Eine rasche Bewegung, und die aldoreelische Klinge funkelte auf. Schon bohrte sie sich ein Stück weit in den Oberschenkel des Konsultanten. Ein Laut des Schmerzes drang aus dessen Mund.

»Wenn ich es gewollt hätte, so würde nun Euer Kopf rollen«, meinte Nerestro und zog die Klinge zurück. Schmatzend kam sie zum Vorschein, eine durchsichtige Flüssigkeit haftete daran.

»Wenn ich es wollte, läget Ihr in Ketten«, erwiderte Nesreca gepresst und versuchte, seine Stimme nicht zu angestrengt klingen zu lassen. Aber das Brennen der Wunde stellte eine echte Herausforderung an seine Selbstbeherrschung dar. »Ein Ruf von mir ...«

Der Großmeister schüttelte langsam den Kopf, ein wölfisches Grinsen auf seinem Antlitz. »Ihr mögt etwas Schlimmeres als ein abgrundtief schlechter Mensch sein, aber mein Schwert wäre schneller als der Schall gewesen.« Seelenruhig verstaute er die Klinge, nachdem er sie an der Kleidung des Mannes gereinigt und die Blutrinne geküsst hatte. »Hütet Euch vor mir, Nesreca. Und hütet Euch vor Angor.« Er kehrte zu seinen Rittern zurück und steuerte auf das Büffet zu.

Damit hast du dein Leben verwirkt, Blechmann. Nesreca schickte dem Großmeister tödliche Blicke hinterher. *Du wirst den Prozess nicht mehr erleben.*

»Hemeròc!«, zischte er, und sofort trat der Zweite Gott aus einem nahen Schatten. »Du brennst doch darauf, das Duell zu Ende führen, das du damals auf dem Marktplatz begonnen hast. Nun ist es soweit.« Er kreuzte die Arme vor der Brust. »Wenn sie in ihr Lager zurückgekehrt sind und schlafen, machst du dem ein Ende. Und bring mir sein Schwert.«

Das unheimliche Wesen brummte erwartungsvoll. »Sehr gern.«

Schon verschwand Hemeròc wieder in einer dunklen Nische.

Zvatochna hatte den Konsultanten bei dem kurzen Treffen mit seinem Helfer beobachtet und ahnte, welche Anweisung er gegeben hatte.

Sie werden den Orden noch heute zerschlagen wollen. Sie lächelte in einem fort, heuchelte Interesse an den Gesprächen mit schwafelnden Brojaken und machte sich unentwegt Gedanken darüber, ob und wie sie Tokaro vor dem drohenden Schicksal bewahren konnte, zusammen mit den anderen Ordensrittern in einem Gefängnis oder an einer Hinrichtungsstätte zu enden.

Die Tadca wollte den großen Plan nicht in Gefahr bringen. Zwar spielten die Hohen Schwerter nur eine geringe Rolle im Krieg mit dem Süden, aber ihre aldoreelischen Klingen lagen ihrem Bruder zu sehr am Herzen. Machte sie ihm nachweislich einen Strich durch diese Rechnung, so wüsste sie nicht, zu was er im Affekt im Stande wäre. Ihren Geliebten schätzte sie andererseits so ein, dass er die anderen Ritter nicht im Stich lassen würde. Schon gar nicht kurz vor seiner Schwertleite.

Die Haupttür flog plötzlich auf, ein heißer Wind schoss durch den Raum und löschte alle Kerzen.

Ein verkohlter Mensch schwebte majestätisch herein, die Arme beinahe waagrecht weggestreckt. In seinen Augen loderte Feuer, enorme Hitze ging von ihm aus. Der schwarze Leib steckte in teuren Kleidern, dunkelroter, magischer Flammennebel umspielte den Unbekannten. »Kniet nieder vor mir!«, befahl er herrisch.

»Tzulan!«, erschrak die Tadca und wich zurück, wie es die restlichen Gäste des Balles auch taten. »Der Gebrannte Gott ist herabgestiegen.«

»So früh?«, wunderte sich Nesreca.

Erste panische Schreie gellten durch den Saal.

»Angor!«, erscholl der Ruf des Großmeisters, und die Hohen Schwerter rannten herbei, die aldoreelischen Klingen gezückt und kampfbereit.

Tzulan senkte sich langsam auf den Marmor herab, der Stein bekam durch die glühende Hitze augenblicklich Risse.

»Beruhigt Euch, Ihr tapferen Ritter«, lachte der furchtbare Gott mit einer sehr bekannten Stimme. Das glühende Wabern endete abrupt, die Hitze schwand von einem Lidschlag auf den anderen.

Der Gebrannte langte in eine Schüssel mit Punsch und rieb sich über die verkohlte Haut. Darunter zeigte sich normales Rosa. »Es ist zwar noch nicht Mitternacht, aber ich erkläre mich Euch, bevor Ihr mich angreift.«

»Ihr seid der Kabcar?«, erkundigte sich Nerestro vorsichtig, die Spitze der Waffe senkte sich nicht.

»Höchstpersönlich«, erwiderte Govan. »Das ist doch ein Maskenball, oder? Und da dachte ich, ich suche mir etwas aus, was bestimmt niemand anderes sonst zu tragen wagt.« Er ließ den Blick durch den Saal schweifen.

Manche der Adligen hockten unter Tischen, andere befanden sich bereits beim Ausgang, ihre Frauen und Töchter hatten sie zur Seite gestoßen oder schlicht in Kopflosigkeit vergessen. Andere kauerten umgerempelt auf dem Fußboden und versuchten, sich vor den trampelnden Füßen zu schützen. Teile des Büffets lagen in Trümmern, etliche Möbel hatten gelitten.

»Die Überraschung ist gelungen, wie ich sehe.«

»Selbst für einen mächtigen Menschen wie Euch ist es anmaßend, sich als Gott zu verkleiden, hoheitlicher Kabcar«, knurrte der Großmeister. *Und die Wahl spricht Bände.*

»Aber den Preis für die originellste Maskierung darf ich mir gutschreiben«, entgegnete er leichthin und widmete sich seinen Gästen. »Oder?«

Nesreca applaudierte als Erster, danach fielen mehr und mehr ein, abgesehen von den Hohen Schwertern und denjenigen, denen immer noch die Furcht und das Entsetzen in den Knochen steckten.

Die Musiker begannen wieder zu spielen, wenn auch das erste Lied furchtbar klang. Die Instrumente schienen ebenso verstimmt wie die Menschen.

Govan wandelte in seiner täuschend echten Verkleidung unter den Gästen, holte sich der Reihe nach Lob und Anerkennung für seine Maskerade ab, wofür er gern erklärte, wie ihm die Imitation der verbrannten Haut so täuschend echt gelungen war.

Er muss schon leicht geisteskrank sein. Tokaro schüttelte den Kopf, nahm sich aber zusammen, als er den Kabcar auf sich zusteuern sah.

»Das ist doch der junge Held, der meinen Brojaken das Leben bewahrte«, begrüßte ihn Govan von oben herab. »Ist dir das Geld zugekommen, Knappe?«

Der angehende Ritter verneigte sich knapp. »Ich danke Euch für Eure Großzügigkeit, hoheitlicher Kabcar. Es ist mehr, als ich für diese selbstverständliche Tat verdient habe.«

»Hört, hört, welche Bescheidenheit an den Tag gelegt wird«, lächelte der Herrscher, der kaum älter war, in gönnerhafter Weise. »Du wirkst merkwürdig vertraut, Tokaro von Kuraschka. Als ob ich dich von einem früheren Zeitpunkt her kennte. Mit deinem Rufnamen, das sei dir gestanden, verbinde ich wenig Gutes. Vielleicht bilde ich es mir deswegen ein.«

Wie aus dem Nichts stand Nesreca neben seinem Herrn. »Verzeiht, dass ich kurz unterbrechen muss«, meinte er knapp und flüsterte dem Kabcar etwas ins Ohr.

Tokaro spürte, wie ihm einer der Diener im Vorbeigehen einen Zettel zusteckte. Ohne dass die beiden anderen etwas zu sehen bekamen, las er die kurze Nachricht.

Verschwinde, liebster Tokaro! Nesreca weiß, wer du bist, und will dich auffliegen lassen, stand auf dem Papier, das keine Unterschrift trug.

Und trotzdem wusste er, von wem die Botschaft stammte.

Was mache ich jetzt?, überlegte er fieberhaft. *Vermutlich erklärt er Govan in diesem Augenblick, wem er sein Leben verdankt. Ich bringe den gesamten Orden in Gefahr, wenn herauskommt, dass der Großmeister Verbrecher aufnimmt und vor der Rechtsprechung der Krone schützt.*

Als der einstige Rennreiter sich umwandte, lächelten der Konsultant und der Kabcar ihn an.

»Nun ja, für seinen Namen ist man selten verantwortlich«, sagte der Herrscher von Tarpol versöhnlich. »Und du bist das genaue Gegenteil von dem, der denselben Namen trug. Du bist kein Dieb, der fremdes Geld, hoheitliche Pferde und Büchsen stiehlt.«

Er weiß alles. Aber was soll das Theater? Will er sein schönes Fest nicht vermiesen? Wenn dem so war, gedachte Tokaro diesen Umstand zu seinen Gunsten zu nutzen und zu flüchten, solange die Gelegenheit blieb. »Ich bin ein Gläubiger Angors. Und das ist, wie Ihr sicherlich wisst, der Gott des Krieges und Kampfes, der Jagd, der Ehrenhaftigkeit und der Anständigkeit. Schon das macht mir schnöden Diebstahl oder Raub unmöglich.«

»Von Euch sagt man jedoch, dass Ihr Zerstörung um der Zerstörung willen, das Streben nach materiellem Gut und unendlicher Macht ohne Rücksicht seid«, sagte sein Adoptivvater, der mit seinen drei Begleitern auftauchte, zum Kabcar. »Verlangt Ihr von Euren Anhängern nach wie vor ständige Grausamkeiten, blutige Kriege und Opferungen von Menschen?«

Auf einen Schlag herrschte Totenstille im Ballsaal, die mühsam erzwungene Fröhlichkeit verflog.

Der Kabcar wirkte einige Lidschläge lang wie ertappt und wusste nicht, was er diesen Ungeheuerlichkeiten entgegensetzen sollte. »Wie könnt Ihr es wagen?«, fauchte er schließlich los. »Ich zerstöre nicht, ich errichte ein neues Reich, das sich von Küste zu Küste spannen wird. Wer mir Rücksichtslosigkeit vorhält, missversteht mich und verwechselt es mit meiner Zielstrebigkeit. Und Grausamkeiten finden sich in allen Kriegen.« Die warnenden Blicke seines Beraters ignorierte er. »Über die Gerüchte von Menschenopfern in der Kathedrale kann ich nur lachen!« Absichtlich erklang vorgetäuschte Heiterkeit aus seinem Mund. »Das sind Märchen, die den Hirnen kranker Neider entspringen.« Die Wut brachte seinen Körper zum Erzittern, er geriet immer mehr außer sich. Roter Flammennebel umgab ihn und schuf, seinen Worten zum Hohn, die Illusion des leibhaftigen Tzulans. »Aber dass Ihr auf so etwas hereinfallt, das hätte ich im Leben nicht angenommen. Und es ist eine Frechheit, solch infames Geschwätz vor den Ohren meiner Gäste zu verbreiten, Nerestro von Kuraschka!«

Der Großmeister wirkte sehr zufrieden. »Hoheitlicher Kabcar, ich meinte nicht Euch. Ich sprach Euch als den an, den Ihr so trefflich darstellt: den Gebrannten Gott. Ich stellte lediglich dessen Eigenschaften denen meines Gottes gegenüber.« Er verneigte sich. »Es tut mir Leid, dass Ihr das falsch aufgefasst habt.« Nerestro deutete zum Ausgang. »Verzeiht, wir wollten uns verabschieden, hoheitlicher Kabcar. Da unsere Abreise morgen bevorsteht, müssen wir uns früh zu Bett begeben. Wir danken für Eure großzügige Gastfreundschaft. Über alles Weitere hat Euch sicher Euer Konsultant in Kenntnis gesetzt.« Mit diesen Worten verneigte er sich ein weiteres Mal und verließ dann zusammen mit den anderen Rittern den Ball.

»Alles Gute!« Krutor winkte Tokaro unverhohlen nach. »Besuch uns mal wieder.«

Der junge Mann erwiderte den Gruß unsicher.

Das Schweigen der Adligen und Reichen war nun ein peinlich berührtes geworden, sie wagten nicht einmal mehr zu tuscheln.

Ausdruckslos stierte Govan auf die Stelle, an der eben noch der Großmeister gestanden hatte. Seine Hände ballten sich zu Fäusten, die Knöchel waren weiß vor Anstrengung.

»Spielt auf, Musikanten!«, rief Nesreca. »Und Ihr, liebe Gäste, genießt den Abend, der noch lange nicht vorbei sein wird.«

Die verunsicherte Menge kam der Aufforderung nach, auch wenn der Spaß an dem Fest schon lange verflogen war. Die Ereignisse des Balles würden genügend Gesprächsstoff für die kommenden Wochen liefern.

»Für einige bringt schon die Nacht das Ende«, raunte der Kabcar tonlos. Kalt blickte er seinen Berater an. »Schickt die Wachen im Morgengrauen los und lasst die ganze Bande verhaften.« Seine Aufmerksamkeit richtete sich auf einen jungen Brojaken, der versuchte, seine

Schwester mit der Rezitation von Gedichten zu beeindrucken.« »Und den dort auch.«

Irritiert beobachtete Nesreca den Großgrundbesitzer. »Was hat er getan, dass man ihn anklagen könnte? Er unterhält sich nur mit der Tadca.«

»Eben«, nickte Govan düster. *Wenn ich sie nicht haben kann, dann wird dieses Privileg auch niemand sonst haben.* »Ich bin nicht in der Stimmung zu diskutieren. Denkt Euch etwas aus und werft ihn in den Kerker. Und lasst durch die Blume verbreiten, dass es allen so ergehen wird, die sich meiner Schwester auf diese Weise nähern.« Der Kabcar betrachtete sein scheinbar verkohltes Äußeres im Spiegel einer Fensterscheibe.

»Ich würde jetzt gern jemanden töten, Mortva.« Seine Fingerspitzen legten sich gegen die glatte, kühle Oberfläche. »Einfach so, um mich abzureagieren. Um jemanden leiden zu sehen.« Sein Gesicht hellte sich auf. »Sagt, sitzt nicht dieser Cerêler, der ehemalige Hofheiler, noch in der Verlorenen Hoffnung?« Nesreca nickte. »Dann werde ich heute Nacht noch einen Besuch machen. Es ist Zeit für ein Experiment.«

Ein winziger Stoß Magie, und das Glas erhielt knisternd Risse.

Auf dem Rückweg zur Zeltstadt der Hohen Schwerter ritt Tokaro schweigend neben dem Großmeister her, gedanklich damit beschäftigt, wie sehr er den Worten und vor allem der Warnung Zvatochnas vertrauen konnte.

Sie hätte beinahe mit mir eine Nacht verbracht, also schätze ich schon, dass ich auf sie bauen kann. Doch die schmerzhaften Erinnerungen an die Vergangenheit ließen sich nicht einfach ignorieren. Die Anspielung, die Govan ihm gegenüber gemacht hatte, ließ ihn zu der Erkenntnis gelangen, dass Zvatochna wohl die Wahrheit sprach. *Und wenn sie es war, die mich verraten hat?*

Er zwang sich dazu, seine Flucht von Ulsar zu planen.

Er würde einen Brief an seinen Ziehvater schreiben, in dem er alle Beweggründe darlegte. Mit einem Teil seiner Prämie, den er in seinem Zelt aufbewahrte, würde er sich aus dem Staub machen und sich außerhalb von Tarpol begeben, weitab von den Hohen Schwertern und der Rache des Kabcar.

Tokaro seufzte, als er sich Zvatochnas Bild vor Augen rief. *So nah waren wir daran, ein Paar zu werden.* Er tastete nach ihrem Anhänger um seinen Hals, den er ihr in dem ganzen Durcheinander vergessen hatte zurückzugeben. *Wenn meine Identität unerkannt geblieben wäre und der Kabcar mich in den höchsten Adelsrang gehoben hätte, säße ich jetzt an ihrer Seite.* Doch schon schalt er sich selbst einen Narren. *Nein, ich jage Phantasien nach, die ich dank Nesreca für immer begraben darf. Und nun hat er mir auch noch die Schwertleite zunichte gemacht.*

Niemand im Tross zeigte sich gesprächig. Nerestro verkündete unterwegs, warum er das Treuegelöbnis auf das Hause Bardri¢ einseitig gelöst hatte. Es regte sich kein Widerspruch.

Im Lager angekommen, stiegen sie ab.

»Bevor wir uns alle in unsere Betten begeben, muss ich etwas ansprechen, was mir äußerst unangenehm ist«, erhob sich plötzlich Albugasts Stimme. »Aber ich kann nicht länger schweigen, um des Ordens Wohlergehen.«

»Wenn du es bis jetzt geschafft hast, dann hat es auch Zeit bis morgen«, meinte Herodin unfreundlich.

»Seneschall, es ist dringend, und alle haben das Recht, die Wahrheit zu erfahren«, blieb der Knappe hartnäckig. »Ich habe durch Zufall etwas entdeckt, das unsere Gemeinschaft, egal wie unsere Einstellung gegenüber dem Hause Bardriç sich gestaltet, im ganzen Reich in Verruf bringen wird, wenn es ans Licht kommt.« Sein Gesicht wurde ernst. »Wir haben einen verurteilten Verbrecher in unseren Reihen.«

Nun schenkten die Gerüsteten dem Knappen ihre Aufmerksamkeit und rückten näher.

Diese Genugtuung lasse ich ihm nicht. Tokaro machte einen Schritt nach vorn, stellte sich Albugast gegenüber. »Erspare dir weitere Worte. Mein Abschied ist seit wenigen Stunden beschlossene Sache.«

Nerestro wollte etwas sagen, Herodin berührte ihn leicht am Arm und schüttelte sachte den Kopf. »Lasst es ihn selbst erklären, Großmeister«, sagte er leise.

»Ja, ich habe einst gestohlen, aber ich bereue es sehr. Ich wurde getäuscht und hereingelegt, was aber keine Entschuldigung sein soll. Ein Dieb ist ein Dieb.«

Mühsam entledigte er sich seiner Rüstung, zog den Waffenrock aus und ließ das Leinenhemd so weit herabhängen, dass man das Brandzeichen des Kabcar erkennen konnte.

»Ich wurde von Nerestro von Kuraschka aufgenommen, weil er mich von früher kannte, als ich noch in den Diensten des Kabcar stand.« Er ließ den Blick in der Runde schweifen. »Vom Großmeister erhielt ich eine neue Gelegenheit zu beweisen, dass ich mehr als nur ein Verbrecher bin. Und ich denke, den meisten des Ordens habe ich gezeigt, dass ich würdig gewesen wäre.« Tokaro holte Luft. »Ich verbarg mein Brandzeichen aus Angst, ich könnte von den Hohen Schwertern verstoßen werden. Meine Vergangenheit hat sich nun gerächt.«

»Ihr habt gesehen, welche Mühe er sich gab und welche Anstrengungen er auf sich nahm, um einer von uns zu werden«, sprach der Großmeister eindringlich. »Seine Taten liegen weit zurück und haben nichts mit dem Menschen gemein, der vor uns steht. Ich bitte die Ritterschaft, eine Ausnahme zu gewähren.«

Kaleíman von Attabo trat vor. »Habt Ihr von seiner Vergangenheit als Dieb und verurteilter Verbrecher gewusst, Großmeister?«, erkundigte er sich neutral.

»Ich kenne den Jungen, bevor er zum Gesetzesbrecher wurde, und sah ihn stets als aufrichtigen Menschen, dem Unrecht zuwider lief und der sich nicht unterdrücken ließ«, lautete die Antwort des Ordensführers. »Deshalb, und wegen der Fürsprache von Rodmor von Pandroc, entschloss ich mich, über die Fehler Tokaros hinwegzusehen und ihn aufzunehmen. Würde ich einen nichtsnutzigen Verbrecher als Sohn annehmen, Kaleíman von Attabo?«

Der Glaubenskrieger lächelte schwach. »Nein, Großmeister. Ihr würdet keinen Gauner an Eurer Seite dulden. Ich weiß das, und die übrigen von uns wissen es. Aber es wird andere geben, die aus den Taten Eures Ziehsohnes, mögen sie auch noch so lange zurückliegen, einen willkommenen Strick drehen werden, sobald sie die Gelegenheit dazu erhalten. Nachdem Ihr die Treue zum Hause Bardriç aufgekündigt habt, müssen wir umso vorsichtiger sein. Unser Gönner Lodrik Bardriç ist tot, und damit, so hatte es beim Ball den Anschein, starb das letzte Fünkchen Anstand und Verstand auf dem Thron.« Er trat an Tokaro heran und legte ihm die Hand auf die Schulter. »Niemand macht dir aus der Vergangenheit einen Vorwurf. Wir alle haben deine ehrlichen Bemühungen gesehen. Doch bleiben kannst du nicht, Tokaro, und du hast es bereits selbst erkannt. Auch das spricht für dich.«

Tokaro senkte den Kopf. »Ich habe verstanden, dass ich zu leicht zu einer Gefahr für Euch werden kann. Ich werde deshalb, wenn man mich fragt, sagen, dass ich Euch vorsätzlich täuschte, um aufgenommen zu werden und meiner Verurteilung zu entkommen.« Er schluckte. »Ich werde die Zeit bei den Hohen Schwertern niemals vergessen.«

Kaleíman sah ihn an, aufrichtige Anerkennung spiegelte sich in seinen Augen. »Auch wir werden dich in bester Erinnerung behalten, selbst wenn unsere Zungen vielleicht etwas anderes sagen werden, um den Schein zu wahren. Und Angor wird dich beschützen.«

Der Ritter reichte ihm die Hand und verließ den Platz. Nacheinander passierten die Ordenskrieger den jungen Mann und verabschiedeten sich von ihm.

Albugast beobachtete die bewegende Szene mit Neid. »Soll er denn ungestraft davonkommen?«, fragte er halblaut. »Er hat den Orden bewusst an den Rand eines neuen Abgrunds geführt, und nur der Schutz Angors hat uns davor bewahrt, dass man es entdeckte.«

»Ach, ja, der Haudegen mit den wachsamen Augen.« Nerestro fuhr herum. »Dir gebührt großer Dank, Albugast, dass du uns vor einem Hochstapler und Betrüger gewarnt hast. Wenn man uns fragt, wer diesen Schwindler entlarvte, sei gewiss, dass wir dich gebührend loben«, sprach er abfällig. »Er wird ein Andenken von mir erhalten, das er nicht mehr vergisst.« Seine Augen blitzen wütend auf. »Und du wirst als Nächster die Schwertleite erhalten, wie du es immer schon wolltest, nicht wahr, Albugast?« Er kam näher, der Knappe wich etwas zurück. »Aber nicht aus meiner Hand. Ich trage ebensolche Schuld an dem möglichen Ungemach wie Tokaro selbst. Weil ich ihn als Sohn annahm, werde ich das verantwortungsvolle Amt des Großmeisters an Herodin abgeben. Wenn ich mich morgen früh erhebe, will ich nur noch ein einfacher Ritter sein.« Breit baute er sich vor dem blonden Jüngling auf. »So wachsam, wie du gegenüber Tokaro warst, so wachsam werde ich von nun an dir gegenüber sein. Sollte ich entdecken, dass du irgendetwas mit Mortva Nesreca zu schaffen hast, wirst du ebenso aus unserer Gemeinschaft verstoßen.« Abrupt machte er kehrt und ging in sein Zelt. »Tokaro, ich will dich gleich sprechen.« Sein Adoptivsohn nickte und lief zu seiner eigenen Unterkunft.

Und so sah keiner der beiden das selbstzufriedene Grinsen, das langsam in Albugasts Gesicht entstand.

Als Tokaro das Zelt des Großmeisters betrat, saß Nerestro auf einem Feldstuhl, eine Hand lag locker auf der Lehne, die andere fasste den Griff der aldoreelischen Klinge, die mit der Spitze voran senkrecht zum Boden stand.

Im Licht der Lampen und Kerzen bot sein Adoptivvater eine eindrucksvolle Erscheinung, die schimmernde, gravierte Vollrüstung, das markante Gesicht mit der langen, goldenen Bartsträhne und die vielen glitzernden Diamanten an der Waffe fesselten Tokaros Blick.

»Ziehen wir heute Nacht schon los?«, wunderte er sich über das Bild, das ihm der Großmeister bot.

»Nein. Es ist Zeit für das Andenken, von dem ich vorhin sprach«, erwiderte der Ritter ernst. Er stemmte sich aus seinem Sitz. »Knie nieder, Tokaro von Kuraschka, und empfange das, was dir gebührt.« Mit einem leisen Geräusch glitt die aldoreelische Klinge aus ihrer Hülle, schoss herab und verringerte in letztem Moment die Geschwindigkeit. Beinahe unmerklich tippte die Spitze auf die rechte Schulter des Jungen.

»Hiermit schlage ich dich zum Ritter des Gottes Angor, Tokaro. Wo immer du sein wirst, Angor wird dich beschützen, solange du dich an die Regeln hältst, denen du verpflichtet bist. Auch ohne Orden.« Das Ende der Waffe senkte sich auf die andere Schulter nieder. Dann verstaute er das Schwert in der Scheide und bedeutete dem überwältigten Jungen, sich zu erheben.

»Eines Tages wirst du eine wichtige Aufgabe übernehmen, mein Sohn. Rodmor von Pandroc hat es mir gesagt. Er und die anderen Krieger sind sich da sehr sicher. Und wenn du sie erfüllst, sollst du sie mit der Hilfe und im Namen Angors bewältigen. Als ein Ritter, und nicht als ein Knappe, dem die Schwertleite wegen unbedeutender Dinge versagt werden musste.«

»Ich weiß nicht, was ich sagen soll«, gestand Tokaro ein, der sich der Ehre sehr wohl bewusst war.

»Es ist nicht notwendig, dass du etwas sagst«, meinte der Großmeister, dem die Rührung deutlich anzusehen war. »Du wirst immer mein Sohn und der Erbe all meiner Besitztümer bleiben, ganz gleich, was kommen mag. Die Zeiten werden sich, nicht zuletzt dank deines Eingreifens, wieder ändern, wie mir Rodmor versicherte. Das lässt mich mit einem guten Gefühl zurück.« Er breitete die Arme aus und umarmte Tokaro. »Auch wenn ich nur kurze Zeit dein Vater war, ich vermisse dich vom Grunde meines Herzens.«

Ein dicker Kloß steckte dem jungen Mann im Hals. »Ich verdanke dir mehr, als ich auszudrücken vermag«, sagte er mit erstickter Stimme. Tränen rannen über seine Wangen. »Ich werde Angor und dir alle Ehre machen.«

Sie lösten sich und betrachteten einander.

»Ich habe noch etwas für dich, Sohn.« Nerestro zog die aldoreelische Klinge ein weiteres Mal und küsste die Blutrinne feierlich. Dann hielt er sie Tokaro mit dem wundervoll gearbeiteten Heft voraus hin.

»Für mich?«, staunte der junge Ritter mit großen Augen und umfasste ehrfürchtig den Griff.

»Ich kenne niemanden, der würdiger wäre.« Der Großmeister zwinkerte. »Außer Herodin, aber der hat schon eine. Danke mir also nicht für meine Milde.« Während Tokaro die Waffe noch betrachtete, ritzte Nerestro ihm mit der Klinge den Handrücken ein wenig an, sodass Blut auf die Schneide rann. »Verreibe es auf dem Griff, damit sie weiß, dass sie einen neuen Herrn hat«, wies er ihn an. »Nur so leistet sie dir treue Dienste.«

Tokaro kam der Aufforderung nach. *Nun bin ich ein echter Ritter,* dachte er voller Freude, die sogar die Trauer über den Abschied ein wenig milderte. *Dennoch wäre ich lieber hier geblieben.* Er berührte die längliche Vertiefung in der Mitte der flachen Schwertseite mit den Lippen und verstaute die Klinge sodann in der Hülle.

»Und nun reite«, verabschiedete ihn der Großmeister. »Nutze die Nacht, denn ich fürchte, Albugast hat sich noch ganz andere Dinge ausgedacht, um dich zu vernichten. Dass sein Stolz und sein Ehrgeiz so unersättlich sind, hätte ich niemals für möglich gehalten. Ich muss blind gewesen sein, dies nicht bemerkt zu haben. Treskor ist bereits gesattelt, und dazu ist dir ein Packpferd bereitgestellt worden, auf dem du das Notwendigste findest, was ein fahrender Ritter benötigt.«

»Ich werde dich und Angor in meinem Herzen tragen«, versprach Tokaro.

Sie umarmten einander ein letztes Mal, dann verließ der junge Mann das Zelt.

Traurig setzte sich der Großmeister auf seinen Stuhl und schloss die Augen. *Schon wieder habe ich jemanden verloren, den ich liebe, Rodmor. Doch dieses Mal konnte ich nichts dagegen tun.* Er döste ein.

Irgendwann flackerten die Kerzen und erzeugten ein unruhiges Licht, das seinen dämmernden Geist aus dem schwachen Schlummer weckte.

Er hörte das leichte Knarren von Lederstiefeln, Metallteile stießen klingelnd aneinander, als bewegte sich ein Gerüsteter leise in seinem Zelt.

»Hast du etwas vergessen, Tokaro?« Er öffnete die Augen.

Eine Gestalt in schwarzer Lederrüstung, auf der silberne Metallstücke lamellengleich angebracht worden waren und deren Enden bis weit über die Knie reichten, stand vor ihm. Miteinander verflochtene Kettenringe schützten die muskulösen Unterarme, die Hände steckten in Panzerhandschuhen.

Das hohlwangige Gesicht des Besuchers mit dem Dreitagebart befand sich nur eine Klingenbreite von dem seinen entfernt. Anstelle der Augen glomm bedrohliches Rot in den Höhlen, die von dem herabhängenden, schwarzen und ölig wirkenden Haaren leicht verdeckt wurden.

Ohne zu zögern schlug Nerestro mit der Rechten zu, und ihm war, als hätte er gegen Stein gehauen. Zwar schnappte der Kopf seines Gegenübers ein wenig zur Seite, aber er wusste sehr genau, warum sich keine größere Wirkung einstellte.

Hemeròc bleckte die Zähne, trat zu und beförderte den Großmeister rückwärts vom Stuhl. Scheppernd schlug er auf den Teppichen auf, die den Boden bedeckten.

»Ich bringe das zu Ende, was ich begonnen habe«, sagte das Wesen düster, machte einen Satz und hockte lauernd auf dem Tisch. Genüsslich zückte es eine gezackte Klinge. »Niemand überlebt einen Zweikampf mit mir.«

Längst stand der Ritter wieder auf den Beinen und langte automatisch an die Stelle, an der seine aldoreeli-

sche Klinge üblicherweise baumelte. Er fasste ins Leere.
Angor, steh mir bei!

Hemeròc flog heran und prallte gegen ihn, warf ihn trotz seiner Körpermasse und der Rüstung von den Beinen. Dann riss er ein Stück aus dem Sitzkissen heraus und stopfte die Federn dem Großmeister in den Mund, damit er nicht um Hilfe rufen konnte.

»Ich habe den Eindruck, dass du es mir zu leicht machst«, knurrte der Zweite Gott und zerrte Nerestro hoch. »Du bist alt geworden.«

Der Großmeister keuchte, der Flaum kratzte so sehr im Hals, dass er kein Wort herausbekam.

Stattdessen nahm er zwei Morgensterne vom Zeltmittelpfosten an sich und drosch auf den Eindringling ein. Insgeheim hoffte er, dass einer der anderen Träger der aldoreelischen Klingen durch den Lärm aufmerksam würde.

Tatsächlich öffnete sich plötzlich der Eingang. Albugast kam herein und starrte auf den ungleichen Zweikampf.

»Hole Herodin und die anderen«, krächzte der Großmeister. »Wir können einen von Nesrecas Brut besiegen.«

Hemeròc schaute grollend über die Schulter, die Augen glühten rot auf.

Der Knappe stierte das Wesen an, wich zurück und rannte hinaus. Auf die erlösenden Alarmrufe wartete Nerestro vergebens.

Er hat sich tatsächlich mit dem Bösen eingelassen, verstand der Ritter und parierte die viel zu schnellen Hiebe seines nahezu unbesiegbaren Gegners. *Wo sind nur die Wachen?*

Schließlich sah er vielfachen Feuerschein im Lager, Menschen liefen mit Fackeln umher, erste warnende

Rufe drangen durch die Zeltstadt. Und er hörte das Donnern von zahlreichen Pferdehufen, die sich aus allen Richtungen näherten.

Das darf nicht sein! Der Kabcar darf die aldoreelischen Klingen nicht bekommen! Wir müssen sie verstecken.

Mit einem Aufschrei warf er sich nach vorn, drosch Hemeròcs Schwert zur Seite und schlug ihm eine der dornengespickten Eisenkugeln mitten ins Gesicht; die zweite drang in den Hals ein. Dann rannte er an seinem irritierten Widersacher vorbei, um sich nach draußen zu begeben und eingreifen zu können.

Doch der Zweite Gott ließ das nicht zu. Er bekam die Halsberge der Rüstung zu fassen und hob den Großmeister mitsamt dem metallenen Schutz am ausgestreckten Arm vom Boden hoch. Die Stellen, an denen ihn die Morgensterne getroffen hatten, präsentierten sich unverletzt.

»Das war ein sehr gutes Manöver. Ein Mensch wäre sicherlich tot.« Langsam setzte er die Spitze seiner Waffe an eine Gelenkstelle der Rüstung an der Seite des Körpers. »Nun triff Angor, Großmeister.«

V.

**Kontinent Kalisstron, Bardhasdronda,
Frühsommer 459 n. S.**

Lorin kehrte schweißüberströmt von seinem Dienst zurück. »Meine Güte, was haben wir heute wieder alles gemacht.« Erschöpft, aber glücklich plumpste er auf den nächstbesten Stuhl, das Wehrgehänge polterte samt Schwert zu Boden, die Stiefel flogen durch die Luft. »Ich gönne mir mit ihnen die gleichen Quälereien, wie sie Waljakov mit mir angestellt hat. Und das tut mir selbst auch ganz gut.« Mit einem Seufzen lehnte er sich zurück und wackelte mit den Zehen. »Ich fühle mich fast so zerschlagen wie damals.«

»Wenn du bereit bist, könntest du nach Jarevrån sehen«, sagte Matuc ernst, der die Zeremonie von seinem Schaukelstuhl aus verfolgt hatte. »Ich glaube, es ist etwas passiert.«

Der Junge sprang auf. »Wo ist sie?« Er raffte seine Sachen an sich und wollte zur Tür eilen.

»Nein, sie wartet in deiner Kammer«, nickte der Mönch nach hinten. »Es geht um Stápa.«

Lorin rannte in die andere Richtung und fand die Kalisstronin mit roten, verweinten Augen auf seinem Bett sitzen, die Hände im Schoß zusammengefaltet. Als er ihren kummervollen Blick sah, wusste er, was geschehen war.

Ohne ein Wort zu sagen, setzte er sich neben sie und nahm sie in den Arm.

Jarevrån ließ ihrer Trauer freien Lauf und vergoss neuerliche Tränen um die geliebte Großmutter.

Irgendwann hob sie den Kopf, und ihre Augen suchten den Blick ihres zukünftigen Mannes. »Sie ist einfach eingeschlafen, hat Kalfaffel gesagt. Ich habe sie morgens im Bett gefunden, weil sie zu lange ruhte.« Sie schauderte. »Sie fühlte sich kalt an. Ich redete mir ein, sie sei nur krank.« Sie schnäuzte sich die Nase.

Auch Lorin wischte sich Tränen aus den Augenwinkeln. »Sie war in den Jahren unserer Ankunft einer der wenigen Menschen in Bardhasdronda, die sich um die Fremdländler kümmerten, erzählte mir Matuc. Und ich kenne sie auch nur als furchtbar liebe, unerschrockene Person, die so gar nichts auf das Geschwätz der anderen gegeben hat.« Er küsste seine Braut auf die Stirn. »Wir sollten die Hochzeit verschieben.«

Jarevrån lächelte schief. »Nein, das würde sie nicht wollen.« Umständlich nahm sie einen Brief hervor. »Das ist ihr Testament. Sie vermacht mir ihr Haus und ihre Stallungen, damit wir beide darin leben sollen.« Lorin fühlte tiefe Rührung. »Und Matuc erhält ihr gesamtes Land zur Pacht auf Lebenszeit. Danach geht dieses Recht an diejenigen über, die Ulldraels Glauben in Bardhasdronda verbreiten.«

»Die gute Stápa«, meinte der Junge bewegt und hielt seine Braut umschlungen. Beide saßen lange so da, versunken im stillen Gedenken an die einst älteste Frau Bardhasdrondas.

Als sie nach einer ganzen Weile Matuc den Tod der alten Dame verkündeten, sah er sich in seinen Ahnungen bestätigt. Ihre Gabe an ihn überwältigte ihn so, dass er nichts darauf zu sagen vermochte. So beließ er es bei einem kräftigen Händedruck.

»Ich werde ihr zu Ehren eine neue Züchtung Süßknollen nach ihrem Namen nennen«, sagte er schließlich voller Dankbarkeit. »Hättest du etwas dagegen, wenn wir auf dem Land einen Tempel des Gerechten errichten würden? In der Stadt fehlt uns der Platz dazu.«

»Ich denke, dass es im Sinne meiner Großmutter wäre«, meinte Jarevrân. »Doch das Geld und die Materialien müsst Ihr Euch selbst besorgen. Ansonsten sucht Euch die Stelle aus, die Euch genehm ist.«

»Kiurikka wird sich in jedem Fall weniger gestört fühlen, wenn Ulldrael erst einmal nur vor den Stadtmauern zu finden ist und nicht unmittelbar neben dem Haus der Bleichen Göttin Einzug hält«, fügte Lorin hinzu. Er nahm die Kalisstronin an der Hand. »Wir gehen noch ein wenig den Strand entlang.«

Sie wollten die Unterkunft verlassen, als die Tür geöffnet wurde und Fatja mit strahlender Miene auf der Schwelle stand.

»Da bin ich wieder! Die große Geschichtenerzählerin aus dem fernen Kontinent Ulldart hat ihre Reise durch das Umland beendet und einen Sack voller Neuigkeiten mitgebracht. Habt ihr mich vermisst?« Sie bemerkte die ernsten Gesichter um sich herum. »Und wie es scheint, habe ich etwas verpasst ...«

In aller Kürze berichtete Lorin vom Tod der Stadtältesten, während sich Jarevrân tapfer beherrschte, um nicht neuerlich in Tränen auszubrechen.

Fatja atmete tief ein und rang mit der Fassung. »Das tut mir Leid. Sie war immer sehr gut zu uns.« Sie setzte sich neben Matuc. »Ich habe mir meine Rückkehr schöner vorgestellt, weniger traurig.«

Lorin setzte sich neben seine große Schwester und legte einen Arm um sie. »Stápa hätte bestimmt nicht gewollt, dass ausgerechnet du dein Temperament verlierst.«

»Und mir wäre es eine Ehre, wenn du ein Lied zu ihrer Bestattung schreiben würdest«, schaltete sich Jarevrån ein. »Nur ein kleines, aber schönes Lied. Ich würde mich sehr darüber freuen.«

Fatjas braune Augen schimmerten feucht. »Aber natürlich. Die Ehre ist ganz meinerseits.« Sie räusperte sich und nahm sich etwas zu trinken. »Ihr wolltet doch eben gehen? Dann warte ich hier so lange, bis ihr zurück seid.« Sie deutete auf Lorin. »Ich muss dem stellvertretenden Milizführer nämlich noch einige Dinge berichten, die ich unterwegs gehört habe. Aber es eilt nicht.«

Hand in Hand verschwanden Lorin und Jarevrån.

Fatja wandte sich dem Geistlichen zu. »Die Zeit der Rückkehr kommt näher, Matuc.«

»Die Rückkehr nach Ulldart? Wie kommst du darauf?«, fragte Matuc überrascht.

Fatja stand auf, nahm ihr Gepäck und verschwand im rückwärtigen Bereich des Hausbootes. »Ich hatte Visionen, die derart greifbar waren, dass sie mir einen Auftritt gründlich vermasselten. Die Leute müssen gedacht haben, ich hätte mir zu viel Njoss einverleibt«, rief sie von hinten.

Kleidung raschelte, Wasser spritzte, dann erschien Fatja im frischen Unterkleid, triefnass von oben bis unten. »Ich musste mir rasch ein wenig Wasser ins Gesicht schütten«, entschuldigte sie sich, während sie die schwarzen Haare, die sie auf Reisen kurz trug, mit einem Tuch trocknete. Mit einer Hand setzte sie einen Kessel auf, um Tee zuzubereiten.

Matucs Ungeduld stieg von Minute zu Minute. »Du bist wirklich eine sehr gute Geschichtenerzählerin. Du fachst das Verlangen deiner Zuhörer, die Märchen zu hören, durch die Warterei geschickt an.«

Fatja beeilte sich und brachte auch Matuc eine Schale Tee. Dann setzte sie sich dem Geistlichen gegenüber, dessen Haupt vollständig ergraut war. *Er wird älter und älter,* zuckte es durch ihre Gedanken.

Unwillkürlich kehrten ihre Erinnerung an Stápa zurück, wie sie in der Ecke des alten Hauses saß und gute Ratschläge bereit hielt, wenn es mit dem Windelkind Lorin wieder einmal so gar nicht klappen wollte und der zierliche Knabe mehr Scherereien machte als alles andere.

»Der Tod ist hoffentlich wirklich nur der Übergang in ein anderes, besseres Leben«, seufzte sie niedergedrückt und blies über ihren Tee. »Es täte mir Leid, wenn die vielen netten Menschen einfach vergehen würden, ohne dass sie auch an anderer Stelle Anerkennung dafür erhalten. Ulldrael der Gerechte wird sich doch ihrer annehmen, wenn sie schon seinen Glauben derart unterstützt?«

Beruhigend nickte der Geistliche. »So wie er sich eines Tages meiner und deiner Seele annehmen wird.« Er lächelte. »Ich weiß, dass ich alt bin. Und ich habe die Sorge in deinem Blick bemerkt.« Matuc tätschelte ihre Wange. »Keine Sorge. Und nun berichte von deinen Visionen.«

»Das Ganze war merkwürdiger als jemals zuvor.« Fatja setzte sich ein wenig auf. »Arnarvaten und ich waren in Vekhlathi und schafften es, den Betreiber des angesehensten Teestube dazu zu bringen, uns einen Abend lang auftreten zu lassen, obwohl das nicht eben einfach war. Sie sind nicht gut auf Leute aus Bardhasdronda zu sprechen.« Sie nippte an ihrer Schale. »Mein Zukünftiger beendete sein Lied und machte mir auf dem Pult Platz, und ich begann mit der Legende über die Modrak.«

»Schauermärchen«, meinte Matuc leise. »Sie müssen auf die Kalisstri ungemein wirken, da sie weder Sumpfkreaturen noch diese fliegenden Bestien kennen.«

»Und Kalisstra sei Dank dafür«, nickte Fatja. »Ich habe manchmal noch Albträume, wenn ich an sie denke.« Sie erschauderte. »Auf alle Fälle verschwamm der Raum plötzlich vor meinen Augen, und ich schwöre, ich habe den Njoss nicht angerührt.«

»War es nicht bisher so, dass es eines Auslösers bedurfte, damit deine Gabe sich entfaltet?« warf der Mönch, stutzig geworden, ein.

Fatja zuckte ratlos mit den Achseln. »Das ist es ja. Ich weiß nur noch, dass ich einem der Gäste in die Augen schaute, und schon wurde mein Auftritt abrupt beendet. Arnarvaten hat mich von der Bühne geholt und den enttäuschten Leuten etwas von einem Schwächeanfall vorgelogen.« Fatja wirkte verunsichert. »Ich habe ein wenig Angst davor, dass mich die Visionen in noch ungünstigeren Augenblicken heimsuchen, wenn ich beispielsweise eine Straße überqueren möchte. Kein schöner Abgang, von einem lahmen Pferdefuhrwerk überrollt zu werden, dem man sonst mit spielerischer Leichtigkeit entkommen wäre.«

»Und der Gast?«

»Ich dachte, du wolltest wissen, was mit der Vision ist?«

»Wenn der Mann aber der Auslöser war?«, wurde Matuc deutlicher.

Die junge Frau runzelte die Stirn, ihr Gesicht nahm einen angestrengten Ausdruck an. »Kann nicht sein«, meinte sie nach einigem Nachdenken. »Ich sah einen Mann, na ja, einen halben Mann, ungefähr so alt wie mein kleiner Bruder. Er stand an Deck eines Schiffes und ...«, sie grinste, »übergab sich die ganze Zeit. An seiner Seite hing ein Schwert, dessen Griff er mit Lappen umwickelt hatte. Und dann sah ich hinter ihm seltsam anzuschauende Männer. Sie deuteten auf eine Küstenlinie. Ich erkannte die Hafeneinfahrt von Bardhasdronda. Dann wechselte die Szenerie.«

Fatja nahm die Wiedergabe ihrer Visionen deutlich mit. Ihre Hände zitterten ein wenig. »Folgendes macht mir am meisten zu schaffen: Ich irrte durch eine düstere Stadt. Die Häuser, deren Fassaden mit verworrenen Reliefs und Mosaiken versehen worden waren, schoben sich von allen Seiten auf mich zu, ragten wie Furcht erregende Berge in die Höhe; auf den Dächern lauerten steinerne Gargylen und andere schreckliche Wesen und verfolgten mich mit ihren toten Augen.

Obwohl ich wusste, dass die Sonnen hoch am Himmel stehen mussten, war es am Boden merkwürdig lichtlos, ich hastete von einer hellen Stelle zur nächsten, immer in der Hoffnung, bald an ein Stadttor zu kommen, durch das ich fliehen konnte. Schließlich blieb ich vor einem riesigen Gebäude stehen, das alle anderen überragte, sowohl von der Größe als auch von seiner Finsternis her. Um es herum schien ewige Nacht zu herrschen.«

Während sie das Bauwerk weiter beschrieb, entstand bei Matuc der Verdacht, dass es sich um die einstige Ulldrael-Kathedrale handelte. Doch an die vielen Eisenspitzen, die angebrachten Türmchen und anderen Einzelheiten erinnerte er sich nicht. *Ist Tzulan in unserer Heimat schon so stark, dass er sich derart offen zeigt? Dann wird die Rückkehr wirklich notwendig, um dem Bösen durch den wahren Glauben Einhalt zu gebieten.*

»Ich betrat es gegen meinen Willen durch das gigantische Portal, das für Riesen gemacht sein musste, und sah, wie …« Fatja verstummte, Entsetzen spiegelte sich auf ihrem Gesicht. »Ich sah, wie sie Hunderte von Menschen durch ein Loch im Boden stießen. Einer nach dem anderen stürzte in die Schwärze. Und der Name des Gebrannten Gottes schallte zum Dach des grausigen Gebäudes empor.« Ihr Atem beschleunigte sich. »Ich kehrte auf dem Absatz um, stürzte hinaus. Die Sonnen«, stockend erzählte sie weiter, »sie verdunkelten sich, und die Sterne standen klar und deutlich am Firmament. Aus den Konturen des Gebrannten Gottes formte sich ein Sternenregen, der auf dem Platz niederging.« Sie fasste nach den Fingern des Geistlichen. »Matuc, ich habe gesehen, wie Tzulan herabstieg«, flüsterte sie furchtsam. »Und die Menschen liefen herbei, jubelten ihm zu und begrüßten ihn, allen voran ein junger Mann in der Uniform des Kabcar, der nicht Lodrik war.« Fatja endete, sie schlug die Hände vors Gesicht. *Ich will es nicht mehr können. Die Gabe soll verschwinden, mich nicht weiter quälen.*

Lodrik wird sterben, und trotzdem kommt die Dunkle Zeit? Tröstend strich Matuc ihr über die schwarzen Haare. »Es ist gut, Fatja. Es kann dir nichts geschehen. Der Gebrannte ist immer noch am Himmel, Arkas und Tulm hängen weit über unsere Köpfen und können uns nichts anhaben.«

»Aber es wird nicht mehr lange dauern, wenn ich die Erscheinung richtig gedeutet habe.« Sie leerte die Schale und goss sich Tee nach. »Ist dies das Zeichen zur Rückkehr? Oder eine Warnung, dass wir die Dunkle Zeit nicht mehr aufhalten können?«

»Ulldrael hat uns damals nicht vor den Schergen Nesrecas bewahrt, damit wir nun tatenlos das unaufhaltsame Vordringen Tzulans und seiner Gefolgschaft vom anderen Ufer aus betrachten sollen.« Matuc erhob sich, schritt mit seiner Prothese so gut es ging auf und ab. »Wir müssen die anderen in Kenntnis setzen. Du musst deine Visionen ein weiteres Mal darlegen«, sagte er und betrachtete sie fürsorglich. »Schaffst du das, oder soll ich erzählen?«

»Nein, es muss gehen. Ich härte allmählich ab.« Fatja seufzte. »Ich habe bereits angefangen, meine Erscheinungen niederzuschreiben, damit ich nichts, auch nicht das Geringste vergesse. Ich ergänze meine Aufzeichnungen entsprechend, wenn mir nachträglich etwas auf- oder einfällt.« Sie unterdrückte ein Gähnen.

Matuc lächelte sie an. »Du bist müde von der Reise. Leg dich ins Bett und ruh dich aus.«

»Wir wollten die Übrigen doch von …«

»Sie sind noch genügend mit dem Tod von Stápa beschäftigt«, meinte der Geistliche und hielt ihr den Vorhang auf, der die Schlafstellen vom Wohnzimmer sowie der Küche trennte. »Es wird ohnehin dauern, bis Waljakov hier ist. Ich möchte ihn keinesfalls im Unklaren lassen. Morgen ist auch noch ein Tag.«

Fatja gab den Widerstand auf und schlurfte müde in Richtung Bett. Kaum lag sie mit dem Kopf auf dem Kissen, versank sie ihn tiefem Schlaf. Behutsam deckte Matuc sie zu, wie er es in ihren Kindertagen gemacht hatte, und humpelte hinaus.

Dann suchte er die Skizzen aus dem Schrank, die er bereits vor Jahren gezeichnet hatte und die einen bescheidenen Ulldrael-Tempel darstellten.

Hier errichte eine Festung des Glaubens, Gerechter, hielt er stumme Zwiesprache mit seinem Gott. *Und mit den*

Kalisstri, die voller Eifer für dich sind, werde ich die Ulldarter zu dir zurückführen. Wie mir scheint, benötigt meine Heimat eine leitende Hand und eine mahnende Stimme mehr denn je.

Der Geistliche erhob sich, raffte die Skizzen an sich und machte sich auf den Weg zu den Gewächshäusern am Hafen, um seine Gläubigen wie gewöhnlich in den Lehren Ulldraels zu unterrichten.

Waljakov warf sich keuchend ins spärliche Gras, die schweren Gewichte fielen rechts und links zu Boden.

Nach Atem ringend, wälzte er sich auf den Rücken und schnaufte die vorüberziehenden Wolken an. Seine Beine brannten wie Feuer, und die Muskeln revoltierten gegen die Belastung, die der K'Tar Tur ihnen abverlangte.

Täglich erklomm er die steilen Stufen vom Strand hinauf zum Felsenplateau in rasantem Tempo und beschwerte sich zusätzlich mit zwei Steinplatten. Was er von anderen verlangte, machte er stets selbst vor, so hatte er es immer gehalten, und so führte er es fort.

Bald werde ich nur doch die Kranken und Schwachen ausbilden können. Ächzend stemmte er sich auf die Ellbogen und schaute um sich. *Verfluchtes Alter.*

Einer der Kalisstri, die auf der Aussichtsplattform des Feuerturmes standen und den Horizont nach Segeln absuchten, winkte grüßend in seine Richtung.

Die Maßstäbe, die der einstige Leibwächter Lodriks und Waffenmeister Lorins an sich selbst anlegte, brachten immer noch die meisten Bewohner der Stadt zum Aufgeben, von wenigen Ausnahmen wie seinem Schützling oder Rantsila einmal abgesehen.

Und dennoch stellte ihn das nur schwer zufrieden.

Waljakov verschränkte die Arme hinter dem kahl rasierten Schädel und sank nach hinten, schloss die eisgrauen Augen und genoss den warmen Wind, der Richtung Meer strich.

Kurz bevor er eindöste, fiel ein Schatten über ihn, der ihn aus dem Zustand des Dämmerns riss. Er blinzelte gegen die Sonnen und schaute auf die Silhouette einer Frau, die ihn musterte. Der Tracht, den schwarzen Haaren und den grünen Augen nach zu schließen, handelte es sich um eine Kalisstronin.

»Kann ich dir helfen?«, fragte Waljakov mürrischer als beabsichtigt. »Ich mag es nicht besonders, angestarrt zu werden.« *Ich hätte sie eigentlich hören müssen. Ich liege direkt an den Stufen. Verdammtes Alter. Früher wäre ich nicht überrascht worden.*

»Nein, Ihr könnt mir nicht helfen«, entgegnete sie freundlich. »Ich möchte nur hier vorbei.« Ohne lange zu zaudern, machte sie einen großen Schritt über den Ulldarter hinweg und ging langsam in Richtung des Turmes.

Waljakov bekam plötzlich ein schlechtes Gewissen. »Wartet!« Er sprang auf und lief hinter der Frau her, deren Alter er auf fünfunddreißig schätzte. »Ich habe es vorhin nicht so gemeint.«

»Dabei habt Ihr doch gar nicht viel gesagt«, gab sie kess zurück. »Ihr seid kein Kalisstrone, wie ich sehe. Eure Rüstung ist ebenso unüblich wie Eure hoch gewachsene, breite Statur.« Sie nickte. »Sehr männlich.«

Waljakov legte die mechanische Hand an den Säbelgriff. »Ich gehöre zur Mannschaft des Feuerturmes.«

»Sollte das Eure Vorstellung gewesen sein?« Ihre grünen Augen leuchteten belustigt. »Wenn Ihr Euren Namen nicht nennen wollt, so sollt Ihr meinen auch nicht erfahren.« Sie setzte ihren Weg fort, der sie bis an den Rand der Klippen führte.

»Kommt da vorne weg«, brummte der K'Tar Tur besorgt. »Es ist gefährlich. Der Wind zieht Euch hinab, wenn Ihr so nah am Abgrund steht.«

Die Kalisstronin breitete langsam die Arme aus. »Wenn Ihr wüsstet, wie wenig mir das ausmacht«, meinte sie schwermütig. Die Luft spielte mit ihren Haaren, wehte die offenen Strähnen wie schwarze Seidenfäden in Richtung der See, und ihr Kleid flatterte.

Sie ist verrückt. »Kommt zurück, ehe ein Unglück geschieht.« Er machte einen Schritt nach vorn, um die Uneinsichtige notfalls gegen ihren Willen zu ergreifen.

Sie schaute über die Schulter. »Ein Unglück? Wie könnte es denn noch schlimmer kommen?«

»Was habt Ihr gesagt?«, erkundigte sich einer der Türmler von den Zinnen herab. »Habt Ihr gerufen?«

Waljakov schaute hinauf. »Nein, ich rede mit dem Weib hier.«

Der Kalisstrone machte ein ratloses Gesicht.

Als sich der Ulldarter umdrehte, war die Frau verschwunden. *Prächtig. Sie wird davongesegelt sein wie ein loses Blatt.* Hastig ließ er sich auf den Bauch fallen und robbte bis zur Kante, um nach ihr zu sehen. Der Türmler sah ihm neugierig zu.

Aber weder am Strand noch im Meer entdeckte er ihr Kleid. Die Steilhänge wiederum boten keinen Halt und keinerlei Vorsprünge, nach denen sie im Sturz hätte greifen können.

»Das soll mich doch ...«, fluchte er, rutschte zurück und rannte die Treppen zum Strand hinunter.

Auch von unten konnte er nichts ausmachen, was ihm eine Erklärung für den Verbleib der Besucherin geliefert hätte. Verblüfft setzte er sich auf einen Stein.

Das ist schon das zweite Mal, dass mir meine Sinne einen Streich spielen. Dennoch sah er das Gesicht der Frau genau vor sich. Zu genau für eine bloße Einbildung.

Er stürmte die Treppen hinauf, um seine Kameraden zu befragen. Aber die hatten nichts gesehen. Weder auf dem Plateau noch am Abgrund.

Nachdenklich fuhr sich Waljakov über die Glatze. *Das hat mir noch gefehlt. Nicht nur, dass zahnlose Greise mich bald im Rennen überholen, mein Verstand geht dahin. Verfluchtes Alter.*

»Signal von der Stadt, Waljakov«, brüllte einer der Türmler die Treppe des runden Gebäudes hinunter. »Du sollst dich bei Seskahin blicken lassen.«

An Lorins zweiten Namen werde ich mich nicht gewöhnen. Schlimm genug, dass der Junge unter den Fischfressern aufwachsen muss. Grinsend erhob er sich. *Aber immerhin hat er es zu was gebracht.* »Ich mache mich gleich auf den Weg«, rief er zurück. *Es scheint, als müsste ich ein wenig laufen. Schadet mir nichts.*

Der Hüne stand auf, zurrte den Harnisch fest, nahm den Säbel in die künstliche Hand und stieg die Stufen zum Strand hinab. Dann verfiel er in einen leichten Trab.

Auf dem Weg nach Bardhasdronda drehten sich seine Gedanken um die Frau, die so rätselhaft aufgetaucht und noch geheimnisvoller verschwunden war.

Als der K'Tar Tur die Stadttore erreichte, hatte er sich kaum angestrengt, was er mit einer gewissen Befriedigung registrierte. Im gleichen Tempo machte er sich auf zum Hausboot und fand dort die Borasgotanerin vor.

»Da hat jemand aber gehörig geschwitzt«, begrüßte ihn Fatja und verzog das Gesicht. »Ist dir der Harnisch schon am Leib festgewachsen?« Sie deutete nach hinten.« »Wasch dich erst einmal, bevor du dich zu uns setzt. Die anderen werden gleich erscheinen.«

»Was gibt es denn so Dringendes?«, wollte Waljakov unwirsch wissen, schnallte die Rüstung ab und trennte sich von seinem Hemd.

»Es sind Dinge zu bereden«, meinte die Schicksalsleserin ausweichend.

Waljakov wusch sich und ließ den kräftigen Oberkörper an der Luft trocknen.

Fatja griente. »Für einen alten Mann bist du noch sehr gut erhalten«, bemerkte sie, weil sie genau wusste, welche Sorgen sich der ehemalige Leibwächter machte. »Und die paar Falten machen da gar nichts aus.«

»Das sind keine Falten«, brummte er, und seine Muskeln spannten sich.

Die Tür öffnete sich. Arnarvaten stand im Rahmen und verharrte, als er den Krieger vor sich stehen sah. Ein ehrfurchtsvoller Blick traf den Ulldarter.

»Ist er nicht niedlich?«, lachte Fatja und warf sich dem Geschichtenerzähler an den Hals. »Er hat tatsächlich immer noch ein wenig Angst vor dir, Waljakov.« Sie nahm ihren zukünftigen Gemahl bei der Hand und zerrte ihn herein. »Ich mache etwas zu trinken, ehe die anderen auftauchen.«

»Habe ich nicht«, widersprach Arnarvaten ein wenig zu spät und setzte sich auf einen Stuhl, dann senkte er etwas verlegen den Blick.

Seufzend warf sich der einstige Leibwächter ein Tuch über und hockte sich ebenfalls hin.

Schweigend saßen sie einander gegenüber.

Und wenn es ein Spuk ist? Vielleicht weiß er etwas, fiel es dem K'Tar Tur ein. »Du bist doch der beste Geschichtenerzähler«, sprach er den Kalisstronen unvermittelt an. »Gibt es Legenden über Feuertürme? Kennst du welche?«

»Natürlich«, entgegnete Arnarvaten pikiert. »Ebenso hättest du fragen können, ob ich die Geschichte der Stadt kenne. Es existieren praktisch zu allen Türmen eigene Sagen, mal schön, mal traurig, mal abenteuerlich.« Er rieb sich den kunstvoll ausrasierten Bart. »Aber wie kommst du ausgerechnet jetzt darauf?«

»Gibt es eine Legende über meinen Turm?«, erkundigte sich Waljakov ungerührt, als führte er ein Verhör, und seine grauen Augen ruhten auf Arnarvatens Gesicht.

»Sicherlich. Ich müsste allerdings ein wenig nachdenken. Das Repertoire ist sehr groß, und ich habe mich, um ehrlich zu sein, nicht auf solche Art von Sagen spezialisiert«, räumte der Mann wachsam ein, als rechnete er mit einem Angriff des K'Tar Tur, weil er ihm seinen Wunsch nicht erfüllen konnte.

»Dann denke nach.« Waljakov verfiel in Schweigen.

Fatja kehrte mit dem Kräutertee zurück. »Na, unterhaltet ihr euch auch schön?«, fragte sie ironisch. »Ihr Schnattermäuler wollt gar nicht mehr aufhören, was?«

»Soll ich mit ihm über Schwertattacken philosophieren?«, murrte Lorins Waffenmentor, richtete sich auf und kreuzte die Arme vor der mächtigen Brust, sodass Arnarvaten wie ein Schuljunge wirkte. »Oder Trefferbereiche? Oder wie weit Blut spritzen kann, wenn man einem Menschen die Kehle aufschlitzt.«

»Genau, Waljakov«, nickte Fatja bierernst. »Bringe ganz Ulldart in Verruf, damit uns die Kalisstri als Barbaren oder Schlimmeres ansehen.« Sie lächelte ihren Zukünftigen an. »Tee, mein Lieber?«

Lorin, Matuc und Rantsila, der zahlreiche Blätter bei sich trug, betraten zusammen die Stube, man grüßte einander und nahm Platz.

»Ich habe gehört, die Fremdländler«, der Anführer der Miliz zwinkerte als Zeichen, dass er es nicht ganz so meinte, »wollen im Anschluss an unsere kleine Sitzung noch Dinge in eigener Sache beraten, deshalb beeilen wir uns.« Er breitete die Blätter aus. »Das hier sind die Stellen aus den Berichten der Feuertürme, die mir besonders wichtig erschienen. Unser geheimnisvolles Schiff mit den geriffelten Segeln tauchte zweimal auf.« Sein Zeigefinger tippte auf die jeweiligen Eintragungen. »Einmal war es Richtung Vekhlathi unterwegs, dann fuhr es vor kurzem Richtung Süden und nahm scheinbar Kurs aufs offene Meer. Wir nehmen an, dass sie sich Verstärkung geholt haben, um etwas gegen uns ...«

»Geriffelte Segel?«, unterbrach ihn Waljakov. »Was bedeutet das?«

Rantsila suchte in den Unterlagen und legte eine Zeichnung vor.

Der K'Tar Tur erkannte die Segel auf Anhieb. »Bei allen Göttern«, entfuhr es ihm überrascht. »Sie sehen aus wie die Segel der Schiffe, auf der uns die Häscherin Nesrecas nachsetzte und uns schließlich versenkte. Der Pirat erzählte etwas von einer Frau, die die kleine Flotte befehligte«, lüftete er das Geheimnis. »Ich bin mir ziemlich sicher. Ich stand damals mit Rudgass an Deck, als sie aufschlossen.«

»Das heißt, entweder sie haben die Suche nach uns niemals aufgegeben, oder es gibt noch zahlreiche andere von ihnen, die mit den Vekhlathi gemeinsame Sache machen«, warf Matuc aufgeregt ein. »Anscheinend haben wir es mit Piraten zu tun.«

»Reichen die Lijoki nicht mehr aus«, warf der Anführer der Miliz ein, »dass sie sich Verbündete aus anderen Kontinenten suchen müssen?«

»Vielleicht haben sie sich dermaßen blutige Nasen vor den Toren Bardhasdrondas geholt, dass sie erst ihre Wunden lecken müssen, bevor sie zu ihrem niederträchtigen Geschäft zurückkehren«, schlug Lorin vor.

Fatja wurde aschfahl. »Ich glaube, ich habe dieses Schiff in einer Vision gesehen«, flüsterte sie. Sie wechselte einen schnellen Blick mit dem Geistlichen. »Die Männer mit den fremden Gesichtern.« Sie schloss ihre Augen. »Und ich glaube, dass ihre Segel so aussahen. Ich bin mir nicht völlig sicher.«

»Dann birgt es doppelte Gefahr.« Waljakov rieb sich den kurz getrimmten Bart. *Im schlimmsten Fall hat es die Kreaturen Nesrecas an Bord, die Lorin töten sollen.*

Rantsila verzog den Mund. »Nun, mit solch schlechten Nachrichten hatte ich nicht gerechnet. Was wisst ihr über die Fremden?«

»Sie sind nicht aus Ulldart und anscheinend nicht aus Kalisstron«, fasste Waljakov zusammen. »Ich vermute, dass sie aus Tzulandrien stammen.«

Das Böse scheint sich über das Meer hinweg ausbreiten zu wollen. Matuc nahm einen hastigen Schluck Tee.

»Von diesem Land, das der Gebrannte Gott schuf, habe ich nur Schlechtes gehört«, äußerte sich Rantsila bedächtig. »Wenn sich die Vekhlathi mit ihnen eingelassen haben, droht uns mehr als nur ein Krieg zwischen Städten. Noch niemand hat es gewagt, Fremdländler – und schon gar nicht verdorbene Fremdländler – hinzuzuziehen.«

»Wir haben sie, glaube ich, gesehen«, schaltete sich Arnarvaten ein. Alle Augen richteten sich auf den geschätzten Geschichtenerzähler. »Ich erinnere mich, als wir in Vekhlathi waren … Wir traten in einer Gaststätte auf, in der du«, er schaute zu Fatja, »das Bewusstsein verlorst. Dort sahen wir Menschen, die sich merkwürdig verhielten. Sie drückten sich in den dunkelsten Ecken herum, um nicht richtig gesehen zu werden.«

»Ich entsinne mich, dass ich Ähnliches in einer Gasse erlebte. Und als ich ihnen folgen wollte, verschwanden sie so schnell, dass ich sie in den schmalen Sträßchen verlor.«

»Also müssen wir davon ausgehen, dass unsere Nachbarn längst mehr als nur einen Streit um die Süßknollen austragen wollen.« Der Milizionär lehnte sich zurück. »Aber verstanden habe ich nicht, weshalb Euch die Tzulandrier so lange verfolgen sollten?« Abwartend schaute er in die Runde.

»Nein, das habt Ihr falsch verstanden«, beruhigte Matuc ihn ein wenig zu schnell. »Wir kennen sie eben nur von früher. Schließlich waren sie es, die unser Schiff versenkten, da bleiben wenig gute Erinnerungen.« Er lachte reichlich gespielt.

»Aber was machen Tzulandrier so weit im Norden?«, fragte Rantsila beharrlich.

Waljakov zuckte mit den Achseln, die blasse Fatja fasste Arnarvatens Hand, Lorins Augen hatten sich auf die Kerze geheftet.

Nur der Mönch wandte sich dem Kalisstronen zu. »Ich weiß es nicht.« *Und das ist nicht einmal gelogen, Ulldrael.* »Es wäre gut, wenn wir schnell Nachricht aus Ulldart erhielten, und sei sie noch so gering. Wenn sich die Tzulandrier als neue Herren der Meere fühlen, was ist dann mit den Palestanern und den Rogogardern geschehen?«

Der Anführer der Bürgerwehr erhob sich unzufrieden. »Gut, wenigstens wissen wir, dass die Vekhlathi mit Sicherheit einen größeren Schlag planen. Sobald dieses Schiff mit den geriffelten Segeln auftaucht, sollen die Feuertürme ein Signal geben, damit wir gewarnt sind. Es ist an der Zeit, dass ich den Bürgermeister und unsere Verbündeten in Kenntnis setze, um die Gegenschläge vorzubereiten.« Er nickte in die Runde und verschwand hinaus.

Niemand sprach ein Wort. Nur das Geräusch der Wellen, die draußen gegen die Kaimauern und gegen den Rumpf des Hausbootes schlugen, klang gedämpft herein.

»Ich bringe Menschen doch nicht durch meine bloße Anwesenheit in Gefahr?«, verlangte Lorin schließlich zu wissen. »Suchen die Tzulandrier nach mir?«

»Ich schätze, sie wissen inzwischen sehr wohl, wo du zu finden bist«, sprach sein Waffenmentor. »Einer der Lijoki oder Vekhlathi wird ihnen gesteckt haben, wo sich Fremdländler gleich rudelweise und das seit Jahren herumtreiben.« Die mechanische Hand legte sich auf die Tischplatte. »Sie suchen sich Verbündete. Sie sind zu wenige, um Bardhasdronda alleine angreifen zu können. Und weil sie wissen, dass wir ihre Segel kennen.«

»Machen wir uns nichts vor«, erhob Matuc seine Stimme. »Nesreca hat niemals aufgegeben.«

»Umso mehr Spaß wird es bereiten, seine Schergen auf den Grund der See zu schicken«, sagte Waljakov finster. »Und danach sollten wir schleunigst in Erfahrung bringen, was sich in unserer Heimat abspielt.«

Lorin schwieg. *Es ist eure Heimat, nicht meine,* wollte er sagen. Und dass ihm die Menschen in Bardhasdronda wichtiger waren als der ganze Kontinent Ulldart zusammen, den er nur aus Erzählungen kannte. Daher würde er zuerst die Kalisstri schützen, ehe er auch nur einen Zeh auf die Planken eines Schiffes setzte, das ihn an die ferne Küste brachte. Er fühlte sich eher als Kalisstrone. Daher konnte ihm das Schicksal der Menschen in Ulldart, völlig nüchtern betrachtet, gleichgültig sein.

Doch sie würden es nicht verstehen, befürchtete er. »Ja, vernichten wir die Tzulandrier«, meinte er deshalb nur lakonisch. *Danach sehen wir weiter.* Er erhob sich und ging zur Tür. »Das war alles? Ich möchte noch zu Jarevrån.«

Matuc wollte etwas sagen, aber Fatja entließ ihn mit einem Kopfnicken.

»Es ist schon genug für ihn gewesen«, erklärte sie, als er gegangen war.

So schilderte sie die Vision des veränderten Ulsar im kleinen Kreis, was einen immensen Eindruck auf den K'Tar Tur machte, der sich zudem in seiner Annahme bestätigt sah, dass es sich bei dem Schiff um Tzulandrier handelte.

»Es wird Zeit, dass wir zurückkehren und Ulldart von dem Bösen befreien.« Auch Waljakov machte sich zum Aufbruch bereit. »Ich halte die Augen offen. Kein Segel wird mir entgehen.« Routiniert legte er sich den Harnisch an und verschwand durch die Tür.

»Nachdem sie sich alle so sehr auf ihre Muskeln und Kampfkraft verlassen, rede ich mit höheren Mächten.« Matuc stemmte sich auf und begab sich vor seinen Ulldrael-Schrein, um den Gerechten um Beistand zu bitten.

Arnarvaten verabschiedete sich mit einem leidenschaftlichen Kuss von seiner Braut und verließ ebenfalls das Hausboot.

Keine zwei Häuserecken weiter legte sich ein stahlharter Griff um seinen Oberarm, Waljakov trat aus dem Schatten hervor. »Hast du jetzt nachgedacht?«

»Bitte?«, stotterte der Geschichtenerzähler erschrocken.

»Die Sage um meinen Turm«, half der K'Tar Tur nach.

»Bei Kalisstra«, entfuhr es dem Mann in einem Anflug von Tapferkeit. »Ich habe eben Dinge vernommen, die ganze Epen füllen würden, und Ihr wollt so etwas Einfaches wie ein Kindermärchen hören?!«

»Genau«, brummte Waljakov. »Bitte«, fügte er hinzu.

»Aber umsonst werde ich gar nichts berichten«, meinte Arnarvaten und deutete auf ein nahes Teehaus. »Ihr bezahlt.«

Fluchend steuerte Waljakov auf die erleuchteten Fenster zu, bugsierte Arnarvaten ins Innere, hockte ihn wie ein störrisches Kind auf einen Stuhl, orderte ein Glas Njoss und einen Tee. »Fang an.«

»Wir warten, bis die Bestellung da und bezahlt ist.« Der Geschichtenerzähler hatte durchschaut, dass ihm der hünenhafte Fremdländler nichts antun würde. Außerdem kannte er ihn zu gut, wenngleich er ihn mit einem gewissen Respekt betrachtete, da er ihn für unberechenbar hielt.

Endlich waren all seine Auflagen erfüllt, und er begann.

»Es ist noch gar nicht so lange her, ungefähr zehn Jahre, da lebte eine sehr nette junge Frau in Bardhasdronda. Sie entstammte allerdings einer Familie, die wenig Ansehen genoss. Ihr Vater verdingte sich als Tagelöhner, die Mutter verprasste die wenigen Münzen für …«, er warf einen schuldbewussten Blick auf den Krug vor sich, »… Njoss. Doch das Mädchen, das den Namen Ricksele trug, machte sich nichts aus dem Gerede der Leute. Mit ihrem freundlichen Wesen schlug sie jeden in ihren Bann, der längere Zeit mit ihr zu tun hatte.«

»Was hat das mit dem Turm zu tun?«, fiel ihm Waljakov ins Wort.

Augenblicklich verfinsterte sich die Miene des Kalisstronen. »Es kommt auf die ganze Geschichte an, nicht auf den winzigen Teil. Also geduldet Euch.« Nach einem ungnädigen Blick und einem Schluck aus dem Njossbecher fuhr er fort. »Sie kannte viele Männer, aber sie gab sich nur einem von ihnen hin, weil er ihr beim Schwur auf die Bleiche Göttin die Heirat und ewige Treue bis in den Tod versprochen hatte. Das hatte er dort getan, wo der Feuerturm steht.

Aber der junge Mann hielt sich nicht daran und schaute sich nach anderen Frauen um. Als die Frucht ihrer Liebe in Ricksele heranwuchs, grämte sie sich sehr, weil ihre Schande bald offenkundig würde.

Sie bat ihren Geliebten, dass er sich zu ihr bekenne, doch er dachte an schlimme Dinge, um sich nicht vor seiner Familie erklären zu müssen. Er lockte sie deshalb ein letztes Mal an den Fuß des Feuerturmes, um ihr angeblich seine Liebe von neuem zu beschwören. Als Beweis, wie groß sein Vertrauen in sie sei, ließ er sich von ihr am Gürtel halten, während er sich an den Rand des Abgrunds stellte.

Die Reihe kam an Ricksele.

Doch anstatt sie zu halten, als sie sich gläubig an die Klippen stellte, stieß er sie hinab. Ihr Leichnam wurde niemals gefunden.

Ihr Geist erscheint immer wieder an dieser Stätte und stürzt sich in den Abgrund, bis der Mörder eines Tages überführt und hingerichtet wird. Er hat Treue bis in den Tod geschworen, und so lange wird sie warten.«

»Und warum verurteilt man den Mörder nicht, wenn man so vieles weiß?«

Arnarvaten holte tief Luft. »Wie bei vielen Sagen ist das Meiste erfunden, nur im Kern steckt ein Stückchen Wahrheit. Das Mädchen gab es wirklich, und auch der geheimnisvolle Liebhaber existierte, er lebte in Bardhasdronda, wie man aus ihren Tagebuchaufzeichnungen erfuhr. Eines Tages, und da enden die Eintragungen, verschwand sie, nachdem sie sich so sehr auf ein Treffen mit dem Mann am Feuerturm gefreut hatte. Das Spiel mit dem Gürtel als Vertrauensgeste vollführten sie, laut ihren Notizen, öfter. Was genau an der Klippe geschah, weiß nur ihr Geist. Manche Männer aus Bardhasdronda sagten, sie hätten ihn gesehen.« Der Geschichtenerzähler bestellte sich ein weiteres Glas Njoss. »Bevor ihr Verstand verloren ging. So scheint sie sich an den Männern zu rächen, von denen sie so sehr enttäuscht wurde, indem sie ihnen die Geisteskraft raubt.«

»Na, wunderbar«, knurrte der Leibwächter und stürzte seinen Tee hinab. *Jetzt muss ich noch sehen, dass ich diesen Spuk loswerde, bevor ich wie die anderen ende.* »Trink nicht so viel von dem Njoss. Fatja wird dich sonst an die Wand nageln.« Er stand auf, warf ein paar Münzen auf den Tisch. »Danke.«

»Das Mädchen hatte übrigens eine Schwester«, fügte Arnarvaten an. »Sie heißt Håntra.« Neugierig schaute er den Ulldarter an. »Aber warum wolltest du das wissen? Ich hätte nicht gedacht, dass du dich so für deine Umgebung interessierst.«

»Einer meiner Türmler machte eine Andeutung.« Waljakov blieb ihm die genauere Antwort schuldig und stapfte hinaus.

»Dann sollte er schnell von dort weg«, rief er hinterher. *Ist der Glatzkopf doch tatsächlich eine Märchentante.* Mit einem seligen Lächeln nahm der junge Kalisstrone einen winzigen Schluck vom frischen Sud und ließ ihn genießerisch die Kehle hinunterlaufen. *Wer hätte das gedacht?*

Es dauerte nicht lange, und Arnarvaten musste auf Drängen der Besucher des Gasthauses die Geschichte ein weiteres Mal zum Besten geben.

**Kontinent Ulldart, Großreich Tarpol,
zwölf Warst südwestlich der Hauptstadt Ulsar,
Frühsommer 459 n. S.**

Obwohl die Sucharbeiten im Steinbruch schon lange auf Befehl des Kabcar beendet worden waren, herrschte reger Betrieb in dem Trümmerfeld.

Angereiste Tarpoler und Ulsarer pilgerten zu der Stelle, an der die Bergungsmannschaft die blutigen Kleider Lodriks im Hohlraum entdeckt hatte.

Man brachte Blumen und legte sie ehrfurchtsvoll dort ab, andere nahmen kleine Steine als Andenken mit, wieder andere riefen Tzulan, Ulldrael den Gerechten und die Göttermutter Taralea an, dass sie den Herrscher bald wieder zurückschicken sollten.

Der karge Platz wurde, sehr zum Missfallen von Nesreca und Govan, zu einer Stätte der Hoffnung für diejenigen, die sich mit dem Tod des Mannes nicht abfinden wollten. Zumal die Version über das göttliche Eingreifen – die Bewahrung des geliebten Kabcar – mit einer Vehemenz durch die Reiche geisterte, dass der Konsultant nicht mehr allein an die Sehnsüchte der Bevölkerung glaubte. Er hatte Perdór in Verdacht, diese Kunde bewusst zu streuen und zu schüren, um damit die Position seines Schützlings zu schwächen. Solange die Tarpoler nur einen Gedanken an die unmögliche Rückkehr Lodriks verschwendeten, würde Govan niemals richtig als Kabcar angenommen werden.

Von den Machenschaften im Hintergrund ahnten die Frauen, Männer und Kinder nichts, die sich im Steinbruch aufhielten. Sie flehten die Götter weiterhin an. Bis weit in die Abendstunden liefen sie vor die Tore der Stadt, ausgestattet mit Laternen und Fackeln. Eine kleine Lichterkette aus Petroleumlampen wies den Menschen sogar des Nachts die Route zum ebenfalls beleuchteten Fundort der Kleider.

Die in Lumpen gehüllte Gestalt, die sich von allen unbemerkt am oberen Rand des Steinbruchs erhob, betrachtete das Treiben zu ihren Füßen und lächelte still, gerührt von dem Anblick.

Ganz in der Nähe knackte ein Ast; die Geräusche von Stiefeln, aneinander reibendem Metall und das Fluchen von Männern näherten sich.

Er darf mich nicht finden. Abrupt bückte sich die Gestalt in Lumpen, nahm ein Schwert auf und wandte sich um, lief in die Nacht.

Ohne Rücksicht auf sich zu nehmen, hastete sie durchs Unterholz, Zweige und Äste peitschten ihr ins Gesicht und hinterließen blutige Schrammen. Die Beine bewegten sich auf und ab, trugen sie fort von der Stelle, bis die Füße schwer und schwerer wurden.

Keuchend warf sich der Flüchtende in den kühlen, feinen Sand eines größtenteils ausgetrockneten Bachbetts, packte die Waffe mit beiden Händen und lauschte, ob seine Flucht vernommen worden war.

Nur die Nacht redete mit ihm in ihrer eigenen Sprache. Sanft strich der Wind durch das Schilf, Tiere veranstalteten ihr Konzert, leise gluckerte das restliche Wasser des schmalen Rinnsals hinter ihm vorbei.

Die Anspannung wich; aufatmend sackte der Mensch in sich zusammen, rang nach Luft. Das gedämpfte Plätschern erinnerte ihn an den eigenen Durst, den er vorher aus Angst vor den Häschern nicht zu stillen gewagt hatte.

Er rammte das Schwert in den Sand, rutschte zum Bach und schöpfte Wasser mit den Händen, um zu trinken. Dabei fiel sein Blick auf eine Pfütze, in der sich die

Monde und seine bis zur Unkenntlichkeit verdreckten Gesichtszüge spiegelten.

Beinahe ungläubig betastete der Mann die allmählich verkrustenden Wunden auf den Wangen und am Hals, zeichnete mit dem Zeigefinger die Konturen des blassen, mit hellen Bartstoppeln versehenen Antlitzes nach, in das die langen blonden Haare fielen. Die Züge wirkten eingefallen, abgehärmt und vermittelten eine tiefe Grundtraurigkeit.

Schau, was aus dir geworden ist, Lodrik Bardri¢, dachte er schwermütig. *Vom mächtigsten Mann des Kontinents hin zu einem Wesen, das selbst das Reich der Toten nicht haben wollte.* Er berührte die Wasseroberfläche, die Reflexion verzerrte sich. *Oder war es nur ein Traum?* Schwungvoll schüttete er sich die klare, kalte Flüssigkeit ins Gesicht. Die Wunden brannten augenblicklich, dreckiges Wasser perlte aus dem Bart und troff zu Boden. Die Hände im Bach, verharrte er vornüber gebeugt.

Wenn es einer ist, so erwache ich nicht.

Lodrik stand auf, zog die Klinge aus dem Sand, schulterte sie und trabte weiter, ohne zu wissen, wohin er ging.

Sein Verstand, so fühlte er sich zumindest, war durcheinander geschüttelt worden. Alle Gedanken, alle Ideen, alle Erinnerungen und Eindrücke wirbelten umher, kollidierten miteinander, verschmolzen und bildeten ein Gemisch, in dem er sich nicht zurecht fand.

Verwirrt, abwesend wanderte er immer geradeaus.

Sein Hunger meldete sich mit Vehemenz, als er irgendwann den schwachen Geruch von Feuer wahrnahm. Einer der elementarsten Triebe riss ihn aus seiner Betäubung, erweckte seine Sinne zum Leben.

Er fasste das Schwert fester und schritt aus. Schließlich gelangte er auf eine Lichtung.

Die Reste von verkohlten Palisaden erhoben sich dort, letzte schwarze Mauerreste standen wie Gebäudeskelette auf dem Areal dahinter.

Verteidigungsbereit stieg er über die Ruinen menschlicher Behausungen. In dem ein oder anderen Pfosten steckten Armbrustbolzen, und bei näherer Betrachtung entdeckte er große, dunkelbraune Flecken auf der Erde der Ansiedlung.

Ein Totendorf, verstand Lodrik schwerfällig. Gedankenblitze aus seiner Jugend schossen aus der hintersten Ecke seines Hirns, beleuchteten das entstellte Gesicht des Vorstehers in Granburg, dem die Fleisch- und Knochenfäule das Gesicht zerfraß. *Jemand hat ein Totendorf überfallen. Was kann man denn diesen armen Teufeln noch rauben?*

Er machte sich nichtsdestotrotz auf die Suche nach etwas Essbarem und durchforschte die Trümmer nach nicht verbrannten Vorräten.

Tatsächlich fand er einen gesprungenen Topf mit eingelegtem Kraut und einen nur halb verbrannten Laib Brot. Gierig machte er sich darüber her.

Doch schon nach dem ersten Bissen fühlte er sich satt. Als er sich zu einem weiteren zwang, stieg Übelkeit in ihm auf, nur mit Mühe behielt er die Nahrung bei sich.

Den Hufschlag hörte er viel zu spät und fuhr erst herum, als der Reiter bereits das zusammengestürzte Tor passierte.

Lodrik ließ seine Beute fallen und suchte zwischen den Ruinen Schutz.

Den Geräuschen nach zu urteilen, stieg der Reiter ab und rannte zwischen den zerstörten Überresten umher, dabei rief er immer wieder Namen wie Damascha und Bjuta. Seine junge Stimme klang voller Sorge.

Dann kamen die Stiefel in seine Richtung.

Lodrik rutschte in seinem Versteck weit nach hinten in die Schatten und reckte das Schwert nach vorn, um den Mann jederzeit aufspießen zu können. Er wird mich nicht bekommen.

»Ich habe dich vorhin gesehen«, sagte der Reiter bedächtig. »Ich tue dir nichts. Ich gehöre nicht zu denen, die das Dorf überfallen haben.« Ein Teil seines Gesichts erschien zwischen den Trümmerstücken. Lodrik erkannte im Glanz der Monde blaue Augen. »Wer war das, und wann geschah es?«

»Geh weg!«, befahl der immer noch verstörte Lodrik panisch. »Oder ich steche zu. Ich weiß nichts, ich habe nichts gesehen.«

»Wenn du nicht rauskommst, dann komme ich eben zu dir. Ich muss mit dir reden.« Der junge Mann ging in die Hocke und machte Anstalten, in das Loch zu kriechen.

Sofort ruckte die Spitze der Waffe nach vorn. Mit einem Fluch sprang der Reiter nach hinten weg, ein Kettenhemd klirrte leise. »Schon gut, schon gut«, sagte er beschwichtigend. »Ich lass dich ja in Ruhe, Mann.«

Die Stiefel entfernten sich von dem Eingang zu Lodriks Versteck. Das Leder des Sattels knarrte, als der junge Mann aufstieg. »Ich habe dir etwas zu essen dagelassen«, rief er und schien auf eine Antwort zu warten. Vorsichtshalber schwieg der einstige Herrscher.

Das Pferd schnaubte, Hufschläge klangen auf und wurden rasch leiser. Dann war Lodrik allein mit den Ruinen.

Dennoch wartete er eine geraume Zeit, bis er aus dem Loch kroch. Er pirschte sich über Umwege an den Beutel heran, der mitten auf dem Weg lag, und untersuchte den Inhalt.

Es befand sich nichts darin, was seinen Geschmack sonderlich angesprochen hätte, und allein der Geruch nach frischer, tadelloser Wurst brachte ihn zum Würgen. Früher hätte er ohne mit der Wimper zu zucken die Zähne hineingeschlagen.

Etwas abseits des Geisterdorfes richtete er sich sein Nachtlager ein und gönnte sich Ruhe, immer mit der Angst im Nacken, dass die Häscher seines Sohnes auftauchten.

Demzufolge stellte sich kein echter Schlaf ein. Beim kleinsten Geräusch fuhr er auf, die Hand sofort am Schwert.

Den sich ankündigenden Morgen empfand er beinahe schon als Erlösung, die Dunkelheit enthielt seinen Augen zu viel vor. Im Tageslicht sah er seine Feinde besser.

Lustlos biss er in das letzte Stück Brot und kaute beinahe angewidert auf der Wurst herum, und das ungeachtet der Tatsache, dass die Lumpen, die er sich von den Suchtrupps zusammengestohlen hatte, weit um seinen abgemagerten Körper schwangen.

Danach erklomm er den Baum, unter dem er rastete, um sich von der Krone aus zu orientieren. So sehr er das Licht schätzte, er musste die Lider immer mehr zusammenkneifen, je höher er stieg.

Seit wann bin ich dafür anfällig?, wunderte er sich und spähte zwischen den Ästen und den Blättern hindurch. Weit, weit entfernt erkannte er die Ausläufer der gewachsenen Hauptstadt als kleine Punkte, aus denen vereinzelt fadendünne Rauchsäulen aufstiegen.

In der anderen Richtung befand sich nichts außer Wald. In relativer Nähe zu seinem Standort lag der Repol und strömte gelassen wie seit Jahrhunderten in Richtung des Meeres. So unentschlossen und unsicher wie zuvor darüber, was er als Nächstes tun sollte, begann Lodrik den Abstieg.

Sein Fuß rutschte weg, die Finger griffen nach einem dünnen Zweig, der augenblicklich unter seinem Gewicht brach.

Instinktiv wollte er auf seine magischen Fertigkeiten zurückgreifen. Anstatt aber aus einem vollen Reservoir seiner Macht schöpfen zu können, fand er einen schwachen Rest, der nicht ausreichte, um etwas gegen den drohenden Fall zu bewirken.

Wie etwas Totes krachte er aus den Ästen herunter und schlug hart auf der Erde auf. Ein stechender Schmerz in der Schulter brachte ihn zum Aufschreien.

Mühsam stemmte er sich hoch und besah die Verletzung, die ihm seine jäh beendete Kletterpartie eingebracht hatte. Rund um sein Schultergelenk bildete sich ein Bluterguss, der linke Arm ließ sich kaum bewegen. Die Schrammen auf der Haut verheilten ebenso wenig wie die Kratzer im Gesicht. Noch vor nicht allzu langer Zeit hätten sie sich innerhalb weniger Herzschläge geschlossen.

Von den Toten aus dem Jenseits gejagt, der Magie beraubt ... Und meine eigenen Kinder würden mich auf der Stelle töten, wenn sie mich entdeckten, resümierte er trübsinnig, während er unwillkürlich weiter in den Schatten rutschte. Seine Augen schweiften umher. *Welchen Sinn macht meine Rückkehr in diese Welt?*

Die Sonnen zogen ihre Bahn, ohne dass sich Lodrik vom Fleck rührte. Nachdenklich legte sich sein Blick auf das Henkersschwert, das neben ihm auf dem Boden ruhte. Er kämpfte mit sich, überlegte, was er tun sollte.

Die Nacht brach an. Kälte kroch in den Wald, Nebel stieg auf und umgab ihn.

Der einstige Kabcar hatte sich entschlossen.

Ich werde nicht leben, um ständig auf der Flucht zu sein. Er nahm die Waffe auf, rammte den Griff in das Erdreich und setzte sich die Spitze auf Herzhöhe an die Brust. *Es wird das erste Mal sein, dass sich jemand damit selbst richtet,* dachte er in einem Anflug von Galgenhumor. Seine Finger strichen über die Gravuren auf der Klinge. *Wenn ich nicht zu den anderen darf, wähle ich mir meinen eigenen Ort, an dem ich meine Ruhe finde. Ob meine Seele ebenso aufgenommen wird wie die der anderen?*

Etwas flog mit einem leisen Rauschen durch die Luft und landete vor dem Lodrik. Trotz der Dunkelheit erkannte er im Schimmer der Monde ein Bündel leer gedroschener, vom Flegel zerschlagener Ähren.

Erschrocken zuckte er zurück, umfasste den Griff der Waffe und richtete sie mit der Spitze voraus nach vorn.

Ein unheimliches Frauenlachen ertönte. Dann trat ein dürres, altes Weib in einer dunklen Robe aus den weißen Dunstschleiern hervor, in der Rechten locker eine schwarze Sichel haltend. Ihr Gesicht wurde durch eine Kapuze verborgen.

»Nanu, Lodrik Bardri¢?! Eben wolltest du dich noch töten, und schon im nächsten Augenblick würdest du dich gegen jemanden verteidigen, der dir das bringen könnte, nachdem du dich scheinbar sehnst?« Ihre Stimme klang knarrend wie ein betagter Baum, der sich gegen den Wind stemmt. Und ihre Anwesenheit verbreitete bei dem einstigen Kabcar Angst. Eine kreatürliche Angst.

Sie hockte sich ihm gegenüber, und dort, wo sie die Erde berührte, erstarb alles Leben. Pflanzen verdorrten innerhalb weniger Herzschläge. Gras wurde braun, jedes noch so kleine, unscheinbare Insekt verging. Ihre knöchrige Hand pflückte ein Gänseblümchen. Sofort fielen die Blütenblätter herab, und die geschundene Blume ließ den Kopf hängen.

Lodriks Verstand weigerte sich, die ungeheure Vermutung, die er hegte, weiter zu verfolgen. *Es kann nicht Vintera sein. Schon wieder ein Traum?* »Wer bist du?«, wagte er erstickt zu fragen.

»Ich bin die Schwester desjenigen, von dem du dich abwandtest. Du befandest dich bereits in meiner Hand, doch du selbst hast dich gerettet.« Die schwarze Sichel malte seinen Namen in den Untergrund. »Du bist der Erste seit langer, langer Zeit, der sich meiner Macht widersetzte. Nun bin ich neugierig geworden und warte, was geschieht.«

»Ich war wirklich tot?«, hauchte er und ließ die Klinge sinken. Fassungslos betrachtete er seine bleichen, abgemagerten Finger. Die Glieder traten überdeutlich unter der Haut hervor.

»Dein Erlebnis hat dich gezeichnet, wie du siehst. Und du warst gerade dabei, einen weiteren Versuch zu unternehmen«, sagte sie freundlich. Die schwarze Sichel rotierte einmal in der Hand der alten Frau. »Ich warte gern. Ein weiteres Mal lasse ich dich nicht entkommen.« Sie deutete auf den Ährenstrauß. »Ich habe dir etwas zur Begrüßung gebracht, das zu dir passt. Die Halme sind leer, nutzlos und tot. Sie haben ihre Aufgabe erfüllt und müssen gehen.« Die Frau hielt inne. »Aber warum bist du nicht gegangen?«

»Ich habe mich selbst vor dem endgültigen Tod gerettet? Ich dachte, die Geister ... Ulldrael wollte mich nicht aufnehmen, weil ich mich wegen seiner Taten gegen mich von ihm lossagte.«

»Mein Bruder hat dir gar nichts angetan.« Seine Besucherin schüttelte den Kopf unter der Kapuze, der Stoff geriet dadurch leicht in Bewegung. »Wir alle haben genug mit dem zu tun, der sich immer offensichtlicher am nächtlichen Firmament abzeichnet. Mein Bruder hat sogar vor langer, langer Zeit versucht, euch alle zu warnen. Aber die Tzulani waren schneller. So nahmen die Dinge durch dich ihren Lauf.«

»Was hätte ich denn tun sollen?«, rief Lodrik verzweifelt.

Mit Wucht bohrte sich die schwarze Sichel in den Stamm einer Ulme. Kurz darauf segelten die ersten gelben und braunen Blätter herab. Der Baum starb in Windeseile.

»Reicht dir das als Antwort? Niemand macht dir einen Vorwurf, Lodrik Bardri¢. Du musstest die Prophezeiung erfüllen, egal in welcher Weise. Aber niemand von uns rechnete damit, dass der Gebrannte bereits so sehr erstarkt war, dass er Schergen nach Ulldart senden und dem Schicksal nachhelfen konnte. Das brachte ihm unschätzbare Vorteile. Du warst anfangs zu jung und zu naiv, um dem gerissenen Ischozar standzuhalten. Und irgendwann zu überheblich.«

Der einstige Herrscher über Tarpol richtete sich auf, seine Schulter schmerzte unglaublich. »Wäre mein früher Tod die einzige Lösung gewesen? Wenn ich mir damals am Verhandlungstisch vor den Augen aller Diplomaten den Dolch durch die Kehle gejagt hätte, wie sähe es dann jetzt aus?«

»Vermutlich wäre Arrulskhán daraufhin in dein Land einmarschiert und hätte es besetzt«, schätzte die Frau.

»Das käme für meine Untertanen mit der Dunklen Zeit gleich«, meinte Lodrik aufbegehrend.

»Möglich«, nickte sie sachte. »Dafür wird sich bald ganz Ulldart über die Dunkle Zeit freuen dürfen. Die Saat deiner Lenden im Verein mit Ischozars Manipulationen wird Tzulan in nicht allzu ferner Zukunft zurückbringen. Sicher, du brachtest auch Gutes. Aber deine zahllosen Neuerungen und Veränderungen, die dir die Liebe deines Volkes sicherten, werden schon bald vergehen und vergessen sein.« Das spitze Ende der Sichel fuhr mitten durch seinen in den Boden geschriebenen Namen. »Ohne dich, Lodrik Bardri¢, wäre das alles niemals geschehen, auch wenn das Übel nicht während deiner Regentschaft an die wahre Macht gelangte. Nun kommt es umso leidenschaftlicher, inbrünstiger zum Zug.«

Der Mann ließ das Schwert fallen, schlug sich die Hände vors Gesicht und kämpfte gegen die immensen Gefühlsregungen an.

Wut und Hass auf die, die ihn benutzt hatten. Die eigene Schuld, so überheblich und vermessen gewesen zu sein zu glauben, dass er das Böse im Zaum halten könnte. Scham über alle Taten, die er unter dem Einfluss seiner falschen Freunde begangen hatte, obwohl er sie hätte durchschauen müssen. Gram über die Toten, deren Schicksal er zu verantworten hatte und haben würde.

Norina und Waljakov, Stoiko und Meister Hetrál, die mehr Weitblick besaßen als ich, was habe ich ihnen in meiner Blindheit nur angetan? Seine Gefühle entluden sich in einem Weinkrampf. »Wie kann ich dafür Buße tun?«, schluchzte er.

»Bemitleidenswert«, sagte die Alte beim Anblick des am Boden zerstörten Herrschers. »Vollständige Sühne wird kaum erreichbar sein. Da du mir schon einmal entkommen bist, solltest du die Gelegenheit nutzen«, erteilte sie ihm einen Rat. »Es gibt nach wie vor Menschen, die denjenigen trotzen, die den Gebrannten unterstützen. Vermutlich würde es helfen, all die mit Stumpf und Stiel auszurotten, die Tzulan selbst nach

Ulldart schickte. Und mit ihnen auch diejenigen, die zu seinen willigen Gehilfen wurden. Ohne die Menschenopfer und die Verschlimmerung der Lage auf dem Kontinent ist es dem Übel nicht möglich, seine finstersten Pläne in die Tat umzusetzen. Noch kann Tzulan nicht geradewegs in die Geschicke eingreifen. Andere müssen in seinem Namen schreckliche Taten vollbringen.«

»Ich kann der Dunklen Zeit Einhalt gebieten?«, horchte Lodrik auf. »Aber wie? Govan hat mir meine Magie beinahe vollständig genommen. Er ist so stark, dass ihn nichts aufzuhalten vermag.«

Die Frau lachte. »Ob man die Dunkle Zeit aufhalten kann, wirst du erst sehen, wenn du es versuchst. Es steht dir natürlich frei, dich in dein Schwert zu werfen.« Sie stand auf. »Wenn du alles überdacht hast und du dich nicht für den Tod entscheiden solltest, nutze den Umstand, dass du vom Jenseits gezeichnet bist. Es eröffnet dir etwas, was dir bisher versagt blieb.«

Sie wandte sich um und schritt lautlos in den Nebel. Mit ihr wich das Gefühl des unsäglichen Grauens.

War es tatsächlich Vintera oder nur eine Ausgeburt meines angegriffenen Verstandes? Grüblerisch nahm er das Ährenbündel auf. Ein vom Dreschflegel verschontes Korn fiel heraus und blieb in seiner Hand.

Doch nicht nutzlos, dachte er. *Aus einem einzigen Korn gedeiht wieder eine ganze Garbe.* Er umschloss es. *Ich ziehe von heute an im Verborgenen umher und lasse durch meine Worte eine Garbe von Menschen entstehen, die sich wehren und Tzulan die Stirn bieten. Durch mich kam das Böse, durch mich wird es wieder von Ulldart verschwinden. Ich habe meine Untertanen nicht vor Arrulskhán bewahrt, damit ich sie meinem noch schlimmeren Sohn überlasse.*

Lodrik erinnerte sich, irgendein Schmuckstück, dass er um den Hals getragen hatte, nach seiner Flucht aus dem Steinbruch in die Tasche seiner zerlumpten Kleider gesteckt zu haben.

Die Modrak!, fiel es ihm wieder ein. *Natürlich! So verfüge ich schon über ein kleines Heer von Verbündeten, mit denen selbst Nesreca und Govan Schwierigkeiten haben werden.*

Fieberhaft wühlte er in seiner Kleidung.

Bange Augenblicke vergingen, bis er das Amulett mit dem glimmenden Stein und den rätselhaften Inschriften fand, das Norina nicht hatte ausstehen können. Nach kurzem Zögern drehte er den Karfunkel in der Fassung und wartete.

Bald rauschten lederartige Schwingen durch die Dunkelheit. In den Kronen der Bäume raschelte es bedeutungsvoll. Purpurfarbene, ochsenaugengroße Punkte glommen durch das Blätterdach, spähten umher, ehe die mageren Wesen zu Boden sprangen und sich Lodrik lauernd näherten.

Du bist nicht mehr der Hohe Herr!, raunte es vielfach in seinem Kopf. *Du warst tot. Du bist tot. Wir spürten es und zogen uns zurück, um abzuwarten. Ein anderer, Würdigerer sitzt an deiner Stelle.*

Ein Modrak löste sich aus der Gruppe der auch als Beobachter bekannten Kreaturen und reckte fordernd die Hand in seine Richtung.

Gib uns das Amulett. Es steht dir nicht länger zu, Mensch. Wir bringen es ihm, damit er uns rufen kann, wenn er seine Diener benötigt.

Der ehemalige Kabcar ahnte, dass er die Fassade eines Schreckensherrschers aufrechterhalten musste, und handelte.

Die Klinge des Henkersschwerts beschrieb blitzend einen Halbkreis und trennte dem Wesen den Unterarm ab. Ein vielstimmiger Aufschrei schallte durch seinen Geist.

»Ich bin der Hohe Herr«, verkündete Lodrik gebieterisch, und seine blauen Augen erstrahlten im Dunkel. »Ein anderer hat sich etwas genommen, was ihm nicht gebührt.« Der verletzte Beobachter hopste kreischend zurück und presste die Klaue gegen die offene Wunde, aus der eine unbestimmbare Flüssigkeit sprudelte. Lodriks Schwert deutete auf ihn. »Hegt jemand von euch Zweifel daran, dass ich der Hohe Herr bin, der trete vor und hole sich das Amulett.«

Wir fürchten uns nicht vor Menschen.

Ein zweiter, entfernt stehender Modrak drückte sich ab. Die Schwingen breiteten sich ein wenig aus und verliehen ihm die Möglichkeit, den Sprung durch ein kurzes Gleiten zu verlängern.

Lodrik drehte sich in die Richtung des Angreifers, presste ihm die Hand mitten ins knochige Gesicht und aktivierte seinen spärlichen Rest Magie, um den Beobachter zur Abschreckung der Übrigen eindrucksvoll vergehen zu lassen.

Das Resultat seiner Bemühung gestaltete sich anders, als er es von früher gewohnt war. Über das Antlitz des Modrak huschte ein grellblauer Blitz, der den Schädel für einen Sekundenbruchteil durchsichtig werden ließ, Gehirn und Augen, Sehnerven, Kiefer und Zähne durch die Haut erhellte und beleuchtete.

Sonst geschah nichts.

Der Mann zog seine leicht erwärmte Hand zurück.

Was nun?

Die Kreatur starrte ihn an, stand stocksteif und zitterte am gesamten Leib wie Espenlaub. Dann fiel sie vor ihm auf die Knie, küsste überschnell die bloßen Füße und kroch fluchtartig zurück an ihren Platz, während die restlichen Beobachter vorsichtshalber zurückwichen.

Wir haben verstanden, Hoher Herr, hallte es furchterfüllt durch seinen Verstand. *Strafe uns nicht, weil wir nicht begriffen haben.*

»Ich will, dass ihr euch weiterhin im Verborgenen haltet, bis ich weiß, wie ich euch im Kampf gegen den falschen Hohen Herrn einsetze«, rief er. »Haltet eure Augen offen und berichtet mir darüber, was der Hochstapler tut. Aber hütet euch. Er ist gefährlich.« Er hob die Arme. »Fliegt, Modrak!«

Gehorsam erklommen die Wesen die Bäume und verschwanden in den Wipfeln.

Ein paar Blätter segelten nieder, kleinere Äste knackten, dann hörte Lodrik nur noch das charakteristische Rauschen ihrer Flügel, die wirkten, als wären sie mit dunklem, von Adern durchzogenem Pergament bespannt worden.

Nachdem er sich sicher war, dass sich keiner der Beobachter in seiner Nähe befand, hockte er sich rasch hin. Die Anstrengung und die Nutzung des Quäntchens Magie brachten ihn an den Rand der Besinnungslosigkeit.

Und das Schlimmste daran war: Er hatte keine Ahnung, was er bei dem Modrak angerichtet hatte, der eigentlich wie eine Seifenblase hatte bersten sollen.

Es scheint wirkungsvoll zu sein, sinnierte er. *Aber es ist etwas, das ich noch nie vorher angewandt habe. Es muss etwas damit zu tun haben, dass ich starb und zurückkehrte. Meine Fertigkeiten haben sich gewandelt.*

Der einstige Herrscher über Tarpol und zwei Drittel Ulldarts betrachtete seine schäbige Garderobe. *Nun, wenn ich mich schon entschlossen habe, meinem feinen Sohn das Leben zu einem nicht enden wollenden Schrecken werden zu lassen, möchte ich das wenigstens in etwas besserer Kleidung tun.*

Er stand auf, um dorthin zurückzukehren, wo er den Reiter getroffen hatte. Mit etwas Glück fand er irgendwo in den Trümmern des Totendorfes etwas Besseres zum Anziehen. Oder zumindest etwas weniger Zerschlissenes.

Lodrik machte sich auf den Weg. Das Licht der Gestirne reichte ihm plötzlich völlig aus, um einen Fuß sicher vor den anderen zu setzen.

Gezeichnet vom Jenseits, erinnerte er sich an die Worte der unheimlichen Frau, die er für Vintera hielt. Sie war das Gegenstück zu Ulldrael dem Gerechten. Wo sie ihre schwarze Sichel schwang, wuchs nichts mehr. *Was erwartet mich wohl noch alles, außer dass mir das Sonnenlicht zu schaffen macht?*

Es scheint, als hätte es seinen Preis, wenn man Vinteras Sichel entkommt. Er ballte die Faust, in der er das Korn hielt, das Symbol seiner wieder gewonnenen Hoffnung. *Wenn es mir gelingt, Nesreca und Govan mitsamt seiner Schwester und der übrigen Schlangenbrut aufzuhalten, war es mir das alles wert.* Ein anderes Gesicht entstand vor seinem inneren Auge. *Könnte ich Norina wieder sehen, um sie um Verzeihung zu bitten, würde ich alles in Kauf nehmen.*

Kontinent Ulldart, Großreich Tarpol, Hauptstadt Ulsar, Frühsommer 459 n. S.

Hiermit ist die Verhandlung gegen den Orden der Hohen Schwerter eröffnet«, tönte die Stimme des Ausrufers durch den Saal des Gerichtsgebäudes. Der Mann in der einfachen Uniform nahm getragen eine mehrfach gesiegelte Schriftrolle hervor und breitete sie mit den

Händen aus. »Die Anklage lautet: Hochverrat, was im Einzelnen bedeutet: Verschwörung gegen den hoheitlichen Kabcar, Missachtung des hoheitlichen Kabcar, Bewahrung eines Verbrechers vor dem rechtskräftigen Urteil des hoheitlichen Kabcar sowie Widerstand gegen die angeordnete Festnahme durch die hoheitlichen Truppen.« Der Ausrufer setzte sich.

Das Verfahren stellte eine große Besonderheit dar.

Das Gericht hatte zum letzten Mal unter dem Vorsitz eines Bardri¢ getagt, als es im Jahre 373 n. S. zu einem Prozess gegen zwei Adlige kam, die man wegen ihrer Beziehungen zu anderen Herrschaftshäusern auf Ulldart nicht einfach hatte verurteilen können.

Die Folge war eine komplizierte Verhandlung mit Beweisen, Gegenbeweisen und diplomatischen Gesandtschaften gewesen, die nach einem Jahr geendet hatte, weil die Zeugen der Verteidigung nachweislich als bestochen erkannt wurden.

Im Fall der Hohen Schwerter wäre es Govan Bardri¢ ein Leichtes gewesen, eine Verurteilung ohne den Rechtsweg vorzunehmen.

Aber Nesreca hatte ihm zu einem solchen geraten.

Es sollte nicht der leiseste Verdacht aufkommen, der Kabcar könne bei der Auflösung des Ordens, der infolge der Gnade seines Vaters existierte, allzu leichtfertig handeln. Alles sollte mit rechten Dingen zugehen. Das Volk musste überzeugt werden, es mit einer Bande von Gesetzeslosen zu tun zu haben, die über Jahre hinweg Verwerfliches getan hatten.

Vom eigentlichen Prozess blieben die Untertanen dagegen ausgeschlossen.

Die sieben Richter in den langen Roben und mit den ehrwürdigen Weißhaarperücken auf dem Haupt saßen nebeneinander auf einem Podest, ein dunkles, massives

Pult vor sich, auf dem sich die Rechtsbücher turmhoch stapelten.

Drei Schreiber, die etwas versetzt und unterhalb des Podests saßen, hielten Feder und Papier parat, um jedes Wort zu notieren, das gesprochen wurde.

Vor dem Pult stand Herodin von Batastoia, Seneschall des Ordens der Hohen Schwerter. Er trug einen in Mitleidenschaft gezogenen wattierten Waffenrock, seine Hände und Fußgelenke waren von massiven Ketten gefesselt. Ein blauer Fleck zierte die rechte Stirnseite.

Auch wenn der Ritter äußerlich einen vernachlässigten Eindruck erweckte, spiegelten sich in seinen Augen das Aufbegehren, der trotzige Stolz und ein eisenharter Wille.

Zur Rechten und noch ein Stück höher als die Richter thronte ein geckenhaft gekleideter Govan, der in einer Mischung aus Langeweile und Arroganz auf die Ansammlung herabblickte. Er würde später das Urteil der Richter entweder annehmen oder die nochmalige Prüfung des Falles fordern.

Der standhafte Blechsoldat. »Ihr habt die Anklage vernommen, Herodin von Bastardtonien«, nuschelte er herablassend und lächelte gönnerhaft. »Ach herrje, verzeiht mir, ich meinte Batastoia«, korrigierte er sich gespielt erschrocken.

»Ich habe sie vernommen, hoheitlicher Kabcar«, nickte der Seneschall gefasst. »Als höchster Ritter des Ordens sage ich, dass ich die Rechtmäßigkeit der Vorwürfe nicht anerkenne. Alle Anklagepunkte sind das Ergebnis von Lug und Betrug Eures Konsultanten.«

Die Türen schwangen auf, Mortva Nesreca stand im Rahmen und verbeugte sich in Richtung des Herrschers, danach vor den Richtern.

»Entschuldigt die Verspätung, ich saß noch an der Anklageschrift«, erklärte er, bevor er nach vorn schritt und sich an die Position begab, wo der Vertreter der Anklage stand.

Er legte die mitgebrachte Mappe auf die Ablage und verschränkte die Arme auf dem Rücken. »Die mir vom hoheitlichen Kabcar übertragene Aufgabe wird es sein, die Vergehen der Hohen Schwerter in allen Punkten nachzuweisen«, erhob er nach einer theatralischen Pause seine tönende Stimme. »Der Orden hat es über Jahre geschafft, Govan Bardriç und den so heimtückisch aus dem Leben gerissenen Lodrik Bardriç zu täuschen, um den Feind im Süden heimlich zu unterstützen.«

Stocksteif stand er in seiner makellosen Uniform da, die langen silbernen Haare schimmerten. Der Konsultant verzichtete auf jede ausladende Geste; allein durch seine Regungslosigkeit zwang er die Richter, ihre Aufmerksamkeit voll und ganz auf seine Worte zu richten.

»Aber ich will mir nicht selbst vorgreifen. Alles der Reihe nach.« Die Art, wie er seine Unterlagen aufschlug, war eine regelrechte Inszenierung. Eine Hand legte sich auf den Packen Papier. »Wenn ich am Ende meiner Rede angelangt bin, wird dem Gericht aufgrund der erdrückenden Beweislast nichts anderes übrig bleiben, als den Orden aufzulösen und auf alle Zeiten zu verbieten. Was auf die Verbrecher zukommt ... nun ja, Hochverrat fordert die höchste Strafe, die allen bekannt sein dürfte.«

Der Ausrufer erhob sich. »Herodin von Batastoia, Seneschall der Hohen Schwerter, verzichtet Ihr weiterhin auf die Rücksprache mit Rechtsgelehrten, die Euch bei Eurer Verteidigung unterstützen?«

Der Mann lachte. »Da ich diese Farce, dieses abkartete Spiel des Konsultanten und alles, was daraus resultiert, nicht anerkenne, benötige ich keinerlei Beistand in Hinblick auf Gesetzestexte.« Seine Augen richteten sich auf den Berater des Kabcar. »Er hält sich keinen Deut daran. Was ich dem entgegenzusetzen habe, kommt aus meinem ehrlichen Herzen, aus meinem reinen Gewissen.«

»Da Ihr weder über das eine noch das andere verfügt, werdet Ihr schweigen, vermute ich?«, erwiderte Nesreca und lächelte süffisant. »Und Euren Tod werdet selbst Ihr anerkennen müssen«, fügte er halblaut hinzu.

»Wenn Ihr dieses Kunststück tatsächlich vollbringt, die Auswirkungen eines Beiles oder einer Würgeschlinge auf Euren Hals zu ignorieren, ziehe ich meinen Hut vor Euch.«

»Beginnt mit der Anklagerede, Mortva«, befahl Govan mit leuchtenden Augen. Er lehnte sich ein wenig nach vorn und beobachtete gespannt die Szenerie.

Der Berater verbeugte sich und nahm seine gewohnt aufrechte Haltung ein, während seine Miene zu Eis wurde. Das gefällige Getue fiel wie eine zweite Haut von ihm ab, unter der sein berechnendes und rücksichtsloses Wesen lauerte.

»Der Orden der Hohen Schwerter gewährte einem Subjekt in seinen Reihen Unterschlupf, das es gewagt hatte, die Tadca selbst und zahlreiche weitere Gäste, ja sogar den Kabcar zu bestehlen.« Scharf wie ein Rasiermesser schnitten seine Worte durch den Raum. »Der ehemalige Rennreiter Tokaro Balasy wurde vom Großmeister selbst an Sohnes Statt angenommen, mit Wissen und stillschweigender Billigung der Ritterschaft. Man wagte es sogar, den verurteilten und gebrandmarkten Verbrecher mit an den Ort zu bringen, wo er seine schändlichen Taten vollbracht hatte. Er sollte dem ungeachtet den Ritterschlag empfangen, die höchste Auszeichnung, die es gibt.« Seine Rechte zeigte auf die Unterlagen. »Ich habe die Aussagen von Zeugen, die alles belegen und beschwören. Außerdem lehnte es der Orden ab, ein Treuegelöbnis auf den Kabcar zu leisten. Vielmehr sagte er sich sogar von allen Verpflichtungen gegenüber dem Hause Bardri¢ los. In Anbetracht der mehr als fragwürdigen jüngeren Geschichte der Hohen Schwerter ist dies eine Missachtung sondergleichen. Außerdem wissen wir, dass nicht Hetrál unseren Strategen Varèsz in der Festung Windtrutz erstach. Der Großmeister selbst machte sich auf zum Pass, um den Feldherrn des Kabcar, dem er Treue geschworen hatte, vom Leben in den Tod zu befördern.«

Hart schlug die flache Hand auf das Papier, der Knall erschreckte die Richter. Weder Govan noch Herodin zuckten zusammen.

»Der Orden hat damit bereits früh Verrat am Kabcar geübt, indem er den Feind unterstützte. Wäre Varèsz nicht gefallen, hätte sich die Einnahme des Bollwerks nicht verzögert. Und wieder gibt es Zeugen, die glücklich waren, endlich die Wahrheit sagen zu dürfen. Nicht zuletzt widersetzten sich die Ritter vor wenigen Nächten der Gefangennahme durch die Wachen des Kabcar. Sie töteten nicht weniger als einundfünfzig Mann, ehe sie der Selbstmord des Großmeisters Nerestro von Kuraschka zur Aufgabe bewegte.« Nesreca atmete tief ein. »Nun, Seneschall, verteidigt Euch. Aber jede Eurer Entgegnungen ist nichts anderes als eine Lüge. Die Beweise lasten schwer.«

Herodin verlagerte sein Gewicht, die Ketten klirrten leise. »Tokaro Balasy wurde ebenso ein Opfer Eurer Machenschaften, Nesreca, wie unser Orden.«

Der Konsultant schaute ihn leidenschaftslos an. »Ihr habt den Jungen also aufgenommen?«

»Ja«, bestätigte Herodin müde.

»Ihr wusstet aber doch, wer der Knabe war?«, hakte der Mann mit den silbernen Haaren nach.

»Wer kannte den Rennreiter des Kabcar nicht?«, hielt der Ritter dagegen. »Die Tadca hatte ihn hereingelegt, also mussten wir ihm zur Wiedergutmachung eine neue Gelegenheit geben, sich zu bewähren.«

»Ein schöner Orden ist das«, lachte Govan auf. »Hätte ich das gewusst, hätte ich Euch die ganzen Insassen der Verlorenen Hoffnung anvertraut, wenn Ihr solch eine heilende Wirkung auf die Gesinnung von Menschen habt.«

»Wie steht es mit der Ermordung von Varèsz?«, erkundigte sich der Berater. »Gesteht Ihr auch dies?«

»Nerestro zog ihn zur Rechenschaft, weil er den alten Großmeister während des Aufenthaltes im Gefängnis nach der Schlacht bei Telmaran feige erstochen hatte«, erläuterte Herodin laut. »Auf Geheiß von Euch, Nesreca. Ihr habt von Anfang an den Orden für unredliche Zwecke nutzen wollen.«

Die Federn der Schreiber flogen nur so über die Blätter, die Richter lauschten aufmerksam, und das Antlitz des Kabcar strahlte vor Wonne. Es tat ihm nicht Leid, dass sein Mentor selbst beschuldigt wurde. *Ich bin mir sicher, dass der Ritter die Wahrheit spricht. Aber er wird es niemals beweisen können. Der fleißige Mortva, damals wie heute.*

Verächtlich schaute Nesreca sein Gegenüber an. »Ja, bellt nur. Aber was kümmert es den Mond, wenn ein Köter kläfft? Oder ist es vielmehr das Jaulen, weil ich Euch mit meinen Anschuldigungen mehrfach getroffen habe, Seneschall?« Entspannt lehnte er sich gegen sein

Pult. »Und welche haarsträubende Geschichte habt Ihr parat, um die einundfünfzig Toten unter den Wachen zu erklären?«

»Ich darf Euch daran erinnern, dass sie keine Wappen und Banner trugen«, entgegnete Herodin. »Wir nahmen an, es seien Räuber, und setzten uns zur Wehr.« Sein Gesicht zeigte einen stolzen Ausdruck. »Wenn sie sich nicht voller Angst zu erkennen gegeben hätten und der Großmeister nicht feige von Euren Schergen ermordet worden wäre, so wäre niemand von ihnen lebend zurückgekehrt.«

Nesreca faltete die Hände vor dem Bauch zusammen und neigte sich ein wenig zurück. Seine Mundwinkel wanderten langsam in die Höhe. Ein sattes Lachen stieg hervor, zuerst verhalten, dann steigerte es sich zu einem wahren Sturm an mitleidiger Heiterkeit, der so ansteckend wirkte, dass selbst die Richter und Govan mit einfielen.

Schnell hatte sich der Konsultant von der geplanten Lachattacke erholt. Zweimal klatschte er in die Hände, um Applaus anzudeuten.

»Ganz köstlich, Herodin von Batastoia. Ihr seid ein hervorragender Märchenerzähler. Wie erklärt Ihr Euch, dass die Waffenröcke der Toten, auf denen das Emblem des Kabcar selbst im Halbdunkel deutlich zu erkennen ist, durchbohrt wurden?« Die Kälte, mit der er seine Rede begonnen hatte, kehrte schlagartig zurück. »Ihr habt sie alle ermordet, um Euch der Verhaftung und dem Gericht zu entziehen. Euer Großmeister erkannte letztendlich die Ausweglosigkeit und stürzte sich in den feigen Selbstmord.«

»Sie trugen die Waffenröcke mit der dunklen, ungekennzeichneten Seite nach vorne, damit es im Fall einer Verletzung so aussähe, als hätten wir die hoheitlichen

Wachen absichtlich angegriffen«, erklärte der Ordenskrieger den Trick. »Damit wurden wir getäuscht.« Eindringlich schaute er zu den Richtern hinüber. »Es war kein Selbstmord, den der Großmeister beging. Ich habe die Wunde gesehen.« Sein Finger legte sich an die Stelle, an der das Schwert eingedrungen war. »Es wäre die denkbar ungünstigste Position, um sich selbst zu erstechen. Und dann auch noch mit solcher Wucht, dass das Schwert auf der anderen Seite wieder austrat. Die Wundränder passten nicht zu denen einer aldoreelischen Klinge. Zudem hätte er sich seine Waffe auch durch die Rüstung treiben können. Somit bleibt nur feiger Mord übrig.«

»Das ist Eure Ansicht. Lassen wir das außer Acht, bleiben immer noch andere unappetitliche Vorkommnisse«, setzte Nesreca nach. »Ich habe in Erfahrung gebracht, dass Ihr Eure niederen Untergebenen zu unvorstellbaren Akten zwingt. Einige Bauern haben sich beim Kabcar beschwert, dass etliche aus der Ritterschaft ihnen die Töchter und Söhne nehmen, um nach deren Belieben mit ihnen zu verfahren.« Er wedelte mit einigen Briefen. »Bisher hielten wir das für übertrieben, aber inzwischen dürfte bei den Hohen Schwertern alles möglich sein. Abscheulich.«

»Nun ist es genug, Nesreca! Beendet Euer Lügenspiel und lasst uns doch alle gleich zum Tode verurteilen, wie es schon längst beschlossene Sache ist. Euren stärksten Gegner habt Ihr in seinem eigenen Zelt umbringen lassen.« Ereifert rang er nach Luft. »Werte Richter, die Hohen Schwerter dienen Angor, dem Gott der Ehrenhaftigkeit und der Anständigkeit. Wenn die Anschuldigungen zuträfen, würden wir uns aus vollem Herzen dazu bekennen. Aber niemand, nicht ein Einziger wird bei den Verhören einen der abstrusen Vorwürfe gestehen.«

»Natürlich nicht«, pflichtete der Berater behutsam bei. »Es wäre das Eingeständnis Eurer Verfehlungen. Wenn auch nur einer das Schweigen bräche, wärt ihr alle verloren.« In Nesrecas anziehendes Gesicht stahl sich ein dämonisches Lächeln, als er die Hand hob und den Wachen an der Tür einen Wink erteilte. »Nun, dann betrachtet Euch als verloren.«

Die Flügel schwangen auf, und ein junger Mann trat ein. Er trug die herkömmlichen Kleider eines gut situierten Tarpolers, wenn auch die blonden Haarstoppeln auf dem Kopf nicht zu einem herkömmlichen Bürgers passten.

Zuerst erkannte ihn der Seneschall in dem ungewohnten Aufzug nicht, dann weiteten sich seine Augen. »Albugast?« Dass der Knappe nicht im Gefängnis saß, bedeutete in diesem Zusammenhang nur eines. *Er hat sich tatsächlich auf die Seite des Bösen geschlagen.* Enttäuscht wandte sich Herodin von dem einstigen Ritteranwärter ab. *Zum ersten Mal empfinde ich es als bitter, dass ich mit meiner Einschätzung Recht behalte.*

Der Neuankömmling verbeugte sich der Reihe und dem Rang nach vor den Versammelten, den gefesselten Ritter missachtete er.

»Das, wertes Gericht, ist mein Zeuge. Er heißt Albugast und ist von untadeliger Herkunft. Er begann vor vier Jahren die Ausbildung zum Ritter im Orden der Hohen Schwerter und stand kurz vor der Schwertleite. Also gehörte er dem verwerflichen Kreis derer, die sich gegen den Kabcar verschworen, noch nicht an«, verkündete der Konsultant. »Er wird alles bestätigen, was ich vorgetragen habe.«

Der Vorsitzende forderte den jungen Mann zum Sprechen auf.

»Ich wollte ein Ritter Angors werden, aber was ich herausfand und was mir widerfuhr, ließ mich meinen Beschluss überdenken«, sagte Albugast nüchtern, abgeklärt. »Ich sollte dem Großmeister als Knappe zugeteilt werden und erfüllte schon erste Dienste und Aufgaben. Doch als er widerwärtige, widernatürliche Dinge von mir verlangte, verweigerte ich mich ihm.«

»Albugast!«, stieß Herodin voller Entsetzen aus. Er wollte sich nach vorn werfen, um den jungen Mann zu packen, aber die Soldaten ergriffen ihn an den Armen. Die Ketten rasselten laut. Hart rissen seine Bewacher ihn zurück. »Wieso erzählst du solchen Unsinn über unseren Orden?«

Gleichgültig wandte der Knappe seinen Blick in die Richtung des Seneschalls. »Tokaro Balasy scheint hingegen dazu bereit gewesen zu sein«, redete er ungerührt weiter. »Er muss weit gegangen sein, dass er mit seiner bereitwilligen Hingabe an den Großmeister sogar als dessen Sohn angenommen wurde.«

Klirrend spannten sich die eisernen Fesseln. Es schien, als wollte Herodin die Bande zerreißen, um sich auf den Lügner und Verleumder zu werfen.

»Seht Ihr, wertes Gericht, wie sich der Seneschall am liebsten an die Gurgel meines Zeugen werfen würde?«, kommentierte Nesreca den Ausbruch des Ritters. *Ich dachte schon, ich erreiche es niemals, dass er seine Beherrschung verliert.* »Aber die Wahrheit lässt sich nicht verbergen.«

»Ganz recht«, tobte Herodin. Eine dritte Wache eilte herbei, weil zwei nicht mehr ausreichten, den empörten Gefangenen zu bändigen. »Die Wahrheit wird mit Angors Hilfe auch Euch ereilen, Nesreca.« Er schaute zu Govan. »Hoheitlicher Kabcar, ich appelliere an Euch: Macht Euch frei von dem Einfluss dieses Mannes und kommt zu Euch, ehe Ihr ebenso verdorben seid wie er. Er manipuliert Euch bereits, ohne dass Ihr es merkt.«

»Ihr müsst gerade von Verdorbenheit reden«, bemerkte der Berater spitz. »Soll ich noch mehr über die Orgien und die beteiligten Tiere berichten? Man könnte einen ganzen Stall damit füllen.«

Der Seneschall beruhigte sich. »Ihr habt eines Eurer Ziel erreicht. Wir werden hingerichtet, denn ich glaube nicht an die Unvoreingenommenheit des Gerichtes. Aber die zweite Absicht misslang. Eine der aldoreelischen Klingen fehlt Euch in Eurer Sammlung, nicht wahr?«

»Gut, dass Ihr mich daran erinnert.« Nesreca nickte Albugast zu und hob die Hand als Aufforderung fortzufahren.

»Ich sah in jener Nacht, wie sich Tokaro Balasy in das Zelt des Großmeisters schlich. Kurz darauf rannte er aus der Unterkunft und hielt die aldoreelische Klinge in der Hand.«

Der Mann mit den silbernen Haaren breitete die Arme aus. »Ein Dieb ist eben immer ein Dieb. Nun hat er sogar einen Toten bestohlen. Oder vielleicht hat er ihn sogar umgebracht? Hatte der Seneschall selbst nicht Zweifel an meiner Theorie des Selbstmords? Ich wollte das nur am Rande erwähnt haben, wertes Gericht, um zu zeigen, welche Sitten dort herrschten.«

Der Vorsitzende des Gremiums blickte nach rechts und nach links. »Wir ziehen uns zur Beratung zurück«, verkündete er. »Aber es wird nicht lange dauern. Wartet hier.« Die Robenträger und Schreiber verschwanden in einer feierlichen Prozession aus dem Saal.

Nesreca schüttelte die Arme aus. »Das sollte es gewesen sein, Seneschall«, meinte er in die Stille. Er blickte nachdenklich. »Kommt man durch eine Hinrichtung zu

Angor, oder ist das ein ebenso unrühmliches Ende für einen Ritter, wie im Bett zu sterben oder beim Ausritt vom Pferd zu fallen und sich den Hals zu brechen? Sollen wir den Rittern Schwerter geben, damit sie sich in einem letzten Zweikampf alle gegenseitig erschlagen, oder würde Euer Gott das als Betrug ansehen? Und was macht der Letzte? Ich könnte Echòmer bitten, Euch zur Hand zu gehen.«

Herodin atmete tief ein und ignorierte den ihn verhöhnenden Berater. »Albugast, was haben sie dir versprochen? Was ist dein Lohn für diesen Verrat, den dir kein Gott verzeihen wird?«

Nesreca schnalzte tadelnd mit der Zunge. »Ich kenne einen, Seneschall, der ihm geradezu dankbar ist.«

Der Knappe kam herüber, beugte sich an das Ohr des Ritters. »Ihr hättet mich nicht übergehen dürfen. Mir stand die Schwertleite zu, ich hätte der Knappe des Großmeisters werden sollen. Ich war und bin der beste Fechter des Ordens.« Heiß umspielte Herodin der warme Atem des jungen Mannes, die hasserfüllten Worte drangen in seinen Verstand. »Aber Ihr habt mich zu Gunsten eines Verbrechers weggestoßen. Das konnte ich Euch nicht verzeihen.« Langsam zog er seinen Kopf zurück und sah dem Ritter in die Augen. »Nun werde ich Großmeister meines eigenen Ordens.«

»Das war dein Entgelt?«, begriff der Seneschall. »Angor wird niemals ...«

Wieder näherten sich die Lippen der Ohrmuschel. »Ich gebe einen Dreck auf Angor. Ich werde einem anderen dienen, dessen Macht sichtbar ist und die täglich größer wird. Vor allem mit Euren Toten. Ich sah, wie ein Mann in einer schwarzen Rüstung mit dem Großmeister kämpfte. Und ich unternahm nichts. Weil er sterben sollte. Weil ich wollte, dass er starb.«

Herodins Angriff erfolgte dermaßen unvermittelt und schnell, dass die drei Soldaten um ihn herum überrumpelt wurden.

Die gefesselten Hände zuckten nach oben, die Kettenglieder trafen Albugast seitlich ins Gesicht. Der junge Mann stürzte zu Boden. Der Seneschall riss einer Wache den Dolch aus dem Gürtel, um den Verräter zu töten.

Ein dunkelvioletter Strahl schoss durch den Raum und prallte gegen die Brust des Ritters. Er wurde zurückgeschleudert, brach anschließend zusammen und rührte sich nicht mehr.

»Ich will nicht, dass meinem viel versprechenden Ritter etwas geschieht.« Govan stand an seinem Platz, eine Hand leicht in die Richtung des Seneschalls gereckt. »Und er wird seinen Tod erst nach dem Spruch der Richter finden.«

»Ich danke Euch, hoheitlicher Kabcar, dass Ihr mein Leben bewahrtet.« Albugast erhob sich angeschlagen, sein Gesicht sah merkwürdig eingedrückt aus. Taumelnd griff er sich an die Schläfe, als ein Schwall Blut aus seiner Nase schoss. Kurz darauf fiel er zusammen.

»Einen Cerêler, schnell«, wies Nesreca eine Wache an und entfernte sich etwas von dem am Boden liegenden, zuckenden Ritter. *Tzulan steh ihm bei. Er ist so viel verheißend.*

Diener eilten herbei und schafften den Verletzten hinaus, ein anderer wischte den verschmierten Boden des Gerichtssaals.

Nach einer halben Stunde Warterei, die der Kabcar und Nesreca schweigend erduldeten, kehrten die Rechtsprecher zurück.

»Wir entscheiden, dass der Orden der Hohen Schwerter aufgelöst und für immer verboten werden soll«, verkündete der Vorsitzende. »Alle Angehörigen der Ritterschaft werden zum Tode verurteilt, alle Knappen werden eingehend auf ihre Mitwisserschaft hin befragt. Gestehen sie, etwas gewusst und geschwiegen zu haben, aus welchen Gründen auch immer, so sollen sie auf Lebenszeit in den Kerker geworfen werden. Alle Besitztümer und Ländereien fallen an die Krone.« Der Hammer hob sich. »Erkennt der Kabcar das Urteil an?«

»Ich verkünde hiermit die Begnadigung des Zeugen Albugast. Ansonsten stimme ich dem Gericht voll und ganz zu. Jedoch soll man alle, die etwas mit dem Orden zu schaffen hatten, aufspüren und vor Gericht bringen, damit man Schuld oder Unschuld feststellen kann. Jeder noch so kleinste Mitläufer muss entdeckt werden.«

Der Hammer knallte auf das Pult und verkündete symbolisch das In-Kraft-Treten der Entscheidung.

Die Soldaten schleiften den bewusstlosen Herodin hinaus, während die Schreiber die letzten Sätze niederkritzelten, ehe sie aufsprangen, sich verneigten und gingen. Auch die Richter verließen den Raum. Nesreca und der Kabcar waren allein.

»Wir werden Großmeister Albugast eine der Ländereien anvertrauen, die nun der Krone gehören«, überlegte Govan laut. »Ich denke da an ... Kuraschka. Die Burg Angoraja benötigt einen neuen Namen.«

»Wir könnten die Strukturen der Hohen Schwerter vom Aufbau her übernehmen, die Titel ein wenig abändern und ein paar fanatische Tzulani als ersten Grundstock aufnehmen.« Der Konsultant deutete als Zeichen des Aufbruchs zur Tür. »Habt Ihr Vorstellungen, wie Euer Orden aussehen soll?«

»O ja«, sagte der Herrscher und ging zusammen mit Nesreca durch die Tür, die Treppen hinunter zur Kutsche, um zum Palast zurückzukehren. »Ich sehe die

Rüstungen genau vor mir. Sie werden dunkelrot und Furcht einflößend sein. Als gemeinsames Wappen möchte ich eine stilisierte Flammensäule.« Das Gefährt setzte sich in Bewegung, während Govan über das Aussehen seiner Ritter sinnierte. »Mortva, sucht mir die besten Kämpfer aus der Leibwache, steckt sie mit Tzulani-Priestern zusammen und lasst sie zu begeisterten Anhängern des Gebrannten werden. Ich will in einem halben Jahr einen militärisch mindestens ebenso effektiven Orden haben, wie es einst die Hohen Schwerter waren.« Sein Gesicht verdunkelte sich. »Aber mit einem hatte Herodin leider Recht.«

»Und das wäre?«

»Hemeròc hat kläglich versagt«, stieß Govan enttäuscht aus.

»Ihr meint, weil er die aldoreelische Klinge nicht zu Euch brachte?« Auch Nesreca wirkte wenig zufrieden. »Ich habe ihn bereits gerügt, Hoher Herr. Und auf die Suche geschickt.«

Die Kutsche hielt an, schweigend stieg der Kabcar aus, eilte die Stufen hinauf und schritt geradewegs in die Unterkunft seines Beraters. Die magischen Sicherungen hielten ihm nicht stand. Schnaufend stand er mitten in dem fast leeren Zimmer mit dem riesigen lackierten Schrank. Er riss die Flügeltüren auf. Doch noch immer hingen nur drei der sagenumwobenen Waffen dort.

Wütend wandte er sich zu dem Mann mit den silbernen Haaren um. »Anscheinend ist er noch nicht fündig geworden. Ruft ihn herbei, Mortva.«

»Es ist nicht so einfach, jemanden zu finden, wenn man nicht weiß, wo er sich ungefähr aufhält, Hoher Herr«, versuchte der Konsultant ein wenig Verständnis zu schaffen, ehe er den Namen seines Helfers aussprach.

Hemeròc erschien und kniete nieder.

»Du hast den Großmeister getötet. Gut, von mir aus«, empfing ihn Govan schlecht gelaunt. Anklagend wies er auf den Schrank. »Aber wie kann es sein, dass ein Zweiter Gott nicht in der Lage ist, einen Jungen zu finden?«

Hemeròc versuchte sich krächzend zu verteidigen. »Er muss vor mir beim ...«

Doch der Herrscher hob die Hand. »Es ist mir gleich, welche Ausreden du von dir gibst. Du hast versagt.« Govan zog seine aldoreelische Klinge und rammte sie dem Wesen in den Leib. »Versagt wie Paktaï.« Hemeròc stöhnte auf.

Nesreca sah das Schlimme kommen. »Hoher Herr, tut es nicht! Wir brauchen ihn noch.«

»Ich brauche ihn nicht mehr, Mortva. Für Versager ist kein Platz um mich herum.« Ein viel bedeutender Blick traf den Berater. »Merkt Euch das gut.« Die Hand des Kabcar wollte sich auf die Schulter des Zweiten Gottes legen, der allerdings sehr wohl wusste, was ihn erwartete.

Mit einem unmenschlichen Brüllen sprang er zurück, die Schneide des Schwertes glitt aus ihm heraus. Durchsichtige Flüssigkeit troff zu Boden. »Es war niemals vereinbart, dass ich für Tzulan sterben soll«, donnerte er schmerzerfüllt, während er seine wahre Gestalt annahm. Die menschliche Hülle platzte auf, fiel in Fetzen zu Boden. Etwas anderes, Gefährlicheres entstand.

»Vereinbarungen ändern sich«, meinte der Konsultant ruhig.

Bevor die Verwandlung beendet war, attackierte Govan den Zweiten Gott mit einer Serie magischer Entladungen.

Nur mit Mühe wehrte Hemeròc sie ab. Nesreca übernahm das Abfangen der abgleitenden Strahlen, um großflächige Zerstörungen innerhalb des Regierungssitzes zu verhindern.

Das Antlitz des Kabcar leuchtete vor Begeisterung, er genoss die Herausforderung, endlich einen Gegner vor sich zu haben, der nach dem ersten Stoß Magie nicht sofort zu Asche oder unappetitlichen Überresten verging. Lachend setzte er seine eigenen und geraubten Kräfte ein.

Er spielt mit ihm!, verstand der Konsultant. Für einen Moment befiel ihn selbst so etwas wie Furcht. *Er ist einem Zweiten Gott überlegen, unbesiegbar geworden. Ich werde all meine List benötigen, um nicht ebenso zu enden wie Hemeròc.*

Schließlich packte der Kabcar die aldoreelische Klinge mit beiden Händen und eröffnete den Nahkampf. Alle Abwehrversuche seines Gegners, der inzwischen mit seinem schrecklich anzusehenden Dämonenschädel an die Decke stieß, scheiterten an der magischen Schutzbarriere, die um Govans Körper flirrte. Die Schläge der Klauen wurden kurz vor Govans Körper gebremst, die Arme federten zurück. Auch die stachelbewehrten Tentakeln, die Hemeròc aus dem Rücken wuchsen, richteten nichts aus.

Letztlich brachte die aldoreelische Klinge das Ende.

Zur Hälfte der Länge nach gespalten, krachte der Zweite Gott auf den Boden. Schließlich nahm sich der Kabcar die Magie des sterbenden Wesens, und die Schneide trennte den hässlichen Kopf vom Rumpf.

Keuchend setzte sich Govan in den Schrank, seine Waffe klirrte zu Boden.

»Das war ein Kampf«, japste er erschöpft. »Besser als jede Übungsstunde. Und viel befriedigender.« Er lockerte sich den Kragen, öffnete Jacke und Hemd. »Ich fühle mich furchtbar heiß.«

»Das rührt daher, dass Ihr Eure Kräfte recht verschwenderisch eingesetzt habt«, erklärte Nesreca. »Ihr erinnert Euch doch noch an die Lektionen, die ich Euch erteilt habe? Eure Kleider könnten durchaus Feuer fangen.« Abschätzend betrachtete er den Leichnam seines Helfers. »Ihr habt uns schon wieder einen Verbündeten genommen, Hoher Herr.«

»Ich habe jemanden beseitigt, der als Verbündeter nichts taugte«, verbesserte Govan lachend und wischte sich den Schweiß von der Stirn; die Haare klebten nass an seinem Kopf. Die Magie des Getöteten pulsierte durch ihn, verband sich mit seinen vorhandenen Kräften. Doch es gab kein schmerzhaftes Ringen der unterschiedlichen Energien, das Fremde wurde einfach absorbiert, hinzugefügt. Die Magie, die sich nun dunkelviolett zeigte, musste immens stark sein.

»Wir haben aber sonst keinen mehr. Er hätte noch gute Dienste leisten können.«

Der Kabcar schloss die Augen und zwang seine Atmung durch Konzentration, sich zu verlangsamen. »Ich habe immer noch Euch, geliebter Mentor«, erwiderte er ruhig.

Nesreca überlegte, wie der junge Mann das gemeint haben könnte. *Um meine Magie zu stehlen?*

»Tzulan mag mir verzeihen, dass ich seine Kreaturen töte. Aber sie sind seiner nicht wert. Und außerdem bin ich so stark, dass ich getrost auf solche Handlanger wie Hemeròc verzichten kann.« Seine braunen Augen richteten sich auf seinen Konsultanten. »Ich habe nicht einmal all meine Fertigkeiten zum Einsatz gebracht, Mortva, und dennoch gegen einen Zweiten Gott gesiegt.« Seine Züge wurden ernst. »Ich würde auch Euch besiegen. Ich bin mehr als ein Halbgott.« Er betrachtete seine Finger. *Ich bin bereits göttlich.*

Nesreca kam eine Idee, wie er den Herrscher weiterhin in seiner Hand halten konnte. »Wahrlich, Ihr seid mehr als das«, verneigte er sich devot. »Dennoch fehlen Euch leider ein paar Attribute, Hoher Herr, die Euch zum Gott werden ließen.«

»Ich weiß«, knurrte Govan mürrisch.

Dachte ich es mir doch. Der Mann mit den silbernen Haaren schlenderte herüber. »Ich könnte mit Tzulan reden. Vielleicht stattet er Euch mit den fehlenden Eigenschaften aus, wenn er selbst erst vollständig zurückgekehrt ist«, schlug er harmlos vor. »Und je schneller das vorangeht ...« Absichtlich ließ er den Satz unvollendet.

»Ein Gott sein«, wisperte der Kabcar voller Begeisterung. »Das würde mir gefallen. Wann gab es das, dass der Pöbel von einem zum Gott aufgestiegenen Menschen regiert wurde?« Versonnen steckte er die aldoreelische Klinge ein. »Das wäre die Erfüllung meiner Träume, Mortva.« Er stand auf und stellte sich vor seinen Berater. »Ich verlange von Euch: Lasst ihn Wirklichkeit werden. Alles andere betrachte ich als Versagen Eurerseits. Und Ihr wisst, was ich von Versagern halte.«

Damit habe ich mir jedenfalls auf längere Sicht meine Existenz gesichert, dachte der Konsultat und atmete innerlich auf. »Es wird nur möglich sein, wenn Ihr Euren Teil dazu beitragt, Hoher Herr.«

»Das werde ich.« Der junge Mann ging zum Ausgang. »Werft den Kadaver in dieselbe Gruft, in der Paktaï liegt und verrottet«, wies er an. »Ich werde mich ein wenig zurückziehen.« Er stand halb in der Tür, als er den Kopf drehte. »Ach, ja, besorgt mir die aldoreelische Klinge und den Dieb dazu. Ich muss mit ihm noch ein paar Dinge abrechnen, die ich ihm von früher schuldig bin.

Veranlasst alles, was notwendig ist.« Govan überlegte. »Und bewirkt, dass meine Anrede geändert wird. Von heute an soll mich das Volk ›göttlicher Kabcar‹ nennen. Demnächst wird sich noch mehr ändern. Jetzt werde ich erst einmal schlafen. Danach möchte ich wissen, warum die Modrak wie die Ölgötzen auf den Dächern hocken, anstatt mir zu gehorchen.« Er ging hinaus.

Govan und ein Gott. Das hat noch gefehlt. Seufzend nahm Nesreca die drei Waffen aus dem Schrank und machte sich auf den Weg in die kleine Schmiede, um die aldoreelischen Klingen einzuschmelzen und ungefährlich zu machen. *Wenn Tzulan nicht aufpasst, wird ihn der Kabcar glatt aus dem Reigen der Götter befördern. Aber Überheblichkeit ist die beste Scheuklappe gegenüber Gefahren, die es nur gibt.*

Warum die Modrak zur alten Passivität zurückkehrten, hätte er selbst zu gern gewusst, sah aber keine Möglichkeit, das herauszufinden. Im schlimmsten Fall hatte Lodrik wirklich überlebt und sie mit dem Amulett unter seiner Kontrolle behalten. Doch das erschien Nesreca zu abwegig. *Man könnte einen Modrak fangen und aushorchen. Das wird das Beste sein.* Während er in der Schmiede die Vorbereitungen traf, bereitete ihm der Auftrag, die letzte der auf dem Kontinent bekannten Klingen zu beschaffen, weiteres Kopfzerbrechen.

Flugblätter, die Garnisonen verstärkt zur Wachsamkeit ermahnen, die Tzulani, ein Kopfgeld. Und dennoch schien ihm das angesichts der Unzahl von möglichen Fluchtorten und -wegen nur ein Tropfen auf den heißen Stein.

Man müsste ihm jemanden auf die Fersen setzen, der ihn kennt. Abwesend schaute er die glühende Esse und rührte die Kohlen in ihrem Bett mit der bloßen Hand um, ohne dass sich Verbrennungen auf seiner Haut zeigten.

Natürlich! Ich werde die Nachricht verbreiten lassen, dass Tokaro den Großmeister getötet hat, um dessen Klinge zu stehlen. Das erste Schwert flog in die Glut. *Und dann gebe ich einem aus der Ritterschaft die Gelegenheit zur Flucht. Meine Spione werden ihm folgen und sich zu dem kleinen Dieb führen lassen.*

Zufrieden begann er die Beschwörungszeremonie, um den Schutzzauber der Waffe teilweise außer Kraft zu setzen, damit die Klinge ihre gefährliche Form verlor und zu einem nutzlosen Klumpen Metall wurde.

Kontinent Ulldart, Königreich Barkis (ehemals Tûris), Ammtára (ehemals die Verbotene Stadt), Frühsommer 459 n. S.

Vorwurfsvoll hob Shui die Robe hoch. »Weißt du, was das ist?«

»Das?« Pashtak war nicht wohl in seiner Haut, die Augen seiner Gefährtin ruhten zu streng auf ihm. »Das ist meine Robe.«

»Es ist die einzige Robe, die du noch hast«, verbesserte sie kühl. »Weil du nichts Besseres zu tun hast, als alle teuren Kleider, die du besitzt, zu zerreißen oder dermaßen schmutzig zu machen, dass man sie nicht mehr tragen kann. Außer als Windel.« Mit einer getragenen Geste reichte sie ihm das Gewand. »Dabei ist es doch so einfach: Zieh es an, geh damit in die Versammlung, kehre damit wieder zurück. Sauber, wenn ich bitten darf. Und anschließend schaust du beim Schneider vorbei, um dir neue anfertigen zu lassen.«

Der Inquisitor nahm den Stoff so vorsichtig in die Hand, als hielte er das Kleinste seiner Kinder fest. Die spitzen Krallen konnten dem Webprodukt durchaus gefährlich werden. »Ich gelobe Besserung«, versprach er leicht girrend. »Wir haben die Mörderbande ja ausgehoben.«

Shui kniff die Lider zusammen. »Ich kenne dich zu gut. Du verfolgst noch eine andere Sache, lieber Mann.« Sie lief an ihm vorbei, scheuchte die lauschenden Kinder zurück in die Küche und gab ihm einen Kuss auf den Nacken. »Pass auf dich auf«, sagte sie versöhnlich. »Wer weiß, wie viele Tzulani noch im Verborgenen sitzen.«

»In Ammtára? Wohl kaum mehr welche«, lachte er rau und zeigte sein imposantes Gebiss. »Warte nicht mit dem Essen auf mich. Es kann länger dauern«, rief er von der Tür aus.

Alarmiert drehte sie sich um. »Du wirst dich schön umziehen, bevor du wieder auf Abenteuersuche gehst, hörst du?!«

Aber Pashtak war schon verschwunden.

Unterwegs ging er die Blätter durch, auf denen Leconuc die wichtigsten Tagesordnungspunkte zusammengefasst hatte, angefangen vom Tod des Kabcar bis hin zur Einberufung der Tzulani als Beamte im gesamten Reich.

Tja, außer in Ammtára, musste der Inquisitor grinsen, und ein amüsiertes Schnurren drang aus seiner Kehle. Die Passanten, die ihm entgegenkamen, wichen ihm wie selbstverständlich aus.

Im Geiste kehrte er zu den Ereignissen zurück, die sich vor wenigen Wochen ereignet hatten.

Nachdem er dem Vorsitzenden der Versammlung der Wahren einen umfassenden Bericht über die Ungeheuerlichkeiten, die sich unter den Tzulani innerhalb der Stadtmauern abspielten, abgeliefert hatte, war auch Leconuc erst einmal schockiert gewesen. Zwar gehörte auch er zu den Gläubigen des Gebrannten, aber er war weit entfernt von diesem schädlichen Fanatismus.

In aller Heimlichkeit stellten daraufhin die beiden eine Truppe aus Nimmersatten zusammen, die in jener Nacht, in der die Monde eine Linie bildeten, den Tempel Tzulans stürmen und alle verhaften sollten, die etwas mit der Verschwörung zu tun hatten.

Der Handstreich gelang.

Während sich die ersten Gläubigen in die Flammen warfen, eroberten die Nimmersatten das Heiligtum und trieben die Tzulani zusammen. Wer sich allzu heftig zur Wehr setzte, wurde den kompromisslosen Sumpfkreaturen überlassen, alle anderen, insgesamt zweiundsiebzig Männer, Frauen und einige Artgenossen Pashtaks, in Ketten gelegt. Glücklicherweise befand sich keines der Versammlungsmitglieder darunter. Die unfreiwilligen Opfer wurden befreit und nach Hause entlassen.

Bei der Durchsuchung entdeckten Leconuc und der Inquisitor weitere Briefe, die Weisungen aus Ulsar enthielten. Neue Mitteilungen wurden ebenfalls abgefangen und ergaben ein düsteres Bild von der Zukunft.

Und genau darum würde es sich in dem anstehenden Treffen drehen.

Neue Morde waren seit dem Ausheben der Brut ausgeblieben. Es schien, als hätten die langen Ermittlungen zu einem durchschlagenden Erfolg geführt.

In Erinnerungen und Gedanken versunken, trat Pashtak in den Saal und begab sich an seinen Platz. Erst als Leconuc die Versammlung eröffnete, bemerkte er, dass Lakastres Sitz frei geblieben war. *Ich habe sie schon lange nicht mehr gesehen*, dachte er. *Ich werde sie anschließend besuchen, um einige Dinge anzusprechen.*

»Liebe Freunde«, sagte Leconuc laut, um die ungeteilte Aufmerksamkeit auf sich zu lenken. »Wichtige Dinge sind heute zu besprechen und zu beschließen.« Das Gremium stellte die privaten Unterhaltungen ein und lauschte. »Manche haben es vielleicht als Gerücht gehört: Der Kabcar Lodrik Bardri¢, dem unsere Stadt so vieles zu verdanken hat, ist mit größter Wahrscheinlichkeit tot. Die Nachfolge wurde von seinem ältesten Sohn angetreten, der ganz den Anschein macht, als wäre er ein eifernder Tzulani.« Der Vorsitzende wirkte angespannt. »Und genau mit diesen hatten wir die größten Schwierigkeiten in Ammtára. Er hat Ulsars Kathedrale umbauen lassen, die ersten Häuser tragen eine neue Fassade, wie sie dunkler nicht sein könnte. Alle wichtigen Ämter in der Verwaltung hat er von überzeugten Tzulani besetzen lassen, die, wie ihr wisst, zumindest Tarpol wie ein Netzwerk durchdringen.«

»Was ist daran so schlecht?«, warf Nechkal ein, ein Mensch. »Soweit ich mich erinnere, ist Tzulan auch unser Gott.«

»Natürlich ist er das«, knurrte Pashtak gereizt. »Nur schmeißen wir Nackt ... Menschen nicht zu Dutzenden in irgendwelche Löcher, um sie zu opfern. Erinnert euch, Lodrik Bardri¢ hat diese Vorgehensweise verboten. Und seitdem blüht unsere Gemeinschaft in Ammtára auf. Vorher waren wir ein Ort, den alle umliegenden Städte stehenden Fußes und ohne zu zögern dem Erdboden gleichgemacht hätten, wäre der Befehl des Kabcar erfolgt. Durch seinen Erlass gelang es, die Feindschaft weitgehend zum Erliegen zu bringen. Nicht Tzulan brachte uns Frieden und Sicherheit, sondern Lodrik Bardri¢.« Der Inquisitor wies mit einem

Nicken zu den Briefen, die vor dem Vorsitzenden lagen. »Was Leconuc und ich entdeckt haben, treibt uns jedoch geradewegs zurück in die Zeiten, in denen wir gehasst und gejagt wurden.«

»Was soll das bedeuten?«, wollte ein anderer wissen.

»Das bedeutet, dass der neue Kabcar einen geheimen Pakt mit den dogmatischen Tzulani geschlossen hat und ihre Opferungen voll und ganz unterstützt«, erklärte Leconuc angewidert. »Die Menschen auf Ulldart wissen noch gar nicht, was auf sie zukommt. In den Briefen, die wir fanden und die weiterhin ankommen, werden die Anhänger des Gebrannten Gottes aufgefordert, in der bedeutsamen Stätte mit leuchtendem Beispiel voranzugehen und die Opferungen zu steigern. Es ist der Wille des Kabcar, dass es geschieht.«

Betroffenes Schweigen senkte sich auf die Versammlung nieder.

»Ich weiß zwar nicht, wie der Rest es sieht«, erhob Kiìgass, ein weiteres Sumpfwesen, nach einer Weile die animalisch klingende Stimme, »aber ich bevorzuge das Leben, wie wir es im Augenblick führen. Die Dunkle Zeit mag von mir aus hereinbrechen, aber nicht in Ammtára. Die Opferungen ergeben keinen Sinn, da sie mehr schaden als nutzen. Es kann nicht besser werden, als es ist.«

Das Gremium murmelte seine Zustimmung.

Pashtak, an dem es notfalls gewesen wäre, einen solchen Vorschlag zu unterbreiten, grinste. *Sie sind doch vernünftiger, als Leconuc und ich angenommen haben.* »Auch ich unterstütze das Anliegen meines Versammlungsfreundes«, gab er Kiìgass Rückendeckung. »Ich stimme dafür, dass wir uns weiterhin nach den Erlassen des alten Kabcar richten. Das Wort ›ammtára‹ darf seine Bedeutung – Freundschaft – nicht verlieren. Dafür haben wir zu viel erreicht. Es wird keine Opferungen geben, obschon wir uns darüber im Klaren sein müssen, dass wir den Kabcar damit womöglich erzürnen.« Er hob seine Hand, die anderen Arme schossen in die Höhe.

»Sehr gut«, sagte der Vorsitzende erleichtert. »Nun sind wir einmal gespannt, wie die Nachricht in Ulsar aufgenommen wird.«

»Vermutlich ohne große Begeisterung«, schätzte Kiìgass und feixte, was ihm ein bösartiges Aussehen verlieh. »Sollten wir nicht einen Schritt weitergehen und die Bewohner der umliegenden Städte und Dörfer von dem Pakt in Kenntnis setzen? Und dass wir damit nichts zu tun haben wollen? Es würde uns glaubhafter machen.«

Er spricht genau das aus, was mir auf der Seele brennt.
»Sind wir doch einmal ehrlich«, mischte sich der Inquisitor ein, der sich nun auch nicht mehr länger zurückhalten wollte und das aufgeregte Girren nicht unterdrückte. »Das Letzte, was wir hier brauchen können, ist die Rückkehr der Dunklen Zeit, oder?« Abwartend schaute er in die Gesichter der Menschen und Sumpfwesen, die die Versammlung der Wahren bildeten. »Was hat es uns gebracht, dass wir Tzulan verehrt haben? Einen Schlag mit einem Knüppel, Überfälle, Flucht und Vertreibung. Und die Dunkle Zeit wird das, was wir aufgebaut haben, nicht besser machen. Ganz im Gegenteil. Ich denke, dass die meisten Menschen nach wie vor an Ulldrael glauben.« *Und wenn sie es eines Tages im Verborgenen tun müssen.*

»Sollen wir uns etwa vom Gebrannten lossagen?«, schnaubte einer der Tzulani empört.

»Davon hat niemand gesprochen«, half Leconuc. »Es geht nur darum, den moderaten Weg, den wir derzeit beschreiten, fortzuführen. Ganz egal, was andere von uns verlangen. Selbst wenn es der Kabcar persönlich sein sollte. Der sitzt weit weg in Ulsar und hat keine Vorstellung von dem Leben, das wir führen.«

»Erinnert euch an die Briefe. Ich weiß nicht, was ich von einem Herrscher halten soll, der seine eigenen Gesetze bricht«, ergänzte Pashtak. »Offiziell verbietet er die Menschenopfer, hintenrum deckt er das geheime Abschlachten, begrüßt es.«

Kiìgass kratzte sich am pelzbesetzten Ohr. »Ich sehe, diese Entscheidung hat mehr Tragweite, als dass wir darüber befinden sollten, auch wenn wir diejenigen sind, die von den Bürgern in dieses Amt gehoben wurden. Ich bin dafür, dass alle Bewohner der Stadt wissen sollen, wie die Lage ist und wie es sich mit den Tzulani ...«, er hielt inne, um sich zu verbessern, »mit den fanatischen Tzulani steht. Ich möchte eine große Abstimmung.«

»Eine gute Idee«, sagte der Vorsitzende. »Ich lasse Ausrufer für morgen zu einer Versammlung auf den großen Platz einladen.« Er schaute zu Pashtak. »Willst du berichten, wie es sich mit den Morden verhält?«

Der Inquisitor schnurrte stolz. »Auch wenn ich lange benötigt habe, die Morde sind aufgeklärt. Seitdem wir den Tempel ausgehoben haben, haben sich keine weiteren Bluttaten mehr ereignet, die einen solchen rituellen Hintergrund haben könnten. Weder in Ammtára noch in den Städten und Dörfern der Umgebung. Ich habe mich von den hoheitlichen Beamten, mit denen ich beinahe schon ein freundschaftliches Verhältnis pflege, in Kenntnis setzen lassen.« Die Versammlung trommelte ihm zu Ehren auf die Tische. »Natürlich ist es nicht ausgeschlossen, dass es Nachahmer geben wird, deshalb sind alle zu größter Wachsamkeit aufgerufen. Dennoch, die Sektierer werden uns keine Scherereien mehr machen. Sollten sich die Bewohner unserer Stadt für einen freundlichen Weg ohne Opferungen aussprechen, werden wir ohnehin von solchen Verblendeten gemieden werden, da bin ich mir sicher.«

»Du bist da völlig ohne einen Zweifel?«, fragte jemand aus dem Gremium. »Ging nicht das Gerücht um, dass es verschiedene Gruppen sein könnten?«

»Alle Beweise führten einzig zu dieser Gruppe.« Nun war Pashtak erleichtert, dass er nicht wie die Nackthäute zu erröten pflegte. Die Lüge, um Lakastre vorerst in Schutz zu nehmen, wäre sonst sofort aufgeflogen. *Was hilft es, wenn ich sie belaste? Sie hat mir zweimal mehr als geholfen. Dennoch wird sie mir versichern, dass sie einen anderen Weg findet, um sich zu ernähren. Sonst muss ich ihr Geheimnis lüften.*

»Gut«, nickte Leconuc in die Runde. »Dann treffen wir uns morgen zusammen mit den anderen auf dem großen Platz.« Er schaute auf den leeren Sitz der Frau. »Weiß jemand, was mit Lakastre ist?«

»Ich gehe bei ihr vorbei und unterrichte sie«, bot sich der Inquisitor sogleich an. Die anderen standen auf und zerstreuten sich.

Ohne sich lange aufzuhalten, nahm er seine Unterlagen und eilte durch die Straßen, um zum Haus seiner Amtsgenossin zu gelangen. Sorgsam wich er jeder Pfütze, jedem noch so kleinen Dreckhügel aus, um die Robe nicht zu beschmutzen.

Dabei stellte er Überlegungen an, wie er Lakastre dazu bewegen konnte, vom Töten abzulassen.

Wenn das Menschenfleisch aber dringend notwendig für sie ist? Was machen wir dann? Da er auf diese Frage keine Antwort fand, beschäftigte er sich lieber nicht weiter mit ihr.

Das Gefühl der Dankbarkeit kämpfte gegen die Pflicht des Inquisitors. Schwieg er, machte er sich an den nächsten unschuldigen Toten ebenso verantwortlich.

Reichen die Toten auf den Bestattungsstellen aus, um sie zu versorgen? Oder ist ihr das nicht genug? Notfalls müsste sie aus Ammtára verschwinden. Es wäre das Beste. Er war vor Lakastres Haus angekommen. *Hoffentlich sieht sie es ein.*

Unschlüssig hob er die krallenbewehrte Hand, um nach der Kette zu greifen, die die Glocke im Haus zum Klingen brachte.

Just in diesem Augenblick öffnete sich die Tür, und Lakastres Tochter stand vor ihm. Sie erschrak vor dem unvermuteten Besucher ebenso wie der Inquisitor vor ihr. Dann lachten sie erleichtert auf. Jeder der beiden hatte den Eindruck gehabt, von dem anderen bei etwas Verborgenem überrascht worden zu sein.

Verdammt, wie heißt die kleine Frau gleich noch mal?

»Inquisitor Pashtak«, begrüßte sie ihn freundlich und blieb auf der Schwelle stehen. »Was führt Euch hierher?«

»Ich suche deine Mutter … Kind«, flüchtete er sich in eine neutrale Anrede. Seine gelben Augen wanderten an ihrem heranreifenden Körper vorbei in die Dunkelheit des Flures. Er meinte, eine Bewegung ausgemacht zu haben. Der Geruch von Verwesung drang aus dem Eingang. Seine Nackenhaare richteten sich auf, ohne dass er es wollte.

»Ist sie da?«, verlangte er mit belegter Stimme zu wissen. »Ich muss mit ihr über das reden, was die Versammlung besprochen hat. Wir brauchen ihre Entscheidung dazu.«

»Nein.« Der Kopf des Mädchens senkte sich abweisend. Die langen, dunkelbraunen Haare fielen auf ihre einfachen Kleider. Zum ersten Mal sah er ihre Augen aus unmittelbarer Nähe. Sie waren karamellfarben, doch sie leuchteten weniger intensiv als die bernsteinfarbenen ihrer Mutter. Dafür fasste ein dünner, gelber Kreis die Pupillen ein, der ihren Blick äußerst eindringlich und anziehend wirken ließ.

»Nein?«, wiederholte er überrascht. »Nein, sie will sich nicht dazu äußern, oder nein, sie ist nicht da, Kind?«

»Mein Name ist Estra. Und meine Mutter ist nicht da, Inquisitor«, ergriff sie hastig die Ausrede. »Lebt wohl.« Sie trat einen Schritt zurück, um die Tür zu schließen.

Pashtak drückte gegen das Holz. »Nicht so geschwind. Wann kommt sie zurück? Es ist wichtig.«

Das Mädchen stand still, als lauschte es auf etwas. »Sie wird sich bei Euch melden, Inquisitor.«

»Das ist nett«, lächelte er und präsentierte sein fabelhaftes Jagdgebiss. »Mir fällt gerade ein, dass sie immer noch ein Buch von mir hat, das ich dringend brauche. Es liegt in ihrem Arbeitszimmer.«

Er schlängelte sich an der jungen Frau vorbei, ehe sie reagieren konnte. Kaum stand er im Flur, schaute er sich um, entdeckte allerdings niemanden.

Alle Vorhänge des Hauses waren zugezogen, nur schemenhaft würde ein normaler Mensch die Möbel erkennen. Doch seine Augen kompensierten das schwache Licht spielend leicht.

»Ich weiß, wo es ist«, nickte er und trabte los.

Seine Nackenhaare legten sich nicht mehr. Vielmehr meldete ihm seine Nase, dass Lakastre ganz in der Nähe sein musste. *Warum zeigt sie sich nicht?*

»Bleibt an meiner Seite, Inquisitor«, riet ihm seine junge Begleiterin knapp und eilte mit der gleichen Sicherheit wie er durch das weitläufige Anwesen, das einst Boktor gehört hatte. Schließlich standen sie im Arbeitszimmer.

Pashtak tat so, als wüsste er, was er suchte. Ungeduldig beobachtete ihn Estra. Dann läutete die Klingel Sturm.

»Geh nur. Ich suche noch ein wenig«, meinte der Inquisitor und stöberte in den Büchern auf dem Schreibtisch herum. »Es wird mich schon nichts fressen.«

Wieder ertönte die Klingel, als wollte der Besucher sie im nächsten Augenblick aus der Wand reißen.

»Bleibt im Arbeitszimmer, bis ich zurück bin.« Estra ging hinaus und machte die Tür zu. Kaum hörbar drehte sich der Schlüssel im Schloss und wurde abgezogen.

Ist das jetzt als Schutz für mich gedacht, oder soll ich nicht weiter im Haus herumschnüffeln?, dachte Pashtak amüsiert.

Hinter ihm klickte es leise.

Knurrend fuhr er herum, duckte sich zusammen und krümmte die Klauen, um seine Fingernägel jederzeit zum Einsatz zu bringen. Seit sie die Tzulani verhaftet hatten, trug er das Kurzschwert nicht mehr, was er nun mehr als bereute. Ein Teil der Holzvertäfelung war zurückgeschwungen und gab einen finsteren Gang frei. Selbst seine Pupillen mussten ohne etwas Licht passen. Schwarz und bedrohlich lag die Öffnung vor ihm.

Seine Nackenhaare stellten sich komplett senkrecht, und aus seiner Kehle grollte ein warnender Laut.

Der Verwesungsgeruch nahm zu, wehte aus dem Geheimgang heraus, als führte er direkt in eine Grube voller Toter.

Der Inquisitor wandte den Blick nicht ab. Die Angst, dass ausgerechnet dann Lakastre in ihrer zweiten Gestalt herausschnellte und ihn angriff, war zu groß. *Sie wartet bestimmt nur darauf, dass ich den Kopf drehe.* Er wagte es nicht einmal zu blinzeln. Statuengleich verharrte er, alle Muskeln in Bereitschaft, die Sinne bis zum Anschlag gespannt.

Nichts geschah.

Er hörte ein leises Keuchen, zwei grellgelbe Punkte glommen auf. Lakastre gab sich zu erkennen.

Lautlos kroch sie aus dem Gang. Sie hatte ihre zweite Gestalt angenommen, unschwer zu erkennen an dem groben, maskulinen Antlitz und den leuchtenden Augen. Ihr Körpergeruch, durch Pashtaks empfindliche Nase mehrfach verstärkt, wirkte wie ein abstoßendes Gas. Mit einem angewiderten Niesen wich er zurück, immer auf einen Ausfall der Witwe Boktors vorbereitet.

Doch Lakastre wirkte sehr ruhig, beinahe entspannt. Der Inquisitor hatte lediglich den Eindruck, dass sie das Laufen anstrengte, dass jede Vorwärtsbewegung sie Kraft kostete, die sie sich einteilte. Schließlich nahm sie an dem breiten Arbeitstisch Platz und betrachtete den Gast.

»Setz dich doch, Pashtak«, bat sie ihn mit auffallend tiefer Stimme. »Du sagtest zu Estra, dass die Versammlung etwas entscheiden wolle und mein Votum benötige?« Ihre Brust hob und senkte sich schwer.

Pashtak beschloss, ihr reinen Wein einzuschenken. »Das ist eigentlich nebensächlich. Ich möchte mit dir über das sprechen, was du bist.« Er manövrierte sich halb hinter einen Sessel, den er als Schutz benutzen konnte, sollte die unberechenbare Frau eine feindselige Handlung beabsichtigen. »Ich weiß, dass ein Teil der Morde auf dich zurückfällt. Ich habe die Indizien zusammengetragen. Du hast getötet, um an das Fleisch der Nackthäute zu kommen. Und du hast es dir auch von den Toten genommen.« Gespannt lehnte er den

Oberkörper leicht nach vorne, die Vorsicht wich der Neugier. »Wieso?«

»Du willst wissen, ob ich eine Gefahr für die Gemeinschaft in Ammtára bin, die man beseitigen muss«, brachte die Frau es auf den Punkt.

Pashtak girrte verlegen. »Und? Bist du es?«

Zu seinem Entsetzen nickte sie bedächtig. »Ich bringe den ständigen Tod unter die Leute, wenn ich nicht genügend Leichen in den Friedhöfen finde. Gelegentlich muss ich töten, um zu überleben, wie alle anderen Wesen auch.« Sie lachte dunkel. »Dummerweise brauche ich Menschenfleisch. Mit einem Hasen bin ich nicht zufrieden zu stellen.«

»Es gibt keinen Ersatz? Was passiert, wenn du nicht ... jagst?«

Lakastre hob die Hand ins Licht. Ihre Haut zeigte Falten und dunkle Flecken, an mehreren offenen Stellen sickerte Wasser hervor. »Ich zerfalle. Ich verwese, wie es ein Toter nun einmal tut.«

»Du bist tot und lebst dennoch?« Grauen erfasste den Inquisitor. »Du hast ein Kind zur Welt gebracht. Wie geht das? Es gibt niemanden, der so etwas kann.« Er witterte sorgsam, um irgendeinen Hinweis auf weitere Gerüche festzustellen. »Bist du so etwas wie ein Gott?«

Lakastre hustete, ihr Atem ging pfeifend. »Die Göttin der Fäule? Nein, ich bin kein Gott. Ich frevelte jedoch einst gegen einen Gott, sagt man, und dies sei seine Strafe. Aber mir wurde der Wunsch von ihm gewährt, nach meinem Tod zurückzukehren. Der Handel hatte auch einen Nachteil, wie du siehst.«

»Ich wollte nicht aus dem Grab zurückkehren«, schüttelte sich Pashtak. »Welchen Grund hattest du?«

Die Frau schwieg lange. »Die Hoffnung.« Sie legte eine Hand an ihre Schläfe. »Die Hoffnung, etwas verhindern zu können. Die Hoffnung, etwas zurückgewinnen zu können. Es gelang mir in beiden Fällen nicht.«

Der Inquisitor wurde nicht so recht schlau aus dem Gehörten.

Sie löste etwas von ihrem Hals und warf es auf den Tisch, ein knackendes Geräusch erklang. Pashtak erkannte ein kleines Amulett mit seltsamen Schriftzeichen, das genau in der Mitte auseinander gebrochen war.

»Meine Zuversicht hat ein Ende.«

»Was bedeutet das alles?«, fragte er leise.

»Ich habe einst geliebt, Pashtak.« Ihr Gesicht wandte sich ihm zu. »Und ich liebe immer noch. Doch es geschahen Dinge, die keiner von uns beiden beeinflussen konnte. Die alles zwischen uns zerstörten.« Ihre Stimme zitterte. »Ich musste ihn gehen lassen, er ließ mich gehen, obwohl er in seinem tiefsten Innern wusste, dass er seine wahren Gefühle verriet.«

»Du hast ausgeharrt, weil er eines Tages zurückkehren könnte?«

»Das Herz macht uns zu Narren, Pashtak«, seufzte sie. »Wir verschwenden Zeit damit, auf es zu hören, weil es uns Dinge in den Verstand eingibt, an die wir gewöhnlich niemals glauben würden. Aber nun kann selbst das Herz meinen Geist nicht mehr beeinflussen.«

»Hat er eine andere gefunden?«

Lakastre schloss die Augen, die gelben Punkte erloschen. »Er ist tot. Er wird nicht zurückkehren. Also gehe ich zu ihm.«

Beide hörten, wie der Schlüssel hastig ins Schloss gesteckt wurde und Estra voller Sorge hereinstürmte. »Mutter!«, rief sie.

»Es ist in Ordnung«, beruhigte sie Pashtak. »Wir bereden die Punkte der Versammlung.« Lakastre nickte ihrer Tochter zu.

Zögernd wandte sie sich zum Ausgang. »Dann möchte ich nicht weiter stören. Ruft mich, falls Ihr mich benötigen solltet, Inquisitor.« Die junge Frau ging wieder, wenn auch deutlich misstrauisch.

»Sie hat dir geholfen, an das Fleisch der Toten zu kommen?«, schätzte Pashtak.

»Estra kennt viele meiner Geheimnisse und unterstützte mich, wenn der Hunger zu groß wurde«, bestätigte sie indirekt Pashtaks Annahme. »Aber sie hat niemals getötet. Ich allein trage die Verantwortung für die Morde.« Sie erahnte die nächste Frage. »Nein«, lächelte sie schwach, »sie benötigt kein Menschenfleisch. Sie ist ein ganz normales Mädchen, das ihren Vater niemals kennen lernen wird.«

»Wieso? Ich dachte …« Die Augen des Inquisitors wurden groß. »Sie ist die Tochter deiner großen Liebe!«

»Sagt dir der Name ›Nerestro von Kuraschka‹ etwas?«, wollte sie wissen, musste husten und hielt sich den Hals.

»Der Großmeister der Hohen Schwerter?« Pashtak pfiff beinahe vor Aufregung. »Estra ist seine Tochter?«

Lakastre griff in die Schublade und nahm einen Brief hervor, den sie ihm herüberschob. »Ich habe verfügt, dass du zusammen mit deiner Familie in dieses Haus einziehen kannst.« Sie richtete ihre Augen bittend auf Pashtak. »Auch wenn sie beinahe wie eine Frau aussieht, Estra ist immer noch ein halbes Kind. Ich möchte, dass du dich ihrer annimmst und ihr zur Seite stehst, wenn sie jemanden benötigt. Nimm sie in die Lehre, damit sie eines Tages in die Versammlung der Wahren einziehen kann und mich würdig vertritt. Lesen, Schreiben und Rechnen habe ich sie gelehrt. Ulldart, die Dunkle Sprache, selbst meine Heimatsprache beherrscht sie fließend.«

Zuerst nahm er diesen Hinweis gar nicht recht wahr, zu groß war die Zahl der Neuigkeiten und die neue Verantwortung, die auf ihn zukam. *Ich habe so viele Kinder, da kommt es auf eines mehr auch nicht an.* »Deine Heimatsprache?«, hakte er schließlich nach. »Ich dachte, du wärst ein halbes Sumpfwesen?« Lakastre schüttelte den Kopf, und er bemerkte ihre dunkelgrünen Haare. *Habe ich das schon einmal an ihr entdeckt? Sonst hat sie doch schwarzes Haar.*

»Mein wirklicher Name lautet Belkala«, sagte sie langsam. »Ich stamme aus Kensustria und war eine Priesterin des Gottes Lakastra, ehe man mich wegen ... religiöser Meinungsverschiedenheiten aus dem Land wies. Meine ganze Geschichte auszubreiten würde zu lange dauern. Kurz gesagt, weil ich nicht zurück in meine Heimat wollte und eine Bleibe suchte, in der ich nicht auffiel, wählte ich die Verbotene Stadt. Sie wuchs mir rasch ans Herz, ich half ihr, sich zu entwickeln und sie zu gestalten, wenn auch die Bewohner es mit Blutgaben bezahlten.« Belkala musste innehalten, das Erzählen strengte sie sehr an. »Es ist seltsam, wenn man innerhalb weniger Tage so schnell altert«, wunderte sie sich. »Der Zerfall ist schmerzhaft, obwohl ich tot bin. Luft brauchte ich nicht mehr zum Leben, und dennoch bereitet mir das Atmen Schwierigkeiten.«

Eine Kensustrianerin. Eine mit einem Fluch belegte Kensustrianerin, dachte der Inquisitor, und eine Unruhe erfasste ihn, ließ ihn zappelig werden. *Bei allen Göttern, das sind Neuigkeiten.* »Ich wüsste gern, warum du mit deinem Tod nicht warten willst, bis Estra älter geworden ist?«

»Je länger ich dem Verfall trotze, desto mehr benötige ich an Nahrung. Innerhalb der letzten Jahre hat sich mein Bedarf gesteigert, und ich habe nicht vor, als ständig mordende Bestie zu enden. Es wäre fatal für Ammtára, wenn weitere Menschen verschwinden würden, nachdem du die Mordserie aufgeklärt hast.« Belkala lächelte, ihre spitzen, kräftigen Eckzähne wurden sichtbar. »Ich muss mich bei dir bedanken, dass du meine Taten nicht der Versammlung offenbart hast.

»Ich stand vor einem technischen Problem. Ich wusste es, aber wie sollte ich es beweisen?«, wich er aus und hob die Schultern. »Du hast mir weniger Spuren hinterlassen als die Tzulani.«

»Dein Wort hätte genügt, um die anderen misstrauisch zu machen. Da hätten selbst meine bescheidenen Fertigkeiten versagt, sie mit meiner Ausstrahlung zu bezaubern. Ich danke dir dafür.« Sie deutete zum Ausgang. »Die Versammlung wird ohne mich entscheiden müssen. Ich bitte dich, Inquisitor, mich nun alleine zu lassen. Ich werde in wenigen Stunden einen Anblick bieten, der die stärksten Männer vor Grauen zum Schreien bringt.«

Pashtak nahm das Kuvert. »Weiß Estra, dass ich hier einziehen kann und so eine Art Vormund sein werde?« Erschüttert sah er, wie ein trübes Rinnsal aus ihrem Ärmel sickerte und über die Tischplatte lief. Seine Nase wollte den Gestank mit aller Macht auswerfen, und er musste gegen den Niesreiz ankämpfen.

»Noch nicht«, meinte Belkala dumpf. »Meine letzten Worte werden es ihr verkünden.« Sie grinste. »Damit mache ich ihr einen eventuellen Widerspruch unmöglich.« Sie hob die Hand zum Gruß. »Pass auf dich und die Stadt auf, das ist mein einziger Wunsch.«

Der Inquisitor nickte ihr mitfühlend zu und verließ langsam das Zimmer.

Die Kensustrianerin schaute zu, wie die Türklinke sich hob, als er auf der anderen Seite losließ, und hörte, wie das Sumpfwesen den Korridor entlangging, wie der Einlass des Hauses geöffnet und geschlossen wurde.

Stille senkte sich herab.

So ruhig, so friedlich. Belkala betrachtete ihre sich in Auflösung begriffenen Finger. *Für mich wird es auch bald so sein.*

Sie erinnerte sich an den Tag, als sie die Nachricht vom Tod des Großmeisters vernommen und ihre Gedanken sich überschlagen hatten.

Sie hatte aufbrechen wollen, um Nesreca, den sie hinter der ganzen Intrige gegen den Orden der Hohen Schwerter vermutete, zur Rechenschaft zu ziehen. Aber sie hatte noch sehr genau in Erinnerung, wie hilflos sie gegen Hemeròc gewesen war. Selbst ihre Kräfte würden diesen Wesen nichts anhaben können. Als Nächstes hatte sich ihr Hass auf den angeblich Schuldigen gerichtet, einen jungen Anwärter namens Tokaro Balasy, den der Krieger an Sohnes Statt angenommen hatte.

Im Anschluss hatte sie den Ritter tausendfach für seine Ignoranz, seinen Stolz, seine Starrköpfigkeit und sein Ehrgefühl verflucht, das letztendlich seine Vernichtung zu verantworten hatte.

Und sie sah in seinem Tod zu einem gewissen Teil die Strafe dafür, dass er sich damals gegen sie entschieden und sie von seiner Seite verstoßen hatte. Wegen eines Krieges, in den keiner von beiden involviert war. Nur der Glaube an Götter, die weitab von allem Irdischen saßen, hatte für die Trennung eines glücklichen Paares gesorgt, das für alle Zeiten miteinander gelebt hätte.

Schließlich fühlte sie das tiefe, nie gekannte Leid in ihrer Seele, als der kümmerlichste Rest Zuversicht, das allerdünnste Stück Rettungsleine gekappt worden war.

Hatte sie geglaubt, die Trennung von ihm sei das Schlimmste gewesen, so setzte die Botschaft über seinen Tod dem Ganzen die Krone auf. Belkala wusste, dass Angor seine Gläubigen und Getreuen nicht mehr zurück ins Leben brachte, sondern sie im besten Fall bei sich aufnahm.

Seither hatte eine lähmende Angst sie befallen.

Es waren nicht die Schmerzen, die sie ertrug und noch ertragen musste, bevor ihr Gehirn so sehr durch die Verwesung geschädigt war, dass ihr Verstand nicht mehr arbeitete. Es war die schreckliche Furcht zu vergehen, ohne mit ihrem Geliebten im Jenseits vereint zu sein.

Doch der unwiderrufliche Tod, für den sie sich entschieden hatte, bedeutete die letzte Gelegenheit, Nerestro an einem anderen Ort zu begegnen. Abseits von Göttern und Menschen, um etwas Neues zu beginnen. Dort hätte sie alle Zeit, um Dinge zu erklären und richtig zu stellen.

Wenn sie sich in dieser anderen Welt fanden.

Die Frau nahm das zerbrochene Amulett ihres Gottes auf und hielt es in den schwachen Lichtschein. *Du weißt, was ich alles für dich getan habe, Lakastra. Ich habe dir deine eigene Stadt Ammtára gegeben, wie es ich am Tage meines Auszuges aus Kensustria versprach. Nun sorge dafür, dass sich mein Wunsch erfüllt.*

Ihre Sicht trübte sich, und es bedurfte einiger Konzentration, damit sich die Pupillen scharf stellten. Mehr und mehr verlor sie die Beherrschung über ihren vermodernden Körper.

Sie rief ihre Tochter zu sich.

Estra erschien. Das tapfere, aschfahle Mädchen wich keinen Schritt zurück, als ihr die Fäulnis ins Gesicht wehte und sie in das entstellte Gesicht ihrer Mutter sehen musste. »Was kann ich für dich tun? Brauchst du etwas?«

Belkala schüttelte den Kopf. »Es wird nicht mehr lange dauern.«

Die junge Frau biss sich auf die blassen Lippen. »Ich kann die Gräber durchsuchen, wenn du möchtest. Vor kurzem fand eine Beerdigung statt, du musst nur etwas sagen«, schlug sie hastig vor und machte einen Schritt auf sie zu, als wollte sie noch etwas anfügen.

Ihre Mutter hob abwehrend die Hand. »Ich habe mich entschieden, Estra. Bevor ich gehe, höre meinen Willen. Pashtak wird in dieses Haus mit seiner Familie ziehen, ich habe Vertrauen zu ihm. Er wird sich um dich kümmern, wenn du Beistand benötigst. Er wird dich unterweisen, damit du in die Versammlung der Wahren einziehst. Ich will nicht, dass du allein bist. Einsamkeit ist das Schlimmste.« Ihre Augen glühten. »Auch wenn du ihm alles sagen kannst, über deine Kräfte wirst du kein Wort verlieren. Hüte sie, gebrauche sie im Verborgenen, aber teile dich niemandem mit.«

Estra lauschte aufmerksam. »So soll es sein, Mutter.«

»Du kennst deine kensustrianischen Wurzeln, Liebes. Auch das ist nicht für alle Ohren bestimmt. Solltest du dich außerhalb von Ammtára befinden und es erzählen, wärst du wahrscheinlich deines Lebens nicht mehr sicher«, fuhr sie angestrengt fort. »Und eines möchte ich dir nicht vorenthalten. Ich habe mich nicht nur für meinen Tod entschieden, weil ich andere damit schütze. Ich töte schon seit so vielen Jahren, dass es mir auf die Leben, die ich auslöschen würde, nicht ankommen müsste.« Sie seufzte schwer. »Verzeih mir meine Selbstliebe, aber ich will deinem Vater folgen.«

»Deine Liebe zu ihm muss sehr groß sein, wenn du diesen Tod über dich ergehen lässt.« Das Mädchen schluckte laut. »Boktor wird sich freuen, dich wieder zu sehen.«

»Ja. Ja, meine Liebe ist sehr groß. Dennoch gehörte sie niemals Boktor. Ihn habe ich benutzt, wie ich viele benutzte.« Belkala senkte den Kopf ein wenig. »Du bist nicht seine Tochter. Du bist die Nachfahrin des Großmeisters der Hohen Schwerter, das sollst du noch wissen.«

Ein Schütteln durchlief ihren Körper. Mit aller Anstrengung erhob sie sich und stützte sich auf ihrem Weg zur Tür ab, um nicht zu stürzen.

»Es wird Zeit, mich zum Sterben vorzubereiten. Der Keller wäre der passende Ort. Man wird meine Schreie nicht hören.« Sie schenkte ihrer Tochter, die still weinte, ein Lächeln und streichelte ihr das Haar. »Bleib oben.«

Die junge Frau wischte sich die Tränen ab, kam an ihre Seite und umfasste vorsichtig die Taille ihrer Mutter. »Ich werde dich in den letzten Stunden nicht allein lassen«, versprach sie.

»Nein«, versuchte Belkala sie von ihrem Vorhaben abzubringen und wollte sie von sich stoßen. »Mein Anblick wird gewiss furchtbar sein.«

Ernst und doch voll Zuneigung schaute Estra in die Augen ihrer Mutter. »Einsamkeit ist das Schlimmste«, sagte sie und öffnete die Tür.

Zusammen bewegten sie sich durch die abgedunkelten Gänge und schritten die Stufen hinunter, die in den kleinen Keller des Hauses führten. Dort entzündeten sie eine Kerze.

In aller Eile richtete Estra ein kleines Lager, auf das sich Belkala sinken ließ. Augenblicklich entspannte sie sich; die Laken sogen das Wasser auf, das aus ihrem Körper sickerte, und zeigten rasch wachsende Flecken.

»Geh«, versuchte Belkala schwach. »Es wird schlimmer.«

Doch das Mädchen, so bleich es war, wich nicht.

Sie tupfte die Flüssigkeit aus dem Gesicht der Sterbenden und verfolgte die Veränderung der Haut Stufe für Stufe mit, bis sie sich straff gespannt über einem abgezehrten Gesicht spannte, ähnlich wie bei mumifizierten Leichnamen. Nur anhand der Bewegung der nun übergroß wirkenden Augen war deutlich, dass Belkala noch immer lebte. Ansonsten gab es keinerlei Anzeichen.

Ihre Beherrschung muss enorm sein, fand Estra bewegt. *Kein Laut kommt über ihre ausgetrockneten Lippen.*

Belkala starrte an die Decke des Gewölbes, plötzlich keuchte sie auf. Ein leidvolles Stöhnen entwich ihr, das sich zu einem lang gezogenen Schrei steigerte und nach dem Empfinden ihrer Tochter nicht mehr enden wollte. Das Mädchen ertrug es nicht länger, es hielt sich die Ohren zu.

Belkala presste die Fäuste zusammen, die zerfurchte Haut riss mit einem dezenten Knistern am ganzen Körper wie Pergament, wie eine vertrocknete Hülle auseinander, die Haare hingen strohig herab, fielen aus der Kopfhaut. Der Todesschrei endete abrupt. Der grausige Laut hallte noch ein wenig nach.

Innerhalb von wenigen Lidschlägen zerfielen die kümmerlichen Überreste der Frau zu Staub und kleinen Knochensplittern. Das Gewand sank in sich zusammen, weil es keinen Leib mehr gab, den es umhüllen konnte.

Estra schloss die Augen und barg das Gesicht in ihren Händen. In Gedanken war sie bei ihrer Mutter und betete zu Lakastra, dass er ihren Wunsch erfüllen möge.

Es dauerte lange, ehe sie sich aus dieser Position aufrichtete. Dann wagte sie, einen schüchternen Blick auf die Überreste zu werfen und entdeckte dabei den augengroßen Talisman, der in Bauchhöhe auf der Kleidung der Verstorbenen lag und aus einer porös wirkenden Legierung bestand.

Er sah noch immer so aus wie im Arbeitszimmer, doch nun bestand er wieder aus einem Stück.

Zögernd nahm sie den wie aus einem Guss gefertigten Schmuck auf und neigte sich zur Seite, um im Schein der Kerze etwas erkennen zu können.

Er zeigte merkwürdige Symbole und kensustrianische Schriftzeichen, die im Gegensatz zu vorher lesbar geworden waren. Auf der Vorderseite prangten Lobpreisungen Lakastras.

»Mein Leben währt zweifach«, las sie halblaut, »indem es vielen den Tod bringt.« *Bedeutet das intakte Amulett, dass Lakastra seinen Fluch von ihr nahm? Dass sie im Reich der Toten angelangte und meinen Vater fand?* Da dies für sie die versöhnlichste Vorstellung war, nahm Estra es einfach als Zeichen, dass alles in Ordnung sei.

Ehrfurchtsvoll legte sie sich den Talisman ihrer Mutter um den Hals, ein Andenken, das sie bewahren und in Ehren halten würde. Ein kurzes Schwindelgefühl befiel sie, als das Schmuckstück mit ihrer Haut in Berührung kam. *Ich muss an die frische Luft.*

Ein Geräusch in ihrem Rücken veranlasste sie, sich umzudrehen. Insgeheim rechnete sie mit einer Ratte oder einem anderen Bewohner des Gewölbes, der von dem Verwesungsgeruch angelockt wurde.

Überrascht schrie sie auf, als sie den Körper ihrer Mutter erblickte.

Schön wie zu ihren besten Zeiten, ruhte sie auf dem Lager. Die dunkelgrünen Haare schimmerten sanft im Licht der Kerze, die sandfarbene Haut war makellos, ihr Gesicht friedlich und entspannt.

»Mutter?« Estra horchte hoffnungsvoll an ihrer Brust, doch das Herz schwieg. Belkala blieb tot, aber der kensustrianische Gott des Wissens schien ihr das alte Aussehen zurückgegeben zu haben.

Jetzt bin ich mir sicher, dass Lakastra dir deinen Wunsch gewährt hat, dachte sie gerührt und streichelte die Wange der Toten. *Du siehst selbst im Tod glücklich aus.* Sie gab der Verstorbenen einen Kuss auf die rechte Hand und breitete ein weiteres Laken über den kalten Leib.

Dann stieg sie die Treppen hoch, schritt durchs Haus und öffnete alle Vorhänge, alle Fenster, um das wärmende, wohltuende Sonnenlicht und den Wind hereinzulassen.

Auch wenn sie voller Traurigkeit über den Verlust war, sie fühlte sich doch erleichtert, dass ihre Eltern vereint waren. Wenigstens gewann dieser schlimme Tag dadurch etwas Gutes.

Schließlich warf sie sich einen leichten Mantel über und trat vor die Tür.

Die Sumpfwesen und Menschen eilten durch die Straßen Ammtáras, beschäftigt mit ihren alltäglichen Sorgen und Besorgungen. Die Gebäude reckten sich hinauf in den Sommerhimmel, zeigten ihre Pracht im Licht des späten Nachmittags.

Es ist mit dein Verdienst, dass es hier so herrlich aussieht. Ich werde dich bald schon in der Versammlung vertreten, Mutter, und die Geschicke der Stadt nach deinen Vorstellungen zu lenken versuchen, schwor sie sich und machte sich in einer seltsamen Stimmung aus Schwermut und Freude über das späte Glück ihrer Mutter auf den Weg, um den Inquisitor aufzusuchen und ihm vom Tod Belkalas zu berichten.

Das Ergebnis der Versammlung auf dem großen Platz vor dem einstigen Palast Sinureds einen Tag später fiel so aus, wie es die Stadtoberen erhofft hatten. Alle Bewohner Ammtáras sprachen sich gegen die Wiederaufnahme von Menschenopferungen aus. Die Wesen mit höherer Intelligenz zeigten sich entsetzt über die neue Richtung, die in Ulsar eingeschlagen wurde. Und so beschlossen die Einwohner darüber hinaus, das Umland über die Lage in Kenntnis zu setzen und auf das neuerliche Verschwinden von Menschen vorzubereiten. Die Boten würden sich zusammen mit den Abschriften der Tzulani-Briefe aus Ulsar am folgenden Tag auf den Weg machen. Die Ironie der Geschichte war: Dieses Mal würde Ammtára der sicherste Zufluchtsort vor fanatischen Tzulani sein.

Innerhalb einer knappen Stunde waren die Plädoyers und die Abstimmungen vollzogen, sodass man zu einem traurigen Anlass übergehen konnte.

Die Bewohner zogen in einer schier unendlichen Prozession an der aufgebahrten Lakastre vorbei, die der Stadt ihren Namen gegeben hatte. Dem Begriff »Freundschaft« war die riesige Siedlung voll und ganz gerecht geworden.

Estra und Pashtak standen leicht versetzt vor den Mitgliedern der Versammlung der Wahren neben der Toten. Beide hatten vereinbart, das Geheimnis der Kensustrianerin zu hüten, sogar das Haar hatten sie ihr nachträglich wieder schwarz eingefärbt, damit keinerlei Verdacht entstehen würde. Offiziell war sie am gleichen Fieber gestorben, das auch ihren Mann dahingerafft hatte.

Bis spät in die Nacht dauerte es, bis schließlich alle der Witwe Boktors die letzte Ehre erwiesen hatten. Müde und traurig verabschiedeten sie sich vom Gremium und traten gemeinsam den Heimweg an.

»Kanntet Ihr meinen Vater, Inquisitor?«, erkundigte Estra sich.

»Lassen wir doch die gehobene Anrede«, schlug Pashtak vor. »Erstens kann ich das nicht leiden, zweitens sind wir beinahe so etwas wie eine Sippe.« Er dachte an seine Schar Kinder und welches seltsame Bild Estra dazwischen abgeben würde. »Zugegeben, eine ungewöhnliche Sippe«, feixte er, wurde aber gleich wieder ernst. »Nein, ich kannte ihn nicht.«

Das Mädchen betrachtete den Sternenhimmel, das Abbild Tzulans und die leuchtenden Gestirne Arkas und Tulm, der Sage nach die Augen des Gebrannten. »Ich würde gern mehr über ihn erfahren. Meine Mutter hat mir zwar die Wahrheit über meine Abstammung gesagt, aber was nützt es, wenn die Neuigkeit mehr Fragen als Antworten aufwirft?«

»Das ist das Unglaubliche an den Menschen«, grunzte Pashtak. »Sie wollen immer herausfinden, woher sie kommen und was alles in der Vergangenheit geschah.« Er tippte sich gegen die Brust. »Ich bin nicht darauf erpicht herauszufinden, was denn mein Vater alles gemacht hat. Es ist für mich unerheblich, ich lebe mein Leben auch ohne Wissen über ihn.«

Estra machte ein ungläubiges Gesicht. »Aber wenn er nun bewundernswerte Taten vollbracht hätte, auf die du stolz sein könntest?«

»Würde es etwas an meinem Leben ändern?«, hielt er dagegen.

»Vielleicht nicht. Aber eines deiner Kinder, dem du das vielleicht erzählst, könnte sich ihn als Vorbild nehmen und ebensolche Dinge tun«, erwiderte sie hartnäckig.

»Das könnte auch jeder andere tun, der von seinen Taten hört«, retournierte er nach kurzem Überlegen.

»Kennst du den Begriff Tradition denn nicht?«, wunderte sie sich und gab den Disput auf. »Ich jedenfalls möchte das Amt meiner Mutter in der Versammlung fortführen.«

Der Inquisitor nickte. »Dann sorgen wir dafür, dass du ihre würdige Nachfolgerin wirst. Obwohl ich, wenn ich die Sache richtig besehe, fast nichts mehr an dir auszubilden habe. Ich bin ja auch völlig überraschend und ohne Vorkenntnis in das Gremium gekommen.« Pashtak dachte nach, ob er seine nächste Frage stellen sollte. »Der Leichnam deiner Mutter sah bei der Zeremonie nicht so schrecklich entstellt aus, wie sie mich bei unserem Abschied glauben machen wollte.«

»Vertrau mir, ihr Anblick war furchtbar. Doch Lakastra verzieh ihr alle Taten der Vergangenheit und gab ihr nach ihrem Tod ihre alte Gestalt wieder.« Sie schaute ihren neuen Hausgenossen an. »Hast du gesehen, wie glücklich sie wirkte? Mein Vater und sie müssen sich bei den Toten vereint haben.« Estra wirkte gelöst.

»Nehmen wir es einfach einmal an«, nickte Pashtak, um ihre Hoffnung nicht zu zerstören. Das Mädchen hatte das Ableben schließlich erst einmal zu verkraften. *Obwohl sie es nicht verdient hätte, bei der Zahl von Unschuldigen, die sie umbrachte.*

»Was macht denn ein Inquisitor, wenn er alles an Verbrechen aufgeklärt hat?«, wollte Estra wissen.

»Er bereitet junge Damen für die Versammlung vor und geht kleineren Rätseln in seiner freien Zeit nach«, gab Pashtak ungenau zur Antwort. »Ich stöbere in alten Büchern.«

»Ach, ja. Mutter übersetzte ein Büchlein für dich«, erinnerte sich Estra.

»Kensustrianisch«, entfuhr es Pashtak verblüfft, und er schlug sich an die Stirn seines knochigen, flachen Schädels. »Natürlich, das Büchlein war auf Kensustrianisch geschrieben. Es muss von einem Aufklärer verfasst worden sein, was heißt, dass es wiederum für die Heimat der Grünhaare bestimmt war. Dann ist es fast vierhundert Jahre alt.«

»Ich weiß nicht, wo die Heimat der Kensustrianer ist«, sagte die Frau vorbeugend. »Mutter hat es mir nicht erklärt. Und was hast du aus dem Bericht erfahren?«

Pashtak bleckte die Zähne. »Ich habe da einen Vorschlag. Wie wäre es, wenn ich dich zu meiner Inquisitorengehilfin mache? Allerdings müsstest du über alles Schweigen bewahren, was wir herausfinden.«

Estra lächelte schwach. »Vielen Dank, ich nehme das Angebot sehr gern an. Gehen wir die Sache in einer Woche an, wenn du mit deiner Familie eingezogen bist? Ich möchte vorerst ein wenig allein sein und meine Ruhe haben.«

Der Inquisitor hatte vollstes Verständnis für die Trauernde, die sich wacker hielt. Schließlich waren sie an ihrem Haus angekommen. »Ich sehe übermorgen bei dir vorbei, einverstanden? Wir könnten gemeinsam essen gehen.«

Ihre karamellfarbenen Augen ruhten auf seiner gedrungenen Gestalt. »Sehr gern.« Nach kurzem Zögern beugte sie sich vor und nahm ihn in die Arme. »Danke für alles. Wir werden gute Freunde werden.« Sie stieg die Treppen hinauf und ging durch die Tür ins Innere des Hauses.

»Das hoffe ich doch sehr«, murmelte Pashtak berührt und schlug den Weg zu Shui und den Kindern ein.

Dabei bemerkte er ein mit breiten Schwingen ausgestattetes Wesen, das lautlos über ihn hinwegglitt. Nur das leise Rauschen des Windes war zu hören, als der eindrucksvolle Schatten über die Straße huschte.

Ein Beobachter? Die tauchten schon eine kleine Ewigkeit nicht mehr hier auf, wunderte er sich insgeheim. Während er weiterging, verfolgte Pashtak den seltsamen Gast mit Blicken und beobachtete, wie er sich mit einer eleganten Bewegung auf einem der höchsten Gebäude niederließ.

Die Hautflügel falteten sich zusammen, und schon glich der Beobachter einer leblosen Steinfigur, die niemand bewusst zur Kenntnis nehmen würde.

Der Inquisitor überlegte, ob die Rückkehr der Beobachter ein gutes oder ein schlechtes Zeichen war. Dabei übersah er eine kleine Unebenheit einer Marmorplatte unter seinen Füßen und geriet ins Straucheln. Siedendheiß fiel ihm ein, dass er nicht beim Schneider gewesen war und es sich um seine letzte gute Robe handelte, die er am Körper trug.

Um einen Sturz in den Dreck und damit eine Standpauke seiner Gefährtin zu vermeiden, machte er einen Ausfallschritt und trat dabei in den Stoff seiner Gewandung.

Mit einem reißenden Geräusch entstand ein gewaltiger, horizontaler Schlitz im unteren Drittel der Robe. Brummelnd betrachtete Pashtak den Schaden. Wenn das Wesen von seinem Aussichtspunkt aus in schallendes Gelächter ausgebrochen wäre, hätte es ihn nicht gewundert.

Aber glücklicherweise sind sie ja stumm.

VI.

**Kontinent Ulldart, Inselreich Rogogard,
Hauptinsel Verbroog, Sommer 459 n. S.**

Sinureds Flotte machte aus ihrer Anwesenheit keinen Hehl. Außerhalb der Schussreichweite der Bombarden lagen fünfzehn seiner Schiffe, fünf Galeeren und zehn schnelle Schaluppen vor Anker und riegelten die Hafeneinfahrt ab. Rund um die rogogardische Hauptinsel patroullierten Zweimaster, um jeden noch so kleinen Versuch des Ausbruchs oder der Unterstützung von außerhalb zu verhindern.

Wochenlang war es den Freibeutern gelungen, mehrere erfolgreiche Kaperfahrten gegen die hoheitliche Armada zu unternehmen und ihnen die Schiffe samt Bombarden zu stehlen.

Die großen Feuerwaffen wurden an strategisch wichtigen Punkten aufgestellt, sodass es beinahe keinen Ort der Küste um die Festung gab, an dem ein Gegner anlegen konnte, ohne Gefahr zu laufen, von einer der Steinkugeln getroffen zu werden.

Die kleineren Geschütze ruhten auf radgelagerten Lafetten, damit man sie nach Bedarf an andere Stellen fahren und sich gegen Eroberungsversuche aus dem Hinterland heraus verteidigen konnte. Die Späher hatten bisher keinerlei Hinweise darauf, dass der Gegner zu Fuß anrückte.

Auf die Belagerer schien die waffenstarrende, nachträglich verstärkte Freibeuterbastion tatsächlich Eindruck zu machen. Bevor man einen Angriff gegen das Herz des rogogardischen Inselreiches wagte, wollte man möglichst viel Material zusammenziehen.

Möglichst viel tzulandrisches Material.

Es hatte sich inzwischen verbreitet, dass die palestanischen Verbündeten nicht immer das hielten, was sie versprachen. Auch wenn sie gute Seefahrer und noch bessere Kaufleute waren, in Gefahrensituationen verlegten sie sich mehr aufs Feilschen als aufs Kämpfen, was vor allem bei den tzulandrischen Seeoffizieren, den Magodanen, für Ärger sorgte. Mehr als einmal ging ein Seescharmützel schlecht für die Truppen des Kabcar aus, weil die palestanischen Kriegskoggen plötzlich abdrehten. Es folgten die unfassbarsten Ausreden, um das Verhalten nachträglich zu rechtfertigen.

Dessen ungeachtet gelang es den hoheitlichen Meeresstreitkräften, alle östlichen Inseln des Piratenstaates in ihre Gewalt zu bringen. Die Übermacht gestaltete sich als zu gewaltig, zu überlegen, als dass die kleinen und mittleren Festungen den geballten Bombardenbeschüssen hätten trotzen können.

Der Vormarsch des Kabcar endete jedoch hier, in Verbroog.

Gleichzeitig würde sich mit der Schlacht um diese Befestigung alles entscheiden. Fiel sie in die Hände der Tzulandrier, Tarpoler und Palestaner, galt Rogogard als besiegt.

Jonkill, der rogogardische Hetmann und damit Anführer in militärischen Dingen, betrachtete das morgendliche Meer und spielte gedankenverloren mit der Fibel seines Umhangs.

Schon seit Stunden starrte er einfach nur hinaus und überlegte, ob er einen Ausfall wagen sollte, um dem Feind weitere fünfzehn Schiffe zu vernichten. Das Blut des Freibeuters drängte nach einem handfesten, entscheidenden Kampf anstelle des langen Wartens. Aber er besann sich.

Was bringt es? Sie bauen einfach neue, dachte er ein wenig entmutigt. *Wir werden abwarten müssen und ihnen den ersten Schritt überlassen.* Grimmig setzte er seinen Becher auf der Zinne ab.

Der Gegner schien seine Gedanken vernommen zu haben.

Zwei weitere Schiffe, schwerfällige Dreimaster ohne Bewaffnung, glitten von Nordosten heran und gesellten sich zu den Bombardenträgern.

Jonkill schob sich einen Priem in den Mund, kaute darauf herum und packte sein Fernrohr aus. *Für einen raschen Angriff sind das aber viel zu fette Fische,* grinste er.

Seine Heiterkeit erstarb, als er sah, dass Lastkräne drei Dutzend lange Beiboote zu Wasser ließen, deren Bug mit Segeltuch abgedeckt war.

Ein dicker, brauner Strahl schoss zwischen seinen Lippen hervor und klatschte in die Tiefe. Aufgeregt drehte er die Sehhilfe schärfer, um Einzelheiten ausmachen zu können.

Mehrere Tzulandrier, die nichts außer einem leichten Lendenschurz trugen, bemannten die Boote und ergriffen die Ruder. Die kleinen Wassergefährte nahmen Fahrt auf und schlugen einen wilden Zickzack-Kurs ein, der sie auf Umwegen zur vorderen Mauer der Hafeneinfahrt brachte.

Die Besatzungen der ersten Verteidigungslinie reagierten mit dem Beschuss der Walnussschalen.

Gelegentlich durchschlug eine Steinkugel den dünnen Rumpf der Beiboote und ließ die Planken augenblicklich zu Splittern werden. Eines der Gefährte verging nach einem Treffer mitten in den mit dem Tuch abgedeckten Teil in einem gigantischen Feuerball.

Unterdessen gab der rogogardische Hetmann Alarm für den Rest der Festung, Melder sammelten sich bei ihm, um seine Anweisungen unverzüglich weiterzuleiten.

Nach der ersten Beschießung folgte auf rogogardischer Seite die Ladephase, was den neunzehn übrigen Tzulandriern einige ungefährdete Augenblicke schenkte. Dann tauchten die Ruder auf einen Schlag ins Wasser und bremsten die Fahrt, hielten die Boote ruhig an einem Fleck. Der Blickschutz wurde entfernt, unter dem sich jeweils eine Bombarde verbarg.

Jonkill fluchte. »Unsere Schiffe sollen angreifen!«, befahl er einem Läufer.

Die Tzulandrier feuerten ihre Geschütze auf die vordersten Stellungen der Freibeuter an der Einfahrt ab und erzielten passable Erfolge. Auf der linken Seite explodierte die Batterie der zehn gestohlenen Bombarden, bevor sie eine weitere Salve abgeben konnte.

Nach der Antwort der Rogogarder trieben sieben Beiboote vor dem Durchlass.

Dumpfe Trommelschläge ertönten, die Ruderblätter der fünf Bombardenträger hoben und senkten sich. Die gefährlichsten, vernichtendsten Waffen rückten auf der angeschlagenen Flanke vor, die nach dem schnellen Vorstoß nur noch von den Hängen herab Gegenwehr leisten konnte. Die beiden Dreimaster setzten ebenfalls Segel, ließen den Galeeren aber den Vortritt, damit sie mit ihren Geschützbreitseiten die Hänge ausputzten.

Jonkill sah den Dampf, der aus den Mündungen der feindlichen Bombarden quoll; erst einen Lidschlag später hörte er das anhaltende Donnern der Pulverentladungen. »Taralea sei mit meinen Männern«, bat er.

In die Stellungen am Berg fuhren einhundertfünfzig Geschosse auf einen Schlag und richteten eine unvorstellbare Verwüstung an. Geröll und Schuttmassen setzten sich in Bewegung, rauschten in die Tiefe und klatschten ins Wasser. Mit ihnen fielen weitere zehn wertvolle Bombarden und fünfzig Rogogarder.

Der Hetmann erkannte den Vorteil, den die Tzulandrier bei ihrem Angriff nutzten. Die Galeeren waren im Gegensatz zu den übrigen Seglern flacher. Je näher sie der hohen Mauer der Einfahrt seewärts kamen, desto kleiner wurden sie als Ziel für die Kanonen der Festung. Schließlich verschwanden sie vollständig dahinter, ohne dass ein ernsthafter Schaden an den Schiffen entstanden wäre.

»Blast die Mauer weg!«, brüllte er seinen Bombardieren zu. »Wir brauchen freies Schussfeld, sonst zerlegen sie auch die andere Seite der Einfahrt.«

Alle Rohre der Festung konzentrierten ihre vernichtende Macht auf das, was eigentlich als Schutz gegen den Angreifer gedacht gewesen war.

Währenddessen, so ersah Jonkill an den Wirkungen der gegnerischen Salven, schossen die Tzulandrier die Stellungen zur Rechten aus den Abhängen. Zur gleichen Zeit meldeten die Späher weitere Segel und mehrere Galeeren.

»Los, Männer! Für Rogogard!«, fachte der Hetmann die Entschlossenheit seiner Leute an. »Wir werden diesen Abschaum zurückschlagen und vernichten!« Jonkill gab sich alle Mühe, so aufrichtig wie möglich zu klingen.

Doch als er die zahlreichen Buge am Horizont erblickte, sank auch sein Mut.

Torben Rudgass hätte sein Fernrohr aus lauter Enttäuschung am liebsten gegen die Bordwand geschlagen. Doch die geschliffenen Linsen dafür zu bestrafen, dass sie die Ausmaße der sich abzeichnenden rogogardischen Niederlage in aller Deutlichkeit und Größe zeigten, machte keinen Sinn, also senkte er es einfach.

Sie kamen direkt von Kalisstron, um in den vereinbarten Abständen zu Hause nach dem Rechten zu sehen und Neuigkeiten auszutauschen.

Schon bei der Abfahrt aus der Stadt namens Vekhlathi hatte dem Freibeuter ein seltsames Gefühl in den Eingeweiden offenbart, dass sich Großes in seiner Heimat anbahnte.

Die Bestätigung sollte er nun erhalten.

»Du hattest anscheinend so etwas wie den richtigen Riecher«, meinte Varla freudlos. »Diesen Angriff ...« Sie verstummte, legte ihrem Gefährten stattdessen die Hand auf die Schulter und drückte sie leicht.

Der Rogogarder blickte über die vielen schwarzen Punkte auf dem Meer. Jeder Fleck bedeutete ein gegnerisches Schiff, und sie alle nahmen Kurs auf Verbroog. Aus der Ferne grollte das Rumpeln der Bombarden.

»Wir werden den Eingeschlossen helfen und müssen Norina dort auf alle Fälle herausholen«, sagte er entschlossen. »Sie ist wichtig.«

»Mit der Dharka mitten ins Getümmel zu segeln käme einem Selbstmord gleich«, entgegnet die Tarvinin entsetzt über die Vorstellung, an den Mündungen der Gegner vorbeizuziehen. »Wir müssen von hinten durch die Galeeren. Es ist zu eng, wir können unsere Geschwindigkeit und Wendigkeit nicht ausspielen. Wir kämen nicht einmal bis zur Hafeneinfahrt.«

»Nicht mit der Dharka«, nickte Torben bestätigend und deutete auf eine palestanische Kriegskogge, die etwas hinter dem übrigen Verband zurückgeblieben war.

»Damit?«, lachte Varla ungläubig auf. »Auf dass uns deine eigenen Leute aus dem Wasser heben. Vielen Dank, da schwimme ich lieber.«

Der Freibeuter gab ihr einen Kuss auf die Stirn. »Ich habe einen Plan. Wenn Wale miteinander kämpfen, achtet doch keiner auf die kleinen Fische, nicht wahr?«

Sie erahnte seine Gedanken. »Dann hoffen wir mal, dass die kleinen Fische nicht von den Riesen zerquetscht werden«, murmelte die Piratin und erteilte ihrer Mannschaft Anweisungen, um den Palestaner aufzubringen.

Eine halbe Stunde später wühlte sich die *Ertrag* mit voller Fahrt durch die Wogen und näherte sich schleppend dem Kampfort, gesteuert von Torben.

Die Kaufleute ergaben sich rasch in ihr Schicksal, als sie die Übergelegenheit des Feindes erkannten und keine Möglichkeit zur Flucht oder des Beistandes sahen.

Die Dharka dümpelte mit einer Notbesatzung hinter einer Felswand, ein paar Meilen vom Hafen entfernt, und wartete auf die Rückkehr der Wagemutigen.

Die palestanischen Matrosen verrichteten ihre Arbeit, ohne einen Fehler zu begehen, und das schwerfällige Schiff näherte sich dem Gefecht.

Die Tzulandrier verzeichneten mittlerweile schwere Verluste, da es den rogogardischen Verteidigern gelungen war, die linke Hafenmauer einzureißen und damit freies Schussfeld auf die Bombardenträger zu haben. Zwei der Galeeren waren bereits gesunken, eine dritte bekam Schlagseite.

Die Segler der Freibeuter wehrten immer wieder Vorstöße der gegnerischen Schiffe ab, durch die Einfahrt zu gelangen, um Truppen abzusetzen oder eine bessere Schussposition für die Geschütze zu erhalten. Pulverdampf wehte über das Meer, stellenweise dichter als der dickste Nebel, den Torben kannte.

Im Schutz einer solchen stinkenden Wolke setzte er die Beiboote der Kogge aus. Diejenigen, die keinen Platz mehr fanden, schwammen nebendran her.

Die Gruppe steuerte auf den hinteren der beiden tzulandrischen Segler zu, die so gar nicht zum restlichen Flottenverband passten. Wie lauernde Raubtiere pirschten diese sich auf der linke Seite, gedeckt von dem Feuer der Bombardenträger und dem Qualm, näher an die Fortifikation heran.

Dem Rogogarder und seinen tarvinischen Freunden gelang die Kunst des lautlosen, schnellen Enterns, auch wenn die an Bord befindlichen Tzulandrier erbitterten Widerstand leisteten. Da sie inzwischen wussten, welche Order der Magodan eines Schiffes in aussichtslosen Situationen zu erfüllen hatte, erwartete den Offizier bereits das entsprechende Abfangkommando, als er Feuer an die Lunten legen wollte.

Die eigentliche Überraschung aber wartete im Laderaum auf die Eroberer.

Auf acht separaten Plattformen stand jeweils ein überlanges Geschütz montiert. Diese Segmente konnte man über Umlenkrollen und Ketten einzeln nach oben befördern.

»Eine neue Erfindung?«, herrschte Torben den gefangen genommenen Commodore des Schiffes an.

Der Palestaner zuckte zusammen. »Ich schätze ja.« Er wirkte genauso erstaunt wie der Rogogarder. »Ich zumindest habe so etwas noch nie gesehen.«

Der Freibeuter betrachtete den hohen Raum, den man mit Eisenblechen verstärkt und mit Metallluken versehen hatte. Offenbar war es so gedacht, dass immer eine Bombarde abfeuerte, während die anderen im Bauch des Seglers nachgeladen wurden.

Grübelnd schaute er auf die Steinkugeln, durch die in der Mitte ein dünner Kanal gebohrt worden war; in einigen befand sich bereits sehr fein gemahlenes, helles Pulver. Auch die Pulvervorräte wurden in verschiedenfarbigen Tonnen gelagert.

Torben ließ den Bombardiermeister herbeischaffen und verlangte zu wissen, um was es sich bei den neuen Geschützen handelte. Erst nach ein paar Drohungen mit derber Folter brach der Mann sein Schweigen.

»Es werden immer acht Kugeln in ein Rohr geladen«, erklärte er den staunenden Piraten. »In den feinen Bohrungen befindet sich langsam brennendes Pulver, das durch die Explosion der Treibladung wie eine Lunte entzündet wird und von vorne nach hinten abbrennt, bis es sie eigene Treibladung zum Detonieren bringt. Die Kugel fliegt los, bei der nächsten wird die Pulverlunte gezündet.«

»Wie schnell verlassen die Kugeln nacheinander die Mündung?«, hakte der Rogogarder nach.

»Man muss bis zehn zählen. Die Zwischenzeit nutzt man, um die Richtung des Laufes nachzujustieren, wenn der erste Schuss nicht akurat saß«, legte der gegnerische Bombardiermeister den Sinn dar.

»Ein einziges Geschütz reicht aus, um ein Schiff zu versenken«, bemerkte Varla fasziniert. »Man hält immer auf die gleiche Stelle, und schon hat man den

Rumpf mit ganz wenig Aufwand in Stücke geschlagen.«

Oder ein Loch in eine Festung geschossen. »Dann schauen wir einmal, ob es tatsächlich funktioniert. Zuerst das andere Schiff vor uns, danach die Bombardenträger. Ich brauche zehn Freiwillige für die Geschütze, der Rest schwingt sich wieder in die Beiboote und macht sich bereit zum Ablegen. Los, Mädels, wir haben noch etwas vor.«

Die Ketten rasselten, Zahnräder klackten, Gegengewichte wurden bewegt. Eine Plattform nach der anderen schwebte nach oben, die Eisenklappen an Deck schwangen auf und bildeten einen zusätzlichen Schutz der neuen Bombardengattung. Die letzten Verriegelungen schnappten ein.

Die Vorbereitungen blieben nicht unbemerkt. Sofort wurden dem Segler per Wimpel Nachrichten übermittelt, weil man sich nicht an die verabredete Vorgehensweise hielt.

Torben spornte die Männer zu Höchstleistungen an. Die Mündungen der Geschütze suchten sich ihre Ziele, dann wurde die echte Lunte angesteckt, die man zum Zünden des ersten Geschosses benötigte und die wie der Schwanz einer fetten Ratte aus dem Rohr baumelte. Der vernichtende Feuersturm konnte beginnen.

Als Erstes bekam das Schwesterschiff die veheerende Wirkung der Bombarde zu spüren. Nach fünf Treffern an die gleiche Stelle bestand der Rumpf nur noch aus marginalen Holzfetzen, das Seewasser flutete die Heckpartie mit rasender Geschwindigkeit. Danach bestrich der Mann das Deck, damit die Gegner es nicht schafften, vor dem Untergang noch das Gegenfeuer zu erwidern.

Ähnlich wie dem Segler erging es den Galeeren. Selbst deren verstärkte Aufbauten und Verbesserungen des Schiffskörpers brachten wenig gegen die Wucht und das Stakkato der einschlagenden Geschosse.

Kreischend verbogen sich die Eisenbleche und rissen, alle paar Lidschläge rauschte eine weitere Kugel in die Lücke, die Torben an eine offene Wunde erinnerte. Weiter und weiter wurde die Zerstörung auf diese Art in die Eingeweide der Ruderkähne getragen, bis der Boden durchschlagen war und die Galeeren eine nach der anderen sanken.

Die umliegenden Schiffe des Kabcar eröffneten den Beschuss gegen den eigenen Segler. Die Magodane und Commodore hatten inzwischen verstanden, dass es nicht mehr die eigene Besatzung war, die dort die Bombarden bediente. Die *Ertrag* beteiligte sich zum Schein, um keinen Verdacht bei dem nun sehr aufmerksam gewordenen Gegner zu erwecken, zielte aber vorbei.

Für einen langen Triumph blieb keine Zeit, die Enterer zogen sich rasch von dem sterbenden Segler zurück.

Verborgen in den Schleiern des Pulverrauchs, paddelten die Beiboote unter der Leitung von Torben in Richtung Durchlass. Um sie herum erhoben sich die Rümpfe der kämpfenden Parteien.

Die Seestreitkräfte des Kabcar drängten immer weiter nach vorn, wurden aber von den Bombarden und Katapulten der rogogardischen Festung mit Geschossen aller Art eingedeckt. Da die Galeeren und die beiden Träger der neuen Waffen nicht mehr zur Verfügung standen und somit das Sperrfeuer ausfiel, erlitten die Angreifer herbe Verluste.

Beachtet wurden die schnellen Beiboote kaum. Eine größere Gefahr bildeten Salven, die ihr Ziel verfehlten.

Ein verirrter Pfeilschauer kostete drei Männer das Leben und sorgte für etliche Verwundete.

Erst als sich die Nussschalen der befestigten Kaimauer näherten, wagte es der Freibeuter, die rogogardische Flagge hissen zu lassen. Jetzt konnte er nur beten, dass kein nervöser Bombardier vor lauter Aufregung trotzdem feuerte

Jonkill heftete den Blick auf den Mann, der im ersten der Beiboote stand, mit beiden Armen wild wedelte und immer wieder auf sein Gesicht deutete.

Die vorderste Geschützbatterie gab dem Hetmann mit einer knappen Geste zu verstehen, dass man die anscheinend vom Verstand verlassenen Landungstruppen des Kabcar leicht vernichten konnte.

Der Befehlshaber der Rogogarder blickte über die Rudermannschaft, deren Gesichter keineswegs aussahen, als stammten sie vom Inselreich. Doch der Trick, mit einer gestohlenen Fahne geradewegs auf die Fortifikationen zuzuhalten, war viel zu plump und passte nicht zu dem bisherigen Vorgehen.

Jonkill versuchte, die Züge des ersten Mannes trotz des schaukelnden Bootes zu erkennen.

Rudgass!, dachte er verblüfft. *Also ihm verdanken wir, dass die hoheitlichen Truppen sich gegenseitig beschossen haben.* Er machte sich auf den Weg nach unten, um den Kapitän zu begrüßen, der wieder einmal einen seiner tollkühnen Streiche gespielt hatte.

Als der Hetmann die Stellung mit den Bombarden passierte, hörte er, wie der Offizier den Feuerbefehl erteilte.

»Kommando widerrufen!«, schrie Jonkill entsetzt und war mit einem Satz bei den Soldaten, die die Fackeln zurückrissen. »Das sind unsere Leute!«

In diesem kurzen Moment der Stille hörten alle das charakteristische Zischen einer Zündschnur.

»Sie haben uns erkannt«, atmete Torben auf, während er die schweigenden Geschützreihen betrachtete.

»Das hätte uns noch gefehlt, dass deine Piratenfreunde ihren besten Mann zu den Fischen schicken«, grinste Varla, die zu seinen Füßen saß und das rückwärtige Geschehen im Auge behielt. »Du scheinst keine Neider unter deinen Leuten zu haben, die die Situation ausnutzen wollen.«

»Ich bin viel zu beliebt«, meinte der Freibeuter leichthin. »Steuert die hintere …«

Ein einzelnes Krachen ertönte, eine der Bombarden entlud sich und sandte eine Kugel auf die Reise.

Der Freibeuter ließ sich geistesgegenwärtig fallen, das Geschoss pfiff über ihn hinweg und brach über die mittlere Ruderreihe herein.

Das Beiboot zerfiel in zwei Hälften, auch Torben rutschte ins kühle Wasser, umgeben von Trümmerstücken. Als er auftauchte, färbte sich das Meer um ihn herum rot. Einige Tarviner schrien um Hilfe.

»Varla?!«, rief er voller Sorge um seine Gefährtin. Er trat auf der Stelle und drehte sich dann um die eigene Achse, um sie irgendwo auszumachen.

Die anderen Boote glitten heran und nahmen die Verletzten sowie die Schiffbrüchigen auf; gleichzeitig kamen Rogogarder aus den Schützungen auf der Kaimauer hervor und warfen Taue ins Wasser, um bei der Bergung zu helfen.

Torben zog sich in eines der Dingis und suchte von oben. *Ich werde den Idioten an der Bombarde eigenhändig in Scheiben schneiden, wenn ihr etwas geschehen ist.*

Endlich entdeckte er ihren Körper, mit dem Gesicht nach unten im Wasser treibend. Wie von Sinnen warf er sich in die Fluten, schwamm zu ihr und drehte sie auf den Rücken, um die Bewusstlose vor dem Ertrinken zu bewahren. Dabei ertastete er einen langen Splitter, der in ihrer Seite steckte. *Taralea, lass es nicht wahr sein!* Zusammen mit einigen Tarvinern bugsierte er sie vorsichtig in ein Beiboot und brachte sie zum Aufgang, wo ihn Jonkill und zahlreiche Helfer erwarteten.

Ein todbleicher Offizier stand neben dem Hetmann. »Wir wussten nicht, dass Ihr es seid, Kapitän«, stammelte er geschockt.

Torben betrachtete das fahle Antlitz der Tarvinin und wischte ihr das Wasser aus dem Gesicht. »Lasst es gut sein.« Er beherrschte sich, um dem Mann nicht einen Fausthieb zu geben. »Aber betet wie ich, dass sie es überlebt.«

Varla öffnete die Augen, ihre Lider flatterten. »Scheint so, als hättest du doch Neider, was, Torben?«, flüsterte sie und versuchte zu lächeln. Sie schielte auf das Bruchstück, das aus ihr herausragte, und wurde noch weißer, dann schloss sie die Augen.

»Los, bringt sie zu einem Cerêler!«, verlangte er, und die Männer trabten mit der Bahre los.

»Wir haben keine solchen Heiler hier, Kapitän Rudgass.« Der Hetmann trat an seine Seite. »Aber sie wird es trotzdem schaffen.«

»Es tut mir Leid, ich hielt Euch für ein Kommando des Kabcar«, versuchte der bedrückte Offizier erneut, eine Entschuldigung anzubringen.

»Es ist geschehen, beruhigt Euch«, sagte Torben kalt. »Es hätte ebenso ein Feind sein können.« Er wandte sich Jonkill zu. »Ich möchte etwas Trockenes zum Anziehen, und danach erstatte ich Bericht, Hetmann.« Er ließ die beiden stehen und ging ins Innere der Bastion.

Dabei beschäftigte er sich einzig und allein mit dem Wohlergehen der Frau, die er über alles liebte. Alles andere wurde zur unwichtigen Nebensache.

Bevor er sich mit Jonkill traf, schaute er im Verwundetenlager der Rogogarder vorbei, wo ihn schmerzerfülltes Stöhnen der Tarviner empfing. Einer von ihnen hatte seinen rechten Unterarm eingebüßt, und die Feldscher kauterisierten soeben die Wunde mit glühenden Eisen.

Halb entblößt lag die ohnmächtige Varla auf einem Tisch. Blut sickerte neben dem Splitter heraus und bildete eine kleine Pfütze; rote Schlieren bedeckten auch einen Teil ihrer Bauchdecke.

Nackte Angst erfasste den Rogogarder. Er nahm ihre wie tot wirkende, kalte Hand und hielt sie. »Hilft ihr denn niemand?«, sagte er laut in den Raum hinein. Einer der Feldscher legte das Eisen zur Seite, klopfte dem Tarviner aufmunternd auf die Schulter und kam zu Torben herüber.

»Ihr Herz schlägt, und das ist im Augenblick noch sehr gut. Unsere Schwierigkeiten beginnen, sobald wir das Holz aus der Wunde ziehen.« Der Heilkundige deutete auf ihr Blut. »Davon wird sie anschließend jede Menge verlieren. Das ist die eigentliche Gefahr.« Abschätzend betrachtete er ihren Leib. »Sie sieht kräftig aus. Mit ein wenig Glück schafft sie es.«

»Mit ein wenig Glück?«, begehrte der Freibeuter auf und wollte seinen Landsmann packen.

»Genau das braucht sie. Wir tun unser Bestes«, blieb der Feldscher unbeeindruckt. »Nun tretet zur Seite, Kapitän, und lasst uns unsere Arbeit machen.« Mit Lederriemen fixierte er Varlas Beine und Arme, damit sie sich während des Eingriffs nicht aufbäumen konnte.

Torben küsste ihre Stirn und verließ beinahe fluchtartig den Ort, um zu den anderen zu stoßen.

Jonkill und seine Offiziere standen um den Kartentisch herum und analysierten die Lage, in der sich Verbroog befand. Torben starrte abwesend auf die Skizze, nahm Gesprächsfetzen wahr, ohne deren Sinn zu erfassen, bis er den Hetmann mehrmals seinen Namen sagen hörte. Ertappt hob er den Blick.

»Ich habe Verständnis, dass Ihr all Eure guten Wünsche Eurer Frau zukommen lasst, aber wir benötigen Euren Verstand hier, Kapitän«, sagte der Hetmann freundlich, vorwurfsfrei. Torben nickte. »Ihr habt mit Eurem Kabinettstück beim Kabcar für großen Schaden gesorgt. Die hoheitliche Armada hat einiges an Feuerkraft verloren.«

»Es wird aber nicht lange vorhalten, Hetmann«, bedauerte der Rogogarder. »Wir haben unglaublich viele Schiffe vor Verbroog gesehen. Ohne eine List wären wir niemals durch diese Linien gelangt.«

»Unsere einzige Hoffnung ist ein Überraschungssieg der Kensustrianer«, befand einer der Offiziere. »Wir können nur so lange durchhalten und uns mit allem verteidigen, was wir haben.«

»Wie lange reichen die Vorräte aus?«, wollte Torben wissen.

Jonkill winkte ab. »Vorräte? Mindestens ein Jahr, wenn wir Haus halten. Aber wir müssen uns etwas einfallen lassen, wie wir die nachrückenden Bombardenträger daran hindern, in eine bessere Schussposition zu kommen. Immerhin sind sie schon hinter der ersten Hafenmauer.«

»Wenn ich das richtig gesehen habe, haben wir bereits unsere Stellungen rechts und links in den Steilhängen verloren«, sinnierte der Freibeuter. »Wenn man die

Klippen sprengte, müsste es durch die Gesteinsbrocken zu flach für die Galeeren werden.«

»Flankierend versenken wir zwei oder drei wertlose Schiffe im Durchlass, um uns die lästigen Vorstöße der gegnerischen Segler vom Leib zu halten«, ergänzte der Hetmann, sein Gesicht und das der Anwesenden spiegelte neu gewonnene Zuversicht wider. »Damit halten wir lange genug durch. Und den kleinen Kabcar wird es fuchsteufelswild machen.« Die Offiziere und Jonkill lachten.

Wenn es ihn so wütend macht, dass er selbst erscheint, ist der Schuss nach hinten losgegangen, ging es Torben durch den Kopf, doch wohlweislich behielt er seine Gedanken für sich. Eine Flutwelle, wie sie der Kabcar schon einmal heraufbeschworen hatte, würde im Falle von Verbroog allerdings nicht ausreichen, dafür lag die Festung zu geschützt, und die Mauern waren zu dick.

»Bei all dem Durcheinander habe ich fast vergessen zu fragen, welchen Erfolg Eure Suchmission im fernen Kalisstron hatte«, wandte sich der Anführer der Rogogarder an ihn.

»Wir sind guter Dinge, dass wir sie bald nach Ulldart bringen können. In einer Stadt erhielten wir Hinweise auf eine kleine Ansammlung Fremdländler, die seit mehreren Jahren schon auf dem Kontinent leben sollen. Aber welche Nationalität es ist, konnte uns niemand sagen. Bei ähnlichen Anhaltspunkten stießen wir immer nur auf Palestaner, die sich mit ihren Kontoren häuslich niedergelassen hatten«, erzählte er. *Wenn ich mir die Sache betrachte, brauchen wir Norinas Sohn und die anderen umso dringender.* »Deshalb kehre ich gleich wieder auf die Dharka zurück. Ich habe den Eindruck, dass jeder Augenblick, um den sich die Ankunft der Hoffnungsträger verzögert, haufenweise Menschenleben kostet.«

Er zögerte. »Nehmt mir diese Vorsichtsmaßnahme nicht übel, Hetmann, aber ich würde Norina Miklanowo gern mitnehmen.«

Jonkill überlegte. »Nein, ich trage es Euch nicht nach. Nur, wie wollt Ihr und Euere Leute von hier fort?«

»Über den Landweg«, erwiderte Torben, ohne zu zögern. »Ich habe mit meinen Leuten auf der *Ertrag* vereinbart, dass sie heute Nacht von Bord gehen und zu uns schwimmen. Es sollte ihnen gelingen. Vorher richten sie die Bombarden noch aus und legen lange Lunten, um den hoheitlichen Truppen einen Abschiedssalut zu geben.« Die Rogogarder grinsten. »Anschließend laufen wir zu unserem Schiff, das wir in einer nahen, verborgenen Bucht zurückgelassen haben.«

»Und wohin wollt Ihr Norina bringen?«, fragte Jonkill.

»Ich werde sie nach Kalisstron mitnehmen«, log er.

Niemand sollte den Aufenthaltsort wissen, damit im Falle der Einnahme von Verbroog dem Kabcar und vor allem Nesreca kein einziger Hinweis gegeben werden sollte. In Wirklichkeit würde er dorthin segeln, wo er den Menschen blind vertraute, auch wenn es sich im unmittelbaren Feindesland befand. Er trat zur Tür. »Wenn man mich nicht mehr benötigt, würde ich gerne nach Varla sehen.«

Der Hetmann entließ ihn mit einem knappen Nicken.

Torben lief zurück ins Lager der Verwundeten.

Erstarrt blieb er stehen, als auf dem Tisch ein mit einem Tuch verhüllter Körper lag. Seitlich schwamm eine Lache aus bereits geronnenem, teilweise schwarzem Blut.

Was hat sie getan, dass du sie im Stich ließest, Taralea?
Keuchend stemmte er sich gegen die Kante, seine Knie

gaben nach. Wie eine Marionette, deren Fäden man kappte, plumpste er zu Boden. Gelähmt stierte er auf die Blutpfütze, in die sich seine Linke nach dem Sturz stützte.

Ein Feldscher eilte herbei, kümmerte sich um ihn und stellte den Geschockten auf die Beine. Sofort packte der Freibeuter zu und zerrte den Mann dicht an sich heran. »Wieso ist sie gestorben?«, brüllte er ihm ins Gesicht.

Der Mann runzelte die Stirn. »Wer?«

»Sie!«, sagte Torben laut, deutete auf die Leiche und hielt ihm die rot gefärbte Handfläche unter die Nase. »Ihr Quacksalber habt sie verbluten lassen!«

Wortlos zog der Feldscher das Tuch vom Gesicht des Toten und deutete auf den verstorbenen Tarviner. »Ich glaube nicht, dass Ihr ihn meintet, Kapitän.« Er nickte zu einem Durchgang. »Wir haben die Frau in den Schlafsaal gebracht. Sie ist schwach, aber sie lebt.«

Langsam öffneten sich die Finger des Freibeuters, ein Laut der Erleichterung drang aus seinem Mund, dann lachte er befreit auf. »Da habt Ihr mir aber einen ganz schrecklichen Streich gespielt«, beschwerte er sich aufatmend und lehnte sich gegen die Wand. Er wollte die ganze Welt umarmen. Dieser Augenblick voller Schmerzen hatte ihm gezeigt, wie sehr er Varla liebte. »Verzeiht meinen Ausbruch«, entschuldigte er sich bei dem Heilkundigen und flog förmlich nach nebenan; unterwegs wischte er sich die Linke sauber.

Varla ruhte auf einem einfachen Lager, die Arme auf der Decke, die Augen geschlossen. Zärtlich strich er über die kurzen schwarzen Haare und liebkoste ihr Gesicht.

Die Frau schlug die Lider auf und lächelte. »Hast du ihn leben lassen?« Sie bemerkte sein fragendes Gesicht. »Ich meine den Bombardier.«

Torben schaute gespielt grimmig. »Sein Kopf wird als Kugel dienen«, knurrte er, dann hellten sich seine Züge auf. »Nein, ich habe ihn verschont, weil ich wusste, dass du überlebst.« Er küsste sie vorsichtig auf den Mund, entkräftet erwiderte sie die Zärtlichkeit. »Du wirst bald schon wieder herumspringen«, machte er ihr Mut. »Wir nehmen dich auf einer Trage mit zurück zur Dharka.«

»Das wird kaum möglich sein«, bemerkte der Feldscher, der ein Bett weiter bei einem anderen Verletzten nach dem Rechten sah. »Ihre Wunde würde sofort aufreißen und das bisschen Blut, das sie in sich behalten hat, in hohem Bogen von sich geben. Ihren Tod wollt Ihr doch wohl nicht riskieren. Mindestens zwei Wochen völlige Ruhe.«

»Zwei Wochen?«, entfuhr es beiden gleichzeitig.

Dann schwiegen sie. Die zwei Liebenden wussten, was das bedeutete.

»Du wirst ohne mich aufbrechen«, befahl Varla, ehe der Freibeuter etwas sagen konnte. »Zwei Wochen Zeitverlust können wir uns nicht erlauben.«

Er senkte die Stimme. »Ich werde dich nicht zurücklassen. Wenn die Hoheitlichen in der Zwischenzeit Verbroog einnehmen, was dann?«

Sie feixte. »Dann wirst du schon wieder eine Heldentat vollbringen müssen und mich aus den Fängen des Feindes befreien«, meinte sie leise. »Das passt doch ganz hervorragend zu deinem Ruf, oder?!« Die Tarvinin fasste ihn im Genick und zog ihn zu sich herunter, um ihn zu küssen. »Nimm Norina und bringe sie weg. Wir sehen uns wieder.«

Torben umarmte sie vorsichtig, ihm schien der Entschluss der Frau nicht zu schmecken. »Ja, wir sehen uns wieder«, versprach er. »Ich stürme alle Mauern dieser

Welt, um dich zu befreien, ganz gleich, wo es ist.« Ernst sah er sie an.

»Nanu?«, wunderte sie sich amüsiert. »So kenne ich den lachenden Rogogarder überhaupt nicht.«

Das Herz des Piraten klopfte vor Aufregung. »Noch niemals zuvor hat mich eine Frau derart in ihren Bann geschlagen, wie du es erreicht hast«, gestand er ihr aufrichtig. »Einmal dachte ich schon, ich hätte dich verloren, vorhin sorgte ich mich wieder um dich. Jedes Mal kehrt es sich zum Guten. Dennoch fürchte ich den Tag, an dem es nicht so sein wird.«

»Der Tag wird niemals kommen«, beruhigte sie ihn gerührt und streichelte seine Hand.

»Wir sind füreinander bestimmt«, sagte Torben feierlich und versuchte, seine Aufregung hinunterzuschlucken. Ein dicker Kloß saß in seiner Kehle. »Und ich will, dass du meine Frau wirst, Varla. Würdest du einen wie mich als Gemahl annehmen?«

Bewegt blickte sie in seine grüngrauen Augen. »Ja«, raunte sie. »Aber nur, wenn du mir versprichst, mich niemals zur Witwe zu machen.«

Der Freibeuter nickte. »Das Gleiche gilt natürlich auch umgekehrt.«

Sie nahmen sich ein letztes Mal in die Arme und küssten sich innig. Varla unterdrückte dabei den Schmerz in ihrer Seite, das Glücksgefühl dämpfte das unangenehme Stechen. Ohne ein weiteres Wort verließ Torben den Raum und winkte ihr zum Abschied.

Doch Varla war so entkräftet, dass sie bereits schlief.

Kontinent Kalisstron, Bardhasdronda, Sommer 459 n. S.

Jarevrån drehte sich tänzerisch auf einem Fußballen und lachte laut auf. Schnell legte sie die Hand auf den Mund, um den Laut zu dämpfen, der in ihrem Kulturkreis nicht schicklich war.

Und dennoch empfand sie derzeit so, als müsste sie all ihre Freude hinausrufen, lachen und toben.

In wenigen Stunden bin ich Lorins Frau, dachte sie zufrieden und strich ihr Kleid glatt, mit dem sie an der Zeremonie teilnehmen würde.

Ihre Mundwinkel wanderten nach oben, als sie sich an das Gesicht ihres Vaters erinnerte, nachdem sie den Entschluss verkündet hatte.

Doch das »Schlimmste« war in den Augen des Kalisstronen sowieso schon geschehen, seine Tochter favorisierte einen »Fremdländler« gegenüber allen anderen stattlichen jungen Männern von Bardhasdronda. Dass aus dem etwas zu klein geratenen Jungen ein Held namens Seskahin geworden war, daran hätte er niemals geglaubt.

Es klopfte hart gegen die Tür, dann kam ihr Vater herein. »Hast du eben so laut gelacht?«, fragte er tadelnd, während er sie betrachtete. »Bei Kalisstra, aus meinem kleinen Mädchen ist eine wunderschöne Frau geworden.«

»Ja, ich habe gelacht.« Jarevrån grinste, legte die Arme auf den Rücken und kam wippend zu ihm. »Noch so ein Aufstand gegen das Bewährte, nicht wahr? Keine Sorge, ich werde mich beherrschen. Und du wirst dein kleines Mädchen an den Mann geben, den es sich von Anfang an ausgesucht hatte.«

»Ich gestehe, dass du die bessere Menschenkenntnis hattest«, räumte er halb verlegen ein. »Meinen Segen sollt ihr haben. Auch wenn er ein bisschen spät kommt.« Er ging zum Fenster und schaute hinaus. »Die Jungfern sind da, um dich zurechtzumachen. Ich öffne ihnen die Tür, und du ziehst das gute Kleid aus. Nicht, dass es noch Flecken erhält.«

Kurz darauf kamen die älteren Damen herein, ausgestattet mit Blumen, Kämmen, besonderen Seifen, Stoffbändchen, Haarspangen und -reifen. Wie die Heuschrecken fielen sie über die Braut her und begannen mit dem Schmücken. Dabei gaben sie der jungen Frau allerlei Ratschläge für die kommende Lebensgemeinschaft, angefangen bei Kochrezepten bis hin zum richtigen Verhalten in der Ehe.

Irgendwann öffnete sich die Tür, und die zweite Braut trat ein.

»Kalisstra sei Dank«, entschlüpfte es Jarevrân erleichtert. »Fatja, du musst mir gegen diese Matronen zur Seite stehen.«

»Ein holdes Fräulein in Nöten?«, sagte die Borasgotanerin mit verstellter Stimme, schnappte sich einen Kamm und attackierte eine der Damen. »Zurück mit euch Bestien!« Mit der anderen Hand langte sie in das Körbchen mit den Blütenblättern und bewarf sie damit. »Hinweg, sage ich! Meine getrockneten Feuertropfen werden euch schmelzen lassen wie das Eis in den Sonnen!«

Kichernd setzten sich die Angegriffenen zur Wehr, Jarevrân langte nach einem Kissen und beteiligte sich, bis im Zimmer Federn, Blättern und andere leichte Sachen schwebten, die fünf Frauen völlig außer Atem glucksten und nur mit Mühe das schallende Gelächter unterdrückten.

Keuchend hockte sich Fatja neben die Kalisstronin. »Jetzt wirst du doppelt leiden«, hechelte sie und deutete auf die ramponierte Frisur der jüngeren Braut. »Sie werden von vorn anfangen müssen. Ich hoffe, wir kommen noch rechtzeitig zu unserer eigenen Hochzeit.«

Jarevrån blies sich eine Feder von der Nase und lachte verhalten. »Das war es mir aber wert. Und es hat mir die Aufregung genommen.«

»Ach, was«, winkte die Schicksalsleserin ab. »Die paar hundert Leute, was macht das schon. Immerhin müssen wir dort nichts rezitieren, sondern einfach nur hübsch aussehen.« Ihr Finger deutete nach hinten. »Da müssen sich die Mütterchen nicht einmal sehr anstrengen.«

Die »Mütterchen« revanchierten sich für die Angriffe, indem sie mit Genuss bürsteten und kämmten, flochten und zupften, dass den beiden Bräuten das Wasser in die Augen trat, so sehr ziepte es an den Haarwurzeln. Doch die Resultate, die sich unter den geschickten Fingern abzeichneten, sprachen für sich. Kunstvoll türmten sich die Strähnen zu wundersamen Gebilden, verziert und gehalten mit Bändern und anderen Utensilien, die die Jungfern mitgebracht hatten.

»Mein Kopf wird immer schwerer«, jammerte Jarevrån, aber ihre grünen Augen glitzerten, als sie sich im Spiegel betrachtete.

»Meiner wird bald nach vorn kippen, und ich werde ihn aus eigener Kraft nicht mehr heben können«, stimmte Fatja in das Wehklagen ein. Sie musterte ihre Züge in der polierten Oberfläche und schaute sich selbst in die braunen Augen.

Die Umgebung um sie herum verschwamm und wurde dunkler, sie sah nur noch sich, wie sie im Brautkleid vor dem Spiegel saß. Gelegentlich huschten die Hände der Jungfern über ihr Haar, kamen schemenhaft aus dem Dunkel, brachten eine Spange an und tauchten wieder in der Schwärze ein.

Eine Vision? Fatja wollte aufspringen, doch ihre Füße gehorchten ihr nicht. Eine Männerhand schnellte aus der Finsternis, eine kurze, schmale Klinge blitzte auf und zog einen dünnen, roten Strich an ihrer Kehle entlang. Blut sickerte aus dem Schnitt, sie schrie auf. Schlagartig wurde es hell um sie herum.

»Was ist los?«, wollte Jarevrån besorgt wissen; eine Hand griff die Rechte ihrer Freundin. Auch die anderen drei Damen schauten sie an und wichen vorsichtshalber einen Schritt zurück.

Die Frau schluckte. »Es muss die Aufregung sein«, würgte sie hervor. »Ich habe schon Halluzinationen.« Ein schneller Blick auf die reflektierende Oberfläche zeigte, dass sie keinerlei Verletzung aufwies. Trotzdem betastete sie die Stelle. *Was sollte das?*

»Du und aufgeregt?«, meinte Jarevrån ungläubig. »Du bist es doch gewohnt, vor vielen Menschen aufzutreten und dich im Mittelpunkt zu befinden.« Dann grinste sie. »Wie findest du es, dass wir bald Schwägerinnen sein werden?«

Fatja erholte sich von ihrer Beklemmung und verdrängte das Gesehene, so gut es ging, um sich die Hochzeit nicht verderben zu lassen. »Schwägerinnen? Na ja, so etwas in der Art«, nickte sie. »Auch wenn er nicht wirklich mein Bruder ist, ich empfinde so für ihn. Nehmen wir einfach an, wir werden Schwägerinnen. Nicht der schlechteste Gedanke.«

Sie bat darum, dass das Fenster geöffnet wurde, um frische Luft hereinzulassen. Vereinzelte Federn tanzten im hereinwirbelnden Wind. Fatja verfolgte ihren Flug. Einen Blick in den Spiegel zu werfen wagte sie nicht mehr.

Die weit über zweihundert Gäste versammelten sich an einem Ort, den die meisten aus Sagen kannten und den sie früher auch schon bei gelegentlichen Spaziergängen besucht hatten, der aber noch niemals so ausgesehen hatte, wie er sich ihnen nun präsentierte.

Lorin und Arnarvaten hatten die Hochzeitsgesellschaft zu der Lichtung im Wald vor Bardhasdronda bestellt, auf der sich die seltsamen halbrunden, unterschiedlich hohen Steine befanden, denen man rätselhafte Kräfte zusprach. Kaum einer wunderte sich darüber, dass deren Oberfläche blank war.

Die lauschige Stelle fanden alle als sehr passend. Trotz der sommerlichen Temperaturen herrschte ein kühles Lüftchen im Wald, die Bäume spendeten zusätzlichen Schatten.

Lange Tischreihen waren in U-Form aufgebaut worden, an denen man sich später niederlassen würde. An verschiedenen Feuerstellen drehten sich die Bratspieße und garten andere Gerichte vor sich hin.

Die Aufmerksamkeit der Anwesenden ruhte auf den beiden Brautpaaren, die Hand in Hand vor den Klingenden Steinen standen und den Segen Kalisstras durch die Hohepriesterin Kiurikka empfingen.

Die Oberste der Gemeinde der Bleichen Göttin nutzte die Gelegenheit, um in vollem Ornat sowie mit all ihren Priesterinnen und Aspirantinnen zu erscheinen und die Segnung so eindrucksvoll wie möglich zu gestalten. Wer in der Nähe Waljakovs stand und sich sehr bemühte, konnte ein gemurrtes »Brimborium« verstehen.

Matuc gönnte Kiurikka den Auftritt und überließ ihr sogar den Vortritt, um keinen unsinnigen Zwist an dem vermutlich schönsten Tag im Leben seines Ziehsohnes heraufzubeschwören. Er wusste, dass er in der Stadt mehr Akzeptanz auf seiner Seite hatte, als es der Hohepriesterin lieb war oder sie zugeben würde.

Genugtuung verschaffte ihm auch der Umstand, dass die Hochzeitsgesellschaft in Gänze an dem Grundmauerwerk des angehenden Ulldrael-Tempels entlanggehen musste.

Voller Inbrunst gewährte er den Paaren seinen Segen, umarmte Lorin und musste sich tatsächlich ein paar Tränen der Rührung aus den Augenwinkeln wischen.

Anschließend gab es keine Rettung mehr für die frisch gebackenen Eheleute. Sie mussten Hände schütteln, bis Lorin glaubte, seine Finger würden taub.

Anschließend standen die symbolischen Dinge an, auf die sich die schadenfrohen Besucher am meisten freuten.

Die Jungehemänner mussten in Wannen mit Eiswasser steigen und so lange darin verharren, wie sie konnten. Anschließend kam es den Gattinnen zu, ihre Anvertrauten warm zu reiben, danach wurde die Prozedur umgedreht. Allerdings begnügten sich die Damen mit einem schnellen Sprung ins eisige Nass. Es sollte zeigen, wie sehr man sich auf den anderen in Gefahrensituationen verlassen konnte, schließlich war der Sturz ins kalte Wasser keine Seltenheit.

Arnarvaten und Lorin mussten anschließend ein Feuer so rasch wie möglich in Gang setzen, Fatja und Jarevrån schuppten Fische um die Wette ab, alles Tätigkeiten, die in Kalisstron zum Überleben notwendig waren beziehungsweise ins alltägliche Leben gehörten.

Endlich hatten die Paare die Prüfungen überstanden, die eigentliche Feier konnte beginnen. Etwas erschöpft, aber immer noch selig, saßen die vier Vermählten an ihren Plätzen und prosteten den Gästen zu, danach wurde die Tafel eröffnet.

»Ich bin so glücklich«, wisperte Lorin Jarevrån ins Ohr, stahl sich einen Kuss und betrachtete die Kalisstronin von der Seite. »Du bist wunderschön.«

»Das sagen alle Ehemänner am Anfang, würde Stápa vermutlich meinen«, lächelte seine Frau. »Sie hätte sich sicher gefreut, uns so zu sehen.«

»Ob sie von Anfang an gewusst hat, dass wir zueinander finden?«

»Sie wird es gespürt haben. Frauen haben im Gegensatz zu den Männern einen Sinn für so etwas«, meinte die Kalisstronin frech. Dann nickte sie in Richtung einer kleinen Gruppe von Gästen, die sich in den nahen Waldrand zurückzog. »Schau, sie treffen die Vorbereitungen für die Brautentführung.«

Lorin überlegte, ob er hinterher schleichen und die Männer vorab ausschalten sollte, um sich die Verfolgungsjagd und das Scheingefecht zu ersparen, das von den Gatten bei der heldenmutigen Befreiung erwartet wurde. Aus den Augenwinkeln sah er, dass Waljakov die Geschehnisse mitbekam.

»Große Güte, haben wir den griesgrämigen Türmler darüber aufgeklärt, dass es keine echten Entführer sind?«, durchzuckte es ihn. »Er würde vermutlich ein Blutbad unter den armen Kalisstri anrichten.«

»Matuc hat es ihm erklärt«, beruhigte Jarevrån ihn. »Es werden alle ihren Kopf auf den Schultern behalten. Und wir tun ihnen den Gefallen und geben uns gänzlich von ihrem Überfall überrascht, ja?!«

Lorin stand auf und küsste ihre Hand. »Dann lasse ich sie wenigstens ein Glanzlicht des Abends versäumen, wenn sie schon eine solche Hinterhältigkeit planen.« Er räusperte sich. »Liebe Freunde! Ihr wundert euch bestimmt, warum wir ausgerechnet an diesem Ort feiern. Ich entdeckte ihn durch Zufall und erfuhr von seiner Besonderheit. Nach ein paar Versuchen ist es mir gelungen, den Steinen wieder ihren alten Namen zurückzugeben.« Er schaute seine Gemahlin an. »Das Stück ist für dich, Jarevrån.«

Lorin setzte seine Fertigkeiten ein, und die Felsbrocken erklangen in einer Melodie, die das Gemüt der Gäste rührte. Schweigend lauschten sie den Tönen, und das blaue Leuchten entführte ihre Gedanken auf eine Reise ins Nirgendwo und brachte ihnen Entspannung und Ruhe.

Mit einem nachhallenden gemeinsamen Klang aller Steine endete die Melodie.

Niemand wagte etwas zu sagen, keiner applaudierte und äußerte seine Freude in irgendeiner Weise. Alle schwelgten in der frischen Erinnerung des Gehörten und Gesehenen.

Schließlich erhob sich Bürgermeister Kalfaffel. »Lorin Seskahin, du hast uns Kalisstri etwas gegeben, von denen die meisten dachten, es sei bloß eines der schönen Märchen, von denen unser Volk so viele besitzt«, begann der Cerêler feierlich, und seine Augen strahlten. »Ich kann in Worten nicht ausdrücken, wie sehr mich diese Töne bewegt haben. Es dürfte ein weiterer Beweis sein, dass du im Grunde deines Herzens einer von uns bist, auch wenn deine Eltern aus Ulldart stammen. Die Bleiche Göttin muss sich einiges dabei gedacht haben, als sie dein Schicksal so lenkte, dass es dich an unseren Strand verschlug.« Er trat an den jungen Mann heran und reichte ihm die Hand. »Nimm meinen Dank und die Bitte, uns dieses Schauspiel öfter zuteil werden zu lassen. Alle Menschen aus Bardhasdronda sollten sehen und hören, dass die Klingenden Steine ihre Stimmen wieder erhoben haben. Dank dir.«

Ein wenig verlegen schüttelte Lorin die angebotene Rechte. »Das tue ich sehr gern. Nicht dass ihr denkt, ich hätte aus reinem Eigennutz Stillschweigen bewahrt. Ich wollte nur ein wenig üben, bevor ich mir Publikum dazu hole.«

»Betrachte die Generalprobe als außerordentlich gelungen«, lobte Kiurikka überraschenderweise, und auch ihr Gesicht verriet die Ergriffenheit.

»Nun sollen die Musikanten aber wieder fröhliche Lieder spielen«, verkündete Lorin, um endlich die Aufmerksamkeit von sich abzulenken. »Lasst uns tanzen!«

Er eröffnete zusammen mit seiner Gattin den Tanz, nach und nach kamen andere Paare hinzu, die Kinder hopsten voller Freude auf und nieder, imitierten die Bewegungen der Erwachsenen.

»Ein schönes Fest«, gab Matuc zufrieden seinen Kommentar ab.

»Ja«, stimmte Waljakov zu, die Arme vor der breiten Brust gekreuzt, die grauen Augen auf die Gäste gerichtet.

Der betagte Mönch schaute den ehemaligen Leibwächter fragend an. »Ist etwas mit dir? Das ist keine Beerdigung, mein Freund. Du bist auf der Hochzeit des Knaben, den du einst mit dem Einsatz deines Leben bewahrt hast.«

»Ganz recht«, schnaubte er. »Siehst du, wie glücklich er hier ist? Seine Bestimmung liegt trotzdem nicht auf Kalisstron, er muss nach Ulldart. Aber die Menschen hier tun alles, um ihm das Loslassen so schwer wie möglich zu machen. Ich an seiner Stelle würde mich fragen, warum ich in ein fremdes Land gehen soll, um dort Dinge in Ordnung zu bringen, zu denen ich keinen Bezug habe und die mich nichts angehen.«

Der Geistliche schwieg. *Das waren viele Worte für seine Verhältnisse.* »Vermutlich denkt er wirklich so«, sagte er laut. »Aber es wird unsere Pflicht sein, ihn davon zu überzeugen, gegen das Böse anzutreten.«

In diesem Augenblick hüpften mehrere maskierte Gestalten wild rufend und brüllend aus dem Unterholz, erschreckten die kleinen Kinder und schnappten sich Stücke von der Tafel, bevor sie Jarevrån und Fatja ergriffen und mit ihnen johlend zwischen den Büschen verschwanden.

Arnarvaten und Lorin spielten mit und mimten die erbosten Ehemänner, die den dreisten Entführern Rache schworen. Vor allem bei dem Geschichtenerzähler sorgte das böse Gesicht eher für eine gewisse Komik als einen gefährlichen Eindruck.

»Es war gut für sie, dass du mich vorhin gewarnt hast«, meinte Waljakov ruhig, der den Überfall genau beobachtet hatte. »Keiner von ihnen wäre sonst lebend vom Platz gekommen.«

»Ich weiß. Das wollte ich verhindern«, meinte Matuc. »Gehst du mit den beiden, wenn sie die Mädchen befreien?«

»Bin ich mit ihnen verheiratet?«, gab der K'Tar Tur zurück. »Sie sollen selbst kämpfen.«

Er stand auf und bewegte sich an einen der Grillplätze, um seinen Teller mit Fleisch zu füllen. Unterwegs wünschte er den sich bereit machenden Ehemännern alles Gute bei der Jagd.

»Übrigens, das dort drüben, neben Kiurikka«, sagte Arnarvaten eilig, während Lorin sich schon auf die Spur der Entführer setzte, »ist Håntra.« Waljakov begriff nicht. »Die Schwester von Ricksele, deren Geist an Eurem Turm spukt. Wenn Ihr mehr wissen wollt, fragt sie. Vielleicht weiß sie etwas.« Er klopfte mit einer betont männlichen

Geste auf den Griff seines Dolches. »Ich werde jetzt meine Frau aus den Klauen der Räuber befreien.«

»Mit einem Dolch? Ich wüsste da etwas Besseres.« Er machte Anstalten, seinen Säbel abzuschnallen, aber der Geschichtenerzähler wehrte ab.

»Oh, nein, bei der Bleichen Göttin, lasst es gut sein. Ich würde nur jemanden verletzen.«

»Ist das nicht der Sinn einer Waffe?«, griente der Glatzkopf böse. »Dann zieh los und rede sie nieder.«

Arnarvaten warf ihm einen seltsamen Blick zu, nahm eine Fackel und hetzte hinter Lorin her, der am Rande der Lichtung wartete.

Waljakov hob die mechanische Hand zum Gruß, den sein Waffenlehrling erwiderte, ehe er zwischen den dichten, grünen Blättern verschwand.

Wenn das mal gut geht. Am Ende befreien sich die kleine Hexe und das Hundeschlittenfräulein selbst, während wir die Ehemänner in der Dunkelheit suchen dürfen. Waljakov schaute sich so unauffällig wie möglich um, ob er Hântra entdeckte.

Tatsächlich saß sie bei den Kalisstrapriesterinnen und trug eine ähnliche Amtstracht wie Kiurikka, allerdings ohne die glitzernden und funkelnden Diamanten.

Sie hatte wie alle Kalisstroninnen langes schwarzes Haar und grüne Augen. Das Weiß ihres Gewandes unterstrich die beiden Farben zusätzlich, und wirklich entdeckte er bei genauerem Hinsehen eine gewisse Ähnlichkeit mit der Spukgestalt, die sich bei seinem Turm herumtrieb und ihm irgendwann den Verstand rauben würde, wenn die Sage Arnarvatens stimmte.

Einen Unterschied gab es jedoch. Hântra war Mitte Vierzig, ihre tote Schwester schien wesentlich jünger zu sein.

Kauend starrte der K'Tar Tur hinüber und überlegte, wie er sie am einfachsten aus den Reihen der Kalisstraverehrerinnen lösen konnte. Er wollte nicht vor aller Ohren über diese Sache sprechen, zumal er annahm, dass die Schwester nicht unbedingt erfreut darauf reagieren würde.

Einfach hinüber zu gehen, sich vorzustellen und sie auf die Seite zu bitten, wagte er nicht. Schon malte er sich aus, dass sie ihn wegschickte oder wegen seiner Taktlosigkeit beschimpfte.

Oder sie bricht in Tränen aus, dachte er und schüttelte sich, weil ihm die Vorstellung mehr als unangenehm war. *Verflixte Frauen. Unter Männern wäre es viel einfacher.* Einmal mehr bemerkte er, wie wenig er das weibliche Wesen durchschaute.

Hântra schien seine Blicke plötzlich zu spüren; intuitiv drehte sie sich um und schaute geradewegs in seine grauen Augen.

Waljakov reagierte wie immer. Sein Gesicht verfinsterte sich, er wirkte, als wollte er zum Angriff übergehen. Die Brauen der Priesterin hoben sich.

Verfluchter Mist, ärgerte er sich und wandte sich ab, um in seiner Not zurück an den Grill zu flüchten.

Der Mann am Bratspieß äugte etwas überrascht auf den beinahe vollen Teller, doch der wütende Blick brachte ihn dazu, ohne weitere Fragen Fleisch darauf zu schichten.

»Habe ich Euch etwas getan?«, erkundigte sich eine Frauenstimme neben ihm freundlich. »Ich habe Euren Blick bemerkt.«

Das hat mir noch gefehlt, seufzte er. *Was soll's. Ich wollte ja mit ihr sprechen.* Waljakov zwang sich zu einem Lächeln. »Nein, Hântra, du hast mir nichts getan.«

»Ach? Ihr kennt meinen Namen?«, wunderte sich die Kalisstronin. »Wie komme ich zu dieser Ehre, dass der unnahbare Eisblick mich zur Kenntnis nimmt?«

Der K'Tar Tur verzog den Mund. *Ich werde immer besser.* »Gut, ich erkläre es dir.« Er drückte dem Helfer seinen Teller in die Hand, packte ihren Oberarm und zog sie zur Seite. »Du hattest eine Schwester. Rickdele. Und nun erscheint sie mir. Wie kann ich ihren Spuk beenden, bevor ich meinen Verstand verliere?«

Håntra betrachtete ihn mit Mitleid. »Oh, ich verstehe. Und nun seid Ihr wütend auf mich, weil ich ihre Schwester bin?«

»Nein, ich bin wütend, weil ich mich nicht getraut habe, dich anzusprechen.«

»Jetzt hat es aber funktioniert, oder?«, wies sie ihn liebenswürdig darauf hin. »Ich muss Euch enttäuschen, aber ich kann Euch nicht weiter helfen.«

»Du wirst müssen«, knurrte der einstige Leibwächter. »Was ist zu tun?«

Håntras Blick wanderte langsam zur Hand des Mannes, die ihren Arm gepackt hielt. »Als Erstes nehmt Ihr Eure Finger weg, bevor Ihr mir mit Eurer Kraft den Knochen brecht«, sagte sie freundlich, aber kühl. Überschnell kam der Krieger ihrer Aufforderung nach und spürte eine Hitze, die in seinen Wangen aufstieg. »Danke.« Ihre Hand legte sich an seine Stirn. »Euer Antlitz ist ein wenig gerötet. Hattet Ihr schon mehrmals Fieber oder wallende Schwüle? Das sind die ersten Anzeichen, dass sie Euren Verstand schädigt.«

»Nein«, antwortete er mürrisch.

»Gut, wenigstens etwas. Nun solltet Ihr Euch daran machen, den Spuk zu erlösen«, riet sie ihm. »Findet und überführt ihren Mörder, was haltet Ihr davon? Mir ist es nicht gelungen.«

Waljakov zog die Nase geräuschvoll hoch. »Wenn das so einfach wäre, würde sie vermutlich nicht mehr als Geist durch die Gegend ziehen und Menschen töten.«

Die Priesterin senkte den Kopf. »Sie ist gewiss nicht glücklich dabei. Vergesst nicht, sie wurde umgebracht. Ist Rache aus Enttäuschung und Seelenleid nicht verständlich?«

»Dann sag ihr, sie soll ihren Mörder der Geisteskraft berauben, nicht mich.« Seine brummigen Züge hellten sich auf. »Aber natürlich! Jetzt müssen wir nur noch den Mörder dazu bringen, an den Turm zu kommen. Notfalls prügele ich ihn auch an diesen Ort.«

Håntra wirkte ein wenig von seiner Zuversicht angesteckt. »Sehr gut, Eisblick.«

»Mein Name ist Waljakov«, stellte er richtig. »Hast du irgendwelche Hinweise? Vielleicht ihr Tagebuch von damals?«

Die Schwester der Ermordeten nickte nach einer Weile. »Ja, ich müsste es noch besitzen. Kommt morgen im Heiligtum der Kalisstra vorbei und begleitet mich nach Hause. Wir suchen gemeinsam.« Håntra drückte seine Hand und kehrte an den Tisch zu ihren Gleichgesinnten zurück.

Waljakov schaute ihr hinterher. *Sie ist sehr nett. Für eine Frau.* Sein Blick schweifte von ihr zu Matuc.

Der Geistliche feixte und hob das Glas in seine Richtung. Die anderen Priesterinnen schauten auch zu ihm.

In wenigen Stunden werde ich Stadtgespräch sein, dachte er kapitulierend. *Eisblick und Håntra. Besser kann es für Kalisstra gar nicht kommen.* Er steuerte mit finsterer Miene auf den Bratspieß zu und verlangte seinen Teller, den er ohne Widerspruch erhielt, sogar doppelt so hoch beladen wie zuvor. Dann begab er sich zurück an seinen Platz.

»Kein Wort«, sagte er drohend zu Matuc und widmete sich dem Essen. »Alles, was du annimmst, ist falsch.«

»Natürlich.« Der Mönch nippte an seinem Wein und dachte sich seinen Teil.

In Waljakov aber keimte die Zuversicht auf, dem drohenden Schicksal eines Dorfnarren zu entgehen. Wenn er Hinweise fand und sie richtig deutete.

Unbewusst suchte er Håntras Gesicht im Gewühl der Gäste. Als er es entdeckte, stellte sich ein Gefühl bei ihm ein, das er bisher nur ganz selten in seinem Leben empfunden hatte.

Lorin blieb stehen und schaute über die Schulter nach hinten. »Du bist mir eine schöne Hilfe. Das wievielte Mal ist dir nun die Fackel verloschen?«

»Ich bin ein Geschichtenerzähler, kein Held, auch wenn von denen Tausende in meinen Sagen und Legenden vorkommen«, erklärte Arnarvaten ein wenig verschnupft und hielt das rußgeschwärzte Ende gegen Lorins Fackel. »Ich bin mir sicher, dass sie mir eine Fackel gegeben haben, die beim leisesten Windstoß verlischt, um uns die Suche zu erschweren.« Ein wenig besorgt blickte er sich um. »Finden wir denn wieder zurück?«

»Der Trampelpfad, den die Entführer und wir im Wald hinterlassen haben, ist kaum zu übersehen«, beruhigte ihn Lorin. »Es sei denn, ein Schwarzwolf frisst uns.«

Arnarvaten schloss kurz die Augen und richtete wahrscheinlich ein stilles Stoßgebet an die Bleiche Göttin. Sie setzten ihren Weg auf den Spuren der Entführer fort.

»Hast du gesehen, wer zu der Bande gehört, wegen der wir nun unsere Frauen suchen müssen?«, erkundigte sich der Geschichtenerzähler.

»Es ist niemand dabei, der sonderlich viel Gegenwehr leisten kann, wenn wir unsere Damen aus den

Klauen der Bösewichter befreien. Waljakov macht ja nicht mit«, grinste Lorin. »Außerdem wird doch ohnehin nur so getan, als ob.«

»Ich weiß das doch auch«, gestand Arnarvaten ein, den es doch wesentlich erleichterte, dass der Glatzkopf sich nicht in kalisstronisches Brauchtum eingliederte. »Gewöhnlich rangelt man ein wenig miteinander, man simuliert Schwertkämpfe mit Knütteln und schließt seine Frau wieder in die Arme. Ich habe nur keine Lust, dass einer dabei ist, der unbedingt zeigen möchte, was für ein toller Kerl er ist.«

Schweigend marschierten sie weiter, immer den unübersehbaren Hinweisen folgend, die ihnen zurückgelassen worden waren.

Endlich, Arnarvaten geriet bereits ins Keuchen, gelangten sie auf eine kleine Lichtung, an deren Ende ihre beiden Frauen an einen Baum gefesselt standen, die Münder mit Knebeln verschlossen.

»Sehr raffiniert. Sie sitzen in den Büschen, um uns aus dem Hinterhalt anzugreifen«, schätzte der Geschichtenerzähler, wischte sich den Schweiß von der Stirn und hob einen Knüppel vom Boden auf. »Dann wollen wir mal.«

Lorin suchte sich ebenfalls einen Stock und begleitete Arnarvaten, obwohl ihn dabei ein ungutes Gefühl beschlich, das er nicht zu deuten vermochte. *Vielleicht ein Schwarzwolf?* Vorsichtshalber griff er nach seinen Fertigkeiten und hielt sie bereit, um auf alles reagieren zu können.

Die Entführer attackierten, als sie etwas mehr als die Hälfte der Strecke zurückgelegt hatten. Sie sprangen tatsächlich aus den Büschen, schwangen Stöcke und drangen auf die beiden Männer ein.

Der Erleichterung, dass es sich nicht um ein Raubtier handelte, wich dem Misstrauen, als Lorin sah, wie sein

Begleiter einen sehr harten Schlag gegen den Arm einstecken musste und heftigst protestierte.

Während er noch schimpfte, erhielt er die nächste Tracht Prügel, gleich vier fielen über ihn her und schlugen ihn zusammen.

Hier stimmt etwas ganz und gar nicht. Ein kurzer Moment der Konzentration, und schon wurden die Angreifer von blauen Blitzen getroffen und weit durch die Luft geschleudert.

Als ein halbes Dutzend Gegner gegen ihn anstürmte, trugen sie Kurzschwerter in den Händen und sahen keinesfalls so aus, als wollten sie nur mit der flachen Seite zuschlagen.

Ein Vekhlathi-Hinterhalt!, dachte Lorin und zog sein Schwert, das er in Kombination mit seiner Magie einsetzte, um die Angreifer zu beschäftigen und der Reihe nach auszuschalten. Und seine Befähigung drängte mit aller Macht aus ihm heraus.

»Das genügt!«, sagte eine ihm bekannte Stimme aus der Richtung, wo die beiden Frauen gefesselt am Stamm lehnten. »Hör damit auf, oder ich schlitze den Weibern die Kehlen auf.«

Vier der Maskierten standen noch auf den Beinen und zogen sich von dem unheimlichen Gegner zurück, dessen Augen in der trüben Dunkelheit tiefblau leuchteten.

Arnarvaten hustete und hielt sich die Seite. »Ich kriege keine Luft mehr«, ächzte er erstickend. Lorin wollte seinem Freund zu Hilfe eilen.

Wieder erscholl die Stimme. »Bleib stehen!«

»Das wagst du nicht, Vekhlathi«, spie der junge Gatte aus und bewegte sich langsam zu Arnarvaten hinüber.

Der gellende Schrei Fatjas ließ ihm das Blut in den Adern gefrieren. Ihre Gestalt sackte zusammen, die

Stricke um ihren Leib verhinderten, dass sie zu Boden stürzte.

»Wer nicht hören will«, lachte der für Lorin Unsichtbare aus seinem Versteck heraus.

»Komm heraus!«, brüllte er, beinahe ohnmächtig vor Wut. Die Luft um ihn herum knisterte aufgeladen.

»Weshalb? Damit du mich mit deiner Magie grillst wie die anderen?«

»Was verlangst du, Vekhlathi?«

»Nichts Unmögliches. Nur deinen Tod. Dann lasse ich alle anderen gehen.«

»Gut.« Ohne zu zögern setzte er sich die Schneide an den Hals, wobei er auf seine selbstheilenden Kräfte vertraute. »Ich schlitze mir die Kehle auf.«

»Nein, nein, so einfach mache ich es dir nicht«, hielt ihn der Unbekannte auf. »Du hast so etwas schon einmal überstanden, wie man hörte. Einer meiner Leute wird dir den Kopf abschlagen. Und wenn du das immer noch überlebst, verbrennen wir dich.« Zwei der Vermummten setzten sich in Bewegung. »Ich lasse dich nicht ein weiteres Mal mit dem Leben davonkommen.«

Die Angst um Jarevrån machte seinen Körper steif. Er ahnte, wer sich hinter dem Baum versteckte, auch wenn das die Lage nicht besser machte. »Soini?«

»Da hat der Wicht aber lange nachdenken müssen«, sagte der Pelzjäger gehässig. »Richtig geraten, Lorin. Und ich bin zurück, um mich für all das zu bedanken, was ich dir verdanke. Meine Verstoßung aus Bardhasdronda, die Pleite mit dem Schwarzwolf, der misslungene Überfall der Lijoki und mein Leiden, das mir dein Pfeil brachte«, zählte er auf. »Wegen dir bin ich nicht schnell genug zum Cerêler gekommen, sodass meine rechte Schulter für immer gelähmt ist. Und eine bessere

Gelegenheit als heute, wo ich ganz einfach zu meiner Rache komme, gibt es wohl kaum mehr.«

Inzwischen waren die Helfershelfer bei Lorin angelangt, packten ihn bei den Armen und drückten ihn hinunter auf die Knie.

»Der Schwarzwolf hätte dich fressen sollen!«, rief der junge Mann gepresst.

»Er hat es versucht, aber ich konnte mich gerade noch vor ihm retten«, erklärte Soini aus seiner Deckung heraus. »Mittlerweile bin ich wieder groß im Geschäft, Lorin. Ich habe neue Freunde gefunden.«

»Die Vekhlathi vertrauen einem Lügner und Betrüger wie dir immer noch?«, meinte Lorin abfällig.

»Wer braucht noch die Vekhlathi, wenn man mit ganz anderen Leuten zusammenarbeiten kann?« Soini badete im Gefühl der Überlegenheit und des bevorstehenden Triumphes. Nur zu gern protzte er mit seinen neuen Unternehmungen, um Lorin zusätzlich zu demütigen. »Ich gehöre bald zu den neuen Herrschern von Kalisstron. Ich bin ein Mann der ersten Stunde, dem die Dankbarkeit der Eroberer gewiss ist. Und bald wird nichts mehr so sein, wie es war.« Er lachte kurz auf. »Aber darüber musst du dir keine Gedanken mehr machen.«

Einer der beiden Maskierten schob Lorins Kopf nach vorn, damit der andere besser Maß nehmen konnte, um die Nackenwirbel zu durchtrennen. Das Schlimme an der Situation war, dass Lorin nicht die blasseste Ahnung hatte, was er unternehmen konnte, ohne Jarevrån in Gefahr zu bringen. *Andererseits, Soini wird sie anschließend ebenso töten oder noch Unsäglicheres mit ihr tun. Nur so kann ich die anderen retten ...*

Ein lang gezogenes Heulen ertönte, mehrere Zweige knackten, dann schrie Soini entsetzt auf. In seine von

Todesfurcht erfüllten Rufe mischte sich das heisere, aggressive Knurren eines Wolfes. Dann sah er, wie eine Gestalt hinter dem Baum hervortaumelte und von dem Raubtier zu Boden gerissen wurde.

Lorin sandte ein kurzes Dankeswort an die Bleiche Göttin und ließ seinen Fertigkeiten freien Lauf, denen die Männer links und rechts von ihm nichts entgegenzusetzen hatten.

Doch anstelle von den Strahlen nur betäubt oder weggeschleudert zu werden, vergingen sie in einem gleißenden, ultramarinfarbenen Feuer. Die Magie schien durch seine Wut unberechenbar geworden zu sein. Etwas anderes ergriff Besitz von ihm, ließ ihn eine Art Gefallen an dem Tod seiner Opfer finden. Das Wohlergehen der Angreifer war das Letzte, um das er sich in seiner Sorge scherte.

Die anderen Vermummten rannten Hals über Kopf davon, drei vergingen in einem ähnlichen Feuer wie die beiden, die Lorin hatten köpfen wollen. Dabei konzentrierte er sich nicht einmal auf den Einsatz seiner Kräfte. Sie brachen von selbst aus ihm heraus und suchten sich ihre Ziele.

Lorin rannte zu Soini, der sich verzweifelt vor den langen Zähnen des Schwarzwolfes zu schützen versuchte und aus etlichen Bisswunden blutete.

Als das Tier seine Ankunft spürte, ließ es von dem Mann ab und verschwand im Unterholz.

Der am Boden liegende, beinahe besinnungslose Pelzjäger richtete die schmale Klinge des Häutungsmessers gegen Lorin; die Spitze zitterte.

»Verdammtes Vieh«, stieß er hervor. »Wenn wir es damals gefangen und Kiurikka wie abgemacht geliefert hätten, hätte heute alles geklappt.« Verächtlich schaute er sein Gegenüber an. »Los, worauf wartest du?«

Der junge Mann trat ihm das Messer aus der Hand und erkannte, dass vorerst keine Gefahr von dem Gegner ausging. Stattdessen schaute er nach seiner großen Schwester.

Das Brautkleid färbte sich rund um die Halspartie rot, selten hatte er vorher so viel Blut gesehen. »Ich werde dich am Leben lassen, Soini. Du scheinst Dinge zu wissen, die Kalfaffel und Rantsila wissen sollten«, sagte er tonlos.

Er durchtrennte die Seile und fing Fatja auf, Jarevrån ging ihm augenblicklich zur Hand und presste ihre Stola auf die klaffende Wunde.

Wir brauchen unbedingt Hilfe ... Er schickte weithin sichtbare Strahlen aus seinen Fingerspitzen in den dunklen Nachthimmel, um die Hochzeitsgesellschaft auf sich aufmerksam zu machen, und setzte einen der Bäume in Brand, damit man die Stelle durch den Feuerschein besser fand.

Dann trug er den japsenden Arnarvaten zu Fatja und legte ihn vorsichtig ab. Der Geschichtenerzähler ergriff ihre Hand.

Bei diesem Anblick übermannten Lorin die Gefühle.

Er stand auf; wieder knisterte die Luft um ihn herum, seine Hände wurden von einer schwachen ultramarinfarbenen Aura umhüllt. »Bist du zufrieden mit dem, was du erreicht hast?«, verlangte er von dem Pelzjäger zu wissen.

»Dein Tod wäre mir lieber gewesen«, erwiderte der Kalisstrone abschätzig. »Ich weiß, dass ich dich nicht so einfach umbringen kann.« Blitzartig zückte er ein weiteres Messer aus dem Ärmel. Sofort breitete sich die Magie wie eine Glocke um den jungen Mann, um ihn zu beschirmen. »Aber verletzen kann ich dich auch anders.«

Die Waffe flog los, wirbelte an dem völlig überrumpelten Lorin vorbei und traf Jarevrån in die linke Schulter.

Lorins Gesicht verzerrte sich, er verlor die Beherrschung über sich. Die letzten Dämme, die er seiner Magie gesetzt hatte, zerbarsten unter dem von Hass angestachelten Ansturm.

Als seine Sinne zurückkehrten, stand er verwirrt in einem Ascheregen. Flöckchen tanzten durch die Luft. Von dem verhassten Pelzjäger fehlte jede Spur.

Er drehte sich um und schaute in die fassungslosen Gesichter seiner Freunde. Die Männer der Hochzeitsgesellschaft waren seinen Signalen gefolgt, einige kümmerten sich bereits um Arnarvaten, Kalfaffel kniete neben Fatja und hielt seine Hand über ihre Halswunde. Ein grünes Schimmern machte deutlich, dass der Cerêler den Heilungsprozess in Gang setzte. Jarevrån wurde ein Verband angelegt.

Lorins Pupillen jagten hin und her, ohne etwas wirklich zu erkennen.

»Wir sind es, Knirps«, versuchte Waljakov, in das Bewusstsein seines Waffenlehrlings zu gelangen. Solche Ausbrüche, solch einen verwirrten Gesichtsausdruck und solche Auswirkungen der Magie kannte er sehr gut aus den Zeiten, als er in Ulsar unter dem Vater des jungen Mannes gedient hatte. »Komm zu dir.«

Lorins Augen verloren allmählich das Leuchten und erhielten ihre natürliche Farbe zurück. Er griff sich an die Stirn, lehnte sich an den Baum und versuchte offensichtlich, sich an das zu erinnern, was eben geschehen war. »Wo ist Soini? Geflüchtet?«, fragte er den Krieger irritiert.

Stumm nahm Waljakov eine der Ascheflocken mit dem künstlichen Zeigefinger auf.

»Ich soll …?« Entsetzt starrte er auf Waljakovs Finger und wich zurück. Schließlich fuhr er auf dem Absatz herum und rannte davon.

Jarevrån und Waljakov fanden ihn am nächsten Morgen bei den Klingenden Steinen, vor denen er sich zusammengerollt hatte und schlief. Der Hüne zog sich zurück und überließ der Frau das Feld.

Vorsichtig setzte sie sich neben ihn, bettete seinen Kopf in ihren Schoß und strich ihm durch das schwarze Haar.

»Wie geht es den anderen?« Lorin drückte sich an sie, bevor er die Augen öffnete. »Es tut mir Leid, dass ich weggelaufen bin. Was für eine Hochzeit.«

Die Kalisstronin streichelte ihn. »Es ist ein Ereignis, über das Arnarvaten noch viele Geschichten erzählen kann, sobald er sich erholt hat. Und es scheint so, als würde Fatja ebenfalls unter den Lebenden bleiben. Kalfaffel und seine Frau haben sich mit ihren Fähigkeiten abgewechselt, um sie zu retten.«

»Und du?«

»Ein kleiner Kratzer, mehr nicht.«

Erleichtert atmete Lorin auf. »Und das alles nur, weil Soini sich an mir rächen wollte.«

»Mach dir um ihn keine Gedanken mehr«, beschwichtigte sie ihn.

Er schaute den ziehenden Wolken nach. »Ich muss aber«, antwortete er mit reichlich Verzögerung. »Es geriet außer Kontrolle. Ich dachte immer, ich beherrsche meine Fertigkeiten, aber gestern Nacht, da …« Verzweifelt suchte er nach Worten. »Ich spürte, wie sich mein Innerstes wandelte. Ich, Lorin, wollte sie durch die Luft wirbeln, sie durchschütteln und kampfunfähig machen.« Er rieb sich über sein Gesicht, die Bartstoppeln schabten leise. »Aber das andere ...« Hilflos zuckte er mit den Achseln. »Gnadenlos, rücksichtslos, Freude an Schmerz und Qual, als wohnte noch eine zweite Person in mir. Soini würde ansonsten noch leben, und wir könnten ihn verhören. Oder einer Strafe nach dem Gesetz zuführen. Nicht nach meiner Willkür. Oder nach dem Willen meiner Magie.« Lorin umarmte sie behutsam, um ihre Verletzung nicht zu berühren.

Jarevrån küsste ihn. »Es wird dir niemand einen Vorwurf machen. Dafür hatte Soini zu viele Taten begangen, die ihn eines mehrfachen Todes schuldig sprachen.«

»Wenn aber einer der Strahlen dich, Fatja oder Arnarvaten durchbohrt, zu Asche verglüht hätte? Was dann?«, rief er verzweifelt und sprang auf. »Ich muss einen Weg finden, um diese Kräfte entweder loszuwerden oder sie zu kontrollieren. Beides wird schwierig, aber es muss mir gelingen.« *Sonst treffe ich eines Tages wirklich die Falschen.* »Ich muss mit Kalfaffel reden.«

Jarevrån erhob sich. »Komm. Waljakov wartet ganz in der Nähe mit einem Fuhrwerk.« Hand in Hand erreichten sie die Stelle vor dem Wald, an der der K'Tar Tur Posten bezogen hatte.

Der glatzköpfige Hüne nickte den beiden zu.

»Bring mich bitte zu Kalfaffel«, bat Lorin.

»Wir schauen nach, ob er erholt genug ist, sich mit uns zu unterhalten«, dämpfte sein Waffenmentor ab. »Er war die ganze Nacht damit beschäftigt, die kleine Hexe am Leben zu halten.« Er warf dem jungen Mann einen beruhigenden Blick zu. »Dass Soini starb, war rechtens. Nur über die Art sollten wir miteinander reden. Ich habe genau das, was ich gestern auf der Lichtung sah, schon einmal erlebt. Und es hat mir nicht gefallen.«

Die Kalisstronin gab ihm einen leichten Stoß in den Rücken, um ihm zu bedeuten, dass er nicht weiter von der Sache sprechen solle.

Doch Lorin horchte auf. »Wie meinst du das?«

Waljakov setzte den Karren in Bewegung und lenkte das Lastpferd in Richtung Bardhasdronda. »Dein Vater hatte die gleiche Begabung. Und dieselben Schwierigkeiten damit. Wenn er wütend wurde oder aus anderen Gründen die Beherrschung verlor, wurde er ein Opfer seiner Fertigkeiten.«

»Was tat er dagegen?«, wollte Lorin fasziniert wissen.

Das Gesicht des Mannes verfinsterte sich. »Ich weiß nicht, ob er etwas dagegen tat. Dieser Nesreca wies ihn an, wie man die Gabe einsetzte. Nur ob er sie wirklich im Griff hatte ...«

Keine guten Aussichten. Enttäuscht sackte Lorin auf der Pritsche zusammen und kaute auf dem Brot herum, das ihm seine Frau reichte. In Gedanken ging er all die Ereignisse durch, bei denen seine Kräfte ein Eigenleben entwickelt hatten. Er sah das geschundene Gesicht Byrgtens, er sah die Seitengasse, als sich schon einmal ein Blitz aus seinen Fingerspitzen gelöst hatte. *Und immer war ich wütend.* »Ich wage es nicht mehr, sie einzusetzen.«

»Wenn du versuchst, in allen Situationen Ausgeglichenheit zu bewahren, könnte es etwas bringen«, schlug der Krieger vor.

Unglücklich lachte Lorin auf. »Das ist aber sehr einfach gesagt, Waljakov. Dir mag es gelingen, alter Eisblick, aber diese Disziplin besitze ich nicht.«

»Noch nicht«, meinte der K'Tar Tur schlicht. »Ich werde mir etwas ausdenken.« Er klopfte ihm auf die Schulter. »Wenn wir die Magie nicht beherrschen können, machen wir eben aus dir einen unerschütterlichen Mann.«

Waljakov schwieg wie immer, Jarevrån begnügte sich damit, ihrem Mann liebevolle Blicke zuzuwerfen. Am Stadttor hielten sie kurz an, Lorin bat Rantsila, ihn zum Bürgermeister zu begleiten.

Kalfaffel befand sich tatsächlich in der Verfassung, sich mit ihnen unterhalten zu können. Sie absolvierten davor einen Kurzbesuch bei der schlafenden Fatja.

Beruhigt sah der junge Mann, wie sich die Brust seiner großen Schwester in regelmäßigen Atemzügen hob und senkte; ihr Gesicht war blass, aber nicht von Schmerzen gezeichnet.

»Ich hoffe, sie hat alles gut überstanden«, raunte der Bürgermeister. »Tjalpali und ich haben bis zur Erschöpfung die Gabe Kalisstras angewandt. Es stand auf der Kippe, denn wir trafen sehr spät bei ihr ein. Dennoch war die Bleiche Göttin ihr gnädig.« Er zog die Tür zu und gönnte der Verwundeten die nötige Ruhe. »Es tut mir Leid, Jarevrån, aber ich fühle mich noch nicht in der Lage, gegen deinen Schnitt etwas zu tun.«

Sie winkte ab. »Es ist nur eine Schramme, die auch so heilen wird.«

»Was wollt ihr nun von mir?«, meinte Kalfaffel neugierig. Alle Augen richteten sich auf Lorin, während sie in die Wohnstube des Stadtoberhauptes gingen und Platz nahmen.

»Es dreht sich um Soini«, begann der junge Mann bedrückt.

»Nein, Seskahin. Du bist der Stellvertreter Rantsilas, du hast einen Verbrecher zur Strecke gebracht. Die Art und Weise, nun ja. Aber du musst dir keine Vorwürfe machen.«

Jarevrån streichelte Lorins Rücken. »Siehst du?«, sagte sie leise.

»Darum geht es doch gar nicht«, erhob er seine Stimme. »Soini hat im Glauben, dass er mich ohnehin töten würde, davon gesprochen, dass er mit neuen Verbündeten zusammenarbeite, mit den neuen Herrschern von Kalisstron. Er nannte sie ›Eroberer‹.«

»Was bedeutet denn das nun wieder? Eine Invasion?«, stieß Kalfaffel ungläubig hervor. »Das hat unser Land schon seit Jahrhunderten nicht mehr erlebt. Die letzte Strafexpedition führten wir gegen die Rogogarder, weil sie unsere Küstenlinien unsicher machten.«

»Dann hat es etwas mit den seltsamen Segeln zu tun, die unsere Feuertürme gesichtet haben«, warf Rantsila ein. »Sie unternehmen vielleicht Erkundungsreisen, um die besten Plätze für eine Landung zu entdecken.«

»Und Menschen wie Soini gehen ihnen dabei auch noch zur Hand«, fügte der Cerêler hinzu.

»Ich nehme an, dass er etwas übertrieb. Zumindest wollte er den Anschein erwecken, dass er zu den neuen Herren über Kalisstron gehören würde«, fuhr Lorin fort. »Aber sonst hat er nichts mehr gesagt.« Beschämt senkte er den Blick. »Wir hätten vielleicht noch mehr herausfinden können, wenn ...«

Waljakov schwieg. *Nesreca muss Lodrik völlig wahnsinnig gemacht haben.* Für den K'Tar Tur kam nur diese Erklärung in Frage. Der Kabcar wollte seine Macht über das Meer hinaus ausdehnen und sandte Tzulandrier aus. »Fragt die Palestaner«, regte er an. »Sie müssten doch wissen, was sich abspielt.«

»Die Palestaner haben ihre Kontore im Frühjahr weitestgehend geräumt, wie ich erfuhr«, verkündete Kalfaffel. »Nur in Vekhlathi sind sie noch ansässig.«

Palestaner, Tzulandrier, gestohlene Süßkartoffeln, ein möglicher Überfall. Die Schlüsse, die sich für Waljakov daraus ergaben, basierten auf einem Gefühl gegen die

Kaufleute, die er wegen ihrer Krämerart noch nie besonders leiden konnte.

»Es ist ein Ablenkungsmanöver«, sagte er überzeugt. »Ich wette, dass die Palestaner sich inzwischen mit dem Kabcar arrangiert haben. Sie haben die Vekhlathi vermutlich mit Zusagen und Handelsverträgen angestiftet, die Süßknollen zu stehlen. Sie bringen Zwist in die Städte und sorgen so dafür, dass sich die Kalisstri gegenseitig schwächen, bevor sie oder die Tzulandrier hier auftauchen und einfallen.«

Der Cerêler schaute in die Runde. »Ich kenne die Palestaner zwar nicht so gut wie jemand, der von Ulldart stammt, aber so wie Ihr es sagt, klingt es erschreckend sinnvoll.« Kalfaffel suchte sich seine Pfeife heraus, stopfte sie umständlich und entzündete sie mit einem Span. »Allerdings, es sind nur Behauptungen.« Hastig paffte er Rauch in den Raum.

»Ein paar gute Leute, ein kurzer Besuch im palestanischen Kontor in Vekhlathi, und wir wissen mehr«, meinte Waljakov trocken, und die mechanische Hand schloss sich klackend um den Griff seines Säbels.

»Diplomatie«, entgegnete der Cerêler einfach. »Wenn wir die Waffen gebrauchen, kommt nichts Vernünftiges dabei heraus. Wahrscheinlich würde es erst recht zum Krieg kommen.«

Rantsila schien eher dem Vorschlag Waljakovs zugeneigt zu sein. »Ich wage einzuwerfen, dass unsere Nachbarstadt nicht unbedingt bereit ist, auf unsere Vorschläge zu hören, schon gar nicht, wenn wir keinerlei Beweise haben und die Kaufleute sie mit Geld gelockt haben. Also brauchen wir vorher die Beweise.«

»Ich kenne ihren Bürgermeister recht gut«, überlegte der Cerêler, der ein Kommandounternehmen verhindern wollte. »Man müsste es auf einen Versuch ankommen lassen.« Grübelnd blickte er einem Qualmkringel hinterher. »Wenn wir Kiurikka als Unterhändlerin schicken? Sie stünde als Hohepriesterin der Bleichen Göttin am wenigsten im Verdacht, einen Vorteil aus der Geschichte ziehen zu können.«

Waljakov schnaufte. »Wenn wir sie schicken, können wir gleich die Zinnen Bardhasdrondas besetzen lassen.«

Kalfaffel schien seine Eingebung für einen guten Gedanken zu halten. »Nein, wir versuchen es zunächst auf diese Weise. Einschleichen könnt ihr euch immer noch. Ich treffe mich morgen mit ihr und erkläre ihr die Sache. Zum Mittagessen sehe ich euch bei mir und berichte, einverstanden?!«

Die Versammlung löste sich auf, lediglich Lorin blieb sitzen und hielt Jarevråns Hand. »Es geht um meine Magie, Kalfaffel«, erklärte er seine Anwesenheit. »Wie gelingt es den Cerêlern, ihre Kräfte dort einzusetzen, wo sie wollen und wo es hilft, anstatt zu töten?«

Der Bürgermeister erkannte die Verzweiflung, die innere Not des jungen Mannes. »Ich kann es dir nicht erklären. Nach wie vor nicht, obwohl auch ich seit eurem Auftauchen viel darüber nachgedacht habe«, bedauerte er. »Wir werden damit geboren und verstehen von Anfang an, damit umzugehen. Vielleicht kann unsere Magie nur heilen, vielleicht vermag deine Kraft viel zu viel. Doch es gibt niemanden, der dir helfen kann. Du musst selbst herausfinden, wie du Unheil verhinderst.«

»Ich traue mich schon nicht mehr, sie einzusetzen«, gestand er dem Stadtoberhaupt. »Bei der kleinsten Anwendung fürchte ich, ich könnte jemanden zerstören oder verletzen.« Er drückte die Hand seiner Frau. »Was ist das für eine Magie?«

»Keine cerêlische. Und das ist die einzige, die ich kenne, Seskahin.«

Lorin stand enttäuscht auf, selbst dieser kleine Strohhalm brach. *Also bleibt mir nichts anderes übrig, als mich neuerlich in Waljakovs Schule zu begeben.* »Trotzdem danke, Kalfaffel.«

Sie verließen das Haus und gingen durch die Straßen der Stadt. Lorin half seiner jungen Gemahlin noch schnell ein paar Besorgungen zu machen, anschließend besuchten sie Arnarvaten, dem die Angreifer mehrere Rippen gebrochen hatten, was ihm arge Schmerzen bereitete. Seinen Dank für die Rettung Fatjas nahm Lorin nicht an, zu groß waren seine Selbstvorwürfe, der Auslöser für das vermutlich schlimmste Hochzeitsfest in der Geschichte Bardhasdrondas gewesen zu sein.

Unter dem Vorwand, noch schnell bei der Miliz vorbeischauen zu wollen, setzte er sich von Jarevrån ab und begab sich über Umwege zum Tempel der Bleichen Göttin. Mit voller Absicht hatte er den Hinweis auf die wahre Auftraggeberin Soinis, was die Jagd auf den Schwarzwolf betraf, nicht aufgegriffen. Er wollte es mit Kiurikka unter vier Augen besprechen. *Die Anfeindungen müssen ein für alle Mal ein Ende haben,* nahm er sich vor.

Als er um die Ecke bog und den Fuß auf die Stufe setzen wollte, sprang er wie von der Schneespinne gestochen zurück und drückte sich in eine Ecke. Um ein Haar wäre er in Waljakov hineingerannt, der sich in Begleitung einer Kalisstrapriesterin befand.

Beide gingen zusammen die Stufen hinab und verschwanden in einer Seitengasse, nachdem der Leibwächter einen wachsamen Blick in die Umgebung geworfen hatte. *Was hat denn das zu bedeuten? Hat er etwa eine Geliebte?*

Lorin ließ das Rätsel auf sich beruhen, ging mit pochendem Herzen die Treppen zum Eingang hinauf und ließ sich von einer Aspirantin zu der Hohepriesterin bringen. Sie stiegen die vielen Stufen in den Eiskeller des Tempels hinab. Bald verwandelte sich der Atem in weiße Wölkchen, die Kälte nahm zu. Endlich gelangten sie in ein gemauertes, fünf Meter hohes Gewölbe.

Kiurikka verharrte andächtig vor einem grob behauenen Eisblock, in den Händen hielt sie Hammer und Meißel. Ihre Gewandung war von oben bis unten mit feinem Reif bedeckt, die Temperaturen schienen ihr nichts anhaben zu können.

»Seskahin ist hier«, sagte die Anwärterin scheu.

Die Hohepriesterin hob nur die Hand mit dem Meißel, das Mädchen zog sich hastig zurück. »Was verschafft mir die Ehre, Seskahin?«

Lorin betrachtete das begonnene Kunstwerk. »Wird das Kalisstra?«

»Ich weiß nicht, was es wird. Die Göttin führt mir die Hand«, erklärte Kiurikka und setzte die Spitze des Werkzeugs auf den Block. Mit kurzen, schnellen Schlägen trieb sie das Metall ins Eis. »Es sieht aus, als würde es eine Gottheit werden. Aber du wirst kaum gekommen sein, um mit mir darüber zu sprechen.«

»Es wird Euch nicht gefallen«, warnte er die Frau vor.

»Es gefällt mir vieles nicht, so wie der Bau des Ulldrael-Heiligtums«, gab sie gleichgültig zurück. »Sprich!«

»Warum wolltet Ihr einen Schwarzwolf von Soini?«

Der nächste Hieb fiel fester aus, als die Hohepriesterin beabsichtigte. Der Hammerkopf rutschte von der Fläche des Meißels ab und jagte ihn leicht schräg in das Eis. Kiurikka hielt den Atem an. Doch der Block hielt.

Ich habe sie tatsächlich erwischt, freute sich der junge Mann und trat näher. »Bevor er starb, hat er mir es gesagt. Die anderen sind Zeugen.«

Die Hohepriesterin bewegte sich nicht. »Soini war ein Lügner und ein schlechter Mensch. Er wollte damit nur erreichen, dass die alte Feindschaft wieder aufbricht«, erklärte sie langsam. »Ich wäre die Letzte, die das heilige Tier Kalisstras fangen ließe. Und was sollte ich damit?«

»Der Pelzjäger war verdorben, ja. Aber ich hatte nicht den Eindruck, dass er in diesem Augenblick log.« Lorin wünschte sich, die Gedanken der Frau lesen zu können. Dort würde er die Wahrheit finden, die sie niemals, vermutlich nicht einmal bei ihrem Tod, preisgeben würde.

»Ich war es nicht, Seskahin. Das ist die Wahrheit«, behauptete sie nachdrücklich.

Knisternd bildeten sich Risse im Eisblock, das Gebilde zersprang, und die Brocken polterten auf die gestampfte Erde. Die Hohepriesterin wich zurück.

Viel sagend schaute Lorin auf die Trümmer. »Wenn Kalisstra Euch nicht glaubt, warum sollte ich es dann tun?«

Kiurikkas Schultern sanken nach vorn. »Es ist wohl an der Zeit, dass ich um Verzeihung bitte. Die Bleiche Göttin verlangt es, wie es scheint«, begann sie. »Aber ich werde niemandem sonst etwas davon sagen oder es vor anderen eingestehen. Es ist nur für deine Ohren bestimmt.« Lorin nickte knapp. »Soini sollte mir einen Schwarzwolf besorgen, den er in die Stadt und in euer Haus geschmuggelt hätte. Im besten Fall hätte das Tier Matuc angegriffen. Ich wollte, dass es so aussah, als hätte Kalisstra selbst ein Zeichen gegeben, die andere Religion nicht zu dulden und von hier zu vertreiben.« Ihre durchdringenden Augen suchten den Blick ihres Gegenübers. »Nach wie vor bin ich der Überzeugung, dass Ulldrael der Gerechte nichts bei uns zu suchen hat. Das Beispiel mit den Süßknollen zeigt, dass aus seinen scheinbar guten Gaben nur Schlechtes erwächst. Wegen des Krieges mit den Vekhlathi werden viele sterben. Wegen Gemüse.«

»Wäre es besser, wenn das Hauen und Stechen wegen Gold oder Fischen stattfände?« Lorin fixierte die Hohepriesterin. »Ich verstehe Eure Eifersucht auf Matuc und Ulldrael nicht, Kiurikka. Er tut niemandem weh, er verdammt nicht einmal den Glauben an die Bleiche Göttin. Er möchte einfach seine Lehre verbreiten, und wenn sich ihm jemand anschließt, ist er glücklich. Nur durch ihn hat die Stadt den Winter überlebt, nur durch die fleißigen Hände der Ulldraelgläubigen.« Er drehte sich um und ging zur Treppe zurück. »Ich behalte Euer Geständnis für mich. Versteht den zerstörten Eisblock als Zeichen, mit Euren Verfolgungen aufzuhören. Ihr werdet sehen, dass ein Miteinander möglich ist.«

Die Frau atmete langsam aus. *Mag sein.* Nachdenklich betrachtete sie die durchsichtigen Eisbrocken um sie herum.

Kontinent Ulldart, Vizekönigreich Ilfaris, Herzogtum Séràly, zehn Meilen nordwestlich der kensustrianischen Grenze, Sommer 459 n. S.

Der tarpolische Kavallerieleutnant Njubolo Aritewic erhob sich, damit ihn die anwesenden Offiziere besser sahen und hörten. »Wir sollten die Erfolge nicht allein den Seestreitkräften überlassen.« Die Militärs murmelten ihre Zustimmung. »Nach den neuesten Nachrichten liegen die Piraten in den letzten Zügen, während wir mit unseren Pferden Wurzeln schlagen und das Futter rationieren müssen.«

»Unsere Order lautet, die Ankunft der hoheitlichen Tadca, Zvatochna Bardri¢, abzuwarten«, merkte Larúttar an, einer der fünf tzulandrischen Selidan, deren Rang dem eines tarpolischen Obersts entsprach. Im Gegensatz zu den anderen Soldaten verzichtete er auf eine kostspielig bestickte Stoffuniform und trug, ähnlich wie die tzulandrischen Offiziere zur See, eine dunkelbraune Lederrüstung, die bis auf die Oberschenkel reichte.

Anstelle der aufgesetzten Eisenringe verstärkten Metallscheiben den Panzer, die eingeätzte, fremdartige Muster aufwiesen. Die Beine wurden durch einen ähnlich verarbeiteten langen Lederrock geschützt, die Seitenschlitze ermöglichten ihm zu reiten. In seinem Waffengürtel ruhten zwei Beile, versehen mit vielen unsymmetrischen Ecken und Kanten.

Auf eine Perücke verzichtete er, er trug die übliche Frisur der Tzulandrier: drei dünne Haarstreifen, zwei waagrecht über den Ohren, eine oben auf dem ansonsten rasierten Schädel. »Vielleicht gelten neue taktische Maßgaben.«

General Vosetin Malinek trommelte ungeduldig mit den Fingern auf der Tischplatte herum. Er hatte die Offiziersversammlung in ein schön gelegenes Schlösschen einberufen lassen, um sich auf den Besuch der Schwester des Kabcar vorzubereiten.

Doch die Stunden während Diskussion drehte sich weniger um den Empfang der neuen Befehlshaberin als vielmehr darum, ob man ihre Pläne ohne sie ausführen sollte.

Angestachelt wurde der Ehrgeiz der Truppen durch die ständigen Siegesmeldungen aus dem Norden. Der letzte Triumph des Heeres lag schon einige Zeit zurück.

»Meine Herren«, breitete Malinek die Arme aus und zwang Aritewic damit, sich zu setzen, »ich habe die Anweisungen der Tadca sehr genau gelesen und muss sagen, dass sie durchdacht sind.« *Ich hoffe, ich beende damit nicht meine Karriere.* »So durchdacht, dass man einen Vorstoß ohne die Anwesenheit unserer neuen Befehlshaberin durchaus riskieren kann.« Die ulldartischen Offiziere klopften mit den Fäusten gegen ihre Stuhllehnen, um ihren Beifall auszudrücken. »Ich werde also die Nachrichten an alle unsere Einheiten senden, dass sie in vier Tagen mit den Scheinangriffen beginnen sollen. Unsere Kavallerie verhält sich zum selben Zeitpunkt ruhig und wird einen Tag später mit dem Angriff beginnen, damit die Grünhaare von unserer Offensive überrascht werden. Meine Herren, Sie können wegtreten.«

Die Anführer standen auf, Stuhlbeine rutschten quietschend über das Parkett, Stoff raschelte.

»Ich bin damit nicht einverstanden.« Larúttar saß wie der Fels in der Brandung auf seinem Stuhl. »Die tzulandrischen Kontingente werden sich nicht an dem Angriff beteiligen, General. Ihr verstoßt gegen die Anweisungen des Kabcar.«

Malinek korrigierte den Sitz seiner Weißhaarperücke, stützte die Ellenbogen auf und blinzelte mit den Augenlidern. »Ich habe mich wohl verhört, Larúttar Selidan? Ihr erhieltet soeben einen Befehl.«

»Der nichts anderes ist als Verrat«, fügte der Tzulandrier unerschrocken hinzu.

Nun brach ein Tumult aus, der in ein Handgemenge auszuarten drohte. Schon hatten sich die Tzulandrier und Ulldarter am Kragen gepackt, die Hand des Selidan lag am Griff seines Beils.

»Hinsetzen!«, brüllte der General. »Wir sind kein Haufen undisziplinierter Wilder.«

»Jedenfalls nicht alle«, sagte Aritewic in Richtung Larúttars und richtete seine Uniform mit einem Ruck am Saum.

Malinek faltete die Hände zusammen. »Seht es doch einmal so, Larúttar Selidan. Wenn wir den Angriff nun durchführen, können wir der Tadca bereits erste Erfolge melden, wenn sie und ihr Stab hier eintreffen. Der Plan steht, er ist gut, wozu also warten?«

»Ihr werdet mich nicht überreden, General«, stellte der Tzulandrier ungerührt fest, an dem die Worte einfach abzuprallen schienen. »Und ich muss mich der Tadca gegenüber nicht erklären, sollte die Unternehmung schief gehen. Euch werden bei einem Angriff meine rund fünfzigtausend Mann fehlen.«

»Wir brauchen sie nicht«, giftete Aritewic. »Die anderen sorgen für genügend Ablenkung. Ich sage, wir schlagen zu und beweisen der Tadca und dem Kabcar, dass sein Heer besser als seine Flotte ist.«

Dem General war die Zwickmühle, in der er steckte, deutlich anzusehen. Die militärische Eitelkeit kämpfte gegen seinen Gehorsam an.

Es wird einfach. Wir haben dank der Gleiter einen ungefähren Überblick über das Gelände. »Es bleibt dabei«, kündigte er an. »In vier Tagen marschieren wir über die Grenze und in fünf fügen wir den Grünhaaren die ersten schlimmen Verluste zu, wenn ihnen unsere Bombarden überraschend in den Rücken fallen werden.«

Die Offiziere verließen einer nach dem anderen den Saal, manche rempelten absichtlich gegen die Tzulandrier. Schließlich saßen Larúttar und seine vier weiteren Selidan allein auf ihren Stühlen.

Sie warteten noch ein wenig, dann kehrten sie zu ihren Pferden zurück, um ihren Männern Bescheid zu geben. Die Ulldarter, die sie unterwegs trafen, würdigten sie keines Blickes.

Zum ersten Mal, nach einer langen Zeit des reibungslosen Miteinanders der unterschiedlichen Verbündeten, verlief eine Art Bruch durch das Heer des Kabcar.

Ein kräftiger Landregen war über dem Herzogtum Séràly niedergegangen, nun brachen die Sonnen aus den dunklen Wolken hervor und brachten die vielen Regentropfen und Pfützen zum Glitzern.

Ungeachtet des Schauers hatten die Bediensteten und das kleine Häuflein Militärs auf die Ankunft der mächtigsten Frau des Kontinents gewartet.

Die auffällig große, achtspännige Kutsche mit dem Wappen des Hauses Bardri¢ rollte am Haupteingang des kleinen Schlösschens vor, das einst König Perdór vor seiner Flucht ins kensustrianische Exil bewohnt hatte. Der Kies knirschte unter der Last, die Räder hinterließen tiefe Rillen.

Die Livrierten am Heck des Gefährts sprangen ab und breiteten den Ausstieg der hochrangigen Gäste aus. Als die große Tür aufgeklappt wurde, vernahm man doch den ein oder anderen lauten Atemzug.

Der missgestaltete Tadc des Großreiches Tarpol schob sich aus dem Innern heraus, faltete sich zu seiner wahren Größe auseinander und beeindruckte damit noch mehr. Gerade wegen seines für ungeübte Augen abstoßenden Äußeren empfanden es manche als Erleichterung, aus Etikettegründen den Blick zu senken und dem jüngsten der drei Geschwister nicht ins Antlitz schauen zu müssen.

Ihm folgte seine blendend aussehende Schwester, die wiederum dafür sorgte, dass einige Männer vorsichtig die Augen hoben, um sich an der Schönheit der Frau zu laben.

Larúttar Selidan riss sich von dem Antlitz der Befehlshaberin los und näherte sich den Geschwistern bis auf eine gewisse Distanz, dann senkte er sich auf ein Knie hinab. »Willkommen in Séràly, hoheitliche Tadca«, begrüßte er sie respektvoll, ohne wirklich unterwürfig zu sein.

»Ich entbiete Euch meinen Gruß«, erwiderte Zvatochna freundlich, die ein leichtes, bequemes Reisekleid trug. Es war nicht der Moment, die Männer durch ihre Reize zusätzlich zu verwirren. »Ich nahm allerdings an, dass mich General Malinek empfängt. Das soll keine Minderung Eurer Person sein, nur ist der General bislang der Befehlshaber gewesen.«

»Er kann ruhig aufstehen«, meinte Krutor jovial zu dem Tzulandrier. »Ich habe gehört, dass es sehr unbequem sein soll. Und die anderen auch«, winkte er den Dienern, Mägden und Knechten zu. Verunsichert kam man dem Befehl des Tadc nach.

Die Tadca lächelte hinreißend. »So ist mein Bruder eben.« Ihre Blicke schweiften umher. »Ich entdecke, wenn ich es genau nehme, keinen einzigen tarpolischen Soldaten am Schloss. Sind die Vorbereitungen so groß, die zu treffen ich angeordnet habe?«

»Hoheitliche Tadca, wir sollten das nicht vor aller Ohren besprechen«, regte der Selidan an.

Er wird einen Grund haben, befürchte ich. Leicht beunruhigt folgte sie dem Offizier in den Speisesaal, der eingedeckt war. Die Anzahl der Teller und Bestecke reichte genau für die Personen, in deren Begleitung sie sich befand, sich selbst mitgerechnet. *Allmählich mache ich mir große Sorgen.*

»Larúttar Selidan, wo sind meine Ulldarter?«, verlangte sie ohne Umschweife zu wissen. »Überraschungsfestivitäten liegen mir zurzeit nicht besonders. Wir stehen vor einer Invasion nach Kensustria, und darauf sollten wir uns konzentrieren. Zum Feiern haben wir danach immer noch Gelegenheit.«

»Eine Feier ist nicht vorgesehen.« Der Tzulandrier machte ein ernstes Gesicht. »Hoheitliche Tadca, der Einmarsch wurde bereits vor einer Woche auf den Befehl General Malineks begonnen.«

Starr saß Zvatochna auf ihrem Stuhl. *Wenn er mir meine neuen Strategien damit zunichte gemacht hat, lasse ich ihn hinrichten.* Schneidend kalt erklang ihre Stimme. »Und wo ist Malinek jetzt?«

Ihr verunstalteter Bruder sank ein wenig in sich zusammen, er kannte den Ton sehr genau. Wer immer das Opfer ihrer Wut sein würde, er tat ihm bereits jetzt Leid. Lieber beschäftigte er sich mit dem Essen, das auf dem Tisch stand und das von den Dienern auf die Teller gehäuft wurde. Krutor stibitzte sich vom Brot und tunkte es in eine Sauciere, um es mit ein paar schnellen Bissen in den Mund zu stopfen.

Larúttar zuckte langsam mit den Achseln. »Ich weiß es nicht, hoheitliche Tadca.«

»Wollt Ihr mir damit sagen, dass ein Teil des Heeres geschlagen wurde? Ich verlange Einzelheiten zu wissen.« Zvatochna hatte ihre Haltung wieder gefunden und widmete sich ihrer Suppe, während der Tzulandrier einen Bericht ablieferte.

»Meine Späher sind noch nicht zurückgekehrt. Wir haben zudem keine Spur von der ausgerückten Kavallerie, keine Hinweise auf den Verbleib von weiteren zwölftausend tarpolischen Soldaten.« Sie erfuhr von dem Mann, dass der General auf Druck der anderen Offiziere den Angriff befohlen hatte, und zwar genau nach der Vorgehensweise, wie sie von der Tadca ausgearbeitet worden war.

An allen zehn Stellen gleichzeitig rückten die Soldaten vor und begannen Scheinangriffe, um die Kräfte der Kensustrianer zu binden und sie dazu zu bewegen, von anderen Stellen Truppen als Verstärkung abzuziehen.

Die Verluste dezimierten die Schlagkraft der ulldartischen Kontingente um die Hälfte, denn die Kensustrianer griffen bei ihren Abwehrstrategien auf bisher unbekannte und umso verheerendere Waffen zurück, mit denen die Ulldarter nicht gerechnet hatten. Bombarden grollten in so weiter Entfernung, dass man sich sicher glaubte, bis es Ohren betäubend pfiff und etwas zwischen den Reihen einschlug. Andere Soldaten lösten feindliche Sprengfallen aus, und zu guter Letzt erschienen wie aus dem Nichts Grünhaare in den Flanken oder hinter den Frontlinien, schlugen zu und verschwanden wieder. Einer Feldschlacht aber stellten sich die Kensustrianer nicht.

Dabei gelang es manchen Einheiten, überraschend tief in feindliches Territorium vorzustoßen, ohne auf Gegenwehr zu treffen, wie die letzten Meldungen lauteten. Und genau diese Verbände waren es, zu denen nach wenigen Tagen die Verbindung abgerissen war. Keine Läufer, keine Reiter, keine Brieftauben. Nichts kehrte an den Ausgangsort zurück. Die losgeschickten Meldehunde, die man ihnen nachsandte, verschwanden auf Nimmerwiedersehen.

Das gleiche Schicksal traf die Kavallerie mitsamt ihrer leichten Bombarden, die durch ihre Geschwindigkeit vernichtend wie ein Sturm über die Kensustrianer hätte hereinbrechen sollen. Deren letzte Nachricht hatte das Hauptquartier vor drei Tagen erreicht, seitdem galt die mehrere zehntausend Reiter starke Einheit als vermisst.

Die fünfzigtausend Tzulandrier standen als beinahe einzigste Einheit noch an den Ausgangspunkten der Vorstöße und harrten aus.

Ungewissheit herrschte über das Schicksal der Verschollenen. Nicht einmal mehr die Erkundungsgleiter kehrten von ihren Flügen zurück.

Es schien, als wäre Kensustria wie ein Mahlstrom, der alles, was einen Fuß auf den fremden Boden setzte, ansaugte und verschlang.

Zvatochna erfuhr auch, dass Larúttar Selidan die doppelte Befestigung der einzelnen Lager befohlen hatte, weil er einen kensustrianischen Gegenschlag für wahrscheinlich hielt.

Und sie hörte, dass sich bei den restlichen ulldartischen Truppen Unsicherheit und Angst verbreitete.

Die ungewohnten Niederlagen und die geisterhafte Art des Kampfes machten die Kensustrianer in den Vorstellungen der einfachen Soldatengemüter erneut zu dem, was man sich in Tarpol so oft über sie erzählte: dämonische Wesen, die mehr vermochten als jeder andere Mensch.

Verwundete aller Fronten berichteten von besonderen gegnerischen Kriegern mit glühenden, gelben Augen, riesigen Reißzähnen und schwarzen Strähnen im grünen Haar, die sich schnell und lautlos bewegten. Ihr Auftauchen und ihre beiden Schwerter verhießen den sicheren Tod.

Und selbst dann, wenn sich mehrere Mutige auf einen Kensustrianer warfen, gelang es dem Feind, die Überzahl zu vernichten.

Andere wollten gesehen haben, wie selbst die platziertesten Treffer den Kensustrianern nichts anhaben konnten. Pfeile und Schwerter prallten an ihren schimmernden, nachtgrünen Rüstungen mit den goldenen Intarsien ab.

Äußerlich ungerührt, aß Zvatochna vornehm weiter.

Krutor hatte das Kauen schon lange eingestellt, er lauschte dem Tzulandrier mit offenem Mund und genoss es, ein Märchen zu hören. Mehr war es für ihn im Augenblick nicht.

»Ich glaube das nicht«, meinte der Tadc, als der Offizier seinen Bericht beendete. »So mächtig ist niemand. Außer meinen Geschwistern. Sie beherrschen nämlich die Magie.«

»Wenn Ihr wollt, unterhaltet Euch mit einigen Verwundeten«, schlug der Krieger vor.

Die Tadca versuchte, sich einen Reim aus den Schilderungen zu machen. »Und Ihr habt mit Euren Tzulandriern gegen den Befehl des Generals gehandelt?«

»Es entsprach nicht Euren Anweisungen, hoheitliche Tadca«, meinte der Selidan. »Die Schule der Disziplin des verstorbenen Varèsz hat uns gelehrt, den Befehlen und Anweisungen unwidersprochen zu gehorchen, entweder bis zum Sieg oder unserem Tod. Wenn sie von denen kommen, die das Sagen haben.«

Das Dessert wurde gereicht.

Überhaupt bildete der Rahmen des Treffens in dem kleinen, aber feinen Schlösschen einen seltsamen Unterschied zu dem, was besprochen wurde. Tod, Leid, Verderben standen gefüllten Lendchen, kandierten Äpfeln und exquisitem Wein gegenüber.

»Man merkt, dass sich der König von Ilfaris die besten Köche des Kontinents an seinen Hof geholt hat«, lobte Zvatochna, nachdem sie einen Löffel von der Pfirsich-Mousse gekostet hatte. Sie blickte den Tzulandrier an. »Welchen Eindruck habt Ihr von der Lage?«

Larúttar Selidan, der wie seine Offiziere keine Süßspeisen anrührte, legte eine Hand an die Gürtelschnalle. »Wäre ich ein Pessimist, würde ich sagen, dass die Kensustrianer auf alles vorbereitet zu sein scheinen. So aber behaupte ich einfach, dass unser erster Schlag erfolglos war und der nächste besser sein wird. Wenn wir die ulldartischen Soldatenbestände aufgestockt haben.«

»Die Freiwilligen hierher zu bringen ist das einzig Schwierige. An Leuten mangelt es uns nicht.« Sie tupfte sich die Mundwinkel ab und legte ihre Serviette ordentlich auf den Unterteller. »Die Strategien sind nun das Wichtigste. Konventionelle Kriegsführung kennen die Kensustrianer nicht, und dagegen müssen wir uns etwas ausdenken.« *Möglichst rasch. Govan wird toben, wenn er von der Niederlage erfährt.*

Sie stand auf, alle Männer folgten ihrem Beispiel.

»Ihr habt Euch nichts zu Schulden kommen lassen, Larúttar Selidan«, beruhigte ihn die junge Frau und spazierte zum Ausgang. »Euch droht keine Strafe, da Ihr Euch nur an meine Anweisungen hieltet. Ich werde Euch und Eure Männer benachrichtigen, sobald ich mir ein eigenes Bild von der Lage verschafft habe.« Der kleine Tross bewegte sich zur großen Tür. »Mein Bruder und ich reisen augenblicklich ab, um ein Truppenlager zu begutachten. Mein Anblick sollte ein wenig aufbauend auf die Männer wirken.«

»Das wird er gewiss«, vergab der tzulandrische Offizier ein Kompliment, wofür er einen Augenaufschlag erhielt, der ihm Schmetterlinge im Bauch bescherte.

Sie stieg in die Kutsche ein, Krutor folgte ihr. Vorsichtshalber nahm er sich einen Laib Brot und eine Schüssel der Süßspeise als Wegzehrung mit. So schnell wie sie gekommen war, verschwand Zvatochna wieder aus dem Schloss.

»Heißt das, ich darf nicht gegen die Grünhaare kämpfen?«, erkundigte sich der Krüppel etwas enttäuscht. »Ich will Vaters Tod endlich rächen.«

Seine Schwester neigte sich nach vorn und strich ihm über das Gesicht. »Es ist leider nicht so verlaufen, wie wir uns das vorgestellt haben. Sie sind schlau. Aber du wirst schon noch zu deinem Recht kommen.« Dabei suchte sie ihre Dokumententasche heraus, nahm die Blätter hervor und überflog sie. »Ich muss mir nur etwas einfallen lassen. Diese Pläne hier«, sie hielt sie in die Höhe, »können wir vergessen.« Mit Schwung beförderte sie die Papiere aus dem Fenster. *All die Mühe war umsonst.*

Während sich die Kutsche mit ihren Leibwachen auf das nächstgelegene Feldlager zu bewegte, landeten die überholten Skizzen, Taktiken und Befehle zur Eroberung Kensustrias auf dem aufgeweichten Weg.

Rasch sog sich das Papier mit Wasser voll, die Tinte verwischte und trübte das klare Nass in den Schlaglöchern.

Den Eindruck, den Zvatochna von der ersten militärischen Zeltstadt erhielt, spiegelte die desolate Stimmung der Soldaten wider. Teilweise waren die dünnen Behausungen zusammengebrochen und wirkten ganz offensichtlich verwaist.

Die Truppen jubelten der verdreckten Kutsche zu, die zwischen den Leinwänden entlang fuhr, jedoch fehlte die echte Begeisterung der Kämpfer.

Die meisten, die hier lagerten, waren während der Regentschaft ihres Vaters nach Ilfaris ausgerückt, um gegen die Kensustrianer zu kämpfen. Bei den Kindern wusste man noch nicht so recht, was man von ihnen halten sollte. Der Geschmack der bitteren Niederlage gesellte sich hinzu.

Die Tadca und ihr Bruder begaben sich zu dem einzigen Holzhaus, in dem gewöhnlich General Malinek residierte, wenn er sich nicht im Schlösschen aufhielt.

Im Haus empfing sie ein völlig überraschter Unterfeldwebel, der es sich anscheinend in der Unterkunft bequem gemacht hatte. Seine Hand ruckte überschnell an den Säbelgriff, als fürchtete er einen Überfall. Allerdings ahnte er wohl bei der Menge an hoheitlichen Gardisten sowie der Konstellation von weiblicher Schönheit und entstelltem Riesen, wen er da vor sich sah, und entspannte sich etwas. Als er hinter dem Schreibtisch hervorhumpelte, sahen sie einen blutgetränkten Verband an seinem Oberschenkel.

»Ich ... begrüße die hoheitliche Tadca und den hoheitlichen Tadc ... auch im Namen von General Malinek im Lager Paledue«, stotterte der Unterfeldwebel und salutierte. »Ich bin Unterfeldwebel Warkinsk.«

»Und welche Aufgabe hast du?«, wollte Zvatochna wissen und setzte sich auf den nächstbesten Stuhl. Einem so niederen Dienstrang verwehrte sie eine gehobene Anrede.

»Ich wurde von den Männern gewählt, um das Lager zu koordinieren.«

»Du wurdest gewählt?«, lachte die Tadca ungläubig auf. »Ich glaube, dass dein Kommandant zurzeit Larúttar Selidan ist.«

Warkinsk begann vor Aufregung zu zittern, noch immer stand er vor der Frau stramm. »Er ist aber Tzulandrier, hoheitliche Tadca«, wagte er anzumerken. Sie warf ihm einen auffordernden Blick zu. »Die Tzulandrier haben uns bei unserem Angriff im Stich gelassen«, führte er weiter aus. »Sie sind schuld, dass wir so viele Leute verloren haben und etliche andere Freunde irgendwo in

Kensustria verschwunden sind. Die übrig gebliebenen Offiziere liegen im Verwundetenlager.«

»Und vermutlich denkst du, dass unsere Verbündeten insgeheim eine Absprache mit den Kensustrianern trafen?«, schlug sie vor.

Der Soldat rang mit sich. »Ich nicht«, gestand er ein, »aber es gibt etliche unter uns, die das annehmen. Warum sonst haben sie nicht mitgemacht?« Seine Gefühle rissen ihn mit. »Ihr solltet das untersuchen lassen, hoheitliche Tadca.«

Da kommt nun eines zum anderen. Ein entzweites Heer ist völlig unbrauchbar. Zvatochna erlaubte ihm, sich zu entspannen und eine lockere Haltung einzunehmen. »Zur deiner Unterrichtung sei bemerkt, dass General Malinek gegen meine Anordnungen handelte und sich die Tzulandrier vorbildlich verhielten.« Warkinsk erblasste. »Wir hoch sind die Verluste?«

Der Unterfeldwebel hinkte zum Tisch und hielt einen Packen Unterlagen in die Höhe. »Ich überprüfe es momentan, damit wir genau wissen, wer tot ist und wer nur fehlt. Rund die Hälfte unserer Leute in Paledue hat etwas abbekommen. Etwa eintausendfünfhundert sind mit Sicherheit tot, dazu kommen achthundert Verletzte, zweihundert weitere sind nicht mehr zu gebrauchen. Und die hohen Offiziere fehlen beinahe vollständig.«

Die Tadca schaute auf seinen Verband, wo sich das Blut allmählich durchdrückte. »Fehlen oder sind tot?«

»Diejenigen, die nicht fielen, sind verschwunden oder liegen im Verwundetenlager«, verbesserte sich Warkinsk. »Soll ich ein paar Erfrischungen bringen lassen?«

»Nicht nötig. Berichte mir von der Schlacht.«

Der Mann setzte sich. »Wir erhielten den Befehl von General Malinek, mit dem Angriff zu beginnen«, erzählte der Unterfeldwebel langsam. »Wir wussten ungefähr, wie das Gelände innerhalb der nächsten zehn Warst aussah und gingen entsprechend Euren Anweisungen vor. Nach den ersten drei Warst hörten wir das Grollen von Bombarden. Wir nahmen an, dass es sich um eine andere Einheit handeln musste, die vor uns auf Widerstand traf, dann schlugen die Geschosse bei uns ein. Stählerne Geschosse, die in der Wirkung furchtbar sind. Wir wussten nicht, wo die Stellungen der Kensustrianer waren, und beschleunigten unseren Vorstoß. Die Kugeln gingen pfeifend auf uns hernieder, manche detonierten in der Luft und ließen einen Eisenhagel auf uns niederprasseln.« Warkinsks Beben verstärkte sich. »Einer der Splitter riss mir den Oberschenkel auf, ich stürzte. Dann entstand wie aus dem Nichts ein stinkender Nebel, in dem man kaum mehr die Hand vor Augen sah. Plötzlich fielen die Kensustrianer von hinten über uns her.« Er bedeckte seine Augen kurz mit einer Hand, um sich zu fangen. »Um mich herum knallte und krachte es, Büchsen entluden sich, Männer schrieen. Wann auch immer ein Schatten an mir vorüber huschte, ich wagte nicht zuzuschlagen. Es hätte einer unserer Leute gewesen sein können. Einer unserer Offiziere stolperte über mich und wollte mir auf die Beine helfen, als dieses kensustrianische Monster in der dunkelgrünen Rüstung hinter ihm aufragte und ihn mit seinen Schwertern in drei Stücke hieb. Mich beachtete das Wesen überhaupt nicht.« Fahrig nahm er sich eine Flasche mit dunkler Flüssigkeit, goss sich ein Glas ein und kippte es hinunter. »Dann verschwand es. Ich lag unter dem Toten, die Augen geschlossen, und bat Ulldrael den Gerechten und Tzulan, dass sie mir helfen sollten. Der

Dunst riss auf, ich hatte überlebt. Wir organisierten den Rückzug selbst, weil die meisten Offiziere tot im Dreck lagen. Und hier wählten mich die Männer zum Anführer. Die Kensustrianer sind wirklich Spukgestalten«, flüsterte er dann. »Vampire.«

Zvatochna fühlte, dass sie bei dem Bericht des Unterfeldwebels innerlich alterte. *Diese Neuigkeiten werden mir noch Falten in mein junges Gesicht graben,* fluchte sie. Sie verwünschte außerdem die Feinde, deren Erfindungsreichtum, was die Entwicklung von Waffen anging, man unterschätzt hatte. *Den ich unterschätzt hatte.*

Im Grunde hätten die neuen Pläne, mit denen sie nach Séràly gereist war, keine Verbesserung gebracht. Die katastrophale Niederlage wäre an allen zehn Frontabschnitten nicht zu vermeiden gewesen. Ungern gab sie die Überlegenheit der Kensustrianer zu. Zu allem Überfluss machte ihr nun auch noch der Aberglaube zu schaffen.

»Du bist aus Tarpol, vermute ich?«

»Aus Borasgotan, hoheitliche Tadca«, stellte er richtig, während er nachfüllte. »Wie die meisten hier. Die anderen stammen aus Tarpol, Tûris, Hustraban oder den ehemaligen Baronien.«

Das bedeutete, dass die Sagen und Märchen über die Abstammung der Grünhaare schon lange bekannt waren. Die Ereignisse frischten die Erinnerungen an die Schauergeschichten auf, verstärkten die Wirkung ins Unermessliche.

Zvatochna erkannte eines glasklar: Unter diesen Umständen wäre ein zweiter Eroberungsversuch zum Scheitern verurteilt, selbst wenn die Tzulandrier vorrückten. Sobald auch nur etwas aus dem Gebüsch sprang, das ungefähr einem Kensustrianer glich, sei es ein Reh mit grünem Efeu auf dem Kopf, würden die verschreckten Ulldarter um ihr Leben rennen.

Sie blickte Warkinsk wohl wollend an. »Ich schätze deine Ehrlichkeit. Dennoch kann es nicht angehen, dass sich die Truppen ihre Befehlshaber selbst erwählen.« Ihr Blick wurde schärfer. »Wer sich gegen die Befehle eines tzulandrischen Offiziers stellt, wird hingerichtet. Du magst von mir aus Paledue weiterhin organisieren, aber wenn dir einer der Selidane eine Order gibt, befolgst du sie wie ein gehorsamer Soldat oder stirbst wie ein Aufrührer.«

Krutor verzog sein ohnehin schon abstoßendes Gesicht, um der Anweisung seiner geliebten Schwester noch mehr Nachdruck zu verleihen. Der Unterfeldwebel nickte hastig.

»Wenn sich jemand beschweren möchte, sende ihn zum Schloss in Séràly. Dort werde ich residieren.«

Warkinsk salutierte, die hoheitlichen Geschwister verließen das Holzhaus und stiegen in die Kutsche.

Das Antlitz der mächtigsten Frau des Kontinents verfinsterte sich, sie grübelte.

»Was machen wir denn nun?«, meinte ihr Bruder, der ratlos wirkte und mit einem Stückchen Brot die letzten Reste der Mousse aus der Schüssel wischte. »Govan wird das alles gar nicht gefallen.«

»Mir gefällt es auch nicht«, fauchte Zvatochna ärgerlich. Krutor zuckte zusammen.

Haltung bewahren. Sie reckte den Kopf, zauberte ihr ausgesuchtestes, wärmstes Lächeln ins Gesicht und schob die Vorhänge der Kutsche zurück, damit die Soldaten sie sehen konnten.

Erst als sie das Lager hinter sich gelassen hatten, lehnte sie sich in den angenehm weichen Sitz zurück, und ihre Freundlichkeit schwand innerhalb eines Lidschlages.

»Wir fahren zurück ins Schloss«, erklärte sie. »Wir ruhen uns aus und beratschlagen mit Larúttar Selidan, was zu tun ist.«

Grob nahmen die ersten Maßnahmen in ihrem Geist Gestalt an.

Die Ströme von Freiwilligen durften mit den Schauergeschichten nicht in Kontakt kommen. Also würde sie die einzelnen ulldartischen Verbände zu größeren zusammenschließen und sie isoliert von den neuen Truppen lagern lassen.

Sobald der Nachschub aus den Werbestuben und den Offizierskasernen über den Repol in Ilfaris angelangt war, würde sie den Plan zur Ausführung bringen, den ihr verstorbener Vater als zu hart betrachtet hatte. Die Verzögerungen mussten sie und Govan eben hinnehmen, sie hatten keine Wahl. Doch danach würde es rasch gehen.

Gegen die Kensustrianer ist nichts zu hart oder zu ungerechtfertigt, entschied sie und erfreute sich ein wenig an dem Gedanken, dass Rogogard vermutlich bereits gefallen war oder in diesem Augenblick von Sinured erobert wurde. Sie döste ein. Ihr schlaftrunkener Verstand setzte das Gesicht des jungen Rennreiters an den Anfang eines Traumes.

Was er wohl tut? Lächelnd glitt sie in den Schlummer und verbrachte dort eine kleine Unendlichkeit voller Zärtlichkeit mit dem Abbild Tokaros, dem die Flucht dank ihrer Warnung in der Wirklichkeit so glücklich gelungen war.

Kontinent Ulldart, Großreich Tarpol, Hauptstadt Ulsar, Sommer 459 n. S.

Hin und her gerissen las Mortva Nesreca die Nachrichten durch, die sich im Arbeitszimmer des Kabcar stapelten. Zum einen bedeuteten sie den vollendeten Sieg über die lästigen Piraten im Norden; die Einnahme von Verbroog komplettierte den oberen Teil der Landkarte, was die Besitzungen und eroberten Reiche anging.

Es wäre nicht vordringlich notwendig gewesen, die Rogogarder auszuschalten. Sie erreichten mit gelegentlichen Überfällen kaum mehr als das Schlagen kleiner Wunden, die rascher verheilten, als die »Bärte« ihre Schwerter schleifen konnten.

Der Süden musste fallen.

Ausgerechnet dort verliefen die Dinge anders, als man es geplant hatte. Die Eitelkeit der eigenen Offiziere, der Wettlauf um Ehre, einige Geltungssüchte und rücksichtsloser Eifer hatten alles, was man über Monate hinweg an der Grenze zu Kensustria aufgebaut hatte, in nur einer Woche zunichte gemacht.

Wenn man die Offiziere nicht brauchte, müsste man sie auf der Stelle abschaffen, ärgerte der Konsultant sich und ordnete dabei die Korrespondenzen.

Zvatochna schickte eine dicke Mappe mit Anweisungen, auf welchen Wegen und aus welchen Gebieten die Freiwilligen anrücken sollten. Spätestens bis zum Frühjahr nächsten Jahres sollte das Doppelte der alten Stärke in den Feldlagern erreicht sein. Der Schlag, der zu diesem Zeitpunkt erfolgen sollte, würde den Kensustrianern das Rückgrat oder wenigstens die Moral brechen.

Nesreca blickte sich um, ob alles für das Arbeitstreffen mit Govan vorbereitet war.

Seine Augen hefteten sich auf einen Zettel, der halb unter der Schreibtischunterlage herausschaute. Ohne zu zögern griff er danach und nahm ihn hervor, um ihn zu überfliegen.

Zu seinem Erstaunen fand er die Nachricht von Commodore Fraffito Tezza, der von ersten Erfolgen zur Anbahnung eines Krieges berichtete; der Ausbruch stünde kurz bevor.

Nachdenklich ließ er den Zettel sinken. *Was, in Tzulans Namen, hat er nun schon wieder vor? Er scheint sich ein wenig zu übernehmen. Aber wo will er denn noch einen Krieg anzetteln?* Nesreca hörte, wie die Klinke niedergedrückt wurde und beförderte die Nachricht an ihren alten Platz. Blitzschnell drehte er sich um und lächelte in Richtung des Eingangs.

Govan erschien mit einem abwesenden Gesichtsausdruck, drückte die Tür ins Schloss und bemerkte seinen Berater erst, als er beinahe mit ihm zusammenstieß. »Oh, Mortva. Wie schön, Euch zu sehen.«

»Ich hoffe, Ihr sagt das auch noch, wenn ich mit Euch die Neuigkeiten durchgegangen bin«, unkte der Konsultant halb im Scherz, halb im Ernst. Der junge Herrscher nahm Platz und starrte ins Nirgendwo. »Was habt Ihr, Hoher Herr?«

»Ich habe vorhin ein Experiment unternommen, Mortva«, erzählte Govan schleppend. »Ich besuchte die Verlorene Hoffnung, um die nächsten Opfer für Tzulan auszusuchen. Dabei erinnerte ich mich, dass Chos Jamosar noch immer inhaftiert einsaß.«

»Einsitzt«, verbesserte der Berater gefällig.

Govans Kopf drehte sich ruckartig wie der einer Marionette, die braunen Augen betrachteten Nesreca ausdruckslos. »Einsaß«, beharrte er. »Ich fragte mich immer, was wohl passiert, wenn man ihnen die Magie raubt, wie ich es bei meinem Vater tat.« Er streckte den Zeigefinger aus und legte die Spitze an die Stirn seines Konsultanten. »Dort berührte ich den Cerêler und tastete nach seiner Gabe. Der Gabe der Bleichen Göttin.«

Nesreca bewegte sich ein wenig zur Seite, denn er wollte seinem Schützling keinerlei Gelegenheit geben, sich auch an seinen Kräften schadlos zu halten.

Govan grinste schwach. »Ihr fürchtet mich also inzwischen auch, Mortva?« Er senkte den Finger. »Ich nahm mir seine Macht. Verglichen mit der eines Zweiten Gottes ist es allerdings enttäuschend. Wie ein Schluck schales Bier nach einem guten Wein.«

»Trotzdem enthalten beide Alkohol. Und darauf kommt es Euch wohl an?«

Der Kabcar nickte. »Damit habt Ihr Recht. Ich werde alle Cerêler einsammeln lassen und in die Verlorene Hoffnung sperren, damit ich gelegentlich meine eigene Macht auffrischen kann. Der Pöbel hat sie lange genug für sich beansprucht, nun mache ich meine Rechte als Herrscher geltend.«

»Was geschah mit Jamosar?«, wollte Nesreca, der neugierig geworden war, wissen. Zudem ermöglichte das Rückschlüsse auf das Schicksal von Lodrik. Der Verdacht, dass sich der ehemalige Kabcar unter den Lebenden befand, wollte sich einfach nicht in Luft auflösen.

Govan stieß ein grausames Lachen aus. »Er starb, lieber Mortva. Er wand sich ein wenig am Boden, und als ich ihm all seine Magie genommen hatte, hörte sein Herz einfach auf zu schlagen. Ich hätte mir gewünscht, dass es ein wenig aufregender ist, wie bei Euren Helfern. Aber es war mittelmäßig. Ich werde mir mein Pensum durch die Menge verschaffen müssen, nicht durch die Qualität.« Der junge Herrscher räusperte sich und läutete nach einem Diener, der Getränke servieren sollte. *Vielleicht gelingt es mir, von jedem Einzelnen immer nur einen Teil seiner Kräfte abzuziehen und sie am Leben zu lassen. Ich könnte sie wieder und immer wieder benutzen.*

»Ich habe mir von unseren Rechtsgelehrten die Gesetze durchsuchen lassen, auf welche Vergehen die Todesstrafe verhängt wird. Es sind erschreckend wenig. Unsere Codices sind reichlich lasch. Das ist der Grund, weshalb das größte Gefängnis der Stadt beinahe leer ist.« Der Kabcar schaute zur Decke. »Also überlegte ich mir, dass man einige Strafen verschärfen sollte. Es beruhigt die Menschen, weil sie wissen, dass die Verbrecher keine Gnade mehr erhalten werden.«

»Und ab welcher Tat möchtet Ihr die Exekution als Strafe sehen, Hoher Herr?« Strategisch geschickt legte der Berater die Nachricht mit dem Sieg über Rogogard obenauf.

»Meiner Ansicht nach ist Ehebruch etwas Schreckliches. Oder unsittliche Buhlerei. Oder Taschendiebstahl«, sinnierte er. »Man sollte alles mit dem Tode bestrafen«, entschloss er sich zufrieden. »Das wird die Kriminalität erheblich senken und Tzulan neue Opfer besorgen. Ich will, dass sämtliche Verbrecher in meinen Reichen nach Ulsar verlegt werden. Ach, ja: Die Totendörfer in Tarpol wurden niedergebrannt?«

»So ziemlich alle, von denen die Garnisonen in den Provinzen Kenntnis hatten«, berichtete Nesreca beflissen. »Es kann sein, dass wir die ein oder andere Ansammlung noch nicht bemerkt haben, aber das dürfte nur eine geringe Frage der Zeit sein.«

»Proteste des Pöbels?«

Der Konsultant schüttelte den Kopf. »Wir haben verbreiten lassen, dass sich aus diesen Zusammenrottungen von Leiden eine tödliche Krankheit verbreitet. Dennoch scherte sich niemand wirklich darum.«

»Ausgezeichnet!«, klatschte Govan in die Hände. »Als Nächstes sind die Bettler an der Reihe. Gebt ein Bankett in einer Scheune außerhalb der Stadt, verriegelt die Tore und verbrennt den Abschaum zu Ehren Tzulans. Und gebt Nachricht an alle Gouverneure, die den Tzulani angehören, sie sollen das Gleiche tun.« Er schlug die Nachricht aus Rogogard auf. »Heißa! Wer sagt es denn?! Meine Opfer haben den Beistand des Gebrannten Gottes gebracht. Das Inselreich ist nun ein Teil meines Imperiums. Das ist endlich mal ein Triumph.«

Das Gelächter erstarb abrupt, als er die ersten Zeilen aus dem Brief seiner Schwester las. Das Papier entzündete sich von selbst und verbrannte in seiner Hand, ohne dass die Flammen Schaden an seiner Haut anrichteten.

Ein weiteres Jahr? »Habt Ihr Vorschläge, wie wir aus dieser Lage einen Vorteil ziehen können, Mortva?«

»Nun, es wird uns Freiwillige bringen, das ist sicher. Um ehrlich zu sein, ist dies aber auch schon der einzige Vorteil.« Der Konsultant hatte sich zur Wahrheit entschlossen. »Aber was bedeutet schon ein Jahr? Es wird schneller herumgehen, als Ihr jetzt denkt.«

Govan lächelte grimmig. »Ich werde mir die Zeit mit etwas anderem vertreiben. Ich erhöhe die Steuern, ich setze das System der Leibeigenschaft wieder ein, und zwar in allen meinen Reichen, von Rundopâl bis Aldoreel und Serusien. Ich möchte den Brojakenrat einberufen, damit sie sich um die Eintreibung der Gelder kümmern und die Garnisonen sich voll auf die Ausbildung neuer Soldaten konzentrieren.« Er sprang auf und schaute aus dem Fenster über die Dächer von Ulsar. »Meine Untertanen sollen ihren Beitrag zu meinem Ruhm leisten. Jede Familie gibt mir einen Sohn in mein Heer, das ist ein Befehl.« Mit glänzenden Augen schaute er seinen Mentor an. »Und damit alle sehen, wie viel Selbstvertrauen ich habe, setze ich für den Winter meine Krönung an.«

»Welche Krönung?«, fragte Nesreca.

»Ich habe ein riesiges Reich, der Titel Kabcar genügt mir nicht länger«, erläuterte Govan selbstherrlich. »Ulsar soll in einem rauschenden Fest versinken, wenn ich, Govan Bardri¢, mich zum ihrem ¢arije kröne.« *Bis dahin sollten die Kerker so weit aufgefüllt sein, dass ich auch Tzulan etwas opfern kann. Notfalls lasse ich Gefangene aus Rogogard herbeischaffen und in der Kathedrale opfern.* Der junge Mann legte den Kopf in den Nacken. »... ¢arije!« *Und bald auch der Gatte Zvatochnas. Das machte es vollkommen.*

Erneut glitt sein Blick über die Silhouette der Hauptstadt, die sich dank der unermüdlichen Arbeit der Steinmetzen mehr und mehr wandelte.

»Ist sie nicht wunderschön?«, raunte er leicht entrückt. »Dabei ist die Umstrukturierung noch gar nicht abgeschlossen. Sie ist würdig, die Residenz eines ¢arije zu sein, der auf dem besten Weg ist, selbst diesen Titel noch zu übertrumpfen. Sie wird Tzulan mit einem würdigen Anblick empfangen. Bereits jetzt erfreut er sich daran, wenn er vom Himmel herabblickt.«

»Ganz hervorragend, Hoher Herr«, stimmte Nesreca überrumpelt, aber nicht weniger begeistert zu. »Wenn ich mir noch einen Hinweis erlauben darf: Was sollen die Truppen machen, die nun unbeschäftigt in Rogogard sitzen? Sollen wir sie zu der Hohen Herrin schicken? Sie kann jede Unterstützung gebrauchen.«

Govan dachte nach. »Ihre Taktik ging nicht auf, sie muss nun schauen, wie sie mit dem zurechtkommt, was sie hat.« Der junge Herrscher rieb sich die Hände. »Ich werde einen kleinen Wettbewerb zwischen Geschwistern beginnen. Die Maßgabe lautet: Wer ist wohl zuerst an seinem Ziel?«

»Das verstehe ich nicht«, meinte sein Berater. »Wollt Ihr Kensustria von der See her angreifen und vor ihr zum Erfolg gelangen?«

»Nein, lieber Mortva«, gab Govan gut gelaunt zurück. »Jeder sollte sich mit einem eigenen Reich beschäftigen, das ist nur gerecht.« Er wanderte zur Landkarte, nahm einen Zeigestock und tippte auf den südlichsten Zipfel Ulldarts. »Zvatochna erobert Kensustria«, die Spitze ruckte schräg nach links oben und hieb gegen den angrenzenden Kontinent, »ich kümmere mich um Kalisstron. Das ist der Grund, weshalb die in Rogogard versammelten Seestreitkräfte dort bleiben. Sie sollen sich den kommenden Winter über erholen und die Schäden an den Festungen reparieren. Im Frühsommer führen wir einen Schlag gegen das Land der Bleichen Göttin, zeitgleich mit meiner Schwester.«

»Möge der Bessere gewinnen.« Unverhofft ergab der Zettel, den Nesreca zuvor gefunden hatte, einen Sinn. *Er hat es von Anfang so geplant. Was sein Vater zu wenig wollte, das übertreibt er*, fluchte Nesreca innerlich.

Natürlich war sein Schützling auf dem besten Wege, die Dunkle Zeit einzuläuten und die Rückkehr Tzulans zu ermöglichen. Aber wenn er mit seinem Vorhaben scheiterte, würde er damit auch alles andere vernichten. Die Öffnung einer zweiten Front erschien ihm zu früh.

Vorsichtig schaute der Konsultant in die Augen des jungen Mannes und entdeckte wiederum ein irres Flackern. *Hoffentlich bleibt er trotz seines Wahns siegreich. Alles andere ist im Grunde gleichgültig. Andernfalls müsste ich mir etwas einfallen lassen.*

Ob er den jungen Mann, den er selbst ausgebildet hatte, notfalls noch aufhalten konnte, wollte er lieber nicht herausfinden wollen. Die Magie und die Macht, die der so unscheinbar wirkende Mensch in sich trug, würde die seinige mittlerweile weit überragen. Wahrscheinlich müsste der Gebrannte selbst eingreifen.

»Ich denke, dass sich die Niederlagen in Kensustria vermeiden ließen«, meinte der Kabcar, »wenn wir auf die Modrak zurückgreifen könnten. Aber es fehlen uns immer noch das Amulett und der Leichnam meines Vaters.« Dies war ein Umstand, der Nesreca ebenfalls nicht schmeckte. »Könnt Ihr mir dazu wenigstens Erfreuliches berichten, Mortva?«

»Ich wünschte, es wäre so«, seufzte der Konsultant und fuhr sich über die silbernen Haare, die wie Fäden aus Quecksilber schimmerten. »Doch beides ist wie vom Erdboden verschwunden.«

»Ich habe ihm seine Magie geraubt, er muss so tot sein wie Jamosar«, brach es aus Govan wütend hervor. »Und da er als Leiche nicht wegläuft, muss er doch in diesem verdammten Steinbruch mitsamt dem Anhänger zu finden sein, oder etwa nicht? Haben wir wenigstens wie geplant einen Beobachter fangen können?«

»Es soll arrangiert werden, wenn Ihr es möchtet, Hoher Herr«, vermied Nesreca eine klare Antwort.

Der Kabcar erteilte mit einer knappen Geste die Anweisung hierfür. »Diese Kreaturen werden sich mir erklären müssen, warum sie ihrem neuen Herrn nicht dienen.« Er legte eine Hand auf den Griff seines Schwertes und wurde dabei an einen weiteren ausstehenden Punkt erinnert. Der Konsultant verstand den auffordernden Blick sofort.

»Ich ließ einen der Besten der Hohen Schwerter recht spektakulär entkommen, nicht ohne vorher den Hass gegen Tokaro Balasy geschürt zu haben. Meine Spione verfolgen ihn auf Schritt und Tritt«, erklärte er. »Wie es aussieht, macht er sich tatsächlich auf die Suche des Diebes und angeblichen Mörders des Großmeisters, der die letzte der fehlenden aldoreelischen Klingen bei sich trägt. Ich bin sehr zuversichtlich. Auch wenn Balasy ein zugegebenermaßen mutiger Junge ist, gegen einen erfahrenen Ordenskrieger hat er keine Aussichten auf Erfolg.«

»Immerhin«, knurrte Govan. »Veranlasst die Vorbereitungen für meine Krönung zum ¢arije und setzt eine Belohnung auf dieses verdammte Amulett aus. Sagt, es sei ein Andenken an meinen Vater und von ideellem Wert. Wer es sieht oder beschafft, soll tausend Waslec erhalten.« Der Kabcar wandte sich zur Tür. »Ich ziehe mich zurück.«

Nesreca schwenkte einen Briefumschlag. »Ihr habt den hier vergessen, Hoher Herr.«

Govan hob die Hand, das Kuvert flog dank der Magie direkt in seine Finger. Er erkannte das Siegel der Vasruca von Kostromo, seiner Mutter. Die Stirn des Herrschers legte sich in Falten, der Mund bekam einen verächtlichen Zug. Fauchend vergingen Umschlag und Schriftstück zu Asche, der wächserne Verschluss schmolz und troff zu Boden.

»Soll ich ihr das als Antwort senden?«, bemerkte der Konsultant trocken.

»Ja«, stimmte der Herrscher dem Vorschlag zu. »Und kürzt ihre Zuweisungen auf das alte Maß zurück. Schreibt, wir hätten eine Schlacht verloren und müssten sparen.« Lachend verließ er den Raum.

»Wenn ich nicht wüsste, dass du immer noch über uns schwebst, Gebrannter«, murmelte ihm Nesreca in einer Mischung aus Ehrfurcht und Verzweiflung hinterher, »würde ich sagen, du bist in diesem Jungen wiedergeboren.«

Er setzte sich an den Schreibtisch und begann, den Anweisungen des Kabcar gemäß zu handeln.

Kontinent Ulldart, Großreich Tarpol, Provinz Granburg, Hauptstadt Granburg, Spätsommer 459 n. S.

Mir verdankt dieser undankbare Kerl, dass er überhaupt existiert, und er wagt es, mir diese unwürdige Behandlung angedeihen zu lassen?

Aljascha Radka Bardri¢ wurde ein weiteres Mal vom Inhalt eines Briefes enttäuscht. Wie sehr hatte sie sich beim Anblick des Wappens gefreut, und wie groß war die Verdrossenheit, als sie die mehr als bitteren Zeilen las.

Ihr Sohn hatte es nicht einmal für nötig befunden, selbst zu schreiben, sondern Nesreca, dem sie einst verfallen war, das Aufsetzen des Schriftstücks überlassen, das erkannte sie an der Handschrift.

Auch der silberhaarige Mann, in dem ein gefährliches, dämonisches Wesen lebte, welches die äußere Hülle als Maskerade nutzte, hatte sie wie einen verfaulten Apfel fallen lassen. All die Schwüre, die Liebesnächte, die nach ihrem Empfinden Jahre zurück lagen, galten nichts, schienen bedeutungslos geworden, nachdem es ihm gelungen war, sich im Zentrum der Macht zu halten.

Im Gegensatz zu ihr.

Sie ärgerte sich gelegentlich über ihre Unbeherrschtheit, die in dem misslungenen Giftanschlag gemündet hatte. Andererseits wäre der Lohn immens gewesen.

Nun aber herrschten ihre Kinder über das Reich, und obwohl sie ihnen unter Schmerzen das Leben geschenkt hatte, scherten sie sich einen Dreck um sie.

Krutor nahm sie es nicht übel, er hatte sich von Geburt an mehr an ihrem toten Gemahl orientiert. Govan war von Kindesbeinen an Mortva gefolgt, aber gerade von Zvatochna erwartete sie mehr.

Sie war das hübscheste, das intelligenteste Kind unter den drei Geschwistern, und ihr gebührte die Regentschaft – die sie, im Gegensatz zu Govan, mit ihrer Mutter geteilt hätte. Der unverschämte Brief ihres anscheinend machtverrückten Sohnes bestätigte ihr dieses Bild. Und so entstand die Absicht, ihre Tochter auf den Thron von Tarpol zu hieven und sich dabei selbst im Hintergrund zu installieren, wie von selbst in ihrem Kopf.

Meine ganzen früheren Kontakte und Freunde sitzen im wieder einberufenen Brojakenrat, überlegte die attraktive, rothaarige Frau. *Ich müsste herausfinden, wie sie zu dieser Sache stehen, und könnte dann damit beginnen, alte Stricke und Netze neu zu knüpfen.* Zärtlich strich sie über den Bauch, in dem neues Leben entstand. Lange würde es nicht mehr auf sich warten lassen. *Ich werde dafür sorgen, dass du deine Mutter einmal nicht vergisst, wenn du auf dem Thron sitzt. Denn nichts Geringeres steht dir als Spross des Kabcar zu. Und ich werde dein Recht einfordern, darauf kannst du dich verlassen. Da kann dein Vater verfügt haben, was er will.*

Mühsam stemmte sie sich aus dem Sessel hoch und bewegte sich in Richtung des Kinderzimmers, das sie derzeit einrichten ließ. Ihre neue Magd beschäftigte sich gerade damit, ein weiteres Spielzeug, das die Tischler angefertigt hatten, sorgsam mit einem Tuch gegen eventuellen Staub abzudecken.

Sofort verneigte sie sich und vermied es, einen Blick auf das Gesicht ihrer Herrin zu werfen. Es war allgemein bekannt, dass die ehemalige Kabcara kein Pardon gewährte, sollte sie den Eindruck haben, jemand starrte zu offensichtlich auf die feine Narbe in ihrem ansonsten makellosen Antlitz.

»Sehr schön, Berika«, lobte Aljascha den Fleiß des Dienstmädchens. »Du machst deine Arbeit sehr gut. Wenn du fertig bist, möchte ich, dass du mir eine Kutsche besorgst.«

»Danke, Herrin, aber ...« Berika stockte. »Ihr steht doch unter Hausarrest? Die Wachen werden uns nicht hinauslassen.«

»Habe ich dich und deine Zuverlässigkeit eben zu früh gepriesen?«, herrschte Aljascha die einfache Frau an. »Ich muss wichtige Dinge klären. Und das kann ich nicht innerhalb der vier Wände.«

Die Magd nickte eilig und lief hinaus.

Die Zeit nutzte Aljascha, um sich vorzubereiten. Sie suchte eine passende Garderobe heraus, in der sie trotz ihres Zustandes Eindruck hinterlassen konnte, denn sie beabsichtigte, eine Frau aufzusuchen, deren Hilfe sie benötigte.

Kaya Jukolenko, die Witwe des Gouverneurs, den Lodrik als Tadc eigenhändig exekutiert hatte, galt als einflussreichste Dame Granburgs. Mit ihr einen Handel zu schließen würde hinsichtlich ihrer neuen Absichten nicht fehl am Platze sein. Zumal sie beste Beziehungen zum momentanen Statthalter des Kabcar hatte und Lockerungen erwirken konnte.

Da Jukolenkos Frau auf keine ihrer Einladungen reagiert hatte, wollte sie sich nun selbst auf den Weg zum Anwesen außerhalb der Provinzhauptstadt machen. Die Wachen vor der Tür gedachte sie, durch eine gehörige Portion Unverfrorenheit zu überrumpeln, und die Wut, die sie nach der Lektüre des Briefes spürte, tat ihr Übriges dazu. *Niemand wird es wagen, mich aufzuhalten.*

Sie warf sich ihren Umhang über und ließ Berika die Tür öffnen, als die Kutsche vorfuhr und vor dem Gebäude anhielt.

Die beiden Wachen schauten Aljascha verdutzt an, als sie erhobenen Hauptes zwischen ihnen hindurchmarschierte. Dann erholten sie sich von ihrer Überraschung und liefen neben ihr her.

»Kehrt sofort ins Haus zurück«, verlangte einer der Soldaten entschlossen. »Oder wir bringen Euch gegen Euren Willen dorthin.«

Aljascha blieb stehen, die grünen Augen blitzten mörderisch auf. »Du redest mit der einstigen Kabcara von Tarpol, Bursche«, zischte sie ihn von oben herab an. »Ich gehe, wenn es mir passt. Und untersteht euch, auch nur einen eurer stinkenden Finger auf mich zu legen.«

Der Bewaffnete wich zurück und ließ sie passieren. Als sie halb in der Kutsche stand, griff sein Kamerad doch zu, wenn auch etwas zögerlich. »Es tut mir Leid, aber wir haben eine Anweisung des Kabcar.«

»Des alten Kabcar«, sagte sie scharf und riss sich mit einem energischen Ruck los. »Er ist tot, erinnere dich, Mann.«

Doch der Wächter zeigte sich stur. »Niemand hat die Order aufgehoben. Folgt mir.«

»Zurück!«, befahl sie. »Du wirst mich nicht aufhalten, Bursche.«

Doch der Mann packte sie am Oberarm und zog. Aljascha hielt dagegen und wollte gerade zutreten, als sie den Halt verlor.

Mit einem leisen Aufschrei stürzte sie aus der Kutsche und schlug der Länge nach auf das Kopfsteinpflaster.

Augenblicklich breitete sich ein Brennen in ihrem Unterleib aus. »Mein Kind«, ächzte sie und presste die Hände auf den Bauch, der sich anfühlte, als wäre etwas darin geplatzt. Sie sah noch das entsetzte Gesicht ihrer Magd, dann verlor sie allmählich das Bewusstsein.

Aljascha erwachte aus ihrer Benommenheit und fand sich in ihrem Bett wieder. Neben ihr tupfte Berika ihr die Stirn ab, ein blutiges Stück Stoff lag in ihrer Hand. Sie lächelte ihre Herrin schüchtern an.

»Ich habe nach einem Cerêler geschickt«, erklärte sie. »Er wird bald hier sein, um nach Euch und Eurem Kind zu schauen.«

Die einstige Kabcara tastete vorsichtig die Stirn ab und fand eine klaffende Wunde unterhalb des Haaransatzes. *Dafür werde ich den Wächter umbringen lassen. Und seine ganze Familie,* beschloss sie. Sie wollte sich etwas zur Seite drehen, und schon setzten die Schmerzen ein.

Aljascha schrie auf und hielt sich den Bauch, ihre Atmung ging keuchend, die Qualen raubten ihr die Fähigkeit, etwas zu sagen. Tränen stiegen ihr in die Augen.

Hilflos musste sie warten, bis der kleinwüchsige Heilkundige eintraf, und litt Krämpfe, wie sie sie selbst bei der anstrengenden Geburt der Drillinge nicht hatte erleiden müssen.

»Mein Name ist Pedda Jebalar, Herrin. Ihr hattet großes Glück«, grüßte der Cerêler, als er in das Zimmer trat. »Ich befand mich beinahe schon auf dem Weg nach Ulsar.« Berika nahm ihm den leichten Mantel ab, der Heilkundige wusch sich die Hände in der bereitgestellten Schüssel und legte den Bauch frei. »Aber ein Hilferuf hat natürlich immer Vorrang.« Vorsichtig tastete er über die Bauchdecke, die sich inzwischen dunkel färbte.

»Tu etwas!«, befahl Aljascha gepresst, und ihre Hände krallten sich um die Bettpfosten. »Ich will mein Kind nicht verlieren.«

»Die Hülle, die das ungeborene Leben einschließt, ist beschädigt«, lautete die niederschmetternde Diagnose des Kleinwüchsigen, nachdem er einen Blick auf das abgelegte Untergewand geworfen hatte. »Ich muss versuchen, meine Kräfte durch Euch hindurch wirken zu lassen. Und das ist nicht eben einfach, Herrin.«

Die Frau biss die Zähne zusammen und unterdrückte einen wilden Schrei, die Beherrschung wollte nicht mehr lange halten. »Mach hin. Dein Lohn wird fürstlich sein.«

Jebalar schloss die Augen, legte die Hände auf ihre Haut und konzentrierte sich auf den Heilungsprozess, der dem Kind das Leben bewahren sollte.

Der gesamte Bereich ihres gewölbten Unterleibes schimmerte grünlich. Sein Gesicht wirkte dabei zuerst aufmerksam, gespannt.

Mit andauernder Behandlung veränderten sich die Züge, schlugen um in Erstaunen und wandelten sich in Angst. Schweiß perlte von seiner Stirn. Der Cerêler riss die Lider auf.

»Was, bei Kalisstra, der Bleichen Göttin, tragt Ihr da in Euch, Herrin?«, keuchte Jebalar auf. Er löste sanft den Kontakt zur Haut der Kabcara, das Grün seiner Magie verringerte sich. »Das ist …«

Mehrere dunkelrote, bindfadendünne Strahlen durchdrangen den Bauch von innen heraus, ohne Aljascha zu verletzen, und erfassten die Handflächen des Heilers. Gegen seinen Willen zogen sie sie zurück auf die Stelle, an der sie eben noch gelegen hatten.

»Nein! Lass mich!« Der Cerêler stemmte sich dagegen und versuchte sich loszureißen, aber etwas heftete ihn an den Leib der einstigen Kabcara. Er schnappte, japste und hechelte, bevor er von einem Herzschlag auf den anderen verkrümmt neben dem Bett zusammenbrach. Die Augen starrten leblos zur Decke.

Berika, die während des Vorgangs zurückgewichen war, näherte sich vorsichtig ihrer Herrin. »Was war das?«, fragte sie gedämpft. »Geht es Euch ...«

Aljascha betrachtete ihren Unterleib. Die Färbungen und Blutergüsse waren verschwunden, die Schmerzen mit ihnen gegangen. Vorsichtig stand sie auf, sie fühlte sich erfrischt und ausgeruht, als stünde sie nach einer erholsamen Nacht auf.

»Mir geht es gut«, sagte sie langsam.

Es kribbelte in ihrem Gesicht, als kitzelte sie jemand mit einer Feder. Als sie in den Spiegel schaute, stellte sie freudig fest, dass die klaffende Platzwunde sich von selbst schloss. Die Wundränder bewegten sich aufeinander zu, verschmolzen ohne sichtliche Rückstände und wurden zu neuer, reiner Haut, die sich lückenlos einfügte. Als sie mit hektischen Bewegungen das Blut von der Stelle wischte, deutete nichts mehr auf ihre Verletzung hin.

Aljascha warf einen Blick über die Schulter auf den leblosen Heiler. *Sollten das die Reste seiner Fertigkeiten gewesen sein?*

»Er ist tot, Herrin«, meldete die Magd belegt und drückte ihm die Lider zu.

Oder sollte mein Spross sich und mich geheilt haben, indem er den Cerêler umbrachte? Aljaschas Kopf schnellte herum, ihre hellgrünen Augen musterten das Spiegelbild ihres Antlitzes. Ohne sich umzuwenden, streckte sie eine Hand nach hinten aus. »Gib mir das Rasiermesser.«

Berika kam der Aufforderung nach. Mit der Präzision eines Chirurgen zog die rothaarige Frau die Narbe nach, die Lodriks Ring in Verbindung mit seiner Magie hinterlassen hatte.

»Herrin, was tut Ihr da?« Das erschrockene Gesicht des Dienstmädchens erschien im Spiegel. »Euer schönes Gesicht.«

Aus dem Schnitt quollen ein paar rote Tropfen. Die Verletzung schloss sich Stückchen für Stückchen, und mit ihr verschwand die verhasste Narbe. Kirschfarbene Perlen rannen langsam über ihr Gesicht und erweckten den Anschein, die ehemalige Kabcara weine Blut anstelle von Tränen. *Es ist wieder wie früher!* Ein seliges Lächeln formte sich auf ihren Zügen.

»Du wirst das, was du hier gesehen hast, für dich behalten, Berika, wenn du am Leben bleiben und weiterhin eine sehr gute Bezahlung haben möchtest«, ordnete sie in süßem Tonfall an und hielt das Rasiermesser so, dass sich die Klinge am Hals des Dienstmädchens spiegelte. »Der Cerêler starb an Entkräftung, das wird die offizielle Verlautbarung sein.« Zärtlich strich sie sich über den runden, prallen Bauch. »Aber er hat mein Kind, mein unersetzbares, mein geliebtes Kind gerettet.«

Die Magd nickte. »Ich verstehe, Herrin.«

»Ich habe nichts anderes erwartet.« Sie klappte das Messer zusammen. »Und nun sorge dafür, dass der Leichnam aus meinem Zimmer verschwindet.«

Während Aljascha sich an den Schreibtisch zurückzog, um mehrere Briefe aufzusetzen, half ein herbeigerufener Pferdeknecht, dass der tote Heiler recht unwürdig in einen Sack wanderte und ohne große Aufmerksamkeit zu seiner Familie gebracht wurde.

Die rothaarige Frau stand auf, suchte sich einen kleinen Handspiegel und stellte ihn vor sich auf die Holzplatte, um ihre wieder gewonnene Makellosigkeit bewundern zu können.

Ich liebe dich über alles, mein Kind, dachte sie. Jebalar würde Ulsar nicht mehr zu sehen bekommen. Dafür war sie sich jetzt absolut sicher, eines Tages wieder im Palast zu sitzen. Vielleicht würde sie die Unterstützung ihrer anderen undankbaren Kinder nicht mehr benötigen, wenn sie einen magisch derart befähigten Nachwuchs austrug.

Warten wir ab, was aus dir wird. Sie streichelte den gewölbten Leib und machte sich ans Schreiben.

VII.

Kontinent Ulldart, Großreich Tarpol, Provinz Sora, Provinzhauptstadt Sora, Spätsommer 459 n. S.

Wenn man auf etwas in den Straßen nicht achtete, dann waren das Bettler.

Und genau aus diesem Grund war Lodrik in eine solche Verkleidung geschlüpft, um sich unbemerkt, aber stetig von Ulsar wegzubewegen. In dieser Umgebung kannten ihn zu viele Menschen; die Tarpoler würden ihn in einem Triumphzug zum Palast tragen, wo Govan ihm dieses Mal endgültig den Garaus machen würde. Dieses Wagnis wollte und würde er nicht eingehen.

Im Totendorf hatte er ein paar Sachen gefunden, die er zu einem späteren Zeitpunkt tragen würde; im Moment bevorzugte er das zerschlissene Gewand und das ungepflegte Äußere eines Vagabunden. Das Schwert und die anderen Kleider schleppte er in einem Sack mit sich und tingelte entlang des Repol bis nach Sora. Gelegentlich nahmen ihn Flussschiffer mit, und auf diese Weise sparte er Zeit und Kraft.

Auf seinem Weg durch sein Reich hörte er Neues, was ihn erschreckte. Sein Nachfolger trat alles, was er geschaffen hatte, mit Füßen und richtete ein Tarpol ein, wie es noch vor seinem eigenen Vater gewesen war. Die Brojaken gingen mit einer Bemühung bei der Steuereintreibung vor, dass es mehr und mehr Pächter wieder zurück in die Leibeigenschaft trieb, weil sie die Abgaben nicht leisten konnten.

Währenddessen rekrutierten die Werbestuben einen Freiwilligen nach dem nächsten für den Krieg gegen den Süden, wo die Truppen des Kabcar eine schreckliche Niederlage einstecken mussten. Dafür stand in Rogogard, so erzählten sich die Leute, kein Stein mehr auf dem anderen. Als Zeichen des Sieges wollte sich Govan zum ¢arije ausrufen lassen. Wichtigtuer munkelten gar, der Kabcar werde bald Kalisstron wegen der schönen Pelze angreifen und einnehmen.

Je weiter sich Lodrik von Ulsar entfernte, desto weniger Verständnis brachten die Menschen für die hoheitlichen Anordnungen auf, und je ländlicher die Gegend war, um so ulldraelgläubiger waren die Männer, Frauen und Kinder. Die Verwurzelung in den alten Glauben saß tief.

Man murrte, dass der Herrscher etliche Cerêler an seinen Hof zog und das einfache Volk den Krankheiten überließ. Die herkömmlichen Pflegestätten waren zwar gut bei einfachen Erkrankungen, aber gegen richtig schwere Erkältungen, Lungenentzündungen oder schlimmere Dinge, die einst ganze Landstriche entvölkert hatten, halfen eben nur die Fertigkeiten der Heilkundigen.

Sora, die pulsierende Provinzhauptstadt mit etwas mehr als dreißigtausend Einwohnern, günstig an den Gestaden des Repol gelegen, folgte ganz dem Kurs des Kabcar. Der Gouverneur setzte die Befehle aus Ulsar mit eiserner Disziplin um und unterstützte die Großgrundbesitzer gegen renitente Kleinbauern, die ihre Freiheit schon zu lange genossen hatten, um sich von Möchtegernen Vorschriften machen zu lassen.

Lodrik erschien es seltsam, dass ihn die Hafenwache beim Passieren der Tore misstrauisch ansah.

Schnell bog er in eine Seitengasse der unbekannten Stadt ab, um sich den Blicken des Gardisten zu entziehen. Er würde sich nicht lange in den Mauern aufhalten, sondern wollte sich sofort nach einer neuen Mitreisegelegenheit umschauen.

»He, du!?«, rief ihm der Gerüstete nach. »Was suchst du hier?«

»Ich bin auf der Suche nach einem Kahn, der einen Vagabunden wie mich fortträgt«, erklärte der Mann mit den dunkelblauen Augen und begab sich in eine unterwürfige Pose.

»Bevor du gehst, solltest du dir den Schmaus für die Bettler Soras nicht entgehen lassen«, riet ihm der Mann. »Sie haben sich draußen bei der großen Scheune versammelt. Ein Bankett. Zu Ehren Tzulans und des göttlichen Kabcar.«

»Wie nobel«, meinte Lodrik und wandte sich zum Weitergehen. *Göttlich?! Der Junge ist wahnsinnig geworden.*

»Das war ein Befehl«, meinte die Wache mit Nachdruck. »Du kommst mit mir, ich bringe dich zum Stadttor, und einer wird dich dorthin begleiten. Die anderen sind schon alle dort.«

»Ich bin nicht hungrig, ich möchte nur weg«, versuchte der ehemalige Kabcar von Tarpol dem Angebot zu entgehen. »Ich suche mir ein Boot.«

Energisch kam der Gardist auf ihn zu und trieb ihn mit seinem Speer vorwärts. »Zuerst wird gegessen, Bettler.«

»Zurück!« Lodrik berührte das Gesicht des Mannes. Er setzte seine Kräfte ein. Ein kaum sichtbares, blaues Flimmern erschien.

Die Augen und Pupillen des Wärters weiteten sich vor Entsetzen, bevor er sich in Herzhöhe an die Brust griff und lautlos auf dem Pflaster zusammenbrach. Den Herzschlag suchte der einstige Herrscher vergebens. So, wie der Mann aussah, starb er vor Angst und Grauen.

Ich darf hier nicht als Bettler durch die Gegend laufen. Er rannte die Gasse hinunter und hastete um mehrere Ecken.

In einem öffentlichen Badehaus machte er Rast und entledigte sich mit schnellen Schnitten seines blonden Bartes. Die blonden Haare wusch er eilig. Seine völlig verdreckten Kleider landeten in einem ruhigen Moment in der Brennkammer des Kessels, der für warmes Wasser in den künstlichen Thermen sorgte.

Einmal mehr fielen ihm beim Blick in den Spiegel die Veränderungen an ihm auf.

Lodrik bestand nur noch aus Haut und Knochen, das Gesicht war dürr und traurig, tiefe Falten lagen um Augen, Mund und Nase. Seine Haut schien auszubleichen, die Fingernägel gewannen an Härte und wuchsen so schnell, dass er mit Schneiden kaum nachkam.

Nein, so wird dich bestimmt niemand erkennen, dachte er schwermütig. Er kleidete sich in ein passables Gewand, in dem man ihn für einen Kaufmann halten konnte, und trat wieder hinaus auf die Straße, die übrigen Habseligkeiten auf dem Rücken tragend.

Lodrik blinzelte wegen der Helligkeit, die draußen herrschte, suchte sich ein schattiges Plätzchen und überlegte.

Er musste Govan aufhalten, aber angesichts der immensen magischen Überlegenheit seines ältesten Sohnes hatte er Zweifel, wie er sein Vorhaben in die Tat umsetzen konnte. Noch immer vermochte er sich nicht zu erklären, was es mit seiner Magie auf sich hatte. Zwar setzte er sie ein, aber was sie bei einem Gegner bewirkte, davon wusste er nichts.

Wo ist sie hin?, fragte er sich zum zigsten Mal. *Und was macht er damit? Absorbiert er sie und fügt sie seinem eigenen Potenzial hinzu? Raubt er sie und gibt sie einfach frei?*

Der einstige Kabcar wusste, dass seine eigenen Kräfte reduziert worden waren, fast auf nichts, so hatte es den Anschein.

Doch Govans magischer Diebstahl schien noch etwas anderes angerichtet, seine Kräfte verändert zu haben. Lodrik erzielte Wirkungen, die er so nicht wollte und keinesfalls kontrollierte. Es war wie das Abfeuern einer Waffe, ohne genau zu wissen, wohin das Geschoss flog und was den Lauf eigentlich verließ.

Anstatt den Gegner zu Asche zu verbrennen, was ihm früher ein Leichtes gewesen war, wirkte die Magie nun auf den Verstand, den Geist seiner Opfer. Die Modrak gebärdeten sich vor Furcht handzahm, der Gardist starb anscheinend am Schrecken ...

Ich verbreite das Grauen, grübelte er und kratzte gedankenverloren über einen Holzbalken, in dem der harte Fingernagel eine tiefe Rille hinterließ. Ein kleiner Span fiel auf das Kopfsteinpflaster. *Ich habe mich zu etwas gewandelt, das wohl jenseits eines üblichen Menschen zu sein scheint. Soll das Vinteras Zeichen an mir sein? Gebe ich das Grauen weiter, das ich aus der Welt der Toten herüberbrachte?*

Mit den vielen Ungewissheiten beschäftigt, bemerkte er die ältere Frau, die sich seinem schattigen Refugium zügig näherte, eher zufällig.

Geh weg.

Die einfache Frau verlangsamte ihr Tempo, die Füße hoben und senkten sich deutlich zögerlicher. Sie schaute in die verdunkelte Gasse, blieb stehen. Ihre Augen spähten alarmiert ins Zwielicht.

Geh weg!

Vorsichtig machte sie einen Schritt nach hinten, presste das Bündel mit Waren, das sie bei sich trug, wie zum Schutz eng an ihren Körper. Ihr Gesicht verriet Lodrik, dass ihr die Stelle, an der sie gewiss seit Jahren entlangging, plötzlich nicht mehr geheuer war.

Er beobachtete sie nun voller Aufmerksamkeit. *Verschwinde!*, befahl er unhörbar.

Die Städterin fuhr mit einem leisen Schrei zusammen, als hätte er ihr einen Peitschenhieb verabreicht, wich tastend zurück, bis sie sich auf den Fersen umdrehte und den Weg hinunter rannte, den sie gekommen war.

Ich muss die Leute offensichtlich nicht einmal berühren. Die Magie wirkte, ohne dass er das vertraute und geliebte Kribbeln verspürte. Der Wunsch, stärker und mehr davon anzuwenden, ging ihm völlig ab. Dafür drehten sich für einen Moment die Wände um ihn herum.

Ist es das, was Vintera meinte? Fertigkeiten, die mir vorher nicht gelingen wollten? Lodriks Verwirrung wich Unsicherheit. Was von alledem, was er im Wald erlebt hatte, entsprach der Wirklichkeit, was entsprang seiner Einbildung?

Kann ein Mensch aus dem Jenseits zurückkehren, oder waren es nur Hirngespinste, Trugbilder meines Verstandes als Folgen von Govans Angriffen?

Nach wie vor erinnerte er sich sehr genau daran, wie sein Sohn ihn attackiert hatte. Aber die Zeit danach gestaltete sich als ein ungelöstes Rätsel, erschien wie ein verschwommener Traum.

Wenn er sich zu erinnern versuchte, sah er Berge, die mit ihm zusammen in die staubige Tiefe stürzten. Riesige Felsbrocken rasten rechts und links an ihm vorüber, waren rund um ihn herum und begruben ihn unter sich.

Die scharfen Kanten ritzten seine Haut, türkises Schimmern umhüllte seinen Körper.

Ihm fiel der zerquetschte Leib einer seiner Leibwächter ein, dessen Blut ihn von oben bis unten tränkte, und auch das Gespräch mit seinem verstorbenen Vater und seinem alten Lehrer aus Granburg, Miklanowo.

Die schützenden Wände des Hohlraumes, der sich inmitten des granitenen Chaos auf wundersame Weise um ihn herum gebildet hatte, entstanden vor seinem geistigen Auge, er sah sich hinauskriechen und sich in der Umgebung verbergen, wohl wissend, was ihm bei seiner Entdeckung durch Govan blühte.

Sollte mich meine Magie vor Vinteras schwarzer Sichel bewahrt haben? Ein Satz, denn Ulldraels Schwester von sich gegeben hatte, kam ihm in den Sinn. *Ich soll seit langen Jahren wieder der Erste gewesen sein, der ihr entging,* dachte er nach. Mehr und mehr gab sein Gedächtnis Wissen frei, das er vor langer Zeit scheinbar sinnlos studiert hatte. *Nekromanten!*, durchzuckte es ihn, als er sich der Passagen des Buches entsann, das ihm Mortva einst zum Studieren an die Hand gegeben hatte und an deren Umsetzung er sich als Jugendlicher verzweifelt und vor allem vergeblich versucht hatte.

Seine Finger schlossen sich um den Beutel, in dem er das hüllenlose Schwert aufbewahrte, und zogen die Waffe heraus. *Ein Seelenfresser, der seine Last mir nicht offenbaren wollte.* Sachte tippte er gegen die Klinge, ein schwaches Geräusch ertönte. »Vielleicht bist du nun dazu bereit.«

Die Kuppen fuhren über die Bannsprüche, die eingravierten Symbole, die einst den Henker vor den Rachegeistern seiner Opfer bewahren sollten.

Der einstige Kabcar hatte sich um die Hinrichtungsinstrumente und deren Beschaffenheiten nicht gekümmert.

Nun fragte er sich, ob alle Schwerter und Säbel, die Scharfrichter benutzten, Auffälligkeiten in solcher Pracht aufwiesen oder ob er, ohne es zu ahnen, dem Henker aus Granburg etwas ganz Besonderes abgenommen hatte.

Lodrik raffte sich auf, packte die Waffe weg und wanderte ziellos durch die Stadt.

Sora hatte er niemals besucht, dafür war seine Amtszeit zu aufregend und ereignisreich gewesen. Die Häuser und größeren Gebäude glichen architektonisch denen der Hauptstadt, ohne dabei den verschwenderischen Prunk aufzuweisen. Als er am Gouverneurspalast vorbeikam und die Baugerüste entdeckte, blieb er stehen und starrte mit offenem Mund auf die Veränderungen an der Fassade.

Steinmetzen schlugen die alten Ulldrael-Symbole aus den Felsquadern, an anderer Stelle hievten mehrere Arbeiter Tzulan-Figuren nach oben, und über dem Eingangsportal prangte der Spruch »Der Gebrannte schütze deine Wege«, darunter »Lang lebe Govan Bardri¢«. Was Lodrik begonnen hatte, vollendete sein ältester Sohn eindeutig mit aller Konsequenz.

Ein schneller Abstecher zum Ulldrael-Heiligtum zeigte ihm, dass er mit seiner düsteren Einschätzung Recht behielt. Der Tempel war geschlossen worden, weitere Handwerker trugen das Gebäude Stein für Stein ab, karrten das so einfach gewonnene Material zur Residenz des Statthalters.

Die Tore verschlossen hielt auch die angesehene Universität Soras, angeblich aus Mangel an Gelehrten.

Neben dem Seiteneingang stand stattdessen das Schild »Werberstube«, davor warteten drei junge Burschen geduldig, eingelassen zu werden. Anhand ihrer Kleidung erkannte er in ihnen ehemalige Studiosi, die das Buch gegen die Waffe tauschen wollten.

Ein Gefühl brachte den ehemaligen Herrscher des Landes dazu, sich in ihre Richtung zu bewegen, um sie zu fragen, warum sie sich die Schließung der Bildungsstätte gefallen ließen.

Da öffnete sich die Tür, ein Uniformierter trat heraus, musterte sie und blickte zu Lodrik. »Willst du dich auch dem Heer anschließen, Händler?«, wurde er gefragt. »Wir können jeden starken Arm gegen die Grünhaare gebrauchen.« Prüfend legten sich seine Augen auf den einstigen Kabcar. »Aber um ehrlich zu sein, du scheinst nicht gerade tauglich zu sein, so dürr wie du bist. Du siehst aus wie ein Totengräber. Überleg es dir lieber noch einmal.«

»Danke«, brachte es Lodrik mit Mühe hervor und wandte sich abrupt um.

Es machte ihm im Grunde nichts aus, dass sich Govan ebenfalls vom Gerechten abgekehrt hatte.

Jedoch sprach die allgemeine Tendenz dafür, dass Tzulans Stern immer größer würde. Und mit diesem Wachstum schwand all das, was er zu seiner Amtszeit den Menschen gebracht hatte, und die Grausamkeiten nahmen zu. Wahrscheinlich sah es in jeder größeren Stadt wie in Sora aus. *Er opfert alles seinem Eroberungswahn und Tzulan.*

Lodrik erkannte dabei auch, dass er allein nichts gegen seine Kinder ausrichten konnte. Er musste sich Verbündete suchen, die ihn unterstützten, die er angemessen unterstützen konnte. Als Einzelner würde er in seinem eigenen Land immer auf der Flucht sein, bis man ihn erkannte und es keine Gelegenheit mehr gab, Vinteras schwarzer Sichelschneide zu entkommen.

Die einzigen Verbündeten jedoch waren die, die er während seiner Regentschaft selbst noch bekämpft hatte, um sie in sein visionäres Reich der Gleichberechtigten einzugliedern.

Ein bitteres Lachen entfuhr ihm. *Ich Träumer. Meine Ideen hätten nie und nimmer zum Erfolg geführt.* Ulldrael oder wer auch immer hätte ihm den notwendigen Verstand geben müssen, seine Spinnereien über Bord zu werfen, damit er sich mit der Verwaltung seines riesigen Reiches beschäftigte und dort für Gerechtigkeit sorgte – anstelle Unmögliches anzustreben und dabei den Blick für die Wirklichkeit zu verlieren und somit dem Bösen und der Dunklen Zeit alle Möglichkeiten zu verschaffen, die sie für eine Ausbreitung benötigten.

Sein Ziel stand fest.

Er würde nach Kensustria reisen und dem letzten Widerstand, der sich gegen Govan erfolgreich behauptete, seine Mitarbeit antragen. Lodrik wollte Perdór treffen und ihm alles schildern. Der Herrscher von Ilfaris wusste sicherlich, was zu tun wäre.

Somit stand ihm eine gefährliche Fahrt bevor, die aber das einzig Richtige in seinen Augen war.

Die Nacht verbrachte er in einem der zahlreichen Gasthäuser, bezahlte mit ein paar angesengten, leicht verformten Waslec, die aus den Ruinen des Totendorfes stammten, und begab sich bei Anbruch des Morgens zum Fluss, um sich auf einem der Kähne einzuquartieren. Die *Soranjalev* nahm ihn auf, und schon eine halbe Stunde darauf glitt der Bug des trägen Bootes stromabwärts.

Er war gerade damit beschäftigt, sich näher an Deck umzuschauen, als sie eine Stelle passierten, an der mehrere Soldaten damit beschäftigt waren, die verbrannten Reste einer großen Scheune mit Hilfe von Stricken und Stangen einzureißen und das erloschene Feuer zu entfachen.

Wenn ihn seine Augen nicht zu sehr täuschten, hatte er in den Trümmern menschliche Überreste gesehen. Augenblicklich dachte Lodrik an das Totendorf.

»Schrecklich, was?«, sagte einer der Bootsleute, der sich mit dem Flicken eines kleinen Netzes beschäftigte, mit dem die Besatzung sich unterwegs ihre Verpflegung fischte. »Da werden die armen Teufel zu einem kostenlosen Fressen eingeladen, und dann kommt es zu so einem Unglück.«

»Was ist denn geschehen?«, erkundigte sich der ehemalige Kabcar.

»Einer der Kerzenleuchter krachte von der Decke, genau dorthin, wo sie das Stroh zusammengekehrt hatten. Keiner entkam dem Feuer, sagte man heute Morgen im Hafen. Sie waren wohl alle zu besoffen.« Der Binnenmatrose richtete sich auf und zog einen Knoten fester. »Traurig, traurig. Aber für manche war es bestimmt das Beste, was ihnen geschehen konnte.«

Lodrik glaubte nicht einen Lidschlag an diese Erklärung. »Ich frage mich, warum sie jetzt versuchen, die Flammen neu zu entfachen, anstatt nach Verletzten zu suchen.«

An der rechten Uferseite entstand Bewegung.

Ein zerlumpter Mann hastete aus dem Unterholz in Richtung des Wassers und warf sich kopfüber in den Strom, paddelte wie ein Hund auf den Lastkahn zu.

»Was hat denn der vor?« Der Matrose unterbrach seine Arbeit und griff nach einem Tau, dessen Ende er dem Schwimmenden zuwarf.

Die Soldaten waren durch das Planschen aufmerksam geworden und rannten die Böschung hinab, um nachzuschauen, was sich ereignete.

Inzwischen zogen Lodrik und der Matrose den Mann die Bordwand hinauf.

Wie ein nasser Sack plumpste er auf die Bretter, seine Kleidung wies deutliche Bandspuren auf, in seinem Gesicht und auf seinen Armen pellte sich die verbrannte Haut. Keuchend spie er Repolwasser auf die Planken, bevor er auf Ellbogen und Knien hinter ein Fass robbte, um sich zu verbergen.

»Bringt den Bettler unverzüglich an Land!«, befahl ein Soldat. »Im Namen des Kabcar, legt an. Ihr gewährt einem geisteskranken Verbrecher Unterschlupf. Er hat den Brand in der Scheune absichtlich gelegt.«

»Das habe ich nicht zu entscheiden«, rief der Matrose zurück. »Wartet!« Er rannte zur Kajüte des Schiffsmeisters.

Lodrik hockte sich vor den Zitternden. »Was ist dir widerfahren, Freund?«

»Beschützt mich, Herr«, flehte der Bettler voller Entsetzen. »Sie wollen mich wie die anderen verbrennen. Zu Ehren Tzulans!«

»Wird's bald?!«, tönte es von der Uferseite her. Die Soldaten rannten noch immer parallel zu dem schwerfälligen Kahn am Fluss entlang.

Der Zerlumpte rutschte noch weiter zurück in sein Versteck. »Sie gaben uns Wein, bis alle betrunken waren, und sperrten uns in die Scheune, um sie in Brand zu stecken. Ich fand einen halbwegs sicheren Ort und flüchtete, als sie einen Moment lang nicht aufpassten«, flüsterte er erstickt. »Der Gouverneur war auch dabei und pries Tzulan, zusammen mit den anderen.«

Der Schiffsmeister erschien, wechselte ein paar Worte mit den Uniformierten und befahl dann das Anlegen. Als sich mehrere Matrosen dem Bettler näherten, um ihn festzuhalten, sprang er mit einem Aufschrei nach vorn, stieß sämtliche Hindernisse zur Seite und stürzte sich auf der linken Seite über Bord, um an das andere Ufer zu gelangen.

Doch bald verließen den Verletzten die Kräfte. Ohne einzugreifen, beobachteten Soldaten und Schiffer, wie der angebliche Verbrecher prustend und hustend versank und von der Natur seine gerechte Strafe erfuhr.

Die Gardisten waren ebenso zufrieden mit dem Ausgang der Angelegenheit wie der Eigentümer des Kahnes, weil er nicht mehr anlegen musste. Bald gingen alle an Bord wieder ihren ursprünglichen Tätigkeiten nach.

Zuerst die Totendörfer ..., begriff Lodrik, während er die Wirbel betrachtete, die der sinkende Körper des Unglücklichen auf der ruhigen Oberfläche des Repols hinterließ, bevor die schwache Strömung sie davontrieb, *und jetzt die Bettler und Vagabunden. Wann wird Govan sich an meinen anderen Untertanen vergreifen?*

Deprimiert, müde und geblendet von der Helligkeit der immer höher steigenden Sonnen, begab er sich unter Deck, wo er sich eine kleine Kabine gemietet hatte, und legte sich in die harte Koje.

Zweihundert Warst legte Lodrik auf dem Strom durch die Nutzung von Kähnen zurück, bis er sich endlich dazu durchrang, eine Beschwörung zu wagen.

Dazu ging er beim nächsten Aufenthalt an Land, erstand ein kleines Zelt, die benötigten Utensilien und etwas Proviant, um die kommenden Tage in einem abgelegenen Waldstück in aller Abgeschiedenheit zu verbringen, damit niemand seine Versuche bemerkte.

Auf einer winzigen Lichtung in der Tiefe eines Tannenhains baute er die Kerzen auf, ritzte die Schriftzeichen, so gut er sich an sie erinnern konnte, mit einem Messer in den Boden und rammte das Henkersschwert im Zentrum des Kreises in die Erde.

Gefasst nahm er vor der Waffe Platz und versuchte, sich mit aller Inbrunst die Wortlaute ins Gedächtnis zu rufen, bevor er auch nur eine einzige Silbe von sich gab.

Ein letzter Blick zu den schimmernden Sternen über sich, und Lodrik begann.

Nach einer Stunde musste er sich eine Pause gönnen. Schweißgetränkt nahm er einen langen Zug aus dem Trinkbeutel und schüttete sich etwas Wasser ins Gesicht. Ans Aufgeben dachte er noch lange nicht.

Kaum hob er von neuem an, leuchtete das erste aufgeschmiedete Bannzeichen knapp unterhalb des Heftes türkisfarben schimmernd auf. Ein Stöhnen, ein schweres Seufzen war zu hören. *Es geht doch.*

Standen einst seine Nackenhaare beinahe senkrecht ab, spürte er nun kein bisschen Furcht mehr vor dem, was die Klinge verlassen sollte und ihn erwartete.

Seine Lippen formten ungerührt die Beschwörungssprüche, bis das nächste Symbol auf der Klinge erglühte; der dritte Bannspruch glomm direkt danach auf. Schließlich breitete sich ein Funkeln entlang der Mitte aus und brachte alle aufgeschmiedeten und eingravierten Zeichen zum Strahlen, bis das Schwert die gesamte Lichtung in hellblaues Licht tauchte.

Mit einem leisen Geräusch, ähnlich einem Luftzug, der durch die Fenster pfeift, schoss eine wabernde, schwach umrissene Gestalt aus einem der Symbole, umkreiste Lodrik und zog ihre Bahnen um das Henkersschwert. Der Angriff auf ihn – wie damals, als er die Beschwörung im Keller des Palastes versucht hatte – unterblieb.

»Es funktioniert!«, jubelte Lodrik und betete die Formeln weiter herunter.

Immer mehr der durchsichtigen Schemen drangen aus den mystischen Schnörkeleien, flogen um die Klinge, angezogen wie Motten vom Licht einer Fackel. Es mussten über dreißig dieser Geisterwesen sein, die sich auf der Lichtung tummelten, ohne sich großartig um ihren Beschwörer zu kümmern.

Eines der Geschöpfe löste sich aus dem wirbelnden Pulk und näherte sich dem ehemaligen Kabcar. »Ihr habt sie befreit«, sagte es. »Wie habt Ihr das gemacht? Ihr seid der Erste, der diese Leistung vollbracht hat.«

»Jukolenko?«, fragte Lodrik unsicher.

»Ihr sprecht mit Canuzy, keinem Geringeren als dem Erschaffer dieses Schwertes«, erhielt er zur Antwort. »Ich habe es vor vielen, vielen Jahren geschmiedet. Es müssen schon einige hundert Jahre ins Land gegangen sein.«

»Und wieso wohnst du selbst in ihm?«

»Es wurde angefertigt von fünf Meistern ihres Faches und gehärtet in dem Blut von vier Menschen«, lautete die Erklärung. »Ich habe meine Helfer umgebracht, um an ihren Lebenssaft zu gelangen. Man entdeckte die Tat und köpfte mich mit unserem gemeinsamen Werk.« Das Leuchten glomm einen Augenblick intensiver. »Ich bin die älteste Seele hier drin und stolz, dass es uns geglückt ist, ein so unvergleichliches Gefängnis zu bauen.«

»Was ist der Sinn eines solchen Kerkers?«, verlangte Lodrik fasziniert zu wissen.

Das hellblaue Flirren rückte etwas dichter heran. »Wir wollten etwas kreieren, das den schlimmsten Verbrechern die schlimmste Strafe zukommen lässt: ewige Verdammnis an einen Ort, von dem es kein Zurück mehr und Hoffnung auf Erlösung gibt. Sie sollten auf ewig ihre Taten büßen und Qualen leiden.«

Lodrik lachte böse. »Es ist dir und deinen Freunden wahrlich gelungen.«

Einige der durchscheinenden Gestalten kreisten plötzlich schneller, und er vernahm ein vielfaches Aufkreischen und Jammern.

»Ihr habt sie verärgert«, erklärte Canuzy. »Wenn man scheinbar unendliche Dekaden eingesperrt ist und die Zellentür sich unvermittelt einen Spalt öffnet, erwartet man Freiheit und keinen bösartigen Spott.«

»Sie werden noch viel verärgerter sein, wenn sie hören, was ich mit ihnen vorhabe.« Der einstige Herrscher Tarpols gab sich Mühe, trotz aller Anstrengung unnachgiebig und hart zu klingen. »Ich bin von heute an euer Meister. Ihr alle werdet mir gehorchen und die Aufgaben, die ich euch auftrage, erfüllen. Oder ich werde der schlimmste Aufseher eures Gefängnisses sein, den ihr euch vorstellen könnt.«

Nun huschten die nebulösen Schemen wie ein aufgescheuchter Insektenschwarm umher.

»So einfach wird es nicht werden, wie Ihr Euch das vorstellt ... Meister«, erklärte die Seele des Schmieds. »Zwar sind wir den Beschwörungen gefolgt und erschienen. Dennoch werdet Ihr für jeden Dienst, den wir Euch gewähren, eine Gegenleistung bringen müssen. Alle Gefangenen erhalten für gewöhnlich Nahrung.«

»Und was verzehren Seelen wie ihr?«

Eine zweite, leuchtende Frauengestalt zischte heran. »Wir verlangen für jede Anstrengung einen Fingerhut Eures Blutes, Meister«, wisperte sie. »Natürlich für jede Seele.«

»Das ist kaum akzeptabel.« Lodrik überschlug die benötigte Menge, die er benötigte, wollte er all seine geisterhaften Diener zum Einsatz bringen. »Ein Tropfen sollte ausreichen. Dafür verspreche ich euch, dass ich euch alle frei lasse, wenn ich mein Ziel erreicht habe. Die Ächtung soll lange genug gewährt haben.« Die flirrenden, türkisfarbenen Gespinste hielten still, lauschten. »Bis ich meine Absicht verwirklicht habe, wird es nicht lange dauern. Ein Lidschlag im Vergleich zu der Zeit, die ihr bislang im Schwert verbracht habt.« Er deutete in die Höhe. »Fliegt nach Ulsar und tötet Govan Bardri¢, seine Schwester Zvatochna, Mortva Nesreca und Sinured. Danach ...«

»Wir vermögen viel, aber wir sind nicht allmächtig«, unterbrach ihn die weibliche Seele becircend; sie sang mehr, als dass sie sprach. »Wir sind in einem gewissen Abstand an die Klinge gebunden, Meister.«

Lodrik verstand, dass seine erste Aufgabe darin bestand herauszufinden, was seine Seelenkreaturen ausrichten konnten und wer ihm alles zur Verfügung stand. Das würde sicherlich einiges an Zeit in Anspruch nehmen. Andererseits brauchte er lange, bis er in Kensustria ankam.

»Ihr werdet wieder in die Klinge zurückkehren, bis ich euch rufe«, befahl er.

Eine verdammte Seele nach der anderen verschwand durch die leuchtenden Symbole in das Metall, bis nur noch fünf von ihnen auf der Lichtung unschlüssig kreisten, misstrauisch gegenüber dem Menschen, der sich als »Meister« präsentierte, kaum gewillt, in das jahrhundertealte stählerne Gefängnis einzufahren.

»Ich habe es euch befohlen«, wiederholte der einstige Kabcar mit aller Autorität.

Da noch immer keine der fünf Gestalten Anstalten machte, seiner Aufforderung nachzukommen, schritt er ohne zu zaudern auf die nächste zu, tauchte seine Finger in sie ein und aktivierte seine Magie.

Mit einem schrillen Kreischen stob der Schemen auseinander. Zurück blieben flackernde Fragmente der Silhouette, die auseinander trieben und deren Glühen rasch schwächer wurde.

Blitzartig fuhren die übrigen Seelen der Verbrecher in ihre tödliche Behausung aus geschmiedetem Eisen. Die Bannsymbole erloschen, das Hinrichtungsschwert steckte harmlos in der Erde. Nichts deutete darauf hin, dass es ein Geheimnis in sich barg.

Lodrik begriff nicht recht, was er angerichtet hatte.

Die letzten glimmenden Reste des Geistwesens hafteten puderig an seinen Fingerspitzen und Nägeln, bevor auch sie ihre Leuchtkraft vollständig verloren und verschwanden. Als das letzte Funkeln erlosch, war er sich sicher, soeben die Seele eines Menschen für immer vernichtet zu haben.

Nachdenklich packte er den Griff und zog das Schwert aus dem Boden, reinigte die leicht erwärmten Gravuren und verstaute es im Beutel.

Ein Nekromant, grübelte er über seine veränderte Daseinsform nach. *Es scheint, als käme mir stets die Aufgabe zu, Neuheiten auf Ulldart einzuführen.* Erschöpft löschte er die Kerzen und glitt er unter die grobe Decke.

Warum ausgerechnet ihm die Beschwörung gelungen war, entzog sich seiner Kenntnis. Wichtiger war, dass sie ihm gelang.

Vielleicht muss man selbst dem Tode nahe gewesen sein, um die Seelen zu kontrollieren. Im fahlen Licht der Gestirne betrachtete er seine blasse Haut. *Oder ganz tot?*

Lodrik legte sich auf die Seite, eine Hand am Heft seines Schwertes, das er durch das Tuch hindurch spürte. Mithilfe seiner neuen Untergebenen erschien es ihm nicht mehr ganz unmöglich, Govan aufzuhalten. Unter Umständen würde er nach der Freilassung der Seelen sofort wieder eine neue in das stählerne Gefängnis sperren.

Kontinent Ulldart, Kensustria, Meddohâr, Frühherbst 459 n. S.

Zuversicht und Trostlosigkeit lagen noch nie so eng beieinander wie in den letzten Wochen.« Fiorell rückte seinen Strohhut gerade, den er seit dem heimtückischen Anschlag Perdórs auf seine Haare zu tragen pflegte, und ordnete mit der freien Hand die Nachrichten nach ihrer Aktualität. »Der totale Verlust Rogogards gegen den Sieg im Süden.« Unglücklich schaute er zu seinem Herrn. »Ich weiß nicht, ob man sich darüber aufrichtig freuen kann. Die kensustrianischen Krieger haben rund fünfzehntausend Mann vernichtet. Fünfzehntausend Ulldarter. Dazu kommen noch große Teile der Wahnsinnigen der Kavallerieeinheit, die wirklich dachten, ihre Vorbereitungen blieben unseren Verbündeten verborgen.«

Der ilfaritische König hob mahnend den Zeigefinger. »Sei nicht ungerecht. Sie hätten alle Angreifer auslöschen können, wenn du dich erinnerst. Ohne unser Einwirken und das folgende Zugeständnis von Tobáar, der seinen Feldherren durchaus hätte folgen können, würden mehr als hunderttausend Frauen um ihre Söhne und Ehemänner trauern.«

Der Hofnarr jonglierte lustlos mit ein paar Schreibutensilien, legte sie zur Seite, um eine Münze zwischen den Fingern seiner rechten Hand hin und her wandern zu lassen, und stützte den Kopf auf. »Es ist verrückt. Wir müssen den Kensustrianern noch dankbar sein, dass sie sich nicht so vernichtend zur Wehr gesetzt haben, wie sie es eigentlich vermocht hätten. Das restliche Ulldart ahnt nicht einmal, welchen katastrophalen Ausgang der schwachsinnige Feldzug des Kindkönigs nehmen wird. Die nächste Welle wird genauso wirkungslos gegen die kensustrianische Verteidigungsmauer schwappen und daran zerbersten wie die erste.« Die Münze flog hoch in die Luft, rotierte um die eigene Achse und landete mit der flachen Seite auf der ausgestreckten Fingerkuppe des an diesem Tag nicht zu Scherzen aufgelegten Spaßmachers.

»Vierunddreißigtausendeinhundertzwanzig Gefangene, die Mehrzahl stammt aus dem Kavallerieregiment.« Perdór unterstrich das Ergebnis seiner Addition zweifach, um es hervorzuheben. Es waren Landsleute, deren Leben sie bewahrt hatten und die nun hinter der Front in behelfsmäßigen Lagern eingesperrt saßen. Die Verluste der Kensustrianer beliefen sich auf einhunderteinundzwanzig Mann, die aller Wahrscheinlichkeit nach durch Glückstreffer der ulldartischen Bombardenlafetten ums Leben gekommen waren. Mit einem Ruck richtete Perdór sich auf.

»Wie auch immer, unsere Aufgabe wird es sein, aus dem Geschehenen eine Mixtur anzurühren, die uns zum Vorteil gereicht.« Er nahm die Aufzeichnungen zur Hand. »Unsere Leute in den verschiedenen Reichen werden das Märchen von der Unbesiegbarkeit der Kensustrianer weiter verbreiten. Zu den Halbwahrheiten der Überlebenden über die monströsen Krieger mengen wir noch andere Dinge, die richtig Angst machen. Ich will, dass jeder neue Rekrut von den sagenhaften Kräften der Kensustrianer erfährt, damit sich seine Hose füllt, wenn ein Busch im Wind raschelt.«

Äußerst zufrieden las er die Nachricht, dass die verwirrende Frage bezüglich des Verbleibs von Lodrik Bardri¢s Leichnam noch immer nicht aufgeklärt war.

Er würde der Variante Vorschub leisten, in der der alte Kabcar verwirrt durch die Lande streifte und sein

Sohn den Thron unter keinen Umständen räumen wollte. Er wackelte mit den Fingern und schnappte sich ein Stück Konfekt, ein hauchdünnes Täfelchen aus zwei unterschiedlichen Schokoladensorten. *Das wird gehörig an dem kleinen Tzulan in Ulsar nagen, wenn das Volk auf die Rückkehr desjenigen hofft, der mehr als alles andere ein Herz für seine Untertanen hatte. Was man von seinem Nachfolger kaum behaupten kann.*

»Habt Ihr die Neuigkeiten aus Ulsar gelesen, Majestät?«, fragte Fiorell. »In den Provinzhauptstädten Karet, Ulsar, Ker, Granburg, Berfor, Sora und Restyr starben Bettler in Folge eines Festessens. Und wie überall waren es Unfälle: Brände, Blitzschläge, umgefallene Kerzen, außer Kontrolle geratene Lagerfeuer und Ähnliches.«

»Arme Seelen«, seufzte Perdór. »Sie wurden genauso Opfer von Tzulan wie die unzähligen Totendörfer, die dem Erdboden gleichgemacht wurden.«

»Er stopft dem Gebrannten die Gaben nur so ins gefräßige Maul, was auch recht einfach ist, nachdem in diesen Städten die Gouverneure ausgetauscht wurden. Scheinen alles Tzulani zu sein.«

»Immerhin, nicht überall kommen Govans Methoden gut an«, meinte Perdór ein wenig zuversichtlicher. »Die Rücknahme der Reformen, die drastischen Gesetzesverschärfungen, die Soldatenpflicht, höhere Steuern und großkotzige Adlige und Brojaken haben einiges an Verstand in den Reichen wachgerüttelt.« Perdór schob sich ein weiteres Schokoladenplättchen in den Mund, nicht ohne es intensiv zu betrachten. Einen Racheakt Fiorells für die Glatze schloss er nicht aus. »Das unverblümte Abreißen der Ulldrael-Tempel oder das dreiste Umwidmen in Tzulan-Stätten hat etliche dazu bewogen, über den Sohn von Lodrik Bardri¢ nachzudenken.

Meine Lieblinge sind momentan die Aufständischen in Karet. Sie erhalten Beistand aus der Bevölkerung, damit sie ihren Widerstand aus den Bergen heraus fortsetzen, nachdem Rogogard als Nachschublieferant ausfiel. Die Warteschlangen vor den Werberstuben haben sich beinahe in Nichts aufgelöst, und die ersten harten Steuereintreiber erhielten Schläge von Dorfbewohnern. Der Wind, der Govan den Rücken stärkte, flaut ab, mein geschätzter Fiorell. Es wird nicht mehr lange dauern, bis er sich dreht. Und wir spielen dabei ein bisschen Wettergott.«

Der Spaßmacher gab dazu keinen Kommentar ab.

Seine »Lieblinge« waren die Bewohner der Stadt »Ammtára«, die seit nicht allzu langer Zeit den Zusatz »frei« führte. Sie widersetzten sich nicht nur den indirekten Befehlen des Kabcar für Menschenopfer, sie schrieben darüber hinaus sämtliche Korrespondenzen zwischen den Tzulani in ihrer Heimat und in Ulsar ab, verbreiteten sie in Flugschriften und distanzierten sich von den Geschehnissen. Dabei warnten sie alle Menschen, sich von den Fanatikern des Gebrannten Gottes in Acht zu nehmen.

Unter anderen Umständen hätte Fiorell an dem Wahrheitsgehalt dieser Nachricht gezweifelt und vermutet, dass Perdór dahintersteckte, aber nach mehreren Meldungen aus turîtischen Dörfern sowie Städten in der Nachbarschaft Ammtáras glaubte er an die Echtheit.

In Dreiergruppen wanderten die Sumpfkreaturen umher, die man einst wegen ihres Aussehens, ihrer Geschichte und mancher ihrer Taten hetzte, und warnten die anderen vor den Machenschaften der Tzulani-Brut. Mehr und mehr schenkte man den Wesen Glauben.

»Was für ein verdrehter Kontinent«, entschlüpfte es ihm leise.

»Wenn ich mir so anschaue, was sich im Norden zusammenbraut, werden wir bald nicht mehr die Einzigen sein, die um ihre Freiheit bangen müssen«, gab Perdór zu bedenken. »Hier.« Die Spitze des Zeigestocks deutete auf Verbroog. »Wenn du mich fragst ...«

»... was ich hiermit tue ...«

»... rüstet sich der kleine Größenwahnsinnige für eine Ausdehnung in Richtung Kalisstron.«

»Ein Zweifrontenkrieg?« Ungläubig schaute der Possenreißer zu seinem König. »Das kann er nur wagen, wenn er sich trotz der eingefahrenen Niederlage seines Sieges im Süden durch und durch sicher ist. Was ich anzweifle, Majestät.«

»Wenn er sich aber mit seinen gewaltigen magischen Kräften selbst an die Spitze eines Heeres stellt und auch noch seine Schwester mitbringt, wage ich wiederum deinen Zweifel anzuzweifeln«, gab der pummelige Herrscher zurück. Er kratzte sich mit dem Zeigestock am Rücken. »Man müsste die Kalisstri warnen. Andernfalls würde es sie unvermittelt treffen, und die wichtigen Anfangssiege wären Govan sicher. Die Städtebünde, so liberal sie eingestellt sein mögen, würden der geballten Armada von Sinured und den tzulandrisch-palestanischen Flottenverbänden keine echten Hindernisse in die Fahrrinne legen. Die Kaufleute bringen dank ihrer Kontore die Ortskenntnis mit, die Tzulandrier die benötigte Schlagkraft.«

»Der Süden, Majestät«, blieb Fiorell beharrlich bei seiner ersten Frage. »Wie will er den Süden knacken? Nur mit einem Heer und seiner Magie kann er sich auf Dauer nicht halten. Noch ist er nicht in der Lage, sich aufzuteilen.«

»Eben. Das kann nur bedeuten, dass er etwas in der Hinterhand hat, das von der Wirkung her stark genug ist, um die Kensustrianer nachhaltig zu schwächen.« Seine Augen verengten sich zu Schlitzen. »Wenn ich daran denke, dass die Tadca in meinem Schlösschen sitzt und sich die Leckereien aus meinen Vorratskellern schmecken lässt, könnte ich wie ein zu heiß gebratener Kugelfisch platzen!« Er raufte sich die grauen Löckchen. »Womöglich hat sie gar die Rezeptur für meine gefüllten Törtchen entdeckt und gestohlen. Die Einzigartigkeit wäre dahin.«

»Süßmäuliger Jammerlappen«, beschimpfte ihn der Hofnarr. »Denkt lieber daran, dass wir weder vom Schicksal Miklanowos noch von Rudgass etwas wissen, seitdem die Festung der Piraten fiel.«

»Ja, ja, ich weiß«, winkte der König ab. »Lass mich doch ein wenig lamentieren. Ich hoffe aber ehrlich, dass sie etwas in den Küchen zurücklässt. Wenn wir eines Tages, eines nicht allzu fernen Tages, wieder in die Normalität zurückkehren und Frieden herrscht, will ich ein Festessen. Hoffentlich rührt sie meine Köche nicht an.« Im Grunde bedauerte er, dass die Tadca wieder aus Séràly abgereist war. Er hatte gehofft, dass ein schnelles kensustrianisches Kommando, bestehend aus den magischen Kriegern, die Schwester des Größenwahnsinnigen Bardri¢ hätte entführen können. Aber wenn die neue, unweigerlich erfolgende Offensive anrollte, würde sie wieder nach Ilfaris und nahe an die Grenze zu den Truppen reisen. Dann müsste es ihnen irgendwie gelingen, Soscha in die Nähe der magiebegabten Tadca zu bringen. *Ich will wissen, was unser Medium aus der Aura der Herrscherin ablesen kann. Und der Gerechte stehe uns bei, dass es nicht so schlimm ist, wie ich befürchte.* »Wo ist eigentlich das junge Fräulein, das sich so herrlich gut benehmen kann?«, wollte er wissen.

Fiorell deutete nach oben und meinte damit, dass sich die Ulsarin wie immer mit dem Erforschen ihrer Fertigkeiten beschäftigte. »Sie möchte Euer feistes Marzipangesicht nicht sehen, weil sie Angst hat, die Kräfte könnten sich wegen Eures Anblicks erschrecken«, sagte er unschuldig und bewegte sich zur Tür. »Die Magie ist eine sehr sensible Pflanze.«

»Ja, sehr komisch, Glatzkopf«, erwiderte der König eingeschnappt. »Hier hast du deinen Auftrag für die kommenden Tage: Wir müssen herausfinden, was aus Rudgass und der Brojakin wurde. Ich vermute, dass sie als Gefangene auf Verbroog sitzen. Bis Nesreca erfährt, wer ihm da unverhofft ins Netz ging, müssen wir sie herausgeholt haben. Miklanowo spielt eine wichtige Rolle im Kampf um das Schicksal des Kontinents, wenn ich die Meldung von Rudgass recht in Erinnerung habe.«

Der Hofnarr legte den Kopf schief. »Der Pirat hat es doch bis jetzt immer irgendwie geschafft, aus dem Schlimmsten das Beste zu machen. Die Tarvinin und er sind ein ganz hervorragendes Gespann.« Er trat auf den Gang. »Ich bringe den anderen die neuen Zahlen, Majestät.«

Einen Lidschlag später war Perdór allein.

Sein Blick wanderte zur großen Detailkarte Kensustrias, die man mit ein paar Nadeln am Gebälk aufgehängt hatte. Er würde vieles darum geben zu wissen, was der Kabcar vor seinen Spionen zurückhielt und was ihn unerschütterlich an einen schnellen Einzug ins Land der »Grünhaare« glauben ließ.

Es könnte sich auch um ein Täuschungsmanöver handeln.
Der ilfaritische Herrscher kannte den ältesten Sohn Lodrik Bardri¢s nicht gut genug, um ihn und seine Reaktionen richtig einzuschätzen.

Die Berichte aus der tarpolischen Hauptstadt wiesen ihn als einen wahren Choleriker aus, eine Gemeinsamkeit, die alle männlichen Bardri¢s teilten. Er neigte dazu, seine Magie massenwirksam einzusetzen und die Bewunderung, vielleicht auch die Furcht der Untertanen zu wecken. Sein Machthunger gestaltete sich dabei grenzenlos. Was die Rücksichtslosigkeit anging, stellte Perdór ihn noch etliche Stufen höher als seinen Berater. Dennoch reichte sein Wissen nicht, um Prognosen zu wagen.

Mit besorgter Miene las er die Nachricht, dass etliche Cerêler auf dem Weg nach Ulsar waren, um sich für die Anstellung als Hof-Heiler zu bewerben.

Üblicherweise bestellten die Herrscher den Cerêler zu sich, von dem am besten gesprochen wurde und der die spektakulärsten Erfolge vorweisen konnte. Dass die Heiler nun aus allen Teilen des Großreiches in die Hauptstadt reisten, bereitete Perdór nur weiteres Unwohlsein.

Das Volk wird ohne jede Hilfe sein, sollte eine schwere, ansteckende Krankheit ausbrechen. Es kann nicht sein, dass das in seinem Sinn liegt, dazu braucht er die freiwilligen und erzwungenen Soldaten viel zu sehr für seinen Krieg. Was also macht er mit all den Cerêlern? Was hatten die kleinwüchsigen Leute an sich, was machte sie für den Kabcar so wichtig, dass er sie nach Ulsar bestellte?

Der König langte nach dem nächsten Schokoladentäfelchen und beobachtete, wie es in Windeseile durch die Wärme zwischen Daumen und Zeigefinger schmolz. Der Gedanke traf ihn unvermittelt.

Ihre Magie! Was ist, wenn er sie wegen ihrer Magie benötigt? Das wiederum ergäbe einen triftigen Grund für die Invasion Kalisstrons, die Heimat der Cerêler.

Perdór schnalzte mit der Zunge, richtete seinen brokatenen Morgenmantel, den Fiorell inzwischen spöttisch als »Rund-um-die-Uhr-Umhüllung« bezeichnete, und schob sich rasch die geschmolzene Schokolade in den Mund. Dann trat er an sein Stehpult und setzte eine Nachricht auf, die allen Cerêlern, die sich noch nicht auf der Reise nach Ulsar befanden, eine Warnung sein sollte. Er betete, dass man seinen Botschaften Glauben schenkte. Wenn er es erreichte, ihre Aufmerksamkeit zu erregen, und sie vorsichtig wurden, war vielleicht schon etwas gewonnen.

Die Feder huschte über das Papier. Kurz darauf klingelte er nach einem Bediensteten, der die Zeilen zur Vervielfältigung in die Schreibstuben brachte.

Der König drehte eine Bartlocke um den kleinen Finger und bedachte eine andere, größere Landkarte mit dem darauf eingezeichneten Ulsar mit einem knappen Blick. Im Grunde müsste man handeln, agieren statt zu reagieren, und auf verschlungenen Wegen bis in die Hauptstadt eilen, um die Quellen des Bösen auszuschalten. Alle Bardri¢s würden genauso darunter fallen wie Nesreca und Sinured. Wenn man die Häupter abtrennte, könnte man mit der entsprechenden Vorbereitung aus der Verwirrung eine neue Ordnung entstehen lassen, die Frieden brächte.

Doch die tzulandrisch-tarpolische Kriegsmaschinerie aufzuhalten war ein Unternehmen, das man im Augenblick auf diese Weise nicht realisieren konnte.

Soscha reichte, bei aller Ausbildung und Magiebefähigung, als Attentäterin nicht aus, und die Kensustrianer kämen keine zwanzig Meilen weit, ohne dass sie entdeckt würden.

Nach dem ersten Sieg seit langer Zeit brauchen wir weiterhin deinen Beistand, Gerechter, betete Perdór vor der Landkarte, *sonst waren all die Toten und Mühen vergebens.*

Kontinent Kalisstron, Bardhasdronda, Frühherbst 459 n. S.

Lorin öffnete die Hand, der Milchbecher rutschte quer über den Tisch und bewegte sich auf seine Rechte zu. Fatja beobachtete das Schauspiel aus den Augenwinkeln.

Die Unterseite blieb an einer Unebenheit des Holzes hängen, das Gefäß drohte zu kippen und seinen Inhalt zu ergießen. Als die ersten Spritzer über den Rand quollen, blieben sie in der Luft stehen und kehrten in den Becher zurück. Die Oberfläche des Tisches zeigte nicht einen einzigen feuchten Fleck.

»Das kommt davon, weil du zu faul bist, aufzustehen und dir die Milch zu holen wie andere Leute auch«, kommentierte die Schicksalsleserin. Auch wenn sie ihrem kleinen Bruder zum Schein eine Rüge erteilte, atmete sie innerlich auf, weil er seine Gabe wieder einsetzte. Seit dem Tod von Soini wagte er es kaum mehr, und dann auch nur, wenn er sich allein glaubte.

Der junge Mann, der auf seinem Rundgang durch die Stadt bei ihr eine kleine Rast eingelegt hatte, wurde sofort rot.

»Entschuldige, ich wollte meine Kräfte nicht einsetzen. Es war mehr ein Reflex.« Lorin verzog schuldbewusst das Gesicht und streckte sich, um den Becher aufzunehmen.

»Wie geht es Jarevrån?«, erkundigte sich Fatja, um abzulenken. »Man sieht euch beide kaum noch bei uns, seit ihr Mann und Frau seid.« Sie grinste frech. »Ein eigenes Haus hat schon seine Vorzüge, nicht wahr? Werde ich etwa bald schon Tante? Dann hättest du dich ganz schön beeilt, Herr stellvertretender Milizionärsanführer.«

Lorin, gekleidet in die typische kalisstronische Tracht, über der er einen einfachen, leichten Lederpanzer und ein Schwert an seiner Seite trug, streckte ihr die Zunge raus.

»Seit du wieder gesund bist, ist die alte Frechheit wieder zurückgekehrt, was?!« Er prostete ihr zu. »Allen Göttern sei Dank, dass unsere Hochzeiten letztlich doch ein halbwegs gutes Ende nahmen.« *Auch wenn ich nicht daran geglaubt habe.*

Fatja nahm das Essen, gebratene Süßknollen und Meeresfrüchte, vom Feuer und schaufelte sich einen Teil davon auf ihren Teller.

»Du musst dir keine Vorwürfe mehr machen, kleiner Bruder. Letztlich verdanken wir es doch dir, dass alle mit dem Leben davonkamen. Alle, die es verdienten.« Sie hielt ihm die Pfanne hin, doch er lehnte dankend ab. »Und jetzt hör auf, weiter darüber zu grübeln. Es ist Geschichte«, sagte sie und fing an zu essen.

Lorin betrachtete die Frau, mit der er im Grunde kein bisschen verwandt war, die er aber mehr liebte als seine wahren Eltern. Gleiches galt für Matuc und den einsilbigen Waljakov. Diese Gedanken brachten ihn zu dem eigentlichen Grund für seinen Besuch.

»Findest du nicht auch, dass sich Waljakov in letzter Zeit etwas merkwürdig verhält?«, fragte er und schielte dabei über den Rand des Bechers, während er trank.

Fatja schwenkte die Gabel wie ein Schwert und vollführte einen spielerischen Angriff. »Du meinst, weil er sich ausnahmsweise nicht nur mit Schwertern und anderen Mordinstrumenten beschäftigt?«, hielt sie vergnügt dagegen, dann wurde sie stutzig. »Tatsächlich, du hast Recht.«

»Ich habe ihn sogar in Begleitung einer Frau gesehen«, fügte Lorin hinzu, woraufhin sich Fatja beinahe an ihrem Bissen verschluckte.

»Der Glatzkopf hat die Damenwelt für sich entdeckt? Nun wird es wirklich seltsam.« Gespannt schaute sie Lorin an. »Los, erzähl schon! Wer ist es, und wie haben sie sich kennen gelernt? So ein Turm ist in der kommenden Jahreszeit ein lauschiges Plätzchen, wenn man allein zu zweit sein möchte.« Sie zwinkerte. »Ein echter Romantiker, der alte Schwertschwinger.«

Lorin feixte. »Sie heißt Håntra und ist eine Dienerin der Bleichen Göttin. Mehr weiß ich allerdings auch nicht.«

»Na, so etwas. Dass er sich ausgerechnet eine von denen aussucht, mit denen er so gar nichts gemein hat.« Sie lachte. »Andererseits, welche Auswahl hat er? Gegen die Liebe scheint selbst Waljakov trotz seiner Muskeln machtlos.«

»Ich glaube nicht, dass sie ein echtes Paar sind«, äußerte Lorin seine Vermutung. »Sie sind zwar ständig miteinander unterwegs, aber ich habe dabei noch keinen Hinweis entdecken können, dass sich mehr zwischen ihnen abspielt.« Er leerte seinen Becher. »Das finde ich seltsam.«

»Wie süß.« Fatja klatschte in die Hände. »Ein gestandener Mann, der in der Öffentlichkeit schüchtern ist. Wenn du eine Bestätigung haben willst, frage ihn einfach. Er bevorzugt ja auch stets den direkten Weg.«

»Das werde ich tun, sobald ich ihn sehe«, nickte Lorin, verabschiedete sich und stiefelte zur Tür hinaus.

Gereizt klappte Waljakov das Tagebuch zu. »Nichts. Kein Name, kein Hinweis.« Die mechanische Hand schloss sich um den Einband, die eisernen Fingerglieder hinterließen tiefe Abdrücke im mehrfach verleimten, dünnen Holz, das als Schutz diente. *Ich werde meinen Verstand verlieren, ohne dass ich etwas dagegen tun kann.* Wenn es nicht ihn, sondern durch einen dummen Zufall gar Lorin am Turm getroffen hätte, würde der Geist sehr viel mehr vernichten als nur einen weiteren Mann. Unter Umständen beträfe es die gesamte Zukunft Ulldarts.

Håntra legte ihre Hand mitfühlend auf die Rechte des kahlen Hünen. »Du musst mir glauben, dass sie das, was sie tut, nicht böse meint. Sei auf den Mann wütend, der sie getötet hat. Sie kann nicht anders.«

»Dann wird es Zeit, dass wir sie davon erlösen, nicht anders zu können«, grummelte er. »Wir wissen, dass er ein guter Geschichtenerzähler war, auch wenn er damit nicht seinen Unterhalt verdiente.« Der K'Tar Tur vermied es, die Kalisstronin anzuschauen, weil er fürchtete, dass aus der lange schon aufgekeimten Sympathie mehr werden könnte. *Ausgerechnet mir passiert das,* dachte er verlegen. *Das fehlte noch, dass ich mich in die Schwester des Spukes verliebe.* Und dennoch konnte er sich dem freundlichen Wesen der Frau nicht verschließen, zumal sie ihn seiner Ansicht nach viel öfter tröstend berührte, als es notwendig gewesen wäre.

»Ich werde mir die Stelle am Turm noch einmal ansehen. Wenn ich Glück habe, entdecke ich etwas, das uns hilft.«

Beide erhoben sich zugleich. »Ich komme mit.«

»Nein«, kam es unwirsch aus seinem Mund. Håntra schreckte zusammen. »Nein, danke.«

»Ich würde dich aber sehr gern begleiten«, sagte die Kalisstronin zögernd. »Vielleicht kann ich mit meiner Schwester reden und sie dazu bringen, von dir abzulassen.«

Waljakov tat sein harscher Ton längst Leid. »Ich glaube nicht, dass es etwas bringt.«

»Es wurde vorher noch niemals versucht«, erwiderte sie. »Keiner der Männer, die ihr zum Opfer fielen, sprach darüber – bis es zu spät war. Sie erschien nicht mehr, und ich erhielt niemals die Gelegenheit, mit ihr zu reden.«

Waljakov streckte die Waffen. »Na, schön. Von mir aus«, brummte er, und Håntra strahlte. Sie verließen das Haus, in dem die beiden Schwestern aufgewachsen waren, und traten auf die Straße.

Waljakov blieb stehen, um sich zu orientieren.

Das geschah häufiger. Es kam ihm so vor, als stünde er in den Gassen einer selten besuchten Stadt, und so benötigte er gelegentlich eine Weile, bis er wusste, welche Richtung er zu wählen hatte. Viermal schon war er eine Stunde umhergelaufen, weil er es nicht gewagt hatte, einen Einheimischen nach dem Weg zu fragen. Niemand hätte verstanden, warum er sich plötzlich nicht mehr auskannte, und schon hätte das Gerede eingesetzt.

Håntra übernahm die Führung, wohl wissend, worunter der Kämpfer litt, und lenkte ihn aus Bardhasdronda hinaus, in Richtung des Feuerturmes.

Der Herbst packte das Meer mit der ungestümen Kraft der ersten heftigen Winde, nahm die Wellen und schleuderte sie mit Wucht gegen die Klippen, dass das Wasser in Tausende glitzernder Tropfen zerbarst und als Gischt landeinwärts sprühte.

Die Luft roch salzig; ein dünner Feuchtigkeitsfilm legte sich auf die dicke Kleidung der beiden schweigenden Wanderer, die oberhalb der Wasserlinie durch den Sand und über die Steine stapften.

Waljakov erschien alles um ihn herum zunehmend unwirklich, wie in einem Traum. Er hörte das Rauschen der See unnatürlich laut, das Schreien der Möwen tat ihm in den Ohren weh, die grauen Wolken, die sich draußen über dem Meer entleerten, türmten sich auf, wuchsen ins Unermessliche und drohten auf ihn herabzustürzen.

Knurrend griff er nach seinem Schwert.

Die Frau legte ihm beruhigend die Hand auf den Unterarm, verhinderte, dass er seine Waffe zog. »Ruhig. Hier ist nichts, was du bekämpfen könntest.«

Der Krieger fuhr herum, die eisgrauen Augen richteten sich abschätzend auf seine Begleiterin, deren Name ihm einfach nicht einfallen wollte. Erst nach einiger Zeit entspannte sich seine Muskulatur, deren Kraft ausreichte, um die Kalisstra-Dienerin mit einem einzigen Schlag zu ihrer Göttin zu schicken.

Er wankte zur Seite, bückte sich, um etwas Meerwasser aufzunehmen, und benetzte sich damit das Gesicht. Die Kühle ordnete seinen Verstand ein wenig.

Als Håntra ihm ihre Hand hinhielt, war er tief dankbar und ergriff sie. So gelangten sie schließlich zum Fuß des Kliffs, auf dem der Feuerturm stand.

Nach einem problemlosen Aufstieg erreichten sie das windumtoste Plateau mit dem runden Turm, der den Naturgewalten trotzte.

Der Krieger winkte den Türmlern zu und näherte sich der Stelle, an der Ricksele damals ihr Leben verloren hatte. Die Kalisstronin blieb auf ein Signal hin etwas zurück, der leichte Sturm zerrte an ihren Gewändern.

Waljakov musste sehr aufmerksam sein, als er Schritt für Schritt auf den Abgrund zuging.

Vorsichtig bewegte er sich an der vorderen Grundmauer des Turmes entlang, bis er beinahe am Abgrund stand, an dessen Ende Steine, Sand und die anrollende See lauerten. Den Körper eng an die Wand des Gebäudes gedrückt, tastete er mit der echten Hand über eine Stelle, die ihm auffällig erschien. Die Moose und Flechten wuchsen hier nicht ganz so dick. Seine eisernen Fingerspitzen strichen den Bewuchs behutsam zur Seite. Darunter zeigte sich eine verwitterte Gravur – zwei Namen, mit einem Kreis aus Blumen umgeben. Zufrieden entfernte er noch mehr von der Schicht.

»Du gibst dir Mühe wie noch keiner vor dir«, hörte er Rickseles Stimme hinter sich sagen. »Sträube dich nicht. Du bist bald mein.«

Vor Überraschung krümmte er sich zusammen, die Fingerglieder schrammten dabei über den Stein und brachen Stücke von der Inschrift heraus, ließen sie unvollständig werden. Waljakov blickte über die Schulter zu der Spukgestalt.

»Gar nichts wirst du bekommen. Verschwinde.« Demonstrativ wandte er sich der Gravur zu. »Wärst du aus Fleisch und Blut, würde dich mein Schwert auf der Stelle töten und erlösen.«

»Töten?«, vernahm er plötzlich einen anderen, zutiefst verhassten Menschen. Seine Klinge flog beinahe von selbst in seine Hand, und er wirbelte um die eigene Achse. »Nesreca?«

Unvermittelt befand er sich im Audienzsaal des Palastes zu Ulsar; der Konsultant stand schräg rechts neben ihm, die Hände hinter dem Rücken verschränkt. Das Lächeln, das ihm Nesreca zuwarf, war spöttisch, die langen, silbernen Haare schimmerten auf.

Es ist nur ein Trugbild, konzentrierte sich der K'Tar Tur angestrengt.

»Ach?« Amüsiert hob der Konsultant die rechte Augenbraue und lehnte sich ein wenig zurück. »Und wenn es eine göttliche Fügung, die einmalige Gelegenheit wäre, mich zu beseitigen?« Provozierend breitete er die Arme aus. »Ich bin unbewaffnet wie immer. So wehrlos wie Norina Miklanowo, als ich sie …«

Mit einem bösartigen Fluch in der Dunklen Sprache auf den Lippen, ging der Hüne zum Angriff über, um Nesrecas Abbild zu spalten.

Doch bevor er den Mann erreichte, warf sich etwas gegen ihn und schleuderte ihn durch den Aufprall nach links. Zu überrascht, um reagieren zu können, und zu sehr auf sein Ziel fixiert, verlor er das Gleichgewicht und stürzte rücklings.

Schon im Fallen kehrte sein Bewusstsein zurück. Er musste mit einem Fuß bereits über den Fels hinaus getreten sein, und sein Unterkörper glitt ins Leere. Geistesgegenwärtig riss er sich herum und rammte das Schwert in eine vorüberfliegende Felsspalte.

Die Klinge verkantete sich und bog sich bedrohlich unter der Last. Glücklicherweise fand er mit der anderen Hand einen Halt und hing somit etwa eine Manneslänge unterhalb der Kante.

Ich Narr! Es konnte doch nur der Geist sein, ärgerte sich Waljakov über sein Verhalten, das ihn in arge Bedrängnis gebracht hatte.

Ein Steinschauer regnete auf ihn nieder, eine Gestalt fiel von oben herunter und passierte schreiend die Stelle, an der er baumelte.

Er maß den rechten Moment ab und griff zu. Seine Finger umschlossen den Gürtel, den Håntra um den Mantel trug. Der jähe Ruck ließ sie das Bewusstsein verlieren. *Dann strampelt sie wenigstens nicht.*

Die kräftigen Winde und die Rettungsmaßnahme brachten Waljakov ins Pendeln. Mehrfach kollidierte er mit der schroffen Wand und zog sich einige Schrammen zu. Das Schwert gab ein seltsames Geräusch von sich und bog sich weiter durch.

Doch das in Gefahr geratene Paar blieb nicht unbemerkt.

Gerade, als das Schwert die Last nicht mehr tragen konnte und zersprang, wurde ein Seil von oben heruntergeworfen.

Waljakov gelang das Kunststück, im Fall mit der künstlichen Hand das Seil zu packen und sich mitsamt der Kalisstronin daran festzuklammern.

Die Türmler zogen sie nach oben. Keuchend sank Waljakov auf den nassen Fels, die Hand vom Gürtel der Frau nicht lösend.

Verdammtes Alter, verdammter Spuk. Er vergewisserte sich, dass Håntra in Sicherheit war, und ließ sie los. Dann richtete er sich auf, band ein Ende des Seiles um seinen Körper. »Haltet das andere Ende fest«, sagte er knapp zu den Türmlern und wankte zu der Stelle, an der er die Gravur entdeckt hatte.

Durch sein unbeabsichtigtes Kratzen war die Zerstörung groß. »Ricksele« war zu Hälfte lesbar, und der Name ihres Kavaliers büßte ebenfalls ein gutes Stück ein. Der letzte Rest schien auf »vaten« zu enden, eine kalisstronische Allerweltsendung bei männlichen Namen.

Prüfend glitt sein Blick über die Mauer, die Finger berührten den Stein behutsam. *Ein A am Anfang? Sollte der Geliebte genauso geheißen haben wie der Mann der kleinen Hexe?* Kurz beschlich ihn der Gedanke, in Arnarvaten selbst den Täter vor sich zu haben. In Anbetracht seines Alters schied diese Lösung jedoch aus.

Er kehrte zur bewusstlosen Håntra zurück, hob sie vom Boden auf und trug sie ins schützende Innere des Turmes, um nach Anzeichen auf Verletzungen zu suchen. Vorsichtig legte er sie in eine der Schlafkojen, zog den Vorhang zu und entkleidete sie mit der Professionalität eines Kämpfers, der die Verwundung seines Freundes überprüfen wollte.

Um ihren Unterleib bildete sich ein dunkelblauer Bluterguss, der von der Einschnürung durch den Gürtel stammte. Gründlich tastete er die Bauchdecke ab und überprüfte, ob sich darunter etwas anders anfühlte als üblich, ein Organ geplatzt war oder Schaden genommen hatte. Wenn Håntra tatsächlich innere Verletzungen erlitten hatte, so konnte er keine entdecken. Kleinere Blessuren fand er an den Armen und Beinen, die vom Rutschen über die Felswände herrührten.

Zwei Geister, die mich verfolgen, hätte ich nicht verkraftet, dachte er voller schwarzem Humor. Es beunruhigte ihn, dass der Spuk in seinen Verstand und seine Erinnerungen schaute, um ihn mit Bildern aus der Vergangenheit zu narren. Um ein Haar wäre Rickseles Absicht gelungen.

Håntra erwachte mit einem Stöhnen, schlug die grünen Augen auf und verzog das Gesicht. »Sie hätte uns beide beinahe bekommen«, lächelte sie ihn an und blickte an sich herab.

»Ich habe nur nachgeschaut, ob du verletzt bist«, erklärte Waljakov hastig, zurrte die Kleider zurecht und legte eine Decke über sie. Zu seinem Ärger bemerkte er, dass er errötete. *Verflixte Weiber.* »Ich habe etwas herausgefunden. Zieh dich an, ich berichte dir unterwegs.«

Fluchtartig verließ er die Koje und begab sich an den grinsenden Türmlern vorbei die Treppe zur Plattform hinauf, um auf das Meer zu schauen, damit er auf andere Gedanken kam. Nachträglich fand er Hântras Anblick sehr anziehend.

Weit draußen erkannte er mehrere Fischerboote, die von ihrer Fahrt zurückkehrten und vor dem immer stärker werdenden Wind Schutz im heimatlichen Hafen suchten. Bald würden nur mehr Wahnsinnige den Weg über das tobende Wasser wagen. Große Fahrten unternahmen dann nur noch Schwachsinnige und Unkundige.

»Ich wollte mich dafür bedanken, dass du mir das Leben bewahrt hast«, sagte Hântra und näherte sich ihm. Sie stellte sich auf die Zehenspitzen und gab ihm einen Kuss auf die Wange.

»Du hast mich doch zuerst gerettet«, grummelte er. »Es war also nur rechtens und eine Wiedergutmachung, nichts Besonderes.« Knapp schilderte er ihr seine Entdeckung an der Turmwand.

Die Kalisstronin fuhr ihm mit der Hand am Unterkiefer entlang, streichelte den silbrig weißen Bart. »Wir scheinen Fortschritte zu machen. Ich hoffe sehr, dass es uns gelingt, meine Schwester zu erlösen.« Sie wirkte etwas unsicher, als sie weiterredete. »Ich habe schon seit Längerem den eigennützigen Wunsch, dass du im Diesseits verweilst«, gestand sie und blickte wie er auf die See.

Waljakov spürte, dass sie auf eine Antwort wartete.

Er seufzte.

Dies war genau das Kapitel im Leben eines Mannes, in dem er so unbedarft wie kein Zweiter war, vielleicht einmal abgesehen von dem jungen Lodrik. Sicher, es hatte Frauen in seiner Vergangenheit gegeben, meist Kämpferinnen seiner Art oder Bekanntschaften, mit denen er niemals lange zusammenblieb, bis er sich für die Einsamkeit entschied. Es hatte niemals ausgereicht, um sich mit dem Wesen der Frauen länger und intensiv auseinander zu setzen.

Was sich nun anbahnte, schien den Rahmen dessen, was er erlebt hatte, zu sprengen. Und damit konnte er nicht umgehen.

»Ich ...«, er musste seine Stimme frei hüsteln, »... ich ...« *Verdammt, warum kann man das nicht mit einem Zweikampf ausdrücken?* »Ich würde auch lieber im Diesseits bleiben.«

Die Kalisstronin schien mit dem kargen Geständnis zufrieden, ja, glücklich zu sein. Ein Leuchten ging über ihr Antlitz, und sie gab ihm einen neuerlichen Kuss auf die Wange. »Du wirst sehen, wir schaffen es.«

»Ja.« Waljakov drehte sich zu ihr, seine eisgrauen Augen verloren zum ersten Mal seit langer, langer Zeit die Kälte. Alle Bedenken versanken beim Blick in die tiefgrünen Augen der Frau. So etwas fühlte er zum ersten Mal in seinem bewegten Dasein: Geborgenheit, Sicherheit, Wärme.

Lorin stand auf dem Wachturm über dem Westtor von Bardhasdronda und schaute mit dem Fernrohr hinüber zur Baustelle, auf der sich der Ulldrael-Tempel immer weiter in die Höhe zog. Angefangen hatte Matuc mit einer kleinen Hütte, die auf einer gestampften Grundplatte ruhte.

Inzwischen schichteten die Gläubigen massive Steinquader aufeinander. Sie arbeiteten nicht mit aller Gewalt an dem Bauwerk. Mal tat sich ein Tag lang nichts, dann brachten mehrere Menschen Felsblöcke zum wachsenden Heiligtum und rückten sie nach der Anleitung eines Baumeisters an Ort und Stelle.

Parallel dazu versorgten sie noch die Gewächshäuser in und außerhalb der Stadt, damit der Anbau der Süßknollen zu keiner Zeit vernachlässigt wurde. Das Geschenk von Ulldrael an Kalisstron fand sich auf vielen Tischen der Familien, vor allem Ärmere profitierten von den Schenkungen, die der Geistliche durchführte.

»Wenn man mich braucht, gebt ein Signal«, wies Lorin einen der Milizionäre an. »Ich bin bei Matuc. In einer Stunde kehre ich zurück, dann beginnen wir mit den Ausdauerübungen.« Der Wächter warf einen Hilfe suchenden Blick in den Himmel, was seinen Vorgesetzten zum Grinsen brachte. »Ein guter Soldat muss auch rennen können, nicht nur zuschlagen.«

Der junge Mann verließ die Mauern seiner Heimatstadt und verfiel in einen leichten Dauerlauf. Das war eine Eigenart, die sich seit seiner frühesten Kindheit hielt. In Schnelligkeit, Wendigkeit sowie Unermüdlichkeit beim Traben war er allen anderen überlegen.

Schon nach kurzer Zeit erreichte er den Platz, an dem Ulldrael nun höchst offiziell verehrt wurde, ohne dass man mit dem Zorn der Städter rechnen musste. Lorin vernahm das Murmeln von Gebeten und das Singen religiöser Lieder, wie er es unzählige Male von Matuc gehört hatte.

Doch der Keim des Glaubens, den sein Ziehvater in seiner Erziehung gepflanzt hatte – so bemerkte Lorin, als er vor dem kleinen Portal stand –, wollte nicht wirklich sprießen. Nach wie vor wusste er nichts Rechtes mit Ulldrael anzufangen und sah keinen zwingenden Grund, weshalb er ihn oder aber seine Schwester Kalisstra lobpreisen sollte.

Daher brachte er ihnen beiden die gleiche oberflächliche Verehrung entgegen, um es sich nicht völlig mit den Gottheiten zu verscherzen. Matuc zu Liebe besuchte er gelegentlich Messen, und im Kalisstra-Tempel kreuzte er in unregelmäßigen Abständen auf, um Pflichtopfer zu geben.

Doch sein Herz war nicht in den Gesten, Gesängen und Worten.

Je älter er wurde, desto mehr fand Waljakovs Einstellung seinen Gefallen: Der einsilbige Krieger verließ sich auf sich selbst und seine Fertigkeiten.

Lorin strich um den Rohbau herum und stellte sich vor, wie er wohl in seiner vollen Gestalt aussehen würde. Matuc hatte ihm den Plan erklärt, den er seinem Kloster in Tarpol nachempfunden hatte, als dessen Vorsteher er gewirkt hatte.

Ulldart.

Mehr als ihm lieb war, dachte Lorin an diesen Kontinent.

Alle erwarteten von ihm mehr oder weniger, dass er sich seinem Vater und den Bedrohungen dort stellte. Aber er konnte keinerlei Begeisterung für diesen Plan aufbringen. Dazu gesellte sich die Furcht, zu versagen und das Ziel nicht zu erreichen.

Deshalb verdrängte er die Gedanken an das Land jenseits des Meeres so gut es ging und konzentrierte sich auf seine Aufgaben als Rantsilas Stellvertreter sowie die Ausbildung der Männer. Angesichts der drohenden Auseinandersetzung mit den Vekhlathi mussten sie das Führen der Waffen und das zügige Ausführen der Befehle im Schlaf beherrschen. *Erst Bardhasdronda, danach der Rest.*

Lorin stand wieder vor dem Eingang, als Matuc heraustrat, umringt von mehreren Frauen und Männern und tief ins Gespräch mit ihnen versunken. Ein letzter freundlicher Ratschlag, sie verneigten sich und stiegen die provisorischen Stufen hinab, um zur Stadt zurückzukehren.

Sein Ziehvater bemerkte ihn und kam ihm entgegen. »Lorin, mein Junge! Schön, dich zu sehen. Suchst du den Rat des Gerechten?«

»Ich wollte eigentlich nur dich sehen, Matuc«, erwiderte er liebenswürdig.

Der Geistliche formte die Hände zu einer Kugel als Zeichen Ulldraels. »Das ist natürlich auch ein sehr guter Grund.« Er umarmte den jungen Mann, dann deutete er auf den Tempel. »Was sagst du dazu? Ich hätte niemals gedacht, dass die Kalisstri mit solcher Überzeugung zu einem anderen Glauben übertreten. Stell dir vor, es kommen erste Menschen aus den Nachbarstädten, einfache Menschen, die mehr über Ulldrael wissen möchten.«

Lorin freute sich innerlich über die Zufriedenheit des Mönchs und fand es gleichzeitig schade, dass er selbst wohl niemals der Grund sein würde, weshalb sich ein derart seliger Ausdruck auf das Antlitz des betagten Mönchs zauberte. »Es sieht sehr gut aus. Kiurikka platzt vor Neid und Argwohn.« Er dachte an die letzte Unterredung mit der Hohepriesterin. »Noch immer ist ihr dein Glaube nicht geheuer.«

Matuc hatte die unbewusste Abgrenzung seines Ziehsohnes sehr genau gehört. »Aber sie hat doch kaum einen Anlass, den Gerechten zu verdammen, nachdem du den Edelstein fandest und all die Heldentaten vollbrachtest«, sagte er etwas verschmitzt. »Sie wird ihre Ablehnung vermutlich niemals überwinden. Schade, dass sie das Nebeneinander der Göttergeschwister nicht versteht.« Der Mönch betrachtete den jungen Mann von der Seite. »Auf die Gefahr hin, dass du es nicht mehr hören willst: Dein Glaube könnte etwas mehr Intensität vertragen, mein Junge. Wenn wir gegen das Böse auf Ulldart ziehen ...«

»... verlasse ich mich auf meine Magie und meine Freunde, Matuc«, blockte Lorin den zigsten Bekehrungsversuch seines Ziehvaters freundlich, aber eindringlich ab. »Wenn mir Ulldrael, Kalisstra oder ein anderer der guten Götter den Beistand anträgt, werde ich mich nicht dagegen sträuben. Bis dahin bringe ich ihnen Respekt entgegen, jedoch kein Vertrauen.« Lorin sah Matuc an, dass seine Antwort erneut nicht so ausfiel, wie sie der Mönch gern gehört hätte. »Gräme dich nicht. Vielleicht liegt es an meinen Kräften, weshalb ich nicht der überzeugteste Gläubige bin.« Er klopfte ihm auf die Schulter. »Vielleicht ändert sich das eines Tages.«

»Bis dahin freue ich mich über meine Erfolge auf Kalisstron«, meinte der Geistliche ein wenig versöhnt, weil ihm die Hoffnung blieb. »Was gibt es Neues aus den Nachbarstädten?« Er hakte sich bei Lorin ein und begann einen Rundgang durch die Baustelle.

»Wir beabsichtigen, mit einer kleinen Abordnung in Vekhlathi einzudringen und nach den Palestanern und Hinweisen zu suchen.« Der Milizionär grinste. »Waljakov ist sich sicher, eine ›Krämerseele‹ auf hundert Schritt zu erkennen, allein durch den Gang eines ›turtelnden Täuberichs‹. Die diplomatischen Versuche der Hohepriesterin haben nichts erreicht, der Bürgermeister hat keine Verhandlungen mit ihr aufgenommen. Im Wortlaut des Briefes, den man ihr mitgab, glaubte unser Glatzkopf gewisse Floskeln zu erkennen, die palestanischen aufs Wort gleichen.« Er erzählte weiter, dass es keinerlei neue Segelsichtungen mehr gab. Die tzulandrischen Verbündeten hatten anscheinend bemerkt, dass ihr Auftauchen zu auffällig war. Der taktische Zusammenschluss von Bardhasdronda mit der Stadt Kandamokk nördlich von Vekhlathi brachte zumindest eine vorläufige Sicherheit. »Und wir haben mehr Zeit, unseren Nachbarn die Augen über die Palestaner zu öffnen, sobald wir Beweise für deren Unredlichkeit im Kontor finden«, schloss Lorin.

»Und wann soll die Unternehmung stattfinden?«

»Wir wissen es noch nicht genau«, sagte der junge Mann mit den blauen Augen ausweichend. »Lange warten wir nicht mehr. Ich fühle mich in meinem Verdacht bestätigt, dass die Seehändler hinter unserem Zwist mit Vekhlathi stecken.«

Matuc blieb vor der rund einen Schritt hohen Ulldrael-Statue aus Walbein stehen, die Blafjoll geschnitzt hatte. »Ich hatte auf Ulldart wenig mit den Palestanern zu tun«, erinnerte er sich, »aber es würde sehr gut zu ihnen passen. Die wenigsten Kaufleute kennen Moral und Loyalität. Geld und Macht sind es, was sie schätzen.« Er verneigte sich vor dem Abbild des Gerechten, und auch Lorin deutete rasch eine Verbeugung an. Dann begaben sie sich zur Pforte. »So will ich dich nicht länger aufhalten«, verabschiedete Matuc ihn. »Du wirst einiges zu tun haben.«

»Bete, dass unser Vorhaben gelingt«, bat Lorin den Geistlichen. »Auf dich wird Ulldrael mehr hören als auf mich.«

Der Mönch schenkte ihm ein gütiges Lächeln. »Er würde auch dir zuhören, Lorin. Wenn du es ernst meintest.«

Im üblichen Dauerlauf machte Lorin sich auf den Rückweg und kehrte pünktlich auf seinen Posten zurück.

Zusammen mit Rantsila ging er die Berichte der Feuertürme durch, ohne dabei auf Auffälligkeiten zu stoßen. Die tzulandrischen Verbündeten der Vekhlathi schienen wie vom Erdboden oder der See verschluckt.

Lorins Dienst endete mit einem letzten Rundgang, bevor er gegen Mitternacht zu Jarevrån ins Bett stieg. Wie immer tauschten sie verliebte Zärtlichkeiten aus, und wie fast immer endete es damit, dass das junge Ehepaar eine Stunde später als beabsichtigt erschöpft in die Kissen sank, eng umschlungen und voller Glück.

Das alles aufgeben für ein unbekanntes Land voll fremder Menschen? Er drückte seine Frau an sich und grübelte bis zum Morgengrauen.

Das Eindringen in die verfeindete Nachbarstadt gestaltete sich schwieriger als erwartet. Neuankömmlinge, die nicht durch einen Passierschein ihre Zugehörigkeit zu Vekhlathi nachwiesen, mussten sich gefallen lassen, sämtliches Gepäck durchsucht zu bekommen. Der Wachhabende blickte jedem streng ins Gesicht, und jedes noch so geringe Zeichen von Unsicherheit führte dazu, dass der Unglückliche zum Verhör verschwand.

Aus diesem Grund hatten sich die Abenteurer auf eine Teilung der Truppe festgelegt, damit wenigstens einige von ihnen die Gelegenheit erhielten, sich nach den Palestanern umzuschauen und Beweise für deren unlautere Absichten zu finden.

Waljakov und Lorin schmuggelten sich mit Hilfe eines einheimischen Fischerbootes in den Hafen. Das Gefährt wurde selbstverständlich durchstöbert, doch der Fischer, einer von Matucs neuen Ulldraelanhängern, kannte die Gewohnheiten der Wachen gut. In dem winzigen Verschlag, in dem sie sich verbargen, war sicherlich schon einiges an Schleichhandelwaren hinter die Stadtmauern gelangt.

Die andere Gruppe versuchte es auf direkterem Weg mit gefälschten Passierscheinen unter der Führung eines recht fähigen Milizionärs. Als gemeinsamen Treffpunkt hatte man den Kalisstra-Tempel gewählt, kurz nach Mitternacht. Sich tagsüber durch Vekhlathi zu bewegen wäre vor allem für Waljakov wegen seiner auffälligen Statur zu gefährlich gewesen.

Als der Glatzkopf und Lorin zusammengepfercht in dem engen Hohlraum des Kahnes lagen, fiel Letzterem die ungewöhnliche Unruhe des Hünen auf. »Ich kann mich auch täuschen, aber ich habe den Eindruck, als würdest du etwas mit dir herumschleppen«, begann er. Er wusste genau, dass ihm sein Waffenmentor nicht ausweichen konnte, von daher hoffte er auf eine Erklärung. Oder zumindest die Versicherung, es sei alles in Ordnung.

»Du täuschst dich«, meinte der K'Tar Tur knapp. »Sei leise, Knirps.«

»Ich habe dich in Begleitung einer Frau gesehen«, fing der junge Mann nach einer Weile wieder an. »Findest du Hântra nett?«

»Ja«, lautete die lakonische, leicht gereizte Antwort.

»Und was soll dann die Geheimniskrämerei?« Lorin ließ nicht locker. »Weil sie dem Tempel angehört?«

»Nein.«

Die kurz angebundenen Erwiderungen klangen wie immer, nur der aggressive Tonfall machte ihn stutzig. »Waljakov, mir kannst du es doch sagen«, versuchte er es jovial. »Bei dem, was wir alles erlebt haben.«

»Und vielleicht nicht mehr erleben werden, wenn du nicht sofort den Mund hältst«, empfahl ihm der kahle

Kämpfer angespannt. »Die Wachen werden uns sonst noch bemerken.«

»Ich wollte aber ...«

Das Geräusch, das die sich zur Faust ballenden eisernen Finger verursachten, veranlasste Lorin dazu, die nächste Frage nicht auszusprechen. Sie schwiegen eine Weile.

»Es ist verdammt eng hier. Und stickig«, knurrte Waljakov und bewegte sich vorsichtig. »Ich glaube, ich bekomme keine Luft mehr.«

»Ach, was. Das bildest du dir ein.«

»Hörst du das?«, wollte der Krieger plötzlich aufgeschreckt wissen.

Lorin lauschte. »Nein.«

»Leise Fußschritte. Die Wachen sind zurückgeschlichen«, flüsterte ihm Waljakov zu. Ein schleifendes Geräusch war zu hören.

Er muss sein Schwert gezogen haben. »Beruhige dich«, sagte der Milizionär behutsam und tastete nach seinem Freund.

Wie von der Tarantel gestochen, zuckte Waljakov zurück. Rumpelnd rutschte er bis zum äußeren Rand des Kabuffs. »Da war etwas!«

»Das war ich. Keine Angst!«

»Ruhe!«, zischte der Fischer von oben. »Die Wachen sind noch nicht weit genug entfernt.«

Jetzt war Lorin davon überzeugt, dass sich sein Ausbilder nicht so wie sonst gebärdete.

»Ich muss an die Luft«, erklärte der Krieger gepresst. »Und wir müssen die Soldaten schnappen, bevor sie uns verraten.«

Der junge Mann hörte, wie er sich an der Luke zu schaffen machte, sein Atem ging hektisch, angestrengt. *Er hat Angst, ist beinahe wie besessen.*

Schon fiel Licht von oben in ihr Versteck.

»Seid ihr verrückt?!«, rief der Fischer und stellte sich auf die Abdeckung. »Bleibt, wo ihr seid. Wenn sich einer von ihnen umdreht, sind wir im Handumdrehen eingekerkert.«

Waljakov fluchte etwas in einer Sprache, die Lorin noch niemals zuvor aus seinem Mund gehört hatte. Das Holz knarrte und ächzte gefährlich, als der Hüne seine Kraft einsetzte.

Die Klappe bewegte sich unaufhaltsam nach oben.

Im schwachen Schein sah der junge Mann das angestrengte Gesicht des Glatzkopfs. Mit lediglich einem Arm stemmte er die Klappe auf, die andere Hand hielt das Schwert stoßbereit mit der Spitze schräg nach oben.

»Hör auf, Waljakov.« Lorin setzte seine Magie ein, um die Öffnung zu schließen. Seinen Fertigkeiten zusammen mit dem Gewicht des Fischers hatte der Mann nichts mehr entgegenzusetzen. Dafür nahm sein unverständliches Gemurmel zu. »Was ist denn mit dir?«

Auf einen Schlag endete das seltsame Benehmen, die Luke klappte vollends zu. Man hörte nichts mehr außer Waljakovs Schnaufen.

»Nur ein kleiner Anfall von Dunkelangst«, erklärte er geschwächt. »Es ist aber vorüber, Knirps.«

Lorin glaubte seinem Ausbilder nicht, wollte aber nicht nachfragen, weil er fürchtete, eine neuerliche Reaktion zu provozieren.

Bis zum Abend blieb der Hüne ruhig. Selbst als die Soldaten ein weiteres Mal auftauchten, behielt er die Nerven, nur seine Atmung beschleunigte sich leicht. Vorsichtshalber hielt Lorin seine Magie parat, um das Schlimmste zu verhindern.

Stunden später machten sich die beiden unter der Führung des Seemanns zum vereinbarten Treffpunkt auf. Es waren kaum mehr Passanten unterwegs, und der K'Tar Tur wich immer rechtzeitig in den Schatten oder hinter einen Blickschutz zurück, um einer Entdeckung zu entgehen. Gemeinsam mit den anderen drei Milizionären schlichen sie in den Teil des Hafens, der ausschließlich den Handelsschiffen vorbehalten war. Das Kontor war schnell gefunden, jedoch lag eine dicke Eisenkette vor den großen Schiebetoren, und die geschlossenen Läden der Verwaltungsstelle schützten die Fensterscheiben vor Wind und Wetter. Oder neugierigen Blicken.

»Sie müssen irgendwo sein«, raunte Waljakov und deutete zu der im Trockendock liegenden Kogge. »Sie können nicht weg sein. Warten wir.« Er zog sich wieder in das Dunkel zwischen den dicht an dicht stehenden, riesigen Holzschuppen zurück, und die anderen folgten seinem Beispiel.

Gegen Morgengrauen schritten vier Männer auf das Kontor zu. Zwei davon waren unschwer durch ihre federbesetzten Dreispitze und ihre noch auffälligere Brokatmode als Palestaner zu identifizieren. Die anderen beiden Begleiter trugen weite, beigefarbene Lederumhänge und Wollmützen, um sich gegen den Wind zu schützen.

»Wir hängen uns an sie ran und drängen uns einfach mit ihnen zusammen hinein«, befahl Lorin und stieß sich von der Mauer ab. Die drei Milizionäre aus Bardhasdronda folgten ihm, Waljakov bildete den Schluss, während der einheimische Fischer im Schutz zurückblieb.

Die Überrumplung gelang ihnen nur zum Teil.

Zwar hoben die Palestaner sofort die Hände, als die Angreifer sie bedrängten, doch ihre zwei Diener wollten es darauf ankommen lassen. Beide zogen unter ihren Lederumhängen vielzackige Beile hervor und attackierten die Spione, bevor Waljakov den einen und Lorins Magie den anderen ausschaltete. Einer der Milizionäre war verletzt worden.

»Wer gibt euch das Recht«, empörte sich einer der Händler voll gespielter Entrüstung, »uns derart hart anzugehen? Das wird dem Bürgermeister aber gar nicht zusagen, wie Ihr uns behandelt.« Er schaute in die Runde. »Was wollt Ihr? Das Kontor ist leer, wir haben nichts, was sich zu stehlen lohnt, ihr Gesindel.«

»Der da ist zu groß für einen Kalisstronen«, wisperte ihm sein Partner zu. »Hier stimmt etwas nicht.«

Misstrauisch huschten die Augen von einem zum anderen, dann blickte der vordere Palestaner sehr geschäftstüchtig. »Lasst uns doch bei einem guten Glas Wein verhandeln«, bot er an, als stünden Geschäftsleute vor ihm, mit denen er sich über einen Sack Pfeffer einigen musste.

»Typisch Krämerseele«, knurrte Waljakov. »Das Blut seiner Diener ist noch nicht ganz erkaltet, da redet er mit dem Feind wie mit einem Bekannten.« Mit dem linken Fuß drehte er seinen besiegten Gegner um, sodass er dessen Gesicht erkannte. »Tzulandrier. Also machen sie wirklich gemeinsame Sache.«

»Ich habe keinen blassen Schimmer, wovon Ihr da faselt, guter Mann.« Der Kaufmann verneigte sich. »Doch wir sollten uns zunächst einmal wie Zivilisierte vorstellen. Ich bin Carlo DeRagni, das ist mein Freund Patamo Baraldino, und wir betreiben diese Außenhandelsstation mit ausdrücklicher Unterstützung des Bürgermeisters sowie im Namen des Kaufmannsrates von Palestan und unseres Königs. Wenn man es genau nimmt, befindet Ihr Euch auf palestanischem Grund und Boden.« Je mehr er sprach, desto sicherer wurde er. »Also, liebe

Leute, dann erklärt Euch hurtig. Es gibt mit Sicherheit eine Möglichkeit, diesen unschönen Zwischenfall durch eine Übereinkunft zu regeln, mit der wir alle leben können.« Er schaute flüchtig auf die beiden Toten. »Nun, fast alle. Dass Ihr unsere beiden Diener in Selbstverteidigung niedergestreckt habt ... nun, sagen wir, es räumt uns einen gewissen Bonus ein. Einverstanden?« Er lächelte dermaßen gewinnend und überzeugt von einem zum anderen, dass Lorin schon spürte, wie er nicken wollte.

Waljakov aber kannte sich sehr wohl mit den Schlichen der Seehändler aus. Er packte DeRagni am Schlafittchen und knallte ihn gegen die Wand, dass dessen Perücke nach vorn rutschte und der eben noch siegessichere Ausdruck auf seinem Gesicht völliger Entgleisung wich.

»Hör zu, Fatzke«, raunte er mit einem grollenden Unterton, »wir wollen wissen, welche Laus ihr den Vekhlathi in den Verstand gesetzt habt, dass sie wegen ein paar Süßknollen bereit sind, einen Krieg zu beginnen.« Ungefähr alle drei Worte rammte er den Palestaner zur Bekräftigung seiner Frage gegen die Bretter des Kontors. »Rede!« Die Stahlfinger pressten und quetschten die Schulter.

»Ich weiß nicht, was Ihr meint. Wir sind ...«, wollte der Kaufmann seine Ausredelitanei hinunterbeten, als ihn der Schlag des Hünen in den Magen traf und ihm beinahe die Augen aus dem Kopf quollen. Seine Wangen blähten sich auf, weil ihm die Luft aus den Lungen schoss. Stöhnend sank er in sich zusammen und würgte.

Waljakov wandte sich ausdruckslos dem zweiten Palestaner zu, der sofort abwehrend die Hände hob. »Oh, ich halte nichts von so nahem Körperkontakt. Eure Umgangsformen sind mir denn doch etwas zu ruppig.« Eine Wand beendete seinen Fluchtversuch. »Aber, aber. Ich bin nur der Adjutant des Commodores«, versuchte er von sich abzulenken. »Ich weiß gar nichts.«

Lorin grinste. »Ach? Eben waren die beiden noch Händler, nun scheinen wir durch wundersame Weise zwei Offiziere vor uns zu haben.«

»Narr«, keuchte DeRagni und versuchte, wieder zu Atem zu kommen.

»Ich bringe jeden einzelnen Knochen in deinem eingebildeten Körper zum Bersten, Krämerseele«, versprach Waljakov dem Adjutanten eisig. »Bei den kleinen Zehen fange ich an, bei der Nase höre ich auf. Und anschließend wollen wir sehen, was man doppelt brechen kann.«

»Nein, nein, geht weg von mir!«, jammerte Baraldino. »Ich sage auch alles.« Sein Zeigefinger ruckte in die Höhe und deutete auf den Commodore. »Er! Er hat einen Schlüssel, in einem Geheimfach in seiner Dolchscheide, damit kann man ein verstecktes Sicherheitsfach am Sekretär in der Verwaltungsstube öffnen.«

»Hol ihn«, befahl Waljakov und packte den Händler mit seiner künstlichen Hand im Nacken. »Dein Hals ist kein großes Hindernis, wenn ich will. Eine falsche Bewegung, ein Schrei, und du hörst das Knacken deiner Wirbel, bevor du tot auf dem Boden aufschlägst.«

Die Milizionäre aus Bardhasdronda machten große Augen, als sie den Kämpfer in seinem Element sahen. Sie alle waren kräftige, gesunde Männer, die zuschlagen konnten, doch das Einschüchternde, wie es »Eisblick« an den Tag legte, brachte keiner von ihnen mit sich.

Baraldino suchte mit zitternden Fingern nach dem Verschluss an der Dolchscheide seines Vorgesetzten, der ihn aufs Heftigste beschimpfte. Im gleichen Atemzug machte er aber darauf aufmerksam, dass er nach wie vor an einer Kooperation auf Verhandlungsbasis bereit sei.

Lorin, Waljakov und der Rest der Truppe ignorierten ihn vorerst und warteten ungeduldig darauf, dass der Adjutant den Schlüssel fand.

Unvermittelt schnappte DeRagni zu, riss seinem Untergebenen etwas aus der Hand und steckte es sich in den Mund. Geräuschvoll würgte er es hinab.

»Er hat den Schlüssel gegessen«, meinte Baraldino fassungslos.

»Das war dämlich«, meinte Waljakov und zückte seinen Dolch. Mit einer fließenden Bewegung wirbelte er die Waffe um den Finger, dass die Klinge nach unten wies. Eine Hand schloss sich um die Kehle des Commodores und hob ihn am ausgestreckten Arm nach oben. Die Spitze setzte sich in Magenhöhe auf den Bauch des Mannes. »Wir haben keine Zeit.«

»Halt!«, rief Lorin seinen Freund zurück. Der Ausdruck auf dem Gesicht des Hünen gefiel ihm nicht. Zuerst sah es nicht danach aus, als würde der Krieger inne halten, doch dann öffnete sich die Hand, und DeRagni klatschte zu Boden.

Ungerührt steckte Waljakov den Dolch weg. »Wie lautet dein Vorschlag, Knirps?«

»Wir bekommen dieses Panzerfach auch so auf«, hoffte Lorin und nickte dem Adjutanten zu. Er schien leichter zu knacken zu sein als sein Vorgesetzter. »Wärst du so freundlich und würdest uns dabei zur Hand gehen?«

»Wage es!«, drohte der Commodore. »Wage es, und du wirst schlimmer enden als deine ganze Verwandtschaft zusammen.«

»Wisst Ihr, Commodore, unsere Heimat ist weit entfernt. Diese Menschen hier stehen mir im Augenblick sehr nahe. Zu nahe«, meinte Baraldino mit Blick auf den K'Tar Tur. »Ihr seid doch auch von Ulldart, oder? Ich dachte es mir, als ich Eure Statur sah. Haben Euch die Kensustrianer geschickt?«

»Die Grünhaare?« Nun war es an dem Kämpfer, verdutzt zu schauen. »Sehe ich vielleicht so aus?«

»Am besten beginnen wir von ganz vorn«, schlug Lorin vor. »Was wollt ihr beide hier?«

Der Adjutant schwankte unentschlossen, bevor er sich endgültig zur Zusammenarbeit mit den Fremden entschied. »Wir sollen einfach nur dafür sorgen, dass sich die beiden Städte richtig in die Wolle bekommen. Was uns dank des Streites um die Süßknollen recht gut gelang«, plauderte Baraldino freimütig und beinahe ein wenig stolz. »Welchen Sinn das Ganze macht? Erspart es Euch, mich danach zu fragen, ich weiß es nicht. Aber in dem Geheimfach könnten die Antworten dazu liegen.«

Er stieg die Holztreppe zur Verwaltungsstube hinauf, die anderen folgten ihm. Auch der sich sträubende DeRagni wurde mitgezerrt. Sein Untergebener öffnete den Sekretär, zog zwei Schubladen heraus und legte das gepanzerte Fach frei. »Bitte sehr.«

Waljakov umfasste den Griff mit seinen Stahlfingern und zog an. Das henkelförmige Gebilde riss einfach ab. Wortlos nahm er ein Brecheisen, das man zum Öffnen von Kisten benutzte, aus der Wandhalterung und zwängte es in den schmalen Spalt.

»Demnach seid Ihr Spione Perdórs?«, wollte Baraldino neugierig wissen. »Dann hätten wir den dicken Fuchs völlig unterschätzt. Dass er Aktivitäten auch in Kalisstron vermutet, zeigt seine Schläue, was?«

»Kann mir das einer erklären?«, erkundigte sich Lorin ratlos.

»Perdór ist der König von Ilfaris und Herr über ein Meer von Spitzeln«, erklärte Waljakov, während er das Eisen erneut ansetzte, um dem Fach seinen Inhalt abzuringen.

»Er war«, verbesserte DeRagni gehässig, »müsste es ja wohl korrekterweise heißen.«

Verblüfft schaute ihn der Glatzkopf an. »Was heißt das?«

»Kann es sein, dass die Herrschaften nicht mehr ganz auf dem Laufenden sind? Wann hat Euch denn der Pralinenlutscher nach Kalisstron gesandt?«, erkundigte sich Baraldino entgegenkommend und begann sofort mit einer Zusammenfassung der aktuellen Lage auf Ulldart.

Der Commodore erkannte an dem entsetzten Gesichtsausdruck der Umstehenden, dass die Neuigkeiten alle sehr trafen. »Ihr seht, Ihr könntet Euch einfach aus dem Staub machen und irgendwohin nach Westen absetzen, ohne dass Ihr Scherereien mit uns bekämet«, unterbreitete er sein Angebot. »Euer Auftrag ist von vornherein zum Scheitern verurteilt, denn wenn Ihr nach Kensustria und zu Perdór zurückkehrt, werden Euch die Truppen des Kabcar willkommen heißen. Bald gehört Govan Bardri¢ der gesamte Kontinent. Ob Ihr die Kalisstri nun warnt oder nicht, macht dabei keinen Unterschied.«

»Govan Bardri¢?«, entfuhr es dem ehemaligen Leibwächter. »Warum hat Lodrik einen neuen Namen angenommen?«

Die Palestaner wechselten bedeutungsvolle Blicke. »Ihr müsst schon sehr lange hier im Einsatz sein, wie?!« Baraldino schüttelte den Kopf. »Es ist der älteste Sohn des verstorbenen Kabcar, der den Thron übernahm, nachdem sein Vater einem Attentat der Kensustrianer zum Opfer fiel.«

Polternd schlug das Brecheisen auf dem Boden auf. *Lodrik ist tot?* Erinnerungen an die schönen Zeiten mit seinem ersten Schützling stiegen aus den Tiefen von Waljakovs Verstand empor. Er bemühte sich nach Kräften, seine Gefühle in den Griff zu bekommen. Der Auftrag in Vekhlathi hatte Vorrang.

Lorin verstand die Reaktion seines Freundes erst später. Dass sein Vater gestorben war, traf den jungen Mann nicht besonders. Für ihn war es immer nur ein Name, ein gänzlich Unbekannter gewesen, und so ließ ihn der Verlust unberührt.

Waljakov legte all seine Empfindungen in die Anstrengung, das störrische Fach zu öffnen, was ihm prompt im zweiten Anlauf gelang.

Als die Angeln aus dem blechverkleideten Holz rissen, erklang das leise Geräusch von berstendem Glas.

Ohne zu Zögern ergriff Waljakov den Dreispitz des Commodores, fuhr mit der Kopfbedeckung in das Fach und wischte mit einer raschen Bewegung heraus, was sich im Innern befand. Ein Teil der Unterlagen, die heraussegelten und durch das Zimmer schwebten, zeigte Spuren von Säurelöchern.

DeRagni lachte lauthals los und freute sich, dass die eingebaute Sicherung größtenteils ihren Zweck erfüllte. Die kleine Phiole mit der ätzenden Flüssigkeit vernichtete einen Großteil der Aufzeichnungen, teilweise fehlte die Hälfte des Pergaments. Nur wenige Blätter blieben komplett unversehrt.

Baraldino beeilte sich zu versichern, nichts von der Falle gewusst zu haben. Lorin ärgerte sich, dass er zu gutgläubig gewesen war und den Palestanern freie

Hand gelassen hatte. Zu allem Überdruss präsentierten sich die erbeuteten Aufzeichnungen verschlüsselt.

»Du wirst uns helfen, das zu übersetzen«, wandte er sich an den Adjutanten.

Der Palestaner wurde kleiner. »Nur zu gern, aber DeRagni ist derjenige, der den Dechiffriercode kennt«, machte er sie aufmerksam. »Ihr müsstet mit ihm verhandeln.«

Ein selbstzufriedenes Grinsen legte sich auf das Gesicht des Offiziers. »Und Ihr könnt meinen Hintern mit einem ungedeckten Wechsel wischen«, beschied er und kreuzte die Arme vor der Brust.

»Ich wische dir deinen Hintern damit ab«, gab Waljakov undeutlich von sich, und seine Hand ruckte an das Schwert.

Die schmale Holztür am unteren Eingang des Kontors quietschte laut, und die Truppe und ihre Gefangenen hörten Schritte, die von genagelten Stiefeln stammten. Eine leise Frage schallte durch die Lagerhalle.

»Wieso steht keiner von euch unten?«, sagte der einstige Leibwächter verärgert zu den Milizionären und zog sein Schwert. »Wer ist das?«

»Wartet es ab.« DeRagni öffnete den Mund und wollte noch etwas hinzufügen, da stopfte ihm Waljakov eine Hand voll Löschpapier zwischen die Zähne. »Antworte ihnen«, nickte er stattdessen Baraldino zu.

»Alles in bester Ordnung«, rief der Adjutant mit unsicherer Stimme.

»DeRagni, seid Ihr da?«, kam es energisch von unten.

»Für einen Diener reichlich ungehobelt«, meinte Lorin.

»DeRagni!?« Nun klang es eher alarmiert als entnervt. Ein Fluch ertönte. Dann verstummten die Neuankömmlinge.

Waljakov gestikulierte und stellte sich neben der Tür in Position, sein Schwert jederzeit einsatzbereit.

»Wir sind hier oben und sehen Rechnungen durch«, versuchte es der Adjutant noch einmal und blickte ängstlich zum Eingang. »Alles in bester Ordnung, wie ich schon sagte, Hartessa Magodan.«

Noch bevor es Lorin gelang zu fragen, was ein Hartessa Magodan sei, bemerkte er die Schatten, die am Oberlicht vorbeihuschten und sich rechts und links vom Fenster in Position brachten. Er schaute in die Höhe und blickte in das Gesicht eines fremden Mannes, der ähnliche Züge trug wie die beiden Toten im Eingangsbereich des Kontors.

»Von oben!«, warnte er die Milizionäre, da krachten die zwei Angreifer durch das dicke Butzenglas und stürzten sich auf die Nächstbesten. Auch sie schwangen die merkwürdig anzusehenden Beile und führten sie mit einer unglaublichen Wucht und Geschwindigkeit, dass Lorins Begleiter von Beginn an in arge Not gerieten, sich die Unbekannten vom Leib zu halten.

Waljakov verharrte in seiner Lauerstellung und wartete auf weitere Gegner. Nach wenigen Lidschlägen flog die Tür auf. Vier Tzulandrier stürmten den Raum und wurden sofort von dem wie rasend wirkenden K'Tar Tur angegriffen, der sich selbst in der unverständlichen Sprache anfeuerte.

Das wiederum schienen die Tzulandrier zu verstehen. Sie schauten verwirrt, ehe sie sich gegen den auf sie eindringenden Krieger zur Wehr setzten.

Nun schüttelten die Kalisstronen ihre Lähmung ab und droschen zu.

Lorin kämpfte immer dort, wo seine Waffenfertigkeit und seine Magie am dringendsten benötigt wurden, obwohl sich der Einsatz seiner Energien in diesem Getümmel schwierig gestaltete.

Dank seiner Fertigkeiten blieb den Tzulandriern wenig Aussicht, den Überfall für sich zu entscheiden. Waljakov genoss das Gefecht gegen zwei Angreifer, drehte und wendete sich, täuschte und traf, bis die beiden Männer schwer verletzt am Boden lagen, unfähig, weiteren Widerstand zu leisten. Der Hüne atmete schwer; eine tiefe Wunde war ihm am Oberarm geschlagen worden, sein Brustharnisch wies eine Delle auf, wo ein Zacken der Beile das Metall beinahe penetriert hätte. Anerkennend nahm er eine der fremden Waffen auf und wog sie in der Hand.

Die Milizionäre legten sich notdürftige Verbände aus Kleiderfetzen an, um ihre Blutungen zu stillen. Lorins Blessuren schlossen sich von selbst.

Im allgemeinen Durcheinander achtete niemand auf DeRagni.

Er kroch auf allen vieren hinüber zum Tisch, auf dem die Unterlagen ruhten, langte mit einer Hand vorsichtig in das Panzerfach und zog mit spitzen Fingern eine Kassette heraus, die von dem Hut nicht herausgefegt worden und der Aufmerksamkeit entgangen war.

Rasch öffnete er den Behälter und nahm eine Apparatur heraus, die aus einem Rohr und einem Griff samt Abzug bestand. Das Loch richtete er auf die Gruppe aus Bardhasdronda und spuckte sodann das speichelnasse Löschpapier aus.

»Ihr bleibt, wo Ihr seid, oder ich jage Euch eine Kugel in den Kopf«, verkündete er und schwenkte den Lauf hin und her.

»Was soll denn das sein?«, meinte einer der Kalisstronen unsicher.

Der Commodore verdrehte die Augen. »Eine Handbüchse, du unwissendes Schaf! In der Wirkung schlimmer als eine Armbrust.«

»Es scheint ein paar Neuerungen auf Ulldart gegeben zu haben, auch was die Waffentechnik anbelangt«, brummte der Hüne und packte das tzulandrische Zackenbeil, um es aus dem Handgelenk schleudern zu können, sobald ihn DeRagni aus den Augen ließ.

Lorin hatte aus dem Vorfall mit Soini gelernt und vermied es, nur sich selbst zu schützen, andere aber weiterhin angreifbar zu lassen. Er konzentrierte sich. Eine blaue, transparente Glocke flirrte um den Palestaner auf. »Ich würde sagen, du bleibst, wo du bist.«

Der Commodore glotzte auf den schimmernden Widerstand. Mit der Mündung tippte er dagegen, ohne das Leuchten zu durchdringen. »Magie? Auf Kalisstron?«, staunte er. »Das ist doch ein Trick! Nur der Kabcar und seine Schwester sind in der Lage, auf diese Kräfte zurückzugreifen!«

»Offensichtlich nicht«, bemerkte der junge Mann mit den dunkelblauen Augen. »Mich gibt es auch noch. Leg das Ding auf den Boden und sei friedlich.«

»Ihr wart das? Ich habe da eine viel bessere Eingebung.« DeRagni zielte blitzschnell auf Lorins Kopf. »Wollen mal sehen, ob Ihr das aufhaltet.«

Krachend entlud sich die Handbüchse. Die Milizionäre zuckten erschrocken von dem Lärm zusammen. Lorin musste sich beherrschen, um nicht vor Überraschung die Konzentration zu verlieren. Etwas sagte ihm, dass sein Schädel den Einschlag des Geschosses, wie immer es auch aussah, andernfalls nicht überstehen würde.

Das Projektil prallte nach einem kurzen Flug gegen die Barriere, wurde von dort mit einem lauten

Geräusch abgelenkt und sirrte mehrfach wie eine wild gewordene Wespe gegen die durchsichtigen, und dennoch steinharten Wände, bis das Scheppern abrupt abriss.

»Wo ist es hin?«, wunderte sich ein Kalisstrone.

Der Commodore öffnete und schloss den Mund mehrmals, ohne etwas zu sagen, tastete seinen Rücken ab und hielt sich die von seinem Blut rot gefärbte Hand vors Auge. Dann brach er mit einem ungläubigen Stöhnen zusammen.

Lorin ließ die Barriere zusammenfallen und prüfte den Puls des Palestaners.

»Der ist hinüber«, meldete er und hob die Waffe auf, aus deren Mündung immer noch Rauch kräuselte. Er nahm dem Toten die Unterlagen ab und stopfte sie unter sein Lederwams. In der Kassette, aus der die Handbüchse stammte, fand er viele Kügelchen und einen Beutel mit schwarzem Pulver sowie weitere Utensilien, die in irgendeinem Zusammenhang mit der Handbüchse zu stehen schienen.

Neugierig drehte und wendete er die Feuerwaffe. Probehalber zog er den Hahn zurück, bis der klickend einrastete. Als er den Abzug betätigte, schlug die Spitze nach unten, ohne dass etwas geschah. »Wie geht das, Baraldino?«

Der Adjutant zuckte unglücklich mit den Achseln. »Das ist eine Waffe für hohe Offiziere. Noch ist sie zu teuer, dass komplette Mannschaften damit ausgerüstet werden. Ich kenne mich mit der Bedienung leider nicht aus.«

Kurz entschlossen packte Lorin alles ein, und Waljakov nahm zwei der Beile an sich.

»Wir müssen weg«, schätzte der K'Tar Tur. »Das Krachen der Waffe war weithin zu hören.«

»Nein«, entschied Lorin. »Wir holen den Bürgermeister her und erklären ihm, auf was er und seine Leute hereingefallen sind.« Er schaute zu dem Adjutanten. »Und du wirst uns alles bestätigen.«

Baraldino zeigte Zähne. »Warum sollte ich? Welcher Vorteil könnte mir daraus erwachsen?«

»Du wirst nicht so wie dieser Krämer enden.« Waljakov deutete mit dem Beil auf DeRagni. »Du wirst unbehelligt auf Kalisstron bleiben können. Im Kontor.«

Der Palestaner überlegte, fand aber keinen anderen Ausweg. Die Kooperation erschien ihm das Beste in seiner Lage zu sein, alles andere würde sich im Lauf der Zeit ergeben. *Ich stelle mich weiterhin dumm und tue so, als würde ich sie unterstützen. Es wird nicht mehr lange dauern, bis die Flotte anrückt.* »Nun gut. Könnten wir das irgendwie vertraglich festhalten? Ich verlasse mich ungern auf mündliche Abmachungen.«

Von unten erklang vielfaches Fußgetrappel. Die Wache kam offenbar in die Handelsniederlassung, um nachzusehen, was diesen infernalischen Lärm veranstaltet hatte.

»Bist du dir sicher, Knirps?«, erkundigte sich der Hüne, als die Miliz Vekhlathis vorsichtig die Stiegen erklomm.

»Kein Blutvergießen mehr«, befahl er und legte die Waffe auf die Holzdielen. Unwohl folgte Waljakov seinem Beispiel, ihre Begleiter taten es dem Anführer nach. Waffenlos präsentierten sie sich den Wachen.

»Folglich hätte es das zugesicherte Handelsabkommen nicht gegeben?«, verlangte Atrøp, der cerêlische Bürgermeister von Vekhlathi zu wissen.

Patamo Baraldino schaute an die Decke des Dienstzimmers, in das er gebracht worden war. »Das kann ich nicht mit Sicherheit verneinen«, wich er aus, »aber es dürfte recht unwahrscheinlich sein, dass der Vertrag in allen Punkten voll zum Tragen gekommen wäre. Allerdings wurde ich darüber kaum in Kenntnis gesetzt, was der Kaufmannsrat mit dem Kabcar verabredet hat.« Er richtete seinen brokatenen Rock. »Ich weiß nur, dass wir hier sind, um Unruhe zu stiften.«

»Das alles spricht dafür, dass sich eine Gefahr dem Kontinent nähert, die ursprünglich völlig überraschend über Kalisstron hereinbrechen sollte«, schloss Lorin die Anhörung, die nun schon zwei Stunden dauerte. Er nahm die Unterlagen und hielt sie hoch. »DeRagni ist leider tot. Wenn es uns trotzdem gelingt, diese hier zu entschlüsseln, werdet auch Ihr restlos überzeugt davon sein, den Falschen vertraut zu haben, Atrøp.«

Der Cerêler, der abgesehen von der kindlichen Statur der Heiler nichts mit Kalfaffel zu tun hatte, schien ohnehin von dem Gehörten umgestimmt worden zu sein. »Wir werden auf alle Fälle keinerlei bewaffnete Konflikte zwischen den Städten herbeiführen«, sicherte er zu. »Das alles ist viel zu unübersichtlich. Die Entwicklung deutet darauf hin, dass wir uns von den Palestanern und deren hochtrabenden Versprechungen blenden ließen.« Er nahm die Papiere an sich. »Ich lasse Abschriften machen, damit sich die klügsten Köpfe aus Vekhlathi und Bardhasdronda damit beschäftigen können.«

»Ich danke Euch, Bürgermeister«, nickte der junge Mann erleichtert und atmete auf. Die Gefahr eines Krieges schien somit vorerst gebannt, zumal er nicht den Eindruck hatte, Atrøp plane eine Gemeinheit. »Was gedenkt Ihr zu tun, wenn neue Tzulandrier oder Palestaner auftauchen?«

»Festsetzen«, entschied der Cerêler. »Vielleicht erfahren wir von denen mehr. Ich habe lediglich Angst davor, dass sie den Überfall vorziehen, wenn ihre Spione sich nicht mehr melden.«

»Wenn sie soweit wären, würden wir ihre Segel schon lange sichten«, gab Waljakov seine Einschätzung ab. »Sie sind sicherlich noch mit den Vorbereitungen beschäftigt. Hätten sie eine große Übermacht zur Verfügung, brauchten sie die kalisstronischen Schereieien nicht anzuzetteln, um den Gegner in seinem Inneren zu schwächen.«

»Das macht Sinn«, stimmte Atrøp dem Hünen zu. »Man sollte alle Küstenstädte vor fremden Segeln und Schiffstypen, nicht zuletzt vor den Palestanern warnen. Alles, was aus Ulldart kommt, muss mit Vorsicht betrachtet werden. Wie wäre es, wenn ich Boten nach Norden und Bardhasdronda welche in den Süden schickt?« Er setzte ein paar Zeilen an Kalfaffel auf und reichte sie Lorin. »Hier, gebt meinem Amtskollegen das, Seskahin.« Er lächelte vorsichtig. »Unsere Städte sollten rasch wieder Freundschaft schließen, damit wir uns gegen die Fremdländler besser zur Wehr setzen können.«

»Einverstanden«, strahlte der Anführer der Truppe. »Ihr macht uns damit sehr glücklich.«

Der kleinwüchsige Heiler deutete eine Verbeugung an. »Der Dank gebührt Voll und Ganz Euch, Seskahin. Von Eurem Mut habe ich schon viel gehört. Jetzt weiß ich, dass nicht ein Wort davon erfunden ist. Ohne Euch und Eure Wachsamkeit wäre es gewiss zu einem großen Unglück gekommen. Das wird niemand hier vergessen.«

Sie schüttelten sich die Hände und verließen die Amtsstube.

Lorin, Waljakov und die Milizionäre ruhten sich im besten Gasthaus von Vekhlathi aus und machten sich erst am folgenden Tag auf den Rückweg. Zuvor behandelte Atrøp persönlich ihre Verletzungen. Baraldino verblieb in der Obhut der Stadt und fügte sich ohne weitere Proteste in sein Schicksal. Wahrscheinlich hoffte er auf Unterstützung aus Ulldart.

Die Abenteurergruppe wählte den Seeweg, da es sich dabei um die kürzere und schnellere Strecke handelte. Unterwegs unterhielten sich die Männer leise und sprachen über die Ereignisse sowie Erfolge der letzten Tage.

Lorin schlenderte zu Waljakov, der am Bug des beladenen Kahns saß und nachdachte, während er seine mechanische Hand in regelmäßigen Abständen öffnete und schloss. Er fuhr zusammen, als der Schatten seines Schützlings über ihn fiel.

»Trauer um meinen Vater?«

Die Kiefer des Hünen mahlten.

»Ist alles so, wie es sein sollte?«, erkundigte sich Lorin und ließ sich neben ihm nieder. »Du bist mir noch eine Antwort schuldig.« Er schaute dorthin, wo Bardhasdronda liegen müsste. »Und es kamen noch ein paar neue Rätsel hinzu. Ich habe vor den anderen nichts gesagt, weil sie denken, du hättest in einem ulldartischen Dialekt gesprochen.« Waljakov blickte ihn verwundert an. »Als du mit den Tzulandriern kämpftest«, half ihm der junge Mann auf die Sprünge. »Und unten im Stauraum.«

Der ehemalige Leibwächter des Kabcar griff neben sich und holte eines der eroberten Beile hervor. »Wenn man dieses Ding wirft, durchtrennt es einem erwachsenen Mann auf zwanzig Schritt immer noch den Unterschenkel ab«, erklärte er, als hätte er die Fragen nicht gehört.

»Ablenken funktioniert bei mir nicht«, sagte Lorin standhaft. »Bitte, was immer du hast, lass mich dir helfen. Es ist doch nicht nur der Kummer, der dich plagt.«

Eindringlich betrachtete er seinen Mentor. »Ich verdanke dir zu viel, als dass ich tatenlos zusehen würde, wenn es dir schlecht geht. Dunkelangst hattest du noch nie, und ein Dialekt kann es auch nicht sein. Ich habe ihn weder bei Matuc noch bei Fatja gehört.«

Als der glatzköpfige Mann belustigt lächelte, wusste Lorin so gar nichts mit der Reaktion anzufangen. »Es scheint, als müsste ich solche Unterredungen mit den Bardri¢s, die ich von klein auf kenne, alle paar Jahre führen«, meinte der Hüne und offenbarte in knappen Sätzen das Geheimnis seiner Herkunft als K'Tar Tur, wie er es einst vor Lodrik getan hatte.

Er zeigte dem jungen Mann auch, was unter der metallenen Hand steckte.

Anders als bei der ersten Demonstration vor Lorins Vater fehlten nun wirklich einige Fingerbreit der ohnedies stark verkürzten, verkümmerten Hand. Es war die Folge des Kampfes, den er gegen Nesrecas Helferin ausgetragen hatte und bei dem Rudgass ihm durch das Betätigen der Speerschleuder das Leben bewahrt hatte.

Bei dieser künstlichen Hand musste alles noch besser angepasst werden, ein wenig der alten Kraft war verloren gegangen. Dennoch blieb genügend übrig, um mehr anzurichten als andere Sterbliche.

Lorin zeigte sich beeindruckt und ärgerte sich, dass er niemals mehr hinter der künstlichen Extremität vermutet hatte. Die Dunkle Sprache, die Waljakov beherrschte, bezauberte ihn, ihr Klang übte eine merkwürdige Faszination auf ihn aus. »Wissen Matuc und Fatja um deine Abstammung? Soll es ein Geheimnis bleiben?«

Waljakov lachte leise. »Die kleine Hexe war der erste Mensch, der mich auf Anhieb durchschaute, ohne es jemals genau zu wissen. Ich wäre froh, wenn du es für dich behieltest.« Er betrachtete die schwappenden Wellen. »Genau so, wie du die andere Sache vorerst verschweigst.« Darauf erklärte er dem jungen Mann sein seltsames Verhalten, das auf den Spuk und dessen Wirkung zurückging. »Håntra und ich sind der Lösung bereits sehr nahe. Du würdest mit deinen magischen Fertigkeiten schätzungsweise kaum etwas gegen diesen Gegner ausrichten. Sollte ich aber meinen Verstand verlieren, sorge zusammen mit ihr dafür, dass der Geist verschwindet.«

»Was machst du denn für Geschichten?!«, staunte Lorin. »Warum hast du es mir nicht ...«

»... früher gesagt?«, vollendete Waljakov. »Wozu? Håntra ist in dieser Angelegenheit die bessere Helferin.«

Lorin zog die Nase hoch. »Der Tod meines Vaters hat dich getroffen, nicht wahr?«

Der einstige Leibwächter seufzte und drehte das tzulandrische Beil, prüfte die vielen scharfen Kanten und Schnittflächen mit dem Daumen. »Er war, und das lasse ich mir von niemandem ausreden, ein guter Mensch. Andere haben den aus ihm gemacht, vor dem die wissenden Menschen des Kontinents, schließlich sogar seine eigenen Freunde bangten. Die Schlechtigkeit, die in uns allen wohnt und darauf lauert, frei gelassen zu werden, wurde von anderen genährt.« Seine eisgrauen Augen ruhten auf dem Gesicht seines Schützlings; die Ähnlichkeit mit Norina fiel ihm in diesem seltenen sentimentalen Augenblick besonders auf. »Und es hat den Anschein, als hätte Nesreca sein Werk an den Kindern fortgeführt. Die Dunkle Zeit ist mit Lodriks Tod nicht beendet. Sie scheint sich nun auch auf andere Länder auszubreiten. Die alte Gebetsmühle wird der gleichen Ansicht sein.« Er fragte sich, was wohl aus dem Piraten und der Brojakin geworden war.

»Soll das heißen, dass ich nach Ulldart muss, um meine Heimat vor ... meinen Geschwistern zu retten?«, murmelte Lorin halblaut. *Alle Zeichen deuten darauf hin.*

»Wenn die Tzulandrier immer noch die gleiche Schlagkraft besitzen, wie ich sie erlebt habe, dürfen sie den Fuß nicht auf kalisstronischen Boden setzen«, meinte Waljakov. »Die Miliz wird den schlachtenerprobten Soldaten kein ebenbürtiger Gegner sein, wie du an dem Kampf im Kontor sahst. Eine Stadt einzunehmen wird ein Kinderspiel für sie sein, nachdem sie die mächtigen Inselfestungen auf Rogogard geknackt haben. Und das ist nicht übertrieben.«

»Warten wir ab, was die anderen dazu sagen.« Der junge Mann mit den dunkelblauen Augen betrachtete das offene Meer und stellte sich eine Vielzahl von fremden Segeln vor. Die Angreifer würden zu Tausenden aus den Rümpfen stürmen, Bardhasdronda und den Rest der Ostküste einfach überrollen und die Kalisstri unterjochen.

Was würde dann aus mir und Jarevrån werden, was aus unseren Nachkommen? Selbst wenn ihm der Gedanke nicht gefiel, in unbekanntes Terrain zu reisen, auf fremde Menschen zu treffen und in die völlige Ungewissheit zu gehen, konnte er mit seinem Einschreiten womöglich das düstere Schicksal eines unterdrückten, von Eroberern geschundenen Landes verhindern. Er würde das Wagnis vielleicht doch in Kauf nehmen. Um Jarevrån jegliches Unheil zu ersparen.

»Warten wir, was die anderen sagen«, wiederholte er langsam und stand auf, um einen Blick auf die Umrisse der Stadt zu werfen, die allmählich in Sicht kam.

Obwohl er es nicht wollte, gaukelte ihm seine Phantasie tzulandrische Eroberer vor, die die Mauern wie

Heuschrecken erklommen und Bardhasdronda plünderten.

Sein vager Entschluss wandelte sich zur Gewissheit.

Kalfaffel studierte den Brief, den Lorin ihm von Atrøp mitbrachte. »Es scheint, als hättest du meinen cerêlischen Bruder schneller zur Vernunft gebracht, als ich das in den letzten Jahren vermochte, Seskahin.« Stolz glitt sein Blick über die Gesichter der Freiwilligen. »Ihr alle habt etwas vollbracht, was die Geschichtenerzähler lange rühmen sollen. Dieser Mut ist mehr als bewundernswert.«

»Ich werde noch einen Schritt weitergehen«, erhob Lorin die Stimme. »Nicht, um meinen Mut zu beweisen. Eine Gefahr muss aufgehalten werden, bevor sie bei uns ankommt. Sobald die Witterung es zulässt, breche ich nach Ulldart auf.«

Waljakov, Matuc und Fatja, die ebenfalls im Wohnzimmer des Bürgermeisters saßen, schauten ihn wie auf einen stummen Befehl hin an.

»Es soll nicht eigensüchtig klingen«, warf der Cerêler behutsam ein, »aber einen Helden wie dich, einen magisch begabten Helden, brauchten wir dringend bei uns für den Fall, dass die Invasoren schneller bei uns landen als angenommen.«

»Bei allem Respekt«, schaltete sich Waljakov ein, »aber sollten die Tzulandrier mit ihrer Flotte aufkreuzen, brauchte es ein ganzes Heer von Magiern, um ihnen Einhalt zu gebieten. Wenn man eine Überschwemmung aufhalten will, stopft man das lecke Fass und wischt nicht so lange auf, bis es leer ist.«

»Genau so sehe ich es auch«, freute sich Lorin über den Beistand. »Der Angriff muss im Keim erstickt werden, indem ich mich denen stelle, die der Grund für die

Angriffe sind.« Seine blauen Augen leuchteten auf. »Wenn ich alles richtig verstanden habe, bin ich der Einzige, der meinen Geschwistern etwas entgegenzusetzen vermag.« Er schaute zu seinem Ziehvater. »Zuerst, das gebe ich zu, wollte ich Kalisstron nicht verlassen. Es ist meine Heimat. So habe ich noch vor kurzem gedacht, die Ulldarter sollen ihre Angelegenheiten selbst regeln und uns in Ruhe lassen. Aber dummerweise tun sie das nicht.« Er blickte die Anwesenden der Reihe nach an, während er redete. »Mein Bruder will offensichtlich noch mehr Land, das er beherrschen kann. Und ich werde ihn aufhalten. Warte ich ab, ist der Ausgang zu ungewiss.« Er senkte die Stimme. »Versage ich, spielt es sowieso keine Rolle mehr. Vielleicht kehre ich nicht mehr zurück, vielleicht bleibt meine Unternehmung nur ein Versuch. Doch alles andere fruchtet nichts. Ich bin jedenfalls bereit, mich meinem Schicksal, meiner Bestimmung zu stellen.«

Fatja nahm seine Hand und drückte sie, Matuc nickte ihm zu, Waljakovs Miene war undeutbar wie immer. Kalfaffel dagegen brauchte ein wenig, um sich von der Überraschung zu erholen.

»Ich hatte schon mehrfach Visionen«, meldete sich Lorins große Schwester. »Es ist so, wie er es vermutet. Seine Zukunft, sein Handeln ist eng mit den Geschehnissen auf Ulldart verbunden. Alles Entscheidende wird sich dort abspielen, nicht auf Kalisstron.«

Schweigen senkte sich auf die Versammlung nieder.

»Wenn es so sein soll, gebe ich dir das beste Schiff und die besten Seeleute«, sagte der Bürgermeister und stopfte sich seine Pfeife. »Du wirst sicher in Ulldart ankommen, sobald die Winterstürme vorüber sind.« Er reichte ihm die Hand, ohne Angst zu haben, dass es zu einer magischen Reaktion kommen würde. »Wenn du

Teil eines höheren Geschehens bist, Seskahin, soll es nicht daran scheitern, dass wir Menschen aus Bardhasdronda dich nicht dorthin bringen, wo du dringend benötigt wirst.«

»Und rate, wer dich begleitet«, sagte der einstige Leibwächter. *Ich muss noch ein paar offene Rechnungen begleichen, und wenn es das Letzte ist, was ich tue.*

Matuc stampfte mit seinem Gehstock auf. »Das Schiff wird richtig voll werden.«

»Vielen Dank, Kalfaffel«, sprach Lorin. »Entschuldigt mich, ich will Jarevrån nicht in Unkenntnis lassen. Im Übrigen bitte ich, dass meine Abreise bis zum eigentlichen Tag geheim gehalten wird. Ich will nicht die nächsten Wochen von den Menschen angestarrt werden, was bestimmt passieren würde.« Er grüßte in die Runde und verließ das Haus des Cerêlers.

»Mein kleiner Bruder ist ziemlich tapfer und sehr erwachsen für sein Alter«, befand Fatja. »Er ist recht selbstlos.«

»Wie alle Helden«, meinte Waljakov trocken und stand auf.

»Ganz glücklich bin ich nicht damit. Wenn meine Visionen doch nur deutlicher ausfielen.«

»Ich weiß, wie es endet. Ohne Schicksalsleserei, kleine Hexe«, grollte der Hüne, bevor er ging. »Wir gewinnen.«

Leise lachend löste sich die Versammlung auf.

Doch die Heiterkeit wirkte in gewisser Weise verkrampft. Wohl war keinem, wenn er an das Kommende dachte.

Hántra schenkte Waljakov ein Lächeln, das ihm durch und durch ging, das Kälteste in ihm erwärmte und seine Sorgen für eine kleine Weile verscheuchte.

»Ich habe in den Eintragungen des Tempels das Geburtenregister der Stadt durchsucht. Zuerst habe ich zurückgerechnet, wie alt meine Schwester und ich damals waren und welches Alter ihr Liebhaber erreichte.« Sie küsste den K'Tar Tur zur Begrüßung auf die Wange. »Es kommen nur noch zwei ›Arnarvaten‹ in Frage, alle anderen sind tot oder passen nicht.«

Waljakov nahm sie unsicher in die starken Arme und berührte mit den Lippen ihre Stirn. Er erfreute sich an ihrer Wärme. *Wie schade, dass ich dieses Glück nicht schon viel früher erlebt habe.* »Sehr gut.«

»Ich weiß auch, wo sie wohnen. Der eine ist sogar der Vater eines recht bekannten Sohnes.«

»Von Arnarvaten, dem Geschichtenerzähler? Fatjas Ehemann?«, mutmaßte Waljakov wenig begeistert.

»Genau der«, bestätigte sie.

Bitte, ihr Götter, lasst es ihn nicht gewesen sein. Und trotzdem würde er ihm den ersten Besuch abstatten.

»Und wie erhalten wir unsere Antworten?«, wollte sie wissen.

Der muskulöse Mann, neben dem Håntra zierlich und zerbrechlich wirkte, bleckte die Zähne zu einem Lächeln, das ihr ein wenig Angst einjagte. »Ich frage sie ganz höflich. Meinem Liebreiz können die Wenigsten widerstehen.«

Etwas später am Abend stand sie vor dem Haus, in dem jener Mann wohnte, der unter Umständen Rickseles Tod verschuldet hatte.

»Ja?« Arnarvaten Tøngafå riss mit einem mürrischen Gesicht die Tür auf und betrachtete das seltsame Paar auf seiner Schwelle. Als er die Kleidung der Priesterin erkannte, wurde er sofort freundlicher. »Was kann ich Gutes für Euch tun?«

»Wir hätten ein paar Fragen an Euch«, sagte die Kalisstronin in unverfänglichem Tonfall. »Sie sind persönlicher Natur.«

Der Mann runzelte die Stirn. Man sah ihm deutlich an, dass ihm der Besuch merkwürdig vorkam. »Persönlich? Was heißt das?«

»Wir sollten das im Haus besprechen«, schlug die Frau vor. »Zwischen Tür und Angel lässt sich nicht gut reden.«

»Ich weiß nicht, ob ich überhaupt mit Euch reden will.« Tøngafå zog den Kopf zurück und wollte die Tür schließen, als Waljakov seinen Fuß in den Spalt schob.

»Wir reden. Ob es dir passt oder nicht.« Er machte einen Schritt nach vorn und drängte sich durch den Eingang. Der Kalisstrone wich zurück.

»Das ist eine Ungeheuerlichkeit von Euch, Eisblick«, machte er seinem Ärger Luft. »Wenn Ihr nicht ein sehr guter Freund meiner Schwiegertochter wärt, würde ich auf der Stelle die Miliz rufen.« Waljakov trat in die Stube und setzte sich gleichgültig in den Sessel. »Fühlt Euch nur wie zu Hause«, fügte er ironisch hinzu. »Um was geht es?«

»Wir sind auf der Suche nach einem Mörder«, verkündete der einstige Leibwächter kalt und bannte den Mann mit seinen grauen Augen. »Du könntest es durchaus gewesen sein. Da dachten wir, wir fragen dich einfach.«

Der Kalisstrone lachte laut auf. »Das muss ich unbedingt meinem Sohn erzählen. Er ist immer dankbar für eine gute Geschichte.«

»Die meisten hat er wohl von Euch?«, erkundigte sich Håntra und stellte sich neben ihn.

Tøngafå nickte. »Ich habe ihm das Talent in die Wiege gelegt, ja. Auch wenn ich nicht weiß, was das mit der unsinnigen Tatsache zu tun hat, dass Ihr sogar in mein Haus kommt und törichte Beschuldigungen aufstellt. Wen soll ich eigentlich umgebracht haben? Und wie?«

»Ihre Schwester«, sagte Waljakov finster und schnellte hoch, um sich vor dem Mann aufzubauen. »Ricksele.«

Die Unsicherheit, die in den Augen seines Gegenübers aufflackerte, sagte mehr als sämtliche Worte. »Ich habe keine Ahnung, wen Ihr meint«, log Tøngafå viel zu offensichtlich. »Wann soll ich das Eurer wahnwitzigen Meinung nach getan haben?« Er überspielte sein Erschrecken mit vorgetäuschter Selbstsicherheit.

»Vor ziemlich genau vierundzwanzig Jahren«, erklärte ihm Waljakov ohne jedes Gefühl. »Du warst mit ihr am Feuerturm, der erste in südlicher Richtung nach Bardhasdronda. Wo ihr eure Initialen in den Stein geritzt habt.« Arnarvatens Vater duckte sich zusammen, die Augen weiteten sich. »Du hieltest sie am Gürtel und hast sie fallen lassen. Sie bezahlte ihr Vertrauen in dich, ihre Liebe zu dir, mit dem Leben.«

»Nein«, stieß Tøngafå hervor. »So war es nicht.«

»Nun muss sie als Spuk umherziehen«, setzte Waljakov nach. »Wegen dir.«

»Ich habe sie nicht getötet.« Der Kalisstrone plumpste auf einen Stuhl und legte die Hände in den Schoß, den Blick gesenkt. »Es war ein Unfall«, gestand er leise. »Warum wollt Ihr längst Vergessenes ausgraben? Was ändert es an der Geschichte? Ricksele wird dadurch nicht lebendig.«

»Sie ist niemals gegangen«, erwidert Håntra. »Aus Gram, aus Enttäuschung hat sie schon viele Unschuldige in den Tod gerissen. Das wusstest du doch!«

Tøngafå sackte in sich zusammen. »Ich vermute, Ihr seid als Nächster an der Reihe, den Verstand zu verlieren?«, sagte er an Waljakov gewandt. »Ich wünsche Euch viel Glück und den Beistand Kalisstras, damit Ricksele Euch ...«

»O nein.« Waljakov packte ihn am Oberarm und stellte ihn auf die Füße. »Ich lasse mich nicht für etwas bestrafen, was du verschuldet hast.« Wie ein störrisches Kind zerrte er ihn zur Tür und warf ihm einen Mantel über. »Wir gehen zum Turm. Du stellst dich dem Spuk.«

Aus Tøngafås anfänglichem Sträuben wurde ein halbherziger Widerstand, der sich schließlich legte. Beinahe lethargisch folgte er den beiden durch die Gassen, das Tor hinaus und den Strand entlang.

»Der Gürtel riss«, sagte er auf der Hälfte der Strecke mehr zu sich selbst. Sein gläserner Blick richtete sich auf die Schwester der Toten. »Sie stürzte in die Tiefe. Ich war entsetzt, wusste nicht, was ich tun sollte, als ich ihren Körper zerschmettert auf den Klippen liegen sah... Meine Frau hätte es mir niemals verziehen. Ich hatte Angst, fürchtete mich vor den Folgen für mein bisheriges Leben.« Seine Schritte wurden langsamer. »Ricksele bedeutete mir dennoch unendlich viel. Hätte ich sie früher kennen gelernt, wäre sie meine Frau geworden.«

Die Priesterin schluckte schwer, als sie zum ersten Mal hörte, wie ihre Schwester wirklich ums Leben gekommen war, und sie vergoss stille Tränen.

»Ein praktischer Unfall«, knurrte Waljakov. »Los, weiter. Es fängt an zu regnen. Wenn ein Sturm aufkommt, möchte ich nicht ewig dort oben ausharren müssen, bis du die Angelegenheit geregelt hast.«

»Sieht sie immer noch aus wie früher?« Tøngafås Blick umwölkte sich. Die Vergangenheit, die jahrelang unterdrückten Schuldgefühle brachen hervor und bemächtigten sich seiner. Widerstandslos trabte er hinter dem Hünen her und erklomm die Stufen, bis sie endlich oben auf dem Kliff angelangten.

Wie angewurzelt blieb der Kalisstrone stehen, als er den Ort erkannte, an dem das schreckliche Unglück vor mehr als zwei Dekaden geschehen war.

Waljakov packte ihn am Arm und katapultierte ihn in die Nähe des Abgrunds. »Jetzt warten wir, bis etwas geschieht.« Er winkte den Türmlern, die neugierig in ihre Richtung blickten und sich über das rege Treiben an ihrem Beobachtungspunkt sehr wunderten. »Tut eure Arbeit und schaut aufs Meer!« Eilig gehorchten sie.

Håntra stellte sich an Waljakovs Seite und betrachtete ihren Landsmann. »Ich bete zu Kalisstra«, flüsterte sie und hielt sich am Arm ihres Gefährten fest.

Vom Spuk fehlte jedoch jede Spur. Der Wind nahm an Stärke zu, die Wolken wurden dunkel und schwarz.

Tøngafå rief immer wieder den Namen der Verstorbenen, lenkte seine Schritte bis dicht an die Bruchkante, wie um zu schauen, ob er ihren Leichnam im schäumenden, sich brechenden Wasser entdeckte.

Der Regen strich nun bindfadendick über die karge Grasfläche des Plateaus und durchnässte die drei Gestalten mehr und mehr.

Waljakov schien zur Statue geworden zu sein. Er bewegte sich erst wieder, als Håntra vor Kälte mit den Zähnen klapperte. Anstandslos zog er seinen Umhang aus und legte ihn ihr um.

Plötzlich befiel ihn ein ungeheurer Druck im Kopf, der ihn zum Aufstöhnen brachte. »Sie muss irgendwo sein«, presste er hervor.

Besorgt wandte sich die Priesterin um, taumelte rückwärts und legte sich eine Hand vor den Mund.

»Ihr habt mir den gebracht, für den ich starb«, sagte eine Frauenstimme hinter Waljakov.

Der K'Tar Tur wirbelte herum und schaute in das Gesicht von Ricksele, die ihrer Schwester so ähnlich sah.

»Ich sage meinem alten Freund rasch guten Tag.« Ihre bleichen Finger hoben sich langsam und strichen dem Hünen über die Stirn, woraufhin das Gefühl, dass sein Schädel bersten müsse, endlich erstarb. »Euch beiden sage ich Dank dafür.« Sie schaute Håntra warm an. »Und dir sage ich auf Wiedersehen, Schwester.«

Rickseles Spukgestalt schwebte hinüber zu ihrem Geliebten und berührte ihn sanft an der Schulter, wisperte ihm etwas ins Ohr. Er drehte sich zu ihr um und erschrak sichtlich. Fahrig fummelte er etwas aus seiner Manteltasche und hielt es Ricksele hin, dann brach er in verzweifeltes Weinen aus. Der Geist nahm den Gegenstand in die Hand und betrachtete ihn.

»Es ist der gerissene Gürtel! Er hat den Gürtel all die Jahre aufgehoben«, sagte die Håntra bewegt und rückte dichter an den ehemaligen Leibwächter heran.

Ricksele gab den Gürtel frei. Ein starker Luftzug trug ihn fort, weg von den Steilhängen und wehte ihn in Richtung der offenen, aufgewühlten See. Tøngafå und Ricksele – der Mann und die Spukgestalt – sanken einander in die Arme und verharrten so.

Schließlich wandte sich der Kalisstrone zum Abgrund und lehnte sich langsam in den Wind. Ricksele schnellte nach vorn und griff in letzter Sekunde nach dem Gürtel des Mannes, um ihn vor seinem absichtlichen Sturz zu bewahren.

»Sie hat ihm verziehen.« Waljakov schaute zu seiner Geliebten und legte ihr einen Arm um die Schulter, küsste sie auf die Schläfe. »Und ich behalte meine Sinne bei mir.«

Der Aufschrei der Kalisstronin kam unvermutet. Als er zum Abgrund blickte, sah er, wie der Geschichtenerzähler sich an seinem Gürtel zu schaffen machte. Die

Schnalle öffnete sich, der Lederriemen rutschte augenblicklich durch die Laschen. Ohne ein Wort des Abschieds sackte der Mann in die Tiefe. Rickseles Geist verschwand in einem regenbogenfarbenen Schimmern, der Gürtel fiel auf den Stein.

Waljakov sparte sich den Weg an die Kante. Einen solchen Sturz überlebte niemand.

Håntra warf sich gegen seine Brust. »Warum hat er das getan?«

»Es bleibt nicht viel«, brummte der Hüne, überrascht von der Handlungsweise des Mannes. »Schuldgefühle oder Liebe, um mit ihr im Tod vereint zu sein.«

»Wäre es sehr schlimm, wenn ich ihm die Liebe unterstelle?«, meinte die Priesterin gerührt, während sie hinaus aufs Meer blickte.

Waljakov schüttelte den Kopf und trat hinter sie, schlang die Arme um ihren Leib. Schweigend beobachteten sie, wie das aufziehende Unwetter den Himmel und das Meer verdunkelte.

»Kommt endlich rein!«, rief einer der Türmler zu ihnen herab. »Der Sturm wird euch sonst noch davontragen.« Er schaute sich um. »Wo ist Tøngafå?«

Waljakov löste sich von Håntra, um über die Klippen nach unten zu schauen. Die Leiche es Mannes blieb verschwunden.

»Gegangen«, antwortete er und trat mit Håntra in den Turm.

Die beiden verbrachten die Nacht im Notlager des Beobachtungspostens und teilten das Bett miteinander. In diesen Stunden kamen sich so nah wie niemals zuvor und genossen die gegenseitige Zuneigung, wie es glücklich Verliebte tun.

Als sie am nächsten Morgen nach Bardhasdronda zurückkehrten, besuchten sie zuallererst Arnarvaten, um ihm vom Tod seines Vaters und den Umständen des Ablebens zu berichten.

Der Geschichtenerzähler erlitt einen leichten Schock. Ausgerechnet er hatte die Begebenheit zu seiner Geschichte gemacht, die seinen Vater ungewollt in den Mittelpunkt eines tragischen Geschehens rückte.

Unter Tränen dankte er für das Überbringen der Nachricht und verließ das Zimmer. Fatja nickte den beiden zu und folgte ihrem Mann, um ihm in seinem Schmerz beizustehen.

Ein wenig traurig, tief im Innern jedoch erleichtert, dass Ricksele ihren Frieden gefunden hatte, spazierten sie durch die Stadt, die das kleine Unwetter unversehrt überstanden hatte.

»Ich habe einen Entschluss gefasst«, eröffnete Håntra unterwegs. »Ich werde aus dem Tempeldienst ausscheiden und mit dir nach Ulldart kommen, wenn du eines Tages gehst.« Die grünen Augen der Priesterin hefteten sich liebevoll auf das Gesicht des Kriegers, um an seiner Miene abzulesen, was er davon hielt.

Waljakov war überwältigt, strahlte sie an. Dann aber erlosch die Freude. »Es wird schon bald so weit sein. Ich weiß nicht, ob ich lebend aus diesem Kampf zurückkehre«, sagte er ihr ehrlich. »Sollte mir etwas geschehen, säßest du mutterseelenallein auf einem fremden Kontinent.« Er sah ihr die Enttäuschung an. *Die ganzen Jahre über habe ich niemanden gefunden. Ausgerechnet nun, nun muss ich gehen.* Er streichelte ihr Gesicht, schluckte. *Ich werde mein Glück nicht mit Füßen treten.* »Ich verspreche dir, dass ich zurückkehre und dich holen werde. Zwei Jahre sollst du warten. Halte ich diese Frist nicht ein, suche dir einen guten Kalisstronen.«

Håntra küsste seine Fingerspitzen. Sie würde auf ihn warten, egal wie lange es dauerte. Mit einem Lächeln legte sie den Kopf an seine Brust. »Aber bis ihr nach Ulldart aufbrecht, wird noch Zeit vergehen, die wir für uns nutzen können.« Sie schaute ihn von unten an. »Wirst du den anderen sagen, was am Feuerturm geschehen ist?«

Waljakov verneinte. »Ich berichte Lorin, dass sich das Ganze zum Guten gewendet hat. Alles andere ist Arnarvatens Angelegenheit. Ich werde mit niemandem darüber reden, weil es der Abschluss einer Geschichte ist, die schon lange zurückliegt und nur noch in den Erzählungen weiterlebt.« Er berührte ihr schwarzes Haar mit den Lippen. »Und so mag es von mir aus bleiben.« Mit diesen Worten löste er sich von ihr und schritt die Straße entlang, um die Freunde zusammenzurufen.

Die Zeit schien nun wirklich reif, die Dinge in der Heimat ins rechte Lot zu rücken. Und zwar so schnell wie möglich, um endlich die Frau an seiner Seite zu haben, die ihm nicht den Verstand geraubt, sondern ihr Herz geschenkt hatte.

Er würde es unter keinen Umständen mehr missen wollen.

VIII.

**Kontinent Ulldart, Großreich Tarpol,
Provinz Huron, Frühherbst 459 n. S.**

Unter den Ästen einer mächtigen Ulldrael-Eiche graste ein stattlicher Schimmel und zupfte wählerisch die spärlichen Grashalme heraus, die sich unter dem gefärbten Laub des Baumes verbargen.

Morgentau bedeckte den Boden und alles, was über Nacht im Freien gelegen hatte. Ein dünner Nebelschleier hing über dem Land und löste sich allmählich in den Strahlen der Sonnen auf.

Es raschelte über dem Schimmel, ein paar welke Blätter schwebten herab, gefolgt von einer frierenden Gestalt, die sich steif aus dem Geäst der Eiche hangelte und sich Wärme in die kalten Finger blies, während sie auf der Stelle hin und her hüpfte.

»Das war das letzte Mal, dass wir uns einfach so in die Landschaft legen. Ich gönne mir bei der nächsten Übernachtung eine Scheune«, sagte Tokaro zähneklappernd. »Es ist nachts einfach zu kalt.«

Der Hengst schnaubte, weiß stieg die Atemluft aus seinen Nüstern.

»Ja, natürlich, dir macht es nichts aus.« Mit kräftigem Pusten entfachte er die Glut des Lagerfeuers. Meist verbrachte er die Nächte hoch in den Bäumen; Treskor würde ihn durch lautes Schnauben vor unliebsamen

Überraschungen warnen, die er dann von oben angreifen konnte. »Pferd müsste man sein, dann würde man auch nicht frieren.«

Etwas Reisig, eine Hand voll Blätter, und die Flamme erwachte zu neuem Leben. Wohlig seufzend hielt der junge Mann die Finger gegen die Wärme und taute auf. Bevor er sich wieder in den Sattel schwang, wollte er die Kälte aus dem Körper getrieben haben.

Seit Wochen ritt er umher und suchte die unterschiedlichen Anwesen von Ordensbrüdern auf, nur um kurz darauf wieder zu flüchten, weil Brojaken, andere Adlige oder Soldaten erschienen, um die Güter, Burgen und Schlösser in den Besitz den Krone zu ziehen sowie alle Ansässigen zum Verhör zu bringen.

Bardri¢ führte die Jagd auf die Hohen Schwerter augenscheinlich mit aller Härte. Wahrscheinlich befand er sich auf der Suche nach der letzten aldoreelischen Klinge. Aus Furcht, daran erkannt zu werden, verbarg Tokaro sie sorgfältig und hatte sich ein gewöhnliches Schwert umgebunden.

Die Order des Kabcar musste ihn irgendwann überholt haben. Denn als er sich nun erhob und seinen Blick in Richtung der Burg weit vor sich lenkte, die einst Herodin von Batastoia gehört hatte, sah er, wie die Standarte auf dem Burgfried eingeholt und die des Kabcar gehisst wurde. So ähnlich würde es auf Angoraja, dem Sitz des Großmeisters, wohl auch aussehen.

Es tat ihm nicht Leid, dass er sein Erbe verloren hatte. Er wusste nicht einmal, wie viele Ländereien Nerestro von Kuraschka sein Eigen nannte. Doch es ärgerte ihn maßlos, dass Bardri¢ sich einer feigen Intrige bediente, um den Orden zu vernichten. Tokaro hatte die Bekanntmachungen über den Prozessverlauf gelesen und lauthals gelacht. Konstruiert bis zum letzten Anklagepunkt, gestützt von der Aussage gekaufter Zeugen und eines Verräters, musste das Urteil einem unbedarften Betrachter beinahe plausibel erscheinen. Und so hielt sich der Aufschrei über das Verbot des Ordens in der Bevölkerung in Grenzen.

Der Vorwurf, die Ritter beherbergten Kriminelle in ihren Reihen, traf ihn jedoch, weil es vermutlich der einzige Sachverhalt war, der zu Recht auf der Liste der Anschuldigungen stand.

Verbittert nahm er die aldoreelische Klinge aus seinem Rucksack und vollführte das morgendliche Gebet an Angor. Dann küsste er die Blutrinne des Schwertes und verstaute es so in einer Deckenrolle, dass man es nicht sah, er selbst es aber mit einer leichten Drehung aus dem Versteck blank ziehen konnte, falls er es anstelle seiner einfachen Klinge benötigte.

Seine Ordenskleider hatte er schon lange gegen das einfache Gewand eines fahrenden Abenteurers ausgetauscht, und den Kurzhaarschnitt verbarg er unter einem Barett, an dem drei schwarze Rabenfedern steckten.

Mit geübten Handgriffen zäumte er Treskor auf und schwang sich in den Sattel. Sein Magen knurrte laut.

»Wir suchen uns jetzt einen Bauernhof, bei dem wir etwas zu essen kaufen. Für mich Schinken, Brot und sonst was, du bekommst einen Eimer Hafer. Geld haben wir ja.« Der junge Mann grinste schadenfroh, als er mit dem Säckchen voller Waslec klimperte. Dank eines kleinen Besuchs bei einem hoheitlichen Steuereintreiber verfügte er über genügend Münzen. Weil er größere Städte mied, um den Kontakt mit Offiziellen so gering wie möglich zu halten, tat er sich mit dem Ausgeben seines Vermögens eher schwer. Dabei hatte er bereits händeweise Münzen an Bedürftige verschenkt.

»Ich weiß, was wir beide machen.« Tokaro kraulte das Streitross liebevoll zwischen den Ohren. »Wenn sie mich schon aufknüpfen wollen, sollten wir das fortsetzen, was wir vor der Begegnung mit Nerestro angefangen haben. Wir waren doch sehr gute Straßenräuber.« Er genoss die Wärme der Herbstsonnen auf der Haut. »Wir sind aufgestiegen und dürfen uns nun Raubritter nennen. Wir sind der Adel unter den Banditen.« Treskor wieherte leise seine Zustimmung, oder jedenfalls legte sein Reiter es so aus. »Wir sagen Bardri¢ den Kampf an, plündern Garnisonen, geben das Geld den Armen. Nachdem wir vorher einen kleinen Obolus abgezogen haben … Nach dem zu urteilen, wie sich der Kabcar verhält, werden wir in Windeseile beliebt.« Er würde den Herrscher, der so alt war wie er, durch seine Taten verspotten; er würde ihn und seine Leute vorführen und bloßstellen, damit das Volk über den eingebildeten Kabcar lachte, lachte und lachte.

Zu gern hätte er ihn in kleine Teile tranchiert, doch die Gelegenheit war damals ungenutzt vorübergegangen. Für das Ende des Ordens, für das Totendorf, welches das gleiche Schicksal vieler anderer Dörfer teilte, an denen er vorbeiritt, und den Raub der aldoreelischen Klingen sollten der Möchtegernkaiser und seine Helfer tausend Tode erleiden!

Beim nächsten Zusammentreffen werde ich ihm mehr als nur die Nase brechen, schwor er sich und richtete sich im Sattel auf, weil er das Dach eines Gehöftes in einem kleinen Tal ausgemacht hatte. Er lenkte den Schimmel auf den ausgetretenen Weg, der zu dem Bauernanwesen führte. Knechte waren damit beschäftigt, das letzte Stroh des späten Getreides einzulagern. Andere luden Süßknollen vom Wagen und schafften sie durch ein Loch hinunter in den Keller des Bauernhauses, um sie einzulagern. Die Mägde flochten Ähren als Wandschmuck für das anstehende Erntefest. Zwei große Hunde rannten bellend auf den Neuankömmling zu.

Treskor ertrug die kläffenden Aufpasser mit würdevoller Gelassenheit und setzte unbeirrt einen Huf vor den anderen. Tokaro hielt es nicht für nötig, die Zügel in die Hand zu nehmen, der Hengst würde ruhig bleiben.

Die Mägde sahen von ihrer Arbeit auf, drei Knechte kamen auf den jungen Mann zu, um ihn nach seinem Begehr zu fragen. Sie entspannten sich sichtlich, als er sich als harmloser Wanderer entpuppte, der dazu noch Geld hatte, um für sein Mahl zu zahlen.

Einer der Landarbeiter führte ihn in die Gesindekammer, wo ihm für einige Münzen eine ordentliche Vesper aufgetischt wurde. Während eine der Mägde das Essen zubereitete, versorgte Tokaro seinen Schimmel mit Hafer und viel frischem Heu.

Als er später am Tisch saß und den jungen Frauen kauend beim Flechten zuschaute, schweiften seine Gedanken zu Zvatochna. Die Erinnerung an ihr Gesicht brachte ihn zum Träumen. *Wäre wohl wirklich etwas aus ihr und mir geworden? Ich sollte sie besser einfach vergessen.* Doch etwas aus dem Gedächtnis zu streichen, das so unglaublich schön war und ihn dazu noch vor drohendem Unheil gewarnt hatte, gestaltete sich als unmöglich.

Lieber dachte er daran, dass er ohne die Hinterhältigkeit ihres machtbesessenen Bruders und Nesrecas als legitimer Ordensritter und Nachfolger von Nerestro mit ihr zusammen in Ulsar zu Tisch säße. *Sie werden weder mich noch die aldoreelische Klinge bekommen. Eher versenke ich sie im Moor.*

Wieder schlugen die Hunde an, dieses Mal näherte sich mehrfaches Hufgetrappel. Tokaro wurde aus seinen Träumereien gerissen und lief zur Tür, um vorsichtig hinauszuspähen.

Ein Beamter in hoheitlicher Uniform in Begleitung zweier Soldaten, die noch einen Packesel mit sich führten, ritt forsch heran und stieg ohne Gruß ab. Sofort eilte der Bauer heraus und hieß ihn unterwürfig willkommen, reichte Getränke und eine Liste.

Mit unfreundlicher Miene überflog der Beamte das Blatt und schlürfte etwas von dem Wein.

»Ihr habt die Erträge gesteigert«, nickte der Beauftragte des Kabcar zufrieden. »Sehr gut. Das bedeutet für dich den zweifachen Zinssatz, den du entrichten wirst.« Schwungvoll landete der Becher in der Hand des unglücklichen Bauern. »Nun schauen wir uns an, ob die Stallungen das aufweisen, was du aufgeführt hast.«

»Herodin von Batastoia hat ...«, wollte einer der Knechte einwerfen, schon schoss der Beamte herum.

»Der Seneschall des verräterischen Ordens ist tot, Nichtsnutz. Das Land untersteht von nun an dem Gouverneur.« Er betrachtete den Heranwachsenden. »Hattest du mit dem Orden mehr zu schaffen, als die Abgaben in dessen Keller zu bringen, Bursche? Soll ich es vielleicht als Selbstanzeige verstehen? Möchtest du verhört werden?« Dem Knecht wich alle Farbe aus dem Gesicht. »Dann halte in Zukunft dein vorlautes Maul«, empfahl der Steuereintreiber abfällig und ging auf die Gesindekammer zu, die einen kürzeren Weg zur Scheune darstellte.

Tokaro erkannte, dass ihm jeglicher Fluchtweg versperrt war. Er zwang sich zur Ruhe und setzte sich an den Tisch, um sich eine weitere Kelle Gulasch zu nehmen.

Der hoheitliche Beamte warf ihm nur einen knappen Blick zu und durchschritt die Kammer, um in den Stall zu gelangen. Tokaro behielt ihn im Auge, als er den Koben mit langen Schritten durchmaß. Suchend glitt sein Blick hin und her, Zahlen murmelnd machte er sich Notizen auf seiner tragbaren Schreibunterlage und zählte dann das Vieh durch.

Als er an Treskors Unterstand angelangte, stutzte er und reckte den Kopf nach vorn, um das Streitross, das nun so gar nicht zwischen die Kühe und Rinder passte, näher zu betrachten.

Verdammt. »Das ist mein Pferd, Herr«, erklärte der ehemalige Rennreiter und gab sich Mühe, dabei ganz selbstverständlich zu klingen. »Ich bat um Essen und eine Rastmöglichkeit.«

»Ein sehr schönes Tier.« Der Uniformierte wollte sich die Flanke ansehen, um nach einem Brandzeichen zu spähen, da schnaubte der Hengst und scharrte unruhig auf der Stelle. Die gewaltigen Muskeln spannten sich und ließen die Kraft erahnen, die in einem Tritt steckte.

»Vorsicht, Herr!«, warnte sein Besitzer. »Er mag keine Fremden in unmittelbarer Nähe.«

»Das habe ich bemerkt«, bedankte sich der hoheitliche Geldeintreiber säuerlich und begab sich außerhalb der Reichweite der Hinterhand. »Wozu braucht ein junger Milchbart wie du einen solch edlen Schimmel, wenn er nicht eben in den Krieg ziehen will?«

»Mein Vater hat ihn mir geschenkt, Herr. Ihr seht vor Euch einen Freiwilligen, der sich für den Kabcar im Süden in die Schlacht stürzen will«, behauptete Tokaro.

»Ah. Sehr löblich.« Der Beamte verlor das Interesse an dem Tier und wandte sich wieder dem Überprüfen der Scheune zu, bis er nach einer knappen Viertelstunde den Bauern hereinrief.

»Es ist soweit nichts auszusetzen«, gab er Entwarnung. »Nur das Vieh macht mir ein wenig Sorgen.« Er betrachtete die Liste. »Du hast zehn Kühe angegeben«, der Federkiel zeigte auf die Buchten, in denen die Nutztiere standen, »aber drei davon sind hochträchtig. Die Kälber rechne ich schon mit ein.« Der Beamte hielt dem Bauer seine Aufzeichnungen hin. »Dreiundzwanzig Sack Korn und vierhundertsechsundachtzig Waslec an Gesamtsteuern.«

»Dann haben wir nicht mehr genug für die Aussaat«, rief der Mann verzweifelt und versuchte zu handeln.

»Nun denn …« Der Uniformierte schien Gnade zu zeigen und kritzelte auf seinem Papier herum. »Pro Sack rechne ich einen Preis von zwanzig Waslec und schlage eine Zinsgebühr obenauf, sagen wir alles in allem fünfhundert Waslec. Plus die Steuern in Höhe von vierhundertsechsundachtzig, macht genau … tausend Waslec.« Sein Gesichtsausdruck verriet, dass er keine Scherze machte.

»Scheißen meine Rinder Münzen, Herr?«, brach es aufbegehrend aus dem Landmann heraus.

»Bezahle.«

Hätte der Bauer eine Mistgabel in Händen gehalten, so hätte dem hoheitlichen Steuereinnehmer ernsthafte Gefahr gedroht. »Ja, wie denn?«

»Oder unterschreibe die Verpfändung in die Leibeigenschaft von dir und allen auf deinem Hof.«

In hohem Bogen flog etwas durch die Luft und landete klingelnd zwischen den Füßen der beiden Männer. Durch den Aufprall riss die Umhüllung, und mehrere Münzen fielen heraus.

Verdutzt schauten der Bauer und der hoheitliche Beamte zum Eingang zur Gesindekammer.

Tokaro lehnte an der Tür und winkte ihnen zu, während er genüsslich sein Gulasch löffelte. »Nehmt die. Es sind tausend. Ich brauche sie sowieso nicht mehr«, erklärte er kauend.

Der Beamte hob den Sack und wog ihn prüfend. »Ja, tatsächlich. Das könnte stimmen.« Misstrauisch betrachtete er den jungen Mann, nahm eine der geprägten Metallscheiben und biss darauf. »Echt. Woher hast du das viele Geld?«

»Meines Vaters Kühe scheißen Waslec. Er ist dadurch so reich, dass er nicht weiß, wohin damit. Also gab er mir etwas davon mit«, log der Ordensritter gut gelaunt. »Oder haltet Ihr mich etwa für einen Dieb, Herr?«

»Ändere deinen Ton. Oder du wirst eines Tages den Stock spüren.« Der Steuereintreiber rauschte hinaus, verstaute die Münzen in der gepanzerten Truhe und schloss sie. Kurz darauf ritt die kleine Truppe davon.

Entgeistert schaute der Landmann auf seinen Gast. »Wie kann ich Euch danken, junger Herr? Ihr habt mich und alle hier vor der Leibeigenschaft bewahrt.« Überschwänglich drückte er den jungen Mann mit den blauen Augen an sich. »Ich kann es nicht fassen!«

Er brüllte den gesamten Hof zusammen; man klopfte Tokaro auf die Schultern und gab ihm Küsschen und drückte ihm so viel Essen in die Hand, dass er nicht mehr wusste, in welche Satteltasche er alles packen sollte.

Tokaro beeilte sich, wieder auf Treskors Rücken zu steigen. Das Geldverteilen hatte ihm so viel Spaß bereitet, dass er es gleich wiederholen wollte.

»Ich muss weiter«, empfahl er sich und winkte den Bauersleuten vom Rücken des Schimmels aus zu. Eine Magd warf ihm eine Kusshand zu, er blinzelte schelmisch zurück. »Und erzählt es allen: Die Hohen Schwerter wurden zu Unrecht verurteilt.«

Schnell preschte er los, damit er die hoheitlichen Beamten einholte.

Das Räuberblut pulsierte durch seine Adern. Beflügelt von der Vorstellung, mit der Beute Gutes zu tun und den Kabcar zu kränken, freute er sich auf das bevorstehende Gefecht.

Als er etwas später, mit einem Tuch vor dem Gesicht und das Barett kess in die Stirn gerückt, über die drei Männer hereinbrach, vertrimmte er sie nach Strich und Faden.

Er ging sogar noch weiter.

Nachts bugsierte er sie an eine Kreuzung, verband ihnen die Augen, zurrte ein großes Seil um ihren Oberkörper und zog sie mit Treskors Hilfe an einem Baum hinauf. Dann riss er ihnen die Hosen runter und schüttete mehrere Säcke Münzen unter ihnen aus.

Als im Morgengrauen der erste Kutscher die Strecke entlang kam, musste er beim Anblick der seltsamen, zeternden Frucht herzhaft lachen. Zwar konnte er das Schild ZIEH AN DEN GLOCKEN, UND SIE SCHEISSEN WASLEC nicht lesen, doch er bediente sich an den Münzen und erzählte die Geschichte der drei rätselhaften Wohltäter sofort auf dem nächsten Markt.

Bis zum Abend waren die drei Beamten die Attraktion der umliegenden Städte und Dörfer, bis der Garnisonshauptmann schließlich davon erfuhr und sie losschneiden ließ.

Doch es mussten auch halbwegs Studierte unter den Schaulustigen gewesen sein. Denn angeblich waren die Männlichkeiten des Trios vom ruppigen Ziehen arg gerötet.

Von dem geraubten Geld fand sich keine Spur, dafür tauchten die leeren Kisten sporadisch an allen möglichen Orten auf. Der Gouverneur hegte den Verdacht, dass der Räuber die Waslec an die Menschen verteilte, Beweise fand er jedoch keine dafür. Noch am selben

Tag setzte er ein Kopfgeld auf den frechen Wegelagerer aus.

Der trieb sein Unwesen kurz nach diesem Vorfall in aller Öffentlichkeit, als sich neben einigen Freiwilligen beinahe einhundertfünfzig junge Männer wie befohlen in der Provinzhauptstadt Huron vor der Werberstube mitten auf dem größten Marktplatz einfanden. Ihre Gesichter verrieten, dass sie wenig von dem Zwangseinzug hielten.

»Wir sind gleich so weit, Bürger«, sagte der Kommandant und schaute zufrieden über die Menge. »Ich lasse euch dann einzeln eintreten.« Er verschwand, um letzte Vorbereitungen für das Erfassen der Namen zu treffen.

Ein weiterer Schicksalsgenosse traf ein und reihte sich hoch zu Ross in die Schlange der Wartenden ein.

»Was schaut ihr denn so trübe aus der Wäsche?«, höhnte Tokaro von oben herab. »Wir ziehen doch für unseren guten göttlichen Kabcar Govan Bardriç in den Krieg!«

Die Wachen vor der Tür nickten ihm lobend zu.

»Halt die Schnauze, oder ich stopfe dir deinen geckenhaften Hut rein«, drohte einer der Burschen, wenig begeistert von der bevorstehenden Reise an die Grenze zu Kensustria.

»Wieso? Ich sage nur die Wahrheit, Kameraden.« Er schlug sich gegen die Brust. »Ich werde nicht rennen, wenn ein Kensustrianer vor mir auftaucht und mein Blut trinken will, ich nicht!« Der Ordensritter stemmte sich in die Steigbügel. »Ach, was bedeutet schon Unbesiegbarkeit? Nur weil man keine Leichen vom Feind auf den Schlachtfeldern gefunden hat? Ich glaube nicht, dass sie gegen Schwerthiebe immun sind. Oder dass sie riesige Zähne haben, mit denen sie die Adern ihrer Opfer bei lebendigem Leib aufreißen.«

Die ersten Kerle verschwanden aus der Schlange und trollten sich die Gasse hinunter.

»Kommt zurück, Feiglinge!«, brüllte Tokaro ihnen nach, während er in seiner Tasche suchte und etwas gut sichtbar in die Höhe hielt. Es war ein Fangzahn, ungefähr so lang wie ein kleiner Finger. Man hörte erschrockene Ausrufe. »Schau her, ihre Zähne sind gar nicht mal so groß. Den hier hat man in der Eisenrüstung eines toten Tarpolers gefunden. Muss dem Grünhaar wohl abgebrochen sein, als er sie durchbiss.«

Die nächsten Burschen rannten davon, das Heer der Freiwilligen lichtete sich.

Die Soldaten betrachteten ihn misstrauisch, die Leute blieben stehen, um nach dem Krakeeler zu schauen. »Du da! Reite weg«, versuchte ihn einer zu verscheuchen.

»Aber Euch ist doch eben einer weggelaufen. Ich nehme seinen Platz gerne ein.« Tokaro drängte seinen Schimmel an die Position des Deserteurs. »Ich lasse mich mit Freude verstümmeln, von meinen Füßen bis zu den Armen, damit der gute göttliche Kabcar, der die Steuern angezogen hat, der von uns den Kampf verlangt, der die Leibeigenschaft mit aller Macht vorantreibt und der sich Tzulan in die Arme wirft, noch mehr Land bekommt. Der Kabcar liebt uns so sehr, dass er sich für uns zum Kaiser krönen lassen will. Kein anderer kann diese schwere Bürde des Herrschens auf sich nehmen. Würde einer von Euch andere Landsmänner unterjochen wollen?«

Die Umstehenden lachten leise.

Der Kommandant schaute aus dem Fenster. »Hör auf!«, zischte er Tokaro zu.

»Ich lobe den göttlichen Kabcar, wann es mir passt. Oder will mir ein Soldat der hoheitlichen Armee verbieten, seinen höchsten Vorgesetzen zu verherrlichen?«, beschwerte sich der junge Mann voller Entrüstung. »Nun, setzt meinen Namen auf die Liste derer, die sich mit Freude auslöschen lassen. Mir gilt mein Leben nichts, wenn ich es für den Mann gebe, der seine Untertanen haufenweise töten lässt.«

»Bist du irre?«, schrie der Kommandant und sprang erbost aus dem Fenster, die Perücke schlug ihm ins Gesicht.

»Er hat doch die Totendörfer niederbrennen lassen, oder etwa nicht? Dank sei Govan Bardri¢, der uns vor unzähligen Krankheiten beschützt hat. Dank sei dem göttlichen Govan Bardri¢, der Menschenopfer verlangt, wie man sich erzählt.«

»Verschwinde, bevor ich dich festnehmen lasse«, befahl der Offizier wütend.

»Wegen was?« Tokaro wurde mit einem Mal ernst. »Habe ich etwas Falsches gesagt oder bislang nur die Wahrheit verkündet, Herr?« Er schlug sich an die Stirn. »Beinahe hätte ich es vergessen: Welcher von den beiden hoheitlichen Söhnen der Bardri¢-Familie steht denn mit uns zusammen an der Front? Mir ist nämlich nichts von einer Befreiung des Erlasses für Adlige oder andere Höhergestellte bekannt. Ich bin so aufgeregt, dass die Elite mit uns einfachen Menschen gegen die Kensustrianer anrennt!«

Nun waren die Umstehenden gespannt. Der Kommandant wusste nicht, was er sagen sollte. »Schleich dich.«

»Also keiner?« Liebenswürdig schaute er auf ihn herab. »Dennoch will ich aber bitte, bitte für den guten göttlichen Govan Bardri¢ kämpfen«, bettelte er übertrieben. »Ich mache den Truppen mit meinen Worten doch Mut.« Er schaute auf die sechs Männer, die von der ganzen Schlange noch übrig geblieben waren. »Fühlt ihr euch nicht bestärkt, den Kensustrianern entgegenzutreten?«

Unsicher wechselten sie Blicke.

»Hau ab! Wir brauchen keine Kämpfer mehr!«, schnauzte der Kommandant in seiner Not.

Doch nicht der glühende Bewerber ritt davon, sondern das verbliebene halbe Dutzend nahm nach der Aufforderung augenblicklich die Beine in die Hand. Der Platz vor der Werberstube präsentierte sich menschenleer.

»Wirklich? Wie schade«, meinte der Ordenskrieger und wendete Treskor. »Sagt mir Bescheid, wenn sich das ändern sollte, Herr.«

»Du bleibst!«, verlangte der Offizier, der verstand, dass er übertölpelt worden war. »Du bist festgenommen. Wegen Aufwiegelung!«

»Ihr ändert Eure Meinung schnell. Erst soll ich reiten, nun bleiben.« Überrascht schaute sich der junge Mann um. »Aber ich sehe gar niemanden mehr, den ich hätte aufwiegeln können«, meinte er keck. »Da kommt mir ein Gedanke: Soll ich Euch ein bisschen aufwiegeln?« Er drehte sein Streitross wieder um. »Da es Euer Wunsch ist, Herr.«

Er stieß einen wilden Ruf aus, der Hengst stürmte los und rammte die Soldaten einfach zur Seite. Wie die Kegel purzelten sie zu Boden.

Der Kommandant gab auf dem Rücken liegend Alarm, doch Tokaro preschte bereits durch die Gassen in Richtung des Tores.

Unterwegs schlitzte er die schweren Säcke an, die über der Kruppe seines Tieres lagen. Münzen quollen heraus und verteilten sich klingelnd auf der Straße. Immer wieder rief Tokaro, dass es eine Gabe der zu Unrecht verurteilten Hohen Schwerter sei, während die Menschen hinter ihm die Münzen aufsammelten, lachten und johlten und ihm applaudierten.

Bevor die Wachen am Tor wussten, warum die Signalpfeifen gellten und sie die schweren Flügeltüren am Stadteingang schließen sollten, jagte der ehemalige Rennreiter des alten Kabcar lachend an ihnen vorbei.

Dieses Mal unterschätzte er allerdings seinen Gegenspieler.

Der Gouverneur hetzte ihm Spurenleser auf die Fährte, begleitet von einer ganzen Schwadron. Tokaro verdankte es einem Zufall, dass er seine Verfolger bemerkte. Bei der Rast auf einer Anhöhe sah er, wie eine berittene Einheit in weiter Entfernung genau den gleichen Weg nahm wie er. Schimpfend sprang er in den Sattel und preschte davon.

Seitdem befand er sich auf ständiger Flucht. Nicht ohne dabei jede Gelegenheit zu nutzen, den Untertanen Gutes zu tun sowie den Kabcar ihrem Gelächter preiszugeben ... Dafür erhielt er von den Mutigsten der Provinzler Unterschlupf, Essen und ein Dach über dem Kopf.

Doch das beinahe unfassbare Glück sollte ihn in Ludvosnik vorerst verlassen.

Schuld daran war ein verlorenes Hufeisen. Ohne eine gute Beschlagung war Tokaro die Gefahr für die Trittsicherheit seines Schimmels zu groß. Beim Ritt durchs Dickicht hatte sich der Hengst zudem eine kleinere Wunde an der Brust zugezogen, die er behandeln lassen wollte, bevor sie sich entzündete und Schlimmeres anrichtete.

Da Tokaro sein Gesicht noch nie offen in Ludvosnik gezeigt und in dieser Gegend der Provinz auch noch nicht viel unternommen hatte, vertraute er darauf, nicht allzu bekannt zu sein, und betrat die Stadt, Treskor am Zügel führend. Er wich schon bald von der Hauptstraße ab und suchte sich einen Weg durch die kleineren Gässchen, durch die er und sein Pferd gerade so nebeneinander hindurchpassten.

Im Handwerkerviertel fand er einen Schmied, dessen Werkstatt ihm auf den ersten Blick zusagte und der ihm versicherte, seine Frau verstünde sich auf die Behandlung nahezu aller Gebrechen, die ein Tier haben könne. Tokaro blieb kaum etwas anderes übrig, als den Beteuerungen Glauben zu schenken.

Unter seinen wachsamen Augen erhielt Treskor vier neue Eisen, und die Gattin des Schmieds bereitete eine Paste zu, die auf die Wunde aufgebracht wurde.

»Schont ihn ein wenig, Herr«, empfahl sie ihm zum Abschied. Ihre dunklere Haut wies auf eine Ontarianerin oder eine Abstammung aus den südlicheren Reichen hin. »Er sieht ein wenig erschöpft aus.« Fasziniert streichelte sie den großen Kopf des Hengstes. »Es ist ein Prachtexemplar.«

»Er wird mich sicher nach Kensustria hinein- und auch wieder heraustragen«, erklärte Tokaro und griff zu seiner üblichen Ausrede, wie ein junger Mann an ein solch selten schönes Tier geriet. »Mein Vater meinte das zumindest, als er ihn mir schenkte. Ich bin übrigens kein Herr, Demut ist nicht angebracht.«

»Nach Kensustria? In die Schlacht?«, erschrak sie und legte ihre Hand auf die weichen Nüstern. Zutraulich schnaubte der Hengst. »Er wird gewiss verletzt werden.«

»Ich auch«, meinte Tokaro belustigt. Ihm gefiel, welche Sorgen sie sich um Treskors Wohlergehen machte. »Es scheint, als liebtest du Pferde mehr als Menschen?«

»Verzeih, so habe ich es nicht gemeint. Dein Leben ist natürlich ebenso in Gefahr.« Die Frau zögerte. »Nimm es mir nicht übel, aber der Hengst ist im Vergleich zu dir wesentlich einzigartiger.« Sie schaute ihn bittend an. »Verkauf ihn mir. Er wird es gut bei mir haben. Ich kenne einige Pferdehändler, die mir Stuten besorgen, und baue mit ihm eine Zucht auf. Dir gebe ich das erste männliche Fohlen.« Sie hielt ihm die Hand zum Einschlagen in das Geschäft hin.

»Nein«, kam es wie aus der Büchse gefeuert. »Wir sind ein sehr gutes Gespann, und dabei wird es bleiben.« Er sattelte das Streitross.

»Zweihundert Waslec und zwei Fohlen.«

»Auch wenn du wie ein Ontarianer feilschst, du bekommst ihn nicht, sieh es ein.«

»Sechshundert Waslec und drei Fohlen.«

Tokaro seufzte. »Du könntest mir ...«

»Tausend Waslec?«

»... das Zehnfache bieten«, redete er weiter. »Nie und nimmer weicht Treskor lebend von meiner Seite.« Er ging hinaus, schnalzte mit der Zunge, und der Hengst folgte ihm. »Vielen Dank für deine Hilfe. Ich verspreche, es wird ihm nichts geschehen, von dem er sich nicht erholen würde.«

Die Frau des Schmiedes trat aus der Werkstatt und blickte dem Schimmel begehrlich hinterher.

Ihr Ältester trat an sie heran. »Mutter, das war bestimmt der Räuber, den der Gouverneur sucht. Dieser junge Gefolgsmann der Hohen Schwerter«, raunte er ihr ins Ohr, damit es niemand sonst hörte. »Ich war damals in Huron, als er auf dem Marktplatz auftauchte.«

»Sehr gut.« Ihre Augen wurden schmal, sie lächelte tückisch und winkte Tokaro zu, als er sich noch einmal zu ihr umdrehte. Erfreut strich sie ihrem Sohn durchs

Haar. Neue Möglichkeiten taten sich auf, um in den Besitz des stolzen Schimmels zu gelangen. *Dann weichst du eben nicht lebend von seiner Seite, Bursche. Du hättest mein Angebot annehmen sollen.*

Tokaro mietete sich in die Stallung eines Gasthauses ein und verzichtete auf den Luxus eines Bettes. Er wollte so wenig wie möglich gesehen werden. Seit dem Besuch des Schmiedes beschlich ihn das eigenartige Gefühl, verfolgt zu werden.

Die Wachen waren es gewiss nicht, sie hätten sich schon längst auf ihn gestürzt. Blieben einzig und allein die Gestalten, die ihn bestehlen wollten. Und er wusste auch schon, worauf sie es abgesehen hatten. *Ein selten gutes Pferd bringt offenbar auch Nachteile.*

Er kletterte hinauf ins Gebälk seiner kargen Unterkunft und machte es sich auf dem breiten Quersparren bequem. Direkt unter ihm stand sein Hengst und knabberte an ein paar Strohhalmen.

Draußen regnete es in Strömen, als wollte das Wasser die Hafenstadt ins Meer spülen. Gelegentlich drangen kleinere Tropfen durch undichte Stellen des Daches und klatschten in die Pfützen. Das beständige Rauschen schläferte den jungen Ordensritter rasch ein.

Treskor schnaubte irgendwann alarmierend. Sofort war Tokaro hellwach, die Hand ruckte an den Schwertgriff.

Doch er entspannte sich, als er das Paar entdeckte, das sich für eine Liebesnacht in den Schutz des Strohs begab.

Wahrscheinlich ist sie noch Jungfrau und er verheiratet, grinste er auf sie herab. Er wollte die beiden nicht stören, aber auch nicht unbedingt zuschauen müssen, und balancierte lautlos auf dem Balken in den rückwärtigen

Bereich der Stallung. Sollte er Besuch von möglichen Dieben erhalten, würden ihn die Schreie des Pärchens warnen.

Tokaro entdeckte die Ladeluke und den Flaschenzug, die vor der Öffnung nach draußen baumelten. Der Duft von Gebratenem stieg ihm in die Nase.

Etwas zu essen wäre schon nicht schlecht. Er lauschte und hörte das erste lustvolle Aufstöhnen der Frau. Vor seinem inneren Auge entstand die entblößte Zvatochna. *Nein, das halte ich nicht aus.*

Er warf das eingezogene Seil hinaus und hangelte sich daran nach unten, um hinüber ins Wirtshaus zu rennen. Der Wind jagte ihm den Regen ins Gesicht, dass er beinahe nichts mehr sah. Wenigstens vertrieben die Kälte und die alles durchdringende Feuchtigkeit die heißen Gedanken an die Tadca.

Klatschnass erreichte er die Tür und stürmte in den Schankraum. Umständlich wischte er sich die Augen frei.

Und erstarrte.

Drei Dutzend bis an die Zähne gerüstete Gardisten, die zusammen saßen, zechten, Karten spielten und sich lautstark über die letzten Begebenheiten unterhielten, drehten sich gleichzeitig um und musterten ihn.

Vorsichtig schielte er aus dem Fenster. *Zur Wachstube,* las er den Namen des Wirtshauses und schloss kurz die Lider, um die Beherrschung nicht zu verlieren. »Kann man sich hier für den Krieg gegen Kensustria eintragen?«, würgte er hervor.

Der vorderste der Gardisten schüttelte langsam den Kopf. Ein Stuhl knarrte leise.

»Für irgendetwas anderes?«, fragte er heiser.

Wieder ruckte das Haupt einmal nach rechts, einmal nach links.

Tokaro deutete über die Schulter nach hinten. »Dann gehe ich wohl besser wieder.« Schon ging er ein paar Schritte rückwärts, wandte sich um und ergriff den Riegel, um ihn nach oben zu drücken.

»Was wolltest du hier?«, verlangte einer aus dem Hintergrund zu wissen. »Du bist fremd in der Stadt?«

»Ja«, stimmte Tokaro vorsichtig zu.

Eine der Wachen stand auf, kam auf ihn zu und legte den Arm auf seine Schulter. Schweigend starrte er ihn an. »Dann setz dich zu uns. Freiwillige sind uns herzlich willkommen«, lud er ihn unerwartet und mit einem Blick ein, als wollte er ihn zur Hinrichtung führen.

Jemand prustete los, und sämtliche Gardisten brachen in schallendes Gelächter aus, deuteten auf den Neuankömmling und freuten sich wie die Schneekönige über die Verwirrung, die sie bei ihrem Gast auslösten.

Tokaro stieß erleichtert die Luft aus und wurde im nächsten Moment an den Tisch des Mannes geschleppt. Ohne auf seinen Prostest zu achten, füllte der Gardist ihm einen Humpen und schob ihm einen gefüllten Teller hin. »Da, iss und trink. Einer von uns wird dir später den Weg zur Werberstube zeigen. Aber vorher stärkst du dich. Du siehst darbend aus.«

Erstens wäre das Ablehnen der Einladung grob unhöflich gewesen, zweitens in einem Raum voller Gardisten sehr töricht und angesichts einer kostenlosen Mahlzeit drittens sehr dämlich. Kurz schwankte der junge Ordensritter, Hunger rang mit der Sorge um Treskor. Sein Magen gewann.

Er beeilte sich, stopfte alles in sich hinein und trank viel zu schnell, wie er bald an seinem leichten Schwips feststellte.

Gut gelaunt erhob sich und brachte einen Trinkspruch nach dem anderen auf den Kabcar aus. Jedes Mal sprangen die Wachen notgedrungen auf und schrieen mit. Endlich gelang es ihm, sich aus der Meute der Leute loszueisen, die ihn eigentlich steckbrieflich suchten. Unter dem Vorwand, austreten zu müssen, machte er sich durch den Hinterausgang aus dem Staub und kehrte kichernd in den Stall zurück.

»Hoppla!«, machte er beim Anblick der Liebenden, die aufeinander lagen und scheinbar nach dem Rausch der Sinne vor Ermattung eingeschlafen waren. »Das ist mal ein Kavalier. Streckt auf seiner Dame einfach alle fünfe von sich, weil es so angenehm warm und weich ist, wie?«, meinte er angetrunken und trat dem Nackten in den Hintern. »Aufstehen und anziehen. Das ist mein Stall und mein Schlafzimmer.«

Der Mann kippte zur Seite. Tokaro rang nach Luft. Jemand hatte ihm und seiner Angebeteten die Hälse durchgeschnitten.

»Das sind Sitten in Ludvosnik«, raunte er, »nicht wahr, Treskor? Kein Respekt mehr vor der Liebe.«

Das vertraute Schnauben blieb aus.

»Treskor?« Erst jetzt bemerkte der Krieger mit seinem benebelten Verstand, dass der Hengst fehlte. »Wa…«, wollte er schon die Gardisten aus der Schenke zusammenschreien, da fiel ihm gerade noch rechtzeitig ein, dass zwei Tote vor ihm lagen, deren Blut an seinen Stiefeln haftete.

Also muss ich die Sache wohl selbst in Ordnung bringen, schätzte er. *Und ich weiß auch schon, wen ich besuche.* Äußerst umständlich erklomm er das Gebälk, um sein Gepäck von dort zu holen, wo es wirklich noch immer lag.

In seiner bierbedingten Ungeschicktheit verlor er mehrmals das Gleichgewicht und ruderte mitsamt seiner Last mit den Armen. Das normale Schwert rutschte durch die heftigen Bewegungen aus seiner Scheide, und auch Tokaro fiel letztlich vom Balken. Glücklicherweise bremste das Stroh seinen Aufprall; neben ihm ragte der Griff der Waffe senkrecht aus einem Ballen. *Schwein gehabt*, Angor. Erleichtert umfasste er den Knauf.

Da schwang die Stalltür auf, Laternenschein fiel herein.

»Was tust du da?«, herrschte ihn eine männliche Stimme an.

»Das ist er«, sagte eine jüngere sofort.

Tokaro schaute über die Schulter und erkannte im Gegenlicht die Umrisse von zehn Gardisten und einem etwas kleineren Zivilisten.

»Ich bin's, Freunde«, grüßte er sie mit schwerer Zunge und zeigte schwankend nach oben. »Abgestürzt«, erklärte er. »Stellt euch vor, man hat mir meinen Hengst geklaut. Während ich mit euch gesoffen habe.«

Ruckartig zog er das Schwert aus dem Stroh. Doch das Geräusch, das dabei ertönte, passte nicht zu Halmen.

»Nanu?« Kippelig hielt er sich das untere Drittel vor die Augen und drehte sich ein wenig zur Seite in Richtung der Laternen. Eine rote Flüssigkeit haftete daran.

»Blut?«, meinte einer der Gardisten aufgeregt.

»Huch? Tatsächlich.« Der Ordensritter winkte lässig ab. »Keine Angst. Nicht meins. Kommt von den Leichen da.« Er lachte kurz auf. »Armes Ding. Zuerst der Hals, jetzt mitten durch die Brust. Aber es war keine Absicht«, führte er mit langsamer Zunge aus. »Das Schwert ist mir da oben aus der Hülle gesaust und ...«

»Seht Ihr, es ist der Räuber, den der Kabcar sucht«, hetzte der Junge.

»Halt die Klappe. Ich erkläre gerade ...« Tokaros Augen wurden schmal. »Holla, dich kenne ich doch?! Du bist der Sohn vom Schmied.« Er hob grollend die Klinge. »Und ich wette meinen Hals, dass deine Mutter mir den Schimmel gestohlen hat!«

Mehrfach wurden Waffen gezogen, die Wachen rüsteten sich gegen den Aufrührer und scheinbaren Mörder.

»He«, beschwerte sich Tokaro gekränkt. »Das ist der Verbrecher.«

»Von hier sieht das anders aus«, meinte einer der Unformierten. »Ergib dich.«

»Bekomme ich die Belohnung?«, wollte der Verräter gierig wissen.

»Verschwinde, Bürschlein, bevor wir dich windelweich dreschen«, wetterte der Gardist. »Ich teile das Gold mit meinen Kameraden.« Er verpasste ihm eine Ohrfeige.

Der Sohn des Schmieds rannte hinaus und beschimpfte sie, bevor er endgültig verschwand.

Die Stadtwachen rückten vor, fächerten auseinander. Die Habsucht der Angreifer verhinderte, dass sie ihre Kameraden aus dem angrenzenden Wirtshaus zur Unterstützung herbeiriefen. Die Kopfprämie sollte anscheinend durch so wenig Beteiligte wie möglich geteilt werden.

»Wirf die Waffe weg«, verlangte einer von ihnen nochmals. »Du machst es dir einfacher.«

Die Situation weckte die Kampfinstinkte des jungen Ordenskriegers, und die Wirkung des Alkohols verflog zunehmend. Die Überzahl der Gardisten konnte er nur durch eine Sache wettmachen. Ohne eine weitere Erklärung schleuderte Tokaro das gewöhnliche Schwert zu Boden.

»Na, also«, kommentierte ihr Anführer erleichtert.

Doch das siegessichere Grinsen verschwand so schnell, wie es entstanden war. Stattdessen hielt der gesuchte

Verbrecher eine andere, kostbarere Waffe in Händen, die er aus einem Bündel Decken gezogen hatte.

Die Verderben bringende Schneide der letzten aldoreelischen Klinge reflektierte den Schein der Leuchten.

»Fangen wir an«, bat der Ritter seine Gegner zum tödlichen Tanz und tat den ersten Schritt auf dem ungewöhnlichen Parkett, das der Stall darstellte.

Drei präzise, blitzartige Schläge später lagen ebenso viele Gardisten in ihrem eigenen Blut, neben ihnen das glatt durchtrennte Metall ihrer Schwerter, mit denen sie versucht hatten, die Angriffe zu parieren.

Aus Trotz, aus Wut und nicht zuletzt wegen der Aussicht, nun noch mehr Waslec für den prominenten, vom Kabcar persönlich gesuchten Verbrecher einzustreichen, rafften sich die anderen zum Gegenschlag auf, indem sie alle möglichen Gegenstände nach dem Feind warfen.

Die Mistgabel, die aus dem Dunkel angeflogen kam, bemerkte Tokaro zu spät. Tief bohrten sich die beiden dreckigen Zinken in seinen Oberschenkel. Mit einem Aufschrei sank er gegen einen Stützpfosten. Die Wachen liefen herbei, um den verwundeten Ordenskrieger restlos zu überwältigen.

Laut krachend fiel das große Tor zu, die Wachen fuhren herum.

Eine Gestalt in einem durchnässten dunkelbraunen Reiseumhang stand im Eingang, hob langsam einen Rundschild vor den Oberkörper und reckte das Schwert.

»Bei Angor, zurück mit euch!«, ertönte eine Stimme. »Oder ihr bereut es. Er ist mein.«

»Das ist ein ganzes Nest von der Bande!«, brüllte ein Soldat und widmete sich mit vier seiner Kameraden dem unerwarteten Feind, während die anderen drei auf Tokaro eindrangen.

Noch immer glaubten sie sich überlegen.

Ein Trugschluss, den sie innerhalb weniger Lidschläge mit dem Leben bezahlten, als der unbekannte Beistand Tokaros zum Angriff überging.

»Ich schulde dir mein Leben, Freund«, bedankte Tokaro sich von Schmerz gepeinigt, während er versuchte, einen Blick unter die Kapuze zu erhaschen. Er streckte dem Krieger die Hand hin.

Das Heft des Schwertes schoss unvermittelt nach vorn und traf ihn gegen die Stirn, sodass er benommen stürzte.

Der Unbekannte stellte sofort seinen Fuß auf Tokaros Handgelenk und machte es ihm unmöglich, die aldoreelische Klinge zum Einsatz zu bringen. Die Spitze der Stichwaffe senkte sich herab und hielt genau auf dem Adamsapfel inne.

»Dann wirst du nichts dagegen haben, wenn ich es mir an Ort und Stelle nehme, Verräter.« Der Mann zog das nasse Tuch von seinem Kopf und gab sein Gesicht preis.

»Kaleíman von Attabo?« Tokaro erkannte seinen Glaubensbruder sofort wieder. Aber die Freude über die offensichtlich gelungene Flucht des Freundes wurde durch dessen unerklärliches Handeln getrübt. »Bei Angor, ich ...«

»Ich bin hier, um den Tod des Großmeisters zu rächen«, fiel er ihm voller Abscheu ins Wort. »Wie konntest du das tun, Tokaro? War es die aldoreelische Klinge wert, dass du den Mann umbrachtest, der dich als seinen Sohn annahm? War es die Enttäuschung darüber, dass ich dafür plädierte, dich zu unserer Sicherheit aus dem Orden zu weisen?« Der Druck auf die Spitze wurde stärker. »Du hast uns alle zum Narren gehalten, du undankbarer Bastard. Und Angor aufs Tiefste beleidigt.«

»Was soll ich getan haben?« Der junge Ordenskrieger verstand die Vorwürfe nicht und legte die Stirn in Falten. »Unsinn. Ich habe mich von ihm verabschiedet! Er gewährte mir den Ritterschlag und gab mir seine Klinge, damit Nesreca sie nicht in die Hände bekommt.«

»Schweig!«, schrie ihn der Ritter fassungslos an. »Deine Ammenmärchen werden dich nicht retten!«

Doch Tokaro redete weiter. »Nerestro ahnte, dass der Berater des Kabcar eine Hinterhältigkeit ...« Sein Gesicht hellte sich auf. »Natürlich! Er hat Euch auch eingespannt, um an die Klinge zu kommen.« Ernst blickte er Kaleíman an. »Rasch, erinnert Euch. Wie gelang Euch die Flucht?«

»Mich täuschst du nicht mit deinen Ungeheuerlichkeiten«, meinte der andere verächtlich, »und deinen Lügen. Es wurde bekannt, wie der Großmeister umkam. Der Seneschall hat mir erzählt, wie er ihn gefunden hat, sterbend in seiner Unterkunft, den Namen ›Belkala‹ auf den Lippen. Und man erfuhr, dass du es warst!«

»Hat dir das auch Herodin gesagt?«

Der Ritter zögerte. »Nein ... Ich habe es von Albugast gehört.«

Tokaro sah sich in seiner Annahme bestätigt. »Versteht es doch, Ihr seid hereingefallen.« Inständig blickte er ihm in die Augen. »Ich schwöre bei Angor, dass ich Nerestro von Kuraschka nicht umgebracht habe. Und nun erinnert Euch, wie Eure Flucht gelang.«

Das Gesicht Kaleímans verriet, dass er trotz seiner Aufgebrachtheit nachdachte. »Ich habe eine Wache angelockt und überwältigt, ihr die Schlüssel abgenommen und mich aus der Verlorenen Hoffnung geschlichen, um dich zu finden.«

»Es kam Euch nicht zu leicht vor?«

»Angor der Gerechte war mit mir, um mich dich finden zu lassen, damit ich dich für deinen Frevel und deinen Verrat bestrafe!«

»Tretet beiseite und überlasst das Bestrafen uns«, verlangte eine harte Stimme in seinem Rücken. »Wir sind dazu weit mehr berechtigt als Angor.«

Der Ordenskrieger schaute über die Schulter nach hinten und umfasste seinen Schild fester. Dort standen vier unbekannte Männer, gerüstet mit Lederpanzern und Schwertern.

»Kennen wir uns?«, erkundigte sich Kaleíman vorsichtig.

Einer der Männer fasste unter seinen Mantel und nahm eine Pergamenthülle hervor, aus der er ein Schreiben zückte. »Wir sind Beauftragte von Mortva Nesreca, um den von Euch gestellten Tokaro Balasy ausfindig zu machen und nach Ulsar zu bringen.« Er nickte auf die Klinge. »Mit allem, was er mit sich führt.«

»Seht Ihr?!«, wisperte der Verletzte. »Es geht einzig um das Schwert. Ihr habt sie zu mir geführt. Passt auf.« Er räusperte sich. »Das ist Euer Glückstag. Ihr habt Kaleíman von Attabo gleich mit gefangen.«

Die Männer lachten leise. »Wir wissen, wer er ist. Schließlich sind wir lange genug hinter ihm hergeritten. Um ihn geht es uns zurzeit nicht«, sagte einer der hoheitlichen Agenten überheblich. »Die Wachen sollen sich um ihn kümmern.« Er schaute auf die Toten um sich herum. »Oder sie sollten es zumindest noch einmal versuchen.« Er hob die Hand und gestikulierte knapp. »Im Namen des hoheitlichen Kabcar Govan Bardri¢, tretet beiseite.«

Kaleíman nahm die aldoreelische Klinge an sich. »Dieses Schwert gehört Angor, nicht dem Kabcar.«

»Dem Kabcar gehört alles in diesem Land«, stellte der Spion fest und nahm eine Handbüchse hervor, seine Begleiter taten das Gleiche. »Legt es hin. Langsam. Und dann verschwindet.«

»Da Ihr mich verfolgt habt, wisst Ihr, warum ich ihn gesucht habe«, meinte der Ritter. »Gewährt mir die Bitte, ihn eigenhändig zu köpfen, um ihn für seinen Verrat an unserem Orden zu bestrafen.« Ohne hinzusehen, packte er Tokaros Wams und stellte ihn auf die Beine und drückte ihn gegen den Pfosten. »Danach lasse ich Euch die aldoreelische Klinge.«

Die Männer stimmten sich mit Gesten ab. »Einverstanden. Ob wir das Urteil des Kabcar vollstrecken oder Ihr, dürfte gleich sein.« Die Mündungen der Handbüchsen blieben vorsichtshalber erhoben. Die Männer trauten ihm nicht, solange er die gefährliche Waffe besaß. Rückte er sie danach freiwillig heraus, ersparte man sich Scherereien. »Schlagt zu.«

Zufrieden nickte Kaleíman, schnallte sich den Schild auf den Rücken und schaute zu dem jungen Angorgläubigen. »Wenn du siehst, dass ich zuschlage, neigst du das Haupt und lässt dich langsam zu Boden sinken«, raunte er. »Wir setzen unser Gespräch an einem anderen Ort fort.« Sein Oberkörper drehte sich ausholend nach rechts, die Hände umfassten den Griff. »Mach dich bereit.«

Die Schneide surrte heran, das Lied des Todes singend.

Lass ihn die Wahrheit sprechen. Tokaro beugte vertrauensvoll den Nacken.

Die aldoreelische Klinge durchtrennte nicht seine Wirbel, sondern den dicken Stützbalken. Noch zwei Mal schlug Kaleíman zu und tat, als drösche er in grenzenloser Wut auf sein Opfer ein, um es zu verstümmeln. Der breite Schild verhinderte, dass die Häscher des Kabcar genau erkennen konnten, was er tat. In Wirklichkeit beschädigte er den hölzernen Pfeiler durch die Treffer derart, dass er knirschend unter der Last des Daches zusammenbrach.

Fluchend feuerten Nesrecas Männer ihre Waffen ab, ehe sie vor dem einstürzenden, tonnenschweren Strebewerk flüchteten.

Auch die Ritter traten den hastigen Rückzug an. So schnell es ihm möglich war, hinkte Tokaro, gestützt von seinem Glaubensbruder, zum anderen Ausgang, während es Ziegel und andere Trümmer auf sie herabhagelte. Staub, Stroh und Spreu füllten die Luft.

Angor hielt seinen Schutz über sie, keiner der beiden wurde verletzt. Hustend retteten sie sich an der *Wachstube* vorbei in die nächste Seitenstraße, als die Tür der Kneipe aufflog und die Gardisten nachsahen, was sich hinter ihrem Stammlokal ereignete.

Überall flammten die Dochte von Kerzen, Lampen und anderen Lichtquellen hinter den Fenstern auf. Die Bewohner Ludvosniks wurden durch das Krachen unsanft aus ihrem Schlummer gerissen.

Durch den Dauerregen trabten sie durch das Gewirr von Gassen und Gässchen, bis sie so weit von der Unglücksstelle entfernt waren, dass der ferne Lärm die Schläfer nicht geweckt hatte. Das Risiko einer Entdeckung war dadurch rapide gesunken.

Auf der Suche nach jemandem, der Tokaros Wunden behandeln konnte, gelangten sie zu dem Ulldrael-Tempel, doch er war verschlossen. Kaleíman untersuchte dessen Rückseite und durchtrennte dank der wundersamen Kraft der aldoreelischen Klinge das Schloss der Hinterpforte. Schnell huschten sie hinein.

Im Innern des Heiligtums herrschte gespenstische Stille. Sie liefen im Dunkeln durch die Räume, bis sie die Küche und eine Möglichkeit fanden, eine Kerze zu entzünden.

»Danke, dass Ihr mir glaubt«, schnaufte Tokaro, schwang sich auf den Küchentisch und zog die Hose aus, um nach der Verwundung zu sehen, welche die Mistforke hinterlassen hatte. An den Rändern der tiefen, blutenden Löcher, so glaubte er im schwachen Schimmer zu sehen, haftete Dreck.

Der ältere Ritter brachte eine Schale mit Regenwasser und wusch die Wunde aus. »Deinen Worten allein habe ich kein Vertrauen geschenkt«, gestand er sachlich. »Aber das, was die Männer Nesrecas gesagt haben, hat mich umgestimmt.«

Tokaro biss die Zähne zusammen. »So schlimm ist die Verletzung nicht«, schätzte er trotz der Schmerzen. »Der Schmutz wird das eigentliche Übel.«

»Bei Tagesanbruch gehe ich los und besorge ein paar Kräuter, die gegen die Verunreinigung helfen.«

Er nahm den Schild ab und betrachtete die vier Einschüsse, die alle unmittelbar nebeneinander lagen. Zwei hatten das metallbesetzte Holz durchschlagen, waren aber in ihrer Wucht gebremst worden und an dem dicken Lederharnisch gescheitert, den er unter seinem Umhang trug. Der Ritter ließ die verformten Kugeln dort stecken.

Das fünfte Projektil fanden sie auch.

Der Schütze musste einfach drauflos geschossen haben oder aber beim Feuern an der Hand getroffen worden sein. Im Eifer der Flucht hatte Kaleíman nicht gemerkt, dass sein Unterschenkel ein fingerdickes Loch aufwies. Als er den Stiefel auszog, um das vermeintliche Regenwasser auszuschütten, lief sein kostbarer

Lebenssaft auf den Küchenboden. Aus alten Schürzen, die noch an den Haken hingen, rissen sie sich notdürftige Verbände und stillten ihre Blutungen.

»Wir sitzen herum, als kämen wir von einer Schlacht«, meinte Tokaro und musste bei allem Unglück lachen.

»Eine schöne Schlacht«, murrte sein Ordensbruder und grinste dennoch. »Man bewirft uns mit Mistgabeln und benutzt hinterfotzige Waffen. Was sind das nur für Zeiten.« Kaleíman ergriff die aldoreelische Klinge und reichte sie Tokaro. »Nimm sie wieder zurück. Wenn der Großmeister wollte, dass du sie trägst, soll es so sein.« Danach berichtete er, was alles geschehen war, seit der junge Mann das Lager der Hohen Schwerter bei Ulsar verlassen hatte.

Tokaros Wut auf Govan Bardri¢ stieg ins Unermessliche. Albugast würde für seine Heimtücke und sein Ränkeschmieden ebenfalls bezahlen. *Ich habe noch sehr viel vor.*

»Bleibt für uns beide die Frage nach dem Morgen«, endete Kaleíman. »Liegt unsere Zukunft in dem, was du machst? Ein Straßenräuber, der Anklang bei den Menschen findet und sich von den Lehren Angors immer weiter entfernt?«

Tokaro atmete durch. »Das Volk ist nicht wirklich glücklich mit den Entwicklungen der letzten Monate. Der Umschwung, den dieser Narr auf dem Thron herbeiführte, ist ein Rückschritt in die finsteren Zeiten, die noch vor den Reformen seines Vaters herrschten.«

»Nicht in die finstere, sondern in die Dunkle Zeit«, grübelte Kaleíman entmutigt. »Wie soll das enden? Schau dich um.« Er deutete auf ihre verlassene Umgebung. »Die Ulldrael-Tempel werden geschlossen, unser Orden existiert nicht mehr.« Seufzend setzte er sich auf einen Hocker und legte sein verletztes Bein hoch. »Ich frage mich, ob die anderen Götter schlafen. Gefällt ihnen, dass wir auf Ulldart unter den Anwandlungen eines größenwahnsinnigen Herrschers leiden? Haben wir Ulldrael und Angor durch etwas erzürnt?«

»Beide helfen in den kleinen Dingen«, machte Tokaro dem Ordensbruder Mut. »Schaut doch uns an. Hättet Ihr gedacht, dass wir lebend aus der Scheune entkommen? Ohne göttlichen Beistand wäre es niemals möglich gewesen.«

»Natürlich glaube ich an Angor und vertraue auf ihn«, stimmte der Ältere zu. »Nur ihn so zu verehren, wie wir das früher taten, ist nicht möglich. Wie sollen wir den Orden am Leben erhalten?«

Tokaro verstand Kaleímans Zweifel nur zu gut. Er selbst hatte sich auf seiner bisherigen Reise mit Fragen dieser Art beschäftigt und seine eigenen Antworten gefunden. Da sein Ordensbruder bislang nur von der Vorstellung beseelt gewesen war, ihn, Tokaro, zu finden und Rache zu nehmen, war kein Raum für anderes geblieben. Das holte ihn nun ein.

»Es gibt eine Zeit, um Angor auf dem Turnierplatz zu huldigen. Aber im Augenblick erweisen wir ihm Respekt, indem wir uns auf ihn als Gott der Ehrenhaftigkeit und der Anständigkeit berufen. In seinem Namen wehren wir uns gegen die unrechtmäßige Unterdrückung durch den Kabcar. Und Gefechte tragen wir dabei wahrlich genug aus, oder?«

Der ältere Ritter kreuzte die Arme vor der Brust. »Ich muss darüber nachdenken.«

»Und ich schaue mich um«, verkündete der junge Mann mit den blauen Augen und rutschte vom Tisch. Vorsichtig trat er auf. Die Wunde pochte und fühlte sich warm an.

Sein Rundgang durch das einsame Gebäude führte ihn durch hastig verlassene Zimmer, in denen noch einige Habseligkeiten verstreut auf dem Boden lagen.

In der Versammlungshalle fand er das mannshohe Ulldrael-Standbild, zerschmettert und nachträglich in Stücke geschlagen. Nur im Betsaal der Geistlichen entdeckte er eine Statuette, zu deren Füßen ein Ährenbündel und eine Süßknolle lagen, umkränzt von einem Band aus geflochtenen Blumen.

Ein letzter Widerstand gegen den drohenden Untergang. Seine Finger berührten die frischen Blüten. *Jede Auflehnung gegen Bardriç ist wichtig, und sei sie noch so gering.*

Nach der kurzen Phase der Ruhe fühlte er sich einigermaßen zu Kräften gekommen, um einen treuen Freund zu befreien.

Knapp erklärte er Kaleíman, was vorgefallen war und welchen Verdacht er hegte. Die Männer wussten um die Gefährlichkeit ihres Vorhabens, nachdem die Stadt in Aufruhr versetzt worden war. Sollten sie allerdings noch länger warten, wuchs die Wahrscheinlichkeit, dass sie gefunden würden.

»Lobpreisen wir Angor auf die neue Weise. Auf deine Weise«, merkte der ältere der Ritter an, als sie sich aus dem Tempel schlichen und den Weg ins Handwerkerviertel einschlugen. »Ich werde mich daran gewöhnen müssen. Aber ich sehe es ein, dass es an der Zeit ist, sich weniger ritterlich als sonst zu benehmen. Was nützt es Angor, wenn die letzten beiden Gläubigen im offenen Kampf sterben und das Böse ein weiteres Mal triumphiert?« Grimmig packte er seine Waffe. »Das hat es schon viel zu oft getan.«

Auf verschlungenen Pfaden, in erster Linie, weil sie sich ständig verliefen, suchten sie das Viertel der Handwerker von Ludvosnik auf. Gelegentlich mussten sie Patrouillen ausweichen, und ein Nachtwächter verkündete, dass eine Ausgangssperre für alle einfachen Bürger verhängt worden sei.

Sie näherten sich der Schmiede und hörten dumpfes Poltern.

Misstrauisch blickte Kaleíman auf die schwarzen Wolken, eine Angewohnheit, die aus einer Zeit stammte, in der er eine eiserne Rüstung getragen hatte. Ritter und Blitze verband eine ganz besondere Beziehung. »Wir sollten uns beeilen. Ich will nicht zu einem Häufchen Asche verglühen.«

Tokaro grinste. »Um was wetten wir, dass das ein sehr lebendiger Donner ist, den wir da vernehmen?«

Sie pirschten sich an den Stall heran. Aus dem halblauten Dröhnen wurde regelmäßiges Krachen, die Rückwand wies bereits etliche Löcher auf, gelegentlich flogen Splitter, und ein weißer Hinterlauf schoss durch die Bretter, die sich der geballten Kraft Treskors nicht widersetzen konnten. Zu den beruhigenden, ein wenig verzweifelt klingenden Worten der Frau aus dem Innern der Scheune mischte sich ein lautes Fluchen, wann immer die Hinterhand des Schimmels ein anderes Ziel als die Rückwand wählte.

»Warten wir noch ein bisschen. Er hat sich selbst befreit und dem Schmied die Werkstatt in Stücke gehauen«, lachte der ältere Ordensritter leise und sehr schadenfroh.

Der junge Mann fürchtete allerdings um die Gesundheit des Pferdes, das sich durch das aufgebrachte Umsichtreten leicht an den Gelenken verletzen konnte. »Wir holen ihn raus«, entschied er und zückte seine Waffe. Kaleíman folgte ihm.

Die beiden Ritter rammten die Tür auf und stürmten in den Stall.

Der Schmied leistete angesichts der Schwerter keinerlei Widerstand, und so etwas wie Erleichterung machte sich breit, als er den Besitzer des Hengstes erkannte.

»Bei allen Göttern, Herr, verschont uns, aber erlöst uns von diesem weißen Dämon, der in meiner Werkstatt tobt«, bat er. »Ich wusste nichts davon, sonst hätte ich es ihr verboten.«

Ein kurzer Ruf, und Treskor hielt mit seinem wie verrückten Gebaren inne. Die Nüstern sogen prüfend die Luft ein, und er wieherte freudig, als er seinen rechtmäßigen Reiter witterte.

Langsam schritt Tokaro an der Frau vorüber, streichelte den Kopf des Schimmels und überprüfte die Fesseln nach etwaigen Verletzungen. Zu seiner großen Erleichterung präsentierte sich das Fell zwar leicht verschrammt, die Haut darunter jedoch unbeschädigt.

Sein Blick legte sich auf das Gesicht der Pferdediebin. »Nie und nimmer«, erinnerte er sie an seine Worte, als sie sich das erste Mal begegnet waren und sie den Hengst hatte kaufen wollen. »Der nächste Versuch wird dich dein Leben kosten.« Die Frau des Schmiedes erwiderte nichts, sie bemerkte den Ausdruck in seinen Augen und schwieg. Tokaro wandte sich an den Schmied. »Geh und besorge uns noch ein Pferd für meinen Freund. Sollte ich den Eindruck haben, dass du uns hintergehst, stirbt sie und jeder, der sich in deinem Haus befindet.«

»Ein schwarzes«, fügte Kaleíman hinzu.

Der Mann nickte und lief zur Tür hinaus.

Tokaro sattelte Treskor und klopfte ihm glücklich auf den Hals.

Mehr als das, was er am Leib trug, besaß er nicht mehr. Auch Kaleímans Ausrüstung war verloren. Die Spione Nesrecas würden sein Pferd mit Sicherheit beobachten, weil sie mit der Rückkehr des Ordenskriegers rechneten.

Bald darauf kehrte der Handwerker zurück und führte einen recht passablen Vierbeiner an den Zügeln. »Es war nicht einfach, sie kontrollieren die Straßen.«

»Wir werden trotzdem entkommen«, entgegnete Tokaro und umwickelte Treskors Hufe mit einer Lage Tuch und einer Lage Lederlappen. Kaleíman tat das Gleiche bei seinem Pferd. Es dämpfte die Schläge, die das Eisen auf dem Pflasterstein hervorrief.

Sie fesselten das Ehepaar aneinander, knebelten sie und zerrten sie in die hinterste, dunkelste Ecke der Schmiede. Dort breiteten sie noch einen Sack über die beiden, um ein schnelles Auffinden zu verhindern. Nach einem Gebet an Angor, um sein Geleit zu erhalten, ritten sie vorsichtig auf die Gasse.

Der Regen prasselte aus den schwarzen Wolken über ihren Köpfen und sorgte dafür, dass der Hufschlag kaum zu hören war. Da die Patrouillen mit Laternen ihre Runden drehten, bekamen die Flüchtenden durch den Lichtschein eine rechtzeitige Warnung von den Bewaffneten.

Auf diese Weise tasteten sie sich bis zum Haupttor vor, weil sie annahmen, dass die Wachen hier am wenigsten mit ihrem Erscheinen rechneten. Sie überwältigten die zwei Torwächter in einem rabiaten Handgemenge, den Rest der Mannschaft sperrten sie einfach in der Wachstube ein.

Tokaro zerstörte die Bolzen, Riegel und Schlösser mit der aldoreelischen Klinge, während die Eingeschlossenen Alarm brüllten und die Rufhörner einsetzten, um auf sich aufmerksam zu machen.

Beherzte Bürger sahen nach dem Rechten und riefen ihrerseits auf Rundgang befindliche Soldaten herbei.

Als es in ihrem Rücken laut krachte und sich etwas Unsichtbares ins Holz bohrte, wusste Tokaro, dass mindestens einer der Häscher Nesrecas sie gefunden hatte. Ohne sich umzudrehen, sprang er in den Sattel, stieß das Tor auf und preschte davon; Kaleíman folgte ihm. Sobald sie außer Reichweite waren, hielten sie an und entfernten die behindernden Dämpfer von den Hufen ihrer Pferde.

»Wir haben es, dank Angors Hilfe, geschafft«, jubelte Tokaro und schlug dem Freund auf die Schulter.

»Die Flucht aus Ludvosnik ist uns gelungen«, stellte der Mann nüchtern fest, obwohl auch er erleichtert wirkte. Im Schein der Lampen, die am Ausgang der Stadt zu Dutzenden entflammt waren, erkannten sie die Reiterstaffel, die durch den Bogen trabte und sofort in Galopp verfiel. »Wir müssen weiter.«

Hastig rissen sie die letzten Tücher zur Seite und saßen auf, um in wilder Jagd ihren Verfolgern zu entkommen. Mehr als einmal strauchelten ihre Tiere auf dem vom Regen aufgeweichten Boden, der Matsch flog weit hinter ihnen in die Luft.

Es gelang ihnen nicht, die Gegner abzuschütteln.

Zwar wuchs ihr Vorsprung an, doch die Soldaten brachen ihrerseits die Hatz nicht ab. Immer, wenn die Ritter sich in vorübergehender Sicherheit glaubten, leuchteten die Fackeln plötzlich wieder auf. Um sich der Männer zu entledigen, hätten sie durchs Unterholz reiten müssen, was wegen des unbekannten Gebietes eine viel zu hohe Gefahr für die Pferde bedeutete. Ein tief hängender Ast könnte zudem einen von ihnen aus dem Sattel werfen, im schlimmsten Fall den Schädel zertrümmern.

Endlich gelangten sie an eine Weggabelung.

»Trennung?«, schlug Kaleíman knapp vor.

Tokaro schwankte. Sein Bein brannte an der Einstichstelle wie Feuer, die Verletzung pochte wie verrückt. »Einverstanden«, willigte er ein. »Wir treffen uns in einer Woche an einer großen Eiche, südwestlich der Burg des Seneschalls. Dort gibt es einen Bauernhof, dessen Besitzer mir wohl gesonnen ist. Man wird mich versorgen. Werde ich nicht an der Eiche sein, fragt dort nach mir.« Sie reichten sich die Hände. »Angor sei mit Euch.«

»Und mit Euch, Tokaro von Kuraschka«, erwiderte Kaleíman den Segen ernst, aber mit freundlichem Antlitz. Er stieß seinem Pferd die Fersen in die Flanken und schoss in die Nacht, dem rechten Weg folgend.

Er hat meine Ritterschaft akzeptiert!, jauchzte Tokaro, als er die respektvolle Entgegnung verstand.

Doch der Moment der Freude währte nicht lange. Die Lampen der berittenen Wachen näherten sich, er vernahm das Donnern der Hufe und das Klatschen des Wassers, durch das sie ritten.

Also dann. Er machte sich ganz flach und gab seinem Hengst das Zeichen zum Galopp. Nach einem kurzen Sprint, der die Verfolger wieder etwas auf Abstand gebracht hatte, wechselte Treskor in einen leichten Trab, um Kräfte zu sparen. Der Hengst schien ermüdet von der tagelangen Beanspruchung, die letzten Reserven neigten sich dem Ende zu.

Auf ein Rennen kann ich es nicht ankommen lassen. Der junge Ordenskrieger lenkte ihn im Schritt ins Dickicht und begab sich voll in die Gnade seines Gottes.

Die Wachen ritten heran und preschten an ihm vorbei. Ohne ihn zu bemerken. Die List ging auf.

Ein Stück weiter fand er die eingefallenen Reste einer Handelsstation und suchte darin Unterschlupf. Bis zum Tagesanbruch verharrte er an diesem Fleck, damit sich Treskor etwas erholte.

Obwohl es im Laufe der Nacht recht frisch wurde, sammelten sich Schweißperlen auf Tokaros Stirn. Er musste unbedingt einen Cerêler finden, der die entzündete Stelle heilte.

Der Dauerguss von oben endete gegen Morgen.

Zerschlagen und keinesfalls erholt, führte er Treskor in der Dämmerung zurück auf die Straße und folgte ihr, bis er von weitem ein Fischerdörfchen erkannte, in dessen Hafen ein recht großes Schiff am Ende eines Steges lag.

Sein fiebriger Verstand sagte ihm, dass er auf der Stelle Hilfe benötigte, und wenn es sich um einen Pferdearzt handelte. Hauptsache, jemand verfügte über irgendwelche Kräuter, die gegen Wundbrand halfen.

Der Schimmel wieherte warnend.

»Halt!«, brüllte eine Stimme hinter ihm, anscheinend noch recht weit entfernt. »Im Namen des Kabcar, Ihr seid verhaftet, Tokaro Balasy.«

Tzulans Diener haben mehr Glück als ich. »Du musst erneut laufen wie der Wind, Treskor«, sagte Tokaro seufzend und schaute nach hinten, wo er fünf Reiter entdeckte, die wohl nur die Männer Nesrecas sein konnten.

Schnaubend, als wollte er seinem Unmut über die ständige Rennerei Luft machen, setzte sich der Hengst in Bewegung und flog nur so über die Straße, deren Beschaffenheit er im Tageslicht deutlich erkannte. Tokaro hielt sich mehr schlecht als recht im Sattel und überließ es dem Streitross, sich den Weg zu suchen.

Mitten in dem Dörfchen hielt Treskor ruckartig an, dass es seinen Reiter beinahe in den Schlamm beförderte, und wendete, um sich eine andere Passage durch die Siedlung zu suchen. Undeutlich erkannte der angeschlagene Ritter, dass sie ausgerechnet der Stadtwache in die Arme gelaufen waren, die nach erfolgloser Suche nach Ludvosnik zurückkehren wollte.

Die Hufe des Hengstes trommelten auf und nieder. Morast spritzte auf, Menschen sprangen zur Seite, über kleinere Hindernisse setzte Treskor ohne Anweisung hinweg.

Die Häuserwände huschten an Tokaro vorüber, bis es unvermittelt hell wurde. Blinzelnd orientierte er sich neu und bemerkte fluchend, dass der Schimmel am befestigten Kai stand und nicht wusste, wohin er sollte.

Ein Blick über die Schulter zeigte ihm, dass die Wachen sich aufgeteilt hatten und von allen Richtungen auf ihn zukamen. Ihr Anführer verhandelte mit einem der Häscher.

Noch habt ihr mich nicht. Er riss Treskor nach rechts und lenkte ihn auf den Steg, an dessen Ende sich das Schiff mehr und mehr entfernte. Erste Schüsse wurden auf ihn abgefeuert, eine Kugel schlug glucksend ins Wasser ein, eine andere sirrte in eine Bohle.

»Das schaffen wir«, raunte er dem Hengst ins Ohr und deutete nach vorn. »Da müssen wir hin. Wir beide.« Ross und Reiter konzentrierten sich, still stand Treskor auf der Stelle.

»Hatt, hatt!«

Der Schimmel explodierte von einem Lidschlag auf den nächsten, streckte sich, galoppierte und raste auf das Ende der kleinen Anlegebrücke zu. Im rechten Moment hob sich Tokaro aus dem Sattel. Treskor drückte sich aus vollem Lauf ab.

»Im Namen des hoheitlichen Kabcar, Govan Bardri¢«, hallte die Stimme des Zivilisten, der am Ende des Steges stand, über das Wasser, »komm sofort zurück und händige mir den Mann aus, der soeben auf dein Schiff gelangt ist.« Hinter ihm reihten sich die Wachen auf.

»Im Namen von wem?«, kam es vom Segler zurück, als hörte der Sprecher zum ersten Mal vom Herrscher. Die restliche Besatzung lachte rau.

»Wir sind Beauftragte von Mortva Nesreca, dem Berater des Kabcar. Der gesuchte Verbrecher Tokaro Balasy, ein ehemaliges Mitglied des verräterischen Ordens der Hohen Schwerter, muss nach Ulsar gebracht werden, um dort der gerechten Strafe zugeführt zu werden«, erklärte der Mann unwirsch. »Wird's bald?!«

»Oho!« Der Seemann schien beeindruckt zu sein. »Im Namen von Nesreca suchst du den Jungen? Dann muss es etwas ganz Besonderes mit ihm auf sich haben.«

»Das geht dich einen feuchten Kehricht an.« Er wies den Anführer der Wachen an, mehrere Fischerboote zu besetzen und das Schiff zu verfolgen, solange es noch nicht unter Vollzeug segelte. »Kehr zurück, und eine Belohnung ist dir sicher. Der Kabcar wird dir dankbar sein.«

»Ihr habt es gehört, Männer«, meinte der Rufer. »Erweist den Leuten auf der Anlegestelle den gleichen Respekt, den ihr auch dem hochwohlgeborenen Bardriç entgegenbringen würdet.«

Der Segler begann mit einem Wendemanöver.

Als die Bordwand mit ihrer Breitseite zum Steg lag, öffneten sich verborgene Geschützklappen, und zwei Katapulte zielten vom Bug her auf die Verfolger.

Die Uniformierten wandten sich zur kopflosen Flucht, stießen und schubsten sich gegenseitig.

»Bist du schwachsinnig?«, schrie der Scherge Nesrecas und riss die Handbüchse aus dem Gürtel, eine verzweifelte Geste angesichts der größeren Kaliber, die auf ihn anlegten.

»Einen Salut!«, befahl der Kapitän bissig. »Einen Salut für die Getreuen von Bardriç und Nesreca!«

Donnernd entluden sich die Treibladungen und schickten die Kugeln aus den Bombarden. Der Himmel verdunkelte sich unter dem schwirrenden Pfeilschauer, der auf kürzeste Distanz über die hoheitlichen Truppen hereinbrach.

Tokaro erwachte aus seinem Schlaf, riss die Augen auf und bemerkte, dass sich alles in dem kleinen Zimmer, in dem er lag, in Bewegung befand. *Das Fieber ist stärker, als ich dachte.*

Gurgelnd stieg sein Mageninhalt nach oben. Der junge Mann neigte sich über die Kante und erbrach sich in einen Eimer, der dort bereit stand … und der vor allem nicht mehr ganz leer war.

Mehrfach würgte und spuckte er, ohne dass sich viel Essen aus seinem Inneren befördern ließ. Erschöpft sank er in die Kissen.

Halb entkleidet lag er unter einer Schicht dicker Laken, sein verletztes Bein zierte ein Verband. *Ich scheine bei Freunden gelandet zu sein,* schätzte er angesichts der Behandlung.

Noch immer drehte sich die Einrichtung. Dunkel erinnerte er sich daran, wie er vor den Häschern des Kabcar geflüchtet war. Ab einem gewissen Zeitpunkt fehlte ihm jedoch das Gedächtnis.

Das Schiff!, fiel es ihm nach einer Weile wieder ein, was natürlich das Knarzen des Raumes und die schlingernden Bewegungen erklärte.

Vorsichtig stemmte er sich hoch und versuchte aufzustehen. In der Wunde machte sich ein schmerzhaftes Ziehen breit. Tokaro biss die Zähne zusammen und humpelte weiter Richtung Ausgang der schwankenden Kajüte.

Er tastete sich durch die Eingeweide des Seglers bis zu einer Stiege, die nach oben führte. In unregelmäßigen Abständen spritzte Seewasser herbei und rann die Stufen hinab. Das Pfeifen des Windes, der sich in der Takelage fing, und das Knattern der Leinwand hörte er bis nach unten. Als der Rumpf nach links rollte, hastete der junge Ordensritter prompt zurück, um sich ein weiteres Mal in den Eimer zu übergeben.

Ich bin wohl nicht seefest, dachte er unglücklich und versuchte den Aufstieg an Deck ein zweites Mal.

Langsam erklomm er die Treppe und stand auf den Planken, während um ihn herum eine kräftige Brise dafür sorgte, dass sich die seltsam geriffelten Segel bis zur Belastungsgrenze wölbten.

Der Bug tauchte tief nach unten, als wollte er sich durch die Wellenberge graben, und hob sich kurz darauf in die Höhe. Gischt und Schaum erfüllten die Luft. Innerhalb von kürzester Zeit wurde Tokaro durchnässt bis auf die Knochen.

Ein Mann auf dem Oberdeck winkte ihm zu, dann eilte ein Matrose herbei, um den Verletzten sicher ans Steuer zu geleiten.

Tokaro hatte den Eindruck, dass er der Einzige war, der mit dem rauen Wetter kämpfte. Die Seeleute, die aus allen Reichen Ulldarts zu stammen schienen, bewegten sich mit traumwandlerischer Sicherheit über die nassen Bretter oder hingen in den Wanten, um den Anweisungen ihres Kapitäns nachzukommen.

»Ein schlechter Zeitpunkt für einen Spaziergang«, brüllte dieser ihn gut gelaunt an, um die Geräusche von Wind und Wellen zu übertönen.

Ein typischer Rogogarder mittleren Alters stand vor ihm, sonnengebräunt und wettergegerbt. In den geflochtenen Bartsträhnen hingen zierliche Muschelstücke. Das hellblonde Haar trug er kurz geschoren, und jeweils drei goldene Ringe zierten seine Ohrmuscheln.

Freundlich legten sich seine grün-grauen Augen auf den Gast, und die Rechte streckte sich ihm entgegen. »Feinde von Nesreca und Bardriç sind meine Freunde. Willkommen an Bord der *Varla*. Ich bin Torben Rudgass, Kapitän der rogogardischen Flotte.«

Dankbar ergriff er die Finger. »Ich bin Tokaro …«

»… Balasy, ich weiß«, griente der Freibeuter etwas zahnlos. »Nesrecas Männer haben es uns gesagt.«

»Ich schulde Euch unendlich viel, Kapitän Rudgass. Was geschah mit meinem Pferd?«

»Wir haben es in die Suppe geschnippelt, nachdem es sich bei Eurem kühnen Sprung den Hals brach.« Lachend schlug er ihm auf den Oberarm. »Nein, natürlich nicht. Wir haben es eingesalzen. Dann haben wir länger davon.«

Tokaros Augen wurden groß, er machte einen Schritt nach links und erbrach sich.

»Das habt Ihr in der Kajüte ständig getan«, kommentierte der Rogogarder. »Ein Ritter, der einen Ritt auf den Wellen nicht verträgt, das hat schon etwas Komisches.«

»Findet Ihr?«, entgegnete der junge Mann mit den blauen Augen unglücklich. *Treskor als Proviant, das überstehe ich nicht.*

Torben blinzelte ihm zu. »Nein, ich wollte Euch nur aufziehen. Ich sage Euch die Wahrheit, bevor Ihr vor Schreck noch mehr kotzt und mein Schiff versenkt. Euer Hengst steht unter Deck, die Blessuren heilen recht gut. Nur der gebrochene Vorderlauf wird seinen Einsatz für Euch zukünftig in Frage stellen.« Er deutete auf den Verband. »Schont Euch. Es hat einiges an Mühen gekostet, die Blutvergiftung ohne einen Cerêler aufzuhalten.«

Tokaro wollte schon wieder zurück, um nach dem Streitross zu sehen, als ihm noch etwas einfiel. »Wohin fahrt Ihr, Kapitän? Ich wäre Euch dankbar, wenn Ihr mich irgendwo in der Gegend an Land setzen würdet.«

»Das tue ich sehr gern. Aber nachdem Ihr eine Woche im Fieber lagt ...«

»Eine Woche?«

»... wird es ein wenig dauern, bis wir festen Boden unter die Füße bekommen.« Der Freibeuter deutete auf den Horizont. »Unser nächster Halt ist Kalisstron. Um genauer zu sein, Bardhasdronda.«

»Was? Das geht nicht!«, begehrte der Ordenskrieger auf. »Ich muss nach Tarpol und mich mit einem Freund treffen. Die Verfolger werden ihn gewiss ...«

Der Rogogarder schüttelte den Kopf. »Nein, junger Ritter. Die Leute aus Satucje werden zwar einen neuen Steg bauen müssen, aber die Häscher des silberhaarigen Dämons existieren nicht mehr. Euer Freund ist sicher vor ihnen. Ihr dagegen werdet in den Genuss kommen, einen neuen Kontinent zu betreten. Das ist der Preis dafür, dass Ihr Euer Leben noch besitzt. Mein Vorhaben ist zu wichtig. Wir reden später, wenn der kleine Sturm sich etwas beruhigt hat.«

Seufzend ergab sich Tokaro in sein Schicksal und hinkte den Aufgang hinunter.

»Das ist übrigens ein sehr schönes Pferd«, schrie ihm der Freibeuter nach. »Woher habt Ihr es? Bislang habe ich nur ein solch schönes Exemplar gesehen.«

»Ein Geschenk«, antwortete Tokaro lakonisch und machte sich auf, den Hengst zu besuchen.

Treskor schwebte in einer Haltevorrichtung aus Segeltuch mit den Hufen knapp über dem Boden des Laderaums und kaute etwas trockenes Brot. Die Besatzung hatte ihm den rechten Vorderlauf mit zwei Holzlatten geschient, und damit er die verletzte Stelle nicht belastete und sich dadurch Schmerzen zuzog, hatten sie ihn einfach etwas angehoben. Doch helfen würde es nicht.

Freudig wieherte das Pferd und legte den Kopf auf Tokaros Schulter. Mit feuchten Augen streichelte er dem Tier die Nüstern. »Du hast mir das Leben gerettet, treuer Freund.« Behutsam untersuchte er das geschwollene Bein. Treskor zuckte zusammen, als er die gebrochene Stelle berührte. Aufmunternd strich er ihm über die Ohren. »Das kriegen wir wieder hin.«

Der Ordensritter wusste nur noch nicht, wie er das Wunder bewerkstelligen sollte.

Kontinent Ulldart, Königreich Barkis (ehemals Tûris), Ammtára (ehemals die Verbotene Stadt), Herbst 459 n. S.

Die Borsten des dünnen Pinsels fegten den Staub der Jahrhunderte aus den Reliefs und legten ihre mit Akribie gemeißelten Feinheiten frei. Reiterfiguren, die gegen Ungeheuer anritten, Krieger, die sich auf einen riesigen Mann stürzten, Heere, die aufeinander prallten. Und Tote.

Pashtak blies kräftig über die Figuren und entfernte den letzten feinen Sand. »Sie scheinen sehr alt zu sein«, meinte er. Eine Kralle deutete auf den übergroßen Krieger, auf den sich alle anderen Kämpfer mit ihren Angriffen konzentrierten. »Das muss Sinured sein.«

Estra beugte sich herunter und schaute ihm über die Schulter. »Und das ist das ›Geeinte Heer‹«, legte sie ihre Ansicht zum zigsten Mal dar. »Das wissen wir doch alles, Inquisitor.«

»Wir hätten doch etwas übersehen können«, verteidigte Pashtak seine Genauigkeit und stand auf.

Mit Genehmigung der Versammlung hatten sie die zehn Sarkophage, die er gefunden hatte, in der Eingangshalle des Tagungsgebäudes aufgebahrt, um sie fernab von neugierigen Blicken zu untersuchen. Und das, so hatte zumindest Belkalas Tochter den Eindruck, beinahe von morgens bis abends, ohne dem Rätsel der angeblich immens mächtigen Waffe näher gekommen zu sein.

Keiner der Steinsärge zeigte auf seiner Oberfläche einen Hinweis. Nur die Geschichte, wie Sinured vor 459 Jahren besiegt worden war, prangte darauf. Die Toten mussten verdiente Recken gewesen sein, deren Taten in der Schlacht von enormer Bedeutung gewesen waren. Daher war es ihnen vergönnt, am Ort des Triumphes zu verbleiben. Oder als Wächter einzuziehen, um die Rückkehr des Bösen an diese Stätte zu verhindern. Im Gegensatz zu den mumifizierten Leichen reiste Sinured jedoch sehr lebendig über den Kontinent. Er hatte seine Bewacher auf dem Grund der See überlebt.

»Es würde mich nicht wundern, wenn sie gleich ihre Augen öffnen und sich erheben würden«, befand Estra schaudernd und zog den Kopf ein wenig ein.

Der Inquisitor, wie das Mädchen in ein pflegeleichtes Gewand gehüllt, grinste und bleckte die Zähne. »Ihr Menschen und euer Aberglaube.« Er erhob sich ebenfalls und wischte sich die klauenförmigen Hände an der Schürze ab. Der Pinsel landete auf dem bereit stehenden Tablett, auf dem sich weitere Werkzeuge befanden, um die Sarkophage näher zu untersuchen.

»Wir müssen einen Schritt weitergehen«, verkündete er und zog sich einen Tisch heran. Dann zeigte er auf das Fußende. »Ich nehme den Kopf, du schnappst die Stiefel.«

»Soll das heißen, du willst sie herausholen?«, entfuhr es seiner jungen Gehilfin. Dennoch fasste sie mit an und wuchtete den Leichnam heraus.

Vorsichtig, damit nichts abbrach, hievten sie den Krieger auf das Lager. Mit einem Satz sprang Pashtak in das Steingrab und tastete die Wände ab. Estra machte sich daran, Einzelteile herauszuklauben, die noch im Innern lagen.

»Verstehst du dich einigermaßen mit Shui?«, erkundigte er sich dabei wie nebensächlich.

Estra lächelte. »Aber natürlich. Sie ist sehr nett und versucht immer, mich aufzumuntern.« Sie fand es rührend, wie er sich um das Zusammenleben der neuen Familie sorgte.

»Und die Kinder?«

Nun schwieg Estra, weil sie eine diplomatische Antwort finden musste. »Sie sind sehr ... lebhaft.«

Der Inquisitor schnurrte. »Das kannst du laut sagen. Aber sie stören dich doch nicht zu sehr?«

Sie schüttelte das Haupt, der Zopf flog hin und her. Ihre karamellfarbenen Augen mit dem dünnen, gelben Kreis um die Pupillen blickten aufrichtig. »Ich muss mich nach der langen Zeit, in der Mutter und ich allein gelebt haben, nur an die Gesellschaft gewöhnen.«

»Wenn du dich an sie gewöhnt hast, hältst du es überall aus«, prophezeite er fröhlich und widmete sich voll und ganz dem Stöbern.

Schweigend durchforsteten sie die gemeißelten Ruhestätten, bis der Inquisitor im Sarg des Kriegers mit der auffälligsten Rüstung angelangte. Als sie den Kämpfer anhoben und er dabei etwas zur Seite kippte, glitt das Schwert aus der Scheide und schepperte auf den Marmorboden. Die Hülle verblieb zwischen den vertrockneten Fingern des Verstorbenen.

Misstrauisch hob Pashtak die Waffe auf und steckte sie zurück, wackelte, schob sie probehalber hin und her. Er entwand die Schwertscheide der toten Hand, entfernte den Staub. Sofort stand Estra an seiner Seite und betrachtete den Fund.

»Siehst du das?«, fragte er und machte ein gewichtiges Gesicht, soweit es seine Physiognomie es zuließ.

Prüfend wiederholte sie seinen Versuch. »Das Schwert ist zu klein«, fiel es ihr sofort auf. »Er muss ein anderes besessen haben.«

»Sehr schade«, nickte er. »Damit hätten wir die Waffe gefunden, doch jemand tauschte sie vor langer Zeit gegen eine gewöhnliche Klinge aus. Untersuchen wir die Scheide, vielleicht erfahren wir Näheres.«

Vorsichtig legten sie die Gravuren des Futterals frei und beschäftigten sich so lange mit den Zeichen, bis sie sich zu fortgeschrittener Stunde aus brennenden Augen verblüfft anschauten.

Zwar hatten der Inquisitor und seine Gehilfin ein wenig mit dem Alt-Ulldart zu kämpfen, in dem die Segenswünsche verfasst worden waren, dennoch konnten sie die Sprüche entziffern. Sie hatten die Scheide einer aldoreelischen Klinge gefunden. Und zwar nicht irgendeiner, wenn Pashtak sich an den Wortlaut des kensustrianischen Berichts erinnerte.

Auch die Worte auf der Hülle bestätigten den Verdacht, eine jener Waffen gefunden zu haben, die einzig und allein gegen das Böse schlechthin – gegen Kriegsfürst Sinured – geschmiedet worden waren. Einunddreißig Diamanten, so verriet ihnen die Inschrift, zierten allein den Knauf der aldoreelischen Klinge.

Estra sog die Luft ein. »Das nenne ich mal eine Entdeckung. Kompliment, Inquisitor. Selbst wenn du in deiner freien Zeit ›kleineren Rätseln‹ nachgehst, wie du es nanntest, so stolperst du über Großes.«

Pashtak betrachtete die Scheide ein wenig unglücklich und schnippte mit dem Finger dagegen. »Aber der große Triumph bleibt aus.« Er fing an zu grübeln. »Was hätten wir damit getan, wenn wir sie nun wirklich besäßen?«

»Weil Sinured an der Seite des Kabcar streitet und dessen Vasall ist?« Estra erkannte den Hintergrund der Frage. »Der Kabcar würde aus Angst um seinen Verbündeten und Kriegsmann die Herausgabe der aldoreelischen Klinge fordern. Und wahrscheinlich alle Mittel einsetzen, falls sich die Versammlung weigerte«, schätzte sie und betrachtete ihren Mentor aufmerksam. »Das Schwert wäre eine Gefahr für Ammtára.«

»Genau.« Der Inquisitor wirkte nachdenklich. »Oder die einzige Hoffnung für Ulldart, wenn der Kabcar vollends den Verstand verliert. Wonach es sehr aussieht. Niemals hätte ich geglaubt, dass sich Menschen hinter die Mauern unserer Stadt begeben, weil sie sich hier sicherer fühlen als an anderen Orten des Reiches.« Der Zuzug von Fremden hatte sich verstärkt, seit Ammtára sich die »freie« Stadt nannte und im Gegenzug der Herrscher seine Untertanen an die Kandare nahm wie noch keiner in den letzten vierhundert Jahren vor ihm. So grausam hatte sich kein Kabcar gebärdet.

Wir müssen sie einfach finden. Ohne eine Erklärung stieg er zurück in den Sarkophag und begann seine Nachforschungen von neuem.

»Wir sollten Schluss machen«, meinte Estra und gähnte herzhaft. »Ein Grabräuber wird sie gestohlen und verkauft haben. Vermutlich befindet sich die Klinge im Besitz eines ...« Sie stockte.

»Eines Ritters der Hohen Schwerter, wolltest du sagen?«, kam es dumpf aus dem Sarkophag. »Wenn dem so war, dann hat der Kabcar nach der Vernichtung des Ordens alle bedeutenden Waffen, die man gegen ihn und seine Helfer einsetzen könnte, in seiner Obhut.« Sein flacher Schädel erschien am Rand des Sarges. »Schlechte Aussichten, nicht wahr? Also, hilf mir suchen und bete, dass wir fündig werden.«

Sie krochen über und unter die Sarkophage, machten sich Notizen, markierten jede kleine Auffälligkeit und ließen die Bemühungen für diesen Tag ruhen.

Müde begaben sie sich in das gemeinsame Haus, das ruhig ihre Rückkehr erwartete. Alle kleinen Racker lagen bereits in den Betten und schlummerten.

Am nächsten Morgen erklärte er Shui, was sie herausgefunden hatten, und verpflichtete sie zu absolutem Stillschweigen.

Um sie herum tobten seine Sprösslinge, jagten sich gegenseitig das Essen ab, schubsten und lachten, lärmten, was die Trommelfelle ertrugen, und wurden letztlich von seiner Gefährtin in den Garten gescheucht, damit ihr Vater in Ruhe frühstücken konnte.

Estra erschien und leistete ihnen beim Essen Gesellschaft, dann brachen sie gemeinsam auf, um hoffentlich mehr herauszufinden.

Es war die Tochter der Kensustrianerin, der etwas auffiel.

In einem der Steinsärge fand sie einen Strich, der nicht recht zu den anderen Verzierungen passen wollte. Mit etwas Suchen bemerkten sie immer an der gleichen Stelle der Särge eine jeweils anders angeordnete Linie, im letzten eine stilisierte Großkatze.

Unter gewöhnlichen Bedingungen hätte keiner der beiden dem Fund etwas Besonderes beigemessen und die Kratzer für eine fehlerhafte Arbeit des Steinschnitzers gehalten, aber durch die Hülle der aldoreelischen Klinge deuteten sie das Abbild der Großkatze sogleich als Symbol Angors, des Gottes des Krieges.

Setzten sie die neun Striche auf einem Blatt Papier zusammen, ergab sich zu ihrer Überraschung ein dreidimensional aufgemalter Quader, an dessen unterem Ende sich das Zeichen befand.

Pashtak knurrte unzufrieden. Damit schufen sie sich ein neuerliches Rätsel. Dann weiteten sich seine Augen.

Ein Sarkophag aus Stein! »Sie haben die Klinge in einem der Steinbrocken eingeschlossen und im alten Palast gelassen«, erklärte er Estra aufgeregt. »Sieh doch, der Sarkophag aus Stein ist nicht das Grabmal der Krieger. Sie haben das Schwert aus Vorsicht eingelagert und den Brocken mit einem Hinweis versehen, damit sie es in den Ruinen wieder finden.« Girrend wartete er auf ihre Meinung.

»Warum sollten sie eine so mächtige Waffe an den Ort bringen, wo das Böse hauste und am wahrscheinlichsten wieder zurückkehrt?«

»Um das Böse durch die Wirkung der Klinge fern zu halten oder sie in unmittelbarer Nähe zu haben, falls es ausbrechen sollte«, versuchte sich der Inquisitor an einer Auflösung. »Wie man einen Eimer Wasser neben das Herdfeuer stellt. Und das andere Schwert haben sie in die Kathedrale geschafft, um am Ort des Guten jederzeit Zugriff auf die aldoreelische Klinge zu haben. Einer der Plätze, so dachten sie, sei immer erreichbar.«

»Das erscheint mir verwegen, aber nicht unsinnig«, stimmte seine Gehilfin begeistert zu. »Aber«, sie schlug sich entsetzt an die Stirn, »dann finden wir weder die eine noch die andere Klinge.«

Damit lag sie gar nicht so falsch.

Die Kathedrale in Ulsar war zwischendurch eingestürzt, aufgebaut und umgebaut worden. Wahrscheinlich befand sich der fragliche Quader entweder in ihrem Fundament oder sonst irgendwo in den Mauern des entweihten Gotteshauses, in dem die Tzulani Menschenopfer brachten.

Der allererste Palast Sinureds in Ammtára dagegen war von den Baumeistern als Steinbruch benutzt worden, und die noch brauchbaren Materialien hatten als Beitrag zu der neuen Stadt der Freundschaft zwischen Menschen und Sumpfkreaturen gedient.

Doch seltsamerweise wollten die gute Laune und vor allem der Eifer des Inquisitors nicht schwinden. »Dann wissen wir ja, was wir beide zu tun haben.« Estra schaute ihn irritiert an. Ihr wollte der nächste Schritt nicht einfallen. »Wir wühlen uns weiter durch die Vergangenheit«, half er ihr und warf sich seinen Mantel über. »Komm, wir statten einem Bekannten einen Besuch ab. Er hat damals als Erster beim Aufbau mitgearbeitet. Wenn wir Glück haben, erinnert er sich, wohin die Quader gingen.«

Wenig zuversichtlich folgte ihm seine Gehilfin. Da ihr Mentor nicht daran dachte, langte sie im Vorbeigehen nach der Schwertscheide und steckte sie unter ihren Umhang. Der Fund musste wohl gehütet werden.

Pashtak und Estra bekamen einen gewaltigen Schrecken, als der Tzulani ihnen eine Vielzahl von Gebäuden aufnotierte, die von der eingestürzten Residenz des Tieres profitiert hatten. Nicht weniger als fünf Häuser, meistens kleinere Bauten, bestanden zu einem guten Teil aus dem alten Palast.

Die beiden bedankten sich und begannen mit ihren Ermittlungen. Sie würden sich die Häuser zunächst von außen betrachten, später unter einem Vorwand die

Räume durchstreifen. Dennoch, der Steinblock konnte im schlechtesten Fall so ungünstig liegen, dass man das abstrahierte Raubtier nicht erkannte. Somit würde die aldoreelische Klinge für immer verschollen bleiben oder nur durch einen Zufall entdeckt werden.

Beim dritten Besuch erlebten sie eine Überraschung. Das Gebäude war nur zur Hälfte errichtet worden. Sie erfuhren von den Bewohnern, dass man damals einen Teil der Blöcke freiwillig abgegeben hatte, damit ein Heiligtum oder etwas in der Art zu Ehren des Gebrannten errichtet werden konnte.

Und wieder schien Pashtak diese Nachricht, die ihre Suche sowie einen Erfolg beinahe unmöglich machte, nicht aus der Bahn werfen zu können.

Ganz im Gegenteil. Ein befriedigtes Schnurren drang aus seiner Kehle.

Das nächtliche Ammtára war friedlich wie immer. Nichts störte auf den ersten Blick die Ruhe. Hinter den Fenstern brannten vereinzelt Kerzen und Lampen. Durch die kühlen Straßen zogen gemischte Abteilungen von Nimmersatten und Menschen und sorgten für Sicherheit.

Auch wenn es seit der Aufklärung der Mordserie nicht mehr zu nennenswerten Straftaten gekommen war, machten die Streifen einen besseren Eindruck und vermittelte allen, die ängstlicher Natur waren, ein gutes Gefühl.

Einige der neu zugezogenen Menschen konnten sich einfach nicht sofort daran gewöhnen, nachts einem Sumpfwesen gegenüberzustehen, das sie sich in ihren schlimmsten Albträumen ausmalten oder aus Schauergeschichten kannten. Rief der Überraschte dann aus einem Reflex heraus nach der Wache, konnten die Menschen ihre Artgenossen meist schnell beruhigen und davon überzeugen, dass das Sumpfwesen niemanden in Fetzen reißen wollte. Ammtára machte der Bedeutung seines Namens weiterhin alle Ehre. Doch auf den zweiten Blick ereignete sich etwas Ungewöhnliches, was allerdings nur den Modrak auffiel.

Auf dem zwanzig Schritt hohen Ehrenmal Tzulans turnte eine Gestalt herum.

Die halbbogenförmig geschwungenen Säulen, in der Grundfläche als Achteck angeordnet, ragten steil in die Höhe, und ihre Spitzen neigten sich zueinander, berührten sich jedoch nicht. In diesem fünf Schritt durchmessenden Freiraum befand sich eine Kugel aus seltenem schwarzem Marmor als Schlussstein und hielt durch ihr Gewicht die gesamte Konstruktion im Einklang.

Estra stand exakt im Mittelpunkt des Oktagons und blickte hinauf zu den scharfkantigen Pfeilerenden. Die Gestirne und Monde leuchteten mit kaltem Licht auf sie herab, und die Säulen warfen abstruse, starre Schatten.

Doch gelegentlich entstand das schwarze Abbild ihres Mentors am Boden, der in Schwindel erregender Höhe heimlich nach Hinweisen suchte. Er hatte sich ein Sicherungsseil um den Bauch gebunden, dessen anderes Ende er oben um eine Spitze zurrte.

Belkalas Tochter kam die Aufgabe zu, ihn vor Wachen zu warnen und diese gegebenenfalls in ein Gespräch zu verwickeln, damit man nicht auf den Inquisitor aufmerksam würde.

Als er davon gehört hatte, dass ein Teil der Steinblöcke für ein Heiligtum hatte genutzt werden sollen, erinnerte er sich daran, wie ihn schon zweimal in der Vergangenheit etwas von hier oben aus gehörig geblendet hatte.

Das gleißende Licht konnte von dem polierten Marmor, genauso gut aber auch von einem der einunddreißig Edelsteine der aldoreelischen Klinge stammen.

Darauf spekulierte er inständig.

Jeder Schritt an dem windumspielten Ort bedeutete Gefahr, denn seine krallenbewehrten Hände und Füße fanden kaum richtigen Halt. Aber das Licht reichte glücklicherweise aus, um genügend zu erkennen.

Etwas blinkte im Schimmer von Tzulans Augen.

»Ich hab's«, rief er leise zu Estra und musste sich rasch festhalten, um nicht in die Tiefe zu stürzen. Von oben sah das Mädchen winzig klein aus.

Sie winkte ihm und drückte sich weiter in den Schatten, den die Säulen warfen.

Während er auf das Funkeln zurobbte, musste er daran denken, wie er und Belkala sich vor Jahren zum ersten Mal begegnet waren und sie ihm das Leben gerettet hatte. Nun befand er sich mit ihrer Tochter auf seiner nächsten Mission.

Die Ahnung des Inquisitors erfüllte sich. Die Witterung hatte ein Stück aus dem behauenen Block gesprengt und einen Teil der Diamanten freigelegt.

Girrend suchte er sich den mitgebrachten Hammer und Meißel aus der Tasche und legte mit schnellen, kurzen Schlägen, um nicht zu viel Lärm zu veranstalten, den Griff Steinsplitter für Steinsplitter frei. Estra kehrte die verräterischen Gesteinsbrocken zusammen.

Nach zwei Stunden – seine Finger waren steif, kalt und klamm – hatte er es so weit geschafft, dass er das Schwert am hinteren Ende anpacken konnte. *Schauen wir, ob die Macht der Waffe wirklich so groß ist.*

Behutsam umfasste er den Griff mit beiden Händen und ruckte ein wenig daran.

Die aldoreelische Klinge glitt aus dem Stein heraus, als läge sie in Butter. Ihre Schneide schimmerte im Licht der Sterne und Monde. Die Rast über Jahrhunderte hinweg hatte dem Metall, so weit er es als Laie in Sachen Waffenkunde beurteilte, nicht ein bisschen geschadet.

Probehalber versuchte er, ob das Schwert Stein immer so leicht durchschnitt. Er setzte die Spitze an einer anderen Stelle auf und drückte leicht. Und wirklich drang die Waffe in das harte Material ein. Fasziniert zog er sie heraus und betrachtete das Kriegswerkzeug. Dann suchte er eine Möglichkeit, den Fund zu verstauen. Verdammt, Estra hat die passende Scheide mitgenommen. Am ungefährlichsten war es wohl, wenn er das Schwert an seinem Sicherungsseil festband und herabließ. Doch vorerst musste er es in der Hand halten.

»Es kommt jemand!« erreichte ihn die Warnung seiner Gehilfin. »Hörst du nicht?«

Wie tot presste er sich an die Säule und klammerte sich fest, die aldoreelische Klinge in der Rechten haltend. Von unten vernahm er eine leise Unterhaltung und das freundliche Lachen Estras. Offenbar versuchte sie, den unliebsamen Besucher gutmütig abzulenken.

Wer läuft denn schon um diese Tageszeit am Tzulan-Denkmal herum?; ärgerte er sich über die Unterbrechung, während ihm der Wind um die Kleider strich und ihn zum Frösteln brachte. Der Winter schickte seine ersten Vorboten und schien mit aller Härte in das Land einfallen zu wollen.

Flügel rauschten durch die Nacht. Eine dürre Gestalt landete gegenüber dem Inquisitor und betrachtete ihn aus purpurfarbenen Augenhöhlen. Der Beobachter schien von der Entdeckung Pashtaks sehr angetan. Noch nie hatte er eines der Sumpfwesen aus solcher

Nähe gesehen. Jetzt kauerte er sich zusammen und wartete, dass es etwas tat.

Estra verabschiedete sich soeben von jemandem und gab nach einiger Zeit Entwarnung. Rasch erklärte Pashtak ihr, wie er das Schwert zu ihr hinabbringen wollte.

Ihr Mächte des Schicksals, lasst alles gut gehen. Er löste das Seil um seine Hüfte.

Im nächsten Augenblick rutschte Pashtaks linker Fuß ab. Mit nur einer freien Hand schaffte er es nicht, ein Abgleiten zu verhindern.

Seine Gehilfin sah die Tragödie als Schattenspiel und schrie leise auf.

»Hilf mir, du dämliches Ding!«, wandte er sich an den Beobachter.

Die Kreatur legte den totenschädelähnlichen Kopf schief und sah unbeteiligt zu.

»Das merke ich mir!« Pashtak erreichte rutschend eine abknickende Stelle, ab der es senkrecht nach unten ging. Ihm drohte der freie Fall.

Der Inquisitor tat in seiner Not das einzig Richtige. Er rammte die aldoreelische Klinge mit Wucht bis zum Heft in die Säule, um sich einen behelfsmäßigen Griff zu schaffen.

Doch er hatte sein Körpergewicht unterschätzt.

Zäh, aber beständig glitt die Schneide durch den Stein, während er sich an den Griff klammerte, und trug ihn sanft nach unten – allerdings nicht in einer geraden Bahn, sondern in einem leichten geschwungenen Kurs.

»Du siehst aus wie eine träge Fahne«, lachte Estra leise.

Kaum berührten seine Füße den Boden, nahm er die passende Hülle aus ihrer Hand entgegen und verstaute das wundersame Schwert.

»Wer auch immer diese Waffen schuf, es muss mehr als nur Schmiedekunst im Spiel gewesen sein«, meinte er beeindruckt und betrachtete den langen Riss, den er von oben bis unten in den Pfeiler gezogen hatte. Er klopfte dagegen. »Glück gehabt. Er hält.«

»Die Wachen waren vorhin hier«, berichtete seine Gehilfin und verdrehte die Augen. »Einer der Männer wollte unbedingt wissen, wo ich wohne.«

»Sei doch froh, wenn du Artgenossen mit Geschmack triffst«, grunzte das Sumpfwesen heiter. »Und das meinte ich nicht in Bezug auf die Qualität ihres Fleisches.« Er hielt ihr das Schwert hin. »Sieh her.«

»Eine aldoreelische Klinge«, raunte sie ehrfurchtsvoll. »Wie sie bestimmt auch mein Vater führte.«

Sie hörten Schwingenschlag. Der Beobachter flog eine Schleife über ihren Köpfen und segelte davon, um sich einen besseren Platz zu suchen.

»Etwas hat ihn wohl verscheucht«, schätzte Estra.

Der Inquisitor vertraute dem Instinkt des Wesens und rannte los. »Lauf!«, befahl er ihr.

Knirschend sackte der rechte Teil der beschädigten Säule hinab, einen Lidschlag später gab der linke Teil dem tonnenschweren Gewicht nach. Unter der Last brach die Säule in sich zusammen. Das Rumpeln und Dröhnen brachte die nähere Umgebung zum Erzittern, eine Staubwolke breitete sich aus.

Pashtak wurde langsamer und schaute nach seiner Gehilfin, die auf ihn zulief. Die Gefahr war keineswegs gebannt. Die schwarze Marmorkugel donnerte heran.

»Nach rechts!«, schrie er. »Nach rechts! Ausweichen, Estra!« Er flog der heranwachsenden Frau förmlich entgegen, die von der Bedrohung nichts bemerkte, und riss sie mit sich zur Seite.

Sie hoben die staubigen Gesichter und beobachten hustend, wie das Unheil seinen Lauf nahm.

Das runde Gebilde walzte an ihnen vorbei und rauschte geradewegs in den Tzulantempel. Sie hörten, wie es im Innern der Verehrungsstätte mehrfach krachte, und kurz darauf sackte das Dach nach unten. Es dauerte nicht lange, und der gesamte Tempel des Gebrannten Gottes fiel in sich zusammen.

Estra rollte sich auf den Rücken und stützte sich mit den Ellbogen auf. »Wenn das mal kein Zeichen ist«, meinte sie trocken. Pashtak knurrte unfroh.

Einige Tage nach dem unfassbaren Vorfall, wobei es dem Inquisitor und seiner Gehilfin tatsächlich gelang, ihre Beteiligung geheim zu halten, ereignete sich das nächste Unvorhergesehene. Die Versammlung der Wahren wurde außerhalb des üblichen Besprechungszeitraumes einberufen.

An Pashtaks Seite, wenig nach hinten versetzt, befand sich Estra.

»Zwei Gründe habe ich, um euch alle an diesem Morgen zusammenzurufen«, begann Leconuc. »Zum einen möchte ich euch um die Zustimmung bitten, dass Inquisitor Pashtak sich um das verwunderliche Zusammenbrechen des Tzulan-Monuments kümmert. Ich möchte ausschließen, dass es sich dabei um die Tat von Fanatikern gehandelt hat. Andernfalls könnte man es durchaus als Zeichen ansehen.«

Ungemütlich rutschte Pashtak auf seinem Sessel hin und her. Er gab sich Mühe, seine Verlegenheit zu verbergen.

Das Gremium stimmte geschlossen für die Untersuchung.

Es hätte schlimmer kommen können, beruhigte er sich innerlich. Jetzt würde er dafür sorgen, dass die Ereignisse mit Sicherheit als eine göttliche Weisung gesehen werden.

Leconucs Ausdünstungen verrieten ihm, dass die zweite Angelegenheit anscheinend weniger leicht wurde. Erstaunt bemerkte er die Spur von Angst, die sich in dessen charakteristischen Körpergeruch mischte.

»Ein Bote hat die Ankunft hochrangiger Gäste angekündigt, die auf dem Rückweg aus Ilfaris einen Umweg über Ammtára nehmen.« Der Vorsitzende stützte sich am Tisch ab und schaute in die Gesichter der Versammelten. »Wir erwarten im Lauf des Nachmittags einen Überraschungsbesuch der hoheitlichen Tadca, Zvatochna Bardri¢, und ihres Bruders Krutor. Was immer das zu bedeuten hat.«

Das Gremium reagierte zunächst mit Schweigen. Die Mitglieder spekulierten, was das Auftauchen der Schwester des Kabcar zu bedeuten habe. Nachdem jeder zu seiner Meinung gekommen war, sprachen alle durcheinander, ohne sich durch Leconuc zur Ordnung rufen zu lassen. Die einen fürchteten um den Fortbestand Ammtáras, die anderen sahen es als Signal, dass man die Stadt und ihre Bemühungen anerkannte. Wieder andere beschworen die magische Vernichtung durch die Tadca als Strafe für den Verrat am Herrscher herauf.

»Ruhe!«, schrie der Vorsitzende irgendwann mehrfach hintereinander, bis die Debatten in leises Gemurmel übergingen und letztlich erstarben. »Es bringt nichts, sich den Kopf zu zerbrechen, wir müssen abwarten, was sie beiden wollen. Sie kommen ohne ein Heer«, sagte er und versuchte, die schlimmsten Befürchtungen zu zerstreuen. Dass die junge Frau bei ihren angeborenen Fertigkeiten Soldaten unter Umständen gar nicht benötigte, unterschlug er. »Wir begrüßen sie, als würde es sich dabei um ein übliches Treffen handeln, veranstalten einen Rundgang und weisen die letzten Erfolge vor.«

»Wie die zerbrochenen Pfeiler des Ehrenmales und der zusammengefallene Tzulantempel«, grollte der Inquisitor mit Galgenhumor und erntete verhaltenes Gelächter. Estra grinste breit.

»Und weil du die Verschwörung aufgedeckt hast«, reagierte Leconuc auf die Bemerkung, »wirst du es übernehmen, die Tadca über alles zu unterrichten.« Dieses Mal fiel das Lachen um ihn herum ein wenig lauter, schadenfroher aus. Pashtak knurrte. »Natürlich sind wir immer mit dabei, und ich übernehme den Empfang. Aber als ein Bewohner Ammtáras der ersten Stunde bist du für alles andere von größter Bedeutung. Wir finden uns alle am Haupttor ein, wenn sie ankommen. Und nun geht nach Hause und macht euch keine Sorgen. Das heben wir uns für den Zeitpunkt auf, wenn wir wissen, was sie hier wollen.«

Der Inquisitor und seine Gehilfin machten sich auf den Weg zum darnieder liegenden Monument. Sie taten so, als suchten sie die Stelle fein säuberlich nach Spuren und Hinweisen ab. Pashtak hatte sogar das Köfferchen dabei, in dem er die Utensilien aufbewahrte, mit denen er die Sarkophage untersucht hatte, und setzte sie spektakulär ein. Die Neugierigen kamen voll auf ihre Kosten.

Anschließend verhörten sie die Anwohner, ohne Hinweise zu erhalten. Dazu kamen die Aussagen von Estra selbst, die angab, spazieren gegangen zu sein und nichts bemerkt zu haben.

Endlich erreichte sie die Nachricht, dass die hoheitlichen Geschwister bald eintreffen würden.

»Wir jagen noch eine Woche hinter allen möglichen Spuren her, damit die Versammlung und die anderen

Einwohner zufrieden sind«, erklärte er Estra auf dem Weg zum Tor, »und sagen dann, dass wir keine Hinweise auf Sabotage gefunden haben. Damit sind wir aus dem Schneider. Ich opfere zwei Ziegen, wenn das hier vorüber ist.«

»Du hast deine Robe zerrissen.« Das Mädchen musste ein Lachen unterdrücken. »Ich weiß ehrlich nicht, wie du das immer wieder schaffst.«

»Shui ist auch ganz begeistert von meinem Talent.« Unglücklich schob er einen Finger durch den Riss, den er sich an einer Bruchkante in den Stoff seiner guten Robe eingefangen hatte.

Pashtak bemühte sich, seinen Lederschurz, den er eigentlich trug, um so etwas zu verhindern, über die Stelle zu schieben. Die Zeit reichte nicht mehr aus, um nach Hause zu gehen und sich einen Ersatz zu holen.

»Die Tadca kann ruhig sehen, dass wir hart an der Aufklärung von Ungereimtheiten arbeiten«, meinte er schließlich und gab den Versuch auf, die schadhafte Stelle zu verbergen.

»Ich wette, dass sie es sehen wird. Frauen sehen so etwas immer«, sagte Estra hintergründig und begab sich leicht versetzt an seine Seite, wie es sich für eine Gehilfin schickte.

Schon rollte die übergroße Kutsche durch das Tor, umgeben von berittenen Gardisten, und hielt auf ein Zeichen Leconucs an.

Ein Rudel Diener sprang von der Kutsche und umschwärmte das Gefährt. Sie klappten eine sehr stabile Treppe aus und legten Teppiche zurecht, damit die Schuhe der Thronfolgerin nicht mit der Straße in Berührung kommen sollten. Leise pochte jemand von ihnen gegen die Seitenwand.

Die Gardinen wurden zurückgezogen, und das Gesicht einer sehr jungen Frau, kaum älter als Estra, zeigte sich.

Für den Inquisitor glichen die Menschen einander sehr, und so bemerkte er, was die Schönheit anging, gewöhnlich kaum echte Unterschiede. Doch dieses Mädchen wich auf seltsame Weise von allem je Erlebten ab. Während er sich über die Vollkommenheit ihrer Züge wunderte, war die Luft plötzlich von sehr, sehr aufdringlichen Düften der männlichen Menschen erfüllt. Die Wirkung der Tadca auf das Liebesverlangen und die Paarungsbereitschaft gestaltete sich enorm.

»Ich glaube, wir haben Frühling«, raunte er Belkalas Tochter zu. »Die Männchen sind ganz aufgeregt.« Am liebsten hätte er sich die Nase zugehalten.

Der Blick der mächtigsten Frau des Kontinents wanderte über die Versammlung, haftete für einen Bruchteil länger auf der eingerissenen Robe des Inquisitors und schweifte anschließend über die Bauten der Stadt, die sie von ihrem Platz aus sehen konnte.

»Das ist also Ammtára«, stellte sie fest, und ihr Antlitz verschwand wieder.

»Sie ist schön und klug«, wisperte Estra frech.

Ein Lakai öffnete den Verschlag, der viel zu breit für die zierliche Person war.

Der Grund hierfür offenbarte sich sofort.

Statt der Tadca trat ein Mensch heraus, den Pashtak sofort für einen Bewohner seiner Stadt gehalten hätte, wenn er nicht über die verkrüppelte Gestalt des Tadc Bescheid gewusst hätte.

Krutor, gekleidet in einen eigens angefertigten Uniformrock, gab sich Mühe, einigermaßen würdevoll aus der Kutsche zu steigen, was mehr an ein Hopsen erinnerte. Die verstärkten Federn der Kutsche bogen sich nach oben, das Gefährt wackelte sachte.

Unverholen neugierig schaute er in die Runde, vor allem die Sumpfkreaturen weckten seine Wissbegierde. Der Inquisitor glaubte, die unzähligen Fragen hinter der unförmigen Stirn lesen zu können, die sich dort in dem höchstwahrscheinlich zurückgebliebenen Geist aufstauten. Wie ein kleines Kind betrachtete er die Gestalten, freute sich über das Unbekannte, das Neue, das er erkunden konnte.

Ihm folgte Zvatochna, deren voller Anblick zu einem neuerlichen Ausstoß an Lockstoffen bei den Männern führte. Ähnliche Erfolge hatte in der Vergangenheit die jugendliche Belkala erzielt, aber einen derartig penetranten Gestank, wie zumindest er ihn wahrnahm, hatte er noch nie erlebt. Ein schneller Schwenk über die Gesichter seiner Artgenossen verriet ihm, dass einige mit der Fassung rangen. Dabei verzichtete die junge Frau darauf, ihre Reize in irgendeiner Weise zu betonen. Das aufwändig verzierte Kleid saß recht weit an ihrem Körper und zeigte kein bisschen nackte Haut.

Sie sah ermüdet und ein wenig gereizt aus, was wohl an den Strapazen der Reise lag. *Oder es ist der Gedanke an die kommenden Besprechungen mit uns.*

Die Gremiumsmitglieder beugten das Haupt vor den beiden hoheitlichen Geschwistern.

»Willkommen in Ammtára, hochwohlgeborene Tadca«, begrüßte Leconuc die Tochter des verstorbenen Kabcar. »Und auch Euch entbiete ich meine besten Wünsche, hochwohlgeborener Tadc«, richtete er sich an Krutor.

Der Vorsteher durfte wohl mit Abstand das einzige Oberhaupt einer Stadt sein, das nicht einmal mit der Wimper zuckte, als sich der junge Mann mit einem schiefen Lächeln für die Freundlichkeit bedankte. Das

Leben in Ammtára härtete ab. Hässlichkeit definierte sich innerhalb dieser Mauern völlig anders.

Zvatochna nickte knapp. »Bevor wir uns zusammensetzen und ihr den Grund meines Besuchs erfahrt, würde ich mich sehr gern frisch machen. Wo kann ich das?« Abwartend schaute sie von einem zum anderen.

»Inquisitor Pashtak wird Euch gern sein Haus zur Verfügung stellen«, flüchtete sich der Vorsitzende in das Angebot, bei dem Pashtak vor Verblüffung aufgrunzte.

»Ein Inquisitor?« Zvatochnas braune Augen legten sich auf die gedrungene Gestalt des Sumpfwesens. »Ach, dann warst du es, der die Hintergründe der Morde aufdeckte?«

Pashtak verbeugte sich. »Es ist mir eine Ehre, Euch in meinem Haus zu empfangen.«

»Sehr gut. Ich bin gespannt.« Sie wandte sich auf dem Absatz um und erklomm die Kutsche. »Lauf vor. Wir folgen dir.«

Pashtak bleckte die Zähne in Richtung Leconuc und knurrte bösartig. Der Vorsitzende versuchte, mit Gesten seine Hilflosigkeit auszudrücken.

Er schickte Estra los, damit sie Shui und die Kinder vorwarnte, während er einen Umweg nehmen und Zeit herausschinden wollte, die sie für ein schnelles Aufräumen nutzen konnten.

Der Inquisitor schritt neben dem Gefährt der so völlig unterschiedlichen Geschwister her, erklärte dies und jenes, hielt kleinere Anekdoten und Geschichten zu Bauten bereit und erzählte etwas zu den Einrichtungen, angefangen von der Bibliothek bis zur Verwaltung.

Krutor fiel frühzeitig das eingestürzte Tzulanehrenmal auf, und ein wenig verlegen erläuterte Pashtak, dass nach seinen ersten Ermittlungen wohl ein Statikfehler oder absackender Untergrund für den Unfall verantwortlich war. Den Verlauf, den die Kugel genommen hatte, kommentierte er nicht.

Krutor lachte und wollte sich gar nicht mehr beruhigen, als sie die zerstörte Stätte des Gebrannten Gottes passierten. »Tzulan hat ganz schön Pech«, meinte er wahrheitsgemäß und gluckste vor sich hin, bis sie auf Drängen der ungnädigen Tadca direkt zu Pashtaks Haus fuhren.

Sein Unwohlsein steigerte sich. »Es ist aber nichts in Ordnung gebracht, hoheitliche Tadca«, sagte er in dem Versuch, die Erwartungen an die Bleibe auf ein Minimum zu reduzieren, ehe er seinen Gästen den Eingang öffnete.

Shui und Estra mussten wahre Wunder vollbracht haben.

Es roch nach aromatischen Kräutern, die Flure und Zimmer zeigten nicht die Spur von Unordnung. Die ausgelassene Rasselbande, die sein Nachwuchs gewöhnlich darstellte, war innerhalb der kurzen Zeit zu einer lieben Horde von unschuldig blickenden Sumpfwesen geworden, die der Größe nach geordnet Spalier standen und Blumen streuten.

Seine Gefährtin lächelte ihm hinreißend zu und übernahm die Führung Zvatochnas, die zwei Zofen mit schweren Koffern in ihrer Begleitung hatte, um sie in halbwegs angemessene Räumlichkeiten zu bringen.

Krutor dagegen fand Gefallen an den Sprösslingen des Inquisitors und verweilte bei ihnen.

»Was habt ihr ihnen ins Essen getan?«, wollte er leise von seiner Gehilfin wissen. »Seit wann sind meine Kinder so friedlich? Das ist mir unheimlich.«

»Nur ein paar freundliche Worte«, meinte Estra, und ihre karamellfarbenen Augen blitzten schelmisch.

Die schüchterne Zurückhaltung, die seine Söhne und Töchter zuerst gegenüber dem hochrangigen Besuch einnahmen, wandelte sich bald, zumal der Tadc seine helle Freude mit dem aufgeweckten Nachwuchs hatte. Er stellte ihnen Fragen zu Ammtára, was sie den Tag über machten, was sie aßen, was sie am liebsten spielten. Immer wenn der Inquisitor eingreifen und Krutor von den Kindern erlösen wollte, winkte der lachend ab.

Schließlich zerrten sie ihn hinaus in den Garten, um ihm die besten Plätze zum Verbergen zu zeigen. Pashtak und Estra hörten gleich darauf Abzählreime. Krutor rannte am Fenster vorbei und warf sich kopfüber in einen Strauch, der kaum ausreichte, um seine riesige Gestalt zu tarnen.

»Meine Kinder spielen mit dem Tadc von Tarpol Verstecken«, murmelte Pashtak fassungslos und beobachtete das muntere Treiben, die Arme vor der Brust verschränkt.

Shui näherte sich ihm, das Gesicht zu einem einzigen Vorwurf verzogen. »Zieh dich um, Inquisitor«, empfahl sie ihm im Vorbeigehen. »Wie schaffst du es immer, deine Roben zu zerfetzen?« Sie rumorte in der Küche herum. »Ich soll dir von der Tadca ausrichten, dass sie hier speisen möchte. Sie hat keine Lust, wieder durch die Gegend zu fahren, und hat ihre Diener losgeschickt, etwas Essbares zu besorgen. Das Treffen mit der Versammlung findet hier statt.« Shui nickte Estra zu. »Wärst du so lieb und würdest Leconuc und den andern Bescheid geben? In zwei Stunden sollen sie hier sein.«

Das Mädchen kam dem Auftrag auf der Stelle nach.

Der Inquisitor fühlte sich mit einem Mal reichlich überflüssig. »Und was mache ich?«

Der Kopf seiner Gefährtin erschien halb im Türrahmen. »Du ziehst dich um. Du willst doch einen guten

Eindruck hinterlassen«, erinnerte sie ihn. »Frauen sehen so etwas.«

Er hob die Arme. »Und dann?«

»Wirst du ein braver Gastgeber sein«, beschied sie und kümmerte sich darum, dass der Koch das notwendige Geschirr fand, das er zur Zubereitung der Speisen für die Tadca benötigte.

Murrend stapfte Pashtak in sein Ankleidezimmer und suchte sich eine neue Gewandung heraus, kehrte bald zurück und setzte sich schmollend ins Esszimmer, in dem die Lakaien mit dem Tischdecken beschäftigt waren. Zwischendurch erschien einer seiner Jüngsten und bat artig um Erlaubnis, sich verkleiden zu dürfen.

»Macht nur, was ihr wollt«, segnete er den Vorschlag eingeschnappt ab, da ihm so überhaupt gar keine Funktion in der Bewirtung zugedacht worden war. Jubelnd rannte sein Sohn hinaus. *Ich bleibe hier sitzen und warte, dass die Tadca zu mir kommt,* beschloss er verstimmt und streckte die Beine aus. *Zuerst latsche ich mir die Füße platt, und jetzt bin ich für keinen mehr gut genug.*

Irgendwann roch es nach Essen. Der Küchenmeister schien in Aktion getreten zu sein und brutzelte etwas für die hoheitlichen Geschwister zurecht, das vermutlich von den Ausgaben her eine Familie ein Jahr lang mit üblicher Kost ernähren würde.

»Ach, hier bist du«, entdeckte ihn Shui.

»Wo soll ich denn sonst sein?«, gab er schnippisch zurück und blickte geradeaus.

»Vielleicht gibt es einen Fall aufzuklären«, hörte er die Stimme Zvatochnas.

Siedend heiß durchlief es ihn. Sofort sprang er auf und verneigte sich vor der Schwester des Kabcar, die ihre schlichte Reisegarderobe gegen ein aufwändiges Gewand ausgetauscht und sich erfrischt hatte.

Ihre Schönheit kam auf diese Weise noch stärker zur Geltung, wenn überhaupt eine Steigerung möglich war. Sie duftete dezent nach Rosenwasser.

Na, wunderbar. Wenn Leconuc und die anderen sie so sehen, werde ich die Fenster öffnen müssen, um nicht in ihren Absonderungen zu ersticken. »Verzeiht mir meine Unhöflichkeit, hoheitliche Tadca«, haspelte er eine Entschuldigung.

»Schon geschehen.« Sie schenkte ihm ein Lächeln. »Meine Laune hat sich merklich gebessert. Da sehe ich manches nach.« Sie schwebte durch den Raum und setzte sich an den Kopf der Tafel, Diener schoben ihren Stuhl zurecht. »Wo ist mein Bruder?« Vom Garten her erschollen ein gespielt böses Gebrüll und aufquiekendes, wohlig erschrockenes Lachen. »Vergiss meine Frage. Wenn er Hunger hat, wird er sich zu uns gesellen. Er ist von einfacher, aber gutmütiger Art.«

Es wurde aufgetischt.

Dinge, von denen der Inquisitor nicht einmal wusste, dass es sie in Ammtára gab, standen zum Verzehr bereit. Der ilfaritische Koch erschien und betete der Tadca die verschiedenen Köstlichkeiten herunter, die er gezaubert hatte.

Da Shui, Estra und er großzügigerweise zum Bleiben gebeten wurden, kamen sie in den Genuss ganz erstaunlicher Geschmackserlebnisse, die seine Famula als Mensch am ehesten schätzen konnte.

Für seinen Gaumen schmeckten die Gewürze allerdings zu streng heraus, und das Fleisch war beinahe verbrannt. Er bemühte sich, nicht allzu viele Geräusche beim Essen zu fabrizieren, und wenn es die hübsche junge Herrscherin hörte, tat sie, als bemerkte sie nichts. Ihr Bruder stürmte herein, klaubte sich voller Spieleifer etwas zusammen und rannte wieder hinaus, um sein Treiben fortzusetzen.

Nach einer halben Stunde endete das Mahl, die Lakaien räumten ab und servierten Obst als Dessert.

»Ich denke, wir können ein paar Dingen schon vorgreifen«, schlug Zvatochna vor und pickte sich eine kleine Beere heraus. »Du könntest mir erzählen, wie es sich mit den Tzulani in Ammtára verhielt.«

Pashtak begann mit seiner Schilderung der damaligen Ereignisse, ließ nichts aus und beschönigte nichts. Er verschwieg nicht, dass ihm die Art, das feige Opfern von Kindern und Unschuldigen, nicht behagte.

»So drangen wir in jener Nacht in den Tempel ein und überwältigten die Verbrecher. Denn laut des Erlasses des Kabcar handelte es sich dabei um Verbrecher. Wir haben sie überführt.«

»Demnach wäre mein Bruder auch ein Verbrecher«, hakte sie nachdenklich ein. »Ich erinnere mich, dass die Versammlung die geheimen Korrespondenzen der Tzulani im Umland veröffentlichte. Und darin war doch die Rede davon, der Kabcar heiße die Opferungen ausdrücklich gut.« Sie lächelte ihn an. »Oder?«

Er nahm all seinen Mut zusammen, als er antwortete. »Hoheitliche Tadca, ich habe die Gesetze nicht erlassen. Aber wenn Euer Bruder unvorsichtig genug ist, sich beim Brechen seiner eigenen Direktiven erwischen zu lassen, muss er damit rechnen, dass man ihn dahingehend beschuldigt. Wollt Ihr die Beweise sehen?«

Shui stieß hohe, warnende Töne aus, die nur er hören konnte. Estras Hände knüllten die Serviette zusammen.

Die Tadca blickte ihn nur an. Beinahe unmerklich nickte sie. »Du nimmst das Amt des Inquisitors sehr ernst, Pashtak. Das ist gut. Aber überlege, wie weit du gehen darfst. Wie weit diese Stadt gehen darf, wenn sich ihr Gesicht nicht drastisch ändern soll.« Sie schleuderte ihr Mundtuch mit einer lässigen Handbewegung auf den kleinen Unterteller. »Mein Bruder ärgert sich sehr über das, was Ammtára tut. In seinen Augen verhält sich die Stadt ihrem Herrn gegenüber ungebührlich, respektlos. Er ist ein sehr aufbrausender Mensch.« Ihr Blick legte sich auf das Gesicht des Sumpfwesens. »Das werde ich in der Versammlung noch einmal wiederholen. Überlegt sehr genau, was ihr tut. Um euch beim Nachdenken auf den rechten Pfad zu führen, deswegen sind mein jüngerer Bruder und ich hier.«

»Anders ausgedrückt, Ihr werdet verlangen, dass wir unsere kleinen Gesandtschaften aus der Umgebung zurückpfeifen?«

»Ich sehe, du verstehst es, deine Gedanken sehr rasch zu ordnen.«

Er lehnte sich zurück. Sorgsam achtete er auf jede Veränderung an ihrem Schweißgeruch. Sie schien noch völlig ausgeglichen zu sein. Von ihren magischen Fertigkeiten ging nichts aus, das er durch Sehen, Hören oder Riechen erfahren konnte.

Reizen wir sie einmal ein bisschen. »Der Kabcar hat die Gesetze verschärft und alles von dem zurückgenommen, was Euer Vater auf den Weg brachte. Wir in Ammtára fragen uns natürlich, was mit der rechtlichen Gleichstellung der Sumpfwesen und Menschen geschieht. Plant er, diese Klausel in die ursprüngliche Form zurückzubringen, hoheitliche Tadca?«

»Aber nein«, erwiderte sie aalglatt. »Nein, keineswegs. Gut, dass du mich erinnerst. Vielmehr appelliere ich an die Pflichten, denen ihr als Untertanen des tarpolischen Großreiches nachkommen müsst. Du weißt schon, der älteste kriegstaugliche Sohn, der in das Heer meines Bruders einziehen soll.«

Bestürzt schaute er sie an. Zvatochna konterte seine Frage mit einer brutalen Antwort. »Die Truppen mischen? So weit geht die Toleranz bei einigen Menschen noch nicht. Es würde Unruhe in den eigenen Reihen bringen.«

Sie schüttelte den Kopf, die Perlenschnüre und anderen Verzierungen in ihrem schwarzen Haar pendelten leicht. »Ich denke an den Aufbau eines ganz eigenen, gesonderten Kontingents, das an Schlagkraft einem herkömmlichen weit überlegen ist. Es wird gegen die Kensustrianer großartige Dienste leisten.« Die Schwester des Kabcar nippte an ihrem Glas. »Bis zum Sommer nächsten Jahres soll es so weit sein. Wie findest du das?«

»Erschreckend«, entfuhr es dem Inquisitor. Estra trat ihm gegen das Bein. »Erschreckend gut«, verbesserte er sich. »Aber wir sind eine freie Stadt, hoheitliche Tadca.«

Sie hob langsam die makellosen Schultern. »Dazu existiert nichts Verbindliches. Aus diesem Zusatz leiten sich keinerlei Ansprüche auf eine gesonderte Behandlung ab.«

Sie hat sich sehr gut vorbereitet, ärgerte sich Pashtak und bemerkte aus den Augenwinkeln eine Bewegung. Eine seiner Töchter lief an der geöffneten Tür vorbei und zog etwas Langes im Triumphzug hinter sich her.

Wenn ihn seine Sinne nicht sehr getäuscht hatten, handelte es sich bei dem Gegenstand um etwas sehr Gefährliches.

»Entschuldigt mich«, stieß er hervor und sprang auf.

Er trat hinaus und entdeckte die feine Rille, die sich die Treppe hinunter, am Esszimmer vorbei und um die Ecke zog. Seine schlimmsten Befürchtungen erfüllten sich.

Ungewollt stieß er ein aufgeregtes Girren aus und hetzte seiner Tochter hinterher, um ihr den Fund abzujagen. Nicht nur, dass er die Existenz des Dings geheim halten musste. Es bedeutete in diesem Zustand eine Gefahr für Leib und Leben seiner Kinder.

Gerade als er am Eingang vorbeirannte und etwas Schimmerndes um die nächste Ecke verschwinden sah, läutete die Glocke.

Fluchend riss er die Tür auf und schaute in Leconucs Gesicht. Hinter ihm drängelten sich die anderen Mitglieder der Versammlung auf der Treppe zusammen.

»Was?«

Irritiert von der Unfreundlichkeit und dem Grollen in der Kehle, hörte der Vorsitzende auf zu strahlen. »Wir sind hier, um ...«

»Ihr seid zu früh«, unterbrach der Inquisitor gehetzt. »Kommt in einer Stunde wieder.« Schwungvoll warf er die Tür ins Schloss und verfolgte sein Kind weiter.

»Wer war das?«, erkundigte sich Shui.

»Niemand«, rief er vorgetäuscht fröhlich aus dem Gang. *Wo ist sie denn hin, verflucht?* Da klingelte es erneut. »Mach nicht auf. Das ist der Wind.«

Nun erschien seine Gefährtin mit besorgtem Blick. »Der Wind zieht nicht an der Leine.«

»Manchmal schon«, behauptete er von unterwegs. »Immer ... um diese Tageszeit ist er besonders stark.«

»Sei nicht albern.« Sie öffnete.

Er entdeckte seine Tochter, die mit dem Rücken zu ihm stand und etwas in den Händen hielt. *Das ging noch einmal gut.* Ohne ein Wort drehte er sie um.

Sie lachte ihn glücklich an und zeigte ihm stolz einen Apfel, den etwas in der Mitte gespalten hatte. »Schau, was ich kann.«

Das darf nicht wahr sein. Die aldoreelische Klinge suchte er vergebens. »Wo ist denn das Ding hin, mit dem du das so toll gemacht hast?«, fragte er liebenswürdig. »Hast du es versteckt?«

Sein Nachwuchs biss in die Apfelhälfte. »Gisasch hat es. Er möchte etwas schnitzen.«

Bei allen Göttern! »Und wo ist dein Bruder?« Noch zwang er sich zur Ruhe.

Sie hielt ihm die andere Hälfte hin. »Willst du?«, bot sie kauend an.

Er grabschte das Stück Obst. »Wo?«, fauchte er.

»Oben«, kam die Antwort, und schon rannte er zur Treppe. »Oder draußen«, folgte der Zusatz nach kurzem Zögern.

Ruckartig bremste er und bog ab, um nach draußen zu gelangen. Er wühlte sich durch seine ihm entgegenkommenden Amtsgenossen, witterte, um den Geruch von Gisasch aufzunehmen. Tatsächlich schien sich sein Sohn im Freien aufzuhalten.

Er hetzte hinaus und blieb stockssteif stehen.

Gisasch stand mit erhobenem Schwert vor seinem jüngeren Bruder, der einen armdicken Knüppel mit beiden Händen waagrecht vor dem Körper hielt und Anweisungen gab, wie man das Holz am besten durchtrennte. Würde die Klinge nur etwas zu weit gehen, so würde der Junge in zwei Teile gespalten auf den Rasen fallen.

»Halt, Gisasch!«, befahl er, doch sein Spross konnte den begonnenen Schlag nicht mehr abfangen, dafür wog das Schwert zu viel.

Pashtak wollte nicht hinsehen und schloss schnell die Augen. In seiner Einbildungskraft wälzte sich sein kleiner Sohn schon im eigenen Blut, während irgendwelche Körperteile neben ihm lagen.

Als der Schrei ausblieb, wagte er es, die Lider zu heben.

Krutor stand wie aus dem Nichts neben Gisasch, hielt dessen Hände vorsichtig umfasst und nahm ihm die aldoreelische Klinge ab.

»Das ist nichts für Kinder«, mahnte er. Die Waffe wirkte in seiner Pranke wie ein Zahnstocher. Überall an seiner Uniform befanden sich Grasflecken, Blätter und kleinere Zweige schauten stellenweise aus der Kleidung hervor. Das Toben mit den Kleinen hatte seine Spuren hinterlassen.

Der Inquisitor wusste nicht, ob er sich freuen oder fluchen sollte. Hastig kratzte er sich und trat näher. »Danke, hoheitlicher Tadc, dass Ihr eingegriffen habt. Es hätte ein Unheil geschehen können.«

»Ja«, stimmte der Krüppel gutmütig zu. »Du solltest auf deine Schwerter besser schauen.« Seine Aufmerksamkeit richtete sich auf die aldoreelische Klinge. »Ich weiß, was das ist. Mein Bruder sammelt sie«, befand er nach einer Weile.

»Das ... das ... soll ein Geschenk für ihn werden. Irgendwann später. Und deshalb müsst Ihr es jedem verschweigen, dass ich so etwas besitze. Ihr wollt doch nicht, dass meine Überraschung verdorben wird?«

Der Tadc machte nicht den Eindruck, als wäre er von dem Vorschlag begeistert. »Mein Bruder ist kein sehr netter Mensch. Jemand müsste ihm noch einmal auf die Nase hauen, aber es traut sich keiner.« Er dachte nach. »Eigentlich hat er keine Geschenke verdient. Behalte das Schwert lieber für dich.«

Pashtak nieste verblüfft. Sein Ermittlerblut meldete sich, während er seine Kinder mit einer Geste, gefolgt von einem eindringlichen Laut, ins Haus schickte. »Wenn Euer Bruder schon so viele besitzt, was macht er denn mit ihnen? Er kann sie ja nicht alle auf einmal führen.«

Krutor lachte. »Nein. Dazu hat er zu kleine Hände.« Er beugte sich zu der untersetzten Gestalt des Inquisitors hinab und machte ein verschwörerisches Gesicht. »Ich glaube, Mortva macht sie kaputt. Mit seiner Magie.«

»Und was sagt Eure Schwester dazu, hoheitlicher Tadc?«

»Nichts. Ich glaube, es ist ihr ganz recht.«

»Und Euch nicht?«

Krutor reichte ihm die aldoreelische Klinge. »Ich mag vieles nicht, was Govan tut. Aber er ist mein Bruder, und deshalb helfe ich ihm.« Er zupfte ein paar Halme vom Ellbogen ab. »Ich würde gern Grünhaare töten, um Vater zu rächen. Aber sie hauen vor uns ab, wenn wir angreifen.«

So kann man es natürlich auch sehen. »Wir sollten wieder hineingehen. Ihr wollt sicherlich an der Versammlung teilnehmen?«, schlug er vor.

Der übergroße Krüppel, der es mit Sicherheit an Stärke mit jedem der Nimmersatten aufnehmen konnte, verneinte schüchtern. »Ich würde lieber mit deinen Kindern spielen. Sie sind so nett wie du.« Er strahlte den Inquisitor erwartungsfroh an. »Die ganze Stadt ist aufregend. Alles ist so anders. Ich bin nichts Besonderes. Keiner starrt mich an, so wie sie es woanders tun.«

Dieses Gefühl kannte Pashtak nur zu gut. »Aber sicher, hoheitlicher Tadc. Mein Nachwuchs hat Euch bereits ins Herz geschlossen.«

»Können wir Freunde sein?«, fragte Krutor unvermittelt. »Ich mag deine Söhne und Töchter. Ich würde gern öfter zu Besuch kommen.« Die riesige Hand schob sich nach vorne. »Es wäre mir eine Ehre.«

Sumpfwesen und Tadc schlugen ein, wobei die Klaue des Inquisitors zur Gänze zwischen den Fingern des möglichen Thronfolgers verschwand.

Dann begab er sich in aller Heimlichkeit in sein Schlafzimmer, um die Waffe zurück in die Hülle zu schieben und sie an einem sichereren Platz zu verstecken. Auf der Suche nach Kostümen musste sein Nachwuchs über die aldoreelische Klinge gestolpert sein.

Als er in seinem Wohnzimmer erschien, blickten ihn die Versammelten fragend an.

»Ich musste einen Streit schlichten«, log er, begab sich an seinen Platz und vermied es, jemandem in die Augen zu schauen.

Die Tadca rauschte herein, das Gremium stand auf und verneigte sich. Kurz darauf, nachdem sich die Männer und Sumpfwesen gesetzt hatten, wiederholte Zvatochna in knappen Worten, was sie bereits Pashtak eröffnet hatte. »Ich empfehle Ammtára dringend, sich zu besinnen«, endete ihre Rede.

»Hoheitliche Tadca, es war der Beschluss der ganzen Stadt, so zu verfahren«, machte sie Leconuc aufmerksam. »Wir haben es nicht allein entschieden.«

»Ihr lebt aber nicht in einem Land, in dem das Volk entscheidet, was gut für es ist«, fuhr sie ihm ins Wort. »Die Selbstverwaltung geht nur bis zu einem gewissen Bereich, ab da unterliegt ihr alle der Rechtsgewalt des Kabcar.« Hart drangen ihre Sätze aus dem Mund, wobei sie das Gesicht nicht ein einziges Mal drohend verzog. Das Selbstverständliche wirkte besser. »Ich lege der Versammlung nahe, dass sie die Einwohner zusammentrommelt und die Lage erklärt. Sie werden ein Einsehen haben.«

»Heißt das, wir sollen uns auch an den Opferungen beteiligen, hoheitliche Tadca?«, erkundigte sich der Inquisitor höflich.

Zvatochna wandte sich ihm zu. »Wenn es der Wille des Kabcar ist, werdet ihr das wohl tun müssen.«

»Und wenn er vorher die Gesetze geändert hat«, fügte Pashtak liebenswürdig hinzu. »Außerdem hätten wir momentan ein logistisches Problem, da der Tempel eine einzige Ruine ist.« Er setzte sich gerade. »Findet Ihr es nicht seltsam, dass die Kugel des eingestürzten Tzulanmonuments ausgerechnet in die heilige Stätte des Gebrannten fährt und sie in Trümmer schlägt?«

Die Tadca betrachtete ihn ausdruckslos. »Ich diskutiere nicht über Unfälle mit dir.«

»Aber der Kabcar ist doch das religiöse Oberhaupt des Reiches«, wandte er beharrlich ein und musste sich beherrschen, keinen süffisanten Unterton in seine Worte zu legen. »Würdet Ihr ihn bitte von uns befragen, was es zu bedeuten hat? Unsere Priester sind derzeit etwas ratlos, weshalb so etwas geschah.«

»Sag ihnen, es sei ein Unglück, das nichts weiter bedeutet.« Zvatochna stand auf. Die ablehnende Haltung des Gremiums und der leise Spott überraschten sie und brachten sie in Rage. »Ich habe meine Botschaft überbracht. Mein Bruder möchte ein klares Signal von Ammtára, was er zu erwarten hat.«

Leconuc, der aus allen Poren seines Leibes nach Paarung und Angst gleichzeitig stank, wagte es, indirekten Widerstand zu leisten und versuchte sich um eine echte Aussage zu drücken. »Wir berufen die Bewohner ein und erklären es ihnen, hoheitliche Tadca. Ein Bote wird Euch …«

»Nein.« Eine schillernde, violette Aura entstand um die erboste Frau. Ihre Rechte zuckte hoch, der Zeigefinger richtete sich auf den Vorsitzenden. Blass wich er einen Schritt zurück. »Ich verlange auf der Stelle eine Antwort. Ihr seid die Verantwortlichen für die Geschicke der Stadt, ihr werdet in der Lage sein, die Ungeheuer zu steuern.«

Pashtak knurrte dumpf. Mit nur einem einzigen Wort hatte die Tadca ihre Einstellung gegenüber Ammtára und deren Bewohnern verraten. *Es hat sich also gelohnt, sie zu reizen.*

»Was wäre die Folge einer Absage?«, erkundigte sich Leconuc.

»Lass es darauf ankommen«, sagte Zvatochna schneidend.

Der Vorsitzende atmete tief durch, sammelte seinen Mut. »Ich werde nichts sagen, weil ich die …«

Die Schwester des Kabcar streckte die Hand aus. Ein matt lilafarbener Strahl hob den Führer der Versammlung in die Luft und katapultierte ihn mit Wucht nach hinten gegen die Tür.

»Nur ein kleiner Vorgeschmack des Kommenden, wenn mein Bruder von euerer Haltung erfährt.« Zvatochna verließ den Raum, rief etwas. Man hörte den protestierenden Krutor, dann klapperte die Kutsche davon.

»Tat es sehr weh?«, wollte Pashtak besorgt von Leconuc wissen, der immer noch an derselben Stelle stand.

»Die Magie nicht«, antwortete er gequält, »aber die Türklinke.«

Da sahen sie die ersten Blutspuren, die hinter ihm am Holz hinabrannen. Das Metall verband den Vorsitzenden mit der Tür, wirkte als Widerhaken.

In ihrer Not bauten sie die Tür aus und trugen den jammernden Leconuc wie auf einer Bahre zum nächsten Heilkundigen.

Der seltsame Zug erregte großes Aufsehen, schon bald kursierten die wundersamsten Gerüchte über den Vorfall in der Stadt. Die Stimmung gegen den Kabcar und seine Schwester heizte sich auf.

Nebenbei erfuhr der Inquisitor, dass Krutor zusammen mit seinen Kindern einen Stadtrundgang gemacht hatte und sich ganz im Gegensatz zur Tadca begeistert von Ammtára zeigte. Die Bewohner unterschieden ihn, wahrscheinlich auch wegen seines unmenschlichen Äußeren, klar von seinen beiden Geschwistern.

Pashtak, der vor dem Haus des Heilkundigen zusammen mit der Versammlung und zahlreichen anderen wartete, machte sich schwere Vorwürfe, die Tadca so weit gereizt zu haben. Dass sie ihren Zorn auf den Vorsitzenden und nicht auf ihn lenkte, empfand er als besonders schlimm. *Eigentlich müsste ich da drinnen liegen.*

Der Eingang schwang auf.

Der Heilkundige, dessen Lederschurz von oben bis unten mit rotem Lebenssaft getränkt war, erschien. Die Gespräche erstarben auf der Stelle, Menschen und Sumpfwesen hingen gebannt an seinen Lippen.

Er hielt ein rot gefärbtes Etwas in die Höhe, das der Inquisitor als seine Türklinke erkannte. Polternd fiel es zu Boden. Man sah ihm an, dass er etwas sagen wollte. Stattdessen schüttelte er den Kopf und ging wieder hinein.«

»Leconuc ist tot!«, brüllte einer los, und ein Aufschrei stieg aus tausend Kehlen. Wäre die Tadca in greifbarer Nähe gewesen, so hätte sie all ihre Magie aufwenden müssen, um unbeschadet aus den Mauern zu entkommen.

»Auch wenn es respektlos aussieht, wir benötigen unbedingt einen Nachfolger. Es kommen schwere Zeiten auf uns zu«, hörte der Inquisitor Kiìgass im Hintergrund zu den Mitgliedern des Gremiums sagen.

Fassungslos betrachtete er das triefende Stück Metall, das dem Vorsitzenden so unerwartet den Tod gebracht hatte. Es roch sogar noch nach Leconuc. *Meine Schuld. Ein Unfall, den ich ausgelöst habe.*

Es wurde still vor dem Haus.

Plötzlich meinte er, unzählige Augen auf sich gerichtet zu fühlen. Unbehaglich wandte er sich um.

»Pashtak ist der Schlaueste von uns! Er soll der neue Vorsitzende sein!«, kam es irgendwo aus der Menge. Die Masse nahm den Vorschlag mit Begeisterung auf, rief seinen Namen. An den Gesichtern seiner Amtskollegen las er die breite Zustimmung zu dieser Forderung ab.

Er hob die Arme. »Geht nach Hause und versucht, euch zu beruhigen, Freunde. Besonnenheit ist gefragt.«

Die Menschen und Sumpfkreaturen verharrten unschlüssig.

»Wirst du den Vorsitz übernehmen?«, verlangte Kiìgass zu wissen. »Du bist von uns allen am befähigsten.«

Seufzend ergab sich der Inquisitor dem Druck. »Ich werde Leconuc ein würdiger Nachfolger sein«, versprach er. Die Bewohner jubelten ihm zu, er musste unzählige Hände schütteln und bekam Schulterklopfer, bis sich die Ansammlung endlich auflöste und er in Begleitung von Estra nach Hause zurückkehrte.

Wohl war ihm dabei nicht. Er kam sich vor wie ein Erbschleicher. »Wie erkläre ich das bloß Shui?«

Estra musste grinsen.

IX.

**Kontinent Ulldart, Großreich Tarpol,
Hauptstadt Ulsar, Herbst 459 n. S.**

Zvatochna hatte während der Heimreise kein einziges Mal mehr gesprochen.

Sie ärgerte sich darüber, dass es Sumpfkreaturen gelungen war, sie so sehr aus der Fassung zu bringen, dass sie ihre berühmte Diplomatie einen kurzen Moment außer Acht gelassen und sich für eine körperliche Drohung entschieden hatte, indem sie Leconuc einen Bruchteil ihrer Kräfte offenbarte.

Mit verheerenden Folgen, wie sie erfuhr.

Govan hat selbst Schuld. Mich an einen Ort zu schicken, der vor Ausgeburten der Hässlichkeit nur so wimmelt! Eine einzige Beleidigung der Augen, dachte sie, während sie sich zusammen mit Krutor auf dem Weg zum Thronsaal befand. *Im Ballsaal, auf dem Parkett, in der Theaterloge, bei einem Empfang, an allen möglichen Plätzen wäre ich erfolgreich gewesen. Aber nicht inmitten von Bestien.*

Ihr missgestalteter Bruder hinkte schaukelnd neben ihr her, grüßte wie immer die entgegenkommenden Diener aufs Freundlichste und sprach sie sogar mit Namen an.

Die Geschwister wurden angekündigt und traten in den hohen, riesigen Raum des Palastes, vor dem die Architekten ebenso wenig zurückgeschreckt waren wie vor dem Äußeren des Gebäudes. Die Grunddüsternis passte hervorragend zu der Stimmung, in der die Tadca sich befand, auch wenn sie im Grunde die neue Symbolik und Finsternis in Ulsar nicht sonderlich schätzte. Schwache Menschen würden an grauen Wintertagen an Selbstentleibung denken.

Govan, der mit den Ansprüchen an seine protzige Garderobe wahrscheinlich wieder einen Schneider in den Wahnsinn getrieben hatte, lustwandelte an den Porträts ihrer gemeinsamen Ahnen entlang, ein Glas Wein in der Hand.

»Zvatochna! Geliebte Schwester!« Rasch stellte er das Trinkgefäß zur Seite, breitete die Arme aus und lief auf sie zu.

Ein inniges Seufzen entrang sich seinem Mund, als sie sich umfassten, und seine Lippen pressten sich länger und heftiger auf die ihrigen, als es einem Bruder gestattet war. Er drückte sie an sich und schien sie nicht mehr loslassen zu wollen.

»Ich habe dich so sehr vermisst«, raunte er ihr ins Ohr und roch an ihrem Hals. »So sehr.« Endlich lockerte er seinen beinahe gewaltsamen Griff und drückte Krutor kurz. »Es ist sehr schön, euch beide gesund und munter wieder zu sehen.« Er lotste sie an einen Tisch, auf dem Kleinigkeiten und Tee angerichtet standen. »Eine Stärkung. Zum Aufwärmen, nach der Fahrt durch mein doch stellenweise recht kühles Reich.«

Krutor häufte sich Törtchen und Kekse auf den Teller und hinderte mit der freien Hand den Lakaien daran, ihm einzugießen. »Das kann ich selbst«, bestand er darauf. »Du musst nicht alles für mich machen.«

»Ach, ja, das hat mir irgendwie gefehlt«, lächelte Govan und warf begierige Blicke auf die Gestalt seiner

Schwester. Er nahm ihre Hand und drückte sie. »Erzählt mir von euren Abenteuern.«

Zvatochna musste eingestehen, dass die gute Laune des Kabcar sie angesichts der schlechten Neuigkeiten überraschte. Sie schob es auf ihre Wirkung. *Er muss bereits davon gehört haben, was vorgefallen ist. Sein Zorn wird schon verraucht sein.* Knapp schilderte sie die Schwierigkeiten, die man im Süden mit den Kensustrianern hatte, und legte ihre Pläne zur passenden Antwort auf die Niederlage dar, die im Sommer in die Tat umgesetzt werden sollten.

»Bis dahin müssten die Freiwilligen an Ort und Stelle eingetroffen sein. Auch neue Offiziere stehen uns zur Verfügung. Die Kensustrianer haben bei ihren Attacken die höheren Ränge gezielt angegriffen, um die restlichen Einheiten zu verwirren und kopfscheu zu machen.« Sie biss vornehm ein Stückchen vom Gebäck ab. »Wir werden beweisen, dass wir ebenfalls andere Taktiken beherrschen als nur die Feldschlacht. Wenn dieser Schlag ihnen nicht das Genick bricht, so wird es sie wenigstens nachdenklich machen. Sie mögen unverwundbar sein, wie es die Abergläubischsten im Heer erzählen. Aber ihr Land ist es nicht.«

Der Kabcar setzte die Tasse ab und applaudierte begeistert. »Sehr gut, liebe Schwester. Ich sehe schon, es wird schwer, das kleine Rennen gegen dich zu gewinnen.«

»So geübt ist sie im Laufen auch wieder nicht«, meinte Krutor und schlürfte an seinem Tee. »Du kannst sie schaffen.«

»Würdest du es mir erklären, Govan?«, verlangte sie freundlich. »Ein Rennen, ohne das Ziel zu nennen, ist nicht unbedingt redlich.«

»Der Hohe Herr meinte damit«, erklang die Stimme des Konsultanten, der wie aus dem Nichts hinter einer Säule hervortrat, »dass Ihr, hoheitliche Tadca, Kensustria erobert haben solltet, bevor er die gesamte Ostküste Kalisstrons in seinen Besitz gebracht hat.« Tief verneigte sich Mortva Nesreca vor den Neuankömmlingen. »Willkommen zu Hause, hoheitliche Tadca und hoheitlicher Tadc. Wir haben uns alle nach Euch gesehnt.«

Die langen silbernen Haare glitten ein wenig nach vorn und hingen wie Fäden von geronnenem Quecksilber bis unterhalb der Schulterblätter auf seinen Rücken hinab, als er sich aufrichtete.

»Ein militärischer Wettlauf«, begriff Zvatochna. »Du gehst davon aus, dass die Flotte mit den Kalisstri leichtes Spiel hat?«

»Ich bereite mir die Spielfläche dort ein wenig vor, bevor ich meine Leute antreten lasse«, erklärte Govan verschmitzt. »Die Kalisstri werden nicht wissen, wie ihnen geschieht. Die Hinterhältigkeit der Palestaner und ihr Geschick, durch Intrigen Unsicherheit zu verbreiten und Menschen zu etwas anzustiften, wurde jahrelang unterschätzt.« Er beugte sich vor, noch immer lagen seine Finger auf ihrem Handrücken. »Willigst du in unsere kleine Abmachung ein?«

»Was bekommt denn der Sieger?«, warf der Tadc ein.

»Ein sehr guter Hinweis«, lobte Nesreca den Krüppel. »Der Hohe Herr hat sehr gut aufgepasst.«

Govan betrachtete ihr betörendes Antlitz. »Jeder verspricht dem anderen, ihm einen Wunsch zu gewähren. Was immer es sei.«

»Was immer?«, wiederholte sie ungläubig. »Nun, das ist sehr gewagt, wie ich finde.« Dann lachte sie glockenhell auf, legte den Kopf in den Nacken und die Hand an ihre Kehle. »Andererseits, es hat seinen Reiz.« Sie schaute ihm tief in die Augen. »Gut, Bruder. Ich willige ein. Aber hüte dich, sonst verlange ich am Ende den Thron von dir«, warnte sie ihn mehr aus Spaß. Sie nahm die Wette nicht sonderlich ernst.

»Du würdest ihn bekommen«, erwiderte er ohne zu zögern. Nichts an seiner Miene verriet, dass er sich einen Scherz erlaubte. »Krutor und Mortva sind unsere Zeugen: Was immer es ist, Zvatochna, ich werde mich daran halten. Und meinen Gewinn ebenso von dir einfordern.« Langsam spielte er mit ihren Fingern. »Bin ich nicht grundgütig, dass ich dir überhaupt keinerlei Vorhaltungen mache?«

»Wegen der Verluste im Süden? Ja, in der Tat, Bruder.« Die Tadca nickte ihm zu und versuchte nicht daran zu denken, was er von ihr begehrte. Sie hätte wissen müssen, dass er die Abmachung als bindend und ernsthaft betrachtete. »Ich habe auf deinen Wunsch hin Ammtára besucht und mit der Versammlung gesprochen.«

»Gesprochen?«, lachte der Kabcar belustigt auf. »Dann redest du anscheinend in meiner Sprache. Du hast den Vorsitzenden auf einen Speer gespießt, weil er dir widersprach, erzählt man sich. Das hat bei deinen Brojakenfreunden mächtigen Eindruck hinterlassen, das lass dir gesagt sein.« Er feixte.

»Was?« Krutors unförmiger Kopf fuhr nach oben. Von diesen Neuigkeiten war er nicht in Kenntnis gesetzt worden. »Warum hast du das gemacht?«, beschwerte er sich vorwurfsvoll bei seiner Schwester.

»Es war ein Unfall, liebster Krutor«, beschwichtigte sie ihn. »Ich habe ihn gestoßen, und er fiel so hart und unglücklich gegen die Türklinke, dass sie ihn verletzte. Daran starb er.« Bittend blickte sie ihn aus ihren braunen Augen an, ihr Tonfall klang reuig. »Ich wollte es wirklich nicht, du musst mir glauben. Und ich fühle Schuld.«

Krutor nickte verzeihend und schaute in die Teetasse, um nach Krümeln darin zu fahnden.

»Sie weigern sich weiterhin, die Verbreitung der Lügen über mich, ihren Kabcar, zu unterlassen?«, schätzte Govan. »Dann machen wir die Stadt eben dem Erdboden gleich. So viel Ungehorsam werde ich nicht hinnehmen, selbst nicht aus der Stadt, in der einst Sinured residierte. Übrigens, ich sende ihn dir in den Süden. Mir scheint, seine Kampfkraft ist zu Lande besser aufgehoben.« Er nahm sich einen Keks. »Und auf dem Weg nach Kensustria kann er gerade in seiner alten Heimat vorbeischauen und Ammtára vernichten. Er soll sie Tzulan opfern, dann haben alle etwas davon.« Das Gebäckstück zerplatzte, als er einen leichten Stoß Magie hineinjagte. Die Krümel gingen in Flammen auf und sorgten für ein kleines Feuerwerk. »Das wird das richtige Zeichen sein, die ...«

Ein gewaltiger Schlag traf den Tisch, das Besteck sprang in die Luft, Tassen kippten um, und die Kekse verteilten sich. Schwungvoll war die geballte Faust seines jüngeren Bruders auf das Möbelstück niedergefahren. Böse blitzten die Augen des Krüppels den Kabcar an. »Nein.«

Nesreca hob eine Augenbraue. Eine offene Auflehnung wagte der geistig zurückgebliebene Tadc zum allererten Mal.

»Nein?«, echote Govan. »Hast du eben nein zu mir gesagt?«

»Bitte«, versuchte Zvatochna den Kabcar zu beruhigen und legte ihre Hand auf seinen Arm, streichelte ihn. »Denk daran, was er ist.«

Krutor verstand die Bemerkung jedoch anders. »Genau, denk daran. Ich bin der Tadc. Ich habe fast so viel Macht wie du.«

»Nun bin ich wirklich überrascht«, gestand der Herrscher und stieß die Luft aus. »Krutor, sie verspotten mich und verbreiten Unwahrheiten. Soll ich das hinnehmen?«

»Das ist kein Grund, eine ganze Stadt kaputt zu machen.« Er neigte den Kopf und schaute den Kabcar wie ein angriffslustiger Stier an. Seine monströse Gestalt unterstrich diesen Eindruck.

»Krutor«, versuchte es Zvatochna und schenkte ihm einen zutiefst freundlichen Blick, der ein wenig für Entspannung sorgte. »Wir müssen ein Land regieren, das sich im Krieg mit einem sehr, sehr starken Gegner befindet. Und da können wir es uns nicht erlauben, dass an anderer Stelle Unruhe aufkeimt.« Sie nahm das grobschlächtige Gesicht des jüngeren Bruders zärtlich zwischen die Hände und küsste behutsam seine Wange. Seine Erregung über die Worte des Kabcar spürte sie ganz deutlich. »Wir müssen zusammenhalten. Vater wollte es so.«

In Govan flammte die Eifersucht auf. *So liebkost hat sie mich noch nicht.*

Doch der Tadc konnte nicht überzeugt werden. »Ich hätte ihm ja geholfen, im Süden. Ich wollte gegen die Grünhaare kämpfen, aber sie waren nicht da.«

»Ich habe die Gesetze verschärfen lassen«, schaltete sich der Herrscher mit Nachdruck ein. Die ungewohnte Widerborstigkeit stellte seine Beherrschung auf eine harte Probe. »Weit geringere Dinge als Verleumdung stehen unter Todesstrafe. Und da soll ich für Ammtára, das mehrfach Lug und Trug über mich verbreitet, eine Ausnahme machen?«

Finster wandte sich der Tadc seinem Bruder zu. »Wer sagt, dass es Lügen sind, mh?! Du hast eben von opfern gesprochen. Nicht ich.«

»Nun habe ich aber genug!«, rief Govan und sprang auf. »Ich lasse diese Stadt einebnen.«

Krutor richtete sich auf und betrachtete sein Gegenüber mit entschlossenem Trotz. Die kräftigen Arme kreuzten sich ganz langsam vor der Brust. »Und ich stelle sie hiermit unter meinen Schutz«, lautete seine aufsässige Erwiderung, die an ein kleines Kind erinnerte.

»Du wagst es?« Ein Knistern erfüllte die Luft, die Magie lud sich im Körper des Kabcar auf und bereitete sich auf einen Schlag vor.

»Hoher Herr, wir sollten die Unterredung abbrechen«, empfahl Nesreca und stellte sich vor den Krüppel, um etwaige Angriffe abzufangen. Langsam kam er auf seinen Schützling zu. »Haltet Euch zurück«, flüsterte er ihm zu. »Das Volk liebt Krutor. Wenn auch er auf mysteriöse Weise verschwindet, ohne dass wir eine plausible Erklärung finden, kann es höchst unangenehm werden.«

»Ein Verblödeter wird mich doch nicht daran hindern, das zu tun, was rechtens ist«, brüllte Govan los. »Ammtára wird fallen!«

»Es sind meine Freunde.« Krutor gab selbst angesichts eines möglichen magischen Gewitters, das über ihn hereinbrechen könnte, nicht auf. »Und du brauchst mal wieder was auf die Nase, damit du vernünftig wirst.« Schadenfroh verzog sich sein entstelltes Gesicht. »So wie das damals Tokaro gemacht hat.« Er drehte sich zum Ausgang. »Ich habe keine Lust mehr, mit dir zu reden. Außerdem bin ich bestimmt viel zu verblödet dazu.« Drohend hob er den Zeigefinger. »Ammtára

steht unter meinem Schutz«, bekräftigte er noch einmal.
»So stark wie Sinured bin ich auch. Ich mache ihn kaputt, wenn er kommt.« Der Tadc ging ein paar Schritte, kehrte zurück, um sich die Schüssel mit den Keksen zu nehmen, und verließ den Thronsaal.

Mordlüstern starrte ihm sein Bruder nach. »Er weiß nicht, wie nahe er eben dem Tod war«, flüsterte er.

»Ihr tatet das Richtige, Hoher Herr«, lobte der Konsultant das Verhalten des Kabcar. »Die Stadt kann man immer noch bestrafen, wenn der Süden gefallen ist. Uns fällt gewiss eine Ausrede ein, die wir dem Tadc präsentieren. Man könnte es weniger offensichtlich arrangieren. Ich denke da an einen Brand oder Ähnliches.«

Govan antwortete nicht. Mit ausdrucksloser Miene rauschte er hinaus und ließ die Tadca mit seinem Berater ratlos zurück.

»Was wird er wohl unternehmen?«, überlegte Zvatochna. »Ich fürchte um Krutor.«

Nesreca setzte sich neben sie und goss sich in aller Ruhe vom Tee ein. »Nein, sorgt Euch nicht, Hohe Herrin. Er wird in die Verlorene Hoffnung gehen und das an den Verbrechern auslassen, was er eigentlich mit seinem Bruder beabsichtigte.« Gelassen steckte er sich ein Stück Gebäck in den Mund. »Anschließend zapft er die magischen Reservoirs der eingesperrten Cerêler ab, um das Verbrauchte ... aufzufüllen? Oder was immer er sonst damit unternimmt.«

Sie blickte den Konsultanten an. »Das klingt, als wäre das der übliche Tagesablauf, seit ich weg gewesen bin?«

»Man kann es so nennen, ja, Hohe Herrin«, bestätigte er ihre Ahnung. Er nahm sich etwas Zeit, bevor er weitersprach. »Die Untertanen machen sich Gedanken über den Verbleib der Heiler. Man sah sie einreisen, aber nicht mehr weggehen. Andere Cerêler zogen ihr Vorhaben, nach Ulsar zu kommen, unerwartet zurück. Es scheint, als hätte sie jemand davor gewarnt, einen Fuß in die Hauptstadt zu setzen.«

»Wie viele hält er gefangen?«

»Er nennt es ›beherbergen‹«, stellte Nesreca richtig. »Insgesamt dürften es zwanzig gewesen sein; drei davon starben, weil er ihnen zu viel von ihren Fertigkeiten entzog. Mittlerweile scheint er die passende Dosierung herausgefunden zu haben, damit sie seinen Raub überleben. Der Hohe Herr hat mich damit beauftragt, die restlichen Cerêler in seinem Reich aufspüren und hierher bringen zu lassen.« Er neigte sich vertrauensvoll zu ihr. »Habt Ihr eine Vorstellung, welchen Eindruck das bei den Untertanen macht, die übrigens wegen jeder Kleinigkeit, und sei es, dass sie die Anrede ›Göttlicher‹ nicht ausgesprochen haben, zu lebenslanger Haft oder zum Tode verurteilt werden? In seiner Gnade lässt er ihnen die Wahl. Ein echter Zyniker.«

»Eure Schule, Mortva.« Die Schilderung der Vorgänge machte Zvatochna unruhig. »Wie ist die Stimmung bei den Menschen?«

»Ihr wollt wissen, ob Ihr einen Aufstand befürchten müsst, Hohe Herrin?«, lächelte er sie an. »Nein, noch ist es nicht so weit. Der Tod des alten Kabcar und die verheerende Niederlage bieten noch ein ordentliches Polster, was die Leidensfähigkeit der Untertanen anbelangt. Doch sie ist nicht unendlich, gerade mit Blick auf die verschärften Steuern.« Er suchte den Blick der Tadca. »Ich habe versucht, ihn dazu zu überreden, dass er die Rücknahme der harten Gesetze innerhalb eines gewissen Zeitraumes verkündet, um wenigstens den Anschein zu erwecken, es werde sich wieder etwas ändern.«

»Er hat abgelehnt?«

»Ich gestehe es ungern ein, aber er hört immer seltener auf meine Ratschläge.« Traurig und besorgt nickte der Berater. »Euch wären diese Fehler sicherlich nicht passiert. Ihr seid mehr mit den unterhändlerischen Gaben Eurer Mutter gesegnet. Abgesehen von dem kleinen Ausrutscher in Ammtára, Hohe Herrin. Ihr werdet die Brojaken und Adligen besänftigen müssen. Es haben sich Lücken aufgetan.«

»Sagt nicht, dass er welche umgebracht hat?« Die junge Frau sah mit einem Mal ihre Arbeit in Ulsar, die sie in den Aufbau von Vertrauen in der höheren Schicht investiert hatte, zunichte gemacht. Dabei brauchten sie den Rückhalt der Reichen. Und der Garnisonen.

Ihr Bruder übersah diesen Umstand nur allzu gern. Auch wenn er auf herkömmliche Weise unbesiegbar geworden war, ohne die Streitmacht würde er alle hochfliegenden Eroberungspläne im Alleingang ausführen müssen.

Und diese Allmacht, ein Land wie Kensustria als Einzelner in die Knie zu zwingen, traute sie ihm nicht zu.

»Es handelte sich dabei um zwei Offiziere, Oberst Gajeschlik und Olitkow. Sie zählten zu Euren glühendsten Verehrern, Hohe Herrin. Dummerweise machten sie keinen Hehl daraus.« Er blickte zur Decke. »Versteht, seine Eifersucht nimmt allmählich erschreckende Ausmaße an. Jeder, der in Eure Nähe kommt und Euch länger ansieht, mit Euch redet, läuft Gefahr, unter Vorwänden inhaftiert zu werden.«

Dunkel erinnerte Zvatochna sich an ein Gespräch, das vor langer Zeit zwischen ihr und dem Berater stattgefunden hatte. Bei dem es sich um die Übernahme des Thrones durch ihre Person gedreht hatte.

Mit Mutter zusammen wäre das Regieren einfacher, dachte sie nicht zum ersten Mal. *Govan will einfach zu schnell zu viel.* Sie würde sich mit Macht begnügen. Ihr Bruder trachtete trotz seiner völligen Überlegenheit gegenüber allen Lebewesen auf Ulldart danach, ein Gott zu werden. Und dabei wurde es immer offensichtlicher, dass er weder auf die Menschen noch auf das Land Rücksicht nahm.

Nesreca betrachtete ihr Gesicht und schien die Gedanken hinter ihrer Stirn zu lesen. Er versuchte mit seinen leisen Einflüsterungen zu retten, was zu retten er im Stande war.

Sein Schützling war kaum noch zu kontrollieren. Es nützte nichts, wenn die Menschen den Kabcar stürzten, bevor Tzulan in seiner alten Macht wieder auferstand. Es fehlte nicht mehr allzu viel, das Ziel lag in greifbarer Nähe. Dennoch, ob man kurz vor dem Erreichen der Absicht scheiterte oder am Anfang, für das Versagen an sich war dies ohne Bedeutung. *Die bisherigen Mühen müssen sich gelohnt haben.*

Durch einen Machtwechsel zugunsten Zvatochnas und einige hastige Reformen könnte der weiter aufkochende Volkszorn gekühlt werden. Andernfalls zeichnete sich eine Katastrophe ab. Karet und Ammtára sah er als beste Beispiele. Die kleineren Übergriffe gegen Steuereintreiber quer durch das ganze Land glichen Funken, die rasch einen Brand auslösten.

Der Berater spürte, dass sich die Tadca seinen Argumenten nicht mehr so vehement entzog, wie sie es vor einigen Monaten noch getan hatte. Dafür besaß sie zu sehr die Anlagen ihrer Mutter, die sie zu einer Herrscherin ausgebildet hatte, die ihre Gelegenheiten ergriff.

Nun wollte er die letzten Nägel einschlagen, die die Schatulle des Zweifels vollends verschlossen.

»Verfügt Ihr über genügend Phantasie, Euch den Wunsch auszumalen, dessen Erfüllung er von Euch verlangen wird?«, fragte er harmlos und nahm sich einen Keks, um ihn mitten auf dem Tisch zu platzieren. Darauf nahm er einen weiteren und legte ihn genau obenauf.

»Ich verstehe Eure Andeutung, Mortva«, meinte Zvatochna voller Abscheu. In ihrer Vorstellungskraft sah sie ihren nackten Körper unter dem ihres Bruders liegen. »Wer sagt, dass ich seine Forderung erfülle?«, entgegnete sie, angewidert von dem Gedanken. Wieder spürte sie den inständigen Kuss, den er ihr bei der Begrüßung aufgezwungen hatte, und wischte sich unbewusst die Lippen.

»Nun, Wettschulden sind Ehrenschulden«, meinte Nesreca leichthin. »Und, ganz im Vertrauen, er wird mit aller Gewalt auf einer Einlösung bestehen. Ihr habt es vor Zeugen versprochen, Hohe Herrin.« In einer abwehrenden Geste hob er seine Rechte. »Nicht, dass ich darauf bestehen würde, dass Ihr Euch dem Kabcar hingebt. Dennoch fühlt er sich nun legitimiert. Ihr habt ihm die Einwilligung gegeben. Und er wird sich seinen Gewinn – an dem ich nicht zweifle – abholen. Freiwillig oder nicht.« Der Konsultant verzog beinahe mitleidig das Gesicht. »Denn, was könntet Ihr, bei allem Respekt, seinen Fertigkeiten entgegensetzen?«

»Erst muss er die kalisstronische Küste einnehmen«, erwiderte sie schwach.

Nesreca lächelte mitleidig. »Habt Ihr schon einmal einen Kullak gesehen, wenn er eine Beute haben will?« Sein Antlitz veränderte sich, wurde erschreckend grausam und dämonisch. »Er ist fest entschlossen und lässt nicht locker, bis er sein Opfer zur Strecke gebracht hat. Weil er es will. Gnadenlos will.« Er kam ihr ganz nahe. Zvatochna schluckte. »So gnadenlos, wie Govan Euch will, Hohe Herrin. Euch begehrt«, raunte er. »Und Euch zur Gemahlin haben will.«

»Nein!« Die Tadca sprang auf, unwillkürlich dachte sie an Tokaro. *Nur er und sonst niemand darf mich berühren.* »Wer sagt mir, dass Ihr kein doppeltes Spiel treibt, Mortva, um mich auszuhorchen und meinem Bruder zu berichten? Ihr seid sein Mentor, sein Vertrauter.«

Von einem Lidschlag auf den anderen wurde aus dem unheimlichen Wesen wieder der schmeichelnde, zuvorkommende Nesreca. Überlegen langte er in seine Tasche und legte einen Zettel auf den Tisch, ohne auf die handgeschriebenen Zeilen zu schauen. »Verschwinde, liebster Tokaro! Nesreca weiß, wer du bist, und will dich auffliegen lassen«, zitierte er mit verstellter Stimme zärtlich die Nachricht, ehe er in seinem normalen Tonfall weitersprach. »Wenn ich Euch aus dem Weg räumen wollte, Hohe Herrin, wäre es mir ein Leichtes. Diese Botschaft, nun, sie trägt keine Unterschrift. Aber der Schwung ist unverkennbar, findet Ihr nicht auch?« Er lächelte gewinnend.

»Eine Fälschung«, retournierte sie harsch.

»Sicherlich«, nickte der Berater belustigt. »Aber was glaubt Ihr, würde der Kabcar sagen, wenn er erführe, dass Ihr Schuld am Entkommen von Tokaro Balasy tragt, der mit der letzten der aldoreelischen Klingen auf und davon ist? Was könnte aus Eifersucht werden, wenn er erkennt, dass die Frau, die er begehrt, in Wahrheit einem anderen nachtrauert und diesem wohl noch immer verbunden ist?«

Er würde mich in seinem Wahn töten, huschte es durch ihren Verstand. Sie wurde blass.

Nesreca stand auf und reichte ihr den Zettel. »Nehmt ihn als Zeichen meines Vertrauens, Hohe Herrin. – Damit ist unsere Zusammenarbeit also besiegelt?«, fragte er lauernd, als sie hastig die Finger danach ausstreckte.

Zvatochna nickte.

Der Zettel wechselte den Besitzer.

»Ich empfehle mich. Wir sollten uns bei Gelegenheit treffen, um unsere Vorbereitungen zum Thronwechsel zu besprechen.« Tief verbeugte sich der Mann mit den silbernen Haaren. »Ich freue mich auf unsere Zusammenarbeit, Kabcara.« In aller Ruhe schritt er zur Tür hinaus, die Hände auf dem Rücken verschränkt.

Hochverrat oder von meinem Bruder gegen meinen Willen genommen werden?, wägte sie innerlich ab. Die Frage war schnell entschieden. *Kabcara Zvatochna klingt sehr gut.*

Sie legte die Nachricht, die sie Tokaro einst geschrieben hatte, auf den Unterteller. Etwas Magie, und das Beweisstück verging in einem violetten Feuer.

Anschließend nahm sie den obersten Keks, den Nesreca als Zeichen für die Herrschaft in die Mitte gelegt hatte, betrachtete ihn und biss die Spitze ab. Genüsslich kaute sie.

Kontinent Ulldart, Kensustria, Meddohâr, Spätherbst 459 n. S.

*K*eine *Spur von unserem Piratenpaar.* Besorgt durchforstete der ilfaritische König die zusammengetragenen Botschaften aus Verbroog. Die Sonnen waren schon lange versunken, doch der rundliche Mann arbeitete immer noch. Ihr Glück sollte doch nicht geendet haben?

Nach der Eroberung der Festung schienen die tarpolisch-tzulandrischen Besatzer dazu übergegangen zu sein, ihre Gefangenen nach Ulsar zu transportieren, während sie weitere Schiffe in den schützenden Fjorden sammelten.

Diese Umschichtung erschien Perdór sehr aufwändig und unsinnig. Viel einfacher wäre es gewesen, die Rogogarder auf einer der unbedeutenderen Inseln festzusetzen oder an Ort und Stelle hinzurichten.

Der kleine Tzulan hat etwas Besonderes mit den Menschen vor. Opferungen in der Kathedrale?, lautete seine düstere Einschätzung.

Etliche der Cerêler, die in die finsteren Mauern der Stadt gegangen waren, kehrten nicht mehr zu ihren Familien zurück. Stattdessen erhielten die Angehörigen die Nachricht, sie befänden sich als Gast des Kabcar auf unbestimmte Zeit in Ulsar. *Kalisstra sei den Heilern gnädig. Hoffentlich dienen sie Bardriç nicht zu widerlichen Experimenten.*

Perdór nahm die Schreibfeder, um seinen Spionen in Tarpol, die er beinahe an zwei Händen abzählen konnte, Anweisungen zu geben. Sollte einer von ihnen Torben und Varla oder Norina unter den Gefangenen erkennen, sollte alles geschehen, was zur Befreiung notwendig war.

Als er die Spitze des Kiels ohne hinzuschauen in das Tintenfass tunken wollte, verfehlte er unerwartet den Rand, und das eckige Ende traf lediglich das Papier.

Perdór, Perdór, du wirst senil, wunderte er sich und wiederholte die Prozedur.

Der Behälter rutschte von selbst zur Seite, wich der Feder aus. Der König runzelte die Stirn, stand auf und drehte sich um, ohne jemanden zu entdecken. Ein Verdacht keimte in ihm auf. »Soscha, hör auf, einen alten

Mann wie mich mit solchen magischen Spielereien zu necken. Und vor allem zu erschrecken. Mein Herz ist nicht mehr das Beste, Liebes.«

Keine Antwort.

Soll der Kasper dahinterstecken? Er nahm das Fässchen zur Hand und begutachtete es. Er fand weder Schnüre noch andere Hilfsmittel, die auf einen Schabernack Fiorells hinwiesen. Vorsichtig stellte er es wieder hin und wartete ab.

Etwas zupfte ihn an den Bartlocken.

»Soscha, lass das!«

Die Schreibfeder flog hoch, tauchte in die Tinte und setzte die Spitze aufs Papier. »Bist du Perdór?«, las er erstaunt, dann fiel die Feder um.

Der Exilherrscher bückte sich, um unter den Tisch zu schauen. Doch hier war es so leer wie im übrigen Zimmer. *Was geht denn hier vor? Ist ein Teil von Soschas Magie ausgebüxt und will sich mit mir aus Langeweile unterhalten?*

Die Feder schnellte nach oben und unterstrich die Frage doppelt, drängelte auf eine Antwort, ehe sie wieder zur Seite kippte.

»Ja doch, ich bin es«, beeilte sich der Ilfarit zu versichern. »Und wer bist du?«

Ein Windstoß fuhr durch den Raum, wirbelte die Blätter umher. Perdór hörte das leise, äußerst melodiöse Lachen einer Frau. Unsichtbare Hände brachten seine Haare durcheinander und drehten an den grauen Korkenzieherlöckchen seines Bartes. Man schubste ihn hin und her, wirbelte ihn um die eigene Achse, dass ihm schlecht von dem ungewollten Karussellfahren wurde.

»Aufhören!«, befahl Perdór, und das Treiben erstarb. »Was für ein Spuk sucht mich denn hier heim?« Wütend zerrte er an seinem Morgenrock und richtete ihn, während die Blätter auf ihn herabsegelten.

Wieder schrieb der Gänsekiel wie von Zauberhand. »Der Meister will dich sehen.«

»So, will er das?!« Aufgebracht rannte er zur Tür und riss sie auf. »Fiorell!«, schrie er. »Wenn das einer deiner Späße ist, kannst du dich auf was gefasst machen! Schaff dich auf der Stelle hierher! Hopp, hopp!«

Es dauerte eine Weile, bis der Hofnarr in seiner Nachtkleidung erschien. Er stand mit kleinen Augen im Türrahmen, eine lange Mütze mit Bommel zierte seinen Kopf. Und er sah verschlafen aus. »Was denn, Majestät? Ist eine Praline ausgelaufen?«

Misstrauisch betrachtete er das verknitterte Gesicht des Mannes. »Wo warst du eben?«

»Ich komme direkt von einem Empfang, seht Ihr das nicht? Ich habe mit den Schönheiten Kensustrias getanzt und wurde zum bestangezogenen Mann des Abends erkoren«, erklärte er trocken und kratzte sich gähnend am Hintern. »Mal ehrlich, Majestät, wie sieht es denn aus?«

»Du hast wirklich geschlafen?« Der Argwohn gegenüber dem Possenreißer wich nur langsam. Dafür lieferten sie sich zu viele Gefechte.

»Geträumt wie ein Schlafbiber«, schwor er tranig. »Bis mich Euer Geplärre sehr unsanft weckte. Was ist denn? Plagt Euch ein Delirium Schokoladicum?«

Ausnahmsweise glaubte ihm der Herrscher. »Nichts«, meinte er schließlich. Es schien alles ruhig. »Ist es möglich, dass Magie sich verselbstständigt?«

»Bin ich Soscha?«, konterte Fiorell ungnädig und wandte sich um. »Gute Nacht, Majestät. Und nur zu Eurer Erklärung: Ich werde mich bestimmt nicht mehr aus den Kissen heben.«

Da täuschte er sich allerdings gewaltig.

Kaum schüttelte er die Decke auf und schlüpfte unter die wärmenden Laken, als sein Name wieder durch die

Flure des Hauses gebrüllt wurde. Er stülpte sich das Kissen über den Kopf und gab sich Mühe, einzuschlafen.

Doch seine Anstrengungen endeten spätestens, als Perdór in sein Zimmer stürmte, ihn ohne eine Erklärung aus dem Bett zerrte und in den Raum schob, in dem der König und er üblicherweise arbeiteten. Aus der mühevoll hergestellten Ordnung war ein heilloses Durcheinander geworden.

»Saubere Arbeit, o Vater aller Pralinen«, lobte der Hofnarr ironisch. »Sucht Euch einen anderen Deppen zum Aufräumen. Was habt Ihr getan? Einen Sturm hereingelassen? Oder hattet Ihr Bohnen zum Abend und habt mit Euren eigenen Winden diese Pracht angerichtet?« Er schnupperte geräuschvoll. »Nein, Ihr wart es nicht.«

»Hier spukt es.«

Fiorell lachte auf. »Sicher, Majestät. Und meine Mütze brennt lichterloh.«

Die Kerze auf dem Tisch erhob sich und legte Feuer an den Bommel. Fluchend riss Fiorell sich die Mütze herunter und trampelte auf ihr herum.

»Sehr komisch. Wollt Ihr das Haus in Schutt und Asche legen, Majestät?« Doch der königliche Ilfarit stand mehr als vier Meter vom Tisch entfernt. »So gelenkig seid Ihr nicht.« Er stockte. »Wie …?«

Der Gänsekiel schwebte in die Lüfte und kritzelte etwas auf das Blatt.

»Das ist bestimmt für dich«, meinte Perdór gönnerhaft. »Etwas schreibt Botschaften.«

»Jetzt weiß ich, warum Ihr mich vorhin nach vakanter Magie fragtet.« Vorsichtig näherte er sich dem Tisch und äugte auf die Nachricht. »Ist ja herzallerliebst. Da steht: Verschwinde.« Beiläufig las er die anderen Sätze. »Wer ist denn der Meister? Soscha kann es nicht sein, sonst stünde hier ›Meisterin‹.«

»So weit war ich auch schon. Was macht man gegen einen Spuk?«

»Ich hole Soscha«, entschloss sich Fiorell. »Sie wird am besten wissen, was zu tun ist.«

Die Tür klappte zu und widersetzte sich allen Versuchen, sie zu öffnen.

Das Papier aber erhob sich und drängte sich zwischen die Finger des Königs, die Feder schrieb »Folge mir«. Dann verharrte das Schreibutensil in Nasenhöhe des Herrschers.

»Wenn es ein Trick von Nesreca ist, Euch auszuschalten?«, gab der Spaßmacher zu bedenken. »Bleibt lieber hier. Wir holen Hilfe. Die Ulsarin wird schon wissen, was man gegen die Plage ausrichtet.« Es klatschte vernehmlich, als er für diesen Vergleich eine Ohrfeige kassierte. Fiorell hob die Arme wie ein Preisboxer zur Verteidigung und drosch Luftlöcher. »Komm her, du Gespenst! Nimm das!«

Wieder erklang das betörende Frauenlachen. Die Unsichtbare schien sich prächtig zu amüsieren.

»Lustig, lustig, trallala«, giftete Fiorell und rotierte um die eigene Achse, die Hände nach wie vor zur Abwehr bereit, um einen Hinweis auf die Angreiferin zu entdecken. »Ich hoffe, du genießt die Vorstellung. Wenn ich dich kriege, Geist, fülle ich dich in eine Flasche und versenke sie im Meer.«

Schwach schimmernd manifestierte sich die türkisfarbene Silhouette einer Dame in einem Abendgewand, wie es schon seit vielen Jahrzehnten aus der Mode gekommen war. Das Geisterwesen schwebte auf den Hofnarren zu und fuhr durch ihn hindurch.

Fiorell krümmte sich zusammen, die Haare auf seinen Armen standen senkrecht nach oben, seine Zähne klapperten.

»Eiskalt«, bibberte er. »Als ob man in eine Schneewehe geworfen wird. Das war eiskalt. Bist du verrückt, Spuk?« Er stakste zum Feuer, um sich aufzuwärmen.

»Ich wollte dir zeigen, dass du gegen mich nicht bestehst«, sprach der Schemen mit singender Stimme. »Lege dich nicht mit mir an und verhalte dich ruhig.« Sie wandte sich Perdór zu. »Der Meister will dich sehen. Folge der Feder.« Die Umrisse begannen wieder zu verblassen.

»Wer ist dein Meister?«, verlangte der ilfaritische König zu wissen. »Und wer bist du?«

»Ein Freund. Mehr darf ich dir nicht sagen.« Ihre Stimme wob einen Klangteppich, der sich schmeichelnd um Ohren und Verstand legte, zum Zuhören zwang und die Gedanken in Watte packte. »Ich bin Fjodora Turanow. Oder vielmehr das, was von mir übrig blieb.«

»Turanow? Die legendäre tarpolische Diva Turanow, die vor hundert Jahren hingerichtet wurde, weil sie mehrfachen Ehebruch mit anderen Frauen beging?«, staunte Perdór. »Deshalb der reichlich theatralische Auftritt. Wie ist es möglich, dass der Geist in Kensustria auftaucht?«

»Man kennt mich noch?«, sang der Geist erfreut, der Schemen wurde kräftiger. »Schnell, welches Stück darf ich für dich singen, Perdór? Der Meister weiß meine Stimme leider nicht zu schätzen. Wünsch dir etwas.«

»Sollten wir das nicht verschieben, bevor die Sahnepralinen sauer werden?«, warnte der Hofnarr feixend vom Kamin her. »Ich meine, du bist vielleicht schon ein wenig außer Übung.«

Ihre Umrisse verschwanden, dafür erhob sich das Tintenfass und ergoss seinen Inhalt über Fiorell.

»Können wir die Kostprobe auf später verschieben? Bringe mich bitte zu deinem Meister«, schlug der kräftige König vor, den nun die Neugier gepackt hatte. Einen Reim machen konnte er sich allerdings noch nicht auf das Geschehen. Sollte am Ende ein neuer, schüchterner Kensustrianer auftauchen, der Magie beherrschte und sich nicht zu melden wagte? Aber was hatte er dann mit Spukgestalten zu tun, die aus einem ganz anderen Teil des Kontinents stammten? *Das ist alles sehr ominös. Und die Antwort erhalte ich wohl nur von diesem Meister.* Er warf sich seinen Mantel über, tauschte die Pantoffeln gegen festes Schuhwerk.

Bald lief er allein durch das nächtliche Meddohâr, während die Schreibfeder vor ihm her wirbelte, als würde der Wind mit ihr spielen.

Einige Kensustrianer grüßten den König freundlich, er erwiderte die Aufmerksamkeiten und hoffte inständig, dass sich niemand darüber wunderte, wie eine Feder um ihn herum kreiste, obwohl kein Hauch durch die Gassen fegte.

Die Wachen am Tor ließen ihn passieren und warnten ihn davor, sich bei seinem Spaziergang zu später Stunde allzu weit zu entfernen. Es könne gut sein, dass sich Worrpa in der Nähe aufhielten.

Etwas zögernd verließ er den Schutz der mächtigen Mauern und folgte weiterhin der Feder. Nach einer guten Viertelstunde segelte das scheinbar von Leben erfüllte Schreibutensil ins Unterholz und schwebte nun durchs Dickicht. Keuchend folgte ihr Perdór und gelangte nach einer weiteren Viertelstunde an einen Platz, der weniger überwuchert war und wo die Baumkronen ein schützendes Dach bildeten. Die Feder glitt sachte zu Boden.

Perdór fischte ein Taschentuch heraus, um sich den Schweiß abzutupfen. »Sind wir da? Wo ist denn der Meister?«

Eine dunkle Gestalt, gekleidet in schlichte, robuste Kleidung und eine Gugelkappe tief ins Gesicht gezogen, trat hinter einem Baumstamm hervor. »Ihr sucht mich, Majestät. Ich bin erfreut, Eure Bekanntschaft zu machen.«

»Warten wir ab, ob ich mich freue, Euch kennen zu lernen«, meinte Perdór vorsichtig. »Ihr seid ein Mensch? Wie habt Ihr es geschafft, an den kensustrianischen Verteidigern vorbeizukommen und den Spürnasen der Worrpa zu entgehen? Ihr müsst Einiges beherrschen, um bis nach Meddohâr gelangt zu sein.«

»Es war nicht leicht«, stimmte der Meister zu. »Trotz allem hat Euch meine Botin erreicht. Und Ihr seid erschienen. Ihr werdet sehen, dass es sich gelohnt hat.« Er verschwand kurz hinter dem Baum und breitete eine Decke für den Herrscher aus. »Nehmt Platz, Majestät.« Er wartete, bis sein Gast saß, und lehnte sich gegen den Stamm. »Ich biete Euch meine Zusammenarbeit gegen den Kabcar und seine Schwester an.«

»Wie habt Ihr mich eigentlich gefunden?«, fiel es Perdór plötzlich auf.

»Spricht dieses Können nicht zusätzlich für mich?«, antwortete der Meister mit einer Gegenfrage. »Ich werde vieles erst nach und nach preisgeben, wenn ich weiß, dass ich Euch vertrauen kann.«

Der Ilfarit dachte nach. »Nun, dann sagt mir wenigstens, wer Ihr seid. Und wie Ihr es erreicht habt, dass Eure Magie wuchs und gedieh, ohne dass man Euch ausbildete.«

»Meine Kräfte sind von selbst besser geworden, aber sehr schwach, wenn man sie mit denen des Kabcar vergleicht. Weil ich sehr genau weiß, dass ich allein nichts gegen ihn und seine Geschwister ausrichten kann, bin ich in das Land gereist, das sich erfolgreich gegen den wahnsinnigen Despoten zur Wehr setzt. Zugegeben, ich verfüge nur über bescheidene Mittel. Indes, sie sind, gezielt eingesetzt, von Nutzen.« Der Mann achtete darauf, dass die Kapuze immer einen Schatten auf sein Gesicht warf. Das Einzige, was Perdór erkannte, waren ein blonder Bart, sehr helle Haut und blaue Augen.

»Was verlangt Ihr für Eure Dienste? Oder seid Ihr ein tarpolischer Patriot?«

Ein trauriges Lachen ertönte. »Ja, das wäre der rechte Begriff. Ich verlange nichts. Alles, was ich möchte, ist, gegen den Kabcar aussichtsreich zu Felde zu ziehen und ihn aufzuhalten, bevor er das vollendet, was … sein Vater erst ermöglicht hat. Die Dunkle Zeit muss vereitelt werden, koste es, was es wolle.« Ein verirrter Mondenstrahl fiel durch das Blätterdach; beinahe weiß leuchteten die fahlen Handrücken des Unbekannten auf, und Perdór erkannte lange, spitze Fingernägel. Hastig steckte der Mann sie in seine weiten Ärmel. »Weist mich nicht ab. Ihr braucht mich und meine Kräfte.«

»Ihr habt also einen Geist zu Eurer Verfügung, wenn ich das richtig verstehe?« Perdór schmunzelte ein bisschen. »Bei allem Respekt, Ihr werdet gegen Bardri¢ mehr aufbieten müssen als eine tote Diva – so gut sie angeblich auch früher gesungen hat –, die Menschen frieren lässt, wenn sie durch sie hindurch schwebt, oder die Tintenfässer und Gänsekiele zum Fliegen bringt.«

»Ihr hegt Zweifel an meiner Nützlichkeit?« Langsam breitete er die Arme aus. »Ihr sollt eine Kostprobe erhalten, Majestät.«

Die Demonstration begann mit einer Kühle, die dem ilfaritischen Exilkönig in die Schuhe kroch und die er zuerst für die Auswirkungen des Herbstes hielt. Doch aus dieser Kühle wurde um ihn herum klirrender Frost, der die Bäume und Büsche mit einer Eisschicht überzog und sie wie glasiert wirken ließ. Knisternd breitete sich die eisige Kälte bis zum letzten Blatt aus.

Einen Atemzug später brachte ein gewaltiger Windstoß die gefrorenen Pflanzen, so groß und mächtig wie sie waren, zum Erzittern. Zweige, Äste und Stämme zerbarsten klirrend in Tausende winziger Eissplitter, die im Licht der Monde und Sterne glitzerten, während sie zu Boden fielen.

Beide Männer standen nun auf einer Lichtung, die sich auf rund sechzig Fuß im Durchmesser erstreckte. Lediglich der Baum hinter dem Meister war von der Attacke verschont geblieben.

»Zeigt euch unserem Gast!«, lautete sein harter Befehl.

Flirrende, türkisfarbene Gebilde, nicht größer als ein Kinderkopf, entstanden um Perdór, schwirrten und zuckten über die freie Fläche.

»Nicht weniger als fünfunddreißig Geister gehorchen meinen Anordnungen«, erklärte der Unbekannte düster und weidete sich an der Sprachlosigkeit des Herrschers. »Sie vermögen viel. Sie verbreiten Angst, sie bewegen Dinge und lassen sie lebendig werden. Wenn sie ihre Stimmen zu einem Schrei erheben, gerinnt das Blut in den Adern der Feinde, und am helllichten Tag bringen sie Dunkelheit.« Eine knappe Geste, und die leuchtenden Gespinste verschwanden. »Ist Euch an meinem Beistand gelegen, Majestät?«

Perdór fühlte sich unbehaglich. Die Nuancen der Magie waren noch nicht sonderlich genau erforscht, Soscha experimentierte und entdeckte immer mehr Feinheiten. Angesichts dessen, was er eben erlebt hatte, beschlich ihn der Verdacht, dass diese Spielart der Magie nicht sonderlich freundlich sein konnte, wenn sie Geister in Schach hielt.

Er hüstelte. »Verzeiht mir mein Schweigen«, sagte er mit belegter Stimme. »Ich habe zuvor noch nie Spukgestalten gesehen, und nun gleich so viele davon. Wer hätte gedacht, dass es sie wirklich gibt und sie keine Ammenmärchen sind?« Sein Lachen klang reichlich nervös. »Ich werde mich mit meinen Freunden zusammensetzen und ihnen von Eurem Angebot erzählen. Allerdings werdet Ihr nicht umhin kommen, mehr über Euch zu verraten. Wie Ihr schon sagtet, Vertrauen ist in diesen Zeiten dünn gesät.«

»Wem sagt Ihr das?«, meinte der Mann mit bitterem Unterton.

Der Ilfarit stapfte über die tauenden Eistrümmer in Richtung Straße. »Wir treffen uns morgen früh …«

»Nein. Die Nacht ist mir lieber. Sagen wir, bei Einbruch der Dämmerung«, machte der Meister den Gegenvorschlag.

»Einverstanden. Wir erwarten Euch am Westtor. Ich gebe Euch mein Wort, dass Euch nichts geschehen wird, ganz gleich, wie die Verhandlungen laufen.« Er hob die Hand zum Gruß. »Wie war noch gleich Euer Name?«

»Den werdet Ihr früh genug erfahren«, wich der Meister mit Schwermut in seinen Worten aus. »Aber wenn Ihr einen benötigt, sucht Euch einen aus, der Euch gefällt. Es ist mir gleich, Majestät.«

Aufmerksam beobachtete er, wie Perdór den Rand der künstlich geschaffenen Schneise erreichte und im Dickicht verschwand.

Der Anfang ist gemacht. Lodrik umrundete den letzten Baum, der wirkte, als hätte er die anderen Pflanzen alle umgestoßen und vernichtet, um im Mittelpunkt zu stehen. Dort steckte das Henkersschwert in der Wurzel, die Symbole glommen in der Dunkelheit.

Er zog seinen Dolch aus dem Gürtel, raffte den rechten Ärmel hoch. Ein mit unterschiedlich frischen Narben übersäter Unterarm kam zum Vorschein.

Die Spitze der Waffe ritzte über die Innenseite des wachsbleichen Fleisches, bis die ersten roten Blutstropfen hervorquollen. Er lehnte sich an den Stamm, streckte die Rechte waagrecht vom Körper.

Das Zeichen wurde verstanden.

Sofort flammten die Seelen auf und stürzten sich eine nach der anderen auf die Stelle, um sich ihren Lohn für ihre Dienste zu nehmen, bevor sie in die Klinge einfuhren.

Erschöpft sank Lodrik an der rauen Borke hinab, bis er am Boden kauerte. Die Fütterungen seiner Diener schwächten seinen abgemagerten Leib zusätzlich.

Ich muss unbedingt eine Weile zur Ruhe kommen. Sonst überstehe ich einen Kampf mit Govan nicht.

Der Preis seiner zunehmenden Entkräftung war die Enthüllung sämtlicher Geheimnisse des Hinrichtungsschwertes sowie der Seelen, die er befehligte – und deren volle Macht er Perdór nicht gezeigt hatte.

Und nicht zeigen würde.

Seine Abscheu vor dem neuen Verbündeten wäre danach sicherlich zu groß, um ihn an seiner Seite haben zu wollen.

Ein Zelt war neben dem Westtor errichtet worden, damit die anberaumte Besprechung mit dem Unbekannten nicht vor aller Augen und Ohren geführt werden musste. Zudem setzte ein Nieselregen ein, vor dem die Stoffbahnen Schutz boten. Mehrere kensustrianische Wachen hatten um die Unterkunft herum Stellung bezogen.

Die kleine Delegation harrte unter einem Baldachin aus und spähte in die anbrechende, diesig graue Dämmerung, um den Gast rechtzeitig zu sehen und zu begrüßen.

Soscha, Perdór, Stoiko und Fiorell gaben sich Mühe, ruhig zu wirken. Allerdings hatte die schaurige Schilderung des ilfaritischen Königs Spuren an ihrem Nervenkostüm hinterlassen. Lediglich Moolpár der Ältere machte einen wirklich gelassenen Eindruck.

Der Wind frischte plötzlich auf. Die Brise strich um das Zelt, wehte um die Männer und die Frau, bewegte den Ledervorhang am Eingang hin und her, ehe sie sich wieder legte.

»Geister«, flüsterte Fiorell und tat übertrieben verängstigt, um seine eigenes Unbehagen zu überspielen. »Er schickt bestimmt seine Geister, um sich umzuschauen.«

Die Ulsarin erschauderte, zog ihren Umhang fester um die Schultern. Sie erkannte keinerlei magische Regsamkeit. Entweder es handelte sich bei dem Zug um einfache Luft, oder aber der Fremde griff auf eine Magie zurück, die sich nicht erkannte. Was sie beunruhigend fand. Es würde all ihre Theorien über den Haufen werfen.

Ein sehr schlanker Mann kam die Straße entlang, der von Perdór sofort als der »Meister« erkannt wurde. »Das ist er«, setzte er seine Begleiter leise in Kenntnis. Gespannt warteten sie ab, dass er sich ihnen näherte.

Die Gugel verbarg den größten Teil des nun glatt rasierten Gesichtes, die Hände steckten in den Ärmeln seiner weiten Kleider. Auf dem Rücken trug er einen schweren Seesack, seine Hosen und Stiefel verrieten, dass er lange unterwegs gewesen sein musste und sich selten in sauberer Umgebung aufgehalten hatte. Der Schmutz und die Erde aus allen möglichen Reichen, die er durchquert hatte, um nach Kensustria zu gelangen, hafteten an ihm und bedeckten Leder und Stoff. Der an seinem Umhang abperlende Regen löste den Dreck, braune Tröpfchen fielen zu Boden. Obwohl alles an ihm an einen mittellosen Wanderer erinnerte, schritt er auf die Abordnung wie ein Staatsmann zu. Nichts verriet Unsicherheit.

»Schön, dass Ihr gekommen seid«, begrüßte ihn Perdór und streckte die Hand aus.

Im Gegenzug verbeugte sich der Unbekannte leicht, die Arme blieben, wo sie waren. »Ich freue mich, dass meine Offerte wenigstens mit allen Beteiligten durchgesprochen wird.«

Der ilfaritische König senkte die Finger und stellte den Rest der Delegation vor.

Der Mann nickte ihnen zu, wie man dem Wackeln der Gugelkappe entnehmen konnte, und folgte ihnen ins Innere des Zelts. Dort nahm man Platz.

Der Fremde wiederholte sein Angebot, das er schon Perdór unterbreitet hatte, und wartete die Reaktion der Anwesenden ab.

Stoiko versuchte, unter die Kapuze zu schauen. Die Stimme des Mannes erschien ihm merkwürdig vertraut, obwohl die Melancholie nicht zu dem ursprünglichen Besitzer passte. Das entsprechende Bild wollte ihm jedoch nicht einfallen.

Fiorell bemerkte mit einem gewissen Erstaunen, dass alle bewusst oder unbewusst Abstand zu dem neuen möglichen Verbündeten hielten. Sie hatten ihre Stühle etwas weggerückt und lehnten sich auf ihren Plätzen nach hinten. Selbst der so abgebrüht wirkende Kensustrianer hielt eine Hand in der Nähe seines Dolches. Der Hofnarr spürte ein Fluidum des Unheimlichen, des Grausens, die von dem Meister auszugehen schien. Was er auf den Umgang des Menschen mit den Geistern schob.

Die Ulsarin befand sich offensichtlich im Bann des Fremden, der noch immer nicht seinen Namen genannt hatte. Soscha konnte die Augen nicht von ihrem Gegenüber wenden, studierte seine magische Aura. Sie war im Grunde recht schwach und nicht sonderlich potent, wie sie an dem schwachen Türkis erkannte.

Doch etwas stimmte mit seinen Fertigkeiten nicht.

Tiefschwarze Schlieren durchzogen sie, trübten sie ein und sorgten für Verunreinigung. Dies ähnelte so gar nicht dem hektischen, schnellen Wechsel, nicht dem regenbogenartigen Flackern, das einst der alte Kabcar aufgewiesen hatte. Das Schwarz stellte sie vor das Problem, dass sie die Stärke nicht einschätzen konnte. Diese Farbe kannte keine Abstufungen, was einen Nutzer dieser Magie zu einem tückischen Gegner machte.

Wenn sie diesen Mann als Freund in ihre Reihen aufnahmen, würde sie viele Stunden mit ihm verbringen, um die Magie weiter zu erkunden. Sie hätte niemals angenommen, dass man mit den Kräften Geister befehligen konnte. Oder es überhaupt Geister gab.

Der Mann warf seinen Mantel ab, stellte den Seesack zu Boden, und der obere Teil eines blanken Schwertes wurde sichtbar.

Soscha beugte sich unwillkürlich nach vorn und überwand die leichte Ablehnung, die sie für ihn empfand, um die Waffe näher zu betrachten. *Tatsächlich, sie ist ebenfalls leicht magisch!*

Er bemerkte ihre Neugier und warf rasch den Mantel darüber.

Sie hatte sich nicht getäuscht. Der Griff glomm in schwachem, kaum wahrnehmbarem Dunkelbraun. Zu Beginn ihrer Studien hätte sie den Hinweis sicherlich übersehen.

Noch ein neuer Ton!, freute sie sich, und ein Leuchten huschte über ihr Gesicht. Der Forscherdrang drohte sie zu überwältigen, eine Flut von Fragen wollte aus ihrem Mund über den Mann hereinbrechen.

Doch ähnlich wie Stoiko verknüpfte sie etwas mit dem Fremden. Vielmehr mit seinem Schwert. Sie kramte in ihrem Gedächtnis auf der Suche nach einem Ereignis, das sie mit der Waffe in Verbindung brachte. Einzelne Erinnerungen aus der Kindheit entstanden vor ihrem geistigen Auge, und die Personen um sie herum verschwammen.

Soscha befand sich plötzlich wieder in Ulsar, in ihrer heruntergekommenen Hütte. Ihre Mutter kochte Süßknollen, neben ihr lagerte ihre kleinste Schwester, ihr Vater saß am Tisch und unterhielt sich mit ihr.

Die Tür flog auf, viele Männer stürmten in ihr Haus. Sie drängte sich mit ihren sieben Geschwistern in der hinteren Ecke zusammen, während ihr Vater sie zu verteidigen versuchte.

Sie sah, wie der Jüngste der Eindringlinge die Schwertspitze auf sie richtete und sie als Diebin beschimpfte. Groß erschien der junge, blonde Mann vor ihr und hielt ihr fordernd die Hand entgegen. Sie langte unter ihr Kleid und gab das Amulett heraus, das sie damals in der Gosse gefunden hatte.

Das Schwert des Kabcar!, fiel es ihr wie Schuppen von den Augen, und sie kehrte mit einem Schlag in die Gegenwart zurück.

»Ich finde es sehr spannend«, meinte Perdór soeben. Er wollte den Mann auf die Probe stellen, um seine Einstellung zu erkunden. »Doch Ihr müsst verstehen, dass wir nicht gleich alles Wissen mit Euch teilen können, das wir über den Kabcar gesammelt haben. Noch werden wir Euch in unsere Schlachtpläne einweihen. Ihr würdet Euch damit begnügen müssen, auf unsere Bitte hin an die Orte zu gehen, an denen wir Eure Geisterwesen sehr gut gebrauchen können, wenn die Truppen kommen. Es dürfte Euch ein Leichtes sein, sie mit aller Gewalt zurückzuschlagen.«

»Ihr missversteht mich«, meinte der Unbekannte aufgewühlt. »Ich will die Ursprünge des Bösen vernichten, nicht die Verblendeten, die dem Ruf des Wahnsinnigen folgen. Das Volk leidet genug. Die erste sinnlose Angriffswelle kostete Tausenden das Leben, und weitere werden folgen. Nach den Freiwilligen zwingt Govan die Menschen, sich für ihn und Tzulan in die Schlacht zu stürzen. Dabei ist ihm einerlei, wie viele dabei verrecken. Es gibt zwei Möglichkeiten: Er und Zvatochna kommen zu uns, oder wir gehen zu ihm. Begegnen wir uns, so vernichten wir sie. Ebenso wie Nesreca und Sinured.«

»Die Ursprünge des Bösen?«, stieß Stoiko bitter hervor. »Sie liegen schon lange tot und begraben unter der Erde.«

»Ihr meint den alten Kabcar?«, erkundigte sich der Fremde schwermütig.

»Nein. Ich meine diejenigen, die den alten Kabcar in die Arme des Gebrannten Gottes getrieben haben. Arrulskhán und wie die vielen anderen Narren hießen, die sich Tarpol unter den Nagel reißen wollten, weil …« Er stockte mitten im Satz, winkte ab.

»Lassen wir die alten Geschichten. Bekämpfen wir das, was aus den Machenschaften und dem vielen Leid hervorgegangen ist«, seufzte der Fremde traurig.

»Diese Einsicht teile ich mit Euch.« Perdór achtete sorgsam auf den Tonfall des Fremden, der sich um das Wohlergehen der Einfachen ähnlich sorgte wie er. So gelangte er zu der Ansicht, einen hoch stehenden Tarpoler vor sich zu haben, unter Umständen einen adligen Dissidenten, der wegen kritischer Äußerungen vor Govan Bardric̣ flüchten musste. »Unentdeckt nach Ulsar zu reisen ist Utopie. Nur, wie bekommen wir den Kabcar dann zu uns?«

Der Fremde überlegte. »Er würde kommen, wenn man ihn köderte. Wenn man ihn reizte. Mit etwas, was er in seiner grenzenlosen Machtbesessenheit unbedingt haben will. Dann ist er zu allem fähig.«

»Ihr scheint ihn sehr genau zu kennen«, äußerte sich der rundliche König. »Wie kommt das? Erzählt von Euch.«

»Ich gehörte zu denen am Hof, die es schafften, ihm lange Zeit sehr nahe zu stehen. Doch ich fiel in seine Ungnade und musste Ulsar rasch verlassen, um nicht endgültig ein Opfer seiner Gier zu werden.«

»Und welches Amt habt Ihr bekleidet, wenn ich fragen darf? Es muss schon ein besonderes gewesen sein«, hakte Perdór nach. Er kannte alle höheren Beamten dank seiner Spione mit Namen und war gespannt, welcher von denen, die ihm in den Sinn kamen, die Flucht vor dem Herrn ergriffen hatte. »Was wollte er von Euch?«

Der Unbekannte zögerte. »Er wollte meine Magie. Und freiwillig habe ich sie ihm nicht überlassen.«

Perdór fühlte seine schlimmsten Vermutungen, was das Schicksal der Cerêler in der Hauptstadt anging, mehr als bestätigt. *Kalisstra beschütze sie.*

»Euer Name, Ihr Meister der Geister«, erinnerte ihn Fiorell an die Frage seines Herrn. »Noch habt Ihr ihn nicht genannt.«

Zaudernd senkte der Fremde den Kopf, nahm die Hände aus den Ärmeln, umfasste die Ränder seiner Kapuze und streifte sie Stück für Stück zurück. Verfilztes blondes Haar kam zum Vorschein. Langsam hob er den Schopf, bis er sein hageres Gesicht den anderen zeigte. Seine dunkelblauen Augen schweiften ernst von einem zum anderen.

»O Ulldrael der Gerechte!« Stoiko klammerte sich an der Tischkante fest. »Sehe ich ein Gespenst, oder seid Ihr es wirklich?« Fassungslos erhob er sich und starrte den Mann an, den er das letzte Mal vor vielen Jahren in Ulsar gesehen hatte, als sie sich von Wachen umringt in der Dachstube gegenübergestanden hatten. »Ihr lebt?« Seine Gefühle rissen ihn hin und her. Freude rang mit dem Wissen über die Verbrechen und Toten, die zu Lasten seines einstigen Schützlings gingen.

Soscha verstand den Ausbruch heftiger Empfindungen. Ihr erging es nicht viel besser. Bei ihr überwog jedoch das Schlechte. Denn vor ihr saß der Herrscher, der ihr einen Teil ihrer Kindheit geraubt, sie von Vater und Mutter entführt und im Kerker hatte schuften lassen. Vermutlich erinnerte er sich nicht mehr an sie. Vermutlich hatte er sie damals bereits vergessen, als er aus dem Haus ihrer Familie getreten war und sich das Amulett um den Hals gehangen hatte.

»Ja, Stoiko, du täuschst dich nicht«, sprach der Mann mit erstickter Stimme. »Ich bin Lodrik Bardriç.« Er stand auf, schob den Stuhl zur Seite und schritt hinüber zu seinem Vertrauten aus vergangenen Tagen. Dann sank er vor ihm auf die Knie. »Ich bitte dich um Verzeihung. Für alles, was ich dir angetan habe. Auch wenn ich den Einflüsterungen Nesrecas erlag, so rechtfertigt nichts mein Handeln. Nichts hielt mich damals davon ab, über die Worte und Ratschläge meines falschen Cousins nachzudenken und sie zu prüfen.«

Stoiko stiegen die Tränen in die Augen. »Was wurde nur aus Euch, Herr?« Er zog ihn hoch. »Ist das der Preis der Magie?« Er schaute dem Mann in die Augen, wo er im Blau um die Pupillen fadendicke schwarze Streifen zu erkennen glaubte.

»Verzeihst du mir, wie ich dich behandelt habe?«, wollte Lodrik dumpf wissen.

»Ich vergebe Euch.« Stoiko riss den einstigen Kabcar an sich und umarmte ihn. Lodrik schloss die Lider, dennoch quollen Tränen hervor und rannen über seine Wangen; vorsichtig erwiderte er die Geste der Freundschaft. »Ich vergebe Euch, weil Ihr endlich zur Vernunft gekommen seid.«

»Ich werde meine Fehler bereinigen. Und wenn ich es überleben sollte, stelle ich mich dem Urteilsspruch aller Reiche auf Ulldart«, versprach Lodrik und richtete seine Aufmerksamkeit auf die anderen, denen die Überraschung deutlich ins Antlitz geschrieben stand. »Viele meiner Taten entsprachen denen eines Verbrechers, und so soll ich behandelt werden. Den Tod nehme ich klaglos in Kauf. Doch ich bitte Euch, Perdór und Ihr alle, wartet mit meiner Verurteilung, bis wir Ulldart vom Bösen befreit haben. Ich werde eine Hilfe sein und mich nicht schonen.« Viel Schwermut lag in seiner Stimme. »Was bedeutet mein Leben im Vergleich zu den Gefallenen und den unzähligen Übrigen, die durch mein Wirken oder Nichtwirken starben? So brachte ich selbst Unheil über das Land. Und nach meinem Sturz führt mein Sohn den Kontinent geradewegs weiter in den Untergang. Meine Pflicht ist es, meinen wahnsinnigen Spross aufzuhalten. Und das Land von dem zu reinigen, was ich erst über es gebracht habe.«

»Damit haben wir die echte Bedeutung der verstümmelten Prophezeiung wohl endgültig gelöst«, meinte Moolpár ruhig. »Man hätte Euch töten müssen, bevor Ihr an die Macht gelangtet. Jetzt ergibt es keinen Sinn mehr, also fürchtet Euch nicht, dass ein kensustrianisches Schwert auf Euch herabzucken könnte. Ihr seid lebend für uns viel mehr wert.«

»Damit Ihr es wisst, ich werde Euch nicht vergeben«, meldete sich Soscha wütend zu Wort. »Und ich werde die Erste sein, die Euch an das Gelöbnis erinnert, vor die Richter zu treten.« Sie hielt ihr Gesicht mehr ins Licht. »Erinnert Ihr Euch? Ihr warft mich wegen Eures Amuletts in die Verlorene Hoffnung, und wer weiß, was mir dort alles widerfahren wäre, hätte mich Stoiko nicht wie ein Vater aus dem Kerker gerettet.«

Lodriks Stirn runzelte sich, er dachte nach. Dann klarten sich seine Züge auf. »Soscha Zabranskoi«, nannte er ihren Namen. »Ich habe dich nicht vergessen. Ein Mensch mehr, in dessen Schicksal ich eingriff. Auch dafür werde ich bezahlen, wie ich es verdiene.«

Der ilfaritische König wackelte mit dem grauen Lockenschopf. »Ich gestehe, ich hänge bezüglich Euch ein wenig in der Luft«, meinte er. »Dafür, dass Ihr meine Soldaten sterben ließet, meine Festungen zerstörtet und Eure Truppen mein Land heimsuchten, dafür könnte ich Euch auf der Stelle eine Maulschelle verpassen, dass Ihr bis nach Tarpol flöget. Dennoch teile ich die Ansicht meines Freundes Stoiko, dass wir alle nicht ganz unschuldig an den gesamten Entwicklungen waren. Tatenlosigkeit, Überheblichkeit, Gedankenlosigkeit, ach, man könnte so manches hinzufügen. Und so erwuchs dem Bösen eine Gelegenheit, die es nie wieder auf Ulldart erhalten wird, wenn wir mit ihm fertig sind. Die Klärung Eurer Schuld verschieben wir auf das Ende des Krieges, und Ulldrael der Gerechte sowie alle kensustrianischen und ulldartischen Götter müssen zusammenarbeiten, damit wir Tzulan in den Hintern treten.« Perdór lächelte freundlich. »Lodrik Bardri¢, Ihr seid bei den Verteidigern von Ulldart herzlich willkommen. Auch wenn wir im Augenblick ein wenig im Nachteil gegenüber dem Gernegroß sind, der Euer Sohn ist. Doch nun berichtet, was Euch geschah.«

Der einstige Kabcar von Tarpol, der ehemals mächtigste Mann Ulldarts und vielleicht sogar der bekannten Welt, gab haarklein wieder, was er unterwegs erlebt hatte. Wie es den Menschen erging, wie sie dachten, was Govan offensichtlich angeordnet hatte. Und wie er mit Hilfe seiner Geister die kensustrianischen Wächter getäuscht hatte, um bis nach Meddohâr zu gelangen.

Von seiner seltsamen Vision und dem Ausflug ins Reich der Toten schwieg er. Seine Rettung schob er auf einen günstigen Zufall und verkaufte es als Beleg dafür, dass er an der Befreiung der Reiche beteiligt sein sollte. Unter Umständen sogar sein musste.

»Euch ausfindig zu machen gelang mir mit der Unterstützung alter Bekannter.« Lodrik griff unter sein abgetragenes Hemd und nahm das Schmuckstück heraus, das Soscha und Stoiko augenblicklich erkannten. »Die Modrak müssen nicht herumsitzen. Sie sind in der Lage, im Verborgenen zu spionieren. Was sie zumindest in Kensustria auf mein Geheiß taten. Es gibt zurzeit nicht viele Menschen in diesem Reich, schon gar nicht so weit im Süden.«

»Dunnerlittchen!« Fiorells Gesicht verzerrte sich, er unterdrückte ein Gähnen.

Dafür riss die Ulsarin den Mund weit auf. »Entschuldigt, aber selbst die größte Nachricht brächte mich nicht dazu, weiterhin über einen kümmerlichen Rest Aufmerksamkeit zu verfügen. Ich liege gleich mit dem Kopf auf dem Tisch und schlafe.«

»Ich habe das schon verstanden«, meinte Perdór. »Wir begeben uns ins Bett, die Sonne geht schon bald auf. Und dann setzen wir unsere Unterredung fort. Es gibt noch so vieles zu besprechen. Gerade Soscha wird Zeit mit Euch verbringen wollen, da es gilt, die Magie weiter zu erforschen und sie zu verstehen. Ich hecke schon erste Ansätze aus, wie man dem Kabcar …«, er stockte, »… also, Eurem Nachfolger, solche Schwierigkeiten bereitet, dass er tausend Nesrecas brauchte, um Vorteile daraus zu ziehen.«

»Er hat Zvatochna an seiner Seite«, mahnte Lodrik müde. »Und sie ist im Vergleich zu ihrer Mutter wesentlich gefährlicher. Intelligenter. Ausgebuffter.«

Stoiko betrachtete die scheinbar um Jahrzehnte gealterten Züge seines einstigen Schützlings. »Es wird sich zeigen, ob sie gegenüber der Wirkung eines Nesreca immun ist, Herr. Am Gift dieses Wesens sterben selbst die tödlichste Schlange und der gewaltigste Wal. Er wird virtuos Zwietracht zwischen den Geschwistern säen, wenn es ihm notwendig erscheint, genau so, wie er es damals bei Euch und uns tat. Entzweien und grundschlechte Worte ins Ohr träufeln, die den Verstand zersetzen, das ist die Kunst, die er meisterhaft beherrscht.«

»Meinen Verstand, so erscheint es mir rückblickend, hatte er durch seinen eigenen Willen ersetzt«, seufzte der einstige Herrscher. »Govan dagegen handelt wie er. Etwas Besseres konnte dem silberhaarigen Scheusal nicht passieren.«

»Wir reden weiter, wenn alle ausgeruht sind. Ich will wissen, was es mit den Geistern auf sich hat, woher Ihr sie … bezieht und wie Ihr sie lenkt.« Perdór stemmte sich auf. »Wenn Soscha …«

»Niemals!«, erstickte sie die unausgesprochene Idee des Königs im Keim. »Ich werde mich nicht mit Toten einlassen. Sie verdienen ihre Ruhe. Schaut ihn an, er sieht ja beinahe selbst aus wie eine Schreckensgestalt.« Die Ulsarin betrachtete die ausgemergelten Züge des entthronten Kabcar. »Die Magie präsentiert Euch die Rechnung für die jahrelange Nutzung, ohne dass Ihr sie respektiert habt. Nun raubt sie Euch Eure Kraft.« Soscha machte nicht den Eindruck, als täte es ihr Leid. »Wir müssen bald miteinander reden, bevor sie Euch gänzlich ausgebrannt hat.« Ohne Gruß verschwand sie hinaus.

Stoiko sah Lodrik an, dass er nicht recht wusste, wie er die junge Frau einordnen sollte. »Soscha sieht Magie, Herr«, erklärte er. »Sie ist eine Art Medium, eine Magiekundige, die viel mehr ist, als eine reine Nutzerin der Kräfte zu sein. Ich glaube, sie tauschen sich auf irgendeine Weise miteinander aus.«

»Mit der Magie sprechen?«, wunderte sich der Mann mit den blauen Augen.

Sein Vertrauter nickte zum Ausgang. »Das hat Zeit bis morgen. Perdór wird ein Zimmer für Euch einrichten lassen, in dem Ihr Euch ausruhen könnt.« Glücklich neigte er sein Haupt vor ihm. »Ich hätte niemals gedacht, Euch wieder zu sehen, Herr. Nun bin ich überzeugt, dass alles gut werden wird. Ihr habt die Geschehnisse mit ins Rollen gebracht, Ihr werdet sie auch zum Anhalten bringen.«

»Wo ist Norina?«, wagte Lodrik seinen Freund und Mentor zu fragen. »Ist sie nicht hier?«

»Ihr wisst, dass sie nicht tot ist?«, staunte Stoiko und fuhr sich über den ergrauten Schnauzer. »Woher?«

»Stoiko, bitte, ich muss sie sehen«, flehte er ihn eindringlich an. »Wenn es noch Menschen gibt, die ich um Verzeihung bitten muss wie dich, dann sind es Norina und Waljakov! Wenn ich es wage, ihnen unter die Augen zu treten ...«

Sein alter Mentor tat sich mit der Antwort schwer. »Norina wurde von Rudgass aus Kalisstron befreit und nach Rogogard gebracht, weil Kensustria blockiert wird. Die Piratenfestungen sind allerdings gegen Sinured gefallen. Perdór forscht nach, wohin sie als Gefangene gebracht wurden. Betet zu Ulldrael, dass Nesreca sie noch nicht erkannt hat.«

Sie verließen das Zelt und liefen durch den Regen zurück nach Meddohâr. Eine Abteilung kensustrianischer Wachen begleitete sie auf Befehl Moolpárs. Noch war das Vertrauen in den neuen Verbündeten nicht so grenzenlos, dass man auf eine Aufsicht verzichtet hätte.

»Ging es ihr gut?«

»Sie hat ihr Gedächtnis verloren. Sie sanken in einem Sturm, als Nesrecas Schergin sie mit einem anderen Schiff rammte. Rudgass suchte nach ihr und fand sie schließlich.«

Ein wenig Eifersucht flammte in Lodrik auf, wärmte das abgestorbene, mit Traurigkeit erfüllte Herz. »Was ist mit dem alten Griesgram? Dem Kind?«

Stoiko schüttelte bekümmert den Kopf.

»Es ist keine Magie, wie ich sie kenne.« Soscha lief vor dem ilfaritischen König auf und ab. »Seit er vor zwei Wochen ankam, studiere ich ihn. Diese ... Verunreinigung kann ich nicht einordnen. Als würde sich seine Fertigkeit langsam, aber stetig umwandeln. Von Blau zu Schwarz.«

»Und über seine Stärke kannst du nichts sagen?« Fiorell imitierte ihren angespannten Gesichtsausdruck und rang ihr damit ein Lächeln ab. »Der Meister der Geister hat anscheinend noch ein paar Rätsel für uns auf Lager?«

»Wir sollten nicht vergessen, wer ihn ausgebildet hat«, erinnerte Perdór. »Nesreca benutzt Magie so selbstverständlich wie andere Messer und Gabel. Kein Wunder, als einer der Zweiten Götter sollte das keinerlei Schwierigkeiten bereiten.«

»Das hat damit sicherlich nichts zu tun.« Die Ulsarin weigerte sich, von ihrem Standpunkt abzuweichen, auch wenn ihre Laune ein wenig gestiegen war. »Irgendetwas ist bei ihm oder mit ihm geschehen. Etwas so Einschneidendes, dass es seine innersten, intimsten Mächte verändert hat.«

»Hast du ihn danach gefragt?«

»Gerade daraus macht er ein Geheimnis. Er sagt, es könne etwas mit dem magischen Raub zu tun haben, den sein Sohn an ihm beging.« Soscha kniff die Lippen zusammen. »Das nehme ich ihm nicht ab. Sabins Magie hat sich nicht verändert, als sie sich auf mich übertrug.«

»Lassen wir ihm doch die Aura …«, begann der König, doch die junge Frau fiel ihm ins Wort.

»… des Unheimlichen, Majestät?« Sie warf den beiden Männern bedeutende Blicke zu. »Ihr habt es ebenso bemerkt, nicht wahr? Keiner fühlt sich in seiner Nähe besonders wohl. Etwas an ihm sorgt dafür, dass man ständig Gründe sucht, so rasch wie möglich wegzukommen.« Die Ulsarin erzitterte. »Mir ist in seiner Nähe, als befände ich mich in einer Gruft voller Gebeine. Oder neben einem geöffneten Sarg.«

Nach dieser Feststellung herrschte ungemütliches Schweigen im Raum. Niemand wusste so recht, was er entgegnen sollte.

Fiorell hatte davon gehört, dass Lodrik in Meddohâr, wie er einst, von einem Worrpa angegriffen worden war. Doch das Tier hatte seine Bemühungen plötzlich abgebrochen und die Flucht vor dem Menschen ergriffen. Angeblich saß die Kreatur nach wie vor völlig verängstigt in ihrem Käfig und unternahm nicht einmal den Versuch, aus der Behausung zu entkommen. Weder Drohungen noch Lockmittel funktionierten.

Die peinliche Stille wurde durch ein leises Klopfen unterbrochen, quietschend öffnete sich die Tür. Lodrik betrat den Raum und präsentierte sich in seiner neuen Garderobe, die er sich direkt nach seiner Ankunft hatte schneidern lassen. Es war eine bodenlange, nachtblaue Robe aus schwerem Stoff, die in der Mitte tailliert gearbeitet war und weit um die Füße schwang. Die Ärmel überdeckten die Hände vollständig, die Schulterpartie wurde durch eine Lage schwarzen Stoffs verstärkt. Das Schwert, für das eine passende Hülle hergestellt worden war, trug er in der Linken.

Der Schnitt unterstrich die Hagerkeit des ehemaligen Kabcar, die dunklen Farben hoben die Blässe seines Gesichtes zusätzlich hervor, und die blonden Haare, nun sorgsam geschnitten und gewaschen, leuchteten beinahe schon.

»Ich entbiete Euch meinen Gruß. Habt Ihr schon angefangen, weitere Planungen zu betreiben?« Aufmerksam schaute er sich um. »Oder war eben von mir die Rede?«, fragte er ohne Argwohn, ohne mehrdeutiges Schwingen in der Stimme. »Wenn ja, könnte ich es gut verstehen. An Eurer Stelle würde ich mir auch nicht recht vertrauen.« Er suchte die Blicke der Männer und der Frau. »Und dennoch könnt Ihr es.« Mit diesen Worten setzte er sich neben den Kartentisch und betrachtete die Markierungen, die für die inzwischen zu Feldfestungen ausgebauten Lager der tarpolisch-tzulandrischen Einheiten standen. »Nach der gestrigen Unterredung mit den Modrak gibt es nichts Neues zu berichten.

Jedenfalls nichts, was Eure Spione nicht schon gemeldet hätten. In den Stützpunkten ist es ruhig, die Soldaten haben sich eingegraben«, verkündete er, um die Unterredung in Gang zu bringen.

Perdór zwang sich dazu, sich in die Nähe Lodriks zu bewegen. »Und meine Leute erzählen ihnen die schönsten Schauermärchen über kensustrianische Ungeheuer und die furchtbaren Krieger der Grünhaare«, schmunzelte er doch ein wenig. »Zusammen mit der Erinnerung an die Schlacht wirken diese scheinbaren Tatsachen doppelt gut.«

»Es ist an der Zeit, dass wir etwas Neues hinzufügen«, meldete sich Stoiko von der Tür her und nickte grüßend in die Runde. »Wie wäre es, wenn wir die Rückkehr des Kabcar vermelden?«

»Das halte ich für keine gute Idee«, wehrte Lodrik ab. »Ich bleibe vorerst lieber tot.«

Soscha betrachtete ihn genau. *Vielleicht bist du es sogar?*

»Herr, die Kontingente bestehen in erster Linie aus Männern des Nordens. Tarpol, Tûris, Borasgotan und Hustraban«, erklärte sein Vertrauter ereifert. »Das sind Leute, die Euch, bei allem, was sonst noch geschah, dankbar sind. Eure Reformen sind nicht in Vergessenheit geraten, keineswegs. Die Freiwilligen sind dem Heer beigetreten, um Euren Tod an den Kensustrianern zu rächen, und nicht um Govans unersättlichen Besitzhunger zu stillen.«

Perdór stimmte Stoiko zu. »Außerdem existieren die unterschiedlichen Meldungen über Euer derzeitiges Schicksal ...« Perdór geriet jedes Mal in die Bredouille, da er nicht wusste, wie er den neuen Verbündeten ansprechen sollte. Also verzichtete er wiederum auf einen Titel. »Ich selbst ließ schon streuen, dass Ihr eines Tages zurückkehren würdet, ohne zu ahnen, dass ich damit die Wahrheit verkündete.«

Lodrik grübelte, ehe er einwilligte. »Bei näherer Betrachtung stimmt das schon.«

Perdór rieb sich die Nase, ihm kam ein weiterer Einfall. »Ich werde Euch eine Uniform nähen lassen, wie Ihr sie zu Eurer Amtszeit trugt und wie Euch die Soldaten kennen. Sobald die neuen Truppen da sind, die unterwegs die Kunde Eurer Rückkehr vernehmen werden, werdet Ihr Euch den Tarpolern immer wieder zeigen. Ihr werdet von einem Lager zum nächsten ziehen und verlangen, dass sich die Soldaten nicht mehr an den Kampfhandlungen beteiligen. Ihr werdet Euren Thron zurückverlangen. Die Tzulandrier allein, so diszipliniert sie auch sein mögen, können gegen die Kriegerkaste nichts ausrichten. Spätestens dann, wenn seine Pläne zu scheitern drohen, wird Euer Sohn hier erscheinen.«

»Es wird ihn in Rage versetzen«, stimmte Lodrik zu. »Allerdings fürchte ich um das Leben von weiteren Unschuldigen. Er wird sich an denen rächen wollen, die sich über diese Neuigkeiten in ihrer Zuversicht zu augenfällig freuen.«

»Nennt mich hart, aber ohne Opfer wird es nicht gehen. Man kann die Menschen aufmerksam machen, dass der Kabcar Euch den Thron nicht geben wird und alle Sympathisanten mit dem Tode bedroht«, legte der Hofnarr nach. »Ich setze auf den Berater. Bei der aufgeheizten Stimmung, die derzeit in Tarpol existiert, wird ihm Nesreca dazu raten, Euch endgültig zu vernichten, anstatt die Menschen zu quälen. Selbst die Geduld der Tarpoler endet irgendwann.«

»Nun gut. Ich habe den Modrak befohlen, dass sie die Orte aufsuchen sollen, an denen Nesreca früher die

Waffen entwickeln und herstellen ließ. Sie werden Baupläne bringen und Sabotage betreiben, damit Govan recht bald das Pulver ausgeht, wie Ihr vorschlugt, Majestät.«

»Wie gut habt Ihr die fliegenden Wasserspeier unter Eurer Kontrolle?«, erkundigte sich der ilfaritische König bedächtig. »Besteht nicht die Gefahr, dass Euer Sohn sie für die eigenen Zwecke nutzt oder sie doppeltes Spiel treiben?«

Lodrik legte die Hand auf die Brust, unter dem Tuch zeichneten sich die Konturen des Amuletts ab. »Solange ich im Besitz dieses Anhängers bin, folgen sie mir. Ich habe sie davon überzeugt, dass ich derjenige bin, dem sie zu gehorchen haben. Wenn auch sie noch zu den Verbündeten meines Sohnes gehörten, würde unser Kampf aussichtslos.«

»Sehr gut.« Perdór klatschte als Zeichen des Aufbruchs in die Hände und marschierte etwas zu schnell zum Ausgang. Je mehr er sich von dem neuen Verbündeten entfernte, desto erleichterter fühlte er sich. Er winkte seinem Hofnarren. »Wir beide basteln zusammen mit Mêrkos ein paar schöne Schauergeschichten über die kensustrianischen Krieger, die man sich hinter den Palisaden erzählen wird, auf dass sich die Buchsen so richtig schön füllen, wenn es im Unterholz knackt.«

»Möchtest du wieder ein wenig experimentieren?«, erkundigte sich der ehemalige Kabcar bei Soscha, die ablehnte.

»Da ich fest davon überzeugt bin, dass Ihr mir etwas verheimlicht und Ihr mir die Ansätze für meine Versuche verfälscht, hat es wenig Sinn«, meinte sie unfreundlich. »Die Ergebnisse sind auf diese Weise nicht zu gebrauchen. Wenn Ihr Euch entschlossen habt, mir zu sagen, warum Eure Fertigkeiten sich ganz offensichtlich gewandelt habt, seid Ihr gern eingeladen. Ansonsten nicht.«

Die Ulsarin folgte den beiden Ilfariten, sodass Lodrik mit Stoiko alleine war.

»Erinnerst du dich an Rodmor von Pandroc?«, begann der einstige Herrscher. Sein Vertrauter zuckte etwas ratlos mit den Achseln. »Ach, nein, zu der Zeit warst du ...« Er brach verlegen mitten im Satz ab. »Der Großmeister der Hohen Schwerter – Ritter Aufbraus, Nerestro von Kuraschka – behauptete, er könne mit den toten Ordensrittern reden. Ich hielt ihn damals für einen Spinner.«

»Nun nicht mehr?«

Behutsam schüttelte Lodrik den Schopf. »Ich bin Herr über eine kleine Streitmacht von ... Seelen, Stoiko.« Der ältere Mann erschrak. »Es sind die Seelen von Verbrechern, und sie vermögen weit mehr als das, was ich Perdór gezeigt oder berichtet habe.« Er klopfte gegen die Schwertscheide. »Jedem Menschen, den ich damit töte, raube ich das Heiligste, was er besitzt. Was ihn vom einfachen Tier unterscheidet.«

»Herr, es waren Kriminelle, die durch diese Klinge starben«, beruhigte Stoiko die Zweifel. »Nun tun sie Buße, indem sie dazu beitragen, dem Guten zum Sieg zu verhelfen. Wir schaffen es.«

»Es ist beinahe wie früher.« Erstaunt ruhten seine Augen auf dem Gesicht des gealterten Lehrers. »Stoiko, wie gelingt dir das? Du müsstest unbändigen Hass auf mich verspüren, nachdem ich dich mehr als ungerecht behandelt und unsere Freunde teilweise in den Tod getrieben habe.« Er senkte den Kopf. »Ich verstehe Soscha. Aber nicht dich.«

Der Vertraute atmete tief ein und legte seine faltige Hand auf das blonde Haar des jüngeren Mannes. »Ich sah Euch aufwachsen, Herr. Ich sah die hoffnungsvolle Entwicklung, die Ihr in Granburg nahmt, und bei Ulldrael, Ihr wärt der beste Kabcar geworden, den Tarpol in seiner langen Geschichte hatte. Ich sah auch, was Nesreca aus dem viel versprechenden Jungen machte, der zwischen die Räder des Schicksals und die Intrigen einiger anderer Könige geriet.« Zärtlich strich er über die Haarsträhnen. »Soscha sieht in Euch lediglich denjenigen, der sie ins Gefängnis werfen ließ, mehr nicht. Dass Ihr nicht unschuldig seid, weiß ich. Aber ich verzeihe Euch, weil ich alle Hintergründe kenne. Waljakov erging es übrigens genauso.«

Lodriks Schultern bebten, er klammerte sich wie ein kleines Kind an seinen Vertrauten, den einstigen Diener und Freund. »Ich danke dir«, flüsterte er erstickt. Plötzlich löste er sich, wandte sein Gesicht ab und rannte hinaus.

Stoiko schaute ihm nach, wischte sich selbst eine Träne aus dem Augenwinkel und strich sich über seinen Bart. *Manchmal sind die Götter ungerecht. Was hätte aus ihm werden können?* Er dachte an das bleiche Gesicht des einstigen Kabcar, die krallenförmigen Fingernägel und die Künste, mit denen er sich nun beschäftigte. Er seufzte. *Und was ist aus ihm geworden.*

Dennoch liebte er ihn nach wie vor wie einen Sohn. Denn sein Wesen, so meinte er voller Überzeugung zu spüren, hatte zu dem Guten zurückgefunden, das er einst in sich trug.

Kontinent Kalisstron, zehn Meilen vor Bardhasdronda, Spätherbst/Winter 459 n. S.

Schaut mal, Ritter Wellenbrech, da vorne kommt unser Ziel in Sicht.« Torben Rudgass brachte die *Varla* auf Kurs, die es trotz aller Stürme geschafft hatte, sich durch das Meer bis nach Kalisstron zu kämpfen. Die Herbstwinde trieben schon erste Eisschollen auf der rauen See, die von irgendwo aus dem Norden stammten.

Mit hellgrünem Gesicht stand Tokaro auf dem Achterdeck und atmete tief ein und aus. Durch ein immenses Maß an Konzentration gelang es ihm, den trockenen Zwieback trotz der schaukelnden Bewegungen des Schiffes bei sich zu behalten. Das Kunststück glückte ihm allerdings nur an Deck, im Rumpf des Seglers hätte er längst wieder den Eimer gefüllt.

Ein leidendes Stöhnen entwich ihm. »Ich werde Angor lobpreisen, sobald ich nur einen Fuß auf echtem Boden habe. Ich verstehe nicht, wie man gern auf solchen Kähnen fahren kann.« Schnell presste er ein Taschentuch vor den Mund und schluckte das, was sich in einem unachtsamen Moment den Weg nach oben gebahnt hatte, wieder runter. »Ich habe mit Sicherheit etliche Pfund an Gewicht verloren.«

»Würdet Ihr etwas Gescheites essen und Euch ab und zu einen Löffel Tran gönnen«, an dieser Stelle hechtete Tokaro förmlich zur Reling und übergab den halbverdauten Zwieback den Fischen, »... würde Euch nichts fehlen.« Der Rogogarder klopfte ihm aufmunternd auf den Rücken. »Wie macht Ihr das eigentlich beim Reiten? Tragt Ihr da einen Hafersack um?«

Der Ritter spuckte, rülpste unglücklich und richtete sich auf. »Ich schwöre Euch, dass alle wilden Ritte, die ich hinter mich brachte, nichts hiergegen sind. Angor weiß schon, warum wir ein Orden sind, der zu Land kämpft und nicht zu Wasser.«

»Dafür kenne ich keinen Seemann, der richtig gut reitet«, zwinkerte ihm der Kapitän zu und kehrte ans Steuerrad zurück, um den Männern bei der Navigation zu helfen.

Tokaro wankte auf das Hauptdeck hinunter. Noch nie in seinem ganzen Leben hatte er sich so hundelend gefühlt. Die ständige Übelkeit hatte ihm die Ehrenbezeichnungen »Ritter Wellenbrech« und »Ritter Reling« bei der Mannschaft eingebracht, die sich ansonsten in kameradschaftlicher Weise mit ihm beschäftigte, zumal er mit anpackte, wo immer es ihm als Landratte möglich war, beispielsweise beim Betätigen des Ankerspills, der den mehr als eine Tonne schweren Anker nach oben hievte.

Das honorierten die Rogogarder durch anerkennende Blicke und einen großen Schluck Weinbrand. Erstaunlicherweise brachte der Alkohol ihm etwas Erleichterung, auch wenn er mehr als einmal Kopfweh davon bekommen hatte.

Tokaro sah die *Varla* als ein Schiff der Gesetzeslosen. Die Rogogarder waren besiegt, er wurde gesucht, und keine von beiden Parteien brachte dem Kabcar sonderliche Zuneigung entgegen. Und das verband die Piraten und den Ritter in seinen Augen auf ganz besondere Weise.

An den vielen Abenden, die er in der Runde der Piraten verbrachte, hatte er erfahren, dass sich die Gefährtin des Kapitäns auf Verbroog befunden hatte, während die Insel gestürmt worden war. Entsprechend befand sich Rudgass in Sorge um das Wohl der Frau, glaubte jedoch fest daran, dass sie sich entweder vor den Eroberern verborgen hatte oder geflüchtet war.

An Bord befanden sich neben zahlreichen Rogogardern auch einige Männer aus Tarvin, deren Äußeres sich leicht von dem herkömmlichen Ulldarter unterschied. Sie gehörten zur Stammbesatzung und hatten offensichtlich Rudgass' Liebste aus ihrer Heimat begleitet.

Was der Freibeuter ausgerechnet jetzt in Kalisstron suchte, verschwieg er dem jungen Ordensritter. Tokaro wusste lediglich, dass er auf der Suche nach verschollenen Freunden war, die sich unter Umständen in Bardhasdronda aufhielten. Oder in einer anderen kalisstronischen Stadt.

Sie entdeckten eine weitere Gemeinsamkeit. Beide kannten den alten Kabcar, Lodrik Bardri¢. Als Torben die Geschichte seiner misslungenen Rettungsaktion in Granburg erzählte, bei der er einen Teil seines Gebisses eingebüßt hatte, berichtete Tokaro im Gegenzug von seiner Vergangenheit als Rennreiter des Herrschers.

Der junge Krieger bewunderte den schlitzohrigen, draufgängerischen Kapitän, der unterwegs noch die Zeit fand, ein palestanisches Handelsschiff aufzubringen, das geglaubt hatte, sich auf einer sicheren Route zu befinden. Die Schätze – fassweise Pulver und etliche Kanonen sowie Proviant – lagerten nun sicher im Laderaum der *Varla*.

Wenn er nicht gerade damit beschäftigt war, sein Essen von sich zu geben, so verfügte Tokaro während der Fahrt über genügend Muße, um über die Vergangenheit nachzudenken.

Immer wieder schwor er Rache für den Tod des Großmeisters, immer wieder entstand das liebreizende Gesicht Zvatochnas in seinen Träumen. Jetzt, wo er sich sicher war, dass sie etwas für ihn empfand, war zugleich der letzte Funken Hoffnung auf eine gemeinsame Zukunft erloschen. *Ich kann nicht einmal in ihre Nähe, ohne sofort verhaftet zu werden.* Bardriȼ und Nesreca würden ihr Fett abbekommen, das schwor er Angor ebenfalls mehrfach. Wobei es sich nicht gerade ungefährlich gestaltete, bei heftigem Wellengang nach dem Gebet die Blutrinne der aldoreelischen Klinge zu küssen.

Er hatte seinen Gott außerdem gebeten, Rudgass seine Freunde auf Anhieb finden zu lassen, damit sie schnell nach Tarpol zurückkehrten. Er brannte darauf, Kaleíman von Attabo beim ehrbaren Räubergeschäft im Dienste der Bedürftigen beizustehen. Und was sein Herz und seine Gefühle anging, so pendelte er wie das Schiff zwischen den Wogen.

Einmal befand er sich kurz davor, den Anhänger und damit die Erinnerung an die Tadca über Bord zu werfen und dem unmöglichen Wunsch nicht weiter hinterher zu jagen. Wenn er das Schmuckstück jedoch in seinen Fingern hielt, entfachte sich die Hoffnung auf ein gemeinsames Glück in einem Verzweiflungsakt wie von selbst. Es gelang seinem Verstand nicht, ihm alle Zuversicht zu rauben.

In Gedanken versunken spielte er mit dem Amulett, betrachtete abwesend die Umrisse der kalisstronischen Stadt und ließ den Blick über die Küste schweifen, wo sich in regelmäßigen Abständen Türme hoch über den Klippen erhoben.

Als die *Varla* mit einem kleinen Satz ins nächste Wellental rutschte, opferte er den restlichen Zwieback den Meeresgöttern. Im letzten Augenblick schnappte er die Kette mit dem Amulett, die ihm beinahe durch die feuchten Finger geschlüpft wäre. *Lass mich endlich dort sein,* dachte Tokaro und presste die Stirn gegen das kalte, nasse Holz der Reling, während sich sein Magen schon wieder hob. Vorsichtshalber verschwand er kurz in seiner Kajüte und legte die aldoreelische Klinge an. Sollte es Schwierigkeiten geben, wollte er nicht waffenlos in der Gegend herumstehen. Den Griff umwickelte er mit ein paar Streifen Leinwand und fixierte sie per Bindfaden. Eilig kehrte er an die frische Luft zurück.

Je näher sie der Hafeneinfahrt kamen, desto mehr tobte das Meer und schien das Schiff geradezu vernichten zu wollen. Die hohen Wogen brachen sich an den aufgeschütteten Steinbarrieren, die als Schutz der Ankerplätze angelegt worden waren, und die Gischt spritzte auf.

Mit dem letzten Schwung und einem einzigen Segel glitt das Schiff ins Hafenbecken. Der Steuermann suchte nach einem freien Platz, der für ein Gefährt dieser Größe ausreiche.

Es wunderte den Ritter nicht, dass bei diesem Wetter kein Mensch im Freien zu sehen war. Die Fischerboote lagen verzurrt an den Kais, und größere Kähne suchte er vergebens. Nun schwang die Tür eines größeren Schuppens auf. Ein Mann in wetterfester Kleidung trat heraus und wies auf einen Flecken unmittelbar an dem gemauerten Steg des Handelshafens. Die *Varla* hielt darauf zu.

Torben, der sich inzwischen umgezogen hatte und die gleichen Sachen wie die Tarviner trug, gesellte sich zu Tokaro.

»Nanu? Ihr habt ja plötzlich ein gänzlich andere Hautfarbe, Herr Ritter«, lachte er gutmütig. »Kaum sind wir in ruhigeren Gewässern, da werdet Ihr zu einem gewöhnlichen Menschen.«

»Ein bisschen flau ist mir immer noch. Aber es legt sich allmählich.« Er zupfte an einem Stück Stoff. »Und Ihr seid unversehens kein Rogogarder mehr?«

Der Pirat verlor seine gute Laune nicht. »Ich tarne mich ein wenig im Schutz meiner Freunde. Ein Schal komplettiert meine Maskerade. Ihr wisst wohl nicht, dass die Kalisstri auf Rogogarder nicht sonderlich gut zu sprechen sind?« Tokaro schüttelte den Kopf. »Tja, wie soll ich das sagen … Wir haben sie wohl ein paar Mal zu oft besucht, ehe wir uns dann langfristig den Palestanern zuwandten.«

»Aha.« Am Kapitän vorbei sah er, wie einige der Fischerboote ablegten. »Ihr werdet verstehen, dass ich im Fall eines Kampfes darauf bestehen werde, dass ich nicht zu Euren Männern gehöre?«, sagte Tokaro im Scherz und nickte zu den Nachen. »Die Fischer wollen bestimmt Euch in ihre Netze stopfen, was?«

Torben fuhr auf dem Absatz herum und entdeckte den Ärger, der sich anbahnte. Auf dem gemauerten Steg befestigten gerade hilfreiche Kalisstri die Taue der *Varla* und rannten anschließend Hals über Kopf davon.

Die Fischerboote fächerten auseinander.

»Ergebt Euch!«, erscholl eine Stimme. »Wir wissen, wer Ihr seid, wir haben Eure Fahrt verfolgt. Und wir kennen Eure Absicht. Was Ihr zu erreichen versucht, wird Euch nicht gelingen. Wenn Ihr keinen Widerstand leistet, blüht Euch nicht mehr als die Gefangenschaft. Andernfalls habt Ihr den Rest Euch selbst zuzuschreiben.«

Der Ordensritter wandte sich an den Kapitän. »Ihr wart demnach schon einmal hier in der Gegend und habt ein wenig geraubt und geplündert?«

»Unsinn«, knurrte der Rogogarder und gab leise Befehle, damit man sich im Fall eines Angriffs zur Wehr setzen konnte. Die Bombarden im Deck unter ihnen wurden geladen.

Wie konnte Nesreca uns ausfindig machen?, lautete sein erster Gedanke. *Wollte er, dass wir ihn zu den anderen führen? Haben wir sie vielleicht entdeckt?* Er nahm sein Fernrohr hervor und betrachtete zuerst die Boote, danach die Umgebung.

Die Kähne mochten mit Katapulten und Bombarden bestückt sein, die Schuppen boten Platz für eine ganze Batterie Geschütze. Nur konnte er nichts entdecken. Erste Zweifel meldeten sich. *Warum hat Nesreca dann nicht mit ein paar größeren Schiffen im Schutz der Einfahrt auf uns gelauert?* Torben stand vor der Schwierigkeit, dass er die Lage schlecht einschätzen konnte. Er scheute davor zurück, den Feuerbefehl zu erteilen. Die Fischerboote lagen genau längsseits zu seiner Steuerbordseite, eine Breitseite würde sie in Fetzen und Splitter schlagen. Erfahrene Kommandeure wussten um die Wirkung eines solchen Hagels und wären am Heck in Stellung gegangen. Handelte es sich jedoch um ein paar mutige Stadtbewohner, die ihre Einwohner vor möglichen Seeräubern bewahren wollten, so täte er mit dem Beschuss das Falsche.

Je länger er nachdachte, desto mehr gelangte er zu der Ansicht, dass es sich nicht um Einheiten des Kabcar handelte, die ihm so mutig entgegentraten. Anscheinend war die *Varla* das Opfer einer Verwechslung. Oder sie wurde von den Kalisstri nicht dem richtigen Lager zugeteilt.

»Sprecht Ihr Kalisstronisch?«, erkundigte sich der Ritter.

»Nur ein paar Brocken, wie ›Gib mir alles!‹, ›Das da auch!‹ und ›Keiner rührt sich, oder sonst…‹«, feixte Torben. »Das reicht eigentlich an Fremdsprachenkenntnissen aus, wenn man sich auf hoher See begegnet.«

»Hervorragende Aussichten. Ich verstehe die Ablehnung der Leute hier.« Tokaro beobachtete die Vorgänge nicht weniger aufmerksam. »Dann versucht es doch mit Ulldart?«

Der Rogogarder entschied sich. Er formte die Hände zu einem Trichter. »Ihr seid einem Irrtum aufgesessen«, rief er hinüber zu den Hafengebäuden. »Wir sind aus Tarvin. Keine Piraten.« Er zwinkerte Tokaro zu. »Jedenfalls zur Zeit nicht.« Er pumpte die Lungen voller Luft. »Schickt uns einen Unterhändler!«, brüllte er. »Wir wollen die Sache friedlich lösen!«

Dieselbe Tür wie zuvor schwang auf. Eine Gestalt lief über die Anlandestelle und näherte sich unverzagt dem Schiff. Es war ein junger Mann, ungefähr in Tokaros Alter, nur im Wuchs etwas schmächtiger.

»Schaut Euch den an! Ha, ein halbes Kind«, meinte er zu seinem Passagier und schaute daraufhin in ein vorwurfsvolles Gesicht, dessen jugendliches Alter er vergessen hatte. »Oh. Na, auch Kinder können schon was leisten. Ich meine, Ihr seid dagegen ein echter Mann. Ein Ritter ...« Bevor er sich weiter in Ausflüchten verhedderte, gab er den Befehl, eine Planke auszulegen. Vorsichtshalber zog er das Tuch nach oben, um seinen Bart zu verbergen, und stellte ein paar Tarviner nach vorn.

Der junge Mann blieb stehen. »Ich bin Seskahin, stellvertretender Anführer der Miliz von Bardhasdronda. Wer seid ihr?«

»Kleiner, wir sind Händler aus Tarvin«, sagte Torben. »Wir wagten uns als Erste bis in den Norden, um nach neuen Geschäften zu suchen. Der Sturm zwang uns, hier Schutz zu suchen. Erklärst du uns, was die Begrüßung soll?«

»Aus Tarvin?«, erkundigte sich der Milizionär freundlich. »Und ihr seid das erste Schiff aus Tarvin, ja? Woher kommt ihr wirklich?«

»Aus Tarvin, Kurzer«, schlug Torben vor.

»Versuch es mit der Wahrheit«, empfahl der kalisstronische Unterhändler. »Auch wenn das Schiff sehr schnell ist, so seid ihr niemals in der kurzen Zeit in die Heimat und wieder zurückgelangt. Wir haben euch in Vekhlathi gesehen, und das ist noch gar nicht so lange her.«

»Wir sind aus Ulldart«, antwortete Tokaro stattdessen. »Er ist aus Rogogard, ich bin aus Tarpol. Er ist hier, weil er jemanden sucht.«

»Vielen Dank, Ritter Reling«, grummelte der Pirat in die Richtung des Ritters und zog sich das Tuch vom Gesicht. »Euer Blecharsch ist immerhin genauso dran wie meiner.«

»Gern geschehen. Angor ist der Gott der Ehrenhaftigkeit, und da dachte ich mir, ich erspare uns weitere Verwirrungen.« Lässig lehnte der Ritter an der Reling. »Ihr seid dran, Kapitän Rudgass. Rettet unsere Afterballen.«

»Rudgass?«, meinte der junge Mann auf dem Steg verwirrt. »Kapitän Torben Rudgass?«

»Schau, schau. Ihr seid selbst an Orten berühmt, wo Ihr noch nie wart. Vielleicht haben die Kalisstri ein Kopfgeld ausgesetzt?«, schätzte Tokaro. »Tröstet Euch, mir ergeht es in ganz Ulldart genauso.«

»Genau der, mein Junge«, seufzte der Rogogarder, schob die Tarviner zur Seite und trat an den Ausstieg. »Wir sind nicht gekommen, um Ärger zu machen. Ich suche …«

»… Matuc, Fatja und Waljakov!«, rief der Milizionär freudig. Er wandte sich zu den Gebäuden. »Es ist Torben Rudgass! Er hat uns gefunden! Kommt her!«

Plötzlich befiel den Kapitän eine ungefähre Ahnung, wen er da vor sich hatte.

Er eilte die Planke hinunter und betrachtete den Unterhändler mit den auffallend blauen Augen. Seine Gesichtszüge waren aus dieser Entfernung unverkennbar. »Bist du der Sohn von Norina?« Der Milizionär nickte.

Er reichte ihm strahlend die Hand. »Dann darfst du Onkel Torben zu mir sagen.«

Die Türen der Lagerhäuser öffneten sich, Menschen strömten heraus und kamen näher, allen voran eine Gestalt, die durch ihre mächtige Statur deutlich herausragte.

»Ich werde verrückt! Bei allen schleimigen Meeresungeheuern, wenn das nicht Waljakov ist?!«, stieß Torben überwältigt vor Glück aus und eilte dem Mann entgegen.

Er konnte nicht anders. Ehe sich der Hüne versah, drückte Torben ihn an sich und umarmte ihn in aller Freundschaft. Eine junge Frau stand plötzlich neben ihm, die ihn entfernt an die kleine Hellseherin erinnerte.

»Wenn das junge Fräulein nicht Fatja ist, fresse ich mein Schiff!«, lachte er los und schloss sie ebenfalls in die Arme.

»Haltet Euch zurück, fremder Herr. Ich bin verheiratet«, entgegnete sie gespielt geziert, bevor sie ihm einen Kuss auf die Wange gab. »Ich sah dich in meinen Visionen. Die Götter sind mit uns.« Es schien, als wollte sie noch etwas sagen, doch ein weiterer Verschollener traf soeben ein.

»Die Götter, ja. Ulldrael der Gerechte vor allem«, kam es aus der Menge. Ein betagter Mönch, gestützt von einem Stock, trat hinzu und reichte dem Rogogarder die Hand. »Wir haben den Tag Eurer Rückkehr herbeigesehnt.«

»Matuc!« Torben fühlte sie wie im Paradies. Umringt von den Menschen, die er seit Jahren suchte und die er oftmals verloren geglaubt hatte, überwältigten ihn seine Gefühle. Er wusste nicht wohin mit diesem Überschwang und stieß kurzerhand einen Freudenschrei aus und tanzte ausgelassen umher.

»Wie sieht es zu Hause aus?«, verlangte Waljakov knapp zu wissen. »Schnell, bevor der Steg durchbricht.«

»Schlecht, sehr schlecht«, antwortete der Rogogarder heiter; noch immer konnte er es nicht fassen, dass seine Suche beendet war. Er hakte sich unter. »Aber es leben noch alle, die auf meinem Schiff waren.«

»Norina?« Der K'Tar Tur spähte zum Schiff. »Ihr habt sogar Norina gefunden?«

»Es war ein ganz schönes Stück Arbeit.« Torben nickte grinsend, die anderen drei tauschten erleichterte Blicke. »Ich kann doch nicht zulassen, dass meine Passagiere sich in alle Windrichtungen verstreuen. Da habe ich sie eben zusammengesucht. Sie ist in Sicherheit.«

Ein kleinwüchsiger Mann trat nach vorn und wurde von Lorin als Bürgermeister Kalfaffel vorgestellt. Auf Drängen des Würdenträgers wurde das Treffen auf der Anlegebrücke abgebrochen und sollte in sein Haus verlegt werden, wo es sich gemütlicher, trockener erzählen ließ.

»Ich vermute, dass es mit Sicherheit etliche Zeit in Anspruch nehmen wird«, begründete der Cerêler. »An Tee und Essen soll es nicht mangeln. Sagt Euren Männern, dass sie ihr Nachtlager in einem der Lagergebäude einrichten können. Man wird ihnen alles Nötige bringen.«

»Ich bedanke mich für Eure Großzügigkeit«, deutete der Rogogarder eine Verbeugung an und rannte zur *Varla*, um entsprechende Anweisungen zu geben. Als er an dem Ritter vorbeilief, hielt er an. »Ich habe Hoffnung für Euren Hengst. Der Bürgermeister der Stadt ist Cerêler. Wenn wir dem Schimmel den Lauf noch einmal brechen, könnte er ihn heilen.«

»Natürlich!« Augenblicklich verflog Tokaros melancholische Stimmung, die sich eingestellt hatte, als er

Zeuge der großen Freude am Steg geworden war, in die er nicht einbezogen wurde. »Das wäre dann auch für mich ein Tag der Freude. Ich werde ihn gleich fragen.«

Der junge Ritter hastete die Planke hinab und folgte Kalfaffel. »So wartet, Herr«, rief er von weitem. Der Bürgermeister wandte sich ihm ebenso zu wie die anderen, die er allerdings vor lauter Sorge um das Wohl seines Pferdes kaum beachtete. »Ich hätte eine Bitte an Euch, Herr. Mein Hengst hat sich den Vorderlauf gebrochen, und Euch müsste es doch ein Leichtes sein, ihn wieder gesunden zu lassen? Ihr könnt von mir fast alles verlangen, wenn es Euch gelingt, ihn zu heilen.«

»Die Aufregung hat Euch ein wenig unhöflich werden lassen«, meinte der Heiler gutmütig. »Stellt Euch doch vor.« Er musterte ihn. »Ihr seht nicht aus wie ein Rogogarder. Oder Tarviner.«

Der junge Ordensritter wurde rot. Er riss sich sein Barett vom Kopf. »Ich bin Tokaro, Herr, und ich genoss die Gastfreundschaft von Torben Rudgass, der mich vor der Ergreifung durch die Häscher des Kabcar bewahrte. Dabei kam mein Hengst zu Schaden, den ich fast so sehr liebe wie mein Leben. Wärt Ihr so freundlich?«

Fatja erkannte den jungen Mann auf der Stelle als denjenigen wieder, den sie in ihren prophetischen Bildern gesehen hatte. *Was mag ihn so besonders machen?* Als sie seine Augen betrachtete, glaubte sie beinahe, in das leuchtende Blau ihres kleinen Bruders zu sehen.

Kalfaffel lächelte Tokaro an. »Aber sicher. Wenn man ihm noch helfen kann, werde ich es gern versuchen.«

Beide setzten sich in Bewegung. Da schoss Waljakovs Hand nach vorn und legte sich um den Oberarm des Jungen. Die mechanische Hand griff nach dem Waffenarm, um ihn am Ziehen des Schwertes zu hindern. »Woher hast du die aldoreelische Klinge, Bursche?«, meinte er argwöhnisch.

Ein kurzer Blick nach unten zeigte dem Ritter, dass der Sichtschutz verrutscht war. Gefangen hing er im Griff des Mannes mit den eisgrauen Augen.

»Sie gehört mir«, entgegnete er. »Mein Vater gab sie mir kurz vor seinem Tod. Lasst mich auf der Stelle los.«

»Wie ist der Name deines Vaters?«, verhörte Waljakov ihn weiter.

In Tokaro regte sich Trotz. »Was geht Euch das an?«

Kalfaffel breitete die Arme aus. »Bitte, auch wenn ich nicht weiß, was eine aljuselische Klinge ist, seid ein wenig friedlicher.«

»Waljakov, das ist der Junge aus meiner Vision«, schaltete sich die Borasgotanerin beschwichtigend ein. »Tu ihm nichts. Er ist ein Freund.«

»Keine Klinge gleicht der anderen. Ich kenne diese Waffe sehr genau. Und diese hier gehörte Nerestro von Kuraschka«, knurrte er bedrohlich. »Raus mit der Sprache.«

»Ihr habt Recht. Lasst mich los«, verlangte Tokaro nicht weniger entschlossen. »Er starb in Ulsar, als er zusammen mit den anderen Rittern unseres Ordens in einen Hinterhalt des Kabcar geriet. Das ist sein Vermächtnis an mich und die letzte Klinge, die nicht im Besitz des Kabcar ist. Es freut mich, dass Ihr meinen Vater so gut kanntet.«

Langsam löste sich der Griff. Zwar wich Waljakovs Misstrauen nicht vollständig, da sich aber Fatjas Blicke in die Zukunft bislang bewahrheitet hatten, wollte er es hier im Hafen nicht zu einer Eskalation kommen lassen.

»Ich schlage vor, du begleitest uns«, meinte der Hüne. »Du scheinst ebenfalls einige Neuigkeiten berichten zu können.«

»Erst, wenn Treskor in Ordnung ist.«

»Dein Pferd heißt Treskor?« Waljakov konnte die Überraschung nicht verbergen. »Wieso?«

»Ihr könnt mich nicht sonderlich leiden, nicht wahr? Oder gibt es einen anderen Grund, weshalb Ihr mich ständig angeht?« Tokaro blickte ihm ohne Furcht ins Gesicht.

Da nahm auch der einstige Leibwächter die blauen Augen bewusst wahr. Rasch schaute er zu Lorin, wo er dieselbe Farbe ausmachte. *So viele Zufälle kann es nicht geben.* »Um es endgültig mit dir zu verscherzen«, sagte er zu dem jungen Ritter, »stelle ich dir noch eine Frage: Wer ist deine Mutter?«

Tokaro seufzte entnervt. »Meine Mutter ist Dorja Balasy. Nerestro von Kuraschka nahm mich an Sohnes Statt an. Und nun ist es genug.« Er stapfte den Steg entlang. Kalfaffel folgte ihm, warf dem Hünen aber einen vorwurfsvollen Blick zu.

Eine junge Balasy, das wusste er von früher, arbeitete einst als Magd. Am Hof von Ulsar. Zu einer Zeit, als man Lodrik nachsagte, er jage jedem Rock hinterher. »Sag mal«, beugte sich Waljakov murmelnd zur Borasgotanerin, »kann es sein, dass unser Knirps einen Bruder bekommen hat?«

»Bist du seit Neuestem gleichfalls visionär begabt?«, staunte sie, weil er ihre Vermutungen untermauerte. »Dann kann ich ja aufhören, Löcher in die Luft zu starren, und meinen zerbrechlichen Verstand schonen.«

»Ist euch aufgefallen, dass er die gleiche Augenfarbe hat wie ich?«, meinte Lorin, der von der leisen Unterhaltung nichts mitbekommen hatte, und schaute dem jungen Ritter nachdenklich hinterher.

»Das wollte ich auch gerade sagen«, hakte sich Matuc ein. »Hat Norina vielleicht zwischendurch einen weiteren Sohn geboren?«

Fatja musste lachen. »So viele Geistesblitze.«

»Seine Mutter ist Dorja Balasy«, berichtete Waljakov. »Sie war Magd am Hofe von Ulsar.«

»Allmächtige Taralea und gerechter Ulldart!«, entfuhr es dem Mönch. »Du meinst …?« Er beließ es bei einer Andeutung. »Dann könnte auch er die Fertigkeiten seines Vaters geerbt haben?«

»Sag Arnarvaten Bescheid. Das wird alles sehr spannend«, freute sich die Schicksalsleserin. »Er bekommt hier so viel Stoff für neue Geschichten, dass ein Leben nicht ausreichen wird, um sie zu erzählen.«

Lorins Gesicht war nicht das hellste. »Ich verstehe leider gar nichts.«

Seine große Schwester legte grinsend den Arm um seine Schulter. »Wenn alles stimmt, was wir vermuten, habe ich seit der Ankunft des Seglers zwei kleine Brüder. Die Mütter sind verschieden. Aber der Vater, wenn wir die auffällige Augenfarbe als Indiz nehmen, ist der gleiche.« Sie lachte auf. »Und ich dachte, das Schiff wäre tzulandrisch. Um ein Haar hätten wir diejenigen versenkt, die uns nach Ulldart bringen.«

»Man muss eben verstehen, was man sieht, kleine Hexe«, zog Waljakov sie auf. Er beobachtete mit Spannung, wie der Lastkran des Seglers montiert wurde und ein Schimmel aus der Ladeluke gehievt wurde. Unwillkürlich machte er einen Schritt nach vorn.

Treskor! Er erkannte sein treues Streitross wieder, das vor vielen Jahren mit ihm zusammen untergegangen, aber im Gegensatz zu ihm nicht wieder aufgetaucht war. *Wie ist das möglich?* Er bewegte sich auf die *Varla* zu, um den Hengst näher zu betrachten, der seinem eigenen selbst auf kürzeste Entfernung glich.

Ein paar mutige Tarviner scharten sich um den Vorderlauf, entfernten die Schienen und brachen den Knochen ein weiteres Mal. Eilig sprangen sie zurück.

Aufgeregt und voller Schmerzen trat der Hengst um sich und zappelte in seiner Aufhängung, bis Tokaro zu ihm kam und ihm beruhigend den Kopf streichelte.

Kalfaffel wartete, bis das Tier weniger nervös war, und begann mit der Heilung. Je länger er konzentriert die Magie wirken ließ, desto mehr beruhigte sich Treskor.

Nach einer Weile erhob er sich, der Arm des Lastenhebers schwenkte herum und setzte den Schimmel vorsichtig auf dem Steg ab, nur einen Schritt von der Position des einstigen Leibwächters entfernt. Treskor stand ein wenig wackelig, hielt sich aber aufrecht.

»Vorsicht«, warnte ihn der Ordenskrieger und kam die Planke hinab. »Er mag keine Fremden.«

»Das kann ich gut verstehen«, brummte Waljakov und streckte die Hand nach den Nüstern des Hengstes aus. Zwar spielten die Ohren des Tieres, doch es stand still und ließ sich die Zärtlichkeit gefallen. Schließlich schnaubte Treskor. Mit Wehmut im Blick strich der Hüne über das weiße Fell des Hengstes.

Tokaro sah fassungslos zu. »Das hat er noch nie gemacht.«

Wenigstens lebt er so weiter. Waljakov wandte sich ab und kehrte zu den Freunden zurück, Torben und der junge Ritter folgten ihnen und schlossen zu der Menschenansammlung auf.

Der Pirat grübelte und grübelte. Endlich erinnerte er sich, was er noch anmerken wollte. »Sag mal, ist dir aufgefallen, dass der Dreikäsehoch von Milizionär die gleiche Augenfarbe hat wie du?«, erkundigte er sich gedämpft bei Tokaro.

Fatja, die die Frage am Rande mitbekam, kicherte. »Und noch ein Geistesblitz.«

Nach drei Stunden des Erzählens saß die kleine Gruppe in Kalfaffels guter Stube, satt von Keksen und Tee, schweigend, jedoch innerlich aufgewühlt von dem Gehörten.

Tokaro saß der Schreck am meisten in den Gliedern.

Als die Theorie vorgetragen wurde, dass wohl beide jungen Männer den alten Kabcar zum Vater hätten und sie Stiefbrüder seien, wollte der Ordensritter nichts davon wissen. Während er aus der ersten Bestürzung heraus Derartiges rundheraus ablehnte, kramte sein Verstand in den Erinnerungen an die Zeit in Ulsar.

Das Gefühl von Vertrautheit zu Lodrik Bardri¢, dessen gelegentlich mehr als stolze Blicke zu seinem Rennreiter, dann die eigenartige Reaktion von Nesreca, der wohl aus einem Instinkt heraus die Verbindung zwischen Vater und Sohn spürte, an diesem Abend, an dem er gebrandmarkt worden war ... All das ergab plötzlich einen Sinn.

Daraus folgte ein weiterer, wesentlich unangenehmerer Schluss.

Nicht nur Krutor und Govan zählten zu seinen Blutsverwandten. Zvatochna war seine Halbschwester.

Sollten die unsichtbaren Schläge eine Warnung ihrer magischen Kräfte gewesen sein? Damit endeten auch die geringsten Hoffnungen. Nun bestand die Kunst darin, die junge Frau zu vergessen.

»Und du bist sicher, dass du nicht über Magie verfügst?«, bohrte Lorin. Vor der Anrede »Bruder« scheute er noch zurück. Er wollte warten, bis sie sich besser kannten.

»Das wüsste ich«, schüttelte Tokaro als Antwort den Kopf. »Ich spüre nichts in mir, was ungewöhnlich wäre. Weder sind aus meinen Händen Strahlen gekommen, noch Gegenstände um mich herumgeflogen.«

»Aber er besitzt das besondere Schwert, das ich sah«, versuchte Fatja die Stimmung zu heben. Dass dieses sich ein wenig von der aldoreelischen Klinge des Ritters unterschied, störte sie nicht; sie rechnete es ihrer Unkenntnis auf dem Gebiet der Waffen zu. »Die Brüder haben zueinander gefunden. Und gemeinsam halten sie das Böse auf.«

»Und zwar hurtig.« Torben lehnte dankend einen Becher Njoss ab und begnügte sich mit heißem Wasser, in das er Obstsaft kippte. »Wir können morgen ablegen.«

»Das Schiff würde die Überfahrt nicht überstehen«, warf Blafjoll ein. »Die Winterstürme, in die du unweigerlich geraten wirst, schlagen dir die Planken in kleine Splitter.«

»Das mag für Koggen zutreffen, aber nicht für Dharkas. Die Bauweise ist besser.« *Kalisstra sorge dafür, dass ich keinen Unsinn erzähle.* Der Rogogarder rührte um. »Wir können uns keinerlei Aufenthalt leisten, Freunde. Wer weiß, was bis zum Frühjahr alles auf Ulldart geschehen ist? Oder was wäre, wenn die Invasionsflotte mit dem Frühlingswind über das Meer segeln und Kalisstron angreifen würde?« Er nippte, packte ein Blechfläschchen aus, schüttete eine dunkelbraune Flüssigkeit in sein Getränk und schaufelte Zucker hinterher. Nach kurzem Rühren kostete er erneut und schloss genießerisch die Augen. »Natürlich liegt die Entscheidung bei euch.« Er lehnte sich zurück und wartete.

»Wir alle lassen etwas auf Kalisstron zurück, was uns lieb und teuer ist«, äußerte sich Waljakov nach einer Weile. »Dennoch müssen wir nach Ulldart. Das Böse, und zwar das wirklich Böse, wie es in unserer Heimat haust, muss vernichtet werden. Danach kehre hierher zurück, wer möchte.« Er schenkte den beiden jungen

Männern einen entschlossenen Blick. »Ich sage, wir segeln jetzt. Besser heute als morgen.«

Im Grunde wussten alle, dass er Recht hatte. Und genauso hafteten ihnen die Abenteuer der letzten Seereise unter rogogardischer Flagge im Gedächtnis.

»Begeben wir uns in die Hand des Gerechten und steigen in seinem Namen und mit seinem Segen an Bord«, meinte Matuc, der lange benötigte, bis er seine letzten Zweifel überwand.

Tokaro verzog seine Miene. »Ihr seid so sicher in dem, was ihr tut, dass ihr mich vergessen habt.« Alle Augen richteten sich auf den Ritter. Es störte ihn, dass man über ihn entschied, als wäre seine Teilnahme eine Selbstverständlichkeit. »Mich hat niemand gefragt, ob ich mich daran beteilige.«

»Angor und Ulldrael sind Brüder, wenn auch sehr unterschiedliche«, meinte der Mönch. »Genau wie ihr beide. Nur zusammen, so sagen es die Weissagungen Fatjas, sind wir in der Lage, den Kontinent und Kalisstron zu retten.« Er blickte dem Ordenskrieger in die Augen. »Was sonst könnte Govan und seine Schergen aufhalten außer Magie und eine aldoreelische Klinge? Die Götter sind nicht stark genug, um direkt einzugreifen, also benötigen sie unsere Unterstützung. Dafür erhalten wir ihren Beistand. Den auch du mehr als einmal von Angor empfingst, wenn ich an deine Abenteuer und die glücklichen Ausgänge denke, Tokaro von Kuraschka.«

»Anders gesagt: Wir bitten dich darum, dass du uns deinen Arm und dein Schwert zur Verfügung stellst«, sagte Fatja ernst.

Der Ordenskrieger lächelte sie freundlich an. »Gern.«

»Ich werde ein kleines Abschiedsfest für den Abend organisieren«, unterrichtete Kalfaffel sie. »Bardhasdronda wird seine Helden nicht gehen lassen, ohne ihre Taten, die sie auf Kalisstron begingen, gebührend gewürdigt zu haben. Dann könnt ihr morgen früh aufbrechen.«

Man verabredete sich zu einem späteren Zeitpunkt in einer der Lagerhallen, und die Runde löste sich auf.

Tokaro nutzte die Zeit, vorsichtige Runden auf dem Rücken seines Schimmels zu drehen und durch die Gassen der unbekannten Stadt zu reiten. Torben ließ die Dharka auf Vordermann bringen, damit das Ablegen am nächsten Morgen reibungslos verlief.

Die Rückkehrer verbrachten die Stunden bis zum Fest damit, ihre wichtigsten Habseligkeiten zu verstauen und Angelegenheiten zu regeln.

So legte Matuc die Gemeinde Ulldraels in die Hände von Blafjoll, der sich zu einem wahren Gläubigen entwickelt hatte. Fünf seiner Gläubigsten nahm er mit sich, sie sollten den wahren Glauben aus der Fremde in die Heimat tragen.

Lorin suchte den besten der Milizionäre aus, der an seine Stelle treten und Rantsila unterstützen sollte, und verbrachte zärtliche Stunden mit Jarevrån, ehe sie verspätet zu der Feier erschienen. Waljakov und Hântra sowie Fatja und Arnarvaten zählten auch zu denen, die sich nicht an den genauen Beginn hielten.

Torben und Tokaro mussten sich erst an die zurückhaltende Art der Kalisstri gewöhnen, nachdem sie durch allzu lautes Lachen Aufmerksamkeit erregt hatten. Dennoch herrschte Ausgelassenheit, die nur von dem Wissen gedämpft wurde, dass Bardhasdronda auf einen Schlag Menschen verlor, die alle ins Herz geschlossen hatten. Von denen man nicht wusste, ob und in welcher Zahl sie zurückkehren würden.

Kalfaffel versprach ihnen, dass sich die gesamte Ostküste Kalisstrons einigen und zu einem Städtebund formieren würde, um den Angreifern Paroli zu bieten, sollten sie früher als erwartet erscheinen. Vom möglichen Versagen der Gruppe sprach niemand.

Als die *Varla* am folgenden Morgen auslief und Kurs auf Ulldart nahm, drohte der massive Steg unter der Last der vielen Menschen zusammenzubrechen.

Dutzende Fahnen und Hunderte Tücher wurden geschwungen, abwechselnd sang man Lieder zu Ehren von Kalisstra und Ulldart, damit die Fahrt der Abenteurer auf den Segenswünschen aller dahinglitt.

Schließlich geriet die Dharka außer Sicht. Ihr schaukelndes Heck wurde von den Gischtschleiern verdeckt, und die Menschen zogen sich in ihre Häuser zurück. Nur noch drei Gestalten standen einsam am Port der Handelsschiffe und blickten weiterhin in die Ferne. Regen und Wind schienen sie nicht zu stören.

»Sie kommen wieder«, sagte Jarevrån mit belegter Stimme zu sich selbst und zog die Stola fester. Ihre Augen blieben nach vorn gerichtet.

»Ich bete täglich zur Bleichen Göttin, dass sie alle es unbeschadet überstehen.« Håntra legte den Kopf in den Nacken, ließ die Tropfen auf ihr Gesicht prasseln. Kalter Regen und ihre warmen Tränen vermischten sich.

Arnarvaten konnte nichts sagen, die Angst um Fatja schnürte ihm die Kehle zu. Er wollte dem Segler hinterher brüllen, er solle doch umkehren und ihm seine Liebe zurückbringen. Stattdessen ließ er den Kopf sinken und trottete niedergeschlagen in Richtung seines Zuhauses, das ihm in den kommenden Wochen und Monaten zu groß, zu leer, zu verlassen sein würde. Der Abschiedsschmerz brannte in seiner Seele, und die Ungewissheit machte alles hundertfach schlimmer.

»Arnarvaten, warte!« Er drehte sich um. Die beiden Frauen kamen auf ihn zu, nahmen ihn in die Mitte.

»Uns hat das gleiche Leid getroffen«, meinte Håntra betrübt. »Gemeinsam erträgt es sich besser. Wir sollten gelegentlich zusammenkommen und einfach nur reden.«

Der Geschichtenerzähler schluckte schwer. »Ich werde ihr jeden Tag ein Gedicht schreiben. Bis sie zurückkommt.«

»Sie wird sich sehr darüber freuen, wenn sie die vielen Zeilen liest«, lächelte Jarevrån sanft.

Still gingen sie durch die Straßen, ein jeder von ihnen mit dem Gesicht des geliebten Menschen vor Augen.

X.

**Kontinent Ulldart, Großreich Tarpol,
Hauptstadt Ulsar, Wintereinbruch 459 n. S.**

Schneeflocken jagten durch die Hauptstadt des Reiches. Die Fahnen und Banner mit dem Wappen der Bardri¢, die die Straßen säumten, blähten sich in dem starken Wind.

Gelegentlich winkten einige Schaulustige dem pompösen Tross zu, der sich in Richtung der Kathedrale wälzte. Doch ansonsten schien die Mehrzahl der Untertanen es vorgezogen zu haben, zu Hause zu bleiben und sich die Reiter, die prächtigen Pferde und die Kutschen nicht anzusehen, die an diesem Tag über das Kopfsteinpflaster klapperten und rumpelten. An manchen Fenstern, die auf der Route lagen, waren die Vorhänge sogar zugezogen, die Läden verschlossen.

Govan, der ein Vermögen in seine neue Krönungsuniform investiert hatte, saß in seiner protzigen Equipage und starrte feindselig aus dem Fenster. Er kochte. Er brodelte. Er stand kurz vor einer Explosion.

»Da wird ihr Kabcar zum ¢arije erhoben, und was macht dieser Abschaum? Er kümmert sich einen Dreck um seinen Herrscher!«, brach es hasserfüllt aus ihm hervor. Er zeigte mit dem Finger nach draußen. »Nichts! Bei meiner Krönung zum Kabcar säumten sie zu Tausenden die Straßen.« Nesreca sagte nichts darauf. Jeder Versuch, seinen Schützling zu beruhigen, könnte in eine Katastrophe münden. »Das werden sie mir büßen, mich vor den Gouverneuren und Vizekönigen so bloßzustellen.«

»Was wollt Ihr tun, Hoher Herr? Sie wegen Nichtfeierns einsperren?« Die Spitze konnte sich der Berater dann doch nicht verkneifen. Innerlich freute er sich, dass Govan einen Denkzettel erhielt. Andererseits verstand er es als Indiz dafür, wie wenig sich die Untertanen mit dem Herrscher identifizierten. Und das bedeutete nichts Gutes.

Als sie wieder einen der seltenen Zuschauer passierten, drückte der Kabcar die Scheibe nach unten und bewarf den armen Mann in seiner Rage mit Münzen. Wütend schmiss er den ganzen Sack Waslec aus dem Fenster der Kutsche, die er auf Anraten Mortvas als Almosen mitgenommen hatte.

»Nimm sie! Nimm sie alle und verschwinde!«, tobte er. Keuchend warf er sich in den Sitz. »Ich hasse dieses Lumpengesindel. Ich sollte sie allesamt Tzulan übergeben.«

Die Kutsche hielt vor dem Gotteshaus an, Diener bereiteten den Ausstieg Govans vor. Er trat ins Freie.

Ein leerer Platz bot sich ihm dar. Hinter den Ständen, an denen heißer Gewürzwein und Bier auf Kosten des ¢arije zum Ausschank harrten, langweilten sich die Lakaien und tranken die Gaben selbst. Bevor er einen neuerlichen Tobsuchtsanfall bekam, stand Zvatochna neben ihm, eingehüllt in dicke Pelze, und fasste ihn am Ellbogen, um ihn zu den Stufen der Furcht einflößenden Kathedrale zu führen. Ihre Anwesenheit wirkte augenblicklich mildernd auf seine Gefühle.

Am Eingang angekommen, drehte er sich noch einmal um und betrachtete sich den Tross, der ihn geleitete.

Fünfzig hochgerüstete Ritter bildeten seine neue Leibwache, die von keinem Geringeren als Albugast angeführt wurde. Der ehemalige Angorgläubige hatte seine Männer aus den Reihen fanatischer, kampfgeschulter Tzulani ausgesucht und schliff ihre Waffenfertigkeiten beständig nach. Die Ritter trugen dunkelrote Rüstungen, auf den Schilden und ihrer Brustpanzerung loderte eine aufgemalte Flammensäule, die nur eine von Tzulans möglichen Erscheinungsformen darstellte. Auf Anraten Albugasts waren die Metallplatten nicht ganz so dick geschmiedet worden, damit die Ordenskrieger zu Fuß nicht so schwerfällig waren. Dennoch boten sie genügend Schutz. Für den Nahkampf trugen die Männer neben ihren Schwertern jeweils zwei Handbüchsen mit sich.

Die Leibwache hatte rechts und links der Treppe Stellung bezogen und lief neben dem Herrscher her, um ein eindrucksvolles Bild zu präsentieren. Govan bezeichnete diese Männer vor Nesreca und seiner Schwester als seine »Kettenhunde«, die er nach Belieben von der Leine lassen würde, sollte ihm etwas in die Quere kommen, das man auf die Schnelle und dabei noch imposant lösen musste.

Er nickte Albugast zu; der junge Tzulanritter neigte den Kopf vor dem Kabcar und lief schräg versetzt neben ihm.

Govan hielt zu den Klängen von Fanfaren und Trommeln Einzug in das finstere Gebäude, von dem sich das Volk erzählte, dass man gelegentlich Schreie in seinem Innern höre, obwohl die Mauern so dick und massiv waren.

Das dunkle Glas in den Fenstern und Rosetten sorgte für Finsternis; die Sonnenstrahlen schafften es wegen des Schneetreibens nicht mehr, das Innere zu beleuchten. Licht brachten die aufgestellten Fackeln und Schalen, in denen große Holzscheite verbrannten.

Der junge Herrscher schritt über die absonderlichen Schatten am Boden hinweg an die Stelle, an der er sich erst vor wenigen Monaten selbst zum Kabcar gekrönt hatte.

Die vorderen Reihen waren von Ehrengästen belegt, die übrigen Sitzgelegenheiten blieben leer. Auf den Gesichtern der Männer spiegelten sich das Unwohlsein und die Beklemmung, welche die umgebaute Kathedrale bei ihnen hervorrief.

Govans Augen glitten suchend über die Anwesenden. »Wo ist Krutor?«, wollte er von seinem Berater wissen. »Er hat sich verspätet.«

»Ja, Hoher Herr. Ich rate dazu, dass wir trotzdem beginnen.« Nesreca verschwieg ihm absichtlich, dass sein Bruder in alle Frühe nach Ammtára abgereist war. Die Diener hatten ihm eine entsprechende Nachricht übermittelt. Vermutlich traute der Tadc dem Wort seines Bruders nicht und begab sich in die Stadt, um notfalls eingreifen zu können, sollte Sinured mit einer Streitmacht auftauchen. Würde Govan diese Neuigkeit jetzt erfahren, brächte es das Fass zum Überlaufen. Und da wollte er nicht unbedingt daneben stehen.

Govan stieß unwirsch die Luft aus. Er verspürte nicht die geringste Lust, sich länger als notwendig mit der Zeremonie aufzuhalten. Der undankbare Pöbel verdarb ihm seine Feierstimmung gründlichst, und Krutors Unpünktlichkeit trug das Übrige dazu bei.

Er begab sich in Position.

»Aufgrund des großen Andrangs und der Menschenmassen, die sich am Eingang drängen, machen wir es kurz«, verkündete er schlecht gestimmt und winkte nach Nesreca, der die neue Krone bereithielt. Sie bestand aus reinem, massivem Iurdum, geschmückt mit Rubinen und Diamanten. Gravuren und Segenssprüche vervollkommneten das Bild. Ohne Umschweife setzte er sich die Krone auf den Schopf. »Von heute an bin ich ¢arije. Aber nicht nur über Tarpol, sondern über den gesamten Kontinent. Das restliche Stückchen, das mir noch fehlt, wird in wenigen Monaten mir gehören, dank meiner brillanten, genialen und bezaubernden Schwester«, er lächelte Zvatochna an, »die ich mit sofortiger Wirkung zur Kabcara von Tarpol ernenne.«

Zvatochna verneigte sich tief vor ihrem Bruder, die Gäste applaudierten. Doch in der riesigen, säulengestützten Kathedrale erschien das Klatschen reichlich verloren und schwach.

»Als Kabcar war ich das geistige Oberhaupt, als ¢arije bin ich es nach wie vor.« Govan hob die Arme. »Das ist das neue Gotteshaus, wie es Tzulan würdig ist. Und er soll von nun an als einziger Gott über die Geschicke meines Reiches wachen. Anlässlich meiner Krönung verfüge ich, dass alle Riten, alle kultischen Handlungen zu Ehren Ulldraels bei Todesstrafe verboten sind.« Die Feuer in den Eisenschalen brannten höher, flackerten dunkelrot. »Wer den Namen Ulldraels nennt, ist des Todes. Schmückt das Symbol des Getreidegottes irgendeinen Gegenstand, wird er vernichtet, der Besitzer wandert in die Verlorene Hoffnung.« Der junge Mann umgab sich mit einer magischen Aura, es schimmerte und blinkte überirdisch um ihn herum. »Alle Priester, Mönche und anderen Anhänger Ulldraels müssen abschwören, oder sie sterben für ihren falschen Glauben. Das ist mein Wort, das Wort eines ¢arije. Und Gesetz.«

Die wenigen Menschen in der Kathedrale sprangen von den Stühlen auf, priesen seinen Namen und huldigten ihm.

»Meine tiefste Gratulation, Hohe Herrin«, raunte Nesreca Zvatochna zu. »So schnell kommt man an einen Titel, nach dem es einen verlangt.«

»Der nichts zählt, solange Govan an der Macht ist.« Sie betrachtete das entrückte Gesicht ihres Bruders. »Er ist wahnsinnig, Mortva. Seht Ihr das Flackern in seinen Augen? Entweder hat ihm die viele fremde Magie, die er sich geraubt hat, den Verstand genommen, oder es war der Gedanke daran, selbst ein Gott zu werden.«

»Die Magie ist daran nicht schuld. Ich bin kerngesund.«

»Ihr seid auch kein Mensch, Mortva.«

Die Kabcara und der Berater verneigten sich vor dem ¢arije, als er in ihre Richtung blickte. Albugast sank auf ein Knie herab; von unten schielte er allerdings zum betörenden Antlitz der jungen Kabcara auf. Was von Nesreca sofort bemerkt wurde.

»Ihr habt einen neuen Verehrer, Hohe Herrin«, machte er sie auf den Ritter aufmerksam.

»Govans Oberkettenhund?« Sie lachte verächtlich.

»Wartet es ab. Er wird ihm bald mehr vertrauen als Euch, wenn sich Albugast recht verhält«, sagte der Berater voraus.

»Und in einem entscheidenden Augenblick kann es von Nutzen sein, die Leibwache des ¢arije auf der eigenen Seite zu wissen«, vollendete sie, reckte sich ein wenig und warf dem blonden Jüngling einen vorgetäuscht schüchternen Blick zu, bevor sie sich rasch abwendete. Sie hatte ihren Haken ausgeworfen. Der Fang würde selbst ohne Köder so lange schnappen, bis er an ihrer Leine hing.

»Lasst uns in meinem Palast feiern«, lud Govan die Gäste ein und bewegte sich, umringt von den Kriegern des Tzulanordens, zur Tür. »Die alten Zeiten sind nun endgültig vorbei.«

Der selbst ernannte Beherrscher des Kontinents trat hinaus und schaute auf die noch immer verwaisten Buden. *Verfluchter Abschaum! Sie wollen mich auf diese Weise demütigen.* Als er in der Entfernung eine Gestalt am äußersten Rand des Platzes durch die Schneeflocken eilen sah, reagierte er.

Eine knappe Geste, und magische Kräfte griffen nach dem Ulsarer. Sie warfen ihn auf den Boden und zerrten ihn rasend schnell durch den Schnee, bis er vor den Stufen der Kathedrale angelangte und sich hustend aus dem Weiß stemmte. Überall an ihm hingen Schnee und Dreck, seine Nase blutete. Sein Körper hatte eine breite Bahn hinterlassen.

Sofort verneigte er sich vor dem Herrscher. »Euere Göttlichkeit«, grüßte er ihn devot. »Ich wünsche Euch alles …«

Govans Hände formten ein Zeichen, der Stadtbewohner wurde von unsichtbaren Mächten in die Höhe gehoben und vor dem ¢arije unsanft zu Boden geschleudert. »Du musst nicht so tun, als interessiertest du dich für meine Krönung«, fauchte er ihn gereizt an. »Warum isst und trinkst du nichts? Warum sind die anderen nicht gekommen?«

»Ich muss mich um meine Familie kümmern, göttlicher ¢arije«, versuchte der Mann zu erklären und wischte sich das Blut unter der Nase weg. »Eine meiner Töchter ist krank.«

»Ist das ein Grund, ein solches einmaliges Ereignis zu versäumen?«, schrie ihn Govan an. »Wie viele Kinder hast du?«

»Sieben«, antwortete der Ulsarer ängstlich.

»Sieben? Und da sorgst du dich um eines, als wäre es etwas Besonderes, während dein Kabcar zum ¢arije wird, wie es noch keinen vor ihm gab?«, zeterte er ungläubig. »Wo wohnst du?«

»Ich ... Eure Göttlichkeit ... bitte«, bettelte der Mann, da er um das Leben seiner Familie fürchtete. Endlich deutete er auf eines der Häuser.

Voller Wut beugte sich der junge Mann herab. »Dann geh wieder dorthin.«

Seine Kräfte katapultierten den Ulsarer aus dem Stand nach hinten. In einer geraden Linie schoss er über den Platz auf den Eingang des Gebäudes zu, durchbrach dabei einen der Stände wie ein Bombardengeschoss und krachte durch das Holz der Eingangstür.

»Ihr wollt nicht mit mir feiern?«, schrie Govan heiser und mit rotem Gesicht über die freie Fläche. »So sollt ihr auch nichts bekommen!«

Seine Finger gestikulierten schnell, aber sehr präzise.

Opalisierende Wände schossen an den Rändern der riesigen Fläche in die Höhe, bewegten sich wie Pressen aufeinander zu und schoben die aufgebauten Stände zusammen. Den Bediensteten gelang im letzten Moment die Flucht, ehe sie zwischen den Bierfässern, Balken und Latten zerquetscht werden konnten. Bier und Wein ergossen sich aus den geborstenen Behältern, das Gemisch verteilte sich auf dem Kopfsteinpflaster und rann in die Gosse.

Die übernatürlichen Energien formten einen großen Scheiterhaufen, den Govan mit einer weiteren Gebärde in Flammen aufgehen ließ. So hoch wie die aufragende Kathedrale loderte das Feuer in den nächtlichen Himmel. Der Schein fiel auf die umliegenden Häuser und erweckte den Eindruck, halb Ulsar verbrenne. Die Hitze war so gewaltig, dass die Steine zerplatzten.

Govan ergötzte sich an dem Anblick, fachte den Brand mit Gesten immer wieder an, zauberte die unterschiedlichsten Farben ins Feuer und formte aus den Flammen die gigantischen Konturen Tzulans.

»Das ist der neue Gott Ulldarts!«, lachte er selbstvergessen und starrte auf das glühende Abbild des Gebrannten. Dann riss er sich von dem Anblick los und stieg in seine Kutsche, Zvatochna folgte ihm. Die Gäste machten sich ebenfalls zur Abfahrt bereit.

Während im Palast die Krönung des Herrschers begangen wurde und aus der Kathedrale leise Schreie erklangen, flackerte die Lohe auf dem Marktplatz weiter.

Einen ganzen Tag und eine ganze Nacht brannte sie. Und war durch nichts zu löschen.

Mit einem raschen Federstrich unterzeichnete Govan ein paar Tage später die Kopfprämie für das Haupt eines jeden Modrak, der einer Garnison gebracht wurde. Wie er und sein Berater erfuhren, brachen die fliegenden Wesen an mehreren Orten gleichzeitig ein, betrieben neuerdings Spionage und Sabotage. Die passive Haltung hatte augenscheinlich ein Ende.

Mehrere Unterlagen über neue Waffenentwicklungen und Apparaturen waren in ihre Klauen gelangt; drei Produktionsstätten für Pulver vergingen nach ihrem Besuch in gewaltigen Feuerbällen und vernichteten die Einrichtungen restlos.

Da die Soldaten in den Truppenstandorten nicht ausreichten, um die allgegenwärtigen Modrak zur Strecke zu bringen, wollte der Herrscher denjenigen, die sich vorher mit der Jagd auf Sumpfbestien beschäftigt hatten, die Gelegenheit zum Einstreichen der Prämien geben. Auf diese Weise würde er die fliegende Plage hoffentlich bald in den Griff bekommen.

Das Verhalten der Wesen passte leider hervorragend zu den Gerüchten, dass sein Vater keineswegs tot sei.

Die tzulandrischen Selidane berichteten immer wieder, dass sich die einfachen Kämpfer Geschichten vom alten Kabcar erzählten, die von seiner Rückkehr auf den Thron in Ulsar handelten.

Und es sollte sogar in mehreren Lagern zu Sichtungen gekommen sein.

Lodrik Bardriç sprach mit den Männern und bat sie, den Kampf nicht um seinetwillen zu führen. Sie sollten sich besinnen und nach Hause zurückkehren, und dort »wachsam gegen alles Übel« sein.

Der ¢arije wusste ganz genau, wen dieser Schatten aus einer nicht allzu fernen Vergangenheit meinte. Und was er damit erreichen wollte.

Auch ohne Mortva kam Govan zu dem Entschluss, dass die Sache im Süden schnellstmöglich abgeschlossen werden musste, um dem fetten Perdór das Lästermaul zu stopfen und die Grünhaare allesamt Tzulan zu übergeben. Und Lodrik endgültig zu töten.

Lustlos blätterte er die Korrespondenzen durch, die noch nicht von Mortva vorsortiert worden waren. Wahllos nahm er einen Brief heraus und öffnete gelangweilt den Umschlag.

Seine Augen wurden groß.

Der Bürgermeister von Potjulinsk, eine der kleineren Städte im Süden der Provinz Ulsar, erkundigte sich allen Ernstes nach der Glaubwürdigkeit der Meldungen über das Auftauchen seines Vaters. »Wenn ja, wäre es uns eine große Freude, Vater und Sohn gemeinsam regieren zu sehen«, endete das Schreiben.

»So weit sind wir also schon«, fluchte Govan und betätigte die Klingelschnur, um seine Diener herbeizurufen. »Sie wollen mich absetzen.« Er bestellte Albugast und Mortva auf der Stelle zu sich. Der Berater traf als Erster ein.

»Zwei Dinge«, schallte es ihm zur Begrüßung unfreundlich entgegen. »Wo sind Balasy und meine aldoreelische Klinge?«

Nesreca verneigte sich. »Verschwunden. Beides. Ebenso wie meine Leute, die ich auf ihn ansetzte. Ebenso wie die Schwadron der Stadtwache von Ludvosnik, die ihn und den anderen Ritter verfolgten.«

»Na, herrlich!« Govan stützte die Arme in die Seite. »Ich habe den Eindruck, dass sich seit der Eroberung von Rogogard alles zu meinem Nachteil entwickelt. Und anstatt auf die neuesten Ereignisse angemessen zu antworten, reist die Befehlshaberin der Streitkräfte des Südens mitten im Winter nach Granburg, um ihre Mutter zu besuchen, wie sie es schon so lange beabsichtigte.« Ihm kam in den Sinn, wie sehr seine Schwester die Verbannte mochte. Und wie gern sie sie in der Hauptstadt sähe. *Oder sollte sich hinter dem Treffen mehr verbergen als nur die Sehnsucht?* Er schnappte sich einen Zettel und notierte die Befehle für die Selidane auf. »Hier.« Er reichte die Notiz seinem Berater, der sie las und knapp nickte. »Ob sie es befiehlt oder ich, macht keinen Unterschied. Der Schlag soll den Grünhaaren deutlich machen, dass wir keineswegs bereit sind, von der Eroberung ihres Landes abzurücken, nur weil sich mein Vater auf deren Seite geschlagen hat. Oder was auch immer dort herumläuft und sich für ihn ausgibt.«

»Dummerweise schenken ihm die Truppen nach und nach Glauben.« Nesreca faltete das Papier sorgfältig. »Für mich gleicht es einem Wunder, dass er Eure Attacke überlebt hat. Es muss ein Rest Magie in ihm gewesen sein.« Deutlich stand ihm die Szenerie vor Augen. Und er erinnerte sich an das schwache türkisfarbene Leuchten, das über die Steine gehuscht war. »Seine eigenen Fertigkeiten haben ihn geheilt.«

»Nützen wird es ihm nichts«, grollte der ¢arije. »Ich habe mich dazu entschlossen, selbst in den Süden zu reisen, wenn sie sich nicht ergeben und alle Verräter an mich ausliefern. Ich will meinen Vater ein für allemal zu den Toten befördern. Außerdem gehen mir die ach so unbesiegbaren Kensustrianer auf die Nerven.« Er schien es sich anders überlegt zu haben. »Zvatochna und ich werden sie auf alle Fälle vernichten. Nichts ist mir gewachsen.«

»In der Tat, wenn wir wollen, dass diese Gerüchte verstummen, müssen wir die Wurzel zu fassen bekommen. Doch ich schlage vor, wir treffen einige Vorbereitungen, ehe wir nach Ilfaris aufbrechen.«

Nesreca vermutete, dass Perdór genau das erreichen wollte, weil er etwas in der Hand zu haben glaubte. Das Wagnis war es ihm wert, da er es für unwahrscheinlich hielt, dass die Kensustrianer über etwas verfügten, was den Kräften seines leider übergeschnappten Zöglings ebenbürtig sein könnte.

Allerdings, in dem verwirrenden Schlachtengetümmel, inmitten von Bombarden, Menschen und Tierleibern, würde es einfacher sein, etwas zu unternehmen, um den Kurs, den Ulldart zurzeit nahm, ein wenig zu korrigieren. Indem er den Steuermann gegen eine Frau austauschte.

Die Kabcara leitete bereits einiges in die Wege, um das Ruder des Reiches zu übernehmen, sie besuchte Adlige, Hauptleute und Brojaken wie selten zuvor. Zugleich schickte sie verschlüsselte, auf den ersten Blick harmlose Nachrichten an Freunde ihrer Mutter, in denen sie nach der Entzifferung des Kodes von einem Machtwechsel sprach und auf die Loyalität der Verschwörer setzte. Sie beschwor in ihren Schreiben geschickt die Vision eines Volksaufstandes, ausgelöst durch die Anordnungen ihres Bruders, und packte die Mächtigen bei ihren schlimmsten Ängsten.

Dazu gesellten sich ein paar Spritzer Parfüm, ein warmes Lächeln und Augenaufschläge, gespickt mit reiner Sünde, und schon formierte sich hinter dem Rücken Govans ein Bündnis von Günstlingen, die nur darauf warteten, dass er starb.

Natürlich wusste Nesreca von Zvatochnas Bemühungen, seine Leute hatten ihre Augen und Ohren überall. Er ließ sie gewähren, weil es ihm hervorragend in den Kram passte. Ihm hätten die notwendigen Personen nicht so rasch und einfach vertraut. *Es liegt vermutlich daran, dass die wenigsten Männer eine Nacht mit mir verbringen wollen,* dachte er erheitert.

Der çarije goss sich Tee ein. »Wir nehmen die Cerêler mit, damit ich mich zwischendurch immer wieder mit frischer Magie ausstatten kann. Nicht, dass ich es bräuchte.« Doch das Gefühl wollte er nicht mehr missen. »Schickt einen Boten nach Granburg und setzt meine Schwester davon in Kenntnis, dass wir Kensustria im Frühjahr Seite an Seite angreifen werden, Mortva. Ein anderer soll Krutor bei seinen hässlichen Freunden in Ammtára unterrichten. Er darf endlich an die Front.« *Und kommt dort hoffentlich ums Leben, diese elende Missgeburt.*

»Die Flotte auf Rogogard?«

»Sie hat ihre Befehle«, hielt Govan an der Landung auf Kalisstron fest.

Nesreca verschränkte die Arme hinter seinem Rücken. »Ihr wollt wohl, dass die Hohe Herrin das interne Wettrennen um den Wunsch gewinnt, indem Ihr selbst ihr unter die Arme greift?« Genüsslich erinnerte er den jungen Herrscher an die Abmachung, die er als sehr gutes Druckmittel gegen Zvatochna einsetzen konnte. »Oder wollt Ihr auf Euer Begehr verzichten?«

Govan legte die Finger an die Schläfe. »Nein«, entgegnete er langsam. *Ich werde sie einfach so heiraten. Ich bin der ҫarije. Und bald ein Gott dazu.* »Ich werde mich mit ihr darüber unterhalten.«

Es klopfte, ein Lakai meldete die Ankunft des Großmeisters des Tzulanordens. Albugast betrat das Zimmer, die blutrote Rüstung stand ihm ausgezeichnet. Er kniete vor Govan nieder.

»Ah, mein starker irdischer Arm!«, meinte der junge Mann glücklich. »Du wirst dich ausstrecken und etwas für mich vernichten.« Nesreca lauschte alarmiert. »Reite mit deinen Brüdern nach Potjulinsk und übereigne die Stadt mit allem, was darin ist, dem Gebrannten. Keine Gnade, keine Gefangenen. Das wird sie lehren, mir etwas vorschreiben zu wollen.«

Der Konsultant nahm das Schreiben in die Hand und überflog es. *Diese Narren. Sie haben ihren Untergang selbst verschuldet.* »Recht getan, Hoher Herr.«

Albugast erhob sich scheppernd, verneigte sich und machte sich auf den Weg.

»Ihr spracht von zwei Dingen, als ich hereinkam«, meinte Nesreca. »Was sollten wir noch bereden?«

Govan nickte dem Ritter nach. »Das hat sich soeben erledigt, liebster Mortva.«

Kontinent Ulldart, Großreich Tarpol, Provinzhauptstadt Granburg, Winter 459/60 n. S.

Die Glöckchen am Pferdegeschirr schellten fröhlich, die robusten Tiere stapften durch den Schnee und zogen das Gefährt mit den prominenten Insassen durch die verschneiten Wälder Granburgs. Begleitet wurden sie von einer Hand voll berittener Wachen. Die Atemluft der Vierbeiner verwandelte sich in der klirrenden Kälte zu weißem Dampf.

Mutter und Tochter saßen in dem Schlitten, mehrere Lagen Decken und Pelze über die Knie und um den Körper gelegt. Schals schützten die empfindlichen Gesichter der Frauen vor Erfrierungen.

Aljascha zeigte der Kabcara die einsamen Weiten der Provinz, während sie sich auf dem Rückweg von einer neuen Freundin befanden. Die verstoßene Herrscherin verstand sich ausgezeichnet mit Kaya Jukolenko, der Witwe des einstigen Gouverneurs, und vertiefte derzeit die Kontakte. Sie hatte auch bewirkt, dass sich Aljascha entgegen der Anordnung des ¢arije frei bewegen durfte.

»Ist sie nicht eine ganz reizende Person?«, schwärmte Aljascha. »Und wir drei teilen die gleichen Ansichten.« Sie lachte hell auf. »Eine ist entschlossener als die andere. Die gute Kaya hat sich nicht nur gefühlsmäßig, sondern auch finanziell schon lange wieder von dem Schlag erholt, den ihr Lodrik durch die Hinrichtung ihres Gatten zufügte.«

»Wir werden sie zum Dank zur Gouverneurin machen. Sie ist hervorragend dazu geeignet, dich in Granburg zu unterstützen«, bestätigte die Jüngere. »Etwas Besseres hätte dir nicht passieren können.«

»Doch«, erwiderte Aljascha mit einem scharfen Unterton, »die Rückkehr nach Ulsar.«

Ihre Tochter seufzte. »Mutter, ich habe es dir bereits mehrfach erklärt. Govan hebt Vaters Erlass nicht auf. Ich bin zwar Kabcara, aber was bringt es mir, solange mein Bruder noch an der Macht ist?«

»Eben. Das wollen wir ja ändern.«

Sie passierten das Tor Granburgs und erreichten bald darauf Aljaschas Haus. Sie stieg zuerst aus und schritt auf das Gebäude zu, vor dem die Bediensteten Aufstellung nahmen, um den hochrangigen Gast zu empfangen.

Ansonsten interessierten sich die meisten Granburger nicht für die Kabcara. Einen Ball hatte es einen Tag nach ihrer Ankunft gegeben; die Einflussreichen machten ihre Aufwartung und sondierten, wie weit die Bekanntschaft mit der Schwester des ¢arije für sie von Nutzen sein konnte.

Dutzende Männer umschwärmten Mutter und Tochter, keiner der Freier durfte jedoch mehr, als die vereinten Schönheiten mit den roten und schwarzen Haaren schmachtend zu betrachten. Das einfache Volk hielt Abstand und kümmerte sich darum, wie es über den harten Winter kommen konnte.

Nun verschwanden die beiden im Innern des Hauses, entledigten sich der Mäntel und begaben sich ins Teezimmer, wo alles angerichtet war.

Zvatochna betrachtete ihre Mutter, die ihre Schwangerschaft sehr gut bewältigt hatte. Nach der Geburt des Sohnes präsentierte sie ihre Figur in einem engen Kleid und machte ihrer Tochter deutlich, dass sie ihr, was die Attraktivität ihres Körpers anging, in nichts nachstand. Sie musste zudem einen Weg gefunden haben, die verhasste Narbe entfernen zu lassen.

Die Kabcara kannte ihren jüngsten Bruder nur aus Erzählungen. Bislang hatte die Zeit dazu gefehlt, einen Blick auf ihn zu werfen. Jedenfalls fand ihre Mutter immer wieder eine neue Ausrede, um ihn ihr nicht zu zeigen. Umgekehrt war sie auch keineswegs sonderlich erpicht darauf, das schreiende Bündel zu sehen. Wenigstens würde er ihr im Fall von Govans Ableben den Thron nicht streitig machen, denn Rechte standen ihm nicht zu.

»Meine Freunde in Ulsar sind dir gewogen?«, erkundigte sich Aljascha, und ihre Tochter nickte. »Das ist sehr gut.« Sie warf die roten Haare zurück, die ihre Schultern umspielten. »Wenn du diesen undankbaren Kerl zu seinem Gott beförderst, werden sie dir Unterstützung gewähren. Und sobald ich deine Nachricht erhalte, reise ich in aller Stille nach Ulsar, um dir zu helfen.« Sie langte nach Zvatochnas Hand, strahlte sie an. »Ich habe es immer gewusst, dass wir eines Tages gemeinsam über das ganze Reich regieren.«

»Ich kann mir nichts Schöneres vorstellen«, lächelte die Kabcara und drückte ihre Finger.

Aljaschas Freude wich Besorgnis. »Du musst auf Nesreca achten. Er wird dich nur halten, solange es ihm passend erscheint. Mein Beispiel muss dir eine Lehre sein. Vergiss nicht, was deine erste Tat sein wird, wenn Govan tot ist.«

»Ich nehme mir seine aldoreelische Klinge und schicke Mortva seinen beiden Helfern hinterher«, wiederholte sie gehorsam die Anweisung, die sie auswendig kannte. »Oder ich lasse es Krutor tun.«

Aljascha zuckte mit den Achseln. »Wer es tut, ist gleichgültig. Aber er muss unter allen Umständen vernichtet werden. Wenn er ahnt, dass wir uns keinen Deut um Tzulans Rückkehr scheren, wird er die nächsten Intrigen einfädeln, bis er einen auf den Thron setzt, der ihm zu Willen ist.« Ernst schaute sie in die braunen Augen ihrer Tochter. »Sein Tod ermöglicht uns letztlich das sorgenfreie Herrschen.«

Zvatochna nahm einen Schluck heißen Tee. »Ich schlage vor, dass wir die Grünhaare in Ruhe lassen, wenn unser zweiter Schlag nichts bringt. Ich sehe es nicht ein, mich mit den Kensustrianern herumzuschlagen. Lieber richte ich mein Augenmerk auf Angor.«

»Hat Govan nicht vor, Kalisstron zu erobern, wie du mir sagtest? Wenn die Vorbereitungen doch schon mal angelaufen sind ...«

»Mutter, die Kalisstri haben noch keinen Grund, uns den Krieg zu erklären. Das kann von mir aus noch lange so bleiben«, legte sie dar. »Anders herum gesprochen, Alana II. wurde aus Tersion verjagt. Ihr Gemahl Lubshá Nars'anamm wird sicherlich schon seit einigen Jahren etwas vorbereiten, um seiner Frau ihr Reich zurückzugeben. Und das Kaiserreich schätze ich wesentlich gefährlicher ein. Auch ohne Magie.«

»Ja, ich gestehe, du bist die Strategin von uns beiden.« Sie hob ihre Tasse als Zeichen der Anerkennung und des Lobes. »Also attackieren wir ein Land, das endlich mal angenehm warm ist und in dem man die öden Winter im Sonnenschein verbringen kann.« Aljascha schloss die Augen. »Palmen, weiße Strände, eine laue Brise. Männer zum Zeitvertreib.«

Ihre Tochter musste lachen. »Warte es ab, Mutter. Wenn wir die Kensustrianer nicht niederringen oder sie keinen Waffenstillstand schließen möchten, steht uns ein harter Brocken bevor.«

Die Magd meldete, dass der Junge nach seiner Milch verlangte. Die einstige Herrscherin über Tarpol entschuldigte sich und verließ das Zimmer, um ihren Sohn zu stillen.

Gleich darauf öffnete sich die Tür ein weiteres Mal, und dieselbe Bedienstete überbrachte eine Depesche, die das Siegel ihres Bruders trug.

»Der Meldereiter soll warten. Vielleicht sende ich etwas zurück«, befahl sie, während sie das Wachsstück brach, die Schnur entfernte und die Nachricht las.

Das habe ich mir beinahe gedacht. Sie verwünschte seine Ungeduld, ließ sich Papier und Feder bringen, um ihn umzustimmen. Ihre Hand bewegte sich beim Schreiben langsamer und langsamer. *Es macht keinen Sinn. Die Befehle sind gewiss schon auf dem Weg in den Süden.*

»Er kann reiten«, schickte sie die Magd hinaus. Gedankenverloren trank sie ihren Tee. *Jetzt muss ich beten, dass die Kensustrianer davon so erschüttert und gelähmt sind, dass sie nicht unverzüglich einen Gegenschlag durchführen. Unsere Lager würden dem kaum Stand halten.*

Aljascha kehrte zurück und bemerkte auf Anhieb, dass etwas nicht stimmte. Ihre Aufmerksamkeit richtete sich auf den geöffneten Brief. »Du machst dir Sorgen, Liebes. Was wollte der Reiter?«

»Govan hat einen Teil meines Planes zur Ausführung gebracht«, seufzte sie. »Ich muss sofort nach Ulsar. Oder am besten, ich reise nach Ilfaris und sende von unterwegs meine Anweisungen an die unterschiedlichen Garnisonen, damit ich im Fall eines Angriffs eine Hysterie unter den ulldartischen Kontingenten verhindern kann. Tzulan stehe uns bei.« Zvatochna erhob sich, kniete sich vor ihre Mutter und küsste sie auf die Stirn. »Gib den Kuss meinem kleinen Bruder. Sag ihm, dass seine Schwester sich freut, ihn in Ulsar beim feierlichen Einzug als echte Kabcara zu sehen.« Ihre Lippen berührten abwechselnd die Wangen. »Die waren für dich.« Sie ging zur Tür und winkte. »Warte auf meine Nachricht, und dann flieg wie der Wind in die Hauptstadt, Mutter.«

Darauf kannst du Gift nehmen. Aljascha lächelte ihr zu und hob die Hand zum Gruß. Dann verschwand ihre Tochter, um Vorbereitungen für ihre Abreise zu treffen.

Bald darauf trat sie ans Fenster und verfolgte den überstürzten Aufbruch ihres »Mädchens« mit. Ein letztes Winken von ihr, ein Lachen zum Abschied hinter dem Glas hervor, und der Schlitten schoss davon.

Die falsche Freundlichkeit der ehemaligen Kabcara erstarb. Sinnierend lief sie durch die Räume, um nach ihrem Spross zu schauen. Noch vor wenigen Monaten hätte sie ihrer Tochter die Augen auskratzen können, so sehr hatte sie sie für ihr Nichthandeln gehasst. Dieser Jähzorn hatte sich schließlich in einen Plan umgewandelt, an dessen Ende ihr jüngster Sohn, der friedlich in seinem Bettchen schlummerte, auf dem Thron in Ulsar säße. Nicht heute, aber in einer nicht allzu fernen Zukunft.

Die plötzliche Zuneigung ihrer Tochter gründete in Aljaschas Augen einzig auf dem Umstand, dass die junge Frau ihren Beistand benötigte, wenn sie sich zur alleinigen Herrscherin aufschwingen wollte. Ohne die zugespitzte Lage säße sie weiterhin allein in Granburg und würde wohl kaum eine Rolle in Zvatochnas Leben spielen.

Das würde sich bald ändern.

Leise öffnete sie die Tür zum Kinderzimmer und beugte sich über das Bettchen. Das Mützchen, das den kleinen Kopf wärmte, spitzte unter der dicken Decke hervor, die Augen hielt der Säugling fest geschlossen.

Aljascha gab ihm einen liebevollen Kuss auf den Kopf. Deine Schwester wird noch gehörig staunen. Sie richtete das Federbett und verließ lautlos den Raum.

Kontinent Ulldart, Großreich Tarpol, Provinz Huron, Satucje, Winter 459/60 n. S.

Die *Varla* lag vertäut im kleinen Hafen des Fischerdorfes; alle Handwerker und Zimmerleute klopften, hämmerten und dichteten mit Hochdruck am mitgenommenen Rumpf des tarvinisch-rogogardischen Seglers, um die Schäden so rasch wie möglich zu beseitigen.

Einen langen Aufenthalt konnte man sich nicht leisten, die Gefahr der Entdeckung war zu groß. Sollte ihre Unterstützung der Feinde des »göttlichen ¢arije« bekannt werden, brauchten sich die Menschen nicht mehr weiter um die Zukunft scheren. Andererseits musste die Fahrt zügig weitergehen, um die wertvolle Fracht nach Kensustria zu bringen.

Torben Rudgass hatte tatsächlich geschafft, was noch keinem gelungen war. Er hatte die See zwischen Ulldart und Kalisstron bezwungen, die in diesen Monaten als unschiffbar galt.

Vielleicht lag es am beschworenen Beistand der Götter, vielleicht schlicht an dem Können des Piraten, vielleicht war es auch einfach nur Glück. Ganz ohne Blessuren war die *Varla* nicht weggekommen, doch sie hatte Stürme und Eisschollen überstanden.

Nun befanden sich die Passagiere im kleinen Haus von Laja, einer gealterten, doch noch immer sehr rüstigen Fischerwitwe, die einst dem Rogogarder das Leben gerettet und ihn gesund gepflegt hatte, als er als Gefangener an die Küste gespült worden war. Sie kümmerte sich seit der Abfahrt um die verwirrte Frau, die Rudgass aus Jökolmur gerettet hatte und hier vor dem Zugriff der Feinde verbarg.

Mit Spannung warteten die Besucher, dass Norina erschien.

Die Tür zum Nebenzimmer öffnete sich, Laja führte die Tarpolin herein. Apathisch blickte die hochgewachsene Brojakin in die Gesichter der Anwesenden, ohne eine Reaktion zu zeigen.

Torben kam an ihre Seite. »Norina, schau, wen ich dir mitgebracht habe.« Der Rogogarder hoffte, ihren Verstand aus dem abgestumpften Zustand zu rütteln, in dem Norina seit Jahren verharrte. *Was machen wir, wenn auch das nicht hilft?* »Das ist Waljakov, erinnerst du dich?«

Der Hüne stand auf und kam näher. »Herrin?«

Ihre Augen gingen durch ihn hindurch. Genauso wenig geschah etwas bei Matuc und Fatja.

Lorin betrachtete seine Mutter, erkannte, wie sehr ihre Züge sich glichen. Unsicher erhob er sich, stellte sich vor sie und versuchte, ihre Aufmerksamkeit auf sich zu lenken. »Mutter?«, fragte er behutsam und umfasste ihre Hände. »Ich bin Lorin. Dein Sohn.«

Der Kopf der Brojakin senkte sich ein wenig, ihre Blicke trafen sich. Für einen Augenblick wich der Schleier, der ihren Geist trübte. Sie lächelte den jungen Mann an, er spürte, wie sie seine Finger leicht drückte. Dann wurde ihr Gesicht erneut leer.

»Sie wird ihren Verstand nie mehr zurückerhalten«, meinte Torben niedergeschlagen. »In euch habe ich die letzte Hoffnung gesetzt.« Er bedankte sich bei Laja für die Betreuung der Brojakin. »Ich werde nachsehen, was das Schiff macht.«

Der Leibwächter wirkte noch eine Spur kälter als sonst. Das Schicksal der Frau, die er seit so langer Zeit kannte, bewegte ihn. Doch eine Gefühlsregung wollte er sich nicht erlauben, und so verhärtete sich sein Antlitz. Matuc und Fatja waren ebenfalls unglücklich.

Tokaro bedauerte den wenig erfreulichen Ausgang des Wiedersehens der alten Freunde. In seinem Kopf aber beschäftigte er sich mit etwas ganz anderem. So nickte er in die Runde und verließ das Haus, vor dem er Treskor angebunden hatte. Er schwang sich in den Sattel des Hengstes und ließ ihn gemütlich auf einen kleinen verschneiten Hügel traben. Dort hielt der junge Mann an und stemmte sich in die Steigbügel, um einen Blick in Umgebung zu werfen, die aussah wie mit Zucker bestreut.

Die Unsicherheit nagte an ihm, Wankelmut machte sich breit.

Sicher, er hatte zugesagt, seinem Halbbruder und dessen Freunden zu helfen. Er hatte gehofft, während der Überfahrt Freundschaft mit seinem Blutsverwandten zu schließen. Aber so recht warm wurde er nicht mit ihm. Ihn beschlich das Gefühl, dass die Alchimie zwischen ihnen nicht stimmte.

Seine ständige Übelkeit, die zuweilen so heftig war, dass er dachte, er müsste vor lauter Sichübergeben sterben, und das unverhohlene Misstrauen des kahlen Kriegers bezüglich seiner Geschichte, wie er an die aldoreelische Klinge gelangt war, ermöglichten kaum eine Annäherung.

Er fühlte sich nach wie vor als Außenseiter.

Die Gruppe kannte sich seit Jahren, hatte zusammen in einem fremden Land gelebt und vertraute einander blind. Er dagegen gehörte nur dazu, weil die junge Borasgotanerin ihn in einer ihrer Visionen erkannt haben wollte. Und weil er zufällig die gleiche Augenfarbe besaß wie das kleine magische Wunder mit dem affigen Kinnbärtchen.

Er hätte viel lieber gewusst, wie es Kaleíman von Attabo erging.

Was hindert mich daran, einfach loszureiten und mich auf meine eigene Art um den Kabcar zu kümmern?, wisperte es in seinen Gedanken. Das ehrbare Räuberdasein, der Held der einfachen Leute zu sein, gefiel ihm zu gut.

»Tokaro!«

Ein wenig erschrocken wandte er sich um und entdeckte Lorin, der den Hügel im Dauerlauf erklomm. Ohne außer Puste zu sein, stand er bald neben dem Hengst und streichelte ihn.

»Du fühlst dich nicht recht wohl bei uns, oder?«, begann sein Halbbruder, der einen Rucksack auf dem Rücken trug.

Kann er Gedanken lesen? Tokaro suchte ertappt nach einer Ausflucht, entschied sich jedoch für die Wahrheit. »Ja.« Kurz legte er ihm dar, worüber er soeben und auch die halbe Fahrt lang grübelt hatte. »Das ist der Grund, weshalb ich viel lieber auf Treskor davonreiten würde.«

Lorin grinste breit. »Oh, wie gut ich das verstehe.«

»Ach?«, machte sein Halbbruder, der mit einer Predigt gerechnet hatte. »Jetzt bin ich neugierig geworden.«

»Ich bin ein Fremder auf Ulldart. Auch wenn meine Mutter und mein Vater von hier sind, kenne ich das Land nicht als meine Heimat. In Kalisstron wartet die Frau, die ich liebe und zu der ich wieder zurückkehren möchte, wenn wir unsere Aufgabe erfüllt haben.« Lorin schaute den Reiter freundlich an. »Zuerst wollte ich gar nicht hierher. Ich dachte mir: Sollen die Ulldarter ihre Angelegenheiten doch selbst regeln. Aber unsere Geschwister sind mittlerweile zu einer weit größeren Bedrohung geworden. Was auf dem Spiel steht, geht über die Grenzen von Ländern hinweg. Und deshalb sollten sich die Länder zusammentun. So wie wir es getan haben.«

Tokaro überlegte.

»Es kann sein, dass Angor dir die aldoreelische Klinge zukommen ließ«, sagte Lorin nach einer Weile, »weil er wusste, dass dieses Schwert im Kampf gegen das Böse unverzichtbar ist. Wer sonst könnte Sinured, Govan und die anderen aufhalten, wenn nicht wir beide? Ich habe meine Magie, dich schützen die Kräfte der Waffe. Siehst du, wie wir uns ergänzen? Dennoch werden wir dich nicht aufhalten, wenn du nicht mit uns kommen und lieber deinen eigenen Weg als ehrbarer Wegelager gehen möchtest.«

Tokaro hatte sich entschieden. »Ich werde eine Rüstung brauchen.« Er grinste von seinem Pferd herunter. »Was wäre ein Mitglied der Hohen Schwerter ohne sie? Wenn ich schon auf dem Schlachtfeld ein Held sein soll, möchte ich standesgemäß aussehen.« *Damit Angor mich erkennt, wenn ich falle.*

Der Kalisstrone lachte. »Das lässt sich sicher in Kensustria regeln.« Dann reichte er ihm den Rucksack in die Höhe. »Den wollte ich dir noch geben.«

»Ist das die Belohnung für meine Entscheidung?«

»Du hättest es sowieso bekommen. Ich kenne mich damit nicht aus.«

Tokaro kramte in dem Beutel und holte eine Handbüchse hervor. »Na, so gut wie die große Variante ist sie nicht, aber es reicht für den Anfang.« Er wog die Feuerwaffe in der Hand. »Sie fasst sich gut an.« Eine große Anzahl von Kugeln und das passende Pulver steckten auch in dem Rucksack. »Damit werde ich den Truppen des hoheitlichen Narren zeigen, was Sache ist.« Freudig sprang er aus dem Sattel, zog den Handschuh aus und hielt dem jungen Mann die Rechte hin. »Wenn wir uns noch ein wenig besser kennen lernen, könnten glatt Freunde aus uns werden.«

Als sie sich die Hände reichten, fiel Tokaro siedendheiß ein, dass er womöglich auf die angeborenen Fertigkeiten seines Bruders ebenso ansprechen könnte wie auf die Zvatochnas.

Ihre Haut berührte sich, nichts geschah.

Erleichtert atmete er auf, da er den Schlag als sehr unangenehm in Erinnerung hatte.

»Ich werde mit Treskor noch ein wenig umherreiten, damit er sich wieder ans Laufen gewöhnt. Die lange Zeit der Verletzung und das Herumstehen im Schiff haben ihn unruhig werden lassen. Er möchte sich am liebsten mit dem Wind messen.« Er stieg wieder auf.

»Dann werde ich nicht länger stören«, verabschiedete sich sein Halbbruder und schritt die Anhöhe hinunter. »Ich bin froh, dass du an unserer Seite kämpfst. Man kann vor seiner Bestimmung eben nicht davonlaufen.«

Tokaro und der Hengst jagten davon, beide genossen es, einen festen Untergrund unter sich zu haben, auch wenn es im Freien reichlich kalt war. Das Streitross galoppierte zunächst noch vorsichtig, doch irgendwann brach das Temperament durch, die Geschwindigkeit steigerte sich von Hufschlag zu Hufschlag, bis sein Reiter in einer Art Rausch aufjauchzte.

Nach zwei Stunden hatte der Ritt ein Ende.

Steif und durchgefroren rutschte der junge Ritter vom Sattel des Schimmels, führte ihn in einen Stall und wischte ihn trocken. Dann klopfte er das Eis und den Schnee vom Fell, während seine Zähne so schnell klapperten, dass er keine Silbe hervorbrachte.

Er stakste in das Haus von Laja und pellte sich aus seiner dicken Kleidung, die allerdings wegen des Tempos und des eisigen Windes kaum gegen die schneidende Kälte geholfen hatte. Seine Finger, seine Zehen und sein Gesicht fühlten sich taub an. Das Feuer in der

Stube würde das eingefrorene Blut in seinen Adern wieder zum Fließen bringen.

Die anderen schienen gegangen zu sein, nur sein Halbbruder saß am Tisch und stierte abwesend auf die Maserungen der Tischplatte.

»Woran denkst du?«, erkundigte sich Tokaro, nachdem seine Kiefer nicht mehr wie lose Bleche im Sturm gegeneinander schlugen.

Erstaunt, dass ihn sein sonst so zurückhaltender Halbbruder ansprach, hob Lorin den Kopf. »Ich dachte eben, wie schade es ist, dass sich Mutter nicht mehr richtig erinnern kann«, erzählte er. »So viele Fragen, die ich ihr stellen wollte. Zu meinem Vater, zu ihr, zu den ganzen Geschehnissen, die sich vor meiner Geburt ereigneten.« Er seufzte schwer. »Alles bleibt im Dunkeln.«

Tokaro nahm den Rucksack auf und setzte sich zu ihm. Er goss sich einen Becher Tee ein, damit die Wärme in sein Inneres zurückkehrte. »Ich habe Vater gekannt. Ein harter, aber gerechter Mann, würde ich sagen. Er machte Eindruck auf die Menschen.« Seine Mundwinkel wanderten nach oben. »Aber unsere Geschwister, mal abgesehen von Krutor, sind hinterhältige, verwöhnte Zuckerärsche.« Seine gute Laune legte sich schlagartig. »Ich habe ein Anliegen. Niemand von uns weiß genau, was sich in den kommenden Wochen und Monaten ereignen wird. Sollten wir aber auf unsere Schwester treffen, dann bitte ich dich, sie mir zu überlassen, wenn es die Gelegenheit erlaubt«, sagte er eindringlich. »Und schone Krutor. Er ist im Grunde gut. Nur ohne Durchblick. Glaub mir, ich kenne sie beide gut genug. Triffst du jedoch auf Govan, mach ihn fertig.«

Im Stillen wunderte sich der Kalisstrone über das plötzliche Zutrauen seines Blutsverwandten, der seine Zweifel anscheinend überwunden hatte. »Gab es etwas zwischen dir und Zvatochna, weshalb du ihr gegenübertreten möchtest?«

Tokaro druckste herum, schließlich legte er einen Anhänger auf den Tisch. »Wenn alles anders gelaufen wäre, säße ich in diesem Augenblick vielleicht an ihrer Seite.«

Lorin nahm das Liebespfand und betrachtete es, bevor er es an seinen Halbbruder zurückgab. »Dann bin ich froh, dass es nicht so gekommen ist. Sonst stünden wir uns als Feinde gegenüber und wüssten nicht einmal etwas von unserer Verwandtschaft.«

»Und ich hätte mit meiner eigenen Schwester eine Nacht verbracht«, ergänzte er. Beziehungen dieser Art waren zwar vor allem in Tersion nichts Ungewöhnliches, doch für die nördliche Welt bedeutete eine solche Verbindung Unheil. »Es ist gut so, wie es kam.«

»Und was machst du, wenn du sie wieder siehst?«

»Ich bete zu Angor, dass ich sie überzeugen kann, die Seiten zu wechseln«, verriet er seinen Plan. »Zwar darf meine Liebe zu ihr nicht sein, aber …«

Lorin machte ein nachdenkliches Gesicht. »Wenn uns aber nichts anderes übrig bleibt? Wenn sie Widerstand leistet und Govan zum Sieg verhelfen möchte, was dann?«

»Dann, Bruder«, sagte er traurig, »wirst du einschreiten müssen. Meine Gefühle zu ihr verhindern, dass ich sie verletze. Geschweige denn, dass ich sie notfalls …« Das Wort »töte« kam ihm nicht über die Lippen.

Ihr die aldoreelische Klinge durch den vollendeten Leib zu jagen oder den zarten Hals zu kappen, ihr bezauberndes Antlitz voller Schmerzen zu sehen, das brächte er nicht zu Stande. Er fürchtete allerdings, dass sie genau diese Schwäche im entscheidenden Moment ausnützen würde.

»Gut, ich verspreche es dir«, willigte sein Gegenüber ein.

Tokaros Linke bewegte sich nach vorn, er wollte die Hand seines Bruders zum Zeichen des Dankes drücken. Als sich die Finger berührten, erhielten beide einen gewaltigen Schlag.

Während der ehemalige Rennreiter nur zusammenzuckte, riss es Lorin rückwärts vom Stuhl. Er schleuderte mit Wucht nach hinten und prallte hart gegen die Wand des Hauses, wo er stöhnend nach unten rutschte und auf dem Hosenboden sitzen blieb. Getrocknete Kräuter rieselten auf ihn herab.

»Bist du verrückt geworden?«, beschwerte er sich benommen. Das Zimmer tanzte um ihn herum, sein Halbbruder befand sich gleich viermal vor ihm.

»Das hätte nicht passieren dürfen!«, verteidigte sich der Tarpoler überrumpelt. »Vorhin war davon nichts zu spüren, als wir uns die Hand gaben. Da habe ich nicht einmal ein Kribbeln gespürt.«

»Wovon redest du?«, wunderte sich Lorin, stemmte sich in die Höhe und musste sich am Kamin abstützen, um nicht gleich wieder umzufallen. Ihn durchrann ein schreckliches Gefühl, das Blut rauschte in seinen Ohren.

»Auf der Anhöhe«, meinte sein Halbbruder mit Nachdruck.

»Ich war auf keiner Anhöhe«, meinte Lorin unfreundlich, stellte den Stuhl hin. Schwer plumpste er auf die Sitzfläche und hielt sich den Kopf. Seine Magie war durch den Vorfall in Aufruhr geraten. Zum ersten Mal spürte er sie ganz deutlich. Hitzewellen durchfluteten ihn.

»Wir haben uns doch auf dem Hügel vor Satucje getroffen, oder etwa nicht?«, erwiderte Tokaro gereizt. Er hielt den Beutel mit der Handbüchse hoch. »Die hast du mir gegeben! Wir sprachen über die Zweifel bei dem Abenteuer, das uns bevorsteht.«

Wortlos schnappte Lorin den Rucksack, wobei er darauf achtete, seinen Blutsverwandten nicht mit der bloßen Hand zu berühren, und warf einen Blick hinein. »Das ist die Handbüchse des Palestaners.« Verwundert richtete er die blauen Augen auf Tokaro. »Ich hatte sie im Schiff zwischen meinen Sachen aufbewahrt und schon beinahe vergessen.« Er schaute ihn an, als erwartete er eine Erklärung.

Stattdessen sprang der Ritter auf und lief zur Tür. »Komm mit.« Schon war er hinaus.

»Wohin denn?«, fragte sein Halbbruder etwas zu spät und rannte hinterher.

Sie liefen zum Stall, in dem Treskor stand und Heu fraß. Er wieherte seinem Herrn zu, ließ den anderen jungen Mann jedoch nicht aus den Augen. Der Schweif peitschte die Luft.

»Geh näher zu ihm.«

Lorin lachte ungläubig. »Du bist wohl nicht bei Trost? Seit wann sind Pferdetritte gut für die Gesundheit?«

»Bitte. Wenn sich seine Ohren nach hinten legen, kehrst du langsam zurück, und ich beruhige ihn.«

»Und warum sollte ich das tun?«

»Weil ich auf dem Hügel mit jemandem gesprochen habe, der genauso aussah wie du, der mir die Handbüchse gab und der meinen Hengst streichelte, ohne dass er sich dagegen gewehrt hätte«, zählte Tokaro auf.

»Und wenn er mich jetzt tritt, hast du den Beweis, dass ich es nicht war«, meinte sein Halbbruder vorwurfsvoll. »Können wir uns nicht eine andere Probe ausdenken?« Er hoffte, dass seine Magie ihn notfalls schützen würde.

Zögernd ging Lorin einen Schritt auf das Streitross zu, das sofort aufhörte zu kauen. Bei der nächsten Bewegung klappten die Ohren nach hinten, und der Hengst schnaubte warnend.

»Das reicht«, pfiff ihn Tokaro eilig zurück, ehe sein Halbbruder mit einem hufeisenförmigen Abdruck auf der Stirn durch die Gegend lief. »Lass uns nach Fußspuren schauen.«

Sie stapften durch den Schnee, gelangten bald an den Rand der Siedlung und sahen schon von weitem die Fährte, die das Pferd hinterlassen hatte. Doch die Abdrücke eines Menschen fehlten.

Tokaro dachte an die Unterhaltung zurück. *Woher wusste der Kerl von meinem Leben als Räuber und von den anderen Ereignissen?*

»Wie soll ich das deuten?« Ratlos hob Lorin die Arme. »Aber eine Halluzination kann es nicht gewesen sein.« Er schaute auf den Beutel. »Irgendwie bist du in den Besitz der Handbüchse gekommen.«

»Denkst du, ich würde in deinen Sachen wühlen und stehlen?« Schmerzhaft kehrte die Erinnerung an die entwürdigende Szene zurück, als er vor aller Augen als Dieb überführt und gebrandmarkt worden war. »Ich rühre deine Sachen nicht an.«

»Nun sei doch nicht so empfindlich. Ich habe ja auch nicht gesagt, dass du mich bestohlen hast.« Lorin drückte ihm den Rucksack mit der Waffe in die Hand. »Wer auch immer sie dir gegeben hat, er wird gewusst haben, was er tat. Behalte sie.« Neugierig neigte er sich nach vorn. »Worüber hast du denn mit meinem Doppelgänger gesprochen?«

Tokaro winkte ab. »Nicht so wichtig. Gehen wir zurück. Ich war für meinen Geschmack schon viel zu lange in der Kälte.«

Sie liefen nebeneinander durch den Schnee, der unter ihren Sohlen knirschte.

Tokaro dachte daran zurück, wie er die Hohen Schwerter hatte verlassen wollen, ihn aber die Unterredung mit dem vermeintlichen Seneschall an der Flucht gehindert hatte. *Scheint so, als läge es jemandem am Herzen, dass ich bleibe.* Er wünschte sich im Stillen, dass die Erscheinung ein Gesandter Angors gewesen war. Oder Angor selbst. »Bist du dir sicher bei dem, was wir hier tun?«, erkundigte er sich bei Lorin. Er hatte sich entschlossen, die Unterredung mit dem Doppelgänger preiszugeben, und verschwieg auch nicht seine eigenen Zweifel.

»Wenn es dich beruhigt: Wer auch immer sich für mich ausgab, er teilte meine Einstellung.«

»Nun ja… Doch ich fände es besser, wenn wir den anderen davon nichts berichten«, bat Tokaro seinen Halbbruder, als sie die Tür erreichten.

»Um aller Götter willen, bloß nicht! Matuc wäre der festen Überzeugung, dass dir Ulldrael der Gerechte erschienen sei«, rief Lorin und spielte den Verzweifelten. »In seiner Weltanschauung ist er so unerschütterlich wie die Klippen vor Bardhasdronda. Was dazu führte, dass er den Gerechten unaufhörlich pries, bis wir es nicht mehr hören wollten.« Er schlug ihm vertrauensvoll auf die Schulter. »Ich schweige, Bruder. Schon in meinem Sinne.«

Tokaro atmete erleichtert auf, zum einen, weil niemand etwas von der Episode hören würde, und zum anderen, weil er zum ersten Mal so etwas wie Vertrauen zu seinem Blutsverwandten empfand.

Sie betraten das Haus der Fischerwitwe und setzten sich.

»Sag mal, wie ist es eigentlich um deine Reitkünste bestellt? Reichen sie für eine Schlacht aus?« Der junge

Ritter schmunzelte. »Du musst natürlich nicht so mustergültig sein wie ich.« Ein großer Schluck Tee verschwand in seinem Mund.

Der Kalisstrone rieb sich verlegen den Bart. »Vermutlich bleibe ich im Sattel, wenn man das Pferd führt.«

Prustend spie der Ritter den Tee aus. »Du Magiegenius kannst nicht reiten?«

Lorin schüttelte den Kopf. »Hundeschlitten sind meine Stärke. Und meine Ausdauer beim Laufen ist riesig«, bot er einen Ersatz an.

»Damit haben wir mehrere Möglichkeiten.« Tokaro hob den Zeigefinger. »Erstens, du klemmst dir den Speer unter den Arm und rennst selbst ins Getümmel«, der Mittelfinger schnellte nach oben, »wir nageln dir Rollen unter einen Hundeschlitten«, der Ringfinger reckte sich, »oder ich bringe dir bei, wie man sich im Sattel hält, wenn das Pferd nicht geführt wird. Was ich für das Beste halte. Ich glaube nicht, dass ich eine Hand frei habe, wenn ich am Fechten bin.«

Der Kalisstrone wollte nur ungern eingestehen, dass er mehr als Respekt vor Pferden verspürte. Um genau zu sein, fürchtete er sich ein wenig vor den mächtigen Vierbeinern. »Wenn es nicht anders geht«, räumte er widerwillig ein.

»Du hast keine andere Wahl, wenn du nicht eine halbe Stunde später als die anderen im Gefecht sein willst.« Er stieß seinen Becher an den seines Halbbruders. »Nur Mut. Du schaffst es.«

Und während draußen der tarpolische Winter sein strenges Regiment führte, brach das Eis zwischen den beiden jungen Männern.

Kontinent Ulldart, kensustrianische Nordostküste, Winter 459/60 n. S.

Die Winterstürme machten vor dem sonnigen Kensustria nicht Halt, auch wenn unangenehme Nebenerscheinungen wie Eis, Schnee, Hagel und klirrende Kälte eher selten waren. Die See schäumte in dieser Zeit öfter, die heftigen Winde trieben ihr raues Spiel überall.

Ausgerechnet in einer solchen Nacht kreuzten sechs unerwartete Gegner auf und bereiteten eine sinnlose Landung vor.

»Macht die Geschütze einsatzbereit«, befahl der kensustrianische Wachhabende, der auf der Festung oberhalb des Deiches auf dem Ausguck stand und die Unternehmung beobachtete. »Sie sollen die neu angekommenen tarpolischen Segler ins Visier nehmen.«

Noch während er die Anordnung erteilte, nahm der erste der sechs Segler Kurs auf den befestigten Küstenabschnitt. Der Sturm hatte die Takelage und die Leinwände bereits gezeichnet, als der Bug in Richtung des Damms schwenkte und das Schiff an Fahrt zulegte.

An exaktes Steuern war kaum zu denken, die Wellen machten mit dem Schiff, was sie wollten. Noch bevor die Bombarden einen Schuss abfeuern mussten, spießten die ausgefahrenen Eisenspitzen, die sich zum Schutz der Küste knapp unterhalb des Meeresspiegels erhoben, den Leib des Seglers auf und setzten ihn inmitten der Wogen fest. Der nächste Brecher würde das Schicksal der Seeleute und Truppen an Bord besiegeln.

Ehe die tonnenschweren Wassermassen die Planken und Spanten zertrümmerten, ereignete sich eine gewaltige Explosion, die den Rumpf mit einem grellen Blitz auseinander riss. Dumpf hallte das Donnern zu den Kensustrianern hinüber.

Der nächste Segler machte Anstalten, einen aussichtslosen Landungsversuch zu unternehmen. Der Wachhabende wollte allerdings nicht daran glauben, dass es sich bei den Angreifern um solche Glücksspieler handelte, dass sie auf ein zufälliges Gelingen hofften. So schlecht und aussichtslos stand es nicht um die Truppen des ¢arije.

Er suchte die Wasseroberfläche rund um das Wrack ab und entdeckte nirgends Leichenteile oder Tote. Nur Trümmerstücke schwappten gegen die sanfte Steigung, auf der oben eine Mauer verlief.

Nun versuchte er, etwas an Bord des zweiten Seglers zu entdecken, was wegen der Gischt und der Regenschauer, die es gegen sein Fernglas trieb, beinahe zu einem Ding der Unmöglichkeit wurde. Wenn ihn jedoch nicht alles täuschte, befand sich niemand am Ruder. Dicke Taue fixierten das Rad, um die Richtung zu halten.

Da verstand er die Absicht der Tarpoler.

»Feuer!«, befahl er eilig. »Zuerst auf den zweiten, und danach haltet auf die anderen.«

Die Mündungen der Bombarden fauchten, der Pulverqualm wurde vom Wind sofort zur Seite gerissen. Die Kugeln gingen auf die Reise. Durch das Schaukeln der Schiffe und den wilden Tanz, den sie auf den Wogen absolvierten, klatschten die Eisengeschosse unverrichteter Dinge ins Wasser. Die Fontänen sah man wegen des Unwetters gar nicht mehr.

Das zweite Schiff erreichte die unterseeischen Lanzen, hockte sich auf und zerbarst wenig darauf in einer neuerlichen Detonation.

Voller Entsetzen sah der Kensustrianer, dass die Wucht die Spieße auf mehreren Schritt Länge verbogen und die Verankerung beschädigt hatte. Die anderen vier Schiffe konnten bis an die Küste fahren, ohne vorher abgefangen zu werden. Er befahl, aus allen Rohren zu schießen.

Die Festung der kensustrianischen Verteidiger war umgeben von Dampfschwaden. Vor den Schießscharten blitzte es immer wieder auf, pfeifend flogen die Geschosse durch die Nacht, manche trafen, manche verfehlten ihr Ziel. Bei Tageslicht und halbwegs ruhiger See wären die Segler schon lange gesunken.

Doch die Ausbeute an zielsicheren Einschlägen reichte nicht aus, um die beiden nächsten Schiffe am Landen zu hindern.

Der Wachhabende hatte das vorausgesehen und die Krieger bereits zum Ufer gesandt. Die tragbaren Katapulte, Worrpas, Handbomben und nicht zuletzt die Schlagkraft seiner Männer würden die Feinde vernichten.

Die Schiffe wurden von den Wogen auf den unteren Bereich des Damms geschoben, die Kensustrianer besetzten die Mauern und machten sich zum tödlichen Empfang der ungebetenen Gäste bereit.

Die ließen sich mit dem Ausstieg Zeit, ihr Mut schien angesichts der bereitstehenden Verteidiger gesunken zu sein. Die anderen zwei Segler behielten ihre Position auf dem Meer bei.

Ein greller Lichtblitz zwang den Kensustrianer, der die Schiffe durch sein Fernglas betrachtete, die Augen zu schließen. Die Segler zersprangen mit einem zeitlichen Abstand von knapp einem Lidschlag, zerstört von der Sprengkraft mehrerer Tonnen Pulver.

Nicht nur das Holz beugte sich der Kraft.

Als der Wachhabende wieder etwas sah, entdeckte er die Katastrophe, die die Explosion angerichtet hatte. Und aller Wahrscheinlichkeit nach anrichten sollte.

Im Deich, der vor vielen hundert Jahren von seinen Vorfahren angelegt worden war, befand sich ein gewaltiges Loch, durch den das Salzwasser in das dahinterliegende Land strömte.

Das, was die Kensustrianer mit viel Geschick und Ingenieurskunst dem Meer entrissen hatten, nahm sich die See durch diese Lücke zurück. Die Ränder rissen links und rechts weiter ein, der Sturm drückte die schäumenden Wellen gegen die beschädigte Stelle und verbreiterte sie zusehends.

Sofort schickte der Kensustrianer Meldeworrpas los. Doch mit der Geschwindigkeit des windgepeitschten Wassers würden sich die schnellen Tiere nicht messen können.

Er hoffte, dass die Nachdeiche hielten, damit die Zahl der Toten in der Marsch nicht zu hoch ausfiel.

Da flogen das fünfte und sechste Schiff heran und segelten durch die Bresche ins Hinterland.

Kontinent Ulldart, Vizekönigreich Ilfaris, Herzogtum Séràly, eine Meile nordwestlich der kensustrianischen Grenze, Winter 459/60 n. S.

Lodrik ritt durch die Nacht und lenkte das Pferd entlang der Straße unmittelbar auf Paledue, das Lager des Gegners, zu.

Sein Wallach, der einen breiten Schnitt an der Kehle aufwies, flog mit einer übernatürlichen Geschwindigkeit auf dem befestigten Untergrund entlang. Die Augen des Nekromanten sahen im Licht der Monde genügend, um eventuellen Schlaglöchern rechtzeitig auszuweichen.

Unter seiner Uniform trug er den Rückzugsbefehl für die kensustrianische Spezialeinheit bei sich, die das Kastell der tarpolisch-tzulandrischen Truppen als Antwort auf die Dammsprengung vernichten sollten.

Die anderen Angriffe auf die übrigen Befestigungen waren im letzten Moment verhindert worden. Die Männer wussten nicht, wie knapp sie dem sicheren Tod entronnen waren.

Nur dieser eine Zug von etwa dreihundert Kriegern war schneller vorwärts gelangt, und der Befehl hatte ihren Sammelpunkt zu spät erreicht.

Zufällig war der einstige Kabcar hinzugekommen und hatte die Zustellung der Order übernommen, obwohl keiner daran glaubte, dass er die Distanz in der kurzen Zeit überbrücken könnte.

Sobald er außer Sichtweite der Verbündeten war, tötete er das Tier und ließ mehrere Seelen in den Kadaver einfahren. Sie verliehen dem wieder belebten Wallach die Schnelligkeit und die unendliche Ausdauer.

Erfolg war ihm dennoch nicht beschieden. Er hörte schon von weitem, dass er es nicht rechtzeitig schaffen würde.

Bombarden donnerten, schossen aus lauter Hilflosigkeit auf einen unsichtbaren Feind, der sich vermutlich schon lange in den eigenen Reihen befand. Die zackigen, teilweise eingerissenen Palisaden hoben sich wie die Zähne im Unterkiefer eines Modrak im Feuerschein ab, an einigen Stellen des Kastells waren Brände ausgebrochen. Das Klirren von Schwertern drang an seine Ohren.

Lodrik dachte nicht ans Aufgeben. Er wollte so viele seiner Untertanen vor der Rache der Kensustrianer bewahren und dirigierte das Pferd zum weit geöffneten Haupttor, aus dem ihm die Truppen in heller Furcht entgegengerannt kamen. Sie flüchteten vor dem Gegner, den sie für unbesiegbar hielten.

Der einstige Kabcar preschte durch ihre Reihen, um nach dem Anführer der Kensustrianer zu suchen.

Erste Tarpoler erkannten seine Uniform und blieben stehen, machten andere auf den wie aus dem Nichts erschienenen Reiter aufmerksam, der in höchster Not zu seinen Leuten zurückgekehrt war.

Sein Name verbreitete sich wie ein Lauffeuer unter den Soldaten. Hunderte Augenpaare verfolgten die Gestalt des geliebten Herrschers.

Ein Teil der Geschütze war von den Kensustrianern erobert und um 180 Grad gewendet worden. Die eigenen Kugeln flogen den Tzulandriern und Ulldartern um die Ohren und hieben alles entzwei, was ihnen auf ihrer Bahn im Weg stand.

Nur noch ein harter Kern hielt den Angreifern im Zentrum des Kastells Stand, formierte sich zu einem Kreis und wehrte sich nach Kräften. Schon schwenkten die Bombarden auf das Grüppchen der Tapferen.

Lodrik erstarrte, als er die verkrüppelte Gestalt sah, die sich in vorderster Linie befand und mit ihren zwei Dreschflegeln auf die grünhaarigen Angreifer eindrosch. Unter der Wucht der eisenbeschlagenen Holzstücke flogen die Kensustrianer, die mit der Bekämpfung des Riesen ihre Schwierigkeiten hatten, weit durch die Luft, bevor sie aufschlugen und liegen blieben.

Krutor! Was macht er denn hier?

Dann löste sich der Anführer der dreihundert Krieger aus dem Schatten, einer der gefürchteten Unbesiegbaren in der dunkelgrünen Rüstung mit den goldenen Verzierungen. In seinen Händen hielt er zwei Schwerter, die Augen glommen giftgelb.

Ich muss Krutor retten. Lodrik sprang aus dem Sattel. »Beschützt mich«, befahl er seinen Geistern, die augenblicklich aus dem Leib des Pferdes fuhren. Als kappte man die Fäden einer Marionette, stürzte der Wallach zusammen und blieb wie hingeworfen liegen.

Lodrik rannte durch das Lager. Jeder, der sich ihm unbewusst oder bewusst näherte, Freund oder Feind, wurde von unsichtbaren Kräften zur Seite gestoßen.

Durch die Barriere, die ihn umgab, war gleichzeitig der Blick auf ihn frei.

Und wieder erkannten ihn einige der Freiwilligen, riefen voller Begeisterung seinen Namen und zeigten mit dem Finger auf ihn. Jeder, der eben noch Verzweiflung und Furcht im Herzen getragen hatte, kehrte zurück, nahm die weggeworfene Waffe auf und wandte sich den Feinden zu. Das Erscheinen des Kabcar schien das Blatt zu wenden.

Doch noch mehr Tote zu verschulden, egal auf welcher Seite, das lag nicht in Lodriks Absicht.

Der Kensustrianer und sein Sohn lieferten sich einen erbitterten Kampf.

Mehrfach gelang es dem Krieger, Krutor zu verwunden. Die Schneiden schnellten nach vorn, perforierten die Rüstung und schlugen Wunden. Aber die Widerstandskraft des verkrüppelten Tadc sorgte dafür, dass er nicht einknickte. Trotzdem war es ein ungleiches Gefecht. Der Kensustrianer schützte sich mit seiner Magie vor der Wirkung der Dreschflegel.

Nach einer Finte stieß der Krieger die Klingen an der Deckung des jungen Mannes vorbei und parallel in den Körper seines Sohnes.

Schnaufend brach der Tadc auf die Knie, schlug dabei zu und drängte den Feind zurück. Die Schwerter steckten noch in ihm, der Kensustrianer war plötzlich waffenlos.

Ehrfurchtsvoll schaute der Anführer auf den Riesen, der nicht aufgeben wollte und sich aufrecht hielt, seinen Gegner sogar noch auslachte. Die Tränen, die ihm in Sturzbächen die Wangen hinabliefen, gebar jedoch der Schmerz, nicht der Hohn.

»Halt!,« rief Lodrik entsetzt und griff auf seine eigenen Kräfte zurück. Nicht allein der Klang seiner Stimme machte auf ihn aufmerksam, er verstärkte magisch die Wirkung seiner Präsenz und erzwang, dass selbst die Kensustrianer von ihren Gegnern abließen und auf den Neuankömmling starrten. Sein Name wurde geflüstert.

Er schritt selbstsicher auf den Anführer zu, langte unter die Uniform und überreichte ihm das Schreiben. Der Kensustrianer las die Zeilen, das Gelb seiner Augen erlosch. Ein kurzer Befehl, und seine Leute verstauten die Waffen.

Das Flüstern der Ulldarter wurde zu einem Raunen.

Der ehemalige Herrscher lief zu seinem verwundeten Sohn. »Wir holen einen Cerêler. Er wird dich heilen, mein Junge.«

»Vater?« Er lächelte, das entstellte Gesicht drückte unbändige Freude über das Wiedersehen aus. Er warf die Dreschflegel zu Boden. »Du bist gar nicht tot? Dann stimmt es also? Dann habe ich ganz viele Grünhaare ganz falsch kaputt gemacht.« Gequält blickte er nach unten, wo die Griffe der Schwerter aus ihm herausragten. »Schau, was sie dafür gemacht haben.« Angst schlich sich in seine Stimme. »Muss ich sterben?«

Behutsam strich er über den deformierten Schädel seines Jüngsten. »Nein. Ein Heiler wird dich vor dem Tod bewahren. Halte aus.« Er richtete sich auf.

Die Soldaten betrachteten ihn voller Verwunderung. Voller Hoffnung.

»Untertanen«, hob er die Stimme, »ja, ich bin es. Lodrik Bardriç, der rechtmäßige Herrscher von Tarpol. Gestürzt von seinem eigenen Sohn, der mein Reich, der ganz Ulldart ins Unglück führt.« Er drehte sich ein wenig, damit ihn alle sehen konnten. »Govan raubte mir viel. Meine Gestalt, einen Teil meiner Magie. Aber nicht die Liebe meines Volkes!« Die Männer johlten als Zeichen der Zustimmung. »Ich weiß, dass ihr hier seid, um meinen Tod an den Kensustrianern zu rächen. Doch ich lebe. Deshalb sage ich zu euch: Geht nach Hause. Kümmert euch um eure Familien, versteckt sie vor meinem Sohn und seinen Leuten, damit sie über den Winter kommen. Lasst das Kämpfen gegen die Kensustrianer sein, denn sie sind meine Verbündeten. Ich werde Govan schon bald seines Amtes entheben.«

»Wir helfen Euch!«, schrie jemand aufgebracht, und die Menge stimmte sofort ein. Es dauerte eine Zeit, bis sie sich von ihm durch Gesten beruhigen ließen.

»Nein«, befahl er. »Ihr würdet nichts gegen ihn ausrichten. Er würde euch mit einem Lachen töten und euch Tzulan opfern. Geht nach Hause und erzählt allen, die ihr trefft, dass die Zeit meines Sohnes nicht mehr lange …«

Etwas flog surrend aus der Dunkelheit heran, wurde einen Fingerbreit vor Lodriks Kopf von seinen unsichtbaren Beschützern abgefangen und fallen gelassen.

Ein tzulandrisches Kriegsbeil lag zu seinen Füßen.

Einer der Soldaten hatte den Werfer erkannt, der eben noch Seite an Seite mit ihm gegen die Grünhaare gefochten hatte, und zückte wutentbrannt seinen Dolch. »Verräterischer Hundsfott!« Bis zum Heft trieb er dem Tzulandrier die Klinge in den Leib.

Für einen Lidschlag geschah nichts.

Dann entlud sich die Empörung über den versuchten Mord an dem verehrten Kabcar. Der Dolchstoß bildete den Auftakt zu einem unbeschreiblichen Kampf, bei dem Ulldarter und Kensustrianer sich gegen die Tzulandrier stellten.

Lodrik gelang es nicht, die erregten Gemüter zu beruhigen. Daher widmete er sich seinem schwer verwundeten Sohn.

Es dauerte nicht lange, und die einstigen Verbündeten, die Sinured gebracht hatte, ruhten tot auf der Erde. Die Ulldarter feierten ihren Sieg.

Nachdenklich drehte Lodrik eines der Schwerter, das der Cerêler seinem Sohn aus dem Körper gezogen hatte, in den Händen hin und her.

Unvorstellbar, dass er diese Wunden überlebt hat. Selbst der kleinwüchsige Heiler, den seine dienstbaren Seelen ausfindig gemacht hatten und der von den ulldartischen Truppen sofort nach Paledue geholt worden war, hatte unverhohlen seine Verwunderung darüber ausgedrückt.

Lodrik eilte in das Zimmer, wo man aus mehreren Decken ein Lager für den Tadc errichtet hatte. Erschöpft lag der Cerêler daneben und schlummerte. An verschiedenen Stellen des verwachsenen Körpers seines Sohnes waren Verbände angelegt worden, die Blessuren mussten auf natürliche Weise gesunden. Der kleinwüchsige Mann hatte all seine Magie auf die beiden Wunden im Unterleib des Krüppels gelenkt.

Leise schlich Lodrik an Krutors Lager und hockte sich daneben.

Der Cerêler murmelte im Schlaf etwas, rückte von dem Nekromanten weg. Seinem Sohn dagegen schien die Ausstrahlung des Unheimlichen und des Todes wenig auszumachen. Der ehemalige Kabcar saß einfach nur da und betrachtete Krutor. *Er kam, um meinen Tod zu rächen. Wie die vielen anderen. Und wäre beinahe ein Opfer des guten Vorsatzes geworden. Er war immer ein Spielball seiner Geschwister. Dieses Mal hätte es ihn beinahe das Leben gekostet.*

Krutors Lider flatterten, hoben sich. »Vater«, sagte er schwach, aber glücklich. Dann wechselte der Ausdruck in seinem groben Gesicht. »Ich muss mich bei den Kensustrianern entschuldigen. Sie haben keine Strafe verdient. Du lebst ja. Auch wenn du dich verändert hast. Du bist ein bisschen gruselig.«

»Ich werde ihnen sagen, dass es dir Leid tut«, versprach Lodrik gerührt. »Sieh zu, dass du wieder auf die Beine kommst.«

Krutor schaute böse. »Ich werde Govan dazu zwingen, dass er dir den Thron gibt. Und boxe ihm auf die Nase. Er hat viel angestellt, seit du ... weg warst. Sie dachten, ich merke es nicht. Aber ich bin kein Verblödeter, wie Govan sagt.« Er nahm die Hand seines Vaters, die zwischen seinen Fingern gänzlich verschwand. »Ich helfe dir.«

»Du bist viel zu schwach«, lehnte er das Gesuch seines Jüngsten ab.

»Aber er hat doch seine Magie. Und so ein Schwert, das durch alles durch geht«, rebellierte Krutor kraftlos.

»Ich weiß. Wir sind ganz viele, mein Sohn.«

»Und wenn ihr auch eines von den Schwertern hättet?«, meinte er begeistert. Er senkte seine Stimme zu einem Flüstern. »Ich weiß, wo noch eines ist, das Govan nicht kennt.«

»Noch eine aldoreelische Klinge?« Lodrik horchte auf. »Wo soll sie denn sein?«

Zufrieden, dass er seinem Vater behilflich sein konnte, strahlte der missgestaltete Junge. »In Ammtára, bei meinen Freunden. Ich habe die Stadt unter meinen Schutz gestellt, weil ich nicht will, dass Govan oder Sinured sie kaputt machen. Das Schwert gehört Pashtak, dem Inquisitor. Eigentlich ist er jetzt der Vorsitzende. Er hat's gefunden. Wenn du ihm sagst, dass ich dich geschickt habe, wird er es dir geben.«

Der einstige Kabcar überlegte. »Ich könnte die Modrak ...«

»Nein«, schüttelte Krutor den schiefen Schädel. »Er kann die Flieger nicht ausstehen.«

»Ich werde mir etwas ausdenken, damit er mir Glauben schenkt.« Er streichelte die Wange seines Sprosses, der die Augen schloss und sich an die Hand schmiegte. Weder schienen ihn das Knochige noch die langen Fingernägel abzuschrecken.

»Ich freue mich, dass ich dich gefunden habe«, murmelte der Tadc undeutlich und glitt in den Schlaf.

Lodrik schluckte, die Ergriffenheit übermannte ihn. Vorsichtig drückte er seinen Sohn an sich, stand auf, nahm die Schwerter und verließ das Gebäude. Draußen erwartete ihn der Kensustrianer und nahm dankend seine Waffen entgegen.

Das Kastell Paledue befand sich buchstäblich in der Auflösung.

Die Zelte waren in der Mehrzahl abgeschlagen, damit sie unterwegs als Unterschlupf genutzt werden konnten. Die toten Tzulandrier lagen auf einem großen Haufen, sie würden den wilden Tieren als Nahrung dienen.

Waffen, Wertgegenstände, Proviant, jeder der Abreisenden nahm sich, was er brauchte. In großen Pulks liefen und ritten die Ulldarter frohgemut in ihre Heimat, um die Rückkehr des alten Kabcar zu verkünden.

Andere zogen aus, um die anderen Kastelle von der tatsächlichen Ankunft des beliebten Herrschers zu unterrichten und zum Nachhausegehen zu überreden. Ihre Arbeit wog mehr als jede siegreiche Schlacht.

Lodrik winkte ihnen zu. Sie riefen seinen Namen und wünschten ihm ein langes Leben.

»Mein Sohn entschuldigt sich dafür, dass er in seiner Verwirrung einige Eurer Männer erschlug«, sagte er zu dem beeindruckenden Anführer des kensustrianischen Kommandounternehmens, ohne den Blick zu wenden.

»Euer Sohn ist ein erschreckender Gegner«, zollte der Krieger Respekt. »Ich bin froh, dass er auf unserer Seite steht.«

Eine Woche später transportierten sie den Verletzten ins Landesinnere von Kensustria, damit er Perdór Bericht über die Vorhaben ablieferte.

Das Kastell Paledue suchte man nach dem Abrücken der Kensustrianer vergebens. Nur ein paar Aschehaufen und die Leichen der Tzulandrier markierten den Ort, an dem vor nicht allzu langer Zeit die Truppen ausgeharrt hatten.

Kontinent Ulldart, nordwestliches Kensustria, Drocâvis, Winter 459/60 n. S.

Die Stadt am westlichen Rand Kensustrias, am Ufer des Flusses Câvis gelegen, konnte es mit der filigranen Schönheit Meddohârs nicht aufnehmen, wie Fiorell nach ihrer Ankunft sogleich nörgelnd feststellte.

Man hatte sich zu einem Umzug entschlossen, da sich die Belagerung anders als geplant entwickelte. Perdór wollte näher am Hauptgeschehen sein, die Nachrichten würden von den Grenzpunkten her schneller übermittelt werden. Dank der Modrak beinahe innerhalb von Stunden.

Also siedelten sie in die Stadt, die aufgrund der nahen Grenzlage einer einzigen Bastion glich. Die massiven Häuser standen immer in Ringen dicht an dicht angeordnet, sodass sich eventuelle Angreifer mühsam einen Wall nach dem anderen erobern mussten, sollte es ihnen überhaupt gelingen, die Stadtmauern zu erklimmen.

Inmitten der Kreise erhob sich die Festung.

Unzählige Brücken verliefen wie Krakenarme in alle Richtungen der Stadt und hinauf zu den Wehrgängen der Mauer, um die Krieger ohne Aufenthalt an den Ort zu bringen, an denen Feinden ein eventueller Durchbruch gelingen mochte. Selbstverständlich waren diese Bauwerke so konstruiert, dass man sie einstürzen lassen konnte, um den Gegner an ihrer Nutzung zu hindern.

Alles in Drocâvis machte den Eindruck, selbst den Einschlag der Monde überstehen zu können, so solide präsentierten sich die Bauten aus reinem, hellgrauem Granit.

Und dennoch wollte die Stadt nicht mit Farben geizen. Künstler verschönerten die brachialen Objekte mit Malereien. Die nicht ganz so üppig ausstaffierten Tempel lockerten das Bild einer reinen Militärstadt auf, auch wenn sie nicht recht in die soldatische Symmetrie passten.

Die Tarpoler und Ilfariten fanden Unterschlupf in einer ungenutzten Kultstätte, deren Gottheit derzeit außer Mode gekommen war. Bunte Wände, Symbole und seltsame Gegenstände verschönerten die unzähligen Räume, in denen sie ihren Kommandostab aufbauten.

Die Stimmung in Kensustria pendelte.

Die Sprengung eines Hauptdeiches und zweier Schutzdämme dahinter hatte eine Flutwelle über das kultivierte Ackerland rollen lassen. Tausende versanken in den salzigen Fluten, bis es den Baumeistern gelang, die Lücke zu schließen und die Überschwemmung aufzuhalten.

Die Tat löste verständlicherweise den Wunsch nach Vergeltung aus; die Einheiten, die gegen die Kastelle zogen, wurden auf das Einschreiten Perdórs hin zurückbeordert. Diese Eskalation würde einzig Govan nützen.

Die erfreuliche Wendung, die das Kriegsgeschehen dank des Eingreifens des alten Bardri¢ nahm, brachte den Freunden Zuversicht in rauen Mengen zurück. Eines der hoheitlichen Geschwister, im Grunde der Beliebteste des Dreiergespanns, stand zudem noch auf ihrer Seite. Zwar hatte er keinen Einblick in die exakten Pläne, aber seine Erzählungen reichten aus, um einige Lücken zu schließen und Eindrücke abzurunden.

»Der kleine Tzulan gerät immer mehr in Schwierigkeiten«, freute sich der rundliche König. »Das bringt mir meinen Appetit direkt zurück.« Er schaute sich nach seiner Schale mit Pralinen um, fand sie aber leer vor.

»Ihr habt Euren Vorrat aufgebraucht, kleiner Gierschlund«, meinte sein Hofnarr schadenfroh.

Der Herrscher grübelte. »Ich könnte den alten Kabcar bitten, dass er seine Modrak für mich nach Séràly schickt und Konfekt bringen lässt.«

»Der Meister der Geister wird einen seiner geflügelten Freunde in Euren Hintern beißen lassen, Majestät. Die Modrak würden sich wundern, wenn sie ihr Leben für Süßigkeiten aufs Spiel setzen müssten.« Fiorell hob das Blatt mit der Strichliste. »Hier, zweiundzwanzig der

Wasserspeier hat es schon erwischt. Trotz aller Vorsicht.«

»Ja, ich sehe es doch ein.« Unwirsch wandte er sich einer Nachricht zu, die ihm nicht gefiel. »Wir haben Segelsichtungen von tzulandrischen Kontingenten, Kurs auf Rogogard. Der wahnsinnige Kleine hortet die Schiffe und wartet wie ein Geier darauf, dass der Frühling ihm den Angriff auf Kalisstron ermöglicht.«

»Schlecht für die Kalisstri, gut für uns. Die Ignoranz des ¢arije kommt uns zu Gute. Würde er sie uns ebenfalls in den Nacken hetzen, müsste Ulldrael vorbeikommen und helfen.«

»Die Umsetzung der geraubten Baupläne aus den Verstecken des Kabcar läuft?«

»Ich vermute es. Moolpár stolzierte hier vor kurzem mit einem sehr zufriedenen Gesicht vorbei. Nicht mehr lange, und das Zeug ist fertig. Nur die Bedienung der Gerätschaften werden wir wohl durch Ausprobieren herausfinden müssen.«

Perdór wackelte mit dem Schopf, dass die Löckchen auf und nieder hüpften. »Heikel, heikel.«

Mêrkos betrat den Raum. »Ich soll Euch zum Hafen bringen«, sagte er. »Wir haben Besuch bekommen.«

»Vielleicht ist es Govan, der sich ergeben möchte?«, feixte Fiorell. »Oder wurden Eure schmachtenden Hilferufe gehört und die Götter sandten Euch einen schwimmenden Fresskorb?«

»Oder einen immer währenden Knebel für deinen Mund«, knurrte sein Herr.

Auf den Luxus einer Sharik mussten sie in Drocâvis verzichten, zu Fuß ging es mit Moolpár, Stoiko und Soscha durch die Stadt, bis sie die Tore in Richtung des Flusses erreichten. Eine arg ramponierte Dharka wurde gerade vertäut, mehrere Planken ausgelegt. Ein Kran hievte einen Schimmel aus dem Laderaum, um ihn langsam auf den Boden zu lassen.

Ein typischer Rogogarder erschien an Deck und schwenkte den Hut. Ausgelassen winkte er der Gruppe zu.

Stoiko kniff die Augen zusammen und fuhr sich über den Schnauzbart. »Rudgass? Ich werd verrückt.«

»Bitte nicht«, bemerkte Perdór trocken. »Wir brauchen jedes Quäntchen Verstand.«

Der Pirat ging federnden Schrittes die Planke hinunter, verneigte sich. »Da bin ich, Majestät. Ich war überrascht, als ich von Eurem Umzug hörte. Aber die freundlichen Kensustrianer wiesen mir den Weg. Sie wussten, dass ich zu den Freunden gehöre.«

»Es freut mich außerordentlich, den Mann kennen zu lernen, der weder Tod noch Tzulan fürchtet«, meinte der ilfaritische König und streckte ihm die Hand hin. »Auch wenn Ihr ohne Erfolg durch die Weltmeere gekreuzt seid.«

»Wie seid Ihr durch die Blockade gelangt, alter und treuer Freund?«, wollte Stoiko wissen, als die Reihe mit dem Händeschütteln an ihn kam.

»Welche Blockade?« Irritiert hob Torben die Augenbrauen. Dann musste er lachen. »Die Palestaner, so scheint es, haben sich zurückgezogen. Es steht keine einzige ihrer Koggen mehr vor der Küste«, berichtete er. »Ich wollte es Euch selbst sagen, deshalb ließ ich die Botschaft verheimlichen. Sozusagen als frohe Kunde.«

»Das kann keine Anordnung des ¢arije gewesen sein«, vermutete Perdór verblüfft.

»War es auch nicht«, schaltete sich Moolpár wissend ein. »Wir erhielten Besuch von einer palestanischen Abordnung, die sich mit uns treffen möchte. Die Ankunft der Delegation behielt ich für mich, um Kapitän Rudgass seine Überraschung nicht zu verderben.« Er zeigte seine Eckzähne. »Sie ist wohl gelungen.«

Der Herrscher kam aus dem Staunen nicht mehr heraus. »Wohl wahr.«

»Es ist wie immer. Da kommt die Krämerseele zum Tragen. Sie sehen, dass mit dem größenwahnsinnigen Möchtegerngott kein Staat zu machen ist, und seilen sich mal wieder ab.« Fiorell ahmte die umständliche Vorstellung eines Palestaners nach und näselte plötzlich so herrlich arrogant und affektiert wie einer der Seehändler. »Mir deucht, wir sollten miteinander ins Geschäft kommen, ehe es uns in das Salz regnet, nicht wahr?«

Alle lachten.

»Ach, ja, ich habe noch ein paar Mitbringsel.« Torben gab das verabredete Zeichen in Richtung des tarvinischen Seglers. »Ich mag es nicht, ohne Erfolge irgendwo aufzutauchen«, meinte er verschmitzt.

»Soll das heißen ...«, brach es aufgeregt aus Stoiko hervor, der zunächst nicht wagte, weiter zu fragen, »... soll das heißen, Ihr habt sie gefunden?«

Wortlos deutete der Rogogarder auf den Ausstieg.

Zuerst wurde der Kopf von Norina sichtbar, die Fatja aus Vorsicht das schwankende Brett hinabführte. Es folgte die markante Gestalt des Leibwächters, dahinter erschienen Matuc und seine Kalisstronen in den Gewändern von Ulldraelmönchen.

Lidschläge darauf lagen sie sich mit Stoiko in den Armen und feierten ein Wiedersehen mit reichlich Freudentränen. Nur Norina stand unbeteiligt da und bemerkte anscheinend nicht, wie viel Seligkeit um sie herum herrschte.

Selbst Perdór konnte sich der Stimmung des Wiedersehens nicht entziehen, Fiorell wischte sich selbst die

Nase und reichte seinem König dann das benutzte Taschentuch, das dieser dankend annahm. Erst als er sich schnäuzte, fiel ihm der Streich auf, und er rempelte dem Narren in die Seite. Der rempelte zurück.

Als sich die erste Aufregung legte, stießen zwei junge Männer vom Deck des Seglers dazu.

Soscha stieß leise die Luft aus. »Das nenne ich magisches Potenzial«, flüsterte sie dem Herrscher zu und nickte in Richtung des kleineren der beiden. »Der andere trägt dafür eine aldoreelische Klinge an seiner Seite. Sie hat das gleiche Schimmern wie die des Großmeisters, als ich ihn einst in Ulsar sah.«

»Hat dieser Pirat es doch tatsächlich geschafft, die Brojakin mitsamt dem Sohn ausfindig zu machen?« Perdór klatschte begeistert. »Man müsste das Gewicht des Mannes in Iurdum aufwiegen, so wertvoll ist er für uns.«

»Das habe ich gehört.« Torben drängte die Gruppe mit sanfter Gewalt zum König und seinem Spaßmacher und stellte sie der Reihe nach vor. Da er Soscha nicht kannte, umschrieb Perdór an seiner Stelle ihre Aufgabe als »Wissenschaftlerin der Magie«.

Der Junge, der als Tokaro von Kuraschka vorgestellt worden war und ihr eben noch die Hand reichen wollte, riss den Arm ruckartig zurück.

»Das war recht unhöflich«, meinte die junge Frau. »Bin ich einem Ritter nicht standesgemäß genug?«

Tokaro deutete verschämt eine Verbeugung an. »Ich fürchte um Euer Wohl, meine Dame. Das ist alles. Mein Körper wirkte bisher auf die meisten magiebegabten Menschen, indem er einen Schlag gegen sie ausführte.«

»Ach?«, machte Soscha begeistert. »Das will ich sehen.« Bevor Tokaro etwas dagegen unternehmen konnte, fasste sie ihn an.

Nichts geschah.

Der Ritter atmete erleichtert auf. Die Ulsarin dagegen blickte enttäuscht auf die Hände, die sich berührt hatten. Sie ließ los, packte zu, ließ los, packte zu, bis der junge Mann sich ihrem Zugriff entzog.

»Ihr hattet großes Glück, meine Dame.« Ein boshaftes Grinsen stahl sich in sein Gesicht. »Seht, was bei meinem Bruder geschieht.« Sein Zeigefinger tippte gegen Lorins Handrücken. Schreiend sprang der Kalisstrone zurück und verfluchte seinen Halbbruder. »Zufrieden, edle Dame?«, grinste er breit.

Soscha hielt sich überrascht eine Hand vor den Mund. Die Entladung, die sie eben beobachten durfte, stellte etwas völlig Neues dar.

Von einem Lidschlag auf den anderen war eine grellgraue Aura um den Ritter entstanden, den sie eben noch als nichtmagisch eingestuft hatte. Nach der Berührung fiel sie einfach zusammen und verschwand wieder. Selbst bei einer genauen Betrachtung entdeckte sie keinerlei Hinweise auf die Kräfte, die sein Halbbruder dagegen in hohem Maße aufwies.

Es muss eine passive Magie sein. Vielleicht aktiviert sie sich nur bei Verwandten? »Das war … beeindruckend«, meinte sie, noch immer gebannt von dem Gesehenen.

»Verzeiht. Ich muss mich um mein Pferd kümmern.« Der Lastkran seilte den Hengst endgültig ab.

Tokaro schnalzte leicht und stellte sich ein wenig abseits der Menschen. Der stolze Schimmel trabte auf seinen Reiter zu und legte den Kopf auf seine Schulter, froh, dass die Schiffsreise zu Ende war. Tokaro klopfte ihm auf den Hals und sprach in freundlichem Ton zu ihm.

Soscha wollte eben schon nach seinem Halbbruder schauen, als sie ein Schimmern um den Ritter entdeckte, sobald er in die Nähe des Rosses gelangte. *Und ich dachte schon, ich hätte ein paar Geheimnisse der Magie gelüftet. Da kommt Forschung für ein ganzes Leben auf mich zu.*

»Ich zeige Euch eine Unterkunft, in der Ihr ein wenig Ruhe von der anstrengenden Reise findet. Das Haus neben dem Tempel steht Euch zur Verfügung«, bot Moolpár an. Seine bernsteinfarbenen Augen betrachteten Norina. »Ich werde nach unseren Ärzte rufen lassen, damit sie sich die Frau ansehen. Vielleicht finden sie einen Weg, ihr zu helfen.«

»Ich wäre Euch zu ewigem Dank verpflichtet«, sagte Torben aufrichtig.

»Wie ich«, ergänzte Lorin.

Sie kehrten zu dem verlassenen Tempel zurück, die Gruppe teilte sich auf. Man verabredete ein Treffen in den Abendstunden, das Wiedersehen sollte mit einem kleinen Fest gefeiert werden.

Als sich die anderen zerstreuten, hielt Stoiko den K'Tar Tur am Arm fest. Er wartete, bis sie allein zwischen den Gebäuden standen. »Der Junge ist auch hier, Waljakov.«

»Welcher Junge?«

»Unser Schützling aus vergangenen Zeiten. Lodrik.«

Waljakov runzelte die Stirn. »Er ist tot, wurde uns gesagt.« Die mechanische Hand schloss sich klackend zu einer Faust. »Oder?«

Stoiko verneinte. »Die Magie hat ihn vor dem endgültigen Tod bewahrt. Sein Sohn raubte ihm einen Großteil seiner Kraft und veränderte ihn. Nicht nur äußerlich. Ich glaube auch innerlich. Er ist trauriger, melancholischer geworden.«

Waljakov lehnte sich an die Wand, das Rückenteil seines Harnischs erzeugte ein metallisches Geräusch. »Er lebt.« Seine Gefühle spielten verrückt, doch die Freude über diese Nachricht überwog alles andere.

Sein Freund wusste, wie ihm zu Mute war, und lächelte nur still.

»Wo ist er? Warum hat er uns nicht begrüßt?«

»Er schämt sich. Und er ist etwas empfindlich geworden, was das Sonnenlicht angeht«, erklärte sein Gegenüber nachdenklich. »Du wirst sehen, was ich meine, alter Griesgram.« Er machte einen Schritt nach vorn und umarmte den Leibwächter noch einmal. »Wer hätte das gedacht?«

»Dass wir uns lebend wieder sehen?«, grinste der Hüne und erlaubte sich den Scherz, ebenfalls zuzudrücken. Stoiko wich die Luft aus den Lungen. »Ich hielt es für unwahrscheinlich.« Er schlug ihm auf die Schulter. »Aber nicht für unmöglich. Die anderen werden viel zu erzählen haben. Ich rede immer noch nicht gern. Aber Fatja wird plappern wie ein Wasserfall.« Seine Freude wich Nachdenklichkeit. »Ich bitte alle Götter, dass sie der Herrin ihren Verstand wieder geben.«

»Es ist bedrückend, sie so zu sehen. Was war sie einst für ein kampfbereite, mutige Frau«, seufzte der Vertraute des Kabcar. Er musterte das gealterte Gesicht des K'Tar Tur. »Was wirst du tun, wenn du den Jungen triffst?«

»Ich sollte ihm den Hintern versohlen«, brummte er.

Das Fest im größten Raum des Tempels begann früh und dauerte lange.

Fern blieben der verletzte Krutor und Lodrik, der sich laut Perdór irgendwo an der Grenze aufhielt, um durch sein Erscheinen die letzten Zweifler der ulldartischen Kontingente vom Abzug zu überzeugen.

Matuc ließ es sich nicht nehmen, die Zeichen und Symbole Ulldraels des Gerechten aufzuhängen, damit in der Kultstätte auch wieder eine Gottheit Einzug hielt.

Den ganzen Abend verbrachten sie damit, sich von ihren Erlebnissen in Kalisstron und Ulldart zu erzählen, und bei allen schrecklichen Geschehnissen wurde dennoch viel gelacht. Die Menschen verspürten eine Zuversicht wie schon seit Jahren nicht mehr.

Dass Waljakov auf seine alten Tage die Damenwelt entdeckt hatte, sorgte vor allem bei Stoiko für Belustigung. Tokaros Bericht über das Ende der Hohen Schwerter löste ebenso Betroffenheit aus wie Torbens Schilderung vom Fall Rogogards. Der Freibeuter verkündete, dass er in zwei Tagen aufbrechen wolle, um nach Varla zu suchen. Da die Spione des ilfaritischen Königs sie noch nicht in Ulsar entdeckt hatten, vermutete er sie in einem der Gefangenenlager auf Verbroog, wo sie womöglich auf die Deportation in die Hauptstadt und ihre Opferung zu Ehren Tzulans wartete. Niemand zweifelte daran, dass ihm eine wagemutige Befreiungsaktion gelingen würde.

Tokaro stahl sich davon und suchte den Ort im Tempel auf, an dem sich Krutor befand und seine Verletzungen auskurierte. Heimlich betrat er den Raum, in dem ein paar Kerzen brannten, in deren Licht der missgestaltete Junge ein Buch las.

Sein deformierter Schädel wandte sich langsam dem Eingang zu. »Du bist doch Vaters Rennreiter! Ich meine, der Ritter ... Mein Freund.« Aufrichtige Freude zeigte sich im Gesicht des Verletzten.

»Genau. Ich wollte dir guten Tag sagen.« Tokaro trat an das Bett, reichte ihm die Hand. »Ich habe gehört, du warst sehr tapfer, alter Haudegen.«

»Ich hab sie ganz gut vermöbelt. Aber sie mich auch.« Der Tadc zeigte stolz auf seine Verbände. »Es waren keine Degen. Ich habe Dreschflegel benutzt. Aber die Grünhaare hatten ganz schön Angst vor mir. Und jetzt sind sie unsere Freunde.« Er schaute unter sich. »Schade, dass ich ein paar kaputt gemacht habe. Aber ich wusste ja nicht, dass sie für Vater sind.« Krutor setzte sich ein wenig auf. »Und wo kommst du her? Geht es Treskor gut?«

»Ich bin viel herumgekommen. Und dem Pferd geht es gut.«

»Ein schönes Pferd.« Listig blinzelte er dem Ritter zu. »Weißt du was? Jetzt können wir Govan zusammen auf die Nase boxen!«

Tokaro lachte laut, der missgestaltete Riese stimmte mit ein. »Das wird uns einen ganz schönen Spaß bereiten, was?!« Der Tadc nickte eifrig. »Ich gehe wieder nach unten. Wir sehen uns jetzt bestimmt öfter, sobald du gesund bist.«

»Bestimmt.« Krutor winkte ihm nach, als der Ordenskrieger hinausging und die Tür leise zuzog. *So viele Freunde hatte ich noch nie.*

Tokaros kurzer Ausflug war nicht bemerkt worden. Er war gespannt, wie sein Vater reagieren würde, wenn er seine beiden unehelichen Söhne vor sich sah, und bedauerte, dass er nicht an der Feier teilnahm.

Nachdenklich nahm er einen Schluck Wein. Seine Augen schweiften über die Gesichter der neuen Verbündeten und Vertrauten. *Ob er es am Ende nicht wagt, sich den Menschen zu zeigen, die er nicht gut behandelt hat? Er wird sich nicht ewig vor uns verbergen.*

Die Nachtluft spielte mit den Vorhängen, die vor der spaltbreit geöffneten Glastür hingen. Von hier aus gelangte man auf einen Balkon, der eine Übersicht über die umstehenden Gebäude erlaubte.

Sachte wehte der Stoff vor und zurück, schlug Wellen, als bestünde er aus Wasser, und zuckte im nächsten Moment wie lebendig. Die Monde sandten ihr silbriges Licht durch das Fenster in den Raum, in dem eine Person ruhte.

Norina lag in ihrem Bett, eine für kensustrianische Verhältnisse dicke Decke über sich, unter der sich ihr Körper abzeichnete. Ihr schwarzes Haar bildete einen Kontrast zu dem lavendelfarbenen Kissenbezug, auf dem ihr Kopf ruhte. Ihr Gesicht wirkte entspannt, sie schlief traumlos.

Etwas rüttelte leise am Fenster.

Ein heftiger Windstoß wirbelte Vorhänge durcheinander, für einen kurzen Augenblick zeichneten sich in dem fließenden Stoff die Umrisse eines Frauengesichts ab. Dann bewegte sich die Verriegelung der Tür, bis sie aufsprang und sich gänzlich öffnete. Ein leises Raunen und Wispern erfüllte den Raum, eine Brise fuhr hindurch, die sich abrupt legte.

Eine sehr schlanke Gestalt in einer nachtblauen Robe schwang sich auf den Balkon, das blonde Haar leuchtete im Schein der Gestirne.

Vorsichtig näherte sich der Besucher dem Eingang und betrat das Innere des Gebäudes, bis er am Kopfende des Lagers stand. Geräuschlos setzte er sich auf die Bettkante, die Hände in den Ärmeln der Robe verstaut, und blickte auf die Frau.

Er kannte jede Einzelheit ihres Gesichtes, das ihm ein wenig älter, aber nicht weniger vertraut erschien. Die kleine Narbe an der rechten Schläfe, die Züge ihres Antlitzes, wie oft hatte er all das in seinen Träumen gesehen. Wie sehr hatte es ihm gefehlt.

Nun befand Norina sich unmittelbar vor ihm, und dennoch wagte er es nicht, sie zu wecken. Er wusste, dass ihr Zustand sein Verschulden war.

Ich kann sie nicht einmal für meine Taten um Verzeihung bitten. Sie würde mich nicht verstehen. Vor Aufregung pochte sein Herz laut und schnell. Schon fürchtete er, das Trommeln in seiner Brust werde ihn verraten.

Es tut mir alles so Leid. Unwillkürlich neigte er sich nach unten, näherte sich ihrem Gesicht.

Da öffneten sich ihre mandelbraunen Augen und schauten geradewegs in seine blauen, und ihre Blicke verschmolzen miteinander.

Die Zeit stand still.

Eine Ewigkeit verharrten sie so, nicht einmal ein Blinzeln störte das Band, das sich zwischen ihnen gebildet hatte.

Dann weiteten sich Norinas Pupillen, bis sie das Braun beinahe völlig verdrängten, und zogen sich auf eine normale Größe zusammen. Der Schleier der Stumpfsinnigkeit, der ihre Augen so lange getrübt hatte, verflog.

»Lodrik?«, stammelte sie leise.

Erschrocken fuhr er zurück, sprang auf und rannte zur Balkontür.

Norina richtete sich auf, betrachtete in aller Eile ihre Umgebung und fand sich nicht zurecht. Sie war weder in einem Gefängnis noch in Tarpol oder Rogogard. Die Art der Einrichtung passte nicht. *Bin ich in Gefangenschaft?* »Was geht hier vor?«, wollte sie von ihrem einstigen Geliebten wissen. »Wo bin ich? Was …?«

Der einstige Kabcar befand sich in totaler Verwirrung. »Norina … ich … Wir sehen uns gewiss noch. Lass es dir von jemand erklären.« Er lief auf den Balkon und kletterte hinunter.

Die Brojakin stieg rasch aus dem Bett und rannte ihm nach.

Die Ansicht auf das nächtliche Drocâvis bedeutete eine weitere Überraschung. Sie vermutete, dass sie sich in Kensustria befand. Genau sagen konnte sie es nicht.

Sie erinnerte sich, dass sie irgendwann mit Torben gesprochen hatte und ihn bat, nach den anderen zu suchen. Das Bild eines jungen Mannes entstand vor ihren Augen, der sie anlächelte und den sie »Mutter« sagen hörte. *Wie viel Zeit ist seitdem vergangen?* Unsicher blickte sie der flüchtenden Gestalt in der nachtblauen Robe hinterher. *Was macht er hier?*

Es half nichts, sie benötigte jemanden, der ihr alles erklärte. Und zwar schleunigst.

Norina betrachtete sich, als sie sich einen Morgenmantel überwarf, im Spiegel. *Wenigstens bin ich keine Greisin geworden.*

Sie riss die Tür zu ihrem Zimmer auf und ging durch das unbekannte Gebäude.

Weil sie niemanden fand, trat sie auf die Straße und hörte Gespräche, die aus dem tempelähnlichen Bau gegenüber stammten. Wenn sie sich nicht sehr täuschte, meinte sie, bekannte Stimmen zu vernehmen. Einbildung oder nicht, sie brauchte Gewissheit.

Die Brojakin zurrte den Morgenmantel zusammen und schritt entschlossen auf den Eingang zu.

»Größte Aufmerksamkeit, bitte sehr. Allez hopp«, machte Fiorell und warf das nächste Glas in die Höhe, das mehrfach um die eigene Achse rotierte und sich auf das oberste setzte. Der Turm, bestehend aus inzwischen acht der zerbrechlichen Gefäße, geriet ins Wanken.

Der Hofnarr vollführte vorsichtige Ausgleichbewegungen, und somit blieb die Konstruktion, deren Sockel auf seiner Stirn ruhte, intakt. Er streckte die Arme waagrecht vom Körper weg.

»Darf ich um ein bisschen Beifall bitten? Ich mache das hier nicht zum Vergnügen.«

Er schielte nach dem schweigenden Publikum. Seltsamerweise glotzten ihn die Freunde nur an.

»Was denn, ist das etwa nicht spektakulär genug?«, beschwerte er sich. »Na, schön. Werft mir ein paar Kandisbrocken zu. Irgendetwas. Ich jongliere damit auch noch, wenn es sein muss.«

Fatja tastete abwesend nach der Schale mit Kandis, ohne den Blick vom Possenreißer zu nehmen, und kippte ihm den Inhalt vor die Füße.

»Bravo, Ausgeburt der Gescheitheit. Wie soll ich denn da rankommen?« Fiorell ging vorsichtig in die Hocke und versuchte, mehrere Stückchen aufzuklauben. Was ihm auch gelang. Bald wirbelten sechs der süßen Brocken durch die Luft. »Na, was jetzt? Applaus, Volk!«

Das Klatschen ertönte hinter ihm. »Sehr gut!«, lobte eine Frau. »Ihr habt nichts verlernt, Fiorell.«

»Wenigstens eine, die meine Kunst würdigt«, freute er sich. Dann erkannte er die Stimme wieder. »Miklanowo?«

Ohne nachzudenken, drehte er sich um und richtete den Blick geradeaus, in Richtung der Besucherin. Die Gläser stürzten um ihn herum zu Boden, die Kandisstücke fielen wie brauner Hagel hinterher. Genauso wenig geistreich wie die anderen starrte er auf Norina.

»Ich brauche dringend ein paar Erklärungen.« Die Brojakin kam die Stufen hinunter. »Wo sind wir?«

»Ulldrael dem Gerechten sei Dank«, raunte Matuc, der als Erster die Fassung wieder fand. »Sie ist gesund!«

Und wie einige Stunden zuvor am Kai, lagen sich Minuten darauf die Menschen in den Armen, konnten das

Glück nicht fassen, mit dem sie gesegnet worden waren. Waljakov, Stoiko und Torben schämten sich ihrer Tränen nicht.

Als Norina vor ihren Sohn Lorin trat, ihn lange mit feuchten Augen betrachtete und voller Liebe in die Arme schloss, reichte Fiorell seinem schluchzenden Herrn Perdór hilfreich ein Taschentuch. Natürlich wiederum ein benutztes.

Niemand bemerkte in dem Freudentaumel, dass Lodrik im Schatten eines Torbogens stand und alles beobachtete.

Ohne auf sich aufmerksam zu machen, verließ er den Tempel.

Anstatt sich am folgenden Tag mit der palestanischen Delegation zu treffen, verbrachten die Freunde die Zeit damit, Norina die Geschehnisse der letzten Jahre, die an ihr vorübergegangen waren, schonend zu vermitteln. Lodrik, der Auslöser der Gesundung, erschien vorerst nicht.

Norina unterhielt sich lange mit ihrem erwachsenen Sohn, auch Stoiko und Waljakov, die treuen Gefährten aus guten und schlechten Tagen, erhielten den Dank und die Aufmerksamkeit, die ihnen gebührte.

Erst einen Tag nach der vereinbarten Verabredung trafen Perdór, Moolpár und Fiorell mit der »Delegation« zusammen, die aus einem üppig dekorierten Palestaner namens Fraffito Tezza bestand.

Schnallenschuhe, Weißhaarperücke, aufdringliches Parfüm, ein aufwändig gearbeiteter Brokatrock mit langen Schößen, elegante Beinkleider und ein Gehstab – der Commodore war ein Palestaner durch und durch.

Es erfolgte die Begrüßungszeremonie mit dem üblichen Hofknicks und dem Wirbeln des Taschentuchs.

Tezza kannte die Gewohnheiten des ilfaritischen Königs sehr genau und hatte kiloweise Konfekt als Geschenk dabei. Konfekt aus Ilfaris.

»Ihr bringt mir etwas als Gabe, was mir ohnehin gebührt«, bedankte sich Perdór ungnädig. »Was hat ein Dieb zu erwarten, wenn er die Beute zurückbringt?«, erkundigte er sich bei seinem Hofnarren.

»Eine schnellere Bestrafung«, lächelte der und stibitzte sich eine Praline. »Mh, lecker.« Auch Moolpár ließ sich von dem Anblick verführen und langte zu, ehe Fiorell sich ein Spaß mit ihm erlaubte.

»Lassen wir die Spielchen sein, Majestät«, lächelte Tezza unbeeindruckt. »Wir sind im Krieg, und da nennen wir so etwas Siegerbeute.«

»Wenn Ihr der Sieger seid, was wollt Ihr dann hier?«, erkundigte sich der Herrscher harmlos.

Der Palestaner wedelte mit dem Taschentuch. »Es sieht danach aus, als würde sich bald wieder einiges auf Ulldart ändern. Das Volk des Großreiches schenkt dem neuen ¢arije nicht unbedingt das, was ich Liebe und Vertrauen nenne. Dazu verdichten sich die Gerüchte, dass der alte Kabcar keineswegs so tot sei, wie manche in Ulsar das gern hätten. Der Jüngste der hoheitlichen Geschwister soll ebenfalls die Seiten gewechselt haben.« Er stellte den Gehstock auf und streckte den Arm in affektierter Geste seitlich weg. »Wenn ein Herrscher bei seinen Untertanen nicht mehr beliebt ist, sollte man dem Wunsch der Menschen Rechnung tragen, denken wir. Und was läge da näher, als den zu unterstützen, der rechtens auf den Thron gehört? Bedenkt, wir haben einen expliziten Vertrag nur auf Lodrik Bardri¢ geleistet und noch nicht auf seinen Sohn. Bedauerlicherweise hat er es versäumt, ein Abkommen mit uns zu schließen.«

»Ich verstehe. Ihr unterstützt den, dem das Abkommen gilt«, nickte Perdór.

»Es ist nicht nur opportun«, ergänzte Tezza, »sondern auch noch völlig rechtens.«

»Da wird sich die geisteskranke Göttlichkeit aber freuen, wenn Ihr mit diesem Verweis die Blockade aufhebt. Dafür hat er sicher Verständnis. Seine Toleranz soll ja recht hoch sein, was ich so hörte«, merkte der Possenreißer todernst an.

»Gebt uns einen Beweis, dass Bardri¢ lebt, und wir erfüllen nur unsere volle vertragliche Pflicht. Es wäre uns ein Vergnügen.« Der Commodore neigte den Kopf. »Andernfalls würden wir uns auf ein Abwarten beschränken und den ¢arije darauf hinweisen, dass er nur seinen Namenszug unter ein neues Abkommen mit uns setzen muss, und unsere Koggen beziehen ihre alte Position, Majestät.«

»Und wie soll ich das beweisen?«

»Indem Ihr ihn mir zeigt und ich mich davon überzeuge, dass er es wirklich ist.«

»Ach, Ihr kennt ihn?«

Tezza blies über die Federn seines Dreispitzes, den er unter den Arm geklemmt hatte. »Ich verhandelte bereits vor vielen Jahren mit ihm, in der Tat, Majestät.«

»Würde Euch ein Doppelgänger ausreichen?«, schaltete sich Fiorell liebenswürdig ein. »Ihr würdet uns daraufhin unterstützen, und wenn es schief geht, könnt Ihr immer noch behaupten, wir hätten Euch getäuscht. Ist das ein akzeptabler Vorschlag?«

Der Palestaner schenkte ihm ein mitleidiges Lächeln. »Gebt Euch wenigstens Mühe«, riet er ihm.

»Er muss sich keine Mühe geben«, sagte Lodrik und betrat das Zimmer, weil ein Bote ihn nachträglich um seine Anwesenheit gebeten hatte. »Commodore Tezza«, nickte er ihm zu. »Ihr habt damals mit mir über den Überfall auf Agarsien verhandelt. Ihr botet im Gegenzug die Unterstützung der palestanischen Koggen beim Angriff auf meine Feinde an.« Er näherte sich dem Diplomaten in seiner nachtblauen Robe. »Erinnert Ihr Euch?«

Tezza wich vor der hageren Gestalt zurück und stolperte dabei über seinen Gehstab. Er wurde für einen Moment blass und hätte am liebsten die Flucht vor dem ehemaligen Herrscher ergriffen.

»Eure Züge haben an Fleisch verloren ... hoheitlicher Kabcar«, nutzte er die alte Anrede. »Ihr macht einen recht abgemagerten Eindruck.« Er räusperte sich. »Aber dennoch seid Ihr es. Ich sehe es ganz deutlich.« Er fummelte an seinem Rock herum und nahm ein Dokument heraus. »Damit bin ich berechtigt, Euch im Namen des Kaufmannsrates und des Königs Puaggi zu fragen, ob Ihr nach wie vor an dem von uns zugesicherten Pakt festhaltet?« Er hielt ihm das Papier zur Unterschrift hin.

Die Antwort erfolgte ohne Zögern. »Nein.«

»Verzeiht, ich habe Euch nicht verstanden, hoheitlicher Kabcar«, sagte der Commodore beflissen.

Lodrik ergriff das Stück Papier und riss es langsam der Mitte nach durch, die Hälften segelten zu Boden. »Ihr seid zu spät, Commodore. Ich habe meine Dankbarkeit den Kensustrianern zugesichert. Geht zu meinem Sohn und biedert Euch dort an. Jemand, der die Seiten nach Belieben wechselt, ist als Verbündeter in dieser Stunde zu gefährlich.«

Tezza reckte sich und äugte zu Perdór. »Majestät, vielleicht wollt Ihr noch einmal mit dem hoheitlichen Kabcar sprechen und auf ihn einwirken?«

Der König zuckte entschuldigend mit den Achseln. »Ihr wisst ja, wie das mit Herrschern ist. Sie sind meist sehr uneinsichtig, wenn sie mal einen Entschluss gefasst haben. Ich werde mir nicht erlauben, an seiner Stelle zu reden. Und ich benötige die Dienste der Palestaner ebenfalls nicht.«

Mit einem zutiefst freundlichen, gewinnenden Strahlen wandte sich der Kaufmann Moolpár zu. Doch dessen Gesicht machte ihm deutlich, dass auch bei den Kensustrianern nichts zu verhandeln war.

»Dann hoffe ich, dass die Anwesenden mit ihrer Entscheidung keinen schweren Fehler begangen haben. Gehabt Euch alle wohl.« Er verabschiedete sich mit einem Kratzfuß, der seine Missachtung ausdrückte, und stolzierte hinaus.

Lodrik ging ebenfalls.

»Solltet Ihr Euch nicht einmal bei Euren Freunden sehen lassen?«, traf ihn die Stimme Perdórs in den Rücken. »Sie möchten mit Euch reden. Und Eure Söhne auch. Vieles wird zwischen Euch und ihnen zu klären sein.«

»Es ist meine Angelegenheit, Majestät«, entgegnete Lodrik düster im Gehen. »Wenn ich finde, dass die Zeit gekommen ist, suche ich sie auf.« Er zog sich die Kapuze über. »Alles zu seinem passenden Augenblick.« Seine Robe wurde eins mit dem Schatten, machte ihn unsichtbar.

Das Trio schwieg.

»Ich hoffe wirklich, dass wir keinen Fehler gemacht haben.« Fiorell kratzte sich im Nacken. »Auch wenn sie uns nur einen Bruchteil an Hilfe geleistet hätten, es wäre kein Schaden gewesen.«

»Nein, nein. Sie sollen ruhig sehen, wohin ihre ewige Springerei führt«, blieb Perdór hart. »Meinetwegen können sie zusammen mit Govan untergehen. Die Agarsiener wird es freuen und ein wenig für das Unrecht entschädigen.«

Moolpár beteiligte sich nicht an den Reden, sondern kümmerte sich mit Hingabe um die süßen Geschenke, die kistenweise im Raum standen. Heimlich naschte er eine Praline nach der anderen, bis ihn das Kichern der beiden Männer dazu veranlasste, sich umzudrehen. »Sagt nicht, ich hätte noch irgendwo Schokolade«, warnte er sie.

»Schaut, wie er sich darüber hermacht, Majestät. Man sollte ihm den Titel ›Praliniger ehrenhalber‹ verpassen«, hetzte Fiorell.

»Nehmt Euch doch eine Kiste, Moolpár«, erlaubte Perdór huldvoll. »Ich bin überzeugt, dass ich schon bald meine eigenen Pralinen esse. In meinen eigenen Schlössern.«

Der Kensustrianer wählte eine der hölzernen Kisten aus. »Das tue ich nur, damit Eure Gesundheit nicht leiden muss. Ich kümmere mich um die Kundschafter. Wir sollten uns nicht zurücklehnen. Die Tzulandrier sind gefährliche Gegner.«

»Recht so. Einer muss ja auf der Hut sein.« Der Hofnarr salutierte zackig.

Moolpár wusste nicht, ob er schon wieder auf den Arm genommen wurde oder nicht. Schweigend verließ er den Tempel.

Torben erschien, um sich von dem dicklichen König und dem Possenreißer zu verabschieden. »Wir sehen uns bestimmt wieder. Varla wird sich freuen, Euch kennen zu lernen.«

»Auch mir wird es eine Freude sein, der Tarvinin die Hand zu schütteln, die sich so sehr um unseren Kontinent verdient gemacht hat.«

»Und auch noch machen wird«, fügte Fiorell hinzu. »Nur Mut, Kapitän Rudgass. Ihr habt so viel Glück, dass Ihr an ein Gelingen glauben dürft.«

»Ich bin der Letzte, der Zweifel hat.« Er reichte dem ilfaritischen Herrscher einen Leinenbeutel. »Das haben wir in einer Proviantkiste gefunden, die sich auf einer Kogge befand, die wir unterwegs aufbrachten.«

Neugierig nahm Perdór das Geschenk an, weil er annahm, es handele sich um eine kulinarische Köstlichkeit. Doch seine Arme zog es augenblicklich durch das überraschende Gewicht nach unten, der Beutel setzte auf den Boden auf, und der Gegenstand darin erzeugte einen metallischen Ton.

»Ihr schenkt uns einen Goldbarren?«, wunderte sich der Narr und legte den hellgrauen, verformten Klumpen frei. »Wie sieht der denn aus?«

»Ich habe keine Ahnung, was das ist«, gestand der Rogogarder. »Wir wollten es einschmelzen, um den Vorrat an Bombardengeschossen zusammen mit anderem überflüssigen Schrott aufzustocken. Aber der Block wurde nur flüssig, ohne sich mit dem übrigen Metall zu verbinden. Er behält weitestgehend seine Form und ist nicht auseinander zu schlagen.«

»Und Ihr meint, stattdessen sollen wir uns mit dem Phänomen herumschlagen, ja?«, zwinkerte der König. »Einverstanden. Die Angehörigen der kensustrianischen Gelehrtenkaste werden sich darüber freuen. Die haben sehr gute Metallurgen, wenn ich mir ihre Rüstkammer so ansehe. Eine neue Legierung zu knacken kommt ihnen da gerade recht.«

»Sollten wir nicht weiterkommen, lassen wir ein Geschütz bauen, in das dieses Ding reinpasst, und blasen Sinured den Kopf von den Schultern«, meinte Fiorell, während er probehalber mit den Knöcheln dagegen klopfte. »Für irgendetwas wird es schon gut sein.«

XI.

**Kontinent Ulldart, Großreich Tarpol,
Hauptstadt Ulsar, Winter 459/60 n. S.**

Ein Wintergewitter ging über der Hauptstadt nieder, wie man es selten erlebt hatte. Donner grollte auf Donner, Ohren betäubend krachte es, Schlag auf Schlag wechselten Licht und Finsternis miteinander ab.

Über dem Palast des ¢arije zuckten die Blitze allerdings von unten nach oben in den Himmel, durchstießen die tief hängenden Wolken und beleuchteten die Wasserdampfgebilde von innen.

Govan ließ seiner Wut freien Lauf, die vielen schlechten Neuigkeiten brachten sein heißes Temperament zum Glühen. Wie Magma aus einem Vulkan, so brach es aus ihm heraus. Völlig durchnässt stand er im Innenhof, lenkte und leitete die Strahlen, schuf Kugeln und die absonderlichsten Formen, die in gleißenden Explosionen und Funkenregen vergingen.

Mit einem lang gezogenen Schrei senkte er die Hände.

Vergeudung. Sinnlose Vergeudung. Zischend verdampften die Wassertropfen auf seiner blanken Haut. *Ich werde mich dorthin begeben, wo meine Magie die Verräter zu Staub verbrennt.*

Er eilte in den Palast zurück. Unterwegs zog er sich die nasse, aber glühend heiße Uniform aus, die nur deshalb kein Feuer gefangen hatte, weil der Regen für stete Kühlung gesorgt hatte. Brandflecken zierten den Stoff an zahlreichen Stellen.

Achtlos warf er die Kleidung und die Stiefel zu Boden, bis er nackt in seinen Gemächern angelangte. Seine Fußsohlen brannten Löcher in die kostspieligen Läufer und Teppiche, der Marmor sprang unter der Hitze. Ungeduldig wartete er, bis sich sein Körper abgekühlt hatte, bevor er neue Gewänder anlegte.

Rasch schlüpfte er in eine frische Uniform, legte die aldoreelische Klinge um die Hüfte und betrachtete sich im Spiegel. Im aufflackernden Licht der Naturgewalten gaukelte ihm die Einbildung vor, Lodrik darin zu erkennen.

»Niemand wird mich niederringen. Auch du nicht, Vater! Der Thron gehört mir!« Er trat nach der reflektierenden Oberfläche, die klirrend zersprang. »Mortva!«

Einen Lidschlag später schwang die Tür auf. »Hoher Herr?« Der Konsultant verneigte sich.

Govan erlangte die Kontrolle über sich zurück. »Wir reisen nach Ilfaris, nach Séràly, wo meine holde Schwester mit den neuen Kontingenten in wenigen Wochen ankommen wird. Sinured müsste sich auch bald dort einfinden.« Er schrie einen Schreiber herbei und diktierte die neuen Befehle. »Alle Tzulandrier, die entlang der Grenze hocken, sollen sich in Séràly sammeln. Zusammen mit Euch, Mortva, Sinured und Zvatochna vernichte ich diese Grünhaare. Und wenn sie sich mir nicht stellen wollen, lege ich ihr Land in Schutt und Asche, bis sie zu mir kommen.«

»Ein faszinierender Plan«, meinte Nesreca müde.

Im nächsten Moment quollen ihm beinahe die Augen aus dem Kopf. Der ¢arije hatte ihm die aldoreelische Klinge in einem flinken Manöver durch den Brustkorb gestoßen. Diese Art von Schmerzen waren für das Wesen mit den silbernen Haaren ungewohnt und mehr als unangenehm. Ein Stöhnen drang aus seinem Mund.

»Schlagt etwas Besseres vor oder seid still, mein geliebter Mentor«, säuselte Govan, während er die Klinge drehte. »Sonst müsste ich mir Eure Magie nehmen.« Ruckartig zog er die Waffe aus seinem Körper. »Ihr tätet besser daran, mich zu unterstützen. Denn ohne den ¢arije wird Tzulans Rückkehr, so knapp wie sie auch bevorstehen mag, sich nicht erfüllen.«

Nesreca hustete. »Ja, Hoher Herr. Die zum Dienst gepressten jungen Männer laufen uns schneller weg, als wir sie einsammeln können.« Er dachte nach. »Wir sollten einen Anreiz schaffen, damit Kämpfer bleiben.« Er konzentrierte sich auf seine Selbstheilung, die Wunden schlossen sich ebenso wie die Löcher in seiner Uniform. »Gebt allen, die mit nach Kensustria ziehen, das Recht der Plünderei. Das Land ist ohnehin sagenumwoben. Ich lasse noch etwas von Schätzen und Artefakten verbreiten, und wir locken all die Schmeißfliegen an.«

»Von mir aus.« Der junge Herrscher hob den Kopf, blickte in die Ferne. »So, so. Die Händler machen plötzlich auf geziert, was? Sie sollen sehen, was es heißt, sich mit dem Göttlichen anzulegen.« Lachend setzte er sich auf den Tisch. »Notiere, dass die Flotte in Rogogard auf der Stelle Kurs auf Palestan nehmen soll. Sie sollen alle Hafenstädte vernichten, die sie in diesem verfluchten Krämerland sehen. Jede einzelne Kogge soll brennen, jeder Kaufmannshals soll baumeln. Denen bringe ich Respekt bei.« Sein Antlitz schnappte herum. »Mortva, wann sind die tzulandrischen Nachschubschiffe bei uns?«

»Es wird noch bis zum späten Frühjahr dauern, Hoher Herr. Ihren ersten Aufenthalt machen sie wie immer in Tûris, sammeln sich erneut und sollten dann weiter nach Rogogard, wie Ihr es befohlen habt.«

»Schreiber, Meldung an unsere Untergebenen in Tûris. Die zweite Flotte soll dort warten und die Vernichtung Palestans vorbereiten.«

»Wäre es nicht sinnvoller, sie zur Unterstützung an die ilfaritische Küste zu beordern?«, wagte Nesreca einen taktischen Hinweis. »Eure Schwester meinte, dass man bei einer neuerlichen Deichsprengung die Flutwelle nutzen könnte, um mit den Schiffen tief ins gegnerische Land einzudringen und von innen heraus …«

»Nein! Sie sollen Palestan einebnen!« Er lachte grell, seine Stimme schnappte über. »Ein ganzes Reich werde ich dem Gebrannten Gott opfern. Da muss Tzulan zurückkehren.« Er lief aufgeregt hin und her, die Kampfeslust und die Gier, sich endlich zu mehr als einem menschlichen Lebewesen aufzuschwingen, hatten ihn erfasst. »Stopft die Cerêler in Käfige und ladet sie auf die Wagen. Sagt Albugast und meinen Kettenhunden Bescheid, sie sollen sich bereit machen. Sobald der Sturm nachlässt, will ich auf dem Weg nach Séràly sein. Dieses Mal wird meinem Vater niemand helfen. Und Krutor wird für den Verrat bezahlen, den er an mir beging.«

»Soll ich derweil die Geschäfte in Ulsar leiten, Hoher Herr?«, bot der Berater zuvorkommend an.

Abrupt blieb Govan stehen, legte den Kopf auf die rechte Seite und betrachtete seinen Mentor; in seinen Augen flackerte es hektisch. »Es ist keine Zeit für Feigheit, Mortva. Wir gewinnen diese Schlacht durch unsere Magie und reißen Ulldart endgültig an uns. Der Anfang eines Imperiums zu Ehren Tzulans, der durch mich, versteht Ihr, Mortva, und nur durch mich aus seiner

Verbannung geholt wird. Oder wir verlieren, und damit ist alles andere gleichgültig.«

Die Hand des Schreibers vibrierte so sehr, dass er keine vernünftige Zeile mehr zu Stande brachte. »Ist das alles, Eure Göttlichkeit?«, fragte er bibbernd vor Furcht.

»Verschwinde«, verscheuchte ihn der ¢arije gelangweilt. Der Mann rannte hinaus. »Ihr solltet genauso schnell laufen, Mortva, um Euer Köfferchen zu packen«, empfahl er dem Konsultanten, der regungslos an seinem Platz stand. Nach einer sehr zögerlichen Verneigung verließ sein Mentor den Raum.

Wenn die Schlacht geschlagen ist, wird er das Schicksal seiner Gehilfen teilen. Richtig nützlich ist er schon lange nicht mehr. Glucksend schlenderte Govan zum Fenster.

Das so herrlich veränderte und sich immer noch verändernde Ulsar gefiel ihm im Unwetter ganz ausgezeichnet. Die Schwere, das Finstere erhielten durch die Blitze die passende Betonung, der Donner untermalte die gewandelte Ästhetik der Hauptstadt. Er würde sich seine Macht nicht von einem Häuflein Widerspenstiger nehmen lassen, die mit dem Mut der Verzweiflung kämpften.

Wenn der Süden am Boden liegt und die Kaufleute die Strafe für ihren Verrat erhalten haben, werden die Menschen es nicht weiter wagen, mir in meinem eigenen Land die Stirn zu bieten. Er betrachtete die düstern Fassaden der Gebäude und blickte verliebt zur Kathedrale, das abgründig böse Herz der Dunkelheit, die sich über Ulsar ausgebreitet hatte.

Er würde die nächsten Stunden bis zur Abreise damit verbringen, sämtliche Gefangenen der Verlorenen Hoffnung eigenhändig zu opfern, und den Rest der Zeit betend im Innern des Gotteshauses verbringen.

Tzulan, du musst mir gewogen sein. Schon um deiner selbst willen. Wann zeigst du endlich mehr als nur dein Konterfei und deinen aus Sternen geformten Körper? Wie viele Menschen benötigst du noch, du nimmersatter Moloch? Zum ersten Mal verspürte Govan, wie seine Zuversicht etwas in Schwanken geriet.

Doch der Moment dauerte nicht länger als ein Lidschlag. *Ha! Taktiken, Pläne, alles Unsinn. Ich bin göttlich, unverwundbar.*

Lachend machte er sich bereit, sich in die Kathedrale zu begeben. Albugast und seine Ritter würden die Gefangenen wie die Lämmer zur Schlachtbank durch das Portal treiben.

Bald ein echter Gott!

**Kontinent Ulldart, Vizekönigreich Ilfaris,
Herzogtum Séràly, sechzehn Meilen
nordöstlich der kensustrianischen Grenze,
Winterende/Frühjahr 460 n. S.**

Tokaro lag auf der bewaldeten Anhöhe im Schutz des Dickichts und beobachtete mit Hilfe des kensustrianischen Fernrohrs, was sich rund um das Schlösschen abspielte.

Der Ort inmitten einer sanften Ebene, an dem Perdór einst lustwandelte und sich im angenehmen Klima mit gefülltem Ränzlein in die Sonnen zu legen pflegte, war zu einem gigantischen Feldlager geworden. Die Gärten existierten nicht mehr, dort standen die Zeltreihen. Der kleine See, an dem früher Wasserspiele ihre Fontänen in den Himmel gesandt hatten, musste als Pferdetränke herhalten. Die Fische waren schon lange auf den Tellern der Krieger gelandet.

Im Lager bildete sich ein Sammelsurium von Bewaffneten, bei denen die geschätzten fünfzigtausend Tzulandrier die Mehrheit stellten. Dazu kamen die wenigen Freiwilligen, die aus dem Norden angereist waren, aber höchstens dreitausend Mann ausmachten. Die Bereitschaft der Ulldarter, sich für den ¢arije in den Kampf zu stürzen, sank beinahe auf Null.

Aufgestockt wurden die Einheiten durch etwa fünftausend fanatische Tzulani und viertausend Sumpfwesen, die weniger liberale Ansichten als die ihrer Artgenossen in Ammtára besaßen. Sie warfen sich für den Gebrannten, von dem sie der Sage nach ihre Existenz ableiteten, in die Schlacht.

Sechstausend zwielichtige Elemente, die sich durch ihren Einsatz für den Herrscher einen späteren Vorteil erhofften oder einfach nur auf Kriegsbeute in Kensustria aus waren, rundeten das Bild ab. Die Aussicht auf die Plünderung hatten die erhofften »Schmeißfliegen« angelockt.

Das alles fand Tokaro nicht in wenigen Stunden heraus.

Tag um Tag lag er auf seinem Spähposten, notierte sich alle Veränderungen, zählte die Anzahl und Arten der Geschütze, beschrieb seinen Eindruck von den Waffenübungen, die die Tzulandrier veranstalteten, um den Neulingen den rechten Umgang mit Schwertern, Keulen und Schilden zu weisen. Andere wurden als Lademannschaften für die Bombarden ausgebildet.

Der junge Ritter gehörte nicht zu denen, die lange warten wollten, ehe es etwas zu tun gab.

Sein Halbbruder ging bei Soscha im Umgang mit der Magie in die Lehre, was ihn von früh bis spät in Beschlag nahm. Danach war er so erschöpft, dass ihm nicht einmal Zeit blieb, das Reiten zu erlernen. Krutor hütete noch immer das Bett. Daher hatte sich Tokaro freiwillig gemeldet, um die Späher bei ihren Aufgaben zu unterstützen. Er brauchte den Nervenkitzel.

Ausgestattet mit Proviant und zwei Bastkörben mit Brieftauben, umritt er die Grenzposten weiträumig und näherte sich von der anderen Seite dem Lager des Feindes.

Die Tzulandrier rechneten offensichtlich nicht mit einer solchen Möglichkeit, die Patrouillen machten ihn nicht ausfindig.

Dafür gab es von der anderen Seite kein Durchkommen, die kensustrianischen Aufklärer und die Modrak gelangten nicht einmal mehr in die Nähe von Séràly, ohne sofort unter Beschuss genommen zu werden.

Ein neues Problem tat sich auf.

Die fliegenden Helfer seines Vaters kamen ihren Aufgaben immer widerwilliger nach, gehorchten nur noch unter Anwendung von Drohungen, wie Perdór ihm sagte. Der König ging sogar so weit, dass er ihnen die Angabe von falschen Zahlen unterstellte. Das machte seine Arbeit doppelt wichtig.

Treskor gefiel das Herumstehen nicht sonderlich. Er würde lieber galoppieren. Gelangweilt zupfte er die ersten Triebe von den unteren Ästen und kaute sie weich.

Der Ritter blickte über die Schulter. »Du hast es gut. Du findest immer was zu futtern.« Missgestimmt schaute er auf die leere Proviantkiste. »Ich werde mir wohl etwas besorgen müssen.« Er wandte sich dem Lager zu. »Und ich weiß auch schon, woher.«

Die geschliffenen Linsen seines Fernrohrs wanderten über die Zelte hinweg. Als das Schlösschen im Okular auftauchte, endete der Schwenk.

Perdór hatte ihm viel zu viel von den Kostbarkeiten vorgeschwärmt, die in den Kellern lagerten. So entstand die Idee seines nächsten Husarenstückes, die das Räuberblut in ihm verschuldete.

»Da gibt es die leckeren Sachen, die eines Ritters würdig sind, oder, Treskor? Den tzulandrischen Offizieren alles zu überlassen wäre nicht rechtens.«

Voller Vorfreude schob er das Fernrohr zusammen, kroch tiefer in den Blickschutz zurück, bevor er sich aufrichtete und machte die nächste Brieftaube zum Abflug bereit. Sie transportierte die letzten Zahlen zu seinen Freunden.

Nachdem der Vogel in die Höhe flatterte, montierte er den Bastkorb ab und schwang sich in den Sattel. Die aldoreelische Klinge verschwand zwischen den Zweigen eines Busches, um die Hüfte baumelte nun ein gewöhnliches Schwert.

Keck schob er sich das Barett mit den drei Rabenfedern in die Stirn, eine Hand fasste den Griff der Handbüchse. »Sind wir nicht prächtige Söldner, hm?«

Der Hengst schnaubte und trabte los.

Tokaro ritt zunächst zwanzig Meilen landeinwärts und schloss sich dort einer Gruppe Bewaffneter an, die aus Tûris stammte und die nicht mehr erlaubte Jagd auf Sumpfwesen gegen die Reichtum versprechende Attacke auf Kensustria eintauschte.

Sie machten bei ihrer Einschreibung in die Soldliste des Feldlagers keinen Hehl daraus, dass sie dem Heer nur wegen der unermesslichen Reichtümer ihre Schlagkraft zur Verfügung stellten. Als sie das Gebiet mit den Sumpfwesen durchritten, machten sie halbernste Scherze darüber, welche Art wie viel an Kopfprämie eingebracht hätte. Dem jungen Ritter fiel es nicht sonderlich schwer, sich dem groben Umgangston der Söldner anzupassen. Die Zeiten als Räuber waren ihm noch in bester Erinnerung.

Der Sammelplatz der »Münzknechte«, wie sie abwertend genannt wurden, lag weit abseits des Schlösschens. Der Tzulandrier, der die Aufsicht über die Kämpfer und den Titel »Selidan« innehatte, warnte sie unter Androhung schwerer Strafen und Verweis des Heeres davor, ihren zugewiesenen Bereich zu verlassen.

In einem Gefecht stellte er herablassend das Können der Ankömmlinge auf die Probe. Und wurde von dem übermütigen Tokaro prompt vorgeführt, was die Söldner mit großem Gejohle bedachten. Die Frage, woher er die Handbüchse habe, beantwortete er mit einer Wette, die ein palestanischer Offizier gegen ihn verloren habe. Zum Beweis seines Könnens zückte er die Feuerwaffe und durchtrennte mit einem einzigen Schuss eine Stange, an der ein tzulandrisches Banner wehte.

Der Selidan musterte ihn eiskalt, wandte sich um und ging.

Die Kumpane schlugen dem jungen Ritter grölend auf die Schultern. Aber die Euphorie, ins Lager des Feindes eingedrungen zu sein, fiel nach dem Blick des Offiziers von Tokaro ab. Ernüchtert fragte er sich, ob er mit dem Treffer nicht über die Stränge geschlagen hatte.

Nachts stand er auf und pirschte heimlich über den Sammelplatz, der von Schnarchen, Lachen und anderen Geräuschen erfüllt war. Leiser Gesang ertönte gelegentlich, woanders stritten sich Männer beim Kartenspiel darum, wem der letzte Stich gehörte. In anderen Zelten, so klang es zumindest, verwöhnten Marketenderinnen ihre Kunden für ein paar Münzen und zogen ihnen so den Sold aus der Tasche. *Da gehen manche ärmer in die Schlacht, als sie es vorher waren,* grinste er still.

Tokaro musste unterwegs feststellen, dass die Tzulandrier die einzelnen Abschnitte sehr gut bewachten. Ständig kamen ihm kleine Trupps von Garden entgegen, die ihn dazu zwangen, zwischen die Zelte zu springen und sich dort zu verbergen. Mehr als einmal stolperte er dabei über die Abspannungen. Angor musste seine Hand schützend über ihn halten.

Schließlich gelangte er zu dem rückwärtigen Bereich des Schlösschens.

Die Kellereinlässe waren zwar alle verriegelt, doch die Efeuranken machten es ihm einfach, sich auf einen Balkon zu schwingen.

Geduckt lief er zu einem der Fenster und schaute ins Innere. Dort saßen die Selidane versammelt und aßen, Diener wieselten um sie herum und bedienten die Krieger aus Tzulandrien, die mit ihren Frisuren und Rüstungen wie Fremdkörper in dem beinahe schon verspielt eingerichteten Esszimmer saßen.

Dann traf ihn beinahe der Schlag, als er die drei Menschen sah, die sich am Ende der Tafel befanden.

Govan saß etwas erhöht vor seinem Teller und redete offenbar mit seinen Verbündeten, sein Gesicht spiegelte große Zufriedenheit wieder. Die Hand des ¢arije lag auf der Zvatochnas, die sich nichts anmerken ließ. Hinter ihnen stand Nesreca, die Arme auf dem Rücken verschränkt, und lächelte.

Plötzlich ließen die Selidane ihre Bestecke fallen, griffen ihre Gläser und erhoben sich. Sie prosteten den Geschwistern zu. »Lang lebe der göttliche ¢arije und seine zukünftige Gemahlin!«, riefen sie und leerten die Getränke in einem Zug.

Vor Überraschung kam Tokaro der Scheibe so nahe, dass er mit der Stirn dagegen prallte.

Hastig zog er den Kopf zurück.

Da sitzt der ärgste Feind Ulldarts. Und ausgerechnet jetzt habe ich die aldoreelische Klinge nicht dabei, fluchte er innerlich und schaute sich um, wohin er fliehen könnte.

In seiner Not erklomm er die Fassade des Schlösschens weiter, klammerte sich an den Natursteinen fest und huschte ihm letzten Moment hinter einer Statue in Deckung, als die Türen geöffnet wurden und zwei Offiziere ins Freie traten. Aufmerksam suchten sie den Dachgarten ab, ohne einen Hinweis zu bemerken.

Währenddessen betrachtete der Ritter die Steinfigur, hinter der er kniete, und musste sich ein Lachen verkneifen. Sie zeigte Perdór, wie er eine Praline stolz in die Höhe hielt, als wäre sie ein Diamant. Das lebensechte Bäuchlein gewährte genügend Schutz vor den wachsamen Blicken.

Irgendwann hörte er das Klappern der Türen. Die Tzulandrier waren zum Tisch zurückgekehrt.

Er entspannte sich und lehnte sich gegen den steinernen König. *Er will sie heiraten. Allein das wäre ein Grund, ihn umzubringen.*

Seine Gefühle gerieten in Aufruhr. Der Anblick der anmutigen und begehrenswerten Kabcara, die sie nun war, löste alte Empfindungen aus, die nicht sein durften. Und die Ankündigung des wahnsinnigen Bruders machte es nicht wesentlich besser.

Ihre Vermählung schmerzte ihn so oder so, aber sich vorzustellen, dass sie ihre Jungfräulichkeit an diese Spottgeburt von Herrscher hergab, machte ihn fassungslos.

»Beruhige dich«, sagte er zu sich selbst und schlug sich gegen die Wangen. »Tu das, was man dir aufgetragen hat. Und vergiss sie endlich. Sie hat dich ja auch vergessen.«

Er betete kurz zu Angor und kroch im Schatten der Schornsteine das Dach hinauf. Dort setzte er sich rittlings auf den Hauptfirst und zählte die Zelte, die Lagerfeuer, ritzte die Zahlen mit einem Stück Stein aus dem Schlot auf eine lockere Dachschindel, baute sie aus und steckte sie unter die Lederrüstung.

Anschließend suchte er sich den Rauchfang ohne Qualm aus und zwängte sich in den verrußten Schacht. Konzentriert kletterte er nach unten, bis sich ein Stein löste und er ins Rutschen kam.

Zu seinem Glück landete in der Küche. Mit beiden Füßen stand er in einem großen Kessel erkalteter klarer Suppe, während schwarze Ascheflöckchen auf ihn herabrieselten.

Ich wollte zwar etwas zu essen, aber doch nicht so. Fluchend stieg er aus dem ungewollten Bad, das ihm bis zu den Oberschenkeln reichte.

Ein feuchte Spur hinter sich verbreitend, schnappte er sich einen Leinensack und suchte nach der Treppe in die Gewölbe. Kurz darauf stand er in der wahren Schatzkammer von Perdór.

Die Köstlichkeiten standen säcke- und kistenweise herum. Tokaro packte sich Obst ebenso ein wie duftendes Brot und einige Flaschen Wein und Naschwerk, das er Perdór bringen wollte. Aus der Räucherkammer, die er neben der Küche fand, schnitt er sich Schinken und Würste ab, bis kein Platz mehr in dem Beutel war.

Das reicht wieder für ein paar Tage.

Die Tür hinter ihm schwang auf, Kerzenschein fiel in den Raum. Tokaro, der in der Kammer zwischen den Wurstschlangen stand, erstarrte.

Er hörte schlurfende Schritte, ein Mann gähnte. Ein Holzbrett klapperte, ein Messer wurde gewetzt. Die Füße näherten sich seinem Versteck, eine Hand langte aufs Geratewohl in den kleinen Raum und fischte nach den Räucherwaren.

Da der Ritter die vorderen Reihen geleert hatte, fand der Mann nichts.

Schnell hielt Tokaro ihm eine Wurst hin, die Finger fassten zu. Der Mann grunzte zufrieden und kehrte an die Anrichte zurück. Brummend kehrte er zurück, das Spiel wiederholte sich. Dieses Mal reichte ihm der Ritter einen Schinken.

Lass ihn weiterschlafen, Angor!, richtete er ein Stoßgebet an seinen Gott, während er Blut und Wasser schwitzte.

Er lugte um die Ecke und sah einen Bediensteten im Schlafrock mit dem Rücken zu ihm am Tisch stehen, der dösend Wurst und Schinken in Scheiben schnitt und sie auf einem Tablett zu einem Imbiss anrichtete. Dass der halbe Boden voller Suppe und Spuren war, hatte der schlaftrunkene Mann noch nicht bemerkt.

Auf Zehenspitzen schlich sich der junge Mann mit den blauen Augen zum Ausgang.

Lachend wurde die Tür aufgestoßen, ein paar Tzulandrier schickten sich an, die Küche zu betreten.

»Wo bleibt unser Nachtisch?«, meinte der Vorderste fröhlich, hielt in der Bewegung inne und musterte Tokaro. Es war ausgerechnet der Selidan, den er vor versammelter Mannschaft blamiert hatte. »Dieb!«, zischte er und langte nach dem Beil.

»Euer Dessert«, stieß der junge Ritter aus und schlug ihm den Sack mit dem Proviant über den Schädel. Schinken, Weinflaschen und anderes Essen ergaben zusammen ein stattliches Gewicht, der Aufprall zwang den Offizier auf den Fußboden. »Wohl bekomm's.«

Seine beiden Begleiter sprangen über den Bewusstlosen, rissen ihre Waffen heraus und stürmten auf Tokaro zu. Als sie auf die Mündung der Handbüchse blickten, bremsten sie abrupt ab.

»Was ist denn, meine Herren? Keinen Mut? Es ist doch nur eine Kugel im Lauf«, meinte Tokaro wölfisch grinsend, schwenkte die Waffe von einem zum anderen. »Einer von Euch beiden könnte mich schnappen. Govan würde es Euch sicherlich danken.«

Eine Pfanne traf mit einem vernehmlichen Laut auf den Hinterkopf. Der Schlag reichte nicht aus, um ihn auszuschalten, doch in einem Reflex drehte er sich nach dem Angreifer um. Sofort hob der Mann im Schlafrock die Arme nach oben und warf das Küchenutensil weg.

Der Ritter wollte etwas sagen, da warfen sich die beiden Offiziere gegen ihn und schleuderten ihn gemeinsam zu Boden.

Er sah, wie einer der Tzulandrier den Stiel der Pfanne zu fassen bekam und ausholte. Die schwarze Unterseite kam rasend schnell näher, wurde größer und größer, bis sie gegen seine Stirn hämmerte.

Dieses Mal wurde er ohnmächtig.

Der junge Ritter erwachte in einem Gewölbe, in dem es fürchterlich stank. Er lag auf einer Schicht faulendem Stroh. Stöhnend richtete er den Oberkörper auf. Dann rieb er sich das getrocknete Blut, das von der Platzwunde an seiner Stirn stammte, aus dem Auge und versuchte, das Pochen in seinem Schädel zu ignorieren.

Um ihn herum kauerten verdreckte Männer, die teilweise in Ketten lagen, andere waren mit Handschellen an den Wänden fixiert worden. Nur wenige Lichtstrahlen fielen von außen durch die schmalen, vergitterten Fenster. Eine große Front aus Eisenstäben schloss das

Gefängnis in die andere Richtung ab. Dort hockten zwei Wachen.

Tokaro blickte an sich herab, er trug nur noch seine einfache Kleidung. Seine Rüstung, Schuhe und Waffen fehlten, der Anhänger Zvatochnas war ebenfalls verschwunden. »Na, wunderbar.«

»Uns gefällt es auch sehr gut hier unten«, meinte einer der Mitgefangenen, und ein paar der Umstehenden lachten bitter. »Willkommen in der besten Zimmerflucht von Séràly.«

Eine dritte Wache erschien vor den Gitterstäben und schob Brote sowie Näpfe mit Wasser durch einen Spalt hinein. Tokaro musste nur neben sich langen und bekam einen der Behälter zu fassen.

»Finger weg!« Ein breit gebaute Mann tzulandrische Herkunft schob sich in sein Blickfeld. »Ich bin der, der hier das Sagen hat. Ich esse zuerst und soviel, wie es mir passt. Danach kommen die anderen.« Er beugte sich vor und tippte gegen das Hemd Tokaros. »Gib es mir.«

»Einverstanden, Freund. Dir geb ich's, wenn du darauf bestehst.« Ansatzlos schlug der Ordenskrieger auf die Nase des Mannes, dass es knirschte, und trat ihm, als er heulend nach hinten taumelte, in den Schritt, sodass sein Gegner wieder nach vorne klappte. Nach dem zweiten Schlag auf die Gesichtsmitte fiel das Großmaul um und sagte keinen Ton mehr. Die Rechte umklammerte noch immer das geschundene Genital, die Linke hielt sich die Nase.

»Will jemand?«, fragte der Ritter fröhlich und hielt das Tablett mit dem Essen hoch. »Ich glaube, er ist fertig.«

Die Insassen kamen näher, verteilten die karge Kost und warfen dem Neuzugang unsichere Blicke zu. Tokaro übernahm die Aufgabe, diejenigen zu füttern, die wegen der Eisenringe um die Handgelenke ihren Hunger nicht selbst stillen konnten.

Die Wachen klingelten mit den Schlüsseln, um ihn auf sich aufmerksam zu machen. »He, zarte Seele. Komm her. Wir bringen dich zum Verhör.«

»Oh, damit mich der ¢arije ein bisschen foltern kann, was?« Tokaro zeigte ihnen eine unanständige Geste.

Als er ihren Anordnungen nicht Folge leistete, kamen sie in die Zelle und jagten ihn so lange, bis er keinen Ausweg mehr fand. Nach einer kurzen Schlägerei, aus der er als Unterlegener hervorging, legten sie ihn in Ketten, schleiften ihn die Stufen hinauf in die Wachstube, warfen ihn auf einen Stuhl und gingen hinaus.

Der junge Ritter zog die Nase hoch und schluckte das Blut hinunter. *Ich und meine Ideen. Ich hätte auf dem Hügel die Rinde von den Bäumen essen sollen, anstatt den Tollkühnen zu spielen,* ärgerte er sich über sich selbst.

Die Tür öffnete sich. Eine zierliche Gestalt in einem braunen Mantel huschte herein und kam auf ihn zu.

»Was wird das? Bist du der Helfer des Folterknechts?«

Die behandschuhten Finger tasteten nach dem Schloss, ein Schlüssel glitt hinein und löste die Fesseln.

»Ist das eine Falle?« Tokaro zog die Kapuze nach hinten und schaute in Zvatochnas Gesicht. »Du?«

Die Kabcara zog ihn auf die Beine. »Rasch! Mein Bruder und Nesreca werden bald hier sein«, flüsterte sie und zerrte ihn zum Ausgang.

Doch der junge Mann blieb stehen. »Was soll das? Die zukünftige Gemahlin des ¢arije hilft einem Spion?«

Ihre braunen Augen blitzten auf. »Erinnere mich bloß nicht daran. Du hast ja keine Ahnung.« Von einer Sekunde auf die andere lächelte sie sehnsüchtig, ihre vom Leder geschützte Hand streichelte seine Wange. »Wie gern würde ich dich küssen, Liebster.«

»Was bedeutet das? Was ist mit Govan? Die Heirat ...«

»... ist eine Farce.« Sie wirkte plötzlich sehr unglücklich. »Ich muss mich ihm beugen. Was soll ich ihm entgegensetzen? Er ist zu mächtig. Nichts Irdisches vermag ihn aufzuhalten. Bis mir etwas eingefallen ist, spiele ich das treue Schwesterlein.« Sie legte ihren schwarzen Schopf gegen seine Brust. »Aber du kannst ihm entfliehen. Lauf und kehre nicht zu deinen Freunden zurück. Sie sind dem sicheren Untergang geweiht.«

Beinahe war er von ihrer Ehrlichkeit überzeugt. »Du rettest mir zum zweiten Mal das Leben, Zvatochna«, meinte er mit belegter Stimme und drückte sie an sich.

Sie hob ihr wunderschönes Gesicht. »Noch haben wir es nicht geschafft.«

Die Kabcara lief los, führte ihn vorbei an den getöteten Wachen nach oben ins Schloss und lotste ihn an den Hinterausgang. Dort lagen die Uniform eines tarpolischen Soldaten, der passende Brustharnisch, zwei Handbüchsen und eine lange Präzisionsbüchse samt Zubehör parat.

»Von hier aus musst du es allein schaffen.«

Etwas verlegen betrachtete er seine nackten Füße, während er sich Handschuhe überzog. »Ich brauchte noch ein paar Stiefel.«

»Dazu ist keine Zeit, Liebster.« Gehetzt schaute sie sich um. »Es muss gelingen. Ein weiteres Mal werde ich dir nicht beistehen können.«

Er zog sich hastig um. Dabei fiel ein kleiner Gegenstand klingelnd zu Boden.

»Mein Talisman«, erkannte die Kabcara das Amulett wieder, das er ihr damals beim Straßenüberfall auf die Kutschte geraubt hatte. »Du hast ihn immer noch?«

Die Kette muss in der Küche gerissen sein. Deshalb ist er mir unter das Hemd gerutscht. Er hob das blinkende Kleinod auf und seufzte. »Ich muss dir etwas gestehen, Zvatochna«, begann er. *Sei nicht töricht. Sie wird dich auf der Stelle mit ihrer Magie grillen oder die Wachen zusammenschreien, wenn du ihr nun sagst, dass die Liebe zwischen euch beiden keinen Bestand hat,* warnte ihn eine innere Stimme.

Erwartungsvoll schaute ihn die junge Frau an. »Ja?«

Er lachte unsicher. »Ich weiß nicht, wie ich es dir sagen soll, Zvatochna«, gestand er verzweifelt. Seine Linke umfasste ihre Rechte, küsste sie auf das Leder. »Ich bin dir für das, was du getan und gewagt hast, von ganzem Herzen dankbar.« Er drehte die Hand um und legte den Anhänger hinein, drückte die Glieder sanft zusammen. »Aber es darf nicht sein.«

»Wieso?«, begehrte sie verletzt auf. »Wenn es wegen Govan ist, warte es ab«, versuchte sie ihn umzustimmen, »vielleicht ergibt sich schon bald etwas …«

Der Ritter schüttelte den Kopf. »Nein, nicht nur deswegen. Wir stehen uns zu nahe, Zvatochna.«

»Ist das nicht ein Grund, erst recht zusammenzufinden, wenn sich die Lage beruhigt hat?« Flehend packte sie die Aufschläge seiner Uniformjacke. »Weise mich nicht zurück, Tokaro. Tu mir das nicht an.« Ihr Griff wurde stärker. »Jeder Mann im Reich sehnt sich nach mir. Ausgerechnet du, der Mann, den ich liebe, soll über Nacht meinem Zauber widerstehen?«

Wie könnte ich? Wie gern hätte er sie umschlungen, seine Lippen auf ihre gedrückt und sie nie mehr losgelassen. *Wenn sie meine Gedanken lesen könnte, wenn ich sie aussprechen könnte, wüsste sie, was uns trennt.* Sanft löste er ihre Finger, nahm ihr Gesicht zwischen beide Hände. »Schau in meine Augen. Was siehst du dort?«

Traurig betrachtete sie das leuchtende Blau. »Es sind die Augen des Mannes, dem ich mich versprochen habe. Ihm oder keinem anderen.«

»Sieh genauer hin und erinnere dich!«

»Es ist die Farbe des Himmels, des Glücks.« Zvatochna rang mit den Tränen. *Der vollkommenen Erfüllung.*

Jedes Wort bohrte sich wie ein Dolch in die Seele des jungen Mannes, sein Herz drohte zu zerspringen. »Es sind die Augen meines Vaters, Zvatochna«, gestand er, »der auch dein Vater war.«

Sie starrte ihn an, ihre Hände sanken herab. »Das ist nicht wahr«, raunte sie bestürzt. *Will das Schicksal etwa, dass mir nur die Wahl zwischen Bruder und Bruder bleibt?*

»Meine Mutter ist Dorja Balasy, sie war Magd am Hofe von Ulsar. Und lernte dort unser beider Erzeuger kennen. Ich habe meine Herkunft erst vor kurzem erfahren.« Er nahm noch einmal ihre Hände, legte sie gegen seine Brust. »Versteh doch, es darf deshalb nicht sein, Schwester. Die Magie reagierte früher darauf, schon als wir es nicht einmal erahnten.«

Zvatochna senkte den Kopf und warf sich gegen ihn, hielt ihn fest, lauschte den schnellen Schlägen seines Herzens.

»Hörst du es? Es ist gemeinsames Blut, verwandtes Blut, das durch unsere Adern fließt«, sagte er eindringlich.

»Ich will es dennoch nicht glauben.«

Der junge Ritter löste sich von ihr. »Wenn du möchtest, dann komme mit mir. Meine Freunde, unser Vater …«

»Was soll ich dort?«, unterbrach sie ihn niedergeschlagen. Sie hob den Kopf und blickte ihn traurig an. »Ich muss meine Schlacht auf dieser Seite schlagen, Tokaro, wenn ich etwas von dem retten möchte, das ich haben will. Da mir die Liebe wohl nicht vergönnt ist, nehme ich mir die Macht.«

»Dann wirst du gegen mich, Krutor und viele andere antreten müssen«, warnte er sie beschwörend. »Ich bin mir sicher, dass du an Govans Taten keine Schuld trägst. Komm zu uns, wir werden etwas finden, wo du nach unserem Sieg ...«

»... herrschen kannst?«, entgegnete sie trotzig, verletzt. »Vielen Dank, aber es steht mir nicht der Sinn danach, eine Provinz oder eine Baronie zu leiten, wenn ich ein Reich besitze, wie es nach Sinured noch niemals da gewesen war. Ich bin die Kabcara, und ich werde es bleiben.«

Der junge Ritter atmete tief ein. »Lebe wohl, Schwester. Hoffentlich begegnen wir uns nicht auf dem Schlachtfeld.« Er wollte sie zum Abschied am Arm berühren, doch sie drehte sich weg.

Tokaro beendete seine letzten Vorbereitungen, überprüfte die Ladungen der Feuerwaffen. Dann öffnete er die Tür, spähte umher und stahl sich hinaus.

Die Kabcara kehrte langsam zurück und blieb in der Küche vor dem großen Feuer stehen, das nun unter dem Kessel mit Suppe brannte.

Bete, Tokaro. Bete, dass wir uns wirklich niemals auf dem Schlachtfeld begegnen.

Sie schleuderte ihren Talisman in die Flammen und sah zu, wie das Gold sich nach einer Weile in der Hitze der Glut verformte, sich in die Länge zog und schließlich die feste Konsistenz verlor.

Ihre Enttäuschung darüber, einer unmöglichen Liebe anheim gefallen zu sein, wandelte sich in Feindseligkeit gegenüber ihrem Vater. *Er hat all das erst verschuldet. Warum musste er mir diese Brüder geben?* Sie würde ihn dafür bezahlen lassen, sollten sie im Gefecht aufeinander treffen.

Tokaro gelang die Flucht aus dem Lager einfacher, als er sich es vorgestellt hätte. Seine Verhaftung hatte sich noch nicht herumgesprochen. Also erklärte er den staunenden Söldnern seine neue Uniform damit, er sei bei den regulären ulldartischen Truppen eingeschrieben.

In erzwungener Ruhe und mit gespielter Gelassenheit sattelte er Treskor und hing sich in einem passenden Augenblick an das Ende einer berittenen Patrouille, die das Lager verließ. Unterwegs täuschte er vor, der Hengst habe ein Hufeisen verloren, und er wolle sich deshalb auf den Rückweg machen.

Sein Plan gelang.

Als er jedoch an sein altes Versteck kam, lag der Bastkorb mit den restlichen Tauben in Trümmern, die Vögel tot dazwischen. Der noch größere Schreck folgte wenig später. Wer auch immer seinen Unterschlupf entdeckt hatte, er hatte sogar die aldoreelische Klinge gefunden.

Aufgelöst kehrte er nach Drocâvis zurück und erstattete Bericht von seinen Abenteuern, erzählte, dass er bei seiner Gefangennahme das wunderbare Schwert verloren und keinerlei Gelegenheit erhalten habe, es sich zurückzuholen.

Die Kunde löste einen Schock unter den Verteidigern von Ulldart aus. Ohne diese Zauberwaffe mussten sie sich allein auf die magischen Fertigkeiten der Kensustrianer und Lorin verlassen.

»Es existiert noch eine weitere.« Lodrik stand auf den Stufen zum großen Raum, eine Hand hielt den Hinrichtungssäbel.

Die Versammlung, bestehend aus den Ilfariten, Lorin, Tokaro, Stoiko, Norina, Moolpár, Waljakov sowie weiteren Kensustrianern, richtete ihre Aufmerksamkeit auf den dünnen Nekromanten, der lautlos erschienen war.

»Wie das?«, erkundigte sich Perdór, überrascht sowohl von Lodriks Anwesenheit als auch von der Neuigkeit.

Lorin und Tokaro betrachteten ihren Vater, der eine voller Neugier, der andere voller Verwunderung darüber, wie sehr er sich seit dem letztem Zusammentreffen verändert hatte. Ähnlich erging es dem ehemaligen Leibwächter und der Brojakin.

Der einstige Kabcar vermied es, jemandem in die Augen zu schauen, und lächelte. »Krutor hat es mir erzählt. Er war in Ammtára, wo ein Mann namens Pashtak die Klinge hütet.«

»Ammtára?« Verzweifelt warf der ilfaritische Herrscher die kurzen Arme in die Luft. »Das werden wir wohl kaum mehr schaffen, oder?« Fragend blickte er zu den Kensustrianern.

»Die schnellste Möglichkeit wäre ein Kommando aus Gleitern«, meinte Moolpár nach etwas Überlegen. »Aber das Wetter ist nicht das Beste. Es wäre eine sehr unsichere Sache.«

Lodrik blieb auf Distanz, um den Anwesenden durch seine Angst erzeugende Ausstrahlung kein Unbehagen zu verursachen, und lehnte sich an eine Säule. »Ich habe eine andere Möglichkeit anzubieten.«

»Eure Geister?«, schlug Fiorell vor. »Ha! Der Meister der Geister ist ein pfiffiges Kerlchen.«

Zur Überraschung des Narren schüttelte er sein blondes Haupt. »Die Modrak.«

»Ihr selbst sagtet, dass sie unzuverlässig werden«, wies Moolpár auf die bestehende Ungewissheit hin.

»Sie gehorchen dem, der das Amulett trägt und der sich Respekt verschafft. Es müsste jemand mit ihnen fliegen, der sie beaufsichtigt.«

»Ihr? Wir brauchen Euch und Eure Geister hier, falls die Schlacht beginnen sollte«, lehnte Perdór ab. »Und danach sieht es ja wohl aus.«

Lodrik überlegte. »Ich kann jemandem das Amulett geben, der sie begleitet. Wenn man eine Art Korb mit Gestell anfertigt, würden sie eine Person mit Leichtigkeit transportieren.«

Waljakov trat ohne zu Zögern nach vorn. »Ich bin bereit.«

»Zu schwer«, kommentierte der einstige Kabcar, der es noch immer nicht wagte, einem seiner Freunde, abgesehen von Stoiko, ins Gesicht zu sehen.

Tokaro hob den Arm. »Ich habe mir die aldoreelische Klinge nehmen lassen, also sollte ich für ihren Ersatz sorgen«, erklärte er. »Und ich bin am ... nutzlosesten. Lorin ist wegen seiner Magie zu wertvoll, wenn der Angriff beginnen sollte. Die anderen haben keine kämpferische Ausbildung.«

Moolpár hob die Augenbrauen. »Ihr meint damit nicht mich, oder?«

»Ich bitte Euch: Lasst mich die Sache wieder gutmachen, die ich verbockt habe«, bat der junge Ritter. »Gebt mir die Möglichkeit dazu, und ich werde sie nicht vergeuden.«

»Ich bin dafür«, unterstützte ihn Lorin, eine Hand auf seine Schulter legend.

Dankbar schaute Tokaro seinen Halbbruder an, der ihm mittlerweile ein Freund geworden war.

Schließlich willigten auch die anderen Anwesenden ein, dass sich der junge Ritter auf den Weg machte. Er holte sich die guten Wünsche ab und wandte sich zu seinem Vater.

Lodrik war gegangen.
An der Säule lag das Amulett.

»Was haben wir dir getan, Lodrik, dass du vor uns davonläufst?«

Wie angewurzelt blieb der ehemalige Kabcar stehen. Seine unbemerkte Verfolgerin hatte ihn in einer Seitenstraße von Drocâvis gestellt.

Schritte näherten sich, sie kam näher und stellte sich vor ihn. Er blickte in Norinas Gesicht.

»Was sollte ich sagen? So viele Worte, die es bedürfte, um euch um Verzeihung zu bitten, kann ich in meinem Leben nicht mehr aussprechen.« Er zog die Kapuze tiefer ins Gesicht und senkte den Kopf, damit der Schatten seine hageren Züge verbarg. »Ich versuchte es bereits bei Stoiko ...«

»Und er verzieh dir, oder etwa nicht?«, meinte die Brojakin energisch. »Meinst du, wir hätten mehr Grund, dich zu hassen, als der Mann, der dich erzog, der dir sprechen und lesen beibrachte und den du als Dank ins Gefängnis sperren ließest, wie man mir erzählte?«

»Es ist schlimmer als bei Stoiko.« Seine blauen Augen glommen auf. »In meiner Verblendung hätte ich euch damals am liebsten getötet, Norina. Als ihr das einzig Richtige tatet und euch vor mir in Sicherheit brachtet, glaubte ich allen Ernstes, du hättest mich mit Waljakov betrogen, weißt du das? Und ich hätte euch auf der Stelle umgebracht.« Er machte einen Schritt nach hinten. »Das und euer Schicksal der letzten Jahre wiegen wohl noch schwerer als das, was Stoiko widerfuhr. Dafür möchte ich keine Vergebung.« Schon wandte er sich zum Gehen.

»Jetzt sehe ich es. Es gefällt dir«, verstand Norina, packte ihn am Arm und hielt ihn fest. »Du magst es, auf eine makabre Art zu leiden und deiner Seele mit der Schuld Schmerzen zu bereiten.«

»Lass mich«, versuchte er sie abzuwehren.

Ihre Entschlossenheit, die er von früher so gut kannte, machte ihm einen Strich durch die Rechnung. »Oh, nein, mein Lieber. Du magst dich verändert haben. Jeder, der dir näher kommt, spürt das.« Demonstrativ trat sie auf ihn zu, schlug seine Kapuze nach hinten. »Doch man kann es überwinden.« Das Harte in ihren Augen wich, ihr Blick ruhte gütig auf seinem Gesicht. »So wie du das Böse in dir überwunden und dich von den falschen Freunden losgesagt hast.« Sie küsste sanft seine Stirn. »Ob du es hören möchtest oder nicht: Ich verzeihe dir.«

Lodrik schloss die Augen, schluckte.

Langsam hoben sich seine Arme, er legte sie auf den Rücken der Brojakin und zog sie an sich. Der ehemalige Kabcar fühlte keinen Widerstand. Tatsächlich erwiderte sie die Liebkosung. Er roch an ihrem Haar, schöne, unvergessliche Erinnerungen stiegen auf. Umschlungen standen sie auf der Straße.

»Ich sorge dafür, dass Ulldart nicht länger leiden wird«, sagte er gedämpft, die Rührung brach seine Stimme. »Wenn man mich nicht wegen meiner Taten zum Tode verurteilt, gehe ich an einen Ort, fernab von allen Menschen.«

»Ach, du begleitest mich nach Granburg?«, gab sie die Überraschte. »Darauf freue ich mich sehr.«

»Nein, du verstehst mich falsch, Norina.« Er lächelte sie an.

Sie grinste. »Absichtlich.«

Lodrik blieb ernst, das Traurige in seinem Blick verschwand nicht. »Ich gehe irgendwo hin, in die Verbannung. In die menschenleeren Weiten Borasgotans vielleicht.«

»Auch gut. Dort war ich noch nie. Fatja könnte uns sicherlich ein schönes Ziel nennen.«

»Begreife es doch! Ich will nicht, dass du mitgehst.«

»Und ich will nicht, dass du überhaupt gehst«, fuhr ihn die Frau beinahe schon wütend an. »Meine Gefühle zu dir haben sich in all den Jahren nicht verändert, das wusste ich, seitdem ich dir in jener Nacht in die Augen blickte und du mir mein Gedächtnis zurückgabst. Kann es ein stärkeres Zeichen geben, Lodrik, dass wir zusammen gehören?« Sie fuhr ihm durchs Haar. »Einmal musste ich dich verlassen. Das wird nie wieder geschehen.« Sie hakte sich ein. »Und nun komm. Waljakov wartet. Und unser Sohn.«

Das Paar spazierte zurück zum Tempel. Unterwegs ergriff Lodrik ihre Hand. *Bei allen Göttern, ich habe sie wieder!*

Die Schwere, die Trostlosigkeit, die sich seit seinem Besuch in der Unterwelt seines Gemüts bemächtigt hatten, wichen wie dunkle Wolken zurück und gewährten dem Lichtstrahl, der durch Norina in sein Dasein fiel, ein Durchkommen.

Ein anderes, sehr menschliches Empfinden, das er ewig nicht mehr verspürt hatte, meldete sich. Er bekam Hunger.

In dem aus Weide gefertigten Korb glitt Tokaro in rasender Geschwindigkeit über das Land. Die Welt breitete sich wie ein bunter Flickenteppich unter ihm aus. Felder, Wiesen, Wälder bildeten dort, wo der Schnee dünner war oder taute, eine farbliche Abwechslung. Die erwachende Natur lieferte ein erstes schwaches Grün und eine Ahnung des Frühlings, der sich gegen den Winter auflehnte und an manchen Stellen bereits durchsetzte.

Wilde Tiere flüchteten vor dem seltsamen Objekt, das plötzlich über ihre unberührten Refugien flog, die wenigen Menschen, die es zu Gesicht bekamen, starrten mit offenen Mündern an den Himmel und baten um den Beistand der Götter.

Sechs Modrak waren mit seidenen Seilen an der Gondel befestigt und trugen sie über alle Hindernisse hinweg.

Kein See, kein reißender Fluss, nicht einmal unwegsames Hügelland und Gebirgsausläufer vermochten die geflügelten Wesen aufzuhalten. Alle drei Tage wechselten sie sich mit ausgeruhten Artgenossen ab, die sie in dem jeweiligen Gebiet, das man gerade durchquerte, ausfindig machten. Auch wenn Treskor ein schneller Hengst war, gegen die Geschwindigkeit der Modraks, das musste der Passagier einräumen, würde er es nicht aufnehmen können.

Lodrik hatte ihm erklärt, wie das Amulett funktionierte und dass die Modrak sehr widerspenstig waren. Notfalls sollte er einen von ihnen mit seinen Feuerwaffen erlegen, um die anderen zum Gehorsam zu bringen.

Die Unterhaltung mit dem einstigen Kabcar fiel kurz aus, sie wechselten lediglich ein paar Worte. Tokaro kämpfte in erster Linie mit dem Bedürfnis, vor der abgemergelten Gestalt davonzulaufen. Er behielt die Beherrschung und entschuldigte sich erneut für seinen Vertrauensbruch im Festsaal, was sein Vater mit einer Bewegung der Hand zu Seite wischte.

Lodrik freute sich, dass der Großmeister ihn als Sohn adoptiert hatte, und wünschte sich, dass er den Namen beibehielt. Er bekannte sich zu seinem unehelichen Spross, akzeptierte aber, dass sein Sohn die größere Dankbarkeit und Sympathie für den toten Anführer des Ordens der Hohen Schwerter hegte.

Im Augenblick aber beschäftigte sich der junge Ritter damit, was er noch alles tun könnte, um sich vor dem Erfrierungstod zu bewahren. Die Lufttemperatur lag in dieser Höhe im Minusbereich, der Fahrtwind verstärkte die Kälte. Während es seinen »Zugvögeln«, wie Fiorell sie scherzhaft nannte, nichts ausmachte, hatte Tokaro außer zwei Decken noch ein dickes Bärenfell um sich geschlungen. Um nicht Opfer der Schneeblindheit zu werden, trug er tagsüber die dünnen Holzscheiben mit den schmalen Sehschlitzen, nachts schlief er, rollte sich eng im geflochtenen Korb zusammen, um so wenig Wärme wie möglich zu verlieren.

Angehalten wurde so gut wie nie. Wenn die Kälte ihm zu sehr zu schaffen machte, gönnte er seinen steifen Knochen ein paar Stunden an einem eilig entzündeten Feuer, ehe sie weiterflogen. Bei diesen Gelegenheiten machte er sich näher mit der Präzisionsbüchse vertraut, die ihm Zvatochna gegeben hatte.

Es war, wie die handlichen Gürtelmodelle, eine neue Generation von Waffen, die ohne umständliche Lunte arbeitete. Schnell verstand er, dass der Feuerstein über eine Zündfläche rieb, Funken schlug und das Pulver der Treibladung durch einen Seitenkanal zur Detonation brachte. Der längere Lauf gewährleistete eine bessere Flugbahn, die Visiere ließen sich genauer einstellen, das Bajonett arretierte stabiler als beim Vorgänger.

Diese Büchse machte ausgebildete Truppen zu tödlichen Gegnern. Der Umstand, dass er keine dieser Waffen in Séràly gesehen hatte, schürte die Hoffnung, dass Govans Leute nicht in rauen Mengen darüber verfügten.

Woher Perdór die Gondel so rasch aufgetrieben hatte, das hatte er ihm nicht verraten wollen. Tokaro glaubte, dass der Korb schon bereit gestanden hatte, ehe sein

Vater die Modrak ins Gespräch brachte. *Ich werde mich überraschen lassen, wofür er eigentlich gedacht war.*

Die geheimnisvollen Modrak wechselten kein einziges Wort mit ihm. Zu Beginn der Reise hatte er sein Ziel genannt, seitdem beschränkte sich die Konversation auf knappe Kommentare, wenn er landen oder starten wollte. Noch machten sie dem jungen Ritter keinerlei Schwierigkeiten. Die Wirkung von Lodriks Drohungen und die Angst vor der weit reichenden Waffe saßen zu tief.

Nach einem scheinbar endlosen Flug quer durch Ilfaris, Serusien und Aldoreel gelangte er im Morgengrauen in Sichtweite von Ammtára, wie ihm die Modrak auf ihre merkwürdige Weise zuwisperten.

Ich hoffe, sie haben eine heiße Suppe für mich, dachte Tokaro und ließ den Blick über die einstige Hauptstadt des sinuredischen Reiches schweifen, die in neuer Pracht unter ihm lag.

Zwar hielt sie den Vergleich mit den kensustrianischen Städten, über die er anfangs gesegelt war, nicht stand, dennoch gestaltete sie sich erstaunlich kultiviert, symmetrisch und ordentlich, wenn man bedachte, wer in den mächtigen Mauern lebte und dass sie praktisch aus Ruinen erstanden war.

Von weitem hörte er, wie Warnhörner ihren dumpfen, durch und durch gehenden Ton in die Luft bliesen. Er band die weiße Fahne an die Büchse und hielt sie sichtbar aus dem Korb, damit kein Katapultist auf den Gedanken kam, ihn und seine »Zugvögel« mit Speeren zu spicken.

Krutor hatte ihm genau beschrieben, wo er welches Gebäude fand, und so dirigierte er die Modrak vor das Versammlungshaus, den ehemaligen Palast des barkidischen Kriegsherrn.

Du rufst uns, wenn du uns brauchst, Menschlein. Die Modrak stiegen aus den Geschirren und flogen eilig davon.

Sofort war er umringt von Angst einflößenden Kreaturen, die er nur aus Schauermärchen kannte.

Als sich drei Meter hohe, behaarte Wesen mit Hörnern, Panzerungen und Piken vor ihm aufbauten, bezweifelte er, dass ein Dutzend Kugeln ausreichen, um diese Giganten zu Fall zu bringen. Das mussten nach der Erzählung des Tadc die Nimmersatten sein.

Krampfhaft umklammerte er seine Büchse. *Ein Schuss in den Kopf vielleicht? Aber was mache ich, wenn sie kein Gehirn haben?*

»Ich suche Pashtak«, sagte er langsam und laut. »Ich bin ein Freund.«

Die Wächter schauten ihn misstrauisch an, unterhielten sich grunzend mit unverständlichen Lauten.

So habe ich mir das vorgestellt. »Ich muss mit ihm reden«, versuchte er es erneut und sprach so deutlich, als unterhielte er sich mit einem schwerhörigen Dorftrottel. »Ich suche ihn selbst, wenn Ihr erlaubt.« Er macht einen Schritt nach links, um sich durch die Reihen zu schieben.

Wie auf ein Kommando schnellten die Spitzen der Stangenwaffen nach unten und richteten sich von allen Seiten auf seine Körpermitte.

Ganz deutlich erlauben sie nicht. »Holla, langsam«, bat er beschwichtigend und wedelte zaghaft mit der weißen Fahne. »Ich Freund. Freund!«

»Und wie lautet der Name des Freundes?«, erkundigte sich eine Stimme hinter dem Rücken der Nimmersatten. »Hat Euch der ¢arije gesandt, um mit uns zu verhandeln?«

Der junge Ritter spie angewidert auf die rot geäderten Steine. »Ich bin Tokaro von Kuraschka, Sohn des

Großmeister der Hohen Schwerter, Nerestro von Kuraschka, Ritter der Hohen Schwerter«, stellte er sich vor. »Govan Bardriç und alle, die ihm folgen«, er sah das Antlitz Zvatochnas vor seinem inneren Auge aufblitzen, »sind meine Todfeinde.«

»Dann seid Ihr ein sehr einsamer Mensch mit vielen Widersachern«, stellte der Unsichtbare fest. »Ich kenne Euch nicht. Legt Eure Waffen ab und erklärt Euch, ehe die Wärter Löcher in Euren Leib stechen. Wir sind alle etwas angespannt.«

Ganz behutsam kam Tokaro der Aufforderung nach und deponierte die Büchsen, das Schwert und die Dolche wie rohe Eier auf dem Boden. Anschließend entfernte er sich rückwärts von dem kleinen Berg.

Die Nimmersatten gaben den Weg für ein seltsames Paar frei.

Ein Sumpfwesen mit knochigem, flachem Kopf trat nach vorn. Die gelben Augen mit den rot leuchtenden Pupillen lagen tief im Schädel. Es besaß einen muskulösen, menschengroßen, aber gedrungenen Körper und wies unter der Robe eine dichte Behaarung auf. Als es ein Lächeln zustande brachte, zeigte das breite Maul lange, spitze Reißzähne.

Neben der Kreatur stand eine junge Frau, etwa in seinem Alter. Die dunkelbraunen Haare hingen als langer Zopf auf das einfache, figurbetonte Kleid aus dunkelgrünem und braunem Stoff herab. In ihren Zügen meinte er vage, jemanden zu erkennen, konnte dies jedoch nicht einordnen. Als sie sich näherten, bemerkte er den dünnen, gelben Kreis um die Pupillen ihrer karamellfarbenen Augen. Sie musterte ihn voller Neugier.

»Ich«, stellte sich das Sumpfwesen vor und reckte eine kräftige, krallenbewehrte Hände nach vorne, »bin

Pashtak, Vorsitzender der Versammlung der Wahren. Das neben mir ist Estra, die künftige Inquisitorin Ammtáras.« Er bleckte die Zähne. »Wie kann ich Euch helfen, Tokaro von Kuraschka?« Er tippte gegen den Korb. »Ihr habt übrigens eine sehr eigenwillige Art zu reisen.«

»Ich nehme ein Dokument hervor, das ein wenig Licht in die Sache bringt«, erklärte der junge Ritter seine Absicht und fasste unter die Lederrüstung. Er piekste es auf eine Eisenspitze und nickte dem Vorsitzenden zu. »Lest es. Danach sollten wir an einen ruhigeren Ort gehen.«

Pashtak erkannte schon am Geruch, dass Krutor mit dem Blatt in Berührung gekommen war.

Die schwerfällige Schrift passte zu dem Tadc und dem Schutzherrn Ammtáras. Er garantierte in dem Schreiben die Unbedenklichkeit des Überbringers und bat ihn mit einfach gestrickten Sätzen, ihm die aldoreelische Klinge auszuhändigen, damit er sie nach Drocâvis brachte. Pashtak reichte das Schreiben an die Tochter Belkalas.

»Ihr habt Recht. Wir sollten an einen ruhigeren Ort gehen.« Er sagte etwas in einer unverständlichen Sprache, die Piken ruckten in die Höhe, die Nimmersatten trollten sich und bezogen ihre Posten. »Gehen wir zu mir.«

»An einen ruhigeren Ort«, wiederholte Estra feixend. »Also nicht zu Hause bei uns.«

Pashtak führte Tokaro in den Versammlungsraum des Gremiums, schloss die Türen und bot dem Gast einen Platz und anschließend etwas zu trinken an.

Tokaro verlangte eine heiße Suppe und erzählte in aller Ausführlichkeit, wie sich die Situation in Drocâvis und Séràly darstellte. Dabei entging ihm trotz seiner Müdigkeit und Erschöpfung nicht, dass das Mädchen ihn förmlich mit Blicken bannte.

Der Vorsitzende lauschte, fiepte, gurrte und schnurrte gelegentlich, was offensichtlich seine Art war, das Gehörte zu kommentieren.

Pashtak berichtete im Gegenzug, wie es sich mit der einstigen »Verbotenen Stadt« verhielt, die mit einer Belagerung durch die Truppen des ¢arije rechnete, da der Herrscher allen Grund hatte, die Aufsässigen zu bestrafen.

»Nehmt es mir nicht übel, wenn mich der Aufmarsch in Ilfaris etwas beruhigt«, endete die Kreatur. »Damit ist Ammtára vorerst sicher. Vorübergehend.« Er seufzte. »Wir würden uns an der Schlacht beteiligen. Auf Euerer Seite. Doch ich fürchte, dass unsere Kontingente nicht rechtzeitig bei dem Häuflein der Tapferen einträfen.«

»Beschränkt Euch aufs Beten und gebt mir die aldoreelische Klinge, damit wir dem Bösen Einhalt gebieten können«, entgegnete Tokaro freundlich. »Ich rechne es Euch aber hoch an, dass Ihr an unserer Seite stehen wolltet. Es gibt Artgenossen von Euch, die sich dem ¢arije angeschlossen haben.«

»Teilweise gewiss freiwillig. Wir weigern uns, Abordnungen zu senden. Diese Radikalen, die nichts im Kopf haben als Tzulan, gibt es leider auch unter meinen Artgenossen«, bedauerte Pashtak. »Wir in Ammtára wissen, wie sehr uns der alte Kabcar unterstützt hat. Umso mehr freuen wir uns zu hören, dass er noch lebt.« Er betrachtete den jungen Mann. »Natürlich sollt Ihr das Schwert erhalten. Was soll es hier, wenn es in der Schlacht dringend benötigt wird?«

Ein Strahlen ging über das Gesicht des Ritters. »Meine Freunde und ich danken Euch dafür.«

Das Oberhaupt der Stadt neigte leicht den Kopf. »Wir alle wollen ein Ende des begonnenen Schreckens, der sich unaufhörlich steigert, seit die Nachkommen des alten Bardri¢ an die Macht kamen. Von unserem Freund Krutor einmal abgesehen.« Er sog die Luft ein, witterte. »Gönnt Euch ein paar Stunden Schlaf, ein Bad und ein gutes Essen, Tokaro von Kuraschka. Ihr riecht ... überanstrengt. Mein Haus steht Euch gern zur Verfügung.«

Der junge Mann wollte sich gerade bedanken, als ihm Estra ins Wort fiel. »Wir haben viel von den Hohen Schwertern gehört, Herr Ritter«, begann sie mit glühenden Wangen. »Verzeiht meine Neugier, aber seid Ihr tatsächlich der Sohn des Großmeisters?«

Er lächelte schwach. »Nein, nicht von Geburt an. Er nahm mich als Sohn an, da es ihm nicht vergönnt war, eigene Kinder zu haben.«

Die Inquisitorin wollte nachhaken, da legte Pashtak zügelnd die Hand auf ihre. »Nicht jetzt, Estra. Lassen wir unseren Gast schlafen und sich erholen, damit er bald wieder aufbrechen kann. Irgendwann dazwischen wird sich eine ruhige Minute ergeben. Du kannst Shui Bescheid sagen, dass wir einen Besucher erhalten.«

Sie nickte etwas widerspenstig, warf Tokaro noch einen tiefen Blick zu und verschwand.

Im Haus des Vorsitzenden sah er sie nach dem Essen kurz, wie sie ihn neugierig betrachtete, als er im Bad verschwand. Noch immer kam er nicht darauf, wem sie leicht ähnelte.

Gesättigt, umflossen von Wärme und inmitten von mit duftenden Kräutern versetztem Wasser, fielen Tokaro rasch die Augen zu.

Irgendwann weckte ihn fröhliches Kinderkichern, ein vielstimmiges Gurren und Fiepen.

Er öffnete vorsichtig ein Lid und blickte in die Augen von Pashtaks Nachwuchs, die den Besucher neugierig betrachteten, schnüffelten. Das ließ ihn etwas verlegen werden.

»Los, ihr Racker. Geht ins Bett. Das mache ich auch gleich.«

Als sie sich nicht von der Stelle rührte, spritzte er spaßeshalber mit etwas Wasser nach ihnen.

Ein Fehler, wie er feststellte.

Die Tropfen befanden sich noch auf dem Flug, da tobte schon eine ausgelassene, feuchte Schlacht im Bad.

Die Schwämme flogen durch die Luft, drei Jungs und ein Mädchen enterten quietschend vor Freude die Wanne, andere schnappten sich Eimer und Schöpfkellen, um fidel in den Angriff zu gehen.

Tokaro ergab sich seinem Schicksal und ließ sich tunken.

Nach dem Frühstück am darauffolgenden Morgen überreichte ihm Pashtak die aldoreelische Klinge.

Mit Kennerblick erkannte Tokaro, dass dieses Schwert sich tatsächlich von den anderen unterschied. Die Verzierungen, die Anzahl der Diamanten, die besonders aufwändig gestaltete Schneide selbst, das alles sprach für die Einmaligkeit.

Er konnte es kaum fassen, als ihm das Stadtoberhaupt die Entdeckungsgeschichte unter dem Siegel der Verschwiegenheit verriet. Ehrfurchtsvoll zog er sie aus der Hülle, betete zu Angor und küsste die Blutrinne.

»Dann ruft Euch die Modrak herbei und bringt die Klinge rasch zu unseren Freunden«, verabschiedete ihn Pashtak. »Die Gondel findet Ihr unangetastet vor dem Gebäude, wo Ihr gelandet seid. Bestellt Krutor einen Gruß.« Er umfasste seine Rechte mit beiden Händen. »Seid gewiss, wir beten, dass die gute Seite den Sieg davon trägt. Wenn Ihr fallt, wird auch Ammtára wenig später fallen. Unsere Schicksale hängen über Meilen hinweg zusammen.«

Der junge Ritter schaute sich um, ob er das Mündel des Vorsitzenden entdeckte. Ohne Erfolg. »Wir siegen, Pashtak. Ich verspreche es Euch.«

Gemeinsam gingen sie zur Tür. Shui gab ihm reichlich Proviant für die nächsten Tage mit, und Tokaro schlenderte zurück zu dem Korb.

Nach zwei Straßen stand Estra wie aus dem Boden gewachsen an seiner Seite und spazierte neben ihm her.

»Ihr wolltet mir persönlich eine gute Reise wünschen? Wie aufmerksam von Euch. Als Inquisitorin entgeht Euch nichts, was?«, neckte er sie ein wenig. Ihm gefiel das Mädchen, das sich deutlich auf dem Weg zur Frau befand, wenn er sich ihre Statur anschaute.

»Ihr seid nett, Tokaro von Kuraschka. Aber ein wenig vorlaut.« Estras rätselhafte Augen bannten die seinen, ketteten sie mit einem unsichtbaren Band an ihr Gesicht.

»Das ist eine Angewohnheit, die mich gelegentlich in Schwierigkeiten bringt«, grinste er frech. »Das Vorlaute und die Tollkühnheit.«

»Sind das Werte, die man als Ritter benötigt? Benahm sich der Großmeister genauso?«, forschte sie mit einem hintergründigen Lächeln.

»Nein.« Schlagartig wurde Tokaro ernsthaft, betrachtete gedankenverloren den gelben Ring um ihre Pupillen. »Nerestro war ein aufrichtiger, überlegt handelnder Mann. Bei aller Strenge und Härte schlug doch ein verletzliches Herz in seiner Brust.«

»Er hatte keine Frau an seiner Seite?«

Tokaro schüttelte den Kopf. »Mein Adoptivvater trauerte sein Leben lang seiner einzigen Liebe nach, die er verstoßen hatte, obwohl alles in seinem Innersten dagegen aufbegehrte. Um den Qualen zu entkommen, suchte er oftmals den Tod im Turnier.« Seine Fäuste schlossen sich fester um die Büchse. »Aber sterben musste er durch Verrat. Nicht wie ein Ritter.«

»Kanntet Ihr die Frau, nach der er sich sehnte?«

»Nein. Sie stammte aus Kensustria, ihr Name war ...«

Der Ritter rannte gegen den Rand der Gondel, starrte sie befremdet an und schüttelte den seltsam benebelten Zustand gewaltsam ab, der ihn erfasst und redselig gemacht hatte.

»Nanu, wir sind schon da?« Erstaunt betrachtete er Estra. »Warum erzähle ich Euch das alles? Ihr macht Eurem Amt alle Ehre, Inquisitorin.« Er nahm das Amulett unter der Rüstung hervor und drehte den Stein dreimal in der Fassung. *Kommt zu mir.*

Estra schien nicht glücklich mit der Unterbrechung zu sein.

Tokaro suchte mit Hilfe des Fernrohrs den Himmel nach den Wesen ab. Die Modrak zeigten sich noch nicht.

Verdammt, schafft euch auf der Stelle herbei! Ich befehle es euch, im Namen des Hohen Herrn!

Das Letzte, was er nun benötigte, war eine unnötige Verzögerung durch die Starrköpfigkeit der Modrak. Er wollte seinen stummen Appell wiederholen, als er die erste der fliegenden Kreaturen ausmachte.

Estra half ihm, den Proviant zu verstauen. »Kommt uns doch besuchen, Herr Ritter«, lud sie ihn ein wenig verschämt ein. »Ich würde mich sehr freuen, Euer Gesicht öfter hier zu sehen.«

Tokaro war von dem Angebot etwas überrascht, freute sich aber darüber. »Und Ihr werdet auf Angoraja vorbeischauen. Sobald die Schlachten geschlagen sind, trete ich mein Erbe an. Ich bin es Nerestro schuldig, die Getreuen zu sammeln und mit einem Freund zusammen den Orden neu aufzubauen. Der Verrat darf nicht das Ende sein.«

Die Modrak glitten elegant zu Boden und legten sich lustlos die Geschirre an. *Wir sind bereit, junger Menschenmann.*

Estra schenkte ihm ein bezauberndes Lächeln, das es durchaus mit dem von Zvatochna aufnehmen konnte. »Eure Offerte erfreut mich sehr, Tokaro von Kuraschka.« Sie machte einen beherzten Schritt an den Rand der Gondel und drückte ihm einen flüchtigen Kuss auf die Lippen. Etwas erschrocken von ihrem Mut trat sie mit errötendem Kopf zurück. »Nehmt das als Glücksbringer.« Damit entfernte sie sich rasch.

Ohne auf sein Kommando zu warten, schlugen die Modrak mit ihren pergamentdünnen, dennoch widerstandsfähigen Schwingen. Die Seidentaue spannten sich, ruckartig schnellte der Korb in die Luft. Tokaro ruderte mit den Armen, um sich auf den Beinen zu halten.

Macht das nicht noch einmal, ihr Biester!

Der Ritter verfolgte Estras Weg aus der Luft und winkte ihr verdattert hinterher. Mit einem so angenehmen Abschied hatte er nicht gerechnet.

Verwirrt gürtete er sich die aldoreelische Klinge um die Hüfte, legte die Decken um sich und bereitete sich auf den Flug nach Drocâvis vor.

Von den Modrak erfuhr er zu seinem Entsetzen, dass sich die feindlichen Heere auf ein Zusammentreffen vorbereiteten. Alles deutete darauf hin, dass die erste Auseinandersetzung bald bevor stand. Hätte Tokaro sie nicht danach gefragt, hätten seine unheimlichen »Zugvögel« mit den purpurn leuchtenden Augenhöhlen ihn darüber im Unklaren gelassen. Von selbst gaben sie nichts preis.

Auf diese Weise argwöhnisch geworden, fiel ihm etwas anderes auf.

Entweder hatte der Frühling Einzug gehalten und hatte die Luft erwärmt, oder aber die Wesen bewegten ihre Flügel nicht mehr ganz so schnell wie auf der Reise nach Ammtára, gerade so als wollten sie seine Ankunft in Kensustria hinauszögern.

Der Hohe Herr befahl uns, dich nach Ammtára zu bringen, kleiner Menschenmann, antworteten sie ihm vielstimmig wie stets direkt in seinem Verstand. *Aber von der Geschwindigkeit sagte er nichts.*

Sie planen also, Govan durch die Hintertür zu unterstützen. Wütend riss er das Amulett in die Höhe. »Ihr werdet mir gehorchen! Und ich befehle euch, schneller zu fliegen.«

Es erfolgte keine Reaktion.

Der junge Ritter nahm die Büchse. Er legte auf den hintersten der Modrak an und setzte ihm eine Kugel zwischen die Lichter. Auf der Stelle tot, stürzte das Wesen ab und baumelte im Geschirr, bevor es aus der Halterung rutschte und um die eigene Achse kreiselnd in die Tiefe sauste.

Abgründiges Geschrei erfüllte seinen Schädel. Tokaro kümmerte sich nicht darum. Er zog die Handbüchse und richtete den Lauf auf das nächste Wesen. »Schneller, sagte ich!«

Die Taktzahl der Flügelschläge erhöhte sich, ein anderer Modrak segelte herbei und nahm eilig die Position seines erschossenen Artgenossen ein.

»Ich habe das Amulett, also folgt meinen Anweisungen, oder meine Waffen belohnen euch für den Ungehorsam. Ich warne euch ein einziges Mal. Sie verfehlen ihr Ziel selbst bei finsterster Nacht niemals und reichen ewig weit.«

Ja, kam es lakonisch.

Tokaro entspannte sich. Noch gelang es ihm, Autorität zu wahren, aber seine Wachsamkeit durfte von nun an bis nach Kensustria nicht nachlassen.

Vizekönigreich Ilfaris, Herzogtum Séràly, acht Meilen nordöstlich der kensustrianischen Grenze, Frühjahr 460 n. S.

Zvatochna überprüfte die Aufmarschpläne, die sie entworfen hatte.

Sie gedachte ihren Vater und die Kensustrianer mit ihren offensichtlichen Vorbereitungen dazu zu zwingen, sie in Paledue abzufangen, ehe die geballte Streitmacht in das Land des Gegners einmarschierte und sich dort festsetzte.

Ihre Späher bestätigten, dass die Kensustrianer die Ebene jenseits des zerstörten Lagers als Ort der Entscheidung akzeptiert hatten. Aus den Trümmern des Kastells errichteten sie eifrig behelfsmäßige Stellungen. Weiter als bis zu diesem Punkt erlaubte ihnen die Strategin des ¢arije nicht vorzudringen. *Solange sie damit beschäftigt sind, kümmern sie sich nicht um meine Vorbereitungen.*

Heimlich verlagerte sie die schwersten Bombarden bereits in den Nächten in Richtung des Schlachtfeldes in einen nahen Wald, um von Beginn an über genügend Feuerkraft zu verfügen.

Die leichten Geschütze und Büchsenmaschinen würden auf einem mit Bäumen bewachsenen Hügel kurz vor der Schlacht in Stellung gebracht werden. Im Schutz des Grüns würde die Kavallerie rechts und links ebenso auf ihren Einsatz warten.

Genau zwischen Hügel und Wald befand sich eine abgestufte Anhöhe, deren Büsche nicht ausreichten, um Truppen Deckung zu geben. Für einen liegenden Menschen reichte es dennoch aus. Die Kabcara plante, ihre Scharfschützen dort zu positionieren, die gegnerische Anführer ausschalten sollten. Was die Kensustrianer konnten, beherrschte sie schon lange.

Govan hatte durch seine ungestüme Art die Kensustrianer dazu gezwungen, sich dem Gegner im Verband zu stellen, um einen Durchbruch und eine Plünderung des Landes zu verhindern. Die Zahl der Feinde musste die hübsche Strategin schätzen und kam aufgrund der Ereignisse der letzten Monate entlang der Grenze auf mindestens zehntausend Angehörige der Kriegerkaste.

Vorsichtshalber veranschlagte sie lieber zwanzigtausend, zu denen die Erfindungen der kensustrianischen Ingenieure hinzukamen, vor denen sie am meisten Respekt hatte. Das Vernichtungspotenzial der Distanzwaffen vermochte sie schwer einzuordnen.

Zumindest beherrschen sie die Kunst des indirekten Beschusses, was in ihrem Heer dank der Anschläge der Modrak auf »Spielzeug« beschränkt blieb. Ihr Bruder war so ungestüm, dass er auf den Einsatz der neuesten Erfindungen pfiff und einen Angriff verlangte, ehe sie nach Séràly gebracht werden konnten. Siegessicher verließ er sich ganz auf seine Magie und die zahlenmäßige Überlegenheit.

Zu siegessicher, wie sie fand.

Die Geschichte berichtete von Schlachten, bei denen Heere im Verhältnis von eins zu fünf unterlegen waren und dennoch ungeschlagen den nächsten Tag erlebten.

Über die Vorgehensweise der Kensustrianer in offenen Gefechten hatte sie nichts in Erfahrung bringen können. Die Aufzeichnungen berichteten lediglich von zwei Begebenheiten. Eine spielte sich im Jahre 135 n. S. ab, als die Grünhaare mit nur viertausend Soldaten und einer Flotte von hundert Schiffen einen K'Tar Tur namens Braggand zur Zeit der Großen Pest mit Stumpf und Stiel vernichteten. Als sich Kensustria 342 n. S. das Seehandelsrecht nahm, versenkten nur zehn ihrer Schiffe eine Flotte von sechzig agarsienischen und palestanischen Koggen. Die erste echte Niederlage steckten sie gegen ihren Vater ein, der die Schwarze Flotte versenkte. Aber keiner der Chronisten bemühte sich bei der Wiedergabe um militärische Genauigkeit.

Seufzend betrachtete sie die Pläne. *Es muss gelingen.*

Die »Schmeißfliegen« würden vor dem Wald auf der rechten Flanke aufmarschieren, die Sumpfkreaturen und Tzulani deckten die linke Flanke. Die Mitte übernahm zunächst eine Abordnung der ulldartischen Freiwilligen, die verheizt werden und die viel wertvolleren tzulandrischen Verbände dahinter schützen würden. Sollten ihre Landsleute flüchten wollen, hatten die Tzulandrier den Befehl, sie an Ort und Stelle zu töten. Die berittenen Einheiten sollten in die Schlacht eingreifen, wenn die Bombarden nichts mehr ausrichteten und der Nahkampf begann.

Zvatochna schrieb die Angriffsbefehle auf, siegelte sie und schloss sie in die Stahlschatulle, wo sie zusammen mit den Karten bis zum Beginn der Offensive sicher lagen. Ein Plan blieb offen liegen. Dann wartete sie auf ihren Besucher.

Es klopfte.

Sofort ordnete sie ihr Kleid, zog die Ränder des Dekolletes nach unten, um ihre Reize besser zur Geltung zu bringen, und ließ die Tür öffnen.

Albugast, gekleidet in die gleiche Art von purpurnen Gewändern, wie Varèsz sie zu tragen gepflegt hatte, erschien in ihrem Gemach. An seiner Seite hing eine aldoreelische Klinge, die ihm Govan überlassen hatte.

Ein Zufall hatte für den Fund gesorgt. Eine Patrouille war durch das aufgeregte Gurren der Tauben aufmerksam geworden, hatte den Posten durchstöbert, in dem sich Tokaro verborgen hatte, und dieses besondere Schwert gefunden. Der Anführer des Tzulanordens trug es mit Stolz.

Wenn es mir gelingt, ihn auf meine Seite zu ziehen, könnte er meinem Bruder im entscheidenden Augenblick den Kopf von den Schultern trennen. Und Mortva gleich mit.

»Ihr habt mich rufen lassen, hoheitliche Kabcara?« Der blonde Mann neigte sein Haupt vor ihr.

»Setzt Euch, Albugast.« Sie lächelte ihn hinreißend an und erkannte augenblicklich, dass sie ihn wie alle anderen Männer in ihren Bann schlug. *Sehr gut.* »Ich wollte Euch instruieren, falls es mein Bruder noch nicht getan hat.« Der Mann schüttelte den Kopf. »Er wird mit mir zusammen beim Kontingent der Tzulandrier reiten, zu der Seite gewandt, auf der die Sumpfwesen stehen.« Zvatochna deutete auf die Karte. »Ihr werdet mit Euren fünfundzwanzig besten Männern immer in seiner Umgebung sein, und wenn die Welt um Euch herum im Geschützfeuer der Gegner versinkt.« Ihre Hand legte sich auf seine. »Wärt Ihr bereit, sein Leben für ihn zu geben, Albugast?«

»Sofort.«

Sie rückte etwas näher, drückte seine Finger. »Und wie steht es um mein Leben?«

»Ich gebe Euch ebenfalls fünfundzwanzig Ritter«, antwortete er unverzüglich. Sein Blick wurde unsicher. »Wenn der ¢arije nicht in die Schlacht reiten würde, so würde ich persönlich für Eure Unversehrtheit sorgen, hoheitliche Kabcara«, gestand er ihr. »Ich wäre Tag und Nacht an Eurer Seite.«

Jetzt habe ich dich. »Wie gern nähme ich Euer Angebot an.« Die Kabcara senkte den Blick. »Ich gestehe, diese Unterredung über die Schlacht war nur ein Vorwand. Albugast, Ihr werdet es gewiss bemerkt haben«, geschickt legte sie eine Pause ein, »wie ich den Blick nicht von Euch abzuwenden vermochte.« Sie sah dem Ritter voller Verlangen in die Augen. »Ich begehre Euch, Albugast. Ich will Euch an meiner Seite haben, als mein Mann. Als Herrscher über das ganze Reich, das Ihr Euch anschickt, vollends zu erobern.« Sie neigte sich vor, hauchte in sein Ohr und achtete darauf, dass seine Hand dabei das Tuch ihres Dekolletés berührte, ihre Brüste leicht touchierte. »Wollt Ihr mit mir herrschen, Albugast, und die schönste Frau des Kontinents ergeben Euer Eigen wissen?«

»Ja«, entgegnete er ohne nachzudenken.

»Ihr wisst, dass Govan mich zur Gemahlin erkor. So müsstet Ihr wie ich Hochverrat begehen.« Sie streichelte über seinen Rücken, liebkoste seinen Nacken. »Aus Liebe. Gibt es denn nichts Edleres als sie?«

Albugast schwankte, seine Sinne waren zu verwirrt von den Eindrücken. »Ich bin dem ¢arije verpflichtet. Die Tzulani würden ...«

»Die Tzulani müssen nichts davon erfahren, wenn wir es geschickt anstellen«, redete sie glühend auf ihn ein und rutschte noch näher. »Wenn mein Bruder während der Schlacht nach unserem Sieg stirbt, müssen sie mich als seine Nachfolgerin unterstützen. Und ich bin frei zu wählen.« Ihre schlanken Finger umfassten das Kinn des jungen Ritters. »Meine Wahl, das schwöre ich dir bei meinem Leben, fiele nur auf dich.«

Sie legte die Lippen sachte auf seinen Mund, ihre Rechte fuhr über seine Brust.

Angewidert erlaubte sie dem Mann, die reine, weiße Haut ihres Dekolletés zu küssen, um ihn endgültig hörig zu machen.

»Ich werde sehen, was sich ergibt, Zvatochna«, sprach er erregt. »Govan wird das Schlachtfeld nicht lebend verlassen.« Albugast spielte mit ihren schwarzen Haaren, küsste ihre Hand.

»Winke ich dir mit meinem weißen Taschentuch, so schlage ihm den Kopf ab. Sollte ich das Zeichen nicht geben und der Ausgang des Gefechtes ungewiss sein, so warte. Es werden andere Gelegenheiten kommen. Geh nun«, bat sie und senkte ihre Stimme zu einem verschwörerischen Flüstern. »Sonst schöpft er in seiner Eifersucht noch Verdacht.«

Der Ritter nickte und ging hinaus. Die Kabcara schenkte ihm einen verzehrenden Blick, als er sich an der Tür umwandte. Kaum schloss sich diese, fiel die Maske der Verliebtheit von ihr ab.

Trottel. Sie lief zu ihrer Ankleide und wischte sich die Stelle, an der er sie berührt hatte, mit Rosenwasser ab.

Dann ließ sie sich etwas Wein bringen und prostete sich selbst zu. *Auf mich.* Ihre Vorbereitungen waren abgeschlossen. Die junge Frau hatte ihre Truppen nicht nur hier aufgestellt; ihre Freunde standen in Ulsar bereit, ihre Mutter wartete in Granburg auf ihre Nachricht.

Der Kampf um Ulldart und den Thron konnte beginnen.

Nordwestliches Kensustria, Drocâvis, etwa zur gleichen Zeit

Lodrik beobachtete den dunklen Himmel vom Balkon von Norinas Zimmer aus sehr aufmerksam. Seine Gedanken schweiften zurück.

Der einstige Kabcar hatte viele Stunden mit Lorin verbracht, der ihm mit Respekt, aber nicht mit überschwänglicher Freude oder gar Freundschaft begegnete. Er beantwortete ihm alle Fragen nach der Vergangenheit mit Norina, hielt mit nichts hinter dem Berg, was seine Verblendung anging, und berichtete ein wenig von dem, was sich nach dem Überfall im Steinbruch ereignet hatte.

Die letzten Worte seines Sohnes hafteten ihm besonders gut im Gedächtnis.

Nachdem Lorin alles gehört hatte, schwieg er eine lange Zeit. »Ich hätte an deiner Stelle nicht gewusst, was ich tun oder lassen sollte«, sagte er schließlich. »Dein Fehler war, dass du auf die Falschen hörtest, nachdem die Schlacht um dein Reich geschlagen war. Die Neuerungen kann dir niemand ankreiden. Es gibt wohl keinen anderen Herrscher, der so viel für seine Untertanen getan hat.« Danach war er aufgestanden und gegangen.

Lodrik richtete seine für die Nacht hervorragend geeigneten Augen wieder auf die Sterne. Tokaro und seine Gondel ließen weiterhin auf sich warten. Dabei machte es den Anschein, als benötigten sie die aldoreelische Klinge eher heute als morgen. Zvatochna wollte die Entscheidung in der Ebene vor dem alten Kastell herbeiführen, Perdór und die Kensustrianer beschäftigten sich mit den geheimnisvollen Vorbereitungen – von denen er im Gegensatz zu den anderen nicht in Kenntnis gesetzt wurde.

Der ehemalige Kabcar nahm es dem Ilfariten und den Verbündeten nicht übel, dass sie ihn nicht in alles einweihten.

»Du machst dir Sorgen um ihn«, vermutete Norina und trat hinter ihn, ihre Arme schlangen sich um seinen Bauch. »Nanu? Du hast tatsächlich ein wenig zugenommen.« Sie drehte ihn herum und betrachtete sein Gesicht. »Es steht dir viel besser. Du sahst vorher wie ein entfernter Verwandter von Vintera aus.«

»Vielleicht bin ich das seit dem Steinbruch«, meinte er halb im Scherz. Er hatte ihr im Gegensatz zu den anderen alles von seinen Erlebnissen berichtet. Jedoch nicht alles über seine nekromantischen Fähigkeiten. »Vielleicht war ich tot.«

Norina hielt ihre Hand gegen seine Brust. »Dafür schlägt das Herz aber sehr gut.«

»Auch wenn es mir beinahe wieder stehen geblieben wäre, als ich Waljakov gegenüber trat«, seufzte Lodrik. »Den Faustschlag, den ich von ihm erhielt, hatte ich mehr als verdient. Aber die Umarmung des alten Bären hätte mir fast alle Knochen im Leib zertrümmert. Er ist so verdammt stark.«

»Warum hast du sein Angebot, wieder dein Leibwächter zu sein, nicht angenommen?«, wollte Norina wissen.

»Ich benötige kein Kindermädchen mehr. Meine jugendlichen Grillen sind vergangen, ich bin erwachsen geworden. Waljakov soll sich um meinen Sohn kümmern, dem er ein sehr guter Lehrmeister war. Wie mir damals.«

»Auch der Sohn ist mehr oder weniger erwachsen«, sagte Lorin lachend von der Tür her und näherte sich seinen Eltern. »Ich bin verheiratet, Vater. Hast du das schon vergessen?«

»Fertig mit deinen Übungsstunden?«, runzelte seine Mutter die Stirn. »Ist die Magie so leicht zu beherrschen?«

»Genau darum geht es, erklärte mir Soscha.« Der junge Mann lächelte sie an. »Sie zu beherrschen ist unmöglich. Sie wird sich für den Zwang nur rächen. Sie hat so etwas wie einen eignen Willen, einen eigenen Geist, der sich gegen Unterdrückung auflehnt. Aber wenn man mit ihr spricht«, er bemerkte das verständnislose Gesicht Lodriks, »auf gedanklicher Ebene, meine ich, beginnt eine andere Art der Verständigung. Man agiert wie zusammen mit einem Freund, der seine Fertigkeiten zur Verfügung stellt.«

Davor hat Nesreca mich niemals gewarnt. Wozu auch? Er dachte, er käme schnell zum Erfolg. Der ehemalige Kabcar verstand, was er all die Jahre über falsch gemacht hatte.

»Wie wird sie sich rächen, Lorin? Hat dir die Magie darüber etwas ... gesagt?«

Der junge Mann hob bedauernd die Schultern. »Soscha meinte, es wirkt sich auf den gesamten Körper aus. Aber mehr weiß sie auch nicht.« Er grinste. »Unsere Ankunft hat ihren Forschungsbedarf unwahrscheinlich in die Höhe getrieben. Sie wartet schon auf das Ende des Krieges, um mit Hilfe von Perdór eine Akademie oder eine Universität einzurichten.«

Sorgenvoll betrachtete Norina ihren Sohn. »Und du verstehst dich mit deinen Kräften sehr gut, wie ich hoffe?«

Zu ihrer Beruhigung nickte er. »Ich erkunde sie. Es sieht ordentlich aus, meinte Soscha, als ich ihr meine Eindrücke schilderte. Aber es dauert, glaube ich, eine kleine Ewigkeit, bis man alles an ihr erkundet hat. Und das Potenzial in mir wäre sehr groß.«

Lodrik musste sich wundern, wie die beiden seine unmittelbare Nähe ertrugen, denn seine schlechte Ausstrahlung hatte er nicht verloren. Auch das wenige Fett, das er angesetzt hatte, schwand bereits wieder. »Gibt es etwas Neues, was den Verlauf der Schlacht angeht?«

»Nein«, meinte sein Sohn kurz angebunden. »Die Vorbereitungen laufen. Ein Teil der Konstruktionen, deren Pläne die Modrak stahlen, sehen sehr gut aus und stehen vor der Fertigstellung, trotz der kleineren Unfälle und Verletzten, die sich ereignet haben. Aber ohne Experimente wäre man nicht zurechtgekommen.«

»Und die Strategie in Paledue?«

Lorin zögerte. »Perdór wollte dich unterrichten, Vater. Es gebührt ihm, nicht mir. Ich bin nur ein einfacher Soldat.«

»Der mächtig genug ist, das Heer seines Bruders aufzuhalten, wenn es sein muss«, ergänzte Norina und fuhr ihm durchs Haar. »Die Bescheidenheit steht dir und ehrt dich.« Sie bemerkte, dass seine Augen einen anderen Ausdruck annahmen, als er sich den Sternen zuwandte. »Du denkst viel an Jarevrån?«

»Wenn man wenigstens eine Nachricht nach Hause schicken könnte«, beklagte er sich. Dann raffte er sich auf. »Ich bin eine verliebte Heulrobbe, was?! Denke ich an euer beider Schicksal, dann sind die paar Monate der Trennung nichts.«

»Ein bisschen Sehnsucht ist nicht schlecht«, tröstete ihn seine Mutter und drückte ihn an sich.

»Gute Nacht«, verabschiedete er sich. »Ich schaue bei den anderen vorbei und lege mich dann ins Bett. Ich muss ausgeruht sein, damit ich meine Studien fortführen kann.« Lorin verneigte sich artig und verschwand.

»Ein guter Junge«, meinte Lodrik schwermütig. »Man sollte nicht meinen, dass ich Anteil an ihm trage.«

»Zufällig weiß ich das sehr genau«, bemerkte sie spitz und fuhr ihm zärtlich die Robe entlang. »Woher soll er sonst diese Magie her haben?«

Nachdenklich schaute der Nekromant über die Brüstung nach unten, wo Lorin über die Straße in den Tempel ging. »Er scheint weniger anfällig für das Böse zu sein wie ich. Auch wenn er die gleiche Magie einsetzt, wie Soscha mir sagte.«

»Komm«, verlangte sie mit sanfter Gewalt und zog ihn zurück in ihr Gemach. »Hat die Schlacht erst einmal begonnen, ist es mit der Ruhe vorbei.«

Lodrik stieß die Luft aus und begleitete sie ins Innere. Sie entledigte sich vor dem Bett ihrer Kleidung und begab sich zwischen die Laken. »Auf was wartest du?«

Irritiert stand der einstige Herrscher an der Tür, die Klinke in der Hand. »Ich wollte gerade gehen.«

Norina lächelte ihn liebevoll an. »Das sollte bedeuten, dass du heute Nacht neben mir schläfst, Lodrik.« Mit einer Hand schlug sie die Decken zurück.

Er wandte sich ab. *Sie ist begehrenswert und schön wie damals.* »Mein Körper ist eiskalt.«

»Dann bringe ich Feuer in ihn zurück und wärme ihn.«

»Ein anderes Mal, Norina.« Er öffnete die Tür einen Spalt breit, da stand sie unversehens neben ihm und drückte die Tür wieder zu. Ihre braunen Mandelaugen suchten seinen Blick.

»Nein, Lodrik. Nicht ein anderes Mal.« Sie küsste ihn. »Verstehst du nicht, ich liebe dich. Ganz gleich, wie du aussiehst.«

Er betrachtete ihren nackten, hochgewachsenen Körper, während sie ihn entkleidete und aufs Bett zog. Sie drückte sich an ihn, Haut berührte Haut, und seine

Spannung fiel von ihm ab. Er atmete ihren lange vermissten Geruch ein, genoss die Wärme ihres Leibes. Bald darauf glitten sie umschlungen in den Schlaf.

Vizekönigreich Ilfaris, Herzogtum Mesourìn, westlich der kensustrianischen Grenze, etwa zur gleichen Zeit

Einige Meilen hinter dem kartographischen Grenzschnittpunkt der Vizekönigreiche Serusien, Tersion und Ilfaris musste Tokaro landen, um sich mit neuem Proviant zu versorgen.

Sein Magen grummelte seit vier Tagen ununterbrochen, und zu sehr schwächen wollte er sich nicht. Da die Modrak seit seiner Exempelstatuierung keinen Aufstand mehr probten, wagte er die kurze Rast. Von der Gondel aus erlegte er in der Abenddämmerung einen jungen Bock und befahl seinen »Zugvögeln« die Landung.

Der Ritter zerteilte seine Beute und gönnte sich den Luxus eines Lagerfeuers, über dem er das Fleisch knusperig briet. Gierig machte er sich darüber her. Dann betete er zu Angor und legte das kostbare Schwert neben sich.

Der gefüllte Magen, die behagliche Wärme an den Füßen, das Flackern der Flammen, die rot schimmernde Glut, in die er schaute, während er das letzte Stück Fleisch vom Knochen der Keule nagte, wirkten sich aus. Selbst einem Ritter des Gottes Angor gelang es bei allen Strapazen der Reise nicht, die Augen ständig offen zu halten und auf der Hut zu sein.

Die Lider wurden schwerer und schwerer.

Unzähliges Wispern, vielfaches Tuscheln unmittelbar um ihn herum weckten ihn. Er öffnete schlaftrunken die Augen.

Eisige Schauder rannen seinen Rücken entlang, Angst bemächtigte sich seiner, als er den Kopf bedächtig von rechts nach links drehte und seine Umgebung betrachtete.

Die Bäume saßen voller Modrak.

In Scharen umlagerten sie seinen Rastplatz, hockten wie wartende Aasfresser auf den Zweigen und beobachteten ihn lauernd aus ihren grausigen Augenhöhlen heraus.

Noch immer stießen neue Wesen hinzu. Ihre Schwingen falteten sich mit einem trockenen Rascheln zusammen, während ihre Klauen sicheren Halt fanden und sie sich in ihre übliche Position hockten.

Das Feuer war beinahe vollständig herabgebrannt. Ein kümmerlicher Rest zuckte im Todeskampf, suchte vergebens nach neuer Nahrung, die es verzehren konnte.

Tokaro versuchte, seine Furcht hinunterzuschlucken.

Angor stehe mir bei.

Plötzlich schwebte ein metallener Gegenstand vor seiner Nase in die Höhe. Er schnappte danach und bekam das Amulett zu fassen, das einer der Beobachter ihm in aller Heimlichkeit zu stehlen versuchte.

Kreischend machte die ertappte Kreatur ein Hopser nach hinten, zerriss die Kette. Doch die Finger des Ritters öffneten sich nicht.

Stattdessen verstaute er es hinter seiner Gürtelschnalle, zog die Handbüchsen aus dem Futteral und richtete die Mündungen in die Runde. Jetzt, da er sich erhoben hatte, wirkte die Bedrohung durch die Wesen, die offenbar die Seiten wechseln wollten, noch fürchterlicher.

»Ich bin der Gesandte des Hohen Herrn, dem ihr zu gehorchen habt!«, rief er gebieterisch. »Ich habe das Amulett.«

Ein Tausch, kleiner Menschenmann, raunten die Stimmen. *Du gibst uns das, was dir und dem falschen Hohen Herrn nicht zusteht. Dafür erhältst du das Schwert wieder.*

Fluchend blickte der Ritter an die Stelle, wo er die aldoreelische Klinge aufbewahrt hatte. Zwar lag die Scheide noch immer dort, aber das Wichtigste fehlte. *Nicht schon wieder! Wenn ich auch sie verliere, bin ich der mieseste Ritter, den es außer Albugast jemals gab.* »Und wenn nicht?«

Wirst du sie verlieren.

»Der Hohe Herr ...«

Ein unheimliches Lachen erfüllte seinen Kopf. *Er ist nicht mehr der Hohe Herr. Er hat seinen Anspruch endgültig an einen anderen verloren, dem wir unsere Dienste gerne antragen.*

»Einverstanden. Das Schwert ist wichtiger als ihr.« In Tokaros Verstand nahm ein Plan Gestalt an. Und er hoffte inständig, dass die Modrak seine Absicht nicht erahnten. Er verstaute eine der Handbüchsen, nahm das Amulett hervor. »Her damit!«

Erst gibst du uns das Amulett, wisperten sie bedrohlich.

»Gleichzeitig«, forderte er hart.

Ein Beobachter löste sich aus der höchsten Baumkrone, strich lautlos heran, die Waffe in seinen Klauen haltend. Er landete wenige Schritte von Tokaro entfernt. Achtlos warf er sie auf die Erde und blieb davor stehen.

Der junge Ritter tat, als wollte er das Kleinod ebenfalls ablegen, und stellte sich so ungeschickt an, dass es in die Glut fiel. »Dann müsst ihr eben ein bisschen aufpassen, wenn ihr es in die Finger nehmt«, empfahl er und näherte sich langsam, aber beständig der aldoreelischen Klinge.

Da er mit einer Gemeinheit der Modrak rechnete, überraschte ihn der Angriff nicht.

Die Kreatur unmittelbar vor ihm breitete blitzartig die Flügel aus, bückte sich und langte nach dem Schwertgriff.

Dabei unterschätzte sie die Geschwindigkeit und Zielgenauigkeit Tokaros.

Die Mündung der Handbüchse ruckte nach oben, der Hahn schlug nach unten. Einen Bruchteil darauf perforierte die Kugel den grauen Leib des Beobachters, der vom Einschlag aus dem Gleichgewicht gebracht wurde.

Das einsetzende, vielfache Schwirren um ihn herum sagte ihm, dass Dutzende seiner Artgenossen aus den Bäumen aufstiegen, um ihn zu attackieren.

Anstatt nun aber nach der aldoreelischen Klinge zu greifen, wirbelte der junge Ritter herum und warf das offene Säckchen mit dem Schießpulver in die schimmernde Glut.

Die Mischung aus Kalisalpeter, Schwefel und Holzkohle entzündete sich zischend. Grell flackerte eine Stichflamme auf und blendete die Modrak.

Voller Entsetzen wichen sie vor der unerwarteten Helligkeit zurück und hielten sich Klauen oder Schwingen vor die Augen, die sich ganz auf die Dunkelheit eingestellt hatten. Eines der Wesen, das mit einem Ast nach dem Amulett fischte, fing Feuer und erhob sich brennend in die Luft, bis es wie ein Komet wieder nach unten stürzte und irgendwo im Wald verschwand.

Diesen Augenblick der Kopflosigkeit, Verwirrung und Angst nutzte Tokaro. Er raffte die aldoreelische Klinge an sich, nahm den Schild hoch, zurrte die Schnallen um den Unterarm und hielt sich bereit.

Die Lohe erlosch so schnell, wie sie entstanden war.

Und beinahe ebenso rasch erholten sich die ersten Modrak von ihrem Schrecken.

Sie wandten sich fauchend ihrem Feind zu, der sie mit blanker Schneide und grimmiger Entschlossenheit erwartete.

Nordwestliches Kensustria, Drocâvis, zur gleichen Zeit

»Das soll funktionieren, Moolpár?« Fiorell lachte ungläubig auf. »Eher gehe ich als Hulalia unbehelligt durch einen Männerknast voller Lebenslänglicher.«

»Steht da nicht noch das Einlösen einer Wette aus?«, erinnerte sich Perdór bei der Gelegenheit. Sein Hofnarr fluchte.

Der Kensustrianer bedachte die beiden mit einem bedauernswerten Blick aus seinen bernsteinfarbenen Augen. »Ein Possenreißer ist nicht das, was ich einen Strategen nenne. Lasst demnach uns die Entscheidung darüber, wie wir der Streitmacht des Kabcar entgegentreten werden.«

»Ihr spaltet die Kampfkraft Eurer ohnehin in der Unterzahl befindlichen Truppen auf? Die Kabcara wird Eure Männer wie lästige Fliegen zerklatschen.« Rechtzeitig bemerkte er das warnende Gesicht seines Herrn. »Oh, was wir uns natürlich nicht wünschen.«

Ohne ein Wort zu verlieren, nahm Moolpár einen Speer von der Wand und richtete die Spitze auf den Hofnarren.

Aufschreiend sprang Fiorell hinter einen Sessel in Deckung. Das Wurfgeschoss krachte kurz darauf in die Polsterung und blieb stecken. »Er ist übergeschnappt!«, kam es hinter der Schützung hervor. »Die Schokolade hat ihn verrückt gemacht.«

»Einer einzelnen Gefahr könnt Ihr ausweichen«, erklärte der Kensustrianer ruhig seine Demonstration. »Oder ihr begegnen und sie ausschalten.« Fiorell schielte über den Rand des durchbohrten Möbels. »Besäße ich einen Bogen und zehn Pfeile, die ich gleichzeitig aus verschiedenen Richtungen auf dich abfeuern könnte, wüsstest du, was ich meine, Narr.«

»Ein Pfeil in den Hintern eines Elefanten?«, meinte der Spaßmacher abfällig und tauchte vorsichtig hinter dem Stuhl auf.

Moolpár lächelte milde. »Es kommt auf die Pfeilspitzen an. Und unsere Pfeilspitzen durchschlagen die dickste Haut.«

»Ihr seid Euch sicher, dass Ihr dieses Wagnis eingehen wollt?«, erkundigte sich der König.

Der Kensustrianer hob ein wenig das Kinn. »Die Führung eines tausend Kämpfer starken Segments übernimmt jeweils einer der Gefährten Tobáars. Der Höchste der Kriegerkaste selbst führt sechstausend unserer Krieger.«

»Fünfzehntausend Mann. Schade, dass wir nicht mehr haben«, meinte der Hofnarr. »Die Zahlen, die uns der junge Kuraschka brachte, sind ein klitzekleines bisschen erschreckend.«

»Mehr benötigen wir nicht«, erwiderte Moolpár kühl. »Unsere Geschützmannschaften werden die Reihen der

Gegner lichten, ehe wir aufeinander treffen. Zudem werden ihre eigenen Bombarden nicht lange feuern, wenn die Mineure ihre Vorgaben erfüllen.«

»Ihr mögt die Priesterkaste zwar nicht hoch einschätzen, aber sie geben sich unter der Anleitung der Handwerker alle erdenkliche Mühe, ihren Beitrag zu leisten. Selbst Mêrkos arbeitet bis zum Umfallen und schuftet sich die Handflächen blutig. Jeder, der nicht bei den Deichen benötigt wird, hilft uns hier«, sagte Perdór beschwichtigend.

»Wird die Mulde auf unserer linken Flanke noch für verlassen gehalten?«, fragte Lorin von den Treppen her und hüpfte die Stufen hinunter.

»Unsere Späher sagen, dass niemand Verdacht geschöpft hat«, antwortete ihm Stoiko, der sich aus den ilfaritisch-kensustrianischen Disputen immer heraushielt. »Dafür wissen wir, wo sie ihre dicksten Bombarden aufbauen.« Sein Finger deutete auf den Wald auf der gegenüberliegenden rechten Flanke.

Lorin trat an den Tisch heran und stützte sich auf. Wenn er den Plan richtig verstand und alles gelang, sollte die Feldschlacht nicht sonderlich lange dauern.

Die Fernwaffen eröffneten den Tanz. Die kensustrianischen Krieger würden abwarten, bis die Gegner nahe genug heran waren, und sich verteidigend gegen sie werfen.

In der Zwischenzeit umgingen kleine Kommandoeinheiten durch zwei eilig gegrabene Tunnel die eigentliche Schlacht und sollten rechts und links im Rücken des Feindes aus der Erde kommen, um die Artillerie zu erobern. Befand sie sich in den Händen der Kensustrianer, würden die Truppen seines Bruders von zwei Seiten unter verheerenden Beschuss geraten, und die »Apparillos« kämen zum Zug.

Über die Aufteilung, wer sich um die herausragenden Gegner kümmerte, hatte man sich lange den Kopf zerbrochen.

Lorin kam es zu, Govans magische Attacken abzufangen und ihn selbst mit Angriffen so zu beschäftigen, dass ihm wenig Gelegenheit blieb, seine volle Macht zu entfalten.

Die einzige Schwierigkeit bestand darin, schnell und nahe an ihn heranzukommen. Nun galt es zu improvisieren, denn er hatte damit gerechnet, wenigstens eine der aldoreelischen Klingen um sich zu haben. Mit viel Pech musste er ohne diese magischen Waffen in den Kampf ziehen und stand am Ende zwei Gegnern mit den beinahe alles durchtrennenden Schneiden gegenüber.

Tobáar kümmerte sich um Sinured. Krutor, Waljakov und Soscha pickten sich Zvatochna aus dem Pulk der Feinde heraus. Lodrik wollte Nesreca durch seine Geister ausschalten. Einzig Norina und Fatja sowie die beiden Ilfariten blieben hinter den Linien und sorgten dafür, Neuigkeiten schnell weiterzuleiten, wobei die Brojakin sich liebend gern wie ein Mann für die Freiheit Ulldarts eingesetzt hätte.

Letztlich war diese Aufteilung eine theoretische, da niemand vorhersagen konnte, wo sich die gesuchten Feinde auf dem Schlachtfeld befanden.

»Neuigkeiten von Eurem Bruder?«, erkundigte sich Perdór hoffnungsvoll. »Es wird in den kommenden Tagen losgehen.«

»Nein, Majestät«, sagte Lorin. »Aber er wird es schaffen.«

Vizekönigreich Ilfaris, Herzogtum Séràly, westlich der kensustrianischen Grenze, zur gleichen Zeit

Keuchend drosch Tokaro um sich. Die aldoreelische Klinge durchtrennte unablässig Haut, Knochen und Innereien, in denen der junge Ritter auszurutschen drohte.

Irgendwann, er wusste nicht, wie lange er einen Modrak nach dem anderen in Stücke hieb, endeten die Angriffswellen. Die Beobachter zogen sich kreischend zurück und verschwanden flatternd in der Dunkelheit.

Warum? Aus dem Augenwinkel bemerkte er, wie eine der Kreaturen in die Asche langte und trotz der Hitze so lange wühlte, bis sie das Amulett fand. Triumphierend stieß der Modrak einen Schrei aus und schwang sich in die Lüfte.

Das lasse ich nicht zu. Erschöpft verstaute er die aldoreelische Klinge an seiner Seite, nahm die Präzisionsbüchse auf und klappte die Visiere nach oben. Die schweißnassen Finger seiner rechten Hand zitterten vom Schwingen des Schwertes, sein linker Arm dagegen war taub, gefühllos von der Heftigkeit der Schläge, die gegen den Schild geprasselt waren.

Nicht die beste Voraussetzung für einen gelungenen Schuss. Er wankte an einen Baum und nutzte den Ast als Auflagefläche.

Die Umrisse des Beobachters hoben sich vor den Monden ab.

Schwer atmend brachte er Kimme und Korn übereinander und ließ das Ziel aufsitzen, dann zog er den Stecher nach hinten.

Als sich der Pulverqualm verzog, begann Tokaro fluchend mit dem Nachladen und brach das letzte Säckchen mit Pulver an.

Seine Erschöpfung forderte ihren Tribut, längst war der junge Ritter nicht so schnell für einen zweiten Schuss bereit wie sonst. Immer wieder schaute er dabei nach dem Modrak, der ins Trudeln geraten war.

Ganz verfehlt habe ich den Bastard also nicht, grinste er bösartig und richtete die Mündung aus. Konzentriert visierte er den Modrak an, zwang sich zu einer langsamen Atmung, hielt dann die Luft an und drückte ab.

Dieses Mal saß die Kugel.

Die Kreatur stieß einen Schrei aus und stürzte wie ein Stein vom Himmel.

Angor sei Dank. Hastig lud er die Büchsen nach, hing sich den Schild auf den Rücken und hetzte durchs Unterholz, um nach dem Amulett zu suchen, ehe es die Beobachter fanden.

Nach einem anstrengend Lauf, der ihm den Rest seiner Kraft raubte, stand er am Rand eines verschlammten Tümpels. Über ihm kreisten weitere Modrak und mussten gleich ihm mit ansehen, wie ihr toter Artgenosse Stück für Stück in den Morast gezogen wurde.

Tokaro lehnte sich an den Baumstamm, kramte das Fernrohr heraus und betrachtete den sinkenden Kadaver. Wenn ihm seine brennenden Augen im silbrigen Licht der Gestirne keinen Streich spielten, umklammerte die Klaue immer noch das Amulett.

Nimm deine Beute ruhig mit ins nasse Grab. Lieber keiner als Govan.

Vorsichtshalber legte er seine Feuerwaffen griffbereit, um eventuelle Rettungsversuche der übrigen Beobachter zu vereiteln. Doch ehe sich die Modrak dazu entschlossen, versank der Dieb im brackigen, stinkenden Brei.

Die unheimlichen Wesen über ihm flogen daraufhin in alle Richtungen davon. Bald präsentierte sich der Himmel klar und leer.

Erleichtert stieß der junge Ritter einen Freudenschrei aus und rutschte an dem Baum nach unten, um sich eine Ruhepause zu gönnen. *Jetzt muss ich zwar nach Drocâvis laufen, aber wenigstens bekommt der ¢arije ihre Unterstützung nicht.*

Als er sich nach etlicher Zeit aufraffte, um zu seinem Lagerplatz zurückzukehren, stellte er nach ziellosem Marsch fest, dass er im Dunkeln die Orientierung verloren hatte.

**Vizekönigreich Ilfaris, Herzogtum Séràly,
die Ebene vor dem zerstörten Kastell Paledue,
am nächsten Morgen**

Die Heere brachten sich am frühen Morgen in Position.

Die Luft war erfüllt von dem Getöse der Pauken und Fanfaren der hoheitlichen Streitmacht, die sehr beeindruckend aufzog.

Am furchteinflößendsten wirkten die Sumpfwesen, die sich in einem losen Haufen zusammengerottet hatten und mehr eine gewellte Linie als eine geschlossene Front bildeten. Sie schüttelten drohend ihre Waffen, schrien und kreischten, um die Kensustrianer zu beeindrucken.

Tatsächlich schauten die Ulldarter in ihrer unmittelbaren Nähe ängstlich zu ihren Verbündeten, anscheinend trauten sie den grimmigen Gestalten nicht.

Die Tzulandrier marschierten hinter den Freiwilligen ruhig, diszipliniert auf. Gerade ihre Gelassenheit und Beherrschung, die sie in den letzten Jahren erlernt hatten, machten sie zu den gefährlichsten Gegnern.

Zwischen ihnen und den Sumpfwesen stand Sinured, ein menschgewordener Turm, durch sein gesamtes Äußeres schrecklich anzusehen. Er trug wie stets seine eisenbeschlagene Deichsel und den Schild von der Größe eines Mühlsteins.

Die Flanke mit den Söldnern und Personen eher zweifelhafter Herkunft wirkte dagegen etwas angespannt.

Die Kensustrianer, zwei Schwerter an der Seite, einen schweren Schild haltend, begaben sich ohne jede Musik ins Feld und verzichteten auf Brimborium jeglicher Art. Ihre Fahnen und Standarten wehten im seichten Wind, kein Laut kam über ihre Lippen.

Sie standen wie die Statuen, das Licht der aufgehenden Sonnen brachte ihre sandfarbene Haut und bernsteinfarbenen Augen zum Schimmern.

Vor den einzelnen Einheiten befanden sich ihre Anführer; die goldenen Zeichen auf den dunkelgrünen Rüstungen glänzten. Sie trugen zwei Schwerter auf dem Rücken und eine mannsgroße Eisenstange in der Rechten.

Hinter den Kriegern stapften haushohe Tiere heran. Sie erinnerten von ihrer gesamten Statur ein wenig an Stiere, nur dass sie einen gepanzerten Kopf mit vier langen Hörnern besaßen. Die Körper wurden mit Decken aus Kettenringen geschützt, auf ihren Rücken waren metallbeschlagene Kabinen befestigt, in denen weitere Kensustrianer saßen.

Die Artillerie des ¢arije ging hinter den Sumpfwesen in Stellung.

Die Bombarden der Kensustrianer, deren Stellungen aus Brettern, aufgeschütteter Erde und mit Sand gefüllten Körben bestanden, wurden ausgerichtet.

Die Völker dreier Kontinente standen sich gegenüber.

Durch Fernrohre betrachteten die Befehlshaber ihren jeweiligen Feind, reagierten mit raschen Änderungen und letzten Verbesserungen an der eigenen Aufstellung auf die gewählte Formation des Gegners.

Zvatochna behielt ihre Gesamttaktik bei. Sie wunderte sich allerdings über die Aufsplitterung der Einheiten der Kensustrianer. Der Hauptpulk würde sich allem Anschein nach auf die Mitte konzentrieren, die neun kleineren Trupps sollten die Flanken attackieren.

»Sehr mutig, nicht wahr?«, meinte Nesreca, der neben ihr im Sattel saß. »Damit wären ihnen unsere mittleren Linien um das Zehnfache überlegen. Aber das scheint sie kein bisschen zu stören.«

Vergeblich suchte die Kabcara etwas Vergleichbares wie Kavallerie, fand aber nichts. *Damit sind wir schneller und wendiger als sie.*

Ein einzelner Mann ritt hinter einer feindlichen Schützung hervor. Er trug die Uniform des Kabcar von Tarpol. Hell leuchteten die blonden Haare in den Morgensonnen. Eine Hand hielt den Griff des Hinrichtungsschwertes, das an der Hüfte baumelte. Ein Raunen ging durch die Reihen der ulldartischen Freiwilligen, als sie Lodrik Bardri¢ erkannten.

Wie auf dem Präsentierteller. Besser könnte es doch nicht sein. Sie schaute zu ihrem Bruder, der nun schleunigst den Angriffsbefehl geben müsste.

Doch Govan, gekleidet, als wollte er auf einen Ball und nicht in eine Schlacht, wirkte inmitten seines Tzulanordens amüsiert.

Lodrik ritt aufrecht, damit ihn alle sehen konnten. Dabei fiel es ihm nicht sonderlich leicht; die Fütterung seiner Seelen, denen er vor der Schlacht reichlich Blutzoll hatte entrichten müssen, hatte ihn geschwächt.

Das Aufröhren der Sumpfwesen ignorierte er, die Hufe hoben und senkten sich, brachten ihn den ulldartischen Freiwilligen immer näher. Schließlich war er auf Rufweite heran.

»Ich bin Lodrik Bardri¢, rechtmäßiger Kabcar von Tarpol. Ich kämpfe heute zum Wohl von ganz Ulldart gegen meinen Sohn und meine Tochter, die mich vom Thron stießen.« Laut schallte seine Stimme über das Feld. »Wer meinen Verbündeten im Glauben gegenübergetreten ist, er streite, um meinen Tod zu rächen, der soll nach Hause gehen.«

Die ersten Ulldarter schauten sich abwägend an, andere blickten über die Schulter und betrachteten die Reihen der Tzulandrier, die ihnen unmittelbar im Nacken saßen. Ein Seitenwechsel angesichts der Risiken bedeutete, das eigene Leben vor Beginn der Schlacht in Gefahr zu bringen.

»Wer an der Seite meiner Freunde helfen möchte, meinen Sohn, den Bringer von Unrecht und den Zerstörer aller Neuerungen, aus Ulldart zu verjagen, der kann sich auf unsere Seite begeben.« Lodrik zügelte sein Pferd, das auszubrechen drohte. Der Angstschweiß floss dem Apfelschimmel die Flanken herab, sein Fluidum des Unheimlichen machte dem Tier zu schaffen. »Allen, die trotzdem für meinen Sohn kämpfen, sei gesagt, dass ich für ihre Seelen beten werde.«

»Ja, hört ihn an, den guten Kabcar«, höhnte Govan laut. »Vater, bist du gekommen, um mir den Rest deiner Magie zu bringen? Ich nehme ihn mir gern.« Er lenkte sein Pferd nach vorn, die Leibwache folgte ihm und schirmte ihn ab. Zwischen den Tzulandriern und den Freiwilligen hielt er an. »Du, Vater, wurdest zum Verräter an deinem eigenen Volk. Du schlugst dich auf die Seite derer, die du selbst einst bekämpftest. Und nun erwartest du allen Ernstes, dass dir einer folgt? Oder gar für dich stirbt?«

»Warum sollte jemand für dich sterben, Govan?«, entgegnete Lodrik laut. »Was hast du den Menschen gebracht außer Not und die Rückkehr zu Unterdrückung und Ausbeutung? Am Ende deiner Absichten stehst allein du selbst, nicht das Wohl der Menschen.«

Ehe sein Ältester etwas darauf erwidern konnte, trat einer der Soldaten aus der ersten Reihe der ulldartischen Phalanx vor und machte sich daran, die Ebene zu durchqueren, um sich zu den Kensustrianern zu begeben.

»Halt!«, schrie der ¢arije erbost. »Komm zurück.«

Der Mann drehte sich um. »Dort steht der Kabcar von Tarpol. Und genau dort werde ich hingehen, um ihm seinen Thron zurückzugeben.«

»Wenn das so ist, macht es wohl auch keinen Unterschied, ob du jetzt für ihn stirbst oder in wenigen Minuten!« Ein blauvioletter Blitzstrahl schoss aus Govans Zeigefinger und tötete den Soldaten auf der Stelle. Qualmend lag der Körper im Sand.

»Wer will noch die Seiten wechseln?«, tobte Govan. »Der wird genauso enden wie dieser Überläufer.« Seine Finger formten Zeichenfolgen, die Luft um ihn herum begann zu flimmern und sich knisternd aufzuladen. »Ich wollte dich für den Schluss aufbewahren, Vater.

Doch du sollst der Erste sein, der von meinen Gegnern stirbt.«

Ein Flammenkreis züngelte um Lodrik und sein Pferd, das Feuer schoss hoch in den Himmel hinauf. Und erlosch, ehe es Mensch und Tier erreichte.

Ungläubig starrte Govan zu seinem Vater. »Wie geht das zu?«

»Ich bin nicht ganz so verletzbar, wie du angenommen hast, nicht wahr?«, lachte Lodrik böse. »Die Schlacht wird dir noch ganz andere Überraschungen bringen.« Er wendete das verstörte Pferd auf der Hinterhand und preschte zurück. »Für Ulldart!«

Gleich drei Dutzend Krieger begannen loszurennen, um sich den Kensustrianern anzuschließen. Sie vergingen nach wenigen Schritten in einer aufflackernden Wand aus reiner magischer Energie; nicht einmal die Waffen blieben übrig.

Doch damit ließen sich die übrigen Ulldarter nicht mehr aufhalten. Sie hatten genug.

Die Standarte mit Govans Name flog in den Dreck, als die Freiwilligen auf einen Schlag losrannten. Sie nahmen an, dass der ¢arije nicht alle auf einmal vernichten konnte.

Einer der Selidane schaute erwartungsvoll zu Govan.

Anstatt die Krieger hinter den Abtrünnigen herzuhetzen, signalisierten die Wimpelträger auf einen Wink des Herrschers den Geschützen, das Feuer zu eröffnen.

Es donnerte und rumpelte laut, vom Wald stiegen Qualmschwaden wie kleine Wolken empor. Mit einem schwirrenden Geräusch suchten sich die Kugeln ihre Ziele.

Bald darauf verschwand die Mehrzahl der Ulldarter in dem Durcheinander aus umherfliegenden Erdbrocken, aufspritzendem Sand und wabernden Staubwolken, die die einschlagenden Geschosse der Bombarden verursachten.

Nun floss zum ersten Mal das Blut in Strömen.

Der metallische Geruch des Blutes und der Duft wie von frisch gepflügtem Boden erfüllte die Ebene. Die Schreie der Sterbenden und Verwundeten gingen im unaufhörlichen Grollen der Geschütze und dem Knattern der Büchsenmaschinen unter.

Knapp zweitausend Fahnenflüchtigen gelang es, sich aus dem Wirkungsbereich der Bombarden zu flüchten. Sie sammelten sich bei der Schützung, hinter der Lodrik verschwunden war.

Der einstige Herrscher beruhigte die verstörten, teilweise verängstigten Krieger und teilte sie als Schutzmannschaft für die kensustrianischen Geschützstellungen ein. Den Kampf Mann gegen Mann würden sie ohnehin nicht überstehen.

Matuc und seine kalisstronischen Mönche zogen von Stellung zu Stellung, erteilten den Segen Ulldrael des Gerechten, was die Gemüter der Ulldarter moralisch stärkte. Erleichtert stimmten sie in die verbotenen Fürbitten des Gerechten ein, wie sie es aus frühester Kindheit gewohnt waren. Heimlich bedauerte Lorin es, kein tiefes, vorbehaltloses Vertrauen in Ulldrael oder Kalisstra zu haben.

Die Kensustrianer zeigten keinerlei Regungen, ihre Anführer standen ruhig vor den zehn Abteilungen und betrachteten die Reihe der Gegner.

Zwischen den Truppen befanden sich Lorin und seine Freunde, gehüllt in kensustrianische Rüstungen, um sich durch ihr Äußeres nicht zu sehr abzuheben und sich zu einem leichten Ziel für Govan und Zvatochna zu machen. Nur Krutor fiel durch seine Größe auf.

Lorin hörte die Gebete der ulldartischen Freiwilligen, betrachtete die erlösten Gesichter der Menschen, die sich an den Glauben klammerten und die Todesangst, die sie eben noch auf der Ebene verspürt hatten, mit jedem Wort ein wenig in den Hintergrund drängten.

Diese Sicherheit und das Gottvertrauen verspürte er nicht.

Zwar war es ihm eben gelungen, seinen Vater vor der Magie Govans abzuschirmen, doch er hatte einen Eindruck bekommen, welche gewaltigen Energien in seinem Gegenspieler schlummerten. Der Kalisstrone hatte den Unterschied gefühlt, der sich nach der wochenlangen Schulung durch Soscha einstellte. Er verwendete im Gegensatz zu früher eine »friedliche« Magie, während sein Bruder zornige Mächte freisetzte.

Tobáar erteilte einen Befehl.

Nun trat die versteckte Artillerie der Kensustrianer in den Kampf. Nicht die Bombarden an der Stelle von Paledue feuerten, größere Kaliber eröffneten weitab von der Front den Beschuss. Die Explosionen der Treibladungen waren gedämpft zu vernehmen.

Lange Zeit geschah nichts.

Dann setzte ein vielfaches, warnendes Pfeifen ein, ehe sich die Erde zwischen den Reihen der Tzulandrier hob.

Menschen flogen wie Puppen durch die Luft, spritzten nach allen Seiten davon, wirbelten geradezu grotesk umher, um tot aufzuschlagen. Zwanzig rauchende Krater taten sich auf. Im Umkreis von fünf Metern um sie herum stand keiner der Gegner mehr auf den Beinen.

Und das weit entfernte Rumpeln war schon wieder zu hören.

Zvatochna wusste, dass sie dies nicht lange durchhalten würden. Die Kensustrianer warteten in aller Ruhe ab, wie die Fernwaffen die Menge der Gegner dezimierten, ohne sich in den gefährlichen Bereich begeben zu müssen.

Sie schickte die Kavallerie der rechten Flanke in Richtung des abgelegenen Waldes aus, wo sich die kensustrianischen Bombarden befanden, wie man jetzt durch den aufsteigenden Pulverqualm klar erkannte.

Die berittenen Truppen sollten ihr Ziel nicht erreichen.

Als sie sich vor einer Mulde befanden, entfernten Gegner die errichteten Tarnungen von den Bombarden, die den Durchmesser eines großen Kupferkessels aufwiesen.

Die Mündungen spien keine massiven Kugeln gegen die Reiter, sondern sandten stählernen Hagel aus.

Die scharfkantigen Schrapnelle und spitzen Metallsplitter richteten schreckliche Verluste unter der überraschten Kavallerie an, die sich sofort zum Rückzug wandte. Zvatochna beobachtete dabei, wie mehrere Pferde im Boden einbrachen. An der Stelle tat sich so etwas wie ein Graben auf.

Ein Tunnel!, verstand sie. *Sie haben von dort einen Gang angelegt, um unbemerkt an unsere Geschütze zu gelangen.*

Die Kabcara wollte eben einem Zug Söldner den Befehl geben, die Bombarden zu sichern, als sich zu ihrem Erstaunen alle Soldaten, einschließlich der Sumpfwesen und Sinured, Linie um Linie in Bewegung setzten und gleich einer Welle aus blinkendem Stahl auf die Front der Kensustrianer zuschwappten.

Fluchend schaute sie zu ihrem Bruder, der in maßloser Wut den Angriff befohlen hatte und sich zusammen mit seinem Tzulanorden in die Schlacht warf.

Selbst die zweite Abteilung Kavallerie, die zu einem späteren Zeitpunkt attackieren sollte, preschte zu ihrer Linken aus dem Wald.

Nesreca sah sie an, zuckte hilflos mit den Achseln und drückte seinem Pferd die Sporen in die Flanke.

Govan ist ein ungestümer Idiot! Nach unserem Sieg wird es sein letzter Tag als ¢arije gewesen sein. Zvatochna trabte dem Schlachtfeld entgegen und bereitete sich auf den Einsatz ihrer Magie vor.

Ehe die Flanke der Söldner und »Schmeißfliegen« die kaltblütig abwartenden Kensustrianer erreichte, bebte die Erde unter dem Getrappel unzähliger Pferde.

Die Verteidiger ließen die Tiere der ulldartischen Kavallerie, die sich im Glauben an einen schnellen Sieg als Erstes auf kensustrianisches Gebiet vorgewagt hatte, in einer Stampede heranjagen und leiteten sie frontal in die Reihen der anrollenden linken Flanke.

Der Aufprall Tausender Pferdeleiber riss etliche Angreifer um, die Mehrzahl der Männer verschwand zwischen den wirbelnden Hufen der angsterfüllten Vierbeiner, die in kopfloser Flucht vor nichts Halt machten.

Ingenieure rannten zwischen den Abteilungen der kensustrianischen Krieger nach vorn, entfernten die Abdeckungen von den kleinen Düsen, die aus dem Boden herausschauten, und steckten die Dochte davor in Brand.

Währenddessen feuerten die Bombarden und schleuderten die Katapulte unlöschbares Feuer über die Köpfe der eigenen Truppen hinweg, um Tzulandrier, Sumpfwesen und Tzulani in lebende Fackeln zu verwandeln. Pfeilschauer sirrten davon, trafen und brachten den Tod.

Als die ersten Ausläufer der gegnerischen Welle nur noch wenige Schritte von den Kensustrianern entfernt waren, spritzte eine stinkende Flüssigkeit aus den feinen Düsen, entzündete sich an den Dochten und empfing die ersten Angreifer mit einem Schwall Feuer.

Doch Govan und Zvatochna waren nahe genug heran, um ihre Magie einzusetzen.

Die Bombarden verglühten in einem Funkengewitter, das Pulver detonierte und riss die Bombardiere und Bedienungsmannschaften ins Verderben.

Endlich prallten die Reihen gegeneinander.

Das laute Klirren der aufeinander treffenden Waffen wurde lauter und lauter. Die kensustrianischen Kampftiere pflügten sich durch die Tzulandrier, ehe sie von Sinured gefällt wurden.

Die grünhaarigen Krieger fielen über die Feinde her und machten es den Gegnern schwer, ein Ziel zu bieten. Sie schlugen immer nur einmal zu und gingen sofort weiter zum nächsten, hinterließen Tote oder Kampfunfähige. Vor allem die Anführer mit den grellgelb leuchtenden Augen ließen sich anfangs durch nichts aufhalten.

Und dennoch sollten die Krieger nach und nach der Überzahl oder der Magie der hoheitlichen Geschwister zum Opfer fallen.

Govan murmelte einen Spruch nach dem anderen, vernichtete zunächst alles an Hilfsmitteln, was die Kensustrianer gegen seine Soldaten einsetzen konnten, bis deren Fernwaffen und andere Konstruktionen brannten oder unbrauchbar geworden waren.

Ein direktes Eingreifen gestaltete sich in dem dichten Zweikampf allerdings als sehr schwierig. Die Kriegerformationen hatten sich aufgelöst, ein jeder der Kensustrianer wühlte sich wie ein gieriger Raubfisch durch die Reihen der Tzulandrier, tauchte darin unter und war kaum als Ziel zu erkennen.

Vier der Anführer kosteten von seiner tödlichen Macht und vergingen, was Govan mit einer großen Befriedigung erfüllte. *Unbesiegbar sind sie demnach nicht!*

Eine Gestalt erkannte er dennoch sehr gut. Krutor teilte Seite an Seite mit den Kensustrianern aus, dass die Unterkiefer und Knochen brachen.

»Du wirst den Lohn für deinen Verrat erhalten, Krutor!« Der ¢arije sammelte die Energien, um sie gegen seinen Bruder zu werfen, als ihn eine Entladung traf, die seine reflexhafte magische Verteidigung aktivierte und die Kräfte aus dem geplanten Angriff abzog.

»Wer, bei Tzulan …?« Er schaute sich um.

Sein Blick fiel auf einen zu klein geratenen Soldaten, der zwar den Brustpanzer eines Kensustrianers trug, aber allem Anschein nach ein Ulldarter war. Gerade hob er wieder die Hände und bereitete den nächsten Angriff vor.

Hastig zog Govan eine schützende Sphäre um sich herum, als blaue Strahlen knisternd über die durchsichtige Hülle leckten, abglitten und etliche Ritter des Tzulanordens vernichteten. Auch Albugast stürzte aus dem Sattel.

Zornentbrannt sprang der Herrscher vom Pferd und bereitete den Gegenschlag vor. Erstaunt musste er mit ansehen, wie ihm der unbekannte Magier Stand hielt.

Ein Grinsen stahl sich in Govans Gesicht. *Nun fängt es allmählich an, mir Spaß zu machen.*

Als die Abenddämmerung hereinbrach, waren die Gegner miteinander verschmolzen, eine feste Front gab es nicht. Selbst tief inmitten der tzulandrischen Linien wurde gefochten. Wie die Maulwürfe gruben sich die Kensustrianer durch den Gegner.

Lodrik, der die auffällige Uniform abgelegt und gegen einen Brustharnisch getauscht hatte, folgte einer dieser Bresche, ehe sie sich schließen konnte. Er nutzte das Durcheinander, um sich dem Mann zu nähern, den er ausschalten wollte.

Mortva Nesreca änderte sein bewährtes Verhalten während eines Gefechts nicht. Er ritt geschäftig hin und her, stellte sich aber keinem einzigen Feind.

Der einstige Kabcar befahl seinen Seelen den Angriff.

Das Pferd stürzte wie vom Blitz getroffen in sich zusammen, das Wesen in der menschlichen Hülle mit den silbernen Haaren wurde aus dem Sattel gehoben und in den Staub geschleudert. Überrascht erhob Mortva sich, wischte sich den Schmutz von der Uniform und trat das tote Tier.

»Ich habe dich gerufen, ich werde dich auch wieder zu deinem Gott schicken, Nesreca«, machte er den Konsultanten auf sich aufmerksam, während er sein Hinrichtungsschwert fester griff.

»Du warst das?« Der Berater lächelte mitleidig. »Von den Toten zurückgekehrt, Lodrik?« Er schüttelte bedauernd den Kopf. »Und das alles nur, um Tzulan triumphieren sehen zu müssen. Ist das nicht bitter?«

»Der Gebrannte wird eine Niederlage erleiden«, versprach Lodrik.

»Und wie, wenn ich fragen darf?«, erkundigte sich Nesreca freundlich. »Deine Magie reicht nun wirklich nicht aus, um mich aufzuhalten.« Er nickte auf die Waffe des Kabcar. »Das ist das falsche Werkzeug gegen einen Zweiten Gott, Lodrik.«

»Ich hätte dich töten sollen, als ich mein Land von Arrulskhán befreite.«

»In der Tat«, gab das Wesen zurück. »Aber stattdessen vertrautest du mir. Und halfst, die Dunkle Zeit zurückkehren zu lassen, indem du mir Tür und Tor öffnetest. Ohne deinen Sohn wäre das alles nicht geglückt. Und ohne dich erst recht nicht. Auch wenn du im Großen und Ganzen eine ziemliche Enttäuschung warst.« Er verschränkte die Arme hinter dem Rücken. »Nur zu. Ich lasse dir den ersten Schlag.«

»Vielen Dank«, meinte Lodrik kühl und reckte die Spitze des Hinrichtungsschwertes gegen seinen Konsultanten. »Vernichtet ihn, wie es euch beliebt.«

Die Seelen flammten türkisfarben um den Zweiten Gott auf und stürzten sich auf das perplexe Wesen, das von der Art des Angriffs völlig überrumpelt wurde.

Waljakov, Soscha und Krutor erkannten, dass es für sie kein Durchkommen zu Zvatochna gab. In der Unübersichtlichkeit der Schlacht wandten sie sich dem am leichtesten zu erkennenden Ziel zu: Sinured.

Der vom Grund des Meeres zurückgekehrte Kriegsherr wütete schrecklich zwischen den Kensustrianern. Tobáar hing im Hauptkontingent der Tzulandrier fest und lichtete dort die Reihen, schaffte es aber nicht, sich schnell genug eine Schneise zu schlagen.

»Bleibt zurück«, knurrte Waljakov die Ulsarin an und rannte zusammen mit Krutor und anderen Kensustrianern gegen die monströse Gestalt an.

Soscha, die eben noch eingreifen wollte, sah sich unvermittelt von Sumpfkreaturen umringt, gegen die sie ihre Magie einsetzen musste.

Der Tadc und der K'Tar Tur hatten einen schweren Stand gegen Sinured. Trotz des Alters gelang es Waljakov immer wieder, der Deichsel seines Vorfahren auszuweichen und kleinere Treffer anzubringen. Krutor sorgte mit seiner im Vergleich zu den anderen Gegnern eindrucksvollen Größe dafür, dass sich der Kriegsfürst auf ihn konzentrierte.

Dennoch, die körperliche Überlegenheit des Barkiden gestaltete sich als zu groß.

Ein Keulenschlag riss Krutor von den Beinen, und Waljakov bekam den Schild gegen den Leib gerammt, dass er die aufgewühlte Erde küssen musste.

Mit einem dröhnenden Lachen hob Sinured die Deichsel.

Nesreca taumelte, brach in die Knie.

Die Attacken folgten dermaßen rapide hintereinander, dass er keine Zeit hatte, sich vor dem zu schützen, das durch ihn hindurch fuhr und ihm furchtbare Qualen bereitete.

Sie rissen jedes Mal ein Stückchen aus ihm heraus, und zwar nicht von seiner Form als Mensch, sondern aus seinem eigentlichen Körper, zehrten auf rätselhafte Weise an seiner Substanz.

Ihm wurde schwarz vor Augen.

Plötzlich endeten die Angriffe.

Als er sich umblickte, war Lodrik verschwunden. In einiger Entfernung sah er ihn auf Sinured zurennen.

Da habe ich noch einmal großes Glück gehabt, Tzulan, ächzte er und stemmte sich in die Höhe. Mühsam gelang es ihm, die Wunden zu heilen. An seiner Uniform haftete eine durchsichtige Substanz. *Was hat er gegen mich eingesetzt? Herkömmliche Magie kann es nicht gewesen sein.*

So wollte er nicht länger auf dem Schlachtfeld bleiben, sein geschwächter Zustand machte leichte Beute aus ihm, sollte Lodrik seine Angriffe fortsetzen wollen.

Nesreca schwang sich auf das nächstbeste Pferd und lenkte es zu Zvatochna. Sie musste den Befehl zum Sammeln geben, um die Kensustrianer in einem gewaltigen Schlag auszulöschen.

Lorin und Govan lieferten sich ein erbittertes magisches Duell.

Die Intensität der Energien sorgte dafür, dass sich um sie herum ein weiter Kreis bildete, in dessen Inneres kein Soldat mehr zu treten wagte. Zu viele Kämpfer, Freund wie Feind, hatten irre geleitete Ausläufer niedergestreckt, und die Hitze, die von den beiden jungen Männern ausging, stieg weiter.

Sie beschworen eine Entladung nach der nächsten. Mal beschossen sich die beiden direkt mit Eruptionen aus ihren Händen, Govan spie sogar purpurnes Feuer aus seinem Rachen, mal riefen sie andere Effekte hervor.

Schillernde Strahlen schossen unvermittelt aus der Erde oder zuckten aus dem Himmel, wurden im letzten Augenblick abgewehrt und zu einem Gegenangriff genutzt. Gleißende Kugeln entstanden, flogen umher, um in irisierenden Explosionen vernichtet zu werden.

Die beiden Kontrahenten bemerkten nicht, wie sich die Heere voneinander lösten und in neue Formation brachten. So wurde das atemberaubende Schauspiel, das die Brüder lieferten, von beiden Seiten staunend betrachtet.

Govan zog sich zurück, als er bemerkte, dass sie allein zwischen den Fronten standen, und begab sich an die Spitze seines Heeres. Er machte keinen sonderlich erschöpften Eindruck.

Lorin wankte zurück und begab sich neben seinen Vater, Tobáar und die anderen Kampfgefährten.

»Er ist zu stark«, keuchte der Kalisstrone ausgelaugt. »Du musst mir helfen«, wandte er sich an die Ulsarin, die ähnlich überanstrengt wirkte.

»Ich verstehe das nicht«, hechelte sie. »Wir ermüden schneller und haben weniger Ressourcen zur Verfügung.«

»Wo ist Waljakov?«, wollte Lorin kurzatmig wissen und nahm einen Schluck aus der Feldflasche, die ein Kensustrianer ihm reichte. Das Wasser verwandelte sich in seinem Inneren, so bildete er sich zumindest ein, zischend zu Dampf.

»Es hat ihn erwischt«, meinte Krutor unglücklich.

»Was?« Entgeistert starrte ihn der junge Mann an, sein Blick verriet sein Entsetzen.

Lodrik legte ihm beruhigend die Hand auf den Arm. »Er ist nur verwundet. Ich konnte rechtzeitig beistehen, ehe Sinureds Keule auf ihn niederfuhr.« Er stieß die Luft aus. »Dafür ist mir Nesreca entwischt.«

Lorin rechnete damit, dass die kensustrianischen Mörser wieder feuern konnten. Doch sein Vater erklärte ihm, dass es Zvatochna gelungen war, den Wald, in dem die Geschütze standen, in Brand zu stecken. Die Mannschaften befanden sich auf dem Rückzug.

Tobáar hatte sieben seiner neun besonderen Gefolgsleute verloren, die Streitmacht bestand nur noch aus knapp viertausend Kriegern und sah sich alles in allem zwanzigtausend Feinden gegenüber, denen der Schein der untergehenden Sonnen dunkelrot ins Gesicht schien.

Der Anführer der Kriegerkaste ließ den Blick über das grausige Schlachtfeld schweifen. »Kensustria wird bis zum letzten Atemzug meiner Kämpfer Widerstand leisten. Noch ist nichts verloren.«

Die Tzulandrier steckten derweil die Leichen der sieben herausragenden Kensustrianer auf lange Spieße und trugen sie höhnend vor den eigenen Reihen hin und her.

Die Selidane brüllten Anweisungen, die Krieger von einem anderen Kontinent formierten sich neu und begaben sich in Angriffsformation. Offenbar wollte der ¢arije die Sache noch an diesem Abend zu Ende bringen.

Lorins Mut fiel in ein tiefes Loch, die Entschlossenheit verschwand. Er musste an Jarevrån denken. *Ich habe versprochen, dich nicht zur Witwe zu machen. Es scheint, als könnte ich meinen Schwur nicht halten.*

Das Gemurmel von Gebeten erklang in ihren Rücken. Die letzten tausend ulldartischen Freiwilligen rückten unter der Leitung von Matuc an die Seite der Kensustrianer. Das Banner Ulldrael des Gerechten flatterte im Wind.

»Für Ulldrael!«, riefen die Männer. »Für Lodrik Bardri¢!«

Sein Ziehvater nickte Lorin zu, als wollte er sagen: *Siehst du, was ein fester Glaube bewirkt!* Angesichts der Zuversicht der Menschen, die dem überlegenen Feind gegenüberstanden, regte sich in ihm so etwas wie Trotz.

Er packte Soscha am Arm. »Wenn es gleich losgeht, bleib hinter mir. Zusammen schnappen wir uns Govan und besiegen ihn.« Er wandte sich seinem verkrüppelten Bruder zu. »Du machst uns den Weg frei.«

Krutor nickte begeistert. »Wir boxen Govan auf die Nase.«

Tobáar hob die Hand mit der massiven Eisenstange, wirbelte sie einmal um die eigene Achse. Rechts und links fuhren armlange, blutige Doppelschneiden aus.

Ein kurzer Befehl, und die letzten Verteidiger von Ulldart rannten gegen die Widersacher an.

Die schweren Bombarden und Schnellfeuergeschütze auf der rechten tzulandrischen Flanke eröffneten das Feuer, sobald sich die Kensustrianer und Ulldarter auf den Weg machten.

Von der anderen Seite knatterten die Büchsenmaschinen in vernichtendem Stakkato, die leichten Fernwaffen hielten ebenso auf die Truppen. Die Garben und Kugeln schlugen wie ein eisernes Gewitter in die Reihen.

Doch nicht zwischen den anstürmenden Soldaten flog der Dreck auf.

Die Tzulandrier wurden stattdessen Opfer der eigenen Geschütze, die Projektile mähten die Männer nieder, die sich eben noch aufgereiht hatten.

Zvatochna wusste sofort, was geschehen war. Den Kensustrianern war es gelungen, die hoheitliche Artillerie unbemerkt einzunehmen. Sie hatten gewartet, bis die Gelegenheit günstig wurde, und sorgten nun dafür, dass sich das Blatt wendete.

Auch sie selbst wurde Opfer des Beschusses. Ihre Magie verhinderte zwar, dass die Kanonenkugeln sie zu Brei stampften, dafür hieben die abgelenkten Geschosse andere in Stücke.

»Rückzug in den Wald auf der rechten Flanke«, schrie sie einem der Wimpelträger und den Trompetern zu. »Wir müssen die Stellungen zurückerobern!«

Der kreidebleiche Mann nickte, hob die Arme mit den Signalfähnchen, als eine Kugel seinen Kopf durchschlug. Als Nächstes rutschte ein Selidan tot aus den Steigbügeln, dann erwischte es den benachbarten Hauptmann, der die Söldner befehligte. Mit kurzen Abständen stürzten die Offiziere ihres Heeres verwundet oder leblos auf den Boden.

Es dauerte eine Weile, bis sie begriff, woher die keineswegs zufälligen Treffer stammten. Wütend schaute sie zu den Büschen, in denen ihre Scharfschützen gelagert hatten. *Wer hat den Kensustrianern beigebracht, dermaßen gut mit Büchsen zu schießen?*

Die Kabcara sandte einen Stoß Magie in das nahe Unterholz, um es samt den Heckenschützen vergehen zu lassen.

Eine schimmernde Schutzhülle entstand und absorbierte die von ihr entfesselte Gewalt. Nur einen Lidschlag später penetrierte ein Projektil mit einem metallischen Laut den Helm des letzten Signalisten.

Als sie in einer Mischung aus Faszination und Abscheu die roten Blutstropfen betrachtete, die an ihrer magischen Schutzsphäre hafteten, entdeckte sie zufällig sechs seltsame Apparate am Himmel.

Immer ein Korb war an mehreren schwebenden Gegenständen befestigt worden, die sie an Schweinsblasen erinnerten.

Das halbe Dutzend lautloser Flugobjekte hatte sich unbemerkt mittels kleiner Segel, die an den Vertäuungen hingen, über die Streitmacht ihres Bruders manövriert. Nun regneten von oben Gegenstände herab, die beim Aufschlag aufplatzten und weiße Wolken aufwirbelten. Die getroffenen, eingenebelten Tzulandrier griffen sich ins Gesicht und versuchten, die Augen vor dem ungelöschten Kalk zu schützen. Es folgten kleine Handbomben, die weitere Verluste verursachten.

Zvatochna fluchte und ritt zu Govan, um ihn zum Rückzug zu bewegen, während die Tzulandrier einen sinnlosen Tod starben.

»Nein!« schrie Lorin enttäuscht, als er sah, wie Govan zusammen mit Zvatochna vom Schlachtfeld galoppierte. Ein Teil der Tzulandrier schloss sich unter Führung Sinureds dem fliehenden ¢arije an. Soscha und Lodrik hinderten Lorin daran, sich allein an die Verfolgung zu machen.

Die Auflösungserscheinungen setzten sich derweil fort.

Die Sumpfwesen gafften in den Himmel, wo zu guter Letzt die lang ersehnten »Apparillos« schwebten, und rannten anschließend um ihr Leben. Zurück blieben die Tzulani, die erbitterte Gegenwehr leisteten.

Die beflügelten Kensustrianer und Ulldarter machten ihnen vor Einbruch der Finsternis den Garaus.

Die Truppen zogen sich zusammen mit ihren Verbündeten in ihr Lager zurück. Die ulldartischen Kämpfer waren so erschöpft, dass sie ihren Sieg nicht richtig feiern konnten. Manche schliefen fast auf der Stelle ein, als die Anspannung des Gefechtes abfiel, andere begannen hemmungslos zu weinen.

Die Stunde der Wundheiler und Mönche brach an, die umherliefen und die dicht an dicht liegenden Körper untersuchten, um Verwundete ausfindig zu machen und angemessen zu behandeln.

Lorin und die anderen trafen Perdór und Fiorell wieder, die an Bord eines der »Apparillos« gewesen waren und die Tzulandrier aus luftiger Höhe eingedeckt hatten. Der Hofnarr wurde nicht müde zu erzählen, dass ihr »Luftschiff«, wie er es nannte, wegen des Gewichts des Herrschers beinahe nicht abgehoben hätte.

Zusammen besuchten sie Waljakov, dessen Brustkorb von der eisenbeschlagenen Deichsel Sinureds eingedrückt worden war. Glücklicherweise hatten Lodriks Geister die Wucht so weit herabgedämpft, dass er den Schlag schwer verletzt überlebte.

Noch am selben Abend beschlossen Tobáar und die ulldartischen Verbündeten, die hoheitlichen Geschwister im Morgengrauen zu verfolgen und mit dem Rest ihrer loyalen Einheiten zu vernichten, ehe sie Tûris erreichen konnten. Perdór vermutete anhand seiner eingegangenen Berichte, dass sich dort weiterer tzulandrischer Nachschub befand.

Sollte der ¢arije neue Kräfte erhalten, wäre der mühsam errungene Sieg umsonst gewesen. Eine zweite Schlacht dieses Ausmaßes würden die Verteidiger von Ulldart nicht überstehen.

Immerhin, Tokaro, der gegen Ende der Schlacht dazugestoßen war und mit seiner Schießkunst die Verwirrung unter den Tzulandriern geschürt hatte, brachte die aldoreelische Klinge mit, die gegen das Böse helfen würde.

Die Sonnen stiegen kaum in die Höhe, da brach man zur Jagd auf.

XII.

Kontinent Ulldart, Vizekönigreich Aldoreel,
vierundzwanzig Meilen entfernt vom
Vizekönigreich Tûris, zwölf Meilen vor Taromeel,
spätes Frühjahr 460 n. S.

Angor beschütze uns, die wir für alle Menschen auf Ulldart antreten, in der morgigen Schlacht. Tokaro beendete mit diesem Satz sein einstündiges Gebet, küsste die Blutrinne und verstaute die aldoreelische Klinge in der Scheide.

Nachdenklich strich er über die Rüstung, die auf einem Ständer vor seinem Bett stand und die Perdór ihm hatte bringen lassen. Dazu gehörten auch eine Lanze und ein prächtiger Schild, die sich vor seiner Unterkunft befanden.

Er trat nach draußen, um einen Blick auf das Wetter zu werfen.

Als er die Zeltplane am Eingang zurückwarf, sah er, dass der Himmel nichts Gutes verhieß. Wolken zogen sich zusammen, und verfinsterten die Umgebung schon am frühen Nachmittag, als bräche die Nacht herein.

Der Ritter schlenderte in Gedanken versunken zu Treskor, striegelte ihn sorgfältig und gab ihm eine besonders große Portion Hafer, damit er morgen voller Kraft war.

Den zweitausend Kensustrianern und vierhundert Ulldartern war es gelungen, die Flüchtigen zu überholen und sich unbemerkt vor sie zu setzen. In aller Frühe würde man dort aufmarschieren, wo einstmals das »Geeinte Heer« vom Wunderhügel aus Sinureds Truppen geschlagen und das Böse für mehr als vierhundert Jahre vom Kontinent vertrieben hatte. Perdór hatte darauf bestanden, dass man diesen geschichtsträchtigen Ort als Ausgangspunkt für die Schlacht wählte, schon allein, um einen moralischen Vorsprung zu erhalten.

Lodrik war aufgebrochen, um mit Hilfe seiner Geister dafür zu sorgen, dass die Tzulandrier in dieser Nacht von den Seelen der Toten heimgesucht wurden und kein Auge zumachten. Passenderweise lagerten die Gegner ganz in der Nähe des »Blutfeldes«. Sollte Sinured vergessen haben, an welcher Stätte er sich befand, die Geisterwesen erinnerten ihn und seine Leute sehr schnell daran.

Tokaro horchte auf. Die Freiwilligen, die weitestgehend aus Tûris, Tarpol und Borasgotan stammten, erhoben ihre Stimmen und sangen leise Lieder zu Ehren Ulldraels. Danach vernahm man die Stimme des betagten, einbeinigen Mönchs, der sie mit den Worten des Glaubens stärkte und ihnen Zuversicht verlieh.

Über den Pferderücken hinweg beobachtete er, wie sein Halbbruder aus Kalisstron sich in der Nähe der Betenden aufhielt, sich aber nicht zu ihnen gesellte, sondern aus einiger Entfernung, im Schatten eines Baumes, beinahe etwas geziert zuhörte.

Er streichelte die Flanke des Schimmels und ging zu Lorin hinüber. »Es ist nicht dein Glaube, oder?«, fragte er mit gedämpfter Stimme.

Der Kalisstrone zuckte zusammen. »Oh, du bist es.« Er wirkte etwas verlegen. »Sieht man mir an, dass ich kein wahrer Gläubiger bin?«, lächelte er schwach.

»Im Augenblick schon«, erwiderte Tokaro. »Ich vertraue Angor. Er wird mich schützen und uns helfen.« Er nickte zu Matuc. »Wenn Ulldrael noch dazu stößt, werden wir die Diener Tzulans vom Erdboden fegen.«

»Woher nimmst du die Gewissheit?«

Der junge Ordensritter richtete sich ein wenig auf. »Ich habe schon zweimal etwas erlebt, was ich mir nicht erklären kann. Beide Male hinderte mich eine Erscheinung, dass ich aufgab und davonlief. Das brachte mir die sichere Erkenntnis, dass es meine Bestimmung ist, für meinen Gott gegen Sinured und unsere Geschwister anzutreten. Und zu siegen.«

Lorin lehnte sich gegen den Baum. »Mir ist so etwas noch nie widerfahren. Vielleicht könnte ich dann mit der gleichen Inbrunst und dem gleichen Vertrauen in die Schlacht reiten.«

»Reiten?«, grinste der Ritter. »Du meinst, dich im Sattel halten, bis du den Gegner erreicht hast.«

Sein Halbbruder musste lachen. »Ich hatte Glück, dass ich zu Fuß in Govans Nähe kam.«

Tokaro überlegte. »Morgen wirst du dich zu mir setzen. Treskor und ich bringen dich zu deinem Gegner.« Er senkte den Blick. »Ist mir eigentlich jemand böse, dass ich es nicht geschafft habe, früher mit der aldoreelischen Klinge anzukommen? Wir hätten Sinured vielleicht schon töten können.«

»Unsinn«, beruhigte ihn Lorin. »Du wärst nicht bis zu ihm gedrungen. Du bekommst deine Gelegenheit morgen. Und versaue es nicht noch einmal«, zog er ihn auf.

»Und du mach dir keine Gedanken«, sagte er zum Abschied. »Du wirst sehen, die Götter sind auf unserer

Seite.« Er kehrte in sein Zelt zurück, wo er mit dreißig anderen und Krutor zusammen lagerte.

Lorin aber betrachtete die pechschwarzen Wolken. *Hoffen wir, dass sie wirklich mit uns sind.*

Keineswegs beruhigt richtete er die Aufmerksamkeit auf die Predigt seines Ziehvaters. Matucs Worte linderten die Zweifel ein wenig.

Aber vertreiben konnte der Geistliche sie nicht.

»Knapp fünftausend Mann«, rechnete Perdór die Anzahl der Gegner hoch.

»Eins zu zwei. Machbar«, kommentierte Moolpár und schaute zu der eindrucksvollen Gestalt Tobáars, um dessen Ansicht zu erfahren.

Das dunkelgrüne Haar mit den schwarzen Strähnen geriet in Bewegung, als der Führer der Kriegerkaste zustimmend sein Haupt neigte. Die goldenen Intarsien seiner Rüstung reflektierten den Schein der Öllampen.

»Die Tzulandrier sind harte Gegner, selbst ohne ihre Bombarden und Büchsen. Trotzdem werden sie den morgigen Tag nicht überleben.« Seine starken Reißzähne wurden beim Sprechen sichtbar. »Die schwierigste Aufgabe ist die Vernichtung der beiden Kinder.« Er betrachtete Soscha eindringlich. »Wenn du und der andere kleine Mensch versagen, wird die Brut Tzulans Tûris erreichen und zu den neuen Truppen stoßen. Damit wäre alles verloren.«

»Ihr macht mir meine Aufgabe nicht dadurch leichter, indem Ihr die Verantwortung hervorhebt«, gab die Ulsarin forsch zurück, immer wieder von der magischen Ausstrahlung des Kensustrianers fasziniert.

Um sie herum befanden sich die potentesten Anwender von Magie, und dennoch blieb keinerlei Zeit für die Erforschung.

Erschüttert hatte sie das Schicksal der toten Cerêler, die sie unterwegs auf der Straße oder im Graben gefunden hatten, weggeworfen wie überdrüssig gewordene Gegenstände. Einer von ihnen starb, als sie hinzukamen. Die magische Aura, die einen Heiler üblicherweise grün umspielte, fehlte vollkommen. Lodrik erklärte ihr seine beunruhigende Vermutung, dass Govan sie ihrer Energien beraubte, um sich mit neuer Kraft zu füllen.

»Du sollst wissen, dass unser Leben nichts im Vergleich zur Erfüllung unserer Aufgabe bedeutet«, meinte Tobáar ungerührt. »Auch wenn noch so viele von uns sterben, wenn die Sonnen morgen untergehen, müssen einige von uns als Sieger auf dem Blutfeld stehen. Seid ihr alle gewiss, dass wir unsere Pflicht tun.« Der Kensustrianer stand auf und verließ die Unterkunft, seine drei Begleiter folgten ihm.

»Er ist noch undiplomatischer als Ihr«, meinte Fiorell mit gespitzten Lippen zu Moolpár.

»Eine Taktik zu entwerfen ist ziemlich sinnlos«, seufzte der ilfaritische König. »Es wird ein Gemetzel, Mann gegen Mann.« Sinnierend zog er sein Kurzschwert. »Es ist schon Jahre her, dass ich damit umging.«

»Jahrzehnte. Und dann auch nur zum Kuchenzerteilen«, verbesserte sein Hofnarr und kniff die Augen zusammen. »He, Ihr wollt doch nicht wahrhaftig in die Schlacht ziehen, Vater aller Pralinen?« Er deutete auf den Bauch. »Ihr wärt ein gefundenes Fressen für den kleinsten, schwächsten Tzulandrier. Der Junge mit der Fanfare würde Euch wegputzen.«

»Keine Rücksicht, Fiorell«, wehrte Perdór den Hinweis auf seine Figur energisch ab. »Wir brauchen jedes Schwert. Und da möchte ich nicht abseits stehen und zusehen.« Prüfend tippte sein Zeigefinger auf die Spitze der Hiebwaffe, er verzog das Gesicht und zog die Kuppe hastig zurück. »Wer weiß, vielleicht bin ich es, der den entscheidenden Stich ausführt?«

»Wer weiß, vielleicht seid Ihr es, den der erste Bolzen zwischen die Augen trifft?«, warf Fiorell mit ätzender Stimme ein. »Majestät, seid kein Narr, lasst mir wie üblich diesen Part. Setzt Euch auf einen Baum, nehmt von mir aus eine Schachtel Konfekt und eine Armbrust mit, sodass Ihr gelegentlich einen Bolzen ins Getümmel feuert.« Er warf sich vor seinem Herrn auf die Knie. »Doch bleibt aus den Zweikämpfen heraus, ich bitte Euch!«

Bei aller Komik und Übertriebenheit, die Fiorell in seinen Auftritt legte, erkannte Perdór, wie ernst es seinem Possenreißer war. Gerührt zog er ihn auf die Füße. »Nein, lieber Fiorell. Ich werde mit den Ulldartern fechten. Und wenn ich falle, wirst du König von Ilfaris. Wie gefällt dir das?«

»Da scheiß ich drauf. Aber ein Ungetüm von titanischem Haufen«, grummelte er. »Ich begleite Euch.«

»Was ist das nur für ein Krieg?« Moolpár schüttelte den Kopf. »Wenn schon Hofnarren in die Schlacht reiten.«

»Ich schwöre Euch, Moolpár, damit haben wir die Lacher auf unserer Seite. Heißa, bei uns stirbt es sich lustig«, meinte der Ilfarit zwinkernd voll schwarzem Humor und kniff den Kensustrianer übermütig in die Nase. »Da staunt Ihr, was? Aber morgen gebe ich sowieso den Narren, da darf ich über die Stränge schlagen.«

Der hochgewachsene Krieger betrachtete das ilfaritische Duo. »Ich gestehe, seltsamere Menschen als Ihr beide sind mir noch nie begegnet. Aber es täte mir sehr Leid, auch nur einen von Euch beiden zu verlieren.« Er nickte in die Runde und verschwand.

»Huch!« Fiorell schlug sich überrascht die Hand vor den Mund. »Majestät, wisst Ihr, was ich glaube?«
»Nein.«
»Moolpár der inzwischen Uralte mag uns.«

Schlecht gelaunt saß Zvatochna in dem mit Pelzen gepolsterten Feldstuhl. Sie starrte auf den Docht der flackernden Kerze, die durch Zugluft im üppig ausgestatteten Zelt in Bewegung geriet, und überlegte, welche Optionen ihr im Fall einer Niederlage ihres Bruders blieben.

Nicht, dass sie daran glaubte.

Sobald man in Tûris angelangte und die Unterstützungseinheiten aus Tzulandrien zu ihnen stießen, würden sie den armseligen Haufen Kensustrianer und Ulldarter in ihrem Rücken vernichten.

Doch sollte sich ihr Bruder ein weiteres Mal von seinen schlechten Eigenschaften mitreißen lassen und ihre Strategie über den Haufen werfen, wäre alles im Bereich des Möglichen. Wie sich bei Séràly schmerzlich bewahrheitet hatte.

Nach einer gewaltigen Standpauke an Govan verbat sie sich jeglichen Besuch von ihm in ihrem Zelt. Die Kabcara strafte ihn seither mit Missachtung, und das war bei seinen Gefühlen zu ihr das Schlimmste, was sie ihm antun konnte. Geschenke und Briefe ließ sie zurückgehen.

Zvatochna bot sich durch den Lapsus ihres Bruders eine willkommene Gelegenheit, sich den aufdringlichen jungen Mann, der fest an eine Verbindung zwischen ihnen glaubte, vom Hals zu halten.

Nesreca wurde ihr angekündigt. Mit einem Wink befahl sie der Dienerin, ihn eintreten zu lassen. Gehorsam verneigte er sich vor der Herrscherin über Tarpol.

»Wie geht es Euch, Hohe Herrin?« erkundigte er sich.

»Govan hat Euch geschickt, vermute ich.«

»Als Parlamentaire d'amour gewissermaßen«, bestätigte er ihre Annahme. »Er vergeht, heult wie ein Schlosshund, weil Ihr ihn nicht sehen wollt.« Nesreca zuckte mit den Achseln. »Aber was soll's. Ärgerlich, dass die Schlacht nicht so verlief, wie wir uns das vorgestellt haben. Damit ist er immer noch am Leben.«

»Das wird so sein, bis wir unsere Verfolger endgültig vernichtet haben«, entschied Zvatochna. »Der ungewöhnlich starke magische Widerstand macht uns mehr zu schaffen, als uns recht sein kann.« Sie betrachtete ihn. »Wieso unternehmt Ihr diesbezüglich nichts?«

»Ich darf nicht«, lehnte der Konsultant ab. »Meine Aufgabe ist es, Dinge in die Wege zu leiten. Vielleicht ein wenig Schicksal zu spielen. Alles andere müsst Ihr und Euer Bruder verwirklichen. Daher zählt besser nicht auf meine bescheidenen Künste.«

Sie schwieg. »Was machen wir, wenn die Kensustrianer uns besiegen?«, erkundigte sie sich so leise, dass er sie fast nicht verstand.

Nesreca setzte sich neben sie. »Hohe Herrin, ich dürfte es Govan nicht sagen, sonst würde er verlangen, zu einem Gott gemacht zu werden ... oder ähnlichen Unfug.«

»Den Ihr ihm ins Ohr gesetzt habt.«

»Er wäre auch ohne mich darauf gekommen«, schätzte ihr Gegenüber. »Aber Ihr als vernünftige Frau sollt erfahren, dass Tzulans Macht gewachsen ist. Er wird uns in der nächsten Schlacht zur Seite stehen und unsere Feinde zerschmettern.«

»Wie das?« Der Kopf der Kabcara fuhr in die Höhe.

»Die Anweisungen Eures Bruders, alles Palestanische für den begangenen Verrat zu bestrafen, und dazu die vielen rogogardischen Gefangenen, die in der Kathedrale zu Ulsar ihr Leben für den Gebrannten gaben, haben ihn gestärkt.« Seine Augen loderten voller Begeisterung. »Es kann nicht mehr lange dauern, bis aus seinem Geist wieder eine feste Gestalt wird. Bei allem Wahnsinn, den man bei Govan sieht, seine Geschenke fruchten.«

»Ist das vielleicht auch Wahnsinn, den ich in Euren Pupillen sehe?«, merkte die junge Frau an.

»Das?« Nesreca winkte lachend ab. »Das ist nur die Vorfreude, dass es einem bescheidenen Diener wie mir gelungen ist, seinem Herrn einen lang ersehnten Wunsch zu erfüllen. Lange genug habe ich dazu ja gebraucht.«

Zvatochnas Augenbraue wanderte langsam in die Höhe. »Vergesst nicht, dass es nach der Schlacht durch meine Hilfe fortgeführt werden muss. Stellt Euch gut mit mir.«

»Ihr werdet die Dankbarkeit Tzulans genießen dürfen, Hohe Herrin«, sagte der Berater und verneigte sich.

»Darum bitte ich doch sehr. Nun geht. Ich bin erschöpft.«

Nesreca stand auf. »Was soll ich Govan von Euch bestellen?«

Die Kabcara überlegte. »Sagt, dass ich ihm erst verzeihe, wenn wir die nächste Schlacht gewinnen. Danach erfülle ich all seine Wünsche. Alle.«

»Das wird ihn mit doppeltem Eifer kämpfen lassen.« Er verneigte sich und ging hinaus.

Zvatochna stand auf, rief nach ihren Bediensteten und ließ sich ein leichtes Mahl bringen. Sie kostete von dem süßen Weißwein, den man ihr reichte. Die Zofe berichtete von geisterhaften Wesen, die durchs Lager flögen und heulend in die Zelte der Soldaten fuhren. Angeblich handelte es sich um die Seelen derer, die damals auf dem Schlachtfeld ihr Leben gegen das »Geeinte Heer« verloren.

Das scherte die Kabcara nicht, sollte sich ihr Bruder darum kümmern. Nesrecas Worte machten sie nachdenklich. Hoffentlich gestaltete sich die Macht des Gebrannten als nicht so groß, dass er ihr nach dem Ableben des ¢arije und seines Beraters ins Handwerk pfuschte. Sie wusste nicht, ob sie im Stande war, sich mit einem Gott anzulegen.

Hoffentlich findet die Schlacht bald statt. Zvatochna leerte ihr Glas. Der Tod ihres Bruders und des Beraters duldete keinerlei Aufschub.

Das letzte Aufgebot Ulldarts marschierte durch den aufziehenden Sturm und bezog mittags Stellung auf dem »Wunderhügel« bei Taromeel.

Just in diesem Augenblick erschien auf der gegenüberliegenden Seite Sinured, der an der Spitze des Trosses von Govan lief.

Sofort blieb er stehen und meldete die Kunde des neu aufgetauchten Feindes. Die Tzulandrier rückten auf ihrer Seite über die Anhöhe und machten sich kampfbereit. Zwischen ihren Reihen befanden sich Govan, Nesreca und Zvatochna.

Stumm standen sich die beiden Heere gegenüber.

Der starke Wind fing sich in den Stangen der Banner und säuselte. Die bunt bemalten, bestickten Stoffe wehten im Wind und verursachten das einzige Geräusch.

In den schwarzen Wolken blitzte und krachte es plötzlich, ohne dass ein einziger Energiestrahl herabzuckte und in die Erde einschlug. Unaufhörlich grollte der Donner.

»Die Götter kämpfen gegen Tzulan«, raunte jemand in der Aufstellung der Ulldarter ehrfürchtig. Sofort setzten die Gebete zu Ulldrael ein, Matucs Stimme schallte am lautesten.

Die Gespinste aus Wasserdampf färbten sich plötzlich heller, wandelten ihren Ton hin zu einem dreckigen Orange, das in tiefes Rot überging. Sie vermittelten den Eindruck von geronnenem Blut, das über den Köpfen der Feinde hing und von den überirdischen Wesen selbst zu stammen schien.

Auf den Befehl des ¢arije rannten die Tzulandrier los und stürmten in die Ebene. Tobáar zögerte keinen Lidschlag lang und gab ebenfalls das Signal zum Angriff.

Die entscheidende Schlacht um das Schicksal des Kontinents begann.

Zischend schossen feurige Kometen aus den Wolken und schlugen zwischen den Reihen der Kensustrianer und den Ulldartern ein, dass der Boden erbebte.

»Tzulan!«, brüllte Govan euphorisch, das Gesicht völlig entrückt von dem Schauspiel, und peitschte seine Truppen stärker an. »Vorwärts! Der Gebrannte Gott ist bald bei uns! Seht, wie er seine Getreuen unterstützt!«

Der glühende Hagel prasselte auf die Verteidiger nieder. Wer getroffen wurde, verbrannte auf der Stelle zu Asche.

Noch ehe die Heere aufeinander prallten, dezimierte das Eingreifen des Gebrannten Gottes das Häuflein der Tapferen um fünfhundert Mann.

Inmitten der Ebene stießen die Soldaten zusammen, ein gnadenloses Hauen und Stechen setzte ein.

Das Dunkelrot des Himmels tauchte das »Blutfeld« in ein Zwielicht, welches das Erkennen von Freund und Feind erschwerte. Alle Pläne der Verteidiger, wer wann wo zu sein hatte und wen ausschalten sollte, gerieten dadurch ins Wanken. Die Schlacht gestaltete sich zu unübersichtlich.

Seite an Seite schlugen die Ulldarter auf die unablässig vorstoßenden Tzulandrier ein. Jeder, der eine Waffe halten konnte, stand auf der Ebene und verteidigte mehr als nur sein Leben. Norina, Fatja, Stoiko und alle anderen Freunde von früher, mit Ausnahme des verletzten Waljakov, gaben ihre Kraft für ihre Heimat.

Der Ansporn allein reichte dennoch nicht aus.

Schritt um Schritt verlor das letzte Aufgebot gegen die nicht minder verbissen kämpfenden Tzulandrier. Immer wieder erhellten magische Entladungen die karmesinfarbene Dunkelheit, und der ¢arije und die Kabcara sandten ihre Kräfte gegen sie.

Soscha tat ihr Bestes, um die Auswirkungen zu reduzieren oder die Strahlen abzufälschen, damit die Soldaten Govans darin verglühten. Aber sie musste die Überlegenheit der jungen Geschwister anerkennen.

Lodrik rang derweil mit einem unangenehmen Problem. Er hatte er nach einem Sturz im morastigen Untergrund sein Schwert verloren.

Es war ihm seither nicht mehr gelungen, das Hinrichtungswerkzeug aus dem Dreck zu bergen, zu viele Füße drückten und schoben es umher. Somit büßten er und seine Freunde die Unterstützung der Seelen ein, die auf seine Rufe nicht mehr reagierten.

Sicherlich schwirrten sie in der Nähe ihres Gefängnisses umher, halb über die Freiheit erfreut, halb zornig darüber, nicht endgültig von dem Fluch erlöst worden zu sein, wie er es ihnen versprochen hatte. Weitere Gedanken wollte er sich nicht darüber machen. Dazu war keine Zeit.

In unregelmäßigen Abständen rauschten neuerliche Kometen aus den Wolken hinab und brachten mannigfaltiges Verderben.

Die Götter schienen gegen Tzulan verloren zu haben.

Lorin hatte wirklich probiert, sich auf dem Rücken des galoppierenden Treskor zu halten.

Als der Hengst über ein Hindernis setzte, verlor er den Halt und stürzte unsanft zu Boden.

»Ich hätte mir doch einen Hundeschlitten bauen lassen sollen«, ächzte er. Noch mit dem Ringen nach Luft beschäftigt, gestikulierte er seinem Halbbruder, er solle weiter reiten.

Tokaro nickte knapp und lenkte das Streitross in Richtung Sinured, als er im düsteren Schimmer Govan erkannte, an dessen Seite Albugast ritt.

Die Entscheidung war innerhalb eines Lidschlags gefallen.

Ich schwöre, ich werde nicht lange für den Verräter benötigen, Angor. Er riss die Zügel des Schimmels herum. *Und danach kümmere ich mich um Sinured.*

Zufrieden schaute Zvatochna über die Ebene und freute sich darüber, wie rasch die Zahl der Angreifer schrumpfte. Zu den eigenen magischen Attacken gesellte sich der Beistand Tzulans, wie er passender nicht hätte eintreffen können.

Dann waren meine Sorgen unnütz. Bald werde ich wohl die Kabcara von Ulldart sein. Ihr Bruder befand sich nicht allzu weit von ihr entfernt. *Es wird Zeit, den Thronwechsel in die Wege zu leiten. Ehe der Wahnsinnige mir Tzulan vom Himmel holt.* Sie hob sie den Arm, um ihn scheinbar zu grüßen, und schwenkte dabei das verabredete weiße Taschentuch.

Govan erkannte sie, strahlte zu ihr hinüber und richtete seine Aufmerksamkeit ganz auf seine Schwester. Albugast zog derweil behutsam die aldoreelische Klinge, um den ¢arije durch die schnelle Bewegung nicht zu warnen.

Gleich würde der Kopf des jungen Mannes rollen. *Mach es gut, Bruder*, wünschte sie ihm in Gedanken und schwenkte das Tuch elegant. *Mutter und ich werden dir eine Statue errichten.*

Wie aus dem Nichts flog ein Reiter in schimmernder Rüstung auf einem prächtigen Schimmel heran. Die zum Stoß gesenkte Lanze fand ihr Ziel und beförderte den überrumpelten Anführer des Tzulanordens rücklings aus dem Sattel.

Sie erkannte den anderen Ritter auf Anhieb. So macht sich meine Liebe bezahlt. Ich hätte Tokaro nicht befreien sollen. In maßloser Enttäuschung senkte die Kabcara langsam den Arm. Das Attentat war misslungen.

Govan schickte einen Stoß Magie gegen den Angreifer, der jedoch an der aufflammenden Schutzhülle abspritzte. Ihr Bruder fluchte und wechselte sofort seinen Standort

Ein Triumphschrei stieg aus Tokaros Kehle, als er den Verräter in den Staub stürzen sah.

Albugast stemmte sich stöhnend auf und zog benommen seine Waffe.

Ohne sich um den flüchtenden ¢arije zu kümmern, sprang er aus dem Sattel, warf die geborstene Lanze davon und stürzte sich in den Zweikampf.

»Du hast etwas, das mein Eigentum ist«, knurrte er seinen einstigen Ordensbruder an.

Die aldoreelischen Klingen trafen singend aufeinander.

»Dann versuche, es dir zurückzuholen, wenn du kannst«, meinte der blonde Tzulanritter verächtlich, umfasste die Schwerthand des Widersachers und stieß ihm die Helmspitze gegen den Nasenschutz.

Die tödlichen Schneiden prallten in atemberaubend schneller Folge zusammen, ihr heller Klang überlagerte alle Geräusche um sie herum.

Tokaro erhielt einen Tritt gegen die Brust, taumelte zurück und sah den Lauf einer Handbüchse auf sich gerichtet, die Albugast aus seinem Gürtel gezogen hatte.

»Keine Zeit für lange Gefechte«, meinte sein Kontrahent gehässig und drückte ab.

In einem Reflex hielt sich Tokaro die flache Seite seines Schwertes vors Gesicht.

Das Mündungsfeuer versengte seine Augenbrauen und verbrannte sein Gesicht, die Qual machte ihn vorübergehend blind. Er spürte die Wucht des Projektils, das sein Gesicht sicherlich in einen blutigen Klumpen aus Fleisch, Blut und Knochen verwandelt hätte. Doch die Kugel scheiterte an der Festigkeit der Schneide.

Sofort fasste er den Griff der aldoreelischen Klinge mit beiden Händen und attackierte die rechte Seite seines Gegners, da er dort die Feuerwaffe hielt.

Den ersten Schlag konnte Albugast mit Müh und Not parieren. Das Nachgreifen gelang ihm nicht. Ein Arm allein reichte nicht aus, um die schonungslosen Attacken aufzuhalten, sodass die nachfolgenden Hiebe zunächst die Waffe zur Seite droschen, ehe das Schwert durch die seitliche Panzerung fuhr. Die Augen des Tzulanritters wurden groß. Das ausströmende Blut fiel auf der roten Rüstung beinahe nicht auf.

Keuchend nahm Tokaro Maß und holte Schwung. »Für dich, Nerestro.« Mit einem grimmigen Ausdruck im Gesicht spaltete Tokaro den Verräter der Länge nach.

Er sandte ein kurzes Stoßgebet zu Angor, nahm seine aldoreelische Klinge aus der Hand des zuckenden Toten und schwang sich auf Treskors Rücken.

Lorin fand Govan und wurde von dessen Auftauchen völlig überrascht. Kaum erkannte ihn der ¢arije, attackierte er ihn mit seinen Kräften.

Das Abwehren der Energien brachte den Kalisstronen arg in Bedrängnis. Er wankte seitwärts, eingehüllt von knisternden Strahlen, die wenige Fingerbreit vor seinem Körper aufgehalten und abgelenkt wurden.

Der Einschlag drückte ihn nach hinten, schob ihn über die Erde, obwohl er sich mit aller Gewalt dagegen stemmte. Seine Füße zogen Furchen.

Govan glitt aus dem Sattel, eine Hand reckte er gegen Lorin und deckte ihn mit magischen Angriffen ein, die andere zog die umgearbeitete aldoreelische Klinge.

»Ich habe zwar keine Ahnung, wer du bist«, schrie er ihn hasserfüllt an, »und woher du dieses Können hast. Aber nun ist Schluss! Ich werde nicht länger auf meinen Sieg warten.«

Kalte, nackte Angst um das eigene Leben erfasste den Jungen mit den dunkelblauen Augen. Eilig initiierte Gegenschläge scheiterten an der Abwehr seines Halbbruders, der rasch näher kam und das vernichtende Schwert spielerisch vor sich hin und her schwang.

»Ich werde dich mit einem einzigen Schlag niederstrecken und mir deine Kräfte nehmen«, versprach er ihm. »Ich fühle mich sowieso ein wenig leer.«

Die Furcht wirkte lähmend auf Lorin.

Alles, was ihm Soscha beigebracht hatte, wie er mit seinen Fähigkeiten Kontakt aufnehmen, wie er sie anwenden sollte, war wie weggewischt. Er starrte auf die funkelnde Schneide, auf der sich der Feuerschein der herabstürzenden Kometen spiegelte. Sein Widerstand erlosch.

Ehe Govan zuschlagen konnte, sprang ein gewaltiger kensustrianischer Krieger herbei. Ohne zu zögern griff Tobáar den ¢arije mit seiner Eisenstange an und brachte sich mit schnellen Schritten vor der zustoßenden Klinge in Sicherheit, um erneut zuzuschlagen. Die von Govan verwendeten magischen Strahlen glitten anfangs an der Rüstung Tobáars ab, ehe sie Risse bekam und sich der Macht beugte.

Als Lorin seine Bewegungsunfähigkeit abschüttelte und den Kensustrianer unterstützen wollte, musste er sich gegen zwei Tzulandrier zur Wehr setzen. Doch nachdem er die Angreifer endlich besiegt hatte, stand er entsetzt vor der Leiche Tobáars.

Er wandte sich auf dem Absatz um und floh.

Die Nachricht vom Tod des Anführers der Kensustrianer verbreitete sich wie ein Lauffeuer unter den Verteidigern. Die Entschlossenheit der Krieger mit den grünen Haaren geriet ins Schwanken, ihre sonst so präzisen Schnitte gingen fehl.

Im Augenblick der höchsten Not riss die Wolkendecke über dem »Wunderhügel« auf.

Ein Lichtstrahl fuhr herab, trieb einen gleißenden Keil in die Dunkelheit und zerschnitt die Finsternis. Auf der beleuchteten Anhöhe formierte sich eine zweite Streitmacht. Sie weckte den Anschein, in diesem Leuchten zur Erde hernieder gefahren zu sein.

Die Schlacht in der Ebene geriet ins Stocken, Freund und Feind blickten gebannt auf die Erscheinung.

»Meine Güte«, wisperte Fiorell, der aus mehreren Kratzern blutete und seinem Herrn nicht von der Seite gewichen war, »das ist die rogogardische Flagge!«

»Rudgass, dieser unglaubliche Pirat«, lachte Perdór hysterisch auf. »Wo hat er die Leute her?«

»Das daneben ist das Signum von Bardhasdronda«, ergänzte Fatja ungläubig. »Es müssen Leute aus Kalisstron bei ihm sein.«

Ein weiterer Strahl durchbrach die dunkelroten Wolken.

Das Licht fiel auf den Hügel im Rücken der Tzulandrier, wo man zunächst nur die Spitzen von Spießen, Piken und Speeren erkannte. Stück für Stück wurde das zweite Heer sichtbar, und die Tzulandrier jubelten auf. Eine breite Front aus Sumpfwesen marschierte über die Kuppe.

Doch als die Fahnen besser zu erkennen waren, johlten die Männer auf dem »Wunderhügel« auf.

»Ammtára«, lief es freudig durch die Reihen der Verteidiger in der Ebene. »Die Freie Stadt kommt zur Rettung!«

Lorin, der an einer anderen Ecke des Feldes stand, staunte. Sein Herz, eben noch voller Beklemmung, füllte sich mit Zuversicht.

Die wunderbaren Erscheinungen endeten nicht.

Zwei weitere Lichtfinger, einer rechts und einer links der Ebene, suchten sich ihre Bahn durch die Dunkelheit. Dort, wo sie auf den Boden trafen, beleuchtete die silbrig schimmernde Helligkeit ein Meer aus Menschen. Laut erscholl der Name Lodriks aus ihrer Mitte.

Norina, die einen Bogen bediente, umarmte den Kabcar. »Sie haben nicht vergessen, was du für sie getan hast, Liebster.«

Lodrik betrachtete all die Menschen aus Tarpol und Tûris, die entgegen seiner Aufforderung zum »Blutfeld« geeilt waren. Seinetwegen. Der einstige Herrscher war so bewegt, dass er kein Wort hervorbrachte.

Tokaro erschien an seiner Seite und drückte ihm vom Sattel aus die aldoreelische Klinge in die Hand. »Nimm sie. Es wird gleich losgehen.«

Keine weiteren Toten. Gebt meinem Sohn nur einen Funken Einsicht. Lodrik räusperte sich. »Ergib dich, Govan«, verlangte er mit fester Stimme. »Wer seine Waffen niederlegt, wird verschont. Allen anderen möge ihr Gott gnädig sein.«

Der ¢arije, der in der ersten Reihe kämpfte, ließ sein Pferd auf die Hinterhand steigen, drehte und wendete sich, um die Lage zu überblicken. Mit vom Wahnsinn entstelltem Gesicht drängte er sein Tier nach vorn.

»Tzulan wird euch alle vernichten!«, brüllte er, und seine Stimme schnappte über. »Ich bin so kurz davor, ein Gott zu werden, da lasse ich mich von euch Abschaum nicht aufhalten. Meine Soldaten werden euch niedermachen!« Ohne Vorwarnung trennte er dem nächstbesten Ulldarter den Kopf vom Rumpf.

Das war das Zeichen.

Die Menschen und Sumpfwesen rannten aus allen vier Himmelsrichtungen herbei, um dem verhassten Herrscher ein Ende zu bereiten.

Zvatochna verschwendete keine Zeit.

Sie würde keinesfalls in diesem stinkenden, vom Blut der Toten aufgeweichten Morast sterben. *Soll mein wahnsinniger Bruder seinen Kopf nur der Meute hinhalten.* Sie wäre dann schon lange nicht mehr da.

Heute mag ich verloren haben. Aber es gibt noch andere Gelegenheiten. Die erschöpfte Kabcara nutzte den schwachen Rest ihrer Magie, um ein Schwert aus dem Dreck aufzuheben, mit dem sie sich notfalls verteidigen konnte, und gab ihrem Pferd die Sporen.

Ehe sich die Reihen der neuen Angreifer schlossen, jagte sie ihr Pferd durch die winzige Lücke und entkam den Feinden. Schnell wie der Wind galoppierte sie davon.

Ihr Weg würde sie nach Granburg führen, um die Beziehungen ihrer Mutter zusammen mit ihren eigenen zu nutzen.

Ich tauche eine Weile unter. Nur um gestärkt zurückzukehren. Zvatochna verschwendete keinen Blick nach hinten.

Sie hatte mit diesem Kapitel abgeschlossen.

Ziele für die eisenbeschlagene Deichsel Sinureds fanden sich genug um ihn herum, etliche ließen unter der Waffe ihr Leben. Doch seine Kraft half ihm gegen den Ansturm der zahlreichen Gegner irgendwann auch nicht mehr.

Unter der Führung von Krutor, Lodrik und Tokaro gelang es den Freiwilligen schließlich, den legendären Kriegsfürsten niederzuringen, wenn auch Lodrik bei dem Angriff beinahe getötet worden wäre. Gerade noch rechtzeitig sprang Lorin ihm bei.

Die beiden aldoreelischen Klingen besiegelten das Schicksal des monströsen Wesens.

Zehn Mann waren notwendig, um das abgeschlagene Haupt Sinureds auf lange Stangen zu spießen und im Triumphzug umherzutragen.

Der Anblick des entseelten Kopfes ihres Anführers sorgte dafür, dass die Tzulandrier die Waffen senkten, aber von den aufgebrachten Menschen und Kensustrianern dennoch niedergemetzelt wurden. Zu viel Gräuel war von ihnen ausgegangen, als dass sich einer hätte beherrschen wollen.

Lodrik wischte sich Sinureds Blut aus den Augen und schaute sich suchend um. *Nun muss ich den noch finden, den ich rief.*

Es dauerte nicht lange, und er entdeckte die silbernen Haare des Konsultanten auf halber Höhe des Hügels, von dem die Verbündeten aus Ammtára herabgestürmt waren.

Wie, bei allen Göttern, ist ihm das geglückt? Rasch machte er sich an die Verfolgung und erreichte seinen Vertrauten, als dieser die Spitze der Anhöhe erklomm.

»Wohin möchtest du, Nesreca?«, fragte er ihn in den Rücken. »Dein Herr steht in der Ebene.«

Der Berater wurde langsamer, bis er stehen blieb. »Du schon wieder«, antwortete er ungehalten. »Geh zurück und lass mich in Ruhe.«

»Kehrst du zu Tzulan zurück, oder wirst du auf Ulldart bleiben, um weiterhin Unheil zu stiften, Nesreca?« Schleifend zog er die aldoreelische Klinge aus ihrer Scheide.

»Ich weiß es noch nicht«, gestand der Konsultant, ohne sich umzuwenden. »Vielleicht finde ich andere Verbündete, die ich für Tzulan gewinnen kann.« Er schaute über die Schulter, zeigte dem einstigen Kabcar sein Profil, die Lippen zu einem spöttischen Lächeln geformt. Sachte wehte das quecksilberfarbene Haar. »Verbündete, mit denen ich mein Ziel erreiche. Nicht so wie mit dir. Oder deinem Sohn.«

»Dazu gebe ich dir keine weitere Gelegenheit. Ich rief dich«, Lodrik hob die Schneide, »ich vernichte dich.«

»Eine einfache Gleichung«, lobte Nesreca, sein grünes Auge funkelte amüsiert auf. »Aber sie hat eine Unbekannte.« Er drehte sich abrupt um und hielt eine ohnmächtige Frau schützend vor sich. Die lederne Rüstung hing in Fetzen an ihr herab. »Auch wenn sie dir eine Bekannte sein dürfte.«

»Norina!«, stieß der Kabcar entsetzt aus.

Nesreca zeigte seine vollkommenen Zähne. »Ich war so frei und besorgte mir eine Versicherung.«

»Lass sie los!«

»Wenn ich in einem netten Refugium angelangt bin.« Gelassen betrachtete er die Schlacht, die zwischen den Hügeln tobte. »Aha. Wie es aussieht, steht Govan noch als Einziger. Wollen wir uns ansehen, ob deine Freunde seinen Kräften Stand halten?«

»Du widerliche Kreatur!«, fluchte Lodrik und wollte einen Schritt nach vorn machen, als sich Nesrecas Hand um den Nacken seiner Geliebten legte.

»Ein einziger Schritt, und ich breche ihr das Genick«, sagte er eiskalt. Die Maske des gefälligen Menschen fiel von ihm ab. »Wir sehen uns bestimmt wieder, Lodrik. Ich wünsche dir beim nächsten Mal mehr Glück.«

Norinas Lider flatterten, zäh öffnete sie die Augen. Doch sie erfasste die Situation sofort, als sie das besorgte Gesicht Lodriks vor sich sah.

Schwach erinnerte sie sich an die Prophezeiung Fatjas, dass das »Licht« erst nach ihrem Tod vollständig über die »Finsternis« siegen werde. Ihre braunen Augen wanderten über die noch dichten, schwarzen Wolken und die vereinzelten Strahlen. *Tobáar trug zum Gelingen bei. Ebenso werde ich es halten.*

Sie legte ihren Blick zärtlich auf den einstigen Kabcar, während ihre Hand an den Griff ihres Dolches wanderte. Norina lächelte ihn an.

»Ich liebe dich, Lodrik.«

Die Spitze der Waffe durchdrang ihre Rippen, verletzte das Herz tödlich und kappte den Lebensfaden. Tot hing sie im Griff des perplexen Konsultanten, der sie augenblicklich fallen ließ und rannte.

Mit einem Schrei, in den er all seine Verzweiflung legte, sprang der Kabcar über die Brojakin und rammte dem Wesen die aldoreelische Klinge in den Rücken.

Brüllend fuhr Nesreca herum und schlug nach Lodrik, der zu Boden stürzte. »Nun habe ich genug!«

Die menschliche Hülle riss, barst auseinander. Sein Körper wuchs in die Höhe, die Muskeln an Armen und Beinen schwollen an. Um den Furcht erregenden Körper spannten sich Eisenketten, gravierte Stahlbänder umfassten Unterarme und -schenkel. Ein knielanger Lendenschurz aus schwarzem Stoff bedeckte den Unterleib. Auf dem breiter werdenden Schädel wuchsen drei Hörner hervor.

Nesreca schaute den Menschen aus dreifach geschlitzten, magentafarbenen Pupillen an. Mitten auf der Stirn prangte im Zentrum der drei Hörner ein kreisrundes, tätowiertes Zeichen.

»Ich bin Ischozar, ein Kind Tzulans«, dröhnte er. Ein Paar schillernder, transparenter Schwingen entfaltete sich auf dem Rücken

»Ich bin Lodrik Bardri¢«, flüsterte der einstige Herrscher, als er sich erhob. Die Tränen brannten in seinen Augen. »Und du wirst bezahlen. Für alles, was du angerichtet hast.«

»Vor deinem Tod sollst du noch etwas erleben dürfen«, gab das Wesen voller Arroganz zurück. »Vater, befreie mich, damit ich ihn vernichte.«

Klirrend lösten sich die Ketten Ischozars.

Der Zweite Gott wuchs weiter an, während aus seinen Seiten vier zusätzliche Arme hervorbrachen. Ein stachelbewehrter Schwanz verlängerte das Rückgrat, ruckte wie eine Schlange zwischen den Beinen Ischozars hindurch und lauerte auf die Bewegung Lodriks.

»Du hättest mich gehen lassen sollen«, meinte der Zweite Gott überheblich.

»Niemals!« Lodrik sammelte seine nekromantischen Fertigkeiten und stürzte sich auf das Wesen.

Lorin und Tokaro rückten gemeinsam gegen Govan vor. Die schützende Wirkung der aldoreelischen Klinge leitete alle Attacken gegen sie ab und verschaffte ihnen die Möglichkeit, sich Schritt für Schritt an den umzingelten ¢arije heranzutasten, um den sich ein menschenleerer Kreis von etwa zehn Schritt Durchmesser gebildet hatte. Er musste schnell aufgehalten werden, ehe er aus lauter Verzweiflung und Ausweglosigkeit, da er als Einziger noch stand, seine Fertigkeiten großflächig einsetzte.

»Bleibt, wo ihr seid!«, verlangte Govan schrill. »Wenn ihr nicht auf der Stelle all die Waffen niederlegt, wird euch die Erde verschlingen.« Ein paar der Sumpfwesen aus Ammtára bewegten sich dennoch, und sofort erbebte der Boden. »Versucht es noch ein weiteres Mal, und ihr könnt euch ansehen, was für einen Warst es unter uns gibt.«

»Was willst du?«, sprach ihn Lorin an.

»Mein Recht«, erwiderte der junge Mann, dessen Kleider Brandflecken und -löcher aufwiesen. »Ich will der ¢arije von Ulldart sein.« Misstrauisch schaute er um sich, betrachtete die grimmigen Gesichter der Freiwilligen, die gekommen waren, um ihn aufzuhalten. »Ihr werdet mich zu meinen Truppen an die turîtische Küste ziehen lassen. Und euch für den Aufstand gegen euren Herrscher entschuldigen.«

Die Krieger murrten. Sogleich erbebte die Ebene aufs Neue.

»Und ich will, dass ihr mir eure Magie gebt«, verlangte Govan boshaft grinsend. »Du und diese junge Frau. Es tut danach auch nicht weh.«

Innerhalb eines Augenblicks fasste Lorin einen riskanten Plan.

»Einverstanden«, nickte er, warf sein Schwert weg und schritt auf seinen Bruder zu. Er winkte Soscha zu, die sich ihm mit Unverständnis in den Augen näherte.

»Was hast du vor?«, wisperte sie. »Wir können dem Wahnsinnigen nicht seinen Willen lassen.«

»Ich vertraue auf dich«, sagte er ebenso leise. »Gib ihm all deine Kräfte bis auf einen letzten Rest. Es ist die einzige Gelegenheit, die uns bleibt. Wir können ihn nicht auf dem herkömmlichen Weg vernichten.«

Auf den gönnerhaften Wink Govans hin knieten sie sich vor ihn in den Matsch.

Der ¢arije legte die Hand auf Soschas Stirn und begann damit, sie ihrer Magie zu berauben. Verzückt lachte er, genoss das Gefühl der einströmenden Macht, während sich die Ulsarin vor Schmerzen wand.

Ulldrael, wenn dir etwas an den Menschen liegt, so stehe mir bei! Lorin fasste die andere Hand des Herrschers und presste sie sich gegen den Kopf.

Sofort spürte er das Ziehen, das an seinem Innersten, Intimsten rüttelte und es trotz seines Widerstandes wie bei einem schlechten Aderlass Tröpfchen für Tröpfchen aus ihm heraussaugte. Gleichzeitig versuchte er, auf Soschas Weise mit seinen Fertigkeiten in Kontakt zu treten.

Er tastete nach der Magie, die ihm verstört antwortete. Der Vorgang des Raubes weckte offensichtlich Ängste in ihr. Er beruhigte sie, bereitete sie auf das Kommende vor.

Govan keuchte erschrocken auf, wollte die Hand von Lorins Haut lösen. Aber der junge Mann hielt sie fest.

»Du wolltest sie doch!« Er ließ seine Abwehr gegen den Raub fahren und öffnete die Schleusen. »So nimm sie dir!« Mit aller Gewalt brach seine Magie los und fuhr in den ¢arije.

Govans gequälter Schrei gellte durch die Luft.

Dieser Schub übertraf alles, was er durch die Cerêler bekommen hatte. Die Dosis der beiden sprengte sogar die Macht von Nesrecas Helfern. Gewaltsam trennte er sich von Soscha und Lorin. Die viel zu schnell gewonnene Energie durchströmte ihn, er wusste nicht, wohin er damit sollte.

Die Magie floss durch die letzte Faser seines Körpers, hitzte ihn weiter auf.

Der ¢arije fiel auf die Knie, stützte sich mit allen vieren auf den Boden.

Verzweifelt versuchte er, die rivalisierenden Mächte in seinem Innersten zu kontrollieren. Während sie miteinander austrugen, wer die Oberhand gewann, steigerte sich die Wärme so sehr, dass der Sand schmolz, wo Govan ihn berührte.

Die Ulldarter zogen Lorin und Soscha von ihm fort in einen sicheren Bereich.

Der junge Herrscher brach stöhnend zusammen. Die letzten Reste seiner protzigen Uniform stiegen als Ascheflöckchen in den Himmel. Seine Finger gruben sich krampfend in den Untergrund. Die Hitze ließ nicht nach und verwandelte die Stelle, an der er lag, in einen Pfuhl aus flüssigem Glas, in dem er sich schreiend wälzte.

Dann versank er. Blasen stiegen auf, die glühende Flüssigkeit brodelte.

Der ¢arije tauchte unvermittelt wieder auf und wälzte sich hustend mit letzter Kraft aus dem Loch.

Sein Körper war zu Glas geworden.

Er rollte sich auf den Rücken, versuchte etwas zu sagen.

Dann zerriss ihn die aufgestaute Magie mit einer lauten Detonation. Govan zerplatzte in tausend Splitter, die zerbrechlichen Überreste prasselten gegen die Umstehenden und verletzten so manchen.

An der Stelle, an der er verging, schwebten ein dunkelvioletter und ein blauer Nebel, eng miteinander verschlungen.

»Ist das Magie?«, wunderte sich Fatja leise.

Die beiden dunstartigen Gebilde trennten sich, stiegen auf und verschwanden in den Wolken. Die schwarze Decke riss an allen Stellen gleichzeitig auf und machte den beiden Abendsonnen Platz.

Die Menschen mussten die Augen vor der ungewohnten Helligkeit schützen. Ein goldener Schein fiel auf die gezeichneten Gesichter der Krieger.

»Seht, Ulldrael der Gerechte und alle Götter standen uns bei!«, rief Matuc getragen. »Wir haben über das Böse gesiegt!«

Die Menschen lagen sich erleichtert in den Armen, eine drückende Last fiel von ihnen ab. Die Wärme der Sonnen drang bis in ihre Gemüter und brachte ihnen die Gewissheit, ihre Heimat vor dem Untergang bewahrt zu haben.

»Perdór ist tot!«, stammelte Fiorell plötzlich fassungslos und kniete neben seinem Herrn nieder, dem ein Armbrustbolzen in der Brust steckte. Betroffenheit breitete sich unter den Kämpfern aus.

Rot sickerte das Blut aus der Wunde.

Der Hofnarr warf sich neben dem dicken König auf den Boden und barg das Gesicht an seiner Brust. »Warum habe ich das Pummelchen nur in den Krieg ziehen lassen?«, machte er sich Vorwürfe. Er tauchte die Finger in den Lebenssaft des Ilfariten. »Da, seht! Ich bin schuld! An meinen ...« Fiorell stockte, roch an der Flüssigkeit.

»Kirschlikör?« Rasch zog er den Bolzen aus der vermeintlichen Wunde und beförderte die Reste einer Praline mit hervor.

Hastig schnallte er Perdór den Harnisch ab. Darunter lag ein metallenes Kästchen, in dem der König seine eiserne Reserve aufbewahrte.

Perdór schlug die Augen auf. »Was ist los?« erkundigte er sich benommen. »Was starrt ihr mich alle so an?«

Das Gelächter, das daraufhin aufbrandete, konnte er sich nicht erklären. Und warum sich sein Hofnarr an seine Schulter warf, schon gar nicht.

Tokaro beglückwünschte den entkräfteten Lorin und die erschöpfte Soscha, schlug Krutor auf die Schulter und wollte nach seinem Vater sehen.

Als er ihn nirgends entdeckte, schwang er sich in den Sattel und machte sich zusammen mit dem Tadc besorgt auf die Suche.

Sie fanden ihn auf einem Stein sitzend, hoch oben auf der Kuppe der Anhöhe.

Lodrik blutete aus mehreren tiefen Wunden, die aldoreelische Klinge hatte er zu seiner Rechten in den Stein gestoßen.

Neben ihm ruhte Norina, auf deren Kleid sich in Höhe des Herzens ein roter Fleck gebildet hatte. Hinter Lodrik lag die zerstückelte Leiche eines unbeschreiblichen Wesens auf dem Boden, das einst Nesreca gewesen war.

»Bei Angor! Als reichten die Gefallenen auf dem Schlachtfeld nicht aus«, entfuhr es dem Ritter erschüttert, als er die Tote sah. »Der Preis für unseren Sieg war hoch.«

»Zu hoch«, fügte sein leiblicher Vater eisig hinzu, während er die sonnendurchflutete Ebene betrachtete, von der die Hochrufe heraufschallten.

»Sie war immer so nett zu mir«, jammerte Krutor und streichelte das Haar der Brojakin.

Der Nekromant spie aus. »Ich hätte den Tod tausendmal mehr verdient als sie. Aber die Götter wollten mich wohl noch weiter strafen.« Er blickte zum aufklarenden Himmel. »Ulldrael der Gerechte ist ein rachsüchtiger Gott«, stellte er voll kalter Wut fest. »Zuerst gab er ihr das Gedächtnis zurück und führte uns zusammen, damit mich der Schmerz über ihren Verlust umso härter trifft.«

»Du haderst mit dem Falschen«, sagte eine weibliche Stimme neben ihnen. Ein dürres altes Weib in einer dunklen Robe stand unvermittelt hinter ihnen. Ihr Gesicht war von einer Kapuze verborgen, die knochige Rechte hielt den Griff einer schwarzen Sichel.

Treskor scheute zurück. Tokaro machte einen Schritt auf sie zu, wurde aber sofort von Lodrik aufgehalten. »Rühr sie nicht an!« Zur Erklärung deutete er auf den Boden. Kreisförmig starb alles Leben um sie herum ab.

Lodrik zog die aldoreelische Klinge aus dem Felsen und richtete die Spitze gegen das unter dem Tuch verborgene Gesicht. »Wenn du Vintera bist, gib Norina ihr Leben zurück. Bist du es nicht, dann zieh deiner Wege, Trugbild.«

»Du hast doch inzwischen erkannt, wozu du in der Lage bist, Lodrik. Warum gibst du ihr das Leben nicht selbst?«, lautete die sanfte Antwort. »Einem Nekromanten sollte das leicht fallen.«

»Nein. Ich würde ihren Leib lebendig machen, aber nicht ihre Seele.« Er machte einen Schritt auf sie zu, das Ende des Schwertes stand dicht vor der Kapuze in der Luft.

»Du stellst dich gegen eine Göttin, nur um einen Menschen aus meinem Reich zu retten?«, meinte die Gestalt. »Bist du so mutig oder so dumm, Lodrik?«

»Ich bin viel mehr als das«, entgegnete er finster, »ich bin verzweifelt. Zu verlieren habe ich nichts mehr, was soll's also.« Dabei ließ er die Alte nicht aus den Augen.

»Ein Leben für ein Leben?«, unterbreitete sie ihm den Vorschlag.

Lodrik nickte sofort. »Einverstanden.« Er senkte das kostbare Schwert, warf es achtlos zu Boden. »Nimm meines. Aber bringe sie zurück«, bat er eindringlich. »Ulldart und Tarpol brauchen sie bestimmt mehr als mich.«

Vintera legte den Kopf zur Seite, die Sichel rotierte in ihrer Hand um die eigene Achse. »Da sprichst du Wahres, Lodrik.«

Norinas Oberkörper schoss in die Höhe, ihre Augen waren geweitet. Wie eine Ertrinkende sog sie die Luft ein, röchelte und fasste sich an die Brust, wo die Klinge des Dolches eingefahren war. Krutor und Tokaro kümmerten sich sofort um die Brojakin.

»Du stehst nun in meiner Schuld, Lodrik. Sei gewiss, ich fordere sie ein«, hörte er Vintera sagen.

Der Nekromant drehte sich zu seiner Geliebten, lächelte glücklich und erwartete gleichzeitig den Schlag mit der Sichel, der ihn zum zweiten Mal ins Jenseits führen würde.

Doch er blieb aus.

Als er sich umwandte, war von der unheimlichen Besucherin keine Spur. Nur der Flecken abgestorbener Pflanzen zeugte von der Anwesenheit der Todesgöttin.

Ulldart, Königreich Aldoreel, Onshareen, hundertneun Meilen östlich von Taromeel, Frühjahr 460 n. S.

Zvatochna machte in der mittelgroßen Stadt Halt und gönnte sich im vornehmsten Gasthaus eine Rast, nachdem sie es im Sattel ihres Pferdes nicht mehr aushielt.

Notgedrungen schickte sie nach einem Schneider, um eine neue Garderobe anfertigen zu lassen, und heuerte sich zwei Bedienstete vom Wirt an, die sie in die Stadt schickte, um Besorgungen zu machen.

Die Kabcara würde keinesfalls preisgeben, wer sie in Wirklichkeit war.

Sollten die Leute nur glauben, sie hätten es mit einer durchgebrannten Adligen zu tun. Als die Schwester des wahnsinnigen Govan Bardri¢ würde sie sich niemals vorstellen. *Wer weiß, wozu die Menschen in der Lage sind.* Das verdreckte Schwert wickelte sie aus dem Umhang aus und stellte es in die Ecke.

Kurz darauf wurde ihr der Badezuber mit dem heißen Wasser gebracht. Rasch leerte sie die Essenzen hinein, die ihre neuen Diener ihr vom Markt mitgebracht hatten.

Seufzend entledigte sie sich ihrer Kleidung und stieg in das heiße Wasser, um sich den Schmutz, den Schweiß und die Erinnerungen an den vergangenen Tag abzuwaschen. Sie reinigte ihre marmorweiße Haut, atmete den Duft der Öle ein und entspannte sich etwas. Selbst ihre Wut milderte sich ab.

Ein leises Stöhnen weckte ihr Misstrauen.

Die Bauerntölpel werden gewiss durch ein Astloch schauen und mich beobachten, vermutete sie, reckte sich ein wenig, hob ihren Oberkörper aus dem Wasser und räkelte sich im Zuber, um die Geilheit der Burschen mit ihren Reizen bis zur Besinnungslosigkeit anzufachen.

Da vernahm sie ein leises, melodisches Frauenlachen unmittelbar neben ihrem Ohr.

Etwas streifte ihr Gesicht, fuhr liebkosend durch ihre nassen Haare. Das Wasser verwirbelte, als spielte jemand mit den Fingern darin herum.

Erschrocken zuckte Zvatochna herum. »Wer wagt es?«, giftete sie.

»Du bist sehr schön«, raunte die Unsichtbare. Zwei Hände glitten über ihren Körper. »Du hättest mir zu meinen Lebzeiten begegnen müssen, mein Kind.«

»Zurück!«, befahl die Kabcara und wollte aufspringen. Aber etwas hielt sie fest, sie spürte die Berührung vieler Finger an ihrem Leib. *Was geschieht hier?* Die Kabcara sammelte ihre Magie, ohne zu wissen, wohin sie die Strahlen richten sollte.

»Du hörst uns zu, mein Kind«, sang die Frauenstimme. »Wir möchten, dass du uns befreist. So wie es uns versprochen wurde.«

»Befreien?« Zvatochna verstand kein einziges Wort.

»Aus unserem Gefängnis«, erklärte die Unsichtbare, und geisterhafte Hände drehten den Kopf der jungen Frau in Richtung des Schwertes, das sie aufs Geratewohl in Taromeel aufgehoben hatte. Durch die Schmutzschicht hindurch erkannte sie, wie die Gravuren aufleuchteten.

Meine Güte! Das ist Vaters Schwert!, erkannte Zvatochna die Waffe wieder. »Und wie soll ich das bewerkstelligen? Wer seid ihr überhaupt?«

Nach und nach nahmen schemenhafte Wesen um sie herum Gestalt an. Mehr als dreißig Männer und Frauen in den Gewändern aus unterschiedlichsten Zeiten materialisierten sich und standen mit ihren durchsichtigen Körpern um die Wanne der Kabcara herum. Unwillkürlich sank Zvatochna ins Wasser zurück.

Die Oberflache des Wassers hob sich zu ihren Füßen, und eine Frau im Gewand einer vermögenden Dame tauchte auf. In kleinen Perlen rann das Wasser über die schimmernde Silhouette, ihr Arm hob sich, und ihr Handrücken strich zärtlich über die Wange der vor Schreck wie gelähmten Kabcara.

»Ich bin Fjodora Turanow. Wir alle sind die Seelen der Hingerichteten, dazu verdammt, in der Klinge zu leben, bis man uns davon erlöst«, erklärte sie. »Der vorherige Besitzer hat uns das versprochen, also wird es möglich sein. Damit ist es deine Aufgabe, bezaubernde Maid.«

»Hinfort!« Zvatochna richtete in ihrer Angst einen vergleichsweise harmlosen Stoß ihrer Kräfte gegen die Spukgestalt, die zusammenzuckte und ächzte.

Die zärtliche Hand ruckte an Zvatochnas Kehle und drückte sie unter Wasser. Nach einer halben Minute endete das Untertauchen, prustend kam sie an die Oberfläche.

»Versuche das noch einmal, Täubchen, und du wirst in diesem Zuber sterben«, wisperte die geisterhafte Diva.

»Geht zurück in das Schwert!«, verlangte die junge Frau trotzig.

»Wer sollte uns dazu zwingen? Du hast erfreulicherweise keine Macht über uns«, lachte der Geist auf. »Wir weichen dir nicht mehr von der Seite, bis es dir gelungen ist, uns zu befreien. Egal, wo du bist, Tag und Nacht umschwirren wir dich, Mägdelein. Du entkommst uns nicht.«

»Und wenn ich nicht will? Wenn ich euren Wunsch nicht wahr werden lassen kann?«

Eine der Seelen wandelte sich zu einem flirrenden Dunst und huschte durch sie hindurch.

Zvatochna fühlte, wie ihre Innereien zu Eis gefroren, ihr ein frostiger Wind durch den Magen rauschte und Schmerzen bereitete. Mit einem Keuchen krallte sie sich an den Rändern des Zubers fest.

»Zerstören wir dich, Täubchen«, lautete die Antwort, so melodiös, als trüge Fjodora Turanow den Dialog eines Theaterstücks vor.

Die Kabcara zog ihre Kräfte zusammen. »Das wollen wir doch erst einmal sehen!« Gleißende dunkelrote Strahlen schossen aus ihren Fingern und fuhren in die Umrisse der Diva, auch andere Geister wurden von der magischen Attacke getroffen.

Die Seelen formten sich in ihre brodemgleiche Gestalt zurück und griffen Zvatochna an, die dem Ansturm nichts entgegensetzen konnte. Verzweifelt wand sie sich unter agonischen Qualen, das Wasser bildete Schaum, wogte in der Wanne hin und her, bis es durch ihr krampfartiges Zappeln überschwappte und sich auf dem Boden ausbreitete.

Als der alarmierte Wirt und zwei beherzte Diener die verriegelte Tür eintraten und das Zimmer der feinen Dame stürmten, um ihr im Kampf gegen die vermeintlichen Räuber oder Vergewaltiger beizustehen, war das Rufen verstummt.

Zvatochnas Körper befand sich beinahe vollständig unter der Wasseroberfläche, ein Arm hing erschlafft über den Rand. Ihre Fingernägel hatten tiefe Kratzer in der Außenwand des Zubers hinterlassen.

»Hol einen Cerêler«, befahl er dem Stalljungen. Furchtsam näherte er sich der jungen Frau und zog ihren Kopf hoch, um sie zum Atmen zu bringen. Doch ihr nackter Brustkorb hob und senkte sich nicht mehr.

Sie war noch so jung an Jahren. Der Mann betrachtete das schöne Antlitz. *Welch ein Verlust.*

Kontinent Ulldart, Königreich Aldoreel, Taromeel, Frühsommer, 460 n. S.

Dem Heer der Freiwilligen waren Scharen von Gesandten gefolgt. Die Stadt Taromeel abseits des »Wunderhügels« und des stinkenden »Blutfeldes« platzte vor diplomatischen Delegationen beinahe auseinander. Die Fahnenstangen reichten nicht mehr aus, um die Banner der Adligen im Wind flattern zu lassen.

Es galt, die Zukunft Ulldarts zu verhandeln. Und zwar möglichst rasch, um die geschwächten Reiche nicht lange ohne Führung zu lassen.

Zur Beratung hatte man sich in einem Theater niedergelassen. Das Parkett, die Ränge und Emporen boten genügend Platz für die Gäste, gleichzeitig konnten sich alle sehen und notfalls direkt auf die Einwürfe der anderen antworten.

Perdór thronte auf der Bühne, um ihn herum eine Ansammlung von Schreibern, und führte als von allen anerkannte Persönlichkeit den Vorsitz des Konvents, der schwieriger zu leiten war als ein Haufen nörgeliger Kinder. Im Souffleurkabuff hockte Fiorell, leise schnarchend.

Die Botschafter schienen in ihrem Element, stellten Forderungen gegenüber anderen Ländern in Rechnung, bis sich auf seltsame Weise alle in den Ansprüchen verhedderten und keiner mehr schlau aus dem Wust wurde.

Der ilfaritische König ließ die Botschafter sich austoben. Seit zwei Tagen redeten sie ohne Unterlass. *Bald sind alle heiser, dann wird die stimmlose Vernunft Einzug in dem Gebäude halten, in dem sich in der Tat bühnenreife Szenen abspielen.*

Perdór erinnerte sich an die Unterredung mit Torben Rudgass, der zusammen mit Varla als Botschafter des rogogardischen Reiches in einer der Logen und ebenso dringlich wie der Ilfarit darauf wartete, dass die Gesandten einsichtig wurden.

Wieder einmal hatte der Pirat mehr Glück als Verstand gehabt. Auf seinem Weg nach Rogogard, wo er nach der vermissten Varla hatte suchen wollen, war er mitten in eine Abordnung der kalisstronischen Ostküste hineingesegelt, die aus seiner Heimat gekommen war und dort vergebens einen Gegner gesucht hatte.

Auf dem Weg nach Tûris, wohin die Flotte des ¢arijes abgerückt war, waren sie auf tarvinische Schiffe unter der Leitung von Varla gestoßen. Torbens Gefährtin war die Flucht aus Rogogard und in ihre Heimat gelungen. Wegen ihrer drastischen Schilderungen der Bedrohung und der Lüge, Tarvin werde das nächste Opfer des tarpolischen Herrschers sein, hatte man ihr eine Flotte mitgegeben.

Die vereinten Streitmächte waren über die Tzulandrier in Tûris hergefallen und hatten sie vernichtet. Die übrigen Gegner, die angefangen hatten, Palestan zu verwüsten, hatten daraufhin die Flucht ergriffen. Tarviner, Rogogarder und Kalisstri waren unter günstigen Winden die Flüsse hinaufgesegelt und hatten sich eilig auf nach Taromeel gemacht, um an der Schlacht teilzunehmen.

Es waren solche Geschichten, die Perdór fest daran glauben ließen, dass sie nur mit Hilfe der Götter Govan und seine Helfer vernichtet hatten. Und es waren die quengelnden Diplomaten, die ihn zur Weißglut brachten.

Er horchte auf, als es im Theater still und stiller wurde.

»Majestät, wollt Ihr denn nichts unternehmen?«, rief ein borasgotanischer Adliger verzweifelt und breitete die Arme aus.

Der König lächelte, faltete die Hände vor dem angewachsenen Ränzlein und lehnte sich zurück. »Mir deucht, die Herrschaften besinnen sich allmählich ihrer guten Stube und des Hirnschmalzes, das sie sicherlich in ihren gepflegten Köpfen aufbewahren.« Es regte sich kein Widerspruch im Saal. »Sehr schön. Dann wollen wir einmal ernsthaft an die Sache herangehen. Ich schlage vor, dass die Reiche sowie Baronien ihre Grenzen vom Jahr 443 erhalten, damit niemand aus der Situation einen Nutzen schlagen kann.« Perdór griff neben sich und nahm seine Merkzettel zur Hand. »Kümmern wir uns um die Sorgenkinder. Tersion ist derzeit ohne Führung, die gnädige Alana II. hat sich noch nicht aus ihrem selbstgewählten Exil aus dem Reich ihres Schwiegervaters gemeldet.« Er blickte zur entsprechenden Loge. »Die einflussreichsten Familien in Baiuga könnten eine Übergangsregierung bilden, bis die Regentin in Kenntnis gesetzt wurde.«

Die Abgesandten berieten sich kurz und meldeten ihr Einverständnis.

»Exquisit. Borasgotan?«

»Wir wählen uns einen Nachfolger aus den Reihen der Adligen«, kam die Antwort nach heftigem Getuschel.

»Achtet aber darauf, dass Ihr keinen Geistesschwachen erwischt«, konnte es sich der ilfaritische König nicht verkneifen. »Aldoreel hat seine Nachfolge durch einen Neffen von König Tarm geregelt. Serusien, Rundopâl, Tûris und Hustraban sind sich ebenfalls in ihrer Führung einig, hervorragend«, ging er die einlaufenden Meldungen durch. »Und die Baronien möchten ihre Selbstständigkeit zurück, die Adligen wurden uns benannt.« Sein Gesicht verzog sich. »Wir haben ein Problem, was Tarpol angeht, meine geschätzten Herrschaften und Exzellenzen. Vorgeschlagen wurde Lodrik Bardri¢. Und zwar durch die Sprecher der Freiwilligen, die uns bei der Schlacht zu Hilfe kamen.«

Ein Aufschrei ging durch das Theater. Man warf als Zeichen des Protestes Blätter in die Luft, alle riefen durcheinander und verbaten sich, dass der alte Kabcar in Amt und Würden zurückkehrte. Gleichzeitig wurde Wiedergutmachung für die angerichteten Schäden durch die Tzulandrier gefordert.

Perdór blickte zur obersten Loge, wo sich der Mann im Schatten verbarg. »Wollt Ihr dazu etwas sagen?«

Lodrik, gekleidet in seine lange Robe, kam nach vorn und stellte sich an die Brüstung, damit ihn alle sahen. »Ich wusste nichts von dem Anliegen der Leute, sonst hätte ich es ihnen ausgeredet.« Sein Blick schweifte über die Vielzahl von Menschen. »Es lag niemals in meiner Absicht, auf den Thron zurückzukehren. Dazu wiegt die Schuld, die ich auf mich lud, zu schwer, denn das Blut vieler Unschuldiger klebt an meinen Händen, wissentlich und unwissentlich. Meine Absicht ist es, mich Eurem Urteil zu stellen. Eine andere Person wird meinen Platz in Tarpol einnehmen.«

»Wer denn?«, erkundigte sich der Botschafter von Agarsien. »Bei allem Respekt, Ihr wollt doch nicht etwa Euren geistig minderbemittelten Sohn einsetzen?«

»Ich will nicht«, sagte Krutor aus dem Hintergrund der Loge hastig. Perdór musste schmunzeln.

Auch Lodriks ernstes Gesicht wurde freundlicher. »Bei allem, was geschehen ist: Mein Kurs der Neuerungen in Tarpol brachte meinen Untertanen Gutes. Das muss wieder so werden.« Er trat nach hinten und erschien zusammen mit Norina am Geländer. »Ich bin immer noch der Kabcar von Tarpol. Und hiermit danke ich zu Gunsten von Norina Miklanowo als neuer Kabcara von Tarpol ab. Sie war es, die mich dazu brachte, über die Veränderungen nachzudenken. Sie wird die Errungenschaften fortführen, wie es dem einfachen Volk am ehesten zum Vorteil gereichen wird. Zudem kann ihr niemand einen Vorwurf an den Dingen machen, die in den letzten Jahren geschahen. Wenn Ihr Eure Wut auslassen möchtet, dann an mir.« Er trat in den Schatten zurück.

»Wärt Ihr bereit, das Amt anzunehmen?«, erkundigte sich der ilfaritische König. *Da hat er eine sehr gute Wahl getroffen. Brillanter Schachzug.*

»Aus vollem Herzen und mit aller Kraft, die ich aufbringen werde«, erwiderte die junge Frau fest und betrachtete den Konvent ohne ein Zeichen von Unsicherheit.

»Damit ist diese Schwierigkeit geschickt umschifft«, seufzte Perdór erleichtert.

»Sehr schön. Kommen wir zum Geschäftlichen. Im Namen unseres Königs, Puaggi von Palestan«, erhob sich ein Mann im Parkett – den der ilfaritische König als Tezza wiedererkannte – und blickte zur designierten Kabcara hinauf, »verlangt unser Land Schadenersatz von Tarpol für die vielen vernichteten Schiffe und die zerstörten Häuser, die Euere Verbündeten aus Tzulandrien anrichteten ...«

»Hört auf, so dämlich zu schwatzen!« empörte sich sein Amtskollege aus Agarsien, der vor Leidenschaft und Temperament beinahe aus der Loge gestürzt wäre und sein Leben nur dem beherzten Zugriff seiner Begleiter verdankte. »Durch Eure Schuld haben wir unsere Schiffe verloren, weil Ihr so arglistig mit dem Feind paktiert habt, ganz wie es Euch gefiel, Ihr Umfaller! Sich in den letzten Tagen loszusagen ist keine große Kunst! Ihr habt Euer Mäntelchen nach dem Wind gehängt und Euch an unserem Elend bereichert! Ihr müsstet an ganz Ulldart berappen!«

Aus den Emporen hagelten nun Gegenstände auf Tezza herunter, der sich rasch setzte und sich schließlich unter seinem Tisch verkroch.

Perdór überließ den Palestaner eine Zeit lang seinem Schicksal, ehe er schlichtend eingriff. »Exzellenzen, mäßigt Euch!«, rief er die Anwesenden zur Ordnung. »Nehmt wenigstens kein Naschwerk. Das tut einem ja in der Seele weh.« Der Regen gegen die palestanische Delegation verebbte. »Es wird keine Wiedergutmachungen geben.«

Ein neuerliches, aufgebrachtes Gemurmel flutete den Theaterinnenraum.

Dem Ilfariten platzte der Kragen.

Er sprang auf, das Bäuchlein wogte gefährlich hin und her, die grauen Korkenzieherlöckchen auf dem Kopf und ums Kinn wippten wie verrückt.

»Seid endlich still, Herrschaften!« Er streckte seinen Zeigefinger vor und ließ ihn langsam von rechts nach links wandern. »Ihr alle, wie Ihr da sitzt, tragt Schuld an dem, was sich auf unserem Kontinent ereignet hat. Entweder weil Ihr nichts oder weil Ihr das Falsche tatet. Als Arrulskhán sich gierig gegen Tarpol wandte, um sein Reich zu vergrößern, sahen wir weg oder, was noch viel verwerflicher war, beteiligten uns an dem Raubzug! Wir, Exzellenzen, haben die Katastrophe ausgelöst, die unter immensen Verlusten nur wenige Meilen von hier blutig endete. Wohl gemerkt, mit der Hilfe des Kabcars.« Schnaufend sah er in die betroffenen Gesichter. »Wer sich gänzlich sicher ist, im Jahre 443 alles Mögliche für den jungen Lodrik Bardri¢ getan zu haben, der darf nun aufstehen und seine Forderungen vorbringen. Und einen Vorschlag anbringen, wie man den abgedankten Kabcar bestrafen soll.« Demonstrativ ließ er sich auf seinen Polsterstuhl fallen, der unter seinem Gewicht bedenklich knarrte. »Ich werde es nicht tun.«

Als einer der Palestaner seinen Hintern lüpfte, zog ihn Tezza leise schimpfend zurück und drosch ihm den Dreispitz um die Ohren, dass die Federn stoben.

Niemand wagte es, sich zu erheben.

Perdór wartete ab, bis er aufstand und deutete eine Verbeugung an. »Ich verneige mich vor Eurem Einsehen und der plötzlichen Weisheit, Exzellenzen. Wir sollten nun daran arbeiten, dass unsere Heimat dort, wo sie die Wunden der Tzulandrier trägt, rasch verheilt. Wenn uns dieses Kapitel unserer gemeinsamen Geschichte etwas zeigte, ist es der Umstand, dass wir zukünftigen Gefahren gemeinsam begegnen müssen. Ohne Ausnahme.« Er deutete auf die Ausgänge. »Ich schließe den Konvent. Den Delegationen gehen in Kürze die Verträge zu, in denen das Besprochene festgehalten wird. Wir treffen uns alle heute Abend zu einer großen Feier, bei der wir der Toten gedenken und die Götter preisen, dass sie uns ihren Beistand schenkten.« Er lächelte verschmitzt. »Natürlich darf auch gegessen und getrunken werden.«

Die Abgesandten standen auf, Stuhlbeine schabten über den Boden, der Stoff der Vorhänge in den Logen raschelte. Die Versammlung löste sich auf.

Der ilfaritische Herrscher lehnte sich zurück und fischte nach einer Praline. *Ulldrael, da machst du etwas mit.* Erlöst schob er sich das Naschwerk in den Mund.

Es wurde ruhiger und ruhiger. Nur das Schnarchen, das aus dem Souffleurkabuff dröhnte, störte die Stille.

»Das darf doch nicht wahr sein?!« Perdór stemmte sich ungläubig aus dem Stuhl hoch und klopfte gegen die Verschalung. Keine Reaktion. »Holla!«, brüllte er.

Fiorell zuckte aus dem Schlaf hoch und schlug sich rumpelnd den Kopf an. Aus kleinen Augen blinzelte er seinen Herrn an. »Was denn, Ihro Fortissimohaftigkeit?«

»Du hast deinen Einsatz verpasst.«

»Nicht möglich! Ist die Aufführung zu Ende?«, staunte der Hofnarr und turnte aus dem winzigen Verschlag. »Tatsächlich! Alle gegangen. Drama oder Komödie?« Er rieb sich die Stelle am Schädel, die mit dem Holz kollidiert war. »Es gibt vermutlich Krieg, was? Da sind sich die meisten schnell eins.«

»Nein. Ich habe vermittelt.« Stolz wippte Perdór auf den Zehenspitzen hin und her.

»Ohne mein Vorsagen? O Schreck! Ein Trauerspiel, demnach? Gar eine Tragödie?«

»Unsinn. Ein heiteres Stegreiftheater, würde ich sagen.«

»Obacht, Majestät.« Fiorell tippte gegen den Bauch des Königs. »Vor Selbstzufriedenheit ist Euch das Pänslein geschwollen.«

»Dir schwillt gleich der Kopf«, drohte der König und ging auf den Possenreißer zu, der sich lachend und mit Flickflacks von der Bühne rettete.

Perdór folgte ihm. *Beinahe hätte ich etwas vergessen.* Er blieb stehen und verbeugte sich artig wie ein Darsteller vor den leeren Stühlen, ehe er hinter dem Vorhang verschwand. *Der Applaus ließ ein wenig zu wünschen übrig. Aber wer erwartet schon Dankbarkeit bei diesem Publikum?*

Es wurde in der ganzen Stadt gefeiert, überall sang man zu Ehren der Gefallenen und der Götter, feierte den Sieg über Govan, Sinured und nicht zuletzt über Tzulan. Auf dem Marktplatz fanden die Persönlichkeiten, Abgesandten und Exzellenzen zusammen. Nicht alle Botschafter und Reiche waren sich untereinander grün, doch die Worte Perdórs bewirkten, dass keinerlei Streitigkeiten untereinander ausbrachen. Die Freude stand an diesem Abend im Mittelpunkt.

Norina, die ein einfaches, geschmackvolles Kleid trug, reichte Stoiko und Waljakov ein Glas mit Wein, stieß mit den beiden Freunden an und trank auf das Wohl Tarpols.

»Ich glaube, eine Kabcara hat mich noch nie bedient«, meinte der K'Tar Tur grinsend und berührte die Narbe am Unterkiefer, die von Aljaschas Ring stammte.

»Und du wirst mich auch niemals so nennen, alter Freund«, meinte die künftige Herrscherin. Sie legte ihre Hände auf die der Männer. »Ich möchte, dass ihr mir zur Seite steht, wenn wir in Ulsar sind. Euer Rat ist mir wichtig.«

»Was ist mit dem Jungen?« Waljakov schaute über die Menge, ohne die Robe seines einstigen Schützlings erkennen zu können.

»Lodrik?« Norina lächelte. »Er wird nicht erscheinen. Er meidet die Menschen, um kein Unwohlsein bei ihnen hervorzurufen. Wir haben uns daran gewöhnt, aber hier würden die Leute vor ihm wie vor einem Geist zurückweichen.« Sie prostete den beiden betagten Vertrauten zu. »Aber er wird mit zurück nach Ulsar reisen.«

»Er bleibt bei uns?«, staunte Stoiko. »Wie hast du das erreicht?«

Die hochgewachsene Frau zog die Augenbraue hoch. »Ich sagte ihm, dass ich das Amt der Kabcara nur annehmen würde, wenn er bei mir bliebe. Nichts wird uns mehr trennen.«

Der kahle Hüne räusperte sich. »Auf mich wirst du erst in ein paar Monaten zählen können.« Erstaunt sahen ihn Stoiko und Norina an. Sofort wurde der einstige Leibwächter rot. »Ich muss noch etwas erledigen.« Hastig stapfte er davon.

»Verzeiht.« Lorin gesellte sich an ihre Seite. Stoiko zog sich unter einem fadenscheinigen Vorwand zurück. »Ich wollte mich von dir verabschieden, Mutter. Morgen kehre ich auf dem Schiff von Rudgass nach Bardhasdronda zurück.«

Norina umarmte ihren erwachsen gewordenen Sohn. »Da habe ich mein Kind gefunden, und es verlässt mich schon wieder. Aber Kalisstron ist nur ein Katzensprung entfernt«, bemühte sie sich um ein heiteres Gesicht. »Du willst nicht bleiben?«

»Ich bin Kalisstrone«, antwortete er freundlich. »Eine wunderbare Frau erwartet sehnsüchtig meine Rückkehr. Und auch ich will sie endlich wieder in die Arme schließen. Fatja erträgt die Trennung von Arnvarvaten jetzt, nachdem der Krieg vorbei ist, ebenfalls kaum einen Tag länger.«

»Natürlich. Ulldart steht tief in deiner Schuld, Lorin. Tarpol wird sich immer an deine Verdienste erinnern. Ich würde mich freuen, wenn mein Reich und zumindest Bardhasdronda rege Kontakte unterhielten.« Sie schaute ihm in die tiefblauen Augen.

»Davon kannst du ausgehen. Ist Vater da?«

Norina schüttelte den Kopf. »Ich richte ihm deine Grüße aus.« Sie küsste ihn auf die Stirn. »Pass auf dich auf, mein Sohn.«

Der junge Mann drückte sie an sich und ging schnell zu Matuc, der inmitten der kalisstronischen Schüler und ulldartischen Anhänger Ulldraels stand. Auch von ihm verabschiedete er sich in aller Herzlichkeit und erfuhr, dass sein Ziehvater nach dem Willen des Ordens des Gerechten, der im Untergrund die Zeit der Govanschen Verfolgung überstand, eine wesentliche Rolle im Wiederaufbau der geistlichen Struktur einnehmen sollte. Lorin freute sich mit Matuc. *Damit geht sein Traum in Erfüllung. Er bringt seiner Heimat den Glauben wieder.*

»Der haut also tatsächlich ab?!« Jemand schlug ihm von hinten auf die Schulter.

Lorin drehte sich um und schaute in Tokaros feixendes Gesicht. Sogleich bemerkte er, dass sich sein Halbbruder den Schädel beinahe kahl rasiert hatte, nur oben standen kurze Haarstummel. An seiner Seite war ein Mann um die dreißig, der wie er ein Kettenhemd und einen Wappenrock mit dem Zeichen des Gottes Angor trug. Beide Ritter führten aldoreelische Klingen mit sich.

»Ich kehre dorthin zurück, woher mich ein Schiff trug, um deine Heimat zu retten. Weil du es allein nicht hinbekommen hast«, grinste er seinen Halbbruder an. »Doch zusammen sind wir unschlagbar, was?!«

»Ich werde dich vermissen«, gestand Tokaro und wies auf den Krieger neben sich. »Darf ich vorstellen: Kaleíman von Attabo, Großmeister des Ordens der Hohen Schwerter und Teilnehmer der Schlacht von Taromeel. Er führte eines der Freiwilligenheere an.« Sie schüttelten sich die Hände.

Dann umarmten sich die Halbbrüder vorsichtig. Auch wenn Lorin nur noch ein winziges Überbleibsel seiner einstigen Magie in sich trug, so schmerzte eine direkte Berührung durch seinen Blutsverwandten noch immer.

»Bis dann. Besuche mich, wann immer du willst. Ich bringe dir bei, wie man auf einem Hundeschlitten fährt. Alles Gute.« Er verschwand in der Menge, um nach Fatja zu suchen.

»Nur, wenn das Meer nicht zu sehr schwankt«, rief Tokaro ihm nach und dachte voller Grauen an die Wogen, das Rollen unter den Füßen, das Auf und Ab. Er meinte schon, die See wieder unter sich zu fühlen …

»Ihr werdet grün?«, wunderte sich Kaleíman. »Was …«

Ohne Erklärung hastete Tokaro davon und rempelte gegen Pashtak, der als Vorsitzender der Versammlung der Wahren gerade das Büffet inspizierte. »Ach, unser mutiger Freund! Wie schön, Euch zu sehen.« Estra spitzte hinter seinem Rücken hervor und schenkte ihm ein Lächeln. »Ihr tragt das Zeichen Eures Gottes wieder offen?«

Der Ritter würgte die Übelkeit hinunter. Sich vor die Füße des Freundes zu erbrechen machte einen schlechten Eindruck. »Ja. Ich baue das auf, was mein Vater begründete. Nerestro von Kuraschkas Werk wird fortleben, die Hohen Schwerter erstehen in neuem Glanz.«

»Sehr erfreulich.« Pashtak erzeugte einen Ton, der dem Schnurren einer Katze nicht unähnlich war. »Ammtára wird seinen Status als Freie Stadt aufrechterhalten, wie ich mit dem Gesandten von Tûris verhandelt habe. Damit kann es auch bei uns unbesorgt weiter gehen.«

Die junge Frau kam näher. »Ich grüße Euch, Herr Ritter. Wer ist denn im Besitz der dritten aldoreelischen Klinge?«, erkundigte sich die Inquisitorin.

»Niemand. Sie ging zusammen mit Govan unter und wurde in dem Glasblock eingeschlossen. Derzeit lässt Perdór den Brocken aus der Ebene bergen und in Sicherheit bringen, bevor sich Fledderer die kostbare Beute unter den Nagel reißen.« Fasziniert betrachtete er ihre außergewöhnlichen Augen, die ihn gefangen nahmen. »Was haltet Ihr davon, wenn ich auf dem Weg nach Tarpol in Ammtára vorbeischaue? Ich besuche Euch, und Ihr zeigt mir die Stadt«, hörte er sich selbst sagen und erschrak über seine eigene Keckheit.

Ein erfreutes Leuchten ging über Estras Antlitz. »Sehr gern, Herr Ritter.«

Tokaro wollte noch etwas sagen, da hob sich sein Magen. »Verzeiht«, würgte er und rannte, um sich in aller Ruhe übergeben zu können.

»Bahnt sich da etwa eine Romanze an?«, meinte Pashtak girrend und rempelte seinem Mündel freundschaftlich in die Seite.

»Ach, was«, wiegelte Estra ab. »Ich bin nur neugierig geworden, weil er das Erbe meines Vaters antreten wird.«

Sie blickte zu dem eindrucksvollen Kensustrianer, der sich mit dem ilfaritischen König und dessen Hofnarr unterhielt. Neben ihm stand ein etwas kleinerer Kensustrianer, der die Gewandung eines Gelehrten trug.

»Ich bin gleich wieder da«, meinte sie und pirschte sich unauffällig in die Nähe ihres Landsmannes, ehe Pashtak etwas sagen konnte.

Sie begab sich in die unmittelbare Nähe und belauschte das Gespräch, das sich darum drehte, welche Fortschritte die Aufräumarbeiten im Geburtsland ihrer Mutter machten.

Die Ingenieure schufen riesige Schaufelräder und Pumpen, um das überflutete Marschland trocken zu legen. Da die Kriegerkaste ohne Anführer dastand, nutzten andere die Gunst der Stunde. Die Schicht der Gelehrten übernahm die Regierung Kensustrias. Das hatte zur Folge, dass sich Moolpár gegenüber dem Kensustrianer namens Mêrkos plötzlich ehrerbietiger verhalten musste. Er und Mêrkos sicherten zu, dass die Gefangenen so rasch wie möglich entlassen wurden. Perdór erklärte, dass er zusammen mit Soscha eine Universität ins Leben rufen werde, die sich um die Erforschung der Magie verdient machen wolle.

Wie gern würde ich mir Kensustria einmal ansehen, wünschte sich Estra und schlenderte zu Pashtak zurück, der sich mit der künftigen Kabcara unterhielt.

Er stellte sie gegenseitig vor. »Ich habe der Kabcara ans Herz gelegt, wie sehr wir uns für die Politik des Miteinanders von Lodrik Bardriç bedanken«, fasste er das Gespräch zusammen.

»Seid versichert, Vorsitzender, es war nur der Auftakt der neuen Toleranz. Wir in Tarpol werden die Gleichstellung beider Rassen vorantreiben und gegen die Vorurteile ankämpfen.« Norina nickte ihnen zu. »Wenn ich mir einen Überblick von den tarpolischen Verhältnissen gemacht habe, hört Ihr von mir.«

Die Brojakin wandte sich um und ging weiter, um sich mit den nächsten Diplomaten zu unterhalten. So verging die Zeit, bis auch sie erschöpft in ihre Unterkunft zurückkehrte.

Sie spürte die Anwesenheit Lodriks in dem dunklen Zimmer. Längst packte sie nicht mehr das Grauen; sie ignorierte das Gefühl, wenn sich ihre Härchen auf dem Arm aufstellten.

Ihre Augen gewöhnten sich an die Schwärze. Norina sah ihn am Fenster stehen. Im Schein der Nachtgestirne erkannte sie die Umrisse seines Gesichts, das zum »Wunderhügel« ausgerichtet war.

Sie trat zu ihm und stellte sich vor ihn, seine Hände legten sich um ihre Körpermitte. Die anfängliche Scheu vor ihr war gewichen.

»Siehst du, wie die Sterne wieder an ihrem angestammten Platz stehen?«, sagte er leise und deutete nach oben. Silberne Punkte leuchteten wie Diamanten auf schwarzem Samt am Firmament. »Arkas und Tulm sind verschwunden. Die Götter haben Tzulans Augen vom Himmel entfernt.«

Sie schmiegte sich glücklich an ihn. »Mit deiner Hilfe geben wir den Untertanen ihre Freiheit zurück. Es wird eine gute Zeit, die anbricht.«

Lodrik schwieg lange. »Stoiko, Waljakov und Krutor werden dir zur Seite stehen.«

»Und du«, fügte sie hinzu, keinen Widerspruch duldend.

Sie umschloss seine bleichen, noch immer knochigen Hände und zog sie fester um sich.

Nicht ganz so traurig wie sonst presste der Nekromant die Lippen auf ihr Haar. Seine Mundwinkel wanderten ein klein wenig nach oben.

Kontinent Kalisstron, Bardhasdronda, Frühsommer 460 n. S.

Die Dharka lief an der Spitze der Flotte in den Hafen ein.

Die Planke lag noch nicht ganz auf dem Kai, da stürmte Fatja schon das schmale Brett hinunter und warf sich Arnarvaten unter dem Jubel der Stadtbevölkerung in die Arme. Aus diesem Anlass gaben selbst die sonst so beherrschten Kalisstri wenig auf Anstandsgepflogenheiten.

Ihr dicht auf den Fersen folgte Lorin. Jarevrån empfing ihn mit Tränen der Erleichterung und der überschwänglichen Freude. Der junge Mann hob die Frau übermütig hoch und schwenkte sie ausgelassen, bis er sie ganz schwindelig vor Glück und Drehen umarmte.

Varla und Torben lehnten auf der Reling des Oberdecks, die Gesichter in die Wangen gestützt und bei jedem beobachteten Kuss wohlig seufzend.

»So, du alter Pirat ...«

»Freibeuter«, verbesserte der Rogogarder besserwisserisch.

Die Tarvinin schlug ihm auf den Arm. »Was auch immer, Lustsklave. Das hätten wir hinbekommen.« Sie nickte zu den großen Gewächshäusern und den Lagerhallen. »Was ist? Sollen wir die Gelegenheit nutzen und uns ein paar Sachen einstecken?«

»Bei allen Meeresungeheuern und Abgründen der Tiefsee!« Empört stemmte er die Arme in die Seite und schaute sie strafend an. »Ich überfalle doch keine Freunde!«

»Das hört man doch gern«, winkte Lorin von der Landungsstelle hinauf. »Kommt, es gibt ein Fest anlässlich unserer Rückkehr.«

Überlegen strahlte Torben seine Gefährtin an. »Siehst du, wir bekommen auch so, was uns als Helden zusteht.«

Varla fasste sein Gesicht mit beiden Händen und presste seine Wangen zusammen. »Manchmal könnte ich dich ...« Sie drückte ihm einen wilden Kuss auf die Lippen. »Aber nur manchmal«, grinste sie.

Sie gingen von Bord des Seglers, während die anderen Schiffe von den Menschen aus Bardhasdronda begrüßt wurden.

Nach und nach leerte sich die Mole, Jung und Alt strömten stadteinwärts, um die Kämpfer, die die Invasion ihrer Heimat verhindert hatten, gebührend zu feiern.

Eine Frauengestalt harrte einsam am Anlegeplatz aus, ein Bündel Blumen in den Händen haltend. Hoffend und bangend richteten sich ihre Blicke abwechselnd auf die Segler, ob noch weitere Passagiere die Planken hinab kämen.

Es tat sich nichts.

Die Kalisstronin senkte den Strauß, wandte sich um und folgte schleppenden Schrittes den anderen nach, um nach dem Verbleib ihres Liebsten zu fragen, den sie sehnlichst erwartete. *Was mache ich, wenn ihm etwas zugestoßen ist?*, fragte sie sich erfüllt von Sorge.

Schwere Stiefel polterten die Planke hinab, Holz ächzte unter dem Gewicht des Mannes, der als Letzter von Bord ging.

Håntra flog herum und stieß einen leisen Freudenschrei aus.

Sie lief dem großen Leibwächter entgegen, der seine starken Arme ausbreitete und sie wie ein kleines Kind auffing. Er barg sein Gesicht an ihrem Hals und drückte sie so sehr, dass ihr die Luft ausging.

»Wo warst du?«, fragte sie atemlos und bedeckte ihn mit Küssen.

»Es waren mir zu viele Leute«, meinte er verlegen. Er streichelte ihre Wangen und schaute in die grünen Augen der Kalisstronin. »Ich bin es nicht gewohnt.«

»Du hast mir einen Schrecken eingejagt. Ich fürchtete das Schlimmste«, sagte sie ein bisschen vorwurfsvoll.

»Ich gab dir ein Versprechen«, sagte er ernst. »Nichts hätte mich aufgehalten, um es zu erfüllen.«

Håntra nahm seine Hand, zog ihn zu einem der Pfosten, an denen die Seile vertäut wurden, und zwang ihn, sich darauf zu setzen. Sie hockte sich auf seinen Schoß und umfasste zärtlich seinen breiten Nacken.

Unsicher suchte er ihren Blick. »Wirst du mich begleiten? Als meine Frau?«

Die Kalisstronin schluckte ihre Ergriffenheit hinab. »Es gibt nichts, was ich lieber täte.«

Kontinent Ulldart, Großreich Tarpol, Provinzhauptstadt Granburg, Frühsommer 460 n. S.

Die Niederlage des größenwahnsinnigen, verhassten ¢arije hatte sich unter den einfachen Leuten schnell herumgesprochen.

Ebenso der Umstand, dass Norina Miklanowo die nächste Kabcara des Königreiches Tarpol werden sollte und vermutlich just im Tempel Ulldraels gekrönt wurde, nachdem die Kathedrale eingerissen worden war. Die Freude über das kommende Ende der Unterdrückung mischte sich mit dem Stolz darüber, dass die Provinz die zukünftige Herrscherin stellte.

Doch nicht überall löste die Kunde die heitere Ausgelassenheit aus, wie sie auf den Straßen Granburgs herrschte.

Aljascha und Kaya saßen sich schweigend im Teezimmer der einstigen Herrscherin gegenüber, nahmen kleine Schlucke aus ihren Tassen und hingen ihren Gedanken nach. Die Träume der beiden Frauen, die Zukunft des Königreiches mitgestalten zu können, waren verpufft und hinterließen einen schalen Geschmack, der sich auch nicht durch den aromatisierten Tee hinwegspülen ließ.

Aljascha setzte ihr Gefäß elegant auf die Untertasse. »Wir haben noch unsere Freunde in Ulsar«, meinte sie.

»Ich bitte Euch.« Kaya warf ihr einen Blick zu. »Wie lange werden diese Menschen wohl im Brojakenrat oder in ihren Ämtern bleiben, verehrte Freundin?«, entgegnete sie demoralisiert. Sie stellte die Tasse ab. »Man erwartet mich, Aljascha. Nichts für ungut, ich habe noch ein wichtiges Treffen mit einem der aufstrebenden jungen Männer der Provinz. Er wird als der neue Gouverneur gehandelt.« Die Witwe Jukolenkos erhob sich. »Ich werde mich für Euch bei ihm einsetzen, damit wir die Lockerungen Eures Hausarrestes nach seinem Amtsantritt aufrechterhalten können.« Sie lächelte aufmunternd, drückte den Schönheitsfleck fest und betrachtete die aufgesteckten Haare ihrer Perücke im Spiegel.

»Ich könnte Euch begleiten«, bot sich Aljascha an. »Mein Eindruck würde seine Ansichten womöglich leichter umstimmen.«

Kaya schüttelte den Kopf, ihr Fächer klappte auf. »Nein, verehrte Freundin. Er ist ein treuer, ergebener Verfechter der Neuerungen, die einst Euer Mann für das Volk einführte. Ihr solltet seine Nähe vorerst meiden.« Die Frau raffte das aufwändige Ballonkleid ein wenig und verschwand zur Tür hinaus.

Die einstige Kabcara Tarpols schmetterte ihre Tasse gegen das Holz.

Elende Schlange! Ich kenne deine Absichten! Ausstechen willst du mich bei ihm. Aufgebracht eilte sie zum Fenster und schaute der Witwe des schon seit langem aus dem Amt beförderten Gouverneurs nach. *Du wirst dich noch wundern.* Als sich Kaya umwandte, zauberte Aljascha ein freundliches Lächeln auf ihr Gesicht und winkte ihr.

Die Frau mit den roten Haaren hörte ihren Sohn schreien.

Es wurde Zeit, dass sie ihn stillte. Ihr Gang führte sie ins Kinderzimmer, in dem ihr Spross lag. Berika hatte alles so weit vorbereitet, reichte ihrer Herrin den Säugling und verließ den Raum.

Aljascha zog sich ihr Obergewand auf der rechten Seite herunter und legte ihre Brust frei. Die Lippen des Kindes schlossen sich um die Warze und sogen die Nahrung auf. Zärtlich strich sie ihm über den Kopf.

Wir beide kommen zum Zug, wenn du groß geworden bist, mein Sohn.

Sie zog die Luft durch sie Zähne ein, als der Säugling die empfindliche Brustwarze mit seinen ersten rasiermesserscharfen Zähnchen anbiss, sodass Blut in die Milch floss. Als das Kind seinen Hunger gestillt hatte, breitete sich ein Kribbeln an der verletzten Stelle aus. Die Brustwarze verheilte innerhalb weniger Lidschläge.

»Das brauchst du nicht mehr, es ist schon warm genug.« Sie zog ihm behutsam das Mützchen ab. Feine, dünne Haare kamen darunter zum Vorschein, die silbrig wie Spinnweben schimmerten.

»Du bist etwas ganz Besonderes«, sagte sie leise zu ihm und küsste ihn auf die Stirn. »Mein Schlüssel zur Macht.«

Ihr Sohn schlug die Augen auf und blickte sie aus magentafarbenen Augen an. Die Pupillen waren für einen kleinen Moment dreifach geschlitzt, ehe sie ihre gewöhnliche Form annahmen.

DRAMATIS PERSONAE

GRENGOR BARDRIȻ: ehemaliger Kabcar von Tarpol
IJUSCHA MIKLANOWO: Brojak aus Granburg
LODRIK BARDRIȻ: einstiger Kabcar von Tarpol
CANUZY UND FJODORA TURANOW: hilfreiche Seelen
STOIKO GIJUSCHKA: einstiger Vertrauter Lodriks
WALJAKOV: einstiger Leibwächter Lodriks, ehemaliger Scharmützelkämpfer
NORINA MIKLANOWO: Brojakin
MATUC: Mitglied des Ulldrael-Ordens
NERESTRO VON KURASCHKA: Großmeister des Ordens der Hohen Schwerter
HERODIN VON BATASTOIA: Seneschall des Ordens der Hohen Schwerter
KALEÍMAN VON ATTABO: Mitglied des Ordens der Hohen Schwerter
ALBUGAST: Knappe im Orden der Hohen Schwerter
TOKARO: Knappe im Orden der Hohen Schwerter

ALJASCHA RADKA BARDRIȻ: ehemalige Kabcara und einstige Frau Lodriks
NATALJA, BERIKA: Aljaschas Dienstbotinnen
KAYA JUKOLENKO: Witwe des Granburger Gouverneurs Jukolenko
PEDDA JEBALAR: Cerêler in Granburg
GOVAN: Lodriks ältester Sohn und Kabcar von Tarpol
ZVATOCHNA: Lodriks Tocher, Tadca von Tarpol

Krutor: Lodriks jüngster Sohn
Mortva Nesreca: Berater des Kabcar
Hemeròc: Handlanger Nesrecas
Sinured: legendärer Kriegsfürst
Tchanusuvo: tarpolischer Adliger
Njubolo Aritewic: tarpolischer Kavallerieleutnant
Larúttar: tzulandrischer Selidan
General Vosetin Malinek: Befehlshaber in Paledue
Warkinsk: Unterfeldwebel in Paledue

König Perdór: Herrscher von Ilfaris
Fiorell: Hofnarr und Vertrauter Perdórs
Moolpár der Ältere: kensustrianischer Diplomat und Krieger
Mêrkos: kensustrianischer Schriftgelehrter
Tobáar ail S'Diapán: Anführer der Kriegerkaste
Fraffito Tezza: palestanischer Commodore
Soscha: tarpolisches Medium
Torben Rudgass: rogogardischer Freibeuter
Laja: Torbens Lebensretterin
Varla: tarvinische Piratenkapitänin und Rudgass' Gefährtin
Jonkill: Hetmann Rogogards

Leconuc: Vorsitzender der »Versammlung der Wahren«
Lakastre (Belkala): Mitglied in der Versammlung der Wahren
Estra: ihre Tochter
Pashtak: Sumpfkreatur, Versammlungsmitglied, Inquisitor
Shui: Pashtaks Gefährtin
Kiìgass und Nechkal: Versammlungsmitglieder

Lorin: Norinas Sohn
Jarevrån: Lorins Frau
Blafjoll: Walfänger
Kalfaffel: Cerêler (Bürgermeister)
Fatja: borasgotanische Schicksalsleserin und Geschichtenerzählerin
Arnarvaten: Geschichtenerzähler
Kiurikka: Kalisstra-Priesterin
Soini: Pelzjäger
Rantsila: Führer der Bürgermiliz
Byrgten: Fischersohn
Hedevare und Hørmar: Gesandte aus Kandamokk
Håntra: Priesterin Kalisstras
Arnarvaten Tøngafå: Vater von Arnarvaten
Carlo DeRagni und Patamo Baraldino: palestanische Kaufleute
Atrøp: cerêlischer Bürgermeister von Vekhlathi

PIPER

Markus Heitz
Der Krieg der Zwerge

Roman. 605 Seiten. Broschur

Im Geborgenen Land herrscht Festtagsstimmung. Während Zwerg Tungdil mit seinen Freunden den Sieg über den verräterischen Magus Nôd'onn feiert, wälzt sich ein Heer hinterhältiger Orks heran, um das Zwergenreich zu zermalmen. Das Schwarze Wasser, ein düsteres Geheimnis, hat sie unsterblich gemacht, und schon bald müssen Tungdil und seine Gefährten ihre ganze Tapferkeit aufbieten, um sich den Bösewichtern entgegenzuwerfen. Inzwischen braut sich ein entsetzliches Unheil zusammen: Elf Verkörperungen des Gottes des Bösen stehen mit ihrem Heer an der Westgrenze. Doch ein Zwerg gibt sein Land erst auf, wenn die letzte Axt geschwungen ist ...
Wer »Die Zwerge« gelesen hat, wird die Fortsetzung verschlingen – ein neues Meisterwerk aus der Bestseller-Schmiede von Markus Heitz.